医院是病人避风的港湾
医生是病人亲密的朋友
护士是病人贴身的姐妹

谨以此书
献给神圣的医护工作者
献给身患白血病的人们
愿天下所有人福寿康宁

《瞬变》告诉我们什么？

——读陆圣斌、杨荣平长篇小说《瞬变》

陈　焱

　　一部优秀的文学作品，总是能够打动人，感染人，启迪人。长篇小说《瞬变》就是这样一部优秀的文学作品。

　　阅读陆圣斌、杨荣平合著的长篇小说《瞬变》书稿，是在冬季。从小雪到大寒，《瞬变》几乎陪伴了我整个冬天。

　　《瞬变》是一部不可多得的现实主义题材长篇小说。坦率地说，读这部作品，心情并不轻松。毕竟这是一个关于白血病患者"钱、命、家、情"的故事，透过字里行间，依稀能够闻出死亡的气息，心情无论如何无法愉悦起来。虽然也有挣脱死神的片刻欢愉，但是，一个凄惨故事的结束，往往是另一个更加凄惨故事的开始。生命的凋谢与重生，人性的假恶丑与真善美，白血病确诊之后的惊恐与无措，生命弥留之际对生的渴望，随着小说故事情节的发展一一展开。兔死狐悲，物伤其类。死亡，与其说是死者的不幸，不如说是生者的悲哀更为确切。惊恐，惊悚，惊喜；无措，无助，无奈；失望，失态，失落。各种感受与情绪交织在一起，不由得让人感叹生命的脆弱与易逝，感叹命运的祸福相依与反复无常。心绪犹如坐过山车一般，随着白血病患者病情的波动而波动，为一个个危在旦夕、生死未卜的人物命运而揪心，或起或伏，或悲或喜，令人荡气回肠，惆怅绵绵，生出万千感慨。

　　《瞬变》以医院血液科为背景，讲述的是一群白血病患者与病魔作抗争的故事。小说生动地描写了"我"罹患白血病起死回生的经历，以这条主线将"我"亲历亲见亲闻的众多白血病患者的故事巧妙地串联起来。面对突如其来的白血病，患者痛苦不堪，深陷肉体和精神的双重煎熬与折磨，由于身体、精神、经济等方面的原因，家人万般无奈，束手无策。于是，躲避，冷漠，歧视，人情冷暖，世态炎凉，瞬间演绎患者与医生、患者与亲情、患者与家庭、患者与金钱、患者与社会等等一系列纵横交错的矛盾。小说塑造了以"我"为代表的众多白血病患者与病魔进行生死搏斗的人物形象，人物个性鲜明，情节曲折生动，故事催人泪下。同时，讴歌了以刘虹为代表的医院血液科医护人员精湛的医术、崇高的职业道德以及救死扶伤的"医者仁心"。

读完《瞬变》这部长篇小说，掩卷沉思，不得不承认，作者是讲故事的高手。作者以优美的文笔、生动的描写和丰富的想象，把故事讲得引人入胜，令人深思，不难看出作者的匠心独运。故事的场景虽然是选择医院这个特定的空间，但是，医院不是孤立的，医院连接着千家万户，有着广阔的社会背景，有着千丝万缕的社会联系。白血病患者从四面八方来到医院，寻求治疗，接受医疗服务，避免不了要发生各种联系。因此，发生这样那样的故事就再自然不过了。

《瞬变》分三个部分。小说第一部分主要是写"我"——张圣，作为一个白血病患者出场。重点描写了"我"作为白血病患者与病魔进行生死抗争的凄惨场景。"我"在生命垂危之际，一方面忍受病魔的煎熬，一方面依然向死而生，留恋人间的美好，向往恬淡而平凡的生活。作者在写"我"的治疗过程中，采用电影蒙太奇手法，深情地回望生命的过往，巧妙地穿插了"我"往日平凡而又激情燃烧的岁月，一会儿带着读者穿越到遥远的过去，一会儿又将读者拉回到现在，让读者跟随"我"一起穿越时空，进入"我"的精神世界和生活场景空间，跟"我"一起感同身受。

小说的第一部分作者有意淡化故事情节，看似散文笔法，牧歌情调，其实是为了更好地突出"我"在生命垂危之际，对生命的渴望和留恋。人只有躺在医院病床上时，才能深切地体会到每一个平常的日子是多么的美好，过去的经历是多么的值得回味。这种写作手法意境深远，突破了传统小说写作框架结构，作者驾轻就熟，游刃有余，显示出较强的艺术张力。

小说的第二部分和第三部分，讲述了十二个迥然不同、命运各异的白血病患者的故事，刻画了十二个血肉丰满的人物形象。小说的第三部分第七章是结尾。结尾对白血病患者的命运结局作了补充交代，扼要讲述了四个故事，并通过这四个故事，深化小说所要表达的主题："钱、命、家、情"。是啊，人生不就是"钱、命、家、情"这四个字吗？可现实中又有多少人能够看开、看透、看明白呢？

小说正面刻画了以血液科主任刘虹为代表的白衣天使形象，他们坚守人道主义精神，设身处地为患者着想，特别是面对由于贫困而支付不起昂贵医药费的白血病患者，总是想方设法积极收治，总是鼓励患者积极配合治疗，全力救护，总是给患者以生的信心和希望。他们身上闪耀着人性的光辉，体现了救死扶伤的职业精神和高尚品格，他们是一群无愧于白衣天使称号、令人肃然起敬的真善美的化身。

文学即"人学"。塑造人物形象，刻画人物性格，揭示人性的复杂性、多样性，是文学作品特别是小说的一个基本要求和重要功能。《瞬变》在揭露人性方面，采用春秋笔法，没有简单直白地画脸谱写概念，没有过多议论，甚至不着痕迹，而是通过讲述一个个生动鲜活的故事，来揭示人性的真善美和假恶丑。《瞬变》的人物形象塑造，有正面描写，也有侧面描写。正面描写包括外貌、语言、动作、神态、心理等，侧面描写以他人或事物来侧面烘托、反映人物性格，从而完成人物形象的塑造。小说刻画的人物有血有肉，栩栩如生，跃然纸上。比如，劳碌一生白忙乎的孟昌平；住院期间无人陪护的甘宁；养尊处优的国有企业下属开发公司老总李祥；有钱却治不好病的郁栋梁……这些人物形象令人过目不忘，印象深刻。

小说有一条主线和一条辅线。主线以"我"为主，每个章节都由"我"串联，辅线以刘虹为主，描写医生们的医德和医术。两条线平行推进，贯穿始终。小说第一部分主要描写了"我"身患白血病以后的治疗过程及由此引发的一系列的变化，故事拉开序幕，并由此展开。"我"在生命垂危之际，一方面跟病魔进行殊死搏斗，一方面回忆过去，憧憬未来。作者将"我"写深写透写详细，也是为小说第二、第三部分写其他白血病病人作好铺垫。小说第二、第三部分侧重点转移了。这种叙述方法，表面看起来是写"我"，其实不仅仅是写"我"，特别是治疗过程的详写，也是其他白血病病人的真实写照。这些白血病病人，有的甚至比"我"更艰难更痛苦更凄惨。在"我"和其他病友交谈时，他们也喜欢和"我"绘声绘色地讲述自己的人生经历，回忆往事，一些场景就像放电影一样呈现在眼前，历历在目。小说中的每一个章节，既有关联又有区别，既首尾贯通，又可独自成章。人称、时间、场景等转换自如，天衣无缝，没有斧凿之感。作者白描手法娴熟，结构上采用可分可合的方法，并且有所创新，将众多纷繁复杂的事件安排得井然有序，各得其所，作品显示出独特的艺术魅力和文学价值。足见作者驾驭文字的功夫和较强的叙事能力。

《瞬变》语言清新，朴实生动，颇具特色。小说语言融合了方言俚语，具有生活化、口语化等特点，富有浓郁的乡土气息。小说语言符合人物个性特征，娓娓道来，自然清新流畅，极具表现力，使人物形象更加鲜明饱满。

总之，《瞬变》是一部全景式再现白血病患者与死神抗争的心血之作、生命之作。小说故事寓意深刻，颇富哲理，其文学价值与社会价值不言而喻。《瞬变》告诉我们，一切都是命运最好的安排。"钱、命、家、情"，是每个人都绕不过去的一道人生课题。

2022 年 1 月 28 日于五龙山

目　录

楔　子

这里是什么地方？
是医院，
是血液科。
在高高的大楼里，
走马灯似的换了一茬又一茬病人。
有的活泼地走着进来，
惊恐地走了出去；
有的皱着眉蹭着进来，
挂着泪花扶了出去；
有的痛苦地挽着进来，
插着氧气抬了出去；
有的进来时奄奄一息，
出去时面带微笑。
身患白血病的人们啊，
不要忧伤，
不要哭泣，
各人头上一片天，
你们的痛苦是上天馈赠的礼物。
能够活着回转，
明白世事皆空；
倏忽远离人世，
了断所有恩怨！

　　江海市可算是一座美丽的城市，千年的人工开掘的护城河环绕整个市中心，河水直通长江。每当夜晚来临，护城河旁灯光璀璨，河岸游人如织，河中游船如梭。在这座耀眼的城市的南边是长江，江水奔涌，一直汇入一百多公里以外的东海和黄海。

　　在这座令人神往的城市里，有一所著名的医院，名叫通仁医院，医院有个科室叫血液科，血液科里常年住满了白血病病人和其他血液病病人。我就是这个医院血液科的一个白血病病人。

　　"你看，他来了，他得了白血病。"有人见到我们白血病病人，躲得远远的。

　　"哎哟，白血病？会传染吗？"有人还没有见到我们这些白血病病人，凭着平素相互的熟悉，干脆在手机里直截了当地问。

　　……

　　健康的人是无法体尝白血病病人的痛楚的。

　　我们身患白血病，就是一场灾难。灾难既然已经来了，我们只有选择坚强面对。

　　我们患了白血病，对整个社会来说，没有多少关系，我们的存在可有可无，无论缺了谁，地球照样不停地运转。但对一个家庭来说，地球好像停止了运转，天空似乎倒塌了下来，光明瞬间变成了黑暗。在这样一个时刻，当官的也好，做老板的也好，做工的也好，种地的也好，总之一句话，不管地位高低，不论金钱多少，人人回到了起点，站在了原地，遭受了灭顶之灾。当躺在医院的病床上，人已经不是叫人了，而是叫病人。

　　一人生病，全家遭殃。作为病人，你要面对疾病的折磨，你要面对家人的悲伤，你要面对医院的医生，你要面对支付一笔巨额的医疗费用，你要面对被社会的鄙弃，你要面对眼前所有的一切。不管病治得好，还是治不好，人生从此就来了一个拐弯。有的拐得好，绝处逢生，病最终治好了；有的拐得差，雪上加霜，人死了，钱没了，人财两空，留下了一屁股的债。

　　我自从患了白血病以后，在江海市通仁医院血液科前前后后治疗了三年时间。在这漫长的时间里，欢笑与我无缘，痛苦和忧愁却时时与我相伴。在这漫长的时间里，我看到了许多同室的病友仿佛跟我一样似的，有的甚至比我还要凄惨，他们的脸上写满了愁容，内心充满了恐惧。我们就像遭遇了一场突如其来的汹涌洪水，瞬间就被这头猛兽吞噬，瞬间就从天堂倏地陷入地狱，让我们猝不及防。从此，家庭、社会环境，一切都在变。瞬变，从我们生病时开始，在我们身上发酵、漫游，直至死亡。这只不过是个楔子。

第一部

血魔，呼啸般地降临，命运从高峰瞬间跌入谷底。

无奈，无奈啊，人生无奈吗？人生真的很无奈！

绝望，绝望啊，绝望来啦，人生还有希望吗？

绝处逢生未可知，铁树千年竟开花。

生的转机，不幸中蕴藏着万幸！

第一章　病来如山倒

血魔缠身命垂危，亲朋好友来帮助；
医生护士齐上阵，云开雾散复见天。

身体突然没劲了

"张圣，你最近脸色不好，走路无精打采的。怎么会这样？"一早上班，王慧见我走路不像以前那样风风火火，而是皱着眉头，慢吞吞地走进办公室，便关切地问。

王慧是我一个办公室的同事，长得眉清目秀，性格开朗，心地善良，乐于助人。平素她上班总是早来，等我上班时，她把办公室的卫生早就做完了，地拖得干干净净，办公桌擦得一尘不染。

"有段时间了，人一点劲都没有，走路上气不接下气，全身酸痛，也不知怎么回事？"我有气无力地说。

"是不是工作累的？剩下的工作我来帮你做。你好好歇几天，好好找医生看看。"王慧望着我说。

"看了，总不见好。"我转过身对她说。

我是江海市政法系统的一名干部，55岁。2014年11月初，天气渐渐转冷了。自从10月中旬开始，我的身体好像一下子进入寒冬似的，上班坐在办公桌前处理公文等日常事务还好，没有感到有什么特别的不舒服，可是一站起来走路，浑身有说不来的难受，我一直以为是前一阵子加班加点累了，休整几天会好的，所以也没在意。

一天晚上醒来，我嘴唇裂开了口子，血盈盈的，第二天上班的路上，风一吹，感觉钻心似的痛。起初没管它，心想过几天自然会好的。哪知过了一周，不但不见好转，渗出的血反而更多了。此时正好上面来人检查工作，没时间去医院看医生。等上面检查组一走，我到市中医院找田华医生开了几副中药，吃了5天，症状消除了。

田华是我的好朋友，是一个中西医结合的内科专家，擅长中西医结合诊治，是江海市名中医。

我平时身体还算可以的，怎么会这样呢？

早在10月初，我所在的单位有30余万册档案需要临时搬迁，从计划到人员调配以及现场管理都是由我来负责的，我自认为在部队当过兵，身体好，在现场指挥不戴口罩没事，哪知道搬迁的第一天晚上，我的右脚大脚趾趾甲发黑，趾头发胀发痛，大约一周以后，感到浑身没有力气，走路气喘吁吁，爬楼梯腿脚没劲，气喘个不停。档案搬了半个月才搬完，搬完档案，感觉膝盖又酸又麻，到了10月底，腰也开始痛起来了，疼痛得直不起身，浑身不时地出虚汗，看了中医院骨科，三天就止痛了。我暗暗寻找自己生病的原因，我想这大概就是我为什么生病的源头吧。暂且不去管它，哪里会有这么巧的事。我还是坚持照常上班。

11月底，强劲的西北风开始对人不那么友好了，呼呼地吹来，吹到脸上，我感到浑身透凉。这根本不像一个正常人的感觉。一天夜里，我难受得一夜没睡着，第二天一早起来，突然发现嘴唇又破裂出血了，口腔也溃疡了。我想还是吃中药吧，吃中药副作用小。我又去找田华医生，可是他出差去了，要过半个月才能回来，于是我挂了一位内科专家的号，将上次田华医生开的处方交给他，示意他还开同样的药，他看后说："这个处方对治疗口腔溃疡的效果很好的。"

吃了一个星期，没有上次有效果，不但吃不好，而且越来越重了。真是病急乱投医，傍晚下班路过社区卫生所，我配了头孢等药片，还是没效果，痛得饭菜都难以下咽。

转眼到了12月初，我身体内的各种病状像潮水般地涌出来。半夜口腔出血，被子上出现了很多血迹，一连半个多月，每天晚上都是如此，牙龈发炎，牙齿痛得打颤。白天上班跟人说话，嘴唇轻轻张开，嘴巴疼得发抖。这期间不管吃啥药都不顶事，口腔化脓了。吃饭，只能喝点稀饭，其他的想吃也不能吃了。

12月中旬，我和两位同事一起出差去了趟外地，在外地的几天浑身打颤，尤其到了夜晚病情加重，害得同事陪着我受罪，一连几天都陪我到后半夜，听到我打呼噜睡着了，他们才放心地睡。其实那几天我正在发寒热，幸好带了头孢、阿奇霉素肠溶片，吃了勉强撑住了，回来后继续上班，一边上班，一边治病，这期间我看了内科、外科、口腔科，头痛医头，脚痛医脚。有一天看了一家医院的口腔科，有位年轻的女医生，听我说的症状，仔细给我作了检查，说："如果吃东西没有烫伤的话，就得考虑有可能病变了。"

听了女医生的话，我不以为然，没把她的话放在心里，跟家人、同事说起此事，大家都说不可能，一个好端端的人，怎么可能突然得重病呢？后来也没当回事，谁都不会往这上头去想的。

元旦前一天，也就是12月的最后一天，我早晨起来以后连早饭都不能吃了。我请了假，直接去了医院。这一次，我去了通仁医院，看了口腔科。通仁医院是江海市最大的医院，专家云集。我想只有那里的医生说的话才是权威。我挂号挂的是专家门诊，挂的是正高，一个女助手奉命开了一张口腔全景拍片。结果出来后，专家指着片子对我说："你看，小事，长了两颗小牙齿，拔了就没事了。"后来证实这不是长的两颗小牙齿，而是两个出血点。

我说："不拔。"

专家态度温和地说："也好，长的地方也难拔，那回家吧。"

我磨蹭着说："总得开一点药吧！"

专家说："家中有头孢吗？"

我说："有。"

专家看了我一眼，笑着说："那不就行了。过几天就好了！"

听了专家的话，我好像吃了一颗定心丸，心也宽了，看完病就直接去上班了。

"你不是去医院看病了嘛？咋来上班嘞？"王慧见我来上班，问道。

我微笑着说："医生说我长了两颗小牙齿，没事。"

王慧望着我说："张圣，没事就好。看到你这一段时间痛苦的表情，我都替你着急。还是看了专家放心！"

　　果然，一过元旦，我口腔里的血不流了，可是口腔还是痛，身体不舒服，走平路还可以，从一楼爬到二楼就会不停地喘气，实在爬不动了。

　　我好像有种不祥的预感，一场大病就要向我扑来。有天吃晚饭时，我对妻子李桐说："我可能要生一场大病，不过不是要命的。"

　　李桐，52岁，比我小三岁。在一家广告公司做文员。善于交际，欢喜唱歌、跳舞、画画，偶尔也写写诗歌，爱好广泛。

　　"你这乌鸦嘴，瞎说！呸！呸！呸！"李桐急得嗔怪道。

祸从天降

　　2015年1月7日上午，我依然上班。

　　下午两点钟，我还在上班。

　　王慧见我坐立不安，对我说："张圣，你的脸怎么肿啦？脸色也不好看。"

　　我说："昨晚吃了两个橘子，可能吃多了。"

　　"你还是去医院看看吧。"

　　我立即拨通手机，给在中医院的田华医生打了电话，问他何时上班。他说这时候正在上班，我说马上过去找他看病。

　　打完电话，也就三点来钟吧，我就去了中医院。田华医生见了我一愣，说："张圣，你怎么脸肿了？吃了什么？腿让我看一下。"我将裤脚管提上来，他用手摸了摸说，"怎么回事？也是肿的。"

　　我说："吃了头孢、阿奇霉素等药。"

　　他说："应该不会的，做个血常规吧。"

　　抽血时就我一个人，护士说让我多压一会儿，我压了二十分钟看看还冒血，又继续压着。

　　这时，检验结果出来了。

　　护士望着我，问："做什么的？碰过油漆吗？"

　　我感到纳闷，护士为什么会问这个问题，顺口说："坐办公室的。"

　　护士看了我一眼，疑惑地说："不对呀。哎，老师，你来看，结果怎么会这样？"

　　一位年轻护士让一位老护士来看检验结果，老护士又认真复核了一遍，结果当然还是一样的，转过头来问："没碰过油漆吧？在哪儿工作？"

"坐办公室的。"

"哦，那就怪了？"

我不明白她们为什么这么问，也没有多想，只是觉得她们问的问题有点怪怪的。这时大约四十多分钟过去了，血终于不冒了。

检验科在四楼，田华医生办公室在二楼，我抬头看着检验科室内墙上挂钟的时间，已经接近四点钟了。我拿着检验结果报告单转身就走，想走快点，可是一走快就喘气急促，只好慢了下来，走到二楼医生办公室，刚进门，田华就问："怎么这么长时间？人多？"

我说："就我一个，血止不住。"

田华眼睛盯着检验报告单，显然大吃一惊，脸色都变了，他抬起头，眼睛盯着我看，见我似有察觉，停顿了一会，然后故作镇静地说："马上住院。"

我问："不住行吗？"

他说："不行。"

我问："明天住行吗？"

他说："不行！你看三项指标都很低。"说着，用笔在检验报告单上画了横线，指给我看。他说的三项指标低，低到什么程度，我也不懂，也许他怕我一时接受不了，也就不给我作详细解释。幸好我不懂，接下来才能独自一人到达另一家医院。他说的三项指标，事后隔了好长时间，我才晓得是指白细胞、血红蛋白和血小板。当时这三项指标低得吓人，血小板只有二万六，正常值应在十万至三十万之间。

我说："住你这儿。"

他说："住我这儿可以是可以，但是还得请通仁医院的专家来会诊。最好住通仁医院。你马上到通仁医院去挂急诊。"

听说中医院不能住，如果住下来，还要请通仁医院的专家来会诊，我的心里也着急了，不过还没意识到有多么严重，便问："什么病要请通仁医院的医生来会诊呢？在你这里挂几天水不就行了吗？"

他安慰说："也没什么大病，患了重感冒，不要紧的。但是要住一段时间医院。"他接着问，"你怎么来的？"

我说："骑电动自行车来的。"

他看着我说:"我值班走不开,不然开车送你。你路上骑慢一点,到了通仁医院给我打电话。另外,在住院期间,你不好接电话,有事请李桐打电话给我。"

我刚到通仁医院门口把电动自行车停好,田华就来了电话,很显然他心里不放心我,怕我路上有意外,当他晓得我平安到达以后,语气平和地说:"好的。过两天我来看你。不要有什么想不开。就是重感冒,让你多休息休息。"果然,在我住院的第三天一早,他就过来看我了。

我到了通仁医院,立即挂了急诊号。挂完号,走进急诊内科,看到一个女医生,我将中医院的检验报告单递给了她。女医生抬头扫视了一眼,开出了一张化验单,立即让我做了血常规,两个医院检验的时间相差不到一小时,结果当然是差不多的。女医生看了报告,望着我问:"你家人呢?"

我说:"我一个人来的。"

女医生一脸严肃地说:"通知你的家人。你现在不能动了,要抢救。赶紧去第二抢救室。请你家人马上过来!"

这时,我只好给李桐打了电话,通报在医院看病的情况。李桐刚下班到家,听说我突然病了必须住院以后,顾不得做饭,更顾不得吃饭了,火速赶到医院。我又马上给王慧打了电话,告知我目前的情况,说话打着颤音。可能是因为需要抢救的缘故,直到此时才有些许紧张。

王慧听说我要抢救,感到十分惊讶,随即安慰说:"张圣,我知道了,你安心治病。你千万别着急,我马上向领导汇报。"

这时,我心里明白:祸从天降了!一场灾难已经风驰电掣般地向我袭来!

第二抢救室

等李桐一来,我就去了第二抢救室。

第二抢救室,南墙边有3张病床,西墙边有两张桌子并排放着,桌子旁有两把椅子,那是医生和护士临时办公的地方。

我一进去,医生和护士就忙碌开了。医生问李桐要我的病历进行登记,护士指着南墙边中间一张床,绷着脸,严肃地对我说:"你睡中间那张,赶紧躺下。另外,从现在起不能乱动,就是大小便人也不能下地。"

我不解地问："我刚才骑电动自行车来的，好好的，怎么就不能动了？为什么要抢救？"

护士说："摔下来就没命了。"

我哪里能够相信护士的话呀，猜测护士在吓唬我，我在部队学过摔打捕俘，倒功是家常便饭，便对护士说："你看我摔下来死不死，现在就摔给你看。"

"反正从现在起不能下床。"护士瞪了我一眼，话语严肃，好像一个军官在战场上对一个士兵下达战斗命令似的，便不再说话，走开了。

这时，其实心里最着急的是李桐，她一赶到医院，医生就让她在我病历卡上签字，在签字时，医生生怕被我知道，默默地用手指给李桐看，李桐扫了一下病历，愣住了，脸一下子转了色。当时，医生根据检验报告给出的结论，在病历上写得明明白白："此人随时有可能猝死。白血病？类型？"显然医生在怀疑我得的是白血病，但还不能确定是哪种类型的白血病。这我一点都不知道，也没有人告诉我。在我躺在病床上时，李桐已通知附近的亲友和远在一百多公里之外的亲戚，告知我的病情。随即又托人给医院有关人员和血液科刘虹主任打了招呼。

等李桐打完电话，我又给单位的另一个同事打了电话，请她抽空给她爱人打个招呼，因为她爱人是通仁医院的一个科室主任，希望能够得到必要的关照。

晚上七点多钟，开始了我从出生来到人世几十年的第一次输血。这时我还感到莫名其妙，我一个好端端的人，怎么会躺在病床上？而且是躺在医院急诊室病床上进行抢救。我望着输液瓶架子上的三袋血，两袋的颜色是一样的，还有一袋好像不同。护士帮我插好针后，不间断地来抽血。

晚上九点来钟，住在市区的妹夫沈杰来了，接着远在一百多公里外的李桐的大姐来了，二姐和二姐夫来了，妹妹和妹夫来了，二姐家的女儿和女婿也来了。整个抢救室里有三个病人，就我最年轻。其他两个病人都是八十岁以上的高龄老人，听他们随同亲人的口气好像是老病号了，所以陪同的人也只有一两个人。我望着前来探望我的亲戚，心中有一种说不出来的痛苦滋味，眼泪突然在眼眶里打转，默默地想，怎么会有这么多的人来看我？我究竟得的是什么病呢？看来病得不轻，要不，他们怎么会大老远地赶来？

半夜要上洗手间，我坐起来披着羽绒服，让沈杰帮我拿输液袋，扶着我下床，返回来进入抢救室的时候，被护士碰见了。护士瞪着眼睛，立即凶神恶煞似的朝我冲了过来，愤怒地对我说："你怎么可以下床？出了事谁负责？"这时，我神志清醒，但不知道病情有多么严重，也不知道如果真的摔倒在地上以后，后果将有多么严重，多么可怕。我一句话也不说，怔怔地望着护士，一头雾水，一片迷茫。

上半夜从远处来的亲戚们都早已走了，现在在我病床跟前的就剩下李桐和沈杰。李桐一脸焦愁，还在打电话，正在和外面联系，告知我的病情，不知怎么办才好。

这时，我躺在病床上，首先想到的是还在读大三的女儿新华，我想我生病的事绝对不能告诉她，孩子要是知道了肯定会担心的，会影响学业的。这一整个晚上，我任凭医生帮我看病，任凭护士帮我打针抽血输液，我静静地躺在病床上，望着李桐焦虑的神色、惨淡的目光，一句话也说不出来，只有自己心里明白：面前的灾难恐怕想躲都躲不过去了，听天由命吧！

不幸中的万幸

第二天上午刚过九点，我还在抢救室，血刚输完，正在输液，还没有确诊到底患的是什么病，我单位的党组副书记盛晨光来了，他在第一时间来到医院看望我，使我和李桐非常感动。在询问我的病情后，安慰了几句话，随后就和李桐一起找了医院有关部门负责人，说明了我的身份，希望在我住院治疗期间，得到有关专家和医生的关照。说实在的，后来住院时间长了，我知道在血液科不管你有没有熟人打招呼，不管是之前从事何种职业，也不管是男女老少，医生们没有看高哪个人或者看低哪个人，在医生眼里，只要是病人，都是一视同仁的。但对于我们这些初次住进医院的病人与病人家属来说，总是千方百计地寻人打招呼，似乎找个熟人打了招呼才放心，其实这只是在心理上给自己的一种安慰。

快到中午时，我从抢救室被推到了血液科病房。抢救室在 1 号楼，血液科设在 6 号楼的 5 楼，从 1 号楼到 6 号楼，中间要拐 3 个弯，经过好几排高楼，然后穿过一条六七十米长的走廊，才能到达 6 号楼大厅，虽说走廊是封闭式的，但冬天的寒风还是刺骨地钻进我的被窝，我发着低热，全身颤抖。李桐将被子把我的头盖住，一路上，她没戴手套，一只手不停地抓住被角，要是平时这么冷的天不戴手套的话，她早就说冻得受不了了，现在就是再冷，她也得忍受，此时此刻，她跟谁去说呢？沈杰一直跟在移动病床旁，帮着男护工一起推，生怕我有个闪失。就这样，我糊里糊涂地被推进了血液科，安排在过道里住了下来，也就是说过道是我的病房，我的病床设在过道里。

这时候虽然到了午饭时间，我们都没有吃饭，但是人命关天，其他的事情全是小事。我没有吃饭，肚子不觉得饿，李桐从昨晚到现在已经三顿饭没吃了，由于担惊受怕，就是饿也不觉得饿了，或者说是忘了饿。沈杰已经陪了我一夜和半天了，没有休息过，也没有吃饭。我和李桐压根也没有想到要给他买饭吃。

安顿好床位，没有多长时间，医生来了，来了好几个医生，都清一色地穿着白大褂，走在头里的是一个年轻漂亮的女医生，她问我怎么想起到医院来看病的，我像一个小学生面对老师的提问似的，一五一十地回答着。医生将我的回话一五一十地记录了下来。

医生刚走，护士也来了，将写有我姓名的牌子挂好，还问了些情况，接着又是抽血，抽完血叮嘱我躺在床上不能随便动。我莫名其妙地点了点头，算是作了回答。

我迷迷糊糊地闭着眼睛，似睡非睡，战友郑莉啥时候来的，她在我床跟前站了多久，我都不知道。当我睁开眼睛时，发现她出现在我眼前，朝我微笑着，我有气无力地向她点点头，算是跟她打招呼。她在部队医院当护士长几十年，几乎各个科室都呆过，经多见多，一来就安慰我，其实她心里很清楚我得的是什么病。此时，我心里想，在病房挂几天水就可出院了，最多一个礼拜或者十天半月吧，用不着大惊小怪的，所以一点也没有着急的样子，只是感到全身疲惫极了，没有一点力气。

下午一两点钟，一帮医生又来了。走在最前面的是一个年轻漂亮的女医生，我当时不知道是不是上面提到的那位女医生，后来住院时间久了，听护士说，这名医生叫刘凯雁，年纪不到三十岁。她叫我俯卧着，说是一会儿要做骨穿，当时我什么都不懂，医生说什么就做什么。她说："做骨穿有点胀，一会儿就好了。"

刘凯雁医生边做边说："你的骨头比较硬，有感觉吗？"

我说："有一点酸胀。"

刘凯雁医生轻声地说："就要有这种感觉。好了。"

我问："结果什么时候出来？"

刘凯雁医生说："最多一两个小时吧。"

骨穿做完了，我的骨髓很快送到了血液研究室。

这个血液研究室，虽然不为常人所知，但这里的医生和技师承担的工作却是别人无法替代的。他们主要为血液内科和全院临床科室的医生及疑有血液病的患者提供诊断服务。

如果把医院其他科室的医生比作隐蔽在战场前沿阵地的大部队的话，那么血液研究室就像是一支侦察兵，他们把侦察到的敌情迅速传递给大部队，然后由大部队对敌人实施精准狠的打击。陈秀芬就是这支侦察兵中的一员。

当陈秀芬接到我这个刚做骨髓穿刺的新病人的骨髓时，来不及细想，立即开始检验工作，并且迅速精准地给出了报告结果，为医生们提供了诊断服务。

我生病的第四年，一次在门诊做完了融合基因，李桐对我说要到血液研究室去看看陈秀芬老师，这时我才晓得医院还有这样一个科室。于是，我们便一齐去了，见到了才忙完工作的陈秀芬老师。原来李桐是在我生病住院期间，一次医院召集医生和病人家属代表开会时认识陈秀芬老师的。陈秀芬老师向我们简要介绍了上面的情况。

这时，我才知道血液研究室的工作是那么的重要。

……

刚过了一个小时，我所住区域的责任护士来了，护士名叫赵媛媛，她面带笑容地望着我说："还好，真是不幸中的万幸。"

我问："得的什么病？"

她说："M3。"

"什么叫 M3？"

"白血病。不过能治愈的。真是不幸中的万幸！"她脸上依然带着微笑，好像在安慰我。

结果出来后，第一个着急的是李桐。白血病，血癌，多么可怕的病啊！对一个几十年来身体一直好好的人，突然听说得了白血病，相当于判了死刑，心里能不担心吗？

过了好长时间，李桐出现在我面前，沈杰出现在我面前，他们看了看我，什么话都没说，只是满脸愁容。特别是李桐，脸色特别不好，无法用语言来形容，这是我和李桐结婚将近三十年来从未见过的脸色。我和她的眼神一接触，她眼圈儿红了，立即转过身去，背着我用手帕擦脸。过了一会儿，李桐朝沈杰递了一个眼色，两个人不声不响地走了。我看到他们在一个墙角处停了下来，好像在商量着什么事情。

这段时间，他们走了来，来了走，我知道他们肯定有什么事情在瞒着我。其实，他们知道结果后，吓得呆立着，不知如何面对，商量要不要把病情告诉我，怕我接受不了这个事实。可是，他们哪里知道，我早已知道了自己得的是白血病，只是我脸上没有表露出来罢了，嘴里没有说出来而已。他们不想让我知道病情，而我已经从护士那儿知道了病情，却又不想让他们知道我已经知道了病情。互相隐瞒，互相说谎，这种在医院血液科见怪不怪的情形，不光我们是这样，后来我发现几乎在血液科治病的病人和病人家属身上都能体现出来。

紧接着又要输血。我是O型血。此时是下午四点来钟，医生开出医嘱以后，医院血库回话暂时没有，过几个小时从其他地方调来。医生向刘虹主任报告情况，刘虹主任说让我们自己先想想办法，越快越好，如果想不出办法，那么只好等。

当知道我必须输血，而医院血库又没有O型血的时候，李桐的神经又高度绷紧了，到哪里去想办法呢？她首先想到给自己单位的总经理潘江打电话求助，潘总立即给市血站的工作人员打了求助电话，工作人员请示领导后，立即回话从其他血库调拨过来。前后不到一个小时，刚过五点钟，3袋O型血调过来了。

护士赵媛媛手里拿着3袋血，一边帮我插针输血，一边对我说："O型血一直很紧张，还是你们家有办法。"

如果没有这3袋救命的血，或者这3袋救命的血迟来几个小时，或许我的命就难以保证了。看到血拿来了，护士帮我输上了血，这时李桐才松了一口气。

李桐晓得我得了白血病，内心处于矛盾之中，她不想让我知道病情，同时也想让医生对我隐瞒病情。下午五点多钟，见我开始输上了血，她去了刘虹主任办公室。之前，她托同事加好友蔡霞给刘虹主任打过招呼，加上我的领导盛晨光给通仁医院的领导也打过招呼，院领导又在第一时间给刘虹打了电话，所以刘虹主任对我的名字印象深刻。李桐一见刘虹，自报家门说："刘主任，我是张圣家属。恳请刘主任全力医治张圣的病，不管花多少钱。还望医生对张圣隐瞒病情，怕他晓得了拒绝治疗。"

刘虹微笑着说："我知道了，你们家的情况，有几个人给我说过。你放心，我们会尽力的。"她看了看时间，五点半了，已经到了下班时间，对李桐说，"来，跟我走，我来做张圣的工作，我把病情告诉他，接下来是要做化疗的，不然怎么让他来配合治疗呢？"

我躺在病床上，想着自己得的是白血病，心里乱成一团麻，我怎么会得这种病？ M3？白血病？怎么办？此刻，我是多么的无助，我感觉天就要塌下来了。当我侧过身，准备闭一会儿眼睛时，只见一位身穿白大褂的女医生稳步向我走来，来人四五十岁年纪，慈眉善目，脸上透着一股沉着冷静的神色，雪亮的眼睛似乎可以看透每个病人的心思。从她这副派头来看，我一下就能猜到来的医生是个领导或者是个专家。我定睛看着她。

"刘主任来看你来了！"李桐紧随其后，轻声地对我说。

"我是血液科刘虹。"刘虹说话干脆利落。她朝我看了一眼，然后问，"怎么想到要看病的？怎么想到要到我们这儿看的？"

我将去中医院看病，做了血常规，田华医生让我来通仁医院看病，简明扼要地说了一遍。刘虹听了我的话，说："你知道你得的是什么病吗？哦，我也不瞒你，你得的是急性早幼粒细胞白血病，简称 M3。这个病是看得好的。你们单位老吴的女儿得的就是这种病。后来老吴的女儿结婚时还请我们医生一起参加婚礼。你以后还要化疗，要好好配合治疗。"

我有气无力地回答："老吴女儿生病时我们大家都捐款的，他女儿结婚时，我也参加的，现在他女儿小孩都有了。"

刘虹进一步强调说："所以，你不要有顾虑，你的病是看得好的！"

我心境郁悒，说："嗯，听刘主任的。我一定好好配合治疗。"

此时，我嘴上虽然这么说，心里却在怀疑我怎么会得这个病，极力掩藏自己内心的痛苦。这时我根本不知道李桐背后在恳求刘虹，让她不要将真实病情告诉我，怕我晓得后受不了。但刘虹站在一个医生的角度考虑，她认为应该让我知道自己得的是什么病，以后化疗时自觉自愿地配合，不然万一我拒绝化疗，那就更加麻烦了。说实在的，我也不知道以后还要化疗，还要吃很多常人难以想象的苦。这个苦只有我自己清楚。

刘虹见我茫然失措，面露微笑，和蔼地对我说："等病房空出床位后就进病房。后天就有人出院，到时候搬进去。你心里不要有顾虑和负担！"她见我不吱声，又反复强调了上面说过的一句话，"你的病是看得好的！"

刚才听护士说我得了白血病，我没往心里去，现在听刘虹主任说我得了白血病，那可是专家说的，她说的话绝对是权威，我的脑子一下子蒙了。我一时不知如何面对，如何回答，怔怔地看着刘虹，心情沉重地回答："嗯，谢谢刘主任。"

刘虹主任猜出了我的心思，见我在怀疑自己是否真的得了白血病，如果得了白血病是否真能看得好，她可是火眼金睛，微笑着说："你不用谢我，应该感谢上海瑞金医院的王振义院士，是他发明了维甲酸救命药，才能治好M3这种类型的白血病。现在治愈率高达95%。这种病来势凶险，不能大意。度过了危险期，就会越来越好办了。有什么情况随时叫我，或者叫医生！"

白血病？我会得白血病？真是无法想象。但是事实摆在了我面前，我现在得了白血病。是不是医生搞错了？不，不会的，那是通过精准化验得出的结论。

瞬间，躺在病床上的我，心中翻江倒海，想着白血病这三个令人生畏的字。眼下，我只能躺在病床上，来接受医生对我的治疗。

接下来，我还要进病房，我还要进行化疗。以前听人说过，化疗之后要是挺不过来，人就没了。我要是化疗之后，能不能挺得过来还是未知数呢。如果能挺过来，那么到底要治疗多长时间才能看好病。所有这些问题，对我来说都是一片空白。

1986年以前，要是哪个人患了急性早幼粒细胞白血病，那可真是无药可救，只有痛苦地等死。所以说白血病等于死亡，白血病成了死亡的代名词。

急性早幼粒细胞白血病，民间俗称血癌，那是非常凶险的白血病，发作时又急又快又凶狠，它曾是世界上最凶险的白血病。这种病起病急，时间短，病人今天可能还好好的，也许明天后天就会走上不归的路程，也就是说最快的话三天就会死亡，从起病到死亡基本上为一周时间，很少能活过十来天的，90%的病人半年内死亡，可以说这种病就像是杀人不眨眼的恐怖恶魔。

现在我患了急性早幼粒细胞白血病能够接受治疗，还有95%治愈的希望，真是神仙护佑。这个神仙就是上海瑞金医院的王振义院士，要不是他在1986年发明了全反式维甲酸，我肯定很快就会离开人世了！

现在有人得了急性早幼粒细胞白血病，大多采用"上海方案"。王振义把本来要去阎王爷那儿报到的人，重新救了回来。

"你的病看得好的。"刘虹主任反复强调的那句话，时时在我耳边回响，无疑在我几乎对生命产生绝望的时候，重新点燃了我的生命之火。

与死神擦肩而过

夜幕降临了，过道里亮起了灯。这时早就过了吃夜饭的时间，有的家属出来打开水，从我身边经过，对我这个新来的病人有点好奇，忍不住都要看一眼。过道里，灯光刺眼，人声嘈杂刺耳。十点多钟，护士将过道里的灯留了两盏，其余都熄了。半夜里，除了医生和护士来回进出病房走动的脚步声外，一切归于安静。

"听说你得的病跟我家老头子的病是一样的。唉！"我正在输血，护士来催住院押金不够了，沈杰陪李桐下楼去缴费，我的眼睛盯着输血袋，突然听到有人跟我说话，转身一看，原来是一位老年妇女，她站在我跟前，继续说，"我家老头子住进来五天了。原先在工地上做小工，身体蛮好的，平时就连小毛小病都没有的，哪里能想得到呢？医生叫我们住病房，我们住不起呀。住过道便宜，一夜十块钱。住病房一夜要三十五块呢。唉，我家没钱。你过几天总归要住病房的。我们就住在你东边，你看我老头子精神蛮好的，怎么就得了白血病呢！"她说着用手朝东指了指。

这时我才发现在我东边住着一个病人，我的病床与他的病床相距不过四五米。老太婆跟我说话的时候，老头子正好下床小便，看他在昏暗的灯光下动作蛮利索的，根本不像一个白血病病人。

　　这对老夫妻来自江海市开发区农村，老头生了白血病，老太婆心中的苦楚没处倒呀，也许她想跟我说了几句话，心里会好受一些。可是，我自身难保，她说的话，我哪里有心思听呢？她见李桐和沈杰回来了，看了我一眼，默默地走了。

　　生死由命，富贵在天。我知道自己得了白血病以后，惧怕是没有用的，只有坦然面对。

　　第三天，我住进了病房，病房是个两人间。

　　我一住进病房，医生和护士就穿梭般地出现在我面前。之后，护士每天天还没亮就来抽血，每次都要抽五管。上午医生查完房，我就开始输血、输液、输血小板。血小板比较紧张，要请亲属们来献。我家的亲戚们居住在一百多公里外的农村，自然不可能前来捐献。再说农村人很少知道献血这一说，特别是上了年纪的人，害怕献血，以为自己身上的血不容易生起来，献了血，身体要垮的，就是叫他们来献，也是不可能的。所以，想动他们脑筋，也是白搭。

　　吃过夜饭，晚上八九点钟，居住在江海市区的两家要好的新疆战友姜正平与杨桂萍夫妇、沈建康与郑莉夫妇来了，我们同年一起从家乡去新疆边防当的兵。他们的孩子也来了。我早先住在过道里时，他们每天都来看我。听说要捐献血小板，姜正平和杨桂萍的儿子姜侃毅然答应由他想办法。第二天正好是星期天，姜侃带了9位同事前往献血站，结果只有3人合格。我外甥带着他的8位大学同学也去献血小板，结果只有2人合格。他们献血时讲明是专门为我献的，献完血小板，就将证明拿了回来，交给李桐保存。哪天如果我需要输血小板时，李桐就拿上条子交到医院血库，这样我才能输到血小板。

　　沈建康和郑莉的儿子沈非白，是位现役军官，部队营区驻地就在市区，他对李桐说："阿姨，白天部队忙，我请假晚上过来值班。"

　　我晓得部队有部队的纪律，不好随便请假的，就没让他来照顾。

　　我得的白血病来势凶猛。没住院输血输液以前，还没有觉得身体有多大反应，住院到了第四天，血魔开始跟我疯狂作对，每时每刻都在张牙舞爪地向我偷袭，不管是白天，还是晚上，我胸闷如堵，不能多说话，稍微说两句，喘气喘得非常吃力，感觉生命就要窒息，整个人好像没用了，离死亡只有一步之遥。一会儿护士帮我接上了氧气管，一会儿又送来了监护仪，摆到床头柜上，昼夜不停地监测。我睡着时，不能均匀地呼吸，而是在吹气，我双手都在输液，不能翻身，命在旦夕，随时有可能被阎王招过去。

那天傍晚，市区的两位战友和家属都来了，见我病得奄奄一息，守在病房，谁也没有走。

我的病床靠着窗边，窗外的天空看得清清楚楚。后半夜，已经是凌晨一两点钟了，我看到窗外的一轮明月时隐时现在乌云里，团团乌云就像魔鬼似的，咆哮着冲向月亮，瞬间就把月亮遮挡住了。此刻我仿佛感到屋外的寒流变成一股强大的气流冲破窗子，直向我扑来，我浑身哆嗦，咳嗽不止，咬紧牙关，不停地喘着粗气。

此时，我的脑子是清醒的，眼睛是看得见的。我侧过头，望着姜正平坐在我病床左侧的椅子上一声不响，眼里裹着泪水，听到沈建康嘴里发出轻微的叹息声，郑莉过一会儿看看我的手肿了没有，又过一会儿见输液瓶快空了就去叫护士，杨桂萍一会儿走到我床前看看我，一会儿陪着李桐进进出出，忙着一起找医生喊护士。

我不时地咳嗽，不停地吹着粗气，自己晓得如果一口气出不来，眼一闭，命就没了。姜正平见我如此，再也坐不住了，默默地站起来，走出病房。接着，沈建康也走了出去。后来，我才知道两位战友眼泪汪汪，难过极了，但又不想让我看到，不想让我知道，只好悄悄地走出去。两位战友悲伤极了，姜正平开始默默无语，继而说："好好的人，怎么突然会这样？"

沈建康哀叹地说："唉，年纪恁轻。这咋弄呢？"

郑莉见他们出去，紧随其后，看到他们伤心的样子，听了他们的对话，小声地安慰说："不要紧的。会治好的！"

两家战友白天要忙着上班，每天晚上都要来陪在我身边，有时几个小时，有时通宵。这天夜里，他们整个通宵都陪在我病房。这对李桐来说无疑是一种安慰。她感到不是一个人在战斗。

　　我的病情急剧变重急坏了李桐。她内心焦虑，满脸倦容，拖着疲惫的身子，迈着沉重的步子，不停地进出医生办公室，联系医生，几乎带着哭腔，恳求医生："我家张圣喘不过气来了，麻烦你去看看吧。"

　　医生随叫随到，半夜里，医生和护士不停地过来观察病情。我的病情似乎越来越重了，战友们见我快不行了，建议李桐将我立即转到上海瑞金医院治疗。李桐急得无奈，吓得脸色惨白，只得对医生说："我家张圣喘不过气来了，恳求你救救他吧。"

　　"你不要急，应该不会有问题的。"

　　没过几分钟，一位男医生快步走进我的病房，来到我的身旁。这位医生姓林，名叫林耀华，副主任医师，他是受刘虹主任的指派来的。我住在东组，林医生是西组的，当夜是他值班。他询问了我的病情，然后伸出了两个手指，问道："能看见我的手指吗？"

　　"能。"我有气无力地回答。

　　他走到我跟前，仔细看了看我的眼睛，一声不响地又看了监护仪，然后风趣地说："心律很好，很平稳。没问题。调整一下用药和增加一种药。应该不会有问题的。为了保险起见，一会儿过来摄片会诊。"

　　"哪位是张圣？"林医生走了不到半个小时，一位身穿白大褂的医生推进来一个足有两米多高的摄片仪器，这个庞然大物进门时可升可降，摄片时根据病人的情况也可随时起降。医生一边问，一边确定我就是要摄片的病人，将仪器放在我胸口的上方，不停地调整角度，整个过程不过二十来分钟就完成了。只见医生一眼不眨地盯着仪器，脸无表情，然后定睛看了我一眼，默默地走了。

　　此时我根本管不了这事，只好听天由命，李桐想问结果却也无从问起。其实林医生很快就已晓得了结果：摄片提示右肺大片渗出性病变；两肺门增大；右侧胸腔积液。可是，林医生怕李桐担忧，没有告诉她。这一结果是我后来在第一次出院小结上看到的。要是当时知道了，我不知道我会怎么想，我敢肯定李桐会吓得全身发抖的，还很有可能会瘫倒的。

　　那时，我除了知道自己得的是白血病，至于白血病有多么凶险却一无所知，有些事情李桐怕我受不了打击，一直瞒着我，她内心独自承受着煎熬和痛苦。

"张圣现在感觉怎么样"刚摄完片,林医生就又来到了我的病床前,一边问,一边用听诊器在我的胸口仔细听了听,然后转向李桐,低声地说,"病情来势凶猛,病人有严重不适的话,及时给我们反映。应该不会有大的问题。"

凌晨四点多钟,我的病情似乎得到了暂时的控制。这期间,林医生数次将我的病情及采取的施救措施向刘虹主任进行了报告。

时值冬月,后半夜是天气最冷的时候,屋外寒风呼啸。杨桂萍见我穿着衬衫,担心我打吊针时手露在外面冻着,就不顾寒冷,与李桐一起骑着电动自行车去了我家,我家距离医院三公里多路,她们骑了二十来分钟才到家。家中如冰窟,两人冻麻木了,不觉得冷。李桐惊恐犹存,心吓得突突跳。杨桂萍心灵手巧,将我一件军用绒衣的袖子收口改制成大袖口,她一针一线地缝着,一会儿就把两个袖口缝制好了。然后,两人又马不停蹄地送了过来。

杨桂萍走到我病床前,对我说:"张圣,穿上不光暖和,还避邪的。"

这时我才知道原来刚才杨桂萍和李桐回去的,两个女人深更半夜难道不害怕吗?平时,我身体好的时候,凡是轮到李桐上夜班,只要我在家,不管啥时候,她都要我去接的。现在我也管不了那么多了,只好由她们去了。望着她们一夜没合眼,我心里黯然长叹道:"唉,我好好的一个人,咋就突然变成这样了呢?"

一夜的惊险总算过去了,迎来了黎明。此刻,我依然喘着粗气,人到了极度的疲惫状态,渐渐地闭着眼睛,迷迷糊糊地睡着了。天亮了,杨桂萍、沈建康、郑莉才回转。姜正平还留在我身边。

当夜,姜正平将我病危的情况告知远在一百多公里外家乡的战友们,一传十,十传百,很快一百多个战友都知道了,有的给他打电话,有的给他发微信,说准备包几辆车,过来探望我。

在病房陪了我一夜的姜正平对李桐说:"一百多个战友都想过来探望张圣。让他们过来,我来接待。"

此时我醒着,似睡非睡,隐隐约约听到姜正平轻轻的说话声,想侧过身来看看他,却全身疼痛,怎么也不能动,一会儿又昏睡了。

因为医生反复叮嘱,病人治疗期间,尽量减少人员来探视,所以,战友们要来探望的事,被李桐婉言谢绝了。

　　第二天一早，战友周俊余出现在我的病房，他啥时候来的，我也不知道，他见我闭着眼睛沉睡，就没有唤醒我，轻声地对李桐说："张圣怎么样？你们钱够不够？需要我做什么，尽管说，不用客气。"

　　听到说话声，我睁开眼睛，咳嗽了几声，喘着粗气，这算是我给他打了招呼。他见我醒了，对我说："张圣你不说话，只管听，不用操心。"

　　周俊余跟我是同乡，我们又是同年参军去的新疆。他英俊潇洒，心地善良，无论战友，无论战友家庭，也无论单位的同事，只要有困难和事情向他求助，都乐意助人。他从部队回到地方后，担任过多家单位的一把手，沉稳干练。此刻，我想起了去年在江海市的一次接待新疆战友的聚会。在就餐时，一位新疆男战友蓦然站了起来，饱含深情地讲了这样一件事。

　　十多年前，新疆乌鲁木齐市的一位女战友身患癌症，治疗时需用一种靶向药，当时乌鲁木齐市的各大医院都没有，这位女战友思量可能上海会有，但又想上海离乌鲁木齐那么远，找谁去买呢？别的战友告诉她，要么找战友周俊余试试看。

　　那位女战友就想到了刚入伍时只在新兵连一起训练过三个月的战友周俊余，当时在新兵连，男战友分几个排，而女战友只有一个班，男战友与女战友之间平素很少说话，那位女战友性格内向，自然也没有跟周俊余说过一句话，谁叫什么名字都对不上号，新兵训练一结束，她就分到了一所部队医院去了，包括后来转业到地方工作，也没有联系过。她顾虑重重，暗想："找周俊余，他能想起我来吗？他有办法吗？他能帮忙吗？"思来想去，没有别的办法，决定还是问别的战友要了周俊余的手机号码，拨了过去，电话里自报家门。

　　周俊余接到几十年没见面的远方女战友的电话，虽然一时想不起来她叫啥名字，也想不起来她长的什么模样，但知道女战友因病求助于他，心情格外沉重，安慰说："你放心，买好寄去！"

　　不几天，这位女战友收到了周俊余用特快专递寄去的药，当即拨通了电话，激动地说："俊余战友，万分感谢！我把药钱汇给你，请你告诉我汇款地址！"

　　"你现在急需用钱，钱就不用寄来了，是我送你的。如需再买药，不用客气。不管有什么困难，只要我能做到的，我一定会尽力的。祝你早日康复！"

周俊余说。

"俊余战友，让你买药已经够麻烦的了。那么多钱，我不能白要你的。你能帮我买到寄来，我就非常感激了。"女战友感动地说。

最终，周俊余一分都没有收。

这位女战友内心感激不已，时常念念不忘，她对前去看望她的战友们说："周俊余帮了这么大的忙，我用什么来感谢他呢？"

战友们说："既然周俊余不愿收钱，你就不用寄了；既然他肯帮忙，他也不需要你报答的。"

这位女战友最终没能逃脱癌症的魔掌，她在弥留之际一直记挂着这件事，她对前去探视她的战友们说："几十年了，周俊余长啥样我都忘了。我多么想见见周俊余，当面向他致谢，可是我不能了。如果你们将来谁要是见到周俊余，一定要代我当面谢谢他。"

"今天我来到了美丽的江海市，代表这位女战友向周俊余当面致谢！"这位男战友讲到这里，话语哽咽。

……

每当我想起这件事，我对周俊余其心之诚，其意之切，无不感佩。

我这次住院，是李桐给周俊余打的电话，他接完电话立即赶了过来。他走进病房问明了我的病情，随即去了医院的一个领导办公室，说："我有个战友叫张圣，患了白血病，病情危急，住在你院血液科。请有关专家和医生多关照。"

"病人张圣。好的，我知道了。我这就给血液科刘虹主任说一下。其实，我打不打电话，说不说都一样，我们的医生都会帮病人认真看病的。这你放心！"对方边说边将我的名字记了下来，非常爽快地回答，并且当即给刘虹主任打了电话。

周俊余从医院领导办公室返回到病房，将有关情况给李桐说了，又说了几句宽心话，他然后望着我说："张圣，我还有事，改日再来看你。李桐，有困难随时给我打电话。"

远在一百多公里以外的战友闻焰与张柳娟夫妻俩得知我住院以后，专程赶过来，周俊余前脚刚走，他们后脚便到医院。他们见我喘气急促，命在且夕，当即把李桐叫到病房外面，背着我悄声说道："看张圣这样下去吃不消的，赶紧转院去上海。有家大医院有熟人。要转院，我们来联系。实在不行就转院。不能拖。"

李桐心里吓归吓，但她每次来到我身边，从未流露出惊恐之状，表面上却还装成若无其事似的，她在心里默默地祈祷我一定能够战胜病魔的，她相信刘虹主任和医生们一定会治得好我的病的。因此，她丝毫没有动摇把我留在通仁医院治疗的信心。

"病人现在怎么样？"八点刚过，刘虹主任一进病房就问。这天是刘虹主任带队查房，后面跟着一辆查房车，由医生推着。见我睡着了，问李桐。

"张圣，张圣，刘主任来查房了。"李桐注视着我，轻声地叫着我的名字。

我的两眼皮在打架，吃力地睁开眼睛，看到身穿白大褂的人站了满满一病房，有几个站不下还在门口站着。其中有正式医生，有实习医生，实习医生手中都拿着笔和记录本。

"病人得的是 M3，刚住进来几天。这种病第一个月最凶险！病人主要用药为维甲酸和三氧化二砷。病人体质弱，免疫力低，容易感染，发热。对这种病人要密切关注，不能大意。"刘虹主任站在我跟前，向医生们讲解。她见我醒来，不时地咳嗽，转向我问，"现在感觉哪里不舒服？"

"全身——疼痛，气——喘不过来。"我缓慢地一字一顿地作了回答。我每说一句话，都要咳嗽好几次，有时不得不停了下来。说话时气喘不过来，不停地吹气，浑身疼痛难受。

刘虹让我张开嘴巴，拿着手电筒仔细照了照，然后号了一下我的脉搏，号完脉，将听诊器放在我的胸部上认真地听着，听完让我侧过身，检查背部是否出现异常。我一翻身，就喘气咳嗽不止。一会儿检查完了，她头转向李桐说："病人刚住院，来探望的人多，为了确保病情得到迅速控制，不被感染，建议住层流床，与外界隔离。即使来人探视，也使病人相对安全。今天有个病人出院，下午就搬过去。"

层流床，就像夏天床上挂的蚊帐，不过这个蚊帐不是用棉纱做的，而是用透明的塑料膜围起来的，里面装有电子紫外线灯，每天早晚各用紫外线灯消毒一次，每次半个小时。

李桐感激地回答:"听刘主任安排。"

刘虹主任对李桐说:"今天起口服维甲酸,你先问人家借,等买到了还人家。"

维甲酸是用于治疗急性早幼粒细胞白血病的救命药。这种药通仁医院药房没有,只有到上海瑞金医院才能买到,要买这种药,必须持有医院血液科诊断此类疾病的证明书,否则是买不到的。一盒药 30 粒,每顿 1 粒,每天 3 粒,每个月 3 盒,一盒只有 11.5 元。为了防止黄牛倒卖,所以,每次只能限购 3 盒,而且只能凭当地医院的证明去上海瑞金医院挂号购买。这种救命的药,吃了副作用小,而且特别便宜。我刚开始不懂得它的珍贵和价值,还暗地里埋怨买个药要去上海,真麻烦。但是万万没想到,这种治疗白血病的救命药到了 2015 年 4 月份就停产了。据说是药厂生产这种药没钱赚,不愿生产了。买不到药怎么办?病还得治啊,那段时间大家都好像丢了魂似的。这么好的药,这么便宜的药,说停产就停产了,岂不怪哉!医生也无奈,只好建议我们改吃其他省份生产的类似的药,但是副作用很大。许多病人都说:"哪怕一盒药的价钱抬高 5 倍至 10 倍也不算贵,我们也得买呀!怎么突然就停产了呢?"

还好,总算有类似的药替代的,就是副作用大、药价贵。真是谢天谢地!

刘虹主任刚才在给我号脉的时候,感觉我的手冰冷,仔细检查完后,对李桐说,"挂水的手长时间露在外面,病人会冷的。用毛巾把手盖住会暖和些。另外下周准备化疗!"

这时,我依然喘气不止、咳嗽不止、低热不止,命悬一线。

刘虹主任一面检查,一面问:"以前得过其他重病吗?"

我说:"我以前身体一直很好,就是到了冬天,差不多每年都要来一次重感冒。有时咳嗽蛮厉害的。"

刘虹主任脸色凝重地说:"这次要新账旧账一起算了!大小便不要下床,避免跌倒,避免感染!过道里住的那个老人比你早来几天,住不起病房,感染发热了。你可得千万注意!"

层流床就在我住的病房的隔壁,下午我就搬了进去。

那个老人还在过道里住着,几天不见,现在一直发着高热躺在床上,显然血魔正在快速地向他发起进攻,像他这种情况必须进病房治疗,否则就会上西天。

一天傍晚，老人的一双儿女来了，三十来岁的模样，站在过道里，低着头，不说话。

自此，我再也没有见过那个老人。后来我听同室的病友说，他和那个老人住在一个生产队的，老人回家没活到春节就死了，从起病到死不满一个月。

此时，血魔疯狂地向我扑来，我仿佛乘着一艘小船，漂泊在茫茫大海上，突然遇到了暴风雨，被卷入滔天巨浪，眼前一片漆黑，船随时被击沉，人随时被吞噬。

我躲在层流床里，昼夜吸着氧气，不吸氧气就喘不过气来，吓得急煞人性命。

刘虹主任根据我的病情变化，不时地调整治疗方案，医生们不时地来观察我的病情。刘虹主任和医生们挥起他们手中的利剑，斩断血魔伸向我的魔爪，与血魔争分夺秒，把我从死亡线上抢救了回来。

上海买药

那几天，我病得很重，几乎天天报病危，又要输血，又要输血小板，又要买药……所有的事情都落在李桐一人肩上。李桐临阵总是不慌不乱，有事一人悄悄地出去了，过不了多久，又匆匆地回到病房，守护着我。

就在周俊余来看我的第二天下午四点多钟，我躺在病床上，气息奄奄，血小板低到一万八，医生通知说必须尽快输血小板，医嘱早已到了医院血库，可是迟迟不见血库回复。李桐急不可耐，去血库跑了几趟，都说没有。她站在血库门口，望着值班男士，心凉了，只得转身往外走。天空飘着纷纷扬扬的雪花，刺骨的寒风像刀扎一般向她砍来，她都麻木了，似乎不觉得冷，拖着沉重的步子回到病房，默默地看着我，不时地发出轻轻的喘息声。

"李桐，张圣咋样？"周俊余刚跨进病房，看见李桐愁眉苦脸，呆呆地站着，心里明白她一定遇到什么难以解决的事儿，便关切地问。与周俊余同时进来的，还有他的妻子马蓓玲和女儿周婉。

"平素张圣身体蛮好的，不要紧的，一定能扛过去的。李桐，你不要着急。"马蓓玲说着将手里拎着的一大包东西递给李桐，然后继续说道，"这些新疆红枣、苹果、核桃，还有这些食品，听周俊余说，张圣可以吃的。"

"谢谢！谢谢你们！"李桐从马蓓玲手中接过东西，感激地说。

"阿姨好！"周琬朝李桐叫了一声，然后转过头来叫了我一声："叔叔好！"

李桐看见周琬，一时忘记了刚才的苦恼，紧锁的眉头舒展了，脸上略露笑意，随即问："周琬，你怎么有空来的？"

"今天是星期六，听我爸说叔叔病了，来看看叔叔。"周琬站在一旁，微笑着说。

周琬长得眉清目秀，自小聪明能干，因为父母工作忙，顾不上她，她从小学三年级起，就独自上下学了。还在周琬上小学、初中的时候，我们每年都要见几次，她上高中三年，学习紧张，就难得见了，后来她去上海读大学，毕业后在上海考上了公务员。这么多年，我们一直没见到她。她现在已经是单位的部门负责人了。

"你大老远从上海来够辛苦的。阿姨见到你非常开心。"李桐向着周琬说。

"有没有困难？"周俊余直截了当地问。

"唉，要输血小板，我去医院血库跑了几趟，都说没有。我拿着亲戚捐献血小板的单子去找也没用，说我单子过期了。"李桐一脸无奈地说。

周俊余看了看我，随即对李桐说："你把捐献血小板的证明给我，我来给血站联系。"他从李桐手中接过捐献血小板的证明，拿出手机拨通了血站的电话号码，说："血站吗？我是一个病人的亲友，病人张圣，O 型血，他有亲戚捐献血小板的证明，在通仁医院血液科住院，急需输血小板。"

"通仁医院血液科张圣，血小板，O 型血。好的，马上调拨过来。半小时后，去医院血库取。只要报病人的名字就可以了。"对方立马回复道。

"还有啥困难吗？"周俊余晓得我生了重病以后，李桐一人撑着不容易，他停顿了一会儿，继续说，"有啥事不用客气，直接跟我说。张圣现在遇到了磨难，等过了这个关口就好了。"

"医生说要买维甲酸，这种药只有上海瑞金医院才有得买。买药的证明医生都帮我开好了。唉，这儿一刻都不能脱人的。"李桐心情沉抑，叹息道。

"你把买药的证明给我，这件事交给周琬来办。明天是星期天，我们一早去上海，到了上海去医院挂号买药。我返回时送来。"周俊余望着我，见我接着氧气，心情沉重地说。

他们一家来探视，说说讲讲，半个多小时就不知不觉地过去了。

"张圣，血小板到了，马上输。"护士周晓芳走进病房，来帮我换药水，微笑着说。

"要我去拿吗？"李桐问。

"不用。已经拿上来了。过一会儿，我就来输。"周晓芳说。

"张圣住院，李桐你也要注意休息。有事联系。"周俊余听护士说血小板已经到了，马上输，放了心，转过身，向着我说，"张圣你好好治病，啥都甭想。我有空就来看你。"说着，他们一家三口就走了，李桐直送到电梯口。

我默默地望着周俊余、马蓓玲、周琬走出病房，虽然不能说话，但心里感激不尽，热泪在眼眶里打起了转。

第二天是星期天，周俊余和周琬早晨八点多钟就到了上海，直接去了瑞金医院，门诊挂号大厅里人挤人，排队的队伍一排又一排，可是每一排的排队人数都有几十人，父女俩每人排一个队，哪个快就去哪边挂。等医生开好处方拿到药，已经是中午十二点多钟了。周俊余对周琬说："你看光买个药，挂个号，排个队，都不容易，何况病人躺在床上呢？那就更不容易了。"

"爸，我晓得你说话的意思。"周琬尽管刚才排队时被挤得满头大汗，但看到自己手中买到的药，开心地笑了。

"懂就好！我知道你懂！"周俊余听着女儿的话，满心欢喜，然而说话还是带着一脸的严肃。

吃过午饭，天开始变了，下起了蒙蒙细雨。周俊余歇了个把钟头，起来了，时间刚过三点，对周琬说："张圣叔叔还在等着维甲酸药呢。我这就回去将药送给他。"

上海市区的道路本来车就多，加上又是星期天，车来人往就更多。周俊余驾车出门不久就遇到了堵车。好不容易出了城，车子行驶在高速路上，细雨落在车窗玻璃上，雨刮器不停地划来划去。雾气重，能见度低，车速不得不放慢了下来。

走在半路上，又遇到了堵车，这次堵车比在上海市区更厉害，车子向前行驶，有时比人力车还要慢；车子过了苏州，路上再次堵车，一个小时向前行驶不了几公里。他看到有高速路出口，决定下高速绕道走，没想到下了高速不久，还是堵车，前进不得，后退不能，在车上着急没用，只有慢慢地行驶。

平常从上海返回只要两个小时就够了，这下多走了五个多小时，眼疲人乏，夜里十点多钟才到达江海市。他没有回家，直接去了通仁医院。

这时细雨早已停了。车子开到了医院停车场，周俊余出了车门，寒风吹在脸上，好像刀割似的，他浑身打了一个冷颤。停车场离医院住院部大楼有两百余米远。他抬头看了看天，然后不顾严寒，朝住院部大楼走去。

这时我打吊针的药水挂完了，李桐正要出门去叫护士来帮我拔针，看到周俊余走了过来，既惊讶，又感动，说道："周俊余，这么晚了，天又冷，你还来看望张圣。太感谢了！"

周俊余走进病房，径直走到我床前，见我依然接着氧气，关切地问道："张圣，你感觉怎样？你光听，不要说话。"说着，转过身，将手里拎的药递给李桐说，"药买回来了。"

听见周俊余轻轻的说话声，我看到了周俊余手中拎的药，知道他为了帮我买药，不顾路途遥远，不惧雾天车子难开，不畏天寒地冻，将救命药及时送了过来。此时，泪水盈满了我的眼眶。

李桐接过药，一个劲儿地道谢，接着又问："多少钱？"

"送给张圣的。以后买药的事交给我，你就不要操心了。张圣住院，钱够吗？不够的话，跟我说一声，别不好意思。救命要紧。"周俊余诚恳地说。

"为了我家张圣，烦劳你们了。谢谢！"李桐见周俊余起早去上海，夜里返回，辛劳了一天，心里过意不去，感动地说。

"外面的西北风蛮大的，天冷得很。"过道里的说话声尽管不是很响，但在这静寂的夜晚，依然清晰地传进了我的耳朵。

可是，我自从住院以后好像与世隔绝了，外面的事情似乎与我无关，我根本无心无力过问，我躺在病床上，一点都不知道外面天气的变化，也无法感受到天气的冷暖。看到周俊余，我就想到他们一家人，为了我，从昨天至今天，他们为我忙碌奔波，解决了我的输血小板问题；他们穿梭于江海市与上海市之间，解决了我的买药问题。

我没有生病的时候，忙于工作，周俊余也是公务繁忙，我们难得相见；如今我躺在病床上，在我亟需帮助的时候，他来了，他来是雪中送炭啊。

周俊余不时地望着我，见我病魔缠身，命在旦夕，忧心如焚，说："张圣，我回去了。需要我做啥，直说。"

这句普普通通的话，饱含着无限的深情厚谊。新疆战友兄弟般的情谊，永远铭记在我的心间。

　　此时，西北风呼呼地刮，寒夜天彻骨地冷。周俊余走出住院部大楼，如释重负，尽管天气比刚才更冷，但他似乎感到没有来时那么冷了，浑身的疲惫也顿时消失了。

　　在我以后漫长的治疗过程中，我一直得到周俊余一家的无私帮助。周琬一直帮我买药，周俊余一直给我送药，不让我掏一分钱，直至药厂停产为止。周俊余经常来探望我，忙的时候，还不忘打电话来问问。

第二章　求　生

第一次化疗

化疗就是用化学药物治疗恶性肿瘤。化疗是对病人身体上的一种折磨，化疗是对病人精神上的一种慰藉。化疗对一个没有疾病的人来说，是一件不可想象的事情。大家普遍认为，癌症就是绝症，生了癌症就是死路一条。生了癌症，就得化疗，而且即使化疗也没有多大用处，那是白花钱，活受罪。没有生白血病以前，我也是这么认为的。现在轮到我生了白血病，人们从表面上看我好像很坚强，其实内心有时却心灰意冷。白血病，在我以前的印象中要比其他任何一种癌症都要死得快，不仅看不好，还要花费数十万甚至上百万元，这对一个工薪阶层来说，是个天文数字，最后往往还是人财两空。

上午听到医生叫李桐去新特药房购买化疗药，我就心惊肉跳。这种化疗药不好从医保报销，全部自费，每支近四千元，一天一支，连用五天。这个时候救命要紧，哪个还管公费自费，哪个还考虑钱多钱少，哪怕再多也要出，出得起当然要出，出不起只好打道回府等死。我家经济条件还算过得去，能够承担得起这笔费用。李桐毫不犹豫地将药买了回来。

化疗，多么可怕的化疗。在没有化疗以前，我的心里总是想着它有多么恐怖，好像它是杀人不眨眼的化学武器似的，在我不知不觉中就能把我摧毁。其实到了真的化疗的时候，并不觉得多么可怕，就跟一般的打针没有两样。化疗的方式根据白血病的类型来定，不同类型的白血病，有时采用不同的方式，有的是将化疗药稀释以后挂的，像我这种类型的白血病，采用推药的方式进行，将化疗药抽到一根粗粗的针管里，然后针往屁股上扎进去缓缓地向前推，推时屁股上会感觉有点酸胀，一管药大约十来分钟就推完了。这就是化疗。

化疗后的第一个反应就是胃胀，感觉恶心难受。医院里打的饭菜，平时吃还行，可是一化疗，不要说吃了，一闻到菜油味，就想吐，吃米饭就像吞泥土，难以下咽。人是铁，饭是钢。每到吃饭的时候，李桐都希望我多吃点饭菜，只有吃得下饭，身体才能慢慢好起来。她把饭菜刚端上来，还没有打开，我就冲她发火："这么难吃的饭菜，闻到就要吐，叫我怎么吃？"

一天中午，李桐刚打好饭菜，让我吃，我又冲她发火了。

此时，杨桂萍来了，望了望我，将她亲手做的饭菜交给李桐，笑吟吟地说："张圣住了院，你吃不好，睡不好。我知道你没空买菜做饭，一早上菜市场，回家做了红烧肉、蛋饺子、鲫鱼汤。张圣胃口不好，吃不下饭菜，能喝点汤也是好的。你可要多吃点。你不能垮下来！"

"谢谢！"李桐怔了一下，随即说道。

"张圣，杨桂萍专门为你做的饭菜，你吃一点吧。"李桐向着我说。

"我一点胃口都没有。肚里心泛，恶心，吃不下。你吃吧。"我将氧气管拿下来，说着，边说边咳嗽不止，不得不又把氧气接上。看到杨桂萍专门送来的饭菜，想到她冒着严寒早早地去买菜，虽然默然无语，心里却非常感激。

李桐任凭我发火，心情沉重地看着我，一句话也不说。一个家就是一个天，对于她来说，我是家里的顶梁柱，顶梁柱倒了，天就要塌了。这时她心里承受的是什么？是天，是天大的事。此刻，哪怕天塌下来，她也得用柔弱的身体撑起来！

化疗后的第二个反应是身体严重不适。我一直发低烧，不能翻身，一翻身就咳嗽不止。接着，脚腿痛，头痛，全身痛，所有的痛一齐袭来，不管侧身，还是平躺，喘气急促不止。脸色苍黄，眼睛浮肿，白细胞急剧下降，血小板急剧下降，好像被敌人抓过去严刑拷打似的难受，说话喘不过气来，只有接氧气，才能好过一点。医生不说，李桐不讲，我心里清楚，离死亡只有一步之遥，一口气喘不过来，人就没了。血小板低于两万，或者接近两万，就得输血小板。那几天，每当下午四点多钟，我的血小板低到一万八左右，医生通知需要用血小板，李桐拿着亲友捐献血小板的证明，心急如焚地下楼直奔医院血库要血。

血库的人说："没有。"

李桐说："我有献血证明。"

"过期了。"血库的人头也不抬地说。

李桐每次去血库要血，血库的人十趟总有九趟说没有。

李桐又急又气，回到病房，立即给我单位人事处徐志华处长打了电话。

徐志华说："李姐，你放心。我们单位每年都是献血大户，血站会优先保障的。我这就想办法。"他当即联系血站，傍晚，调来了血小板。

有一天下午三点多钟，我单位政治部施凯玲主任冒着凛冽的寒风来看我，她手里拎着一大包东西，说："这是新疆红枣、坚果，这是苹果、牛奶……我问过医生的，这些你可以吃的。"

听说我需要输血小板，李桐去医院血库没要到，施凯玲立即拿出手机给人事处长徐志华打了电话："徐处，我在医院，张圣需要输血小板，请你马上联系血站。"

两个小时后，医院血库通知说血小板到了。

没过几天，又要输血小板了。那天下午，我单位的李英敏领导来医院探望，她对我说："本来早就来了，前一阵感冒，所以没来。办公室发了通知，说你需要输血、输血小板，单位里的好多年轻人说，老张需要输血、输血小板，我们大家都愿意。只要组织上通知一声就行了。"她接着对李桐说，"张圣在住院，你们有什么困难提出来，我们能解决的帮助解决。要不要白天派个人来替换替换你？"

李桐说："输血这个大事解决了，其他的事我能行。谢谢领导关心！"

此时我躲在层流床里，躺在病床上，虽然不能翻身，说话说不响亮，但意识是清楚的，听了李英敏领导的话，我既感动又激动，透过层流床的塑料膜帐篷望了望，声音微弱地说："谢谢。"

这时护士周晓芳就站在我旁边帮我换药水，微笑着说："你们领导对你好好啊！"

化疗后的第三个反应是身体内部的各路"敌人"都钻了出来。

连续五天的化疗结束以后，我的全身不舒服。

一是浑身出大汗。大冬天，我好像被浸泡在水里，四肢被人捆住似的，不能翻身，一天到晚出汗，胸部出汗，背部出汗，腿部出汗，每个地方都出汗，衣服裤子全湿了沾在身上，盖的被子也湿了，李桐有空就用干毛巾帮我揩汗。按医院的规定，住层流床三天换一次被子，开始的时候，个别护工不是很积极，后来熟悉了，说话也随便，但每次都要李桐去叫，她们才能来换，大概她们也太忙了。

二是掉头发。头发不时地掉下来，有时大把大把地掉，人不人鬼不鬼的。我脸色煞白，没有血色。护工们背后都在议论我的年纪，都说我已经像七十多岁的老头了。李桐听到后黯然无语。

三是不能下地上洗手间。一开始化疗，我就便秘了，一个多星期拉不出来。医生让我多吃香蕉，多吃蜂蜜。李桐买来了，我哪里能吃得下？吃到嘴里就想吐，根本吃不下，我心情糟透了，常常冲着李桐高声大气，她却始终忍着。

四是皮肤像纸糊的，一碰就破。一次小便不小心拇指指甲碰到了敏感部位，顿时血冒了出来，幸而血很快止了。我吓得不敢跟医生说，见到护士进病房，向护士要棉签和碘伏。

护士问："做什么用？"

我又不好意思明说，只是说："不小心下身擦破一点皮。"

护士说："我来帮你消毒，看看要不要包扎一下。"

我愣了一下，说："不用。我自己来。"

聪明的护士看了我一眼，一下明白了，不再说什么。

我以后小便时更加谨慎了，大便不敢用力，生怕用力了肛门撕裂出血，如果血止不住就麻烦了。为了防止出血，不能刷牙，不能打喷嚏，不能刮胡子，不能理发。

五是身上出现红点，奇痒难受。整个背上全部有红点，脚上也有少量的红点。人已经处在极度虚弱的状态，如果治疗环节上任何一环出现一点小问题，或者马虎大意，随时就有可能一命呜呼。

刘虹主任查房特别细心，她不放过我身上出现的每个症状。如果查房不仔细，那是很难发现的。刘虹主任当即说："开点药，擦擦涂涂会好的。至于其他症状，还要注意观察，不能大意！"说着，她转过头对李桐说，"你家的免疫力下降，要输球蛋白。先买10支。我们医院没有。你们自己想办法。"

一支球蛋白六百元，十支六千元。李桐立即给杨桂萍打了电话，问："你药店或医药公司有没有熟人？张圣需用球蛋白。"

"有，我有位同学是药店经理。我现在就打电话问他。他那儿有最好，要是没有，就让他想办法。"杨桂萍立即回答。

"你联系好了，打电话给我，我去买。"李桐说。

"你在医院，守护张圣。我和姜正平去买。"杨桂萍二话不说，满口应承。

此时外面下着大雨，天又阴冷，杨桂萍和姜正平正在上班，两人立即放下手头工作，各自请了假，由姜正平开车去接杨桂萍，然后去了杨桂萍同学开的药店，买了回来，及时送到医院。

杨桂萍对李桐说："张圣住院，有用得着我们的地方，不要客气。你不说，我们想不到的。"然后，又走到我床前说，"张圣，你不要操心，什么都不要管，安心治病。"

我喘着粗气，望了望她，默默地轻轻地点了点头。

鬼门关

提到鬼门关，每个白血病病人无不望而生畏。但是，不论生与死，每个白血病病人都要过这一关。

2015年1月20日，农历是十二月初一，这天是我的生日。

我进入通仁医院血液科治病已有十三天了，始终处于高危，随时都有可能上西天。最急的当然是李桐了，她时时处于惊恐状态，生怕我哪天哪时突然不行了，别她而去，白天除了应付医院缴押金、购药、买饭菜等日常事情以外，夜晚团缩在狭窄的铁椅子上，陪伴在我旁边。我只要一有风吹草动，她立即翻身坐起来，凝神地望着我。这些天来，半夜里，她经常蹑手蹑脚地走到我身旁轻声问："痛吗？我去叫医生。"

有好几个夜晚，月光透进窗户，我借着窗外冷冷的月光，看到李桐有时呆呆地站着，有时默默地坐着，可是她的眼睛却一眼不眨地盯着我，我怕她担心，忍着疼痛，摇摇头说："有点，还好，能挺住。"

生日头一天，我感到气急特别厉害，李桐给医生说了，很快护士周晓芳过来帮我接了氧气，喘气有所缓和，舒服了一些。我的双手都插着挂药水的针，左右开弓，从上午八点多钟开始挂水，要挂到后半夜一两点钟才结束。

我在挂水期间，李桐是睡不着觉的，眼睛过一会儿看一眼，看看药水还有多少，一直到药水全部挂完为止。我在挂水期间，为了让李桐多歇一会，我说我反正睡不着，我来看药水，什么时候挂完我心里有数，说是我来看，其实我眼睛一点都睁不开，看着看着就不知不觉地睡着了，醒来才知还在挂水。有几次，李桐嘴上说着让她看药水，一会儿却坐着睡着了。用了化疗药以后的这段时间，我昏昏欲睡，整天迷迷糊糊，精神几乎崩溃，意志渐渐消沉，感到自己人生的路就要终结了。这天的后半夜两点多钟，我的药水终于挂完了，拔了针，不久便似睡非睡似的，眼前出现了幻觉。

这时，有四个小鬼悄悄地走进我的病房，我好像被小鬼灌了迷魂汤似的，一会儿隐隐约约感觉到四个小鬼轻轻地将我抬出了病房，抬到了一片荒野，那是一大片乱坟场，四周杂草丛生，阴森可怖。一会儿，我被蒙住了眼睛，捆住了手脚，只觉得被拖到了一个黑黑的隧道里，什么也看不见。四个小鬼歇了一会儿。一个个头稍微高大的小鬼将我眼前的蒙布撕开了，露出了狰狞的面目，说："继续抬，反正抬了进去，我们就可以休息了。"

说着，一个抓住我的右手，一个抓住我的左手，一个捏住我的右脚，一个捏住我的左脚。其中一个小鬼说："抓紧了，使劲哦。"

四个小鬼费了九牛二虎之力，怎么也抬不起来。

一个小鬼说："向前推吧，推比抬省劲多嘞。"

于是，一个小鬼边推边说："这人怎么这么沉？阎罗王是不是搞错了！"

四个小鬼把吃奶力气都使出来了，但只能一点一点向前挪，一点一点向前移。此时，我被四个小鬼揪得死死的，想挣脱怎么也挣脱不了，不停地缓慢地向前移动着。

一个小鬼说："到了！"

说着，突然停了下来。我好像被重重地摔了一下，我拼命挣扎，大声叫喊，就是喊不出声来。

一个小鬼说："动什么动，再动也没用，再喊也没用，反正你死定了。"

我拼命想睁开眼睛，就是睁不开；我拼命想大声喊叫，就是喊不出来。一个小鬼见我拼命反抗，上来朝我就是一巴掌，凶恶地说："我让你动！"

我终于说出了话："凭你们几个小鬼就能揪住我了，怎么可能？"说着，我两条腿使劲蹬，使劲踢，两只手使劲来回扭动。四个小鬼终于松了手。

我从四个小鬼手中挣脱出来，抬头一望，我的天啊，原来眼前出现了令人不寒而栗的三个字：鬼门关！

幸好鬼门关的门是关着的，如果门开着，被拖了进去，就没命了，我浑身惊出了冷汗。

我原来这是在做梦，梦醒了，不停地吹着粗气，想想梦境，浑身寒颤。我暗暗想，看来，老天爷显灵了，我的病凶多吉少，不知能否躲过这一劫？世事难料！我再也睡不着了，眼睛睁着，一会儿看着层流床的床顶，一会儿转过头看着窗户，盼着天亮。

天终于亮了，人们又在病房里开始活跃了。我因为连日化疗，身体各种反应接踵而至，吃不下饭，只能喝一点米汤，早已把自己的生日忘得一干二净。李桐也同样忘了我的生日。往年，她都要为我庆祝的。由于梦境的出现，心中自然忐忑不安。这几天天气特别冷，数九寒天，寒风刺骨。我的病就像这天气似的，病得透骨，随时就会病死。

上午十点钟光景，病房门口传来几个说话熟悉而亲切的女人声音，其中一个问道："张圣在这病房吗？"

李桐正坐在椅子上，抬眼朝门口望了望，看着来人，站了起来，说："是的。请问你们是？"

还没等李桐问完话，四个人就出现在我面前，各人手里拎着一大包东西。原来是四个年轻的女法官，个个漂亮，貌如天仙。她们是郭爱华、刘桂香、仇娇娇、鲍永红。当初，我从部队转业到政法系统时，曾办过一期新闻写作培训班，那时郭爱华、刘桂香和仇娇娇刚从政法大学毕业，通过司法考试，后来又通过公务员考试，到了法院工作，当了法官。法院推荐她们为业余报道员，前来参加培训，听过我讲的课，所以熟悉，平时也有来往。现在她们都已经是审判长了，而且是员额法官。鲍永红是后来考进法院的，也是员额法官，她写的东西，我看过，是个才女。

我让李桐将床头摇高一点，便于看到她们，于是一一向李桐作了介绍，然后对她们说："谢谢你们专门来看我！"

郭爱华微笑着说："我们几个都看过你写的书，听过你讲的课，敬佩你的为人处世。本该早来看你了，年底案子多，工作忙，我们几个今天才有空凑到一起。老张，你好好治病。现在医疗技术发达，一定会治得好的！大家都说要来看看你！"

刘桂香见我躺着，直喘粗气，关切地说："挺过来就好了！我们为你加油！"

仇娇娇一直朝我微笑，见我躺着一说话就咳嗽，说："老张福大命大，一切都会好的！"

鲍永红说："我们为你加油鼓劲，大家都在为你加油鼓劲！你一定会好起来的！"

这四位年轻的女法官，朝气蓬勃，穿着法官服，特显庄严威武，说话神采飞扬，目光炯炯，看人有股穿透力，令我感到此刻好像满屋闪耀着光芒似的。她们的到来，给我的心中带来了光亮；她们的微笑，给我带来说不尽的快乐；她们的话语，给我带来无比的温暖。她们冒着严寒来看我，使我非常感动。民间传说，鬼怕法官，鬼碰到法官就会逃之夭夭。这时我才想起原来今天是我的生日，她们四个女法官前来探视，虽然可能不知道是我的生日，但我当作她们是知道的，是特意来为我庆贺的，我心里特别开心。我仿佛觉得我的命有救了。

此刻，我似乎觉得病好多了，心里也宽舒多了，这天的午饭也比往日多吃了几口，吃起来好像也香了。

四位女法官因为还要上班，在病房停留了一会儿就走了。她们走后，我对李桐说："四位女法官就像孙悟空，是来为我降妖捉鬼的。"

其实，我心里晓得，还有很多熟人都想来医院探望我，特别是我单位里大多数同事都想来看我，都被李桐谢绝了，因为医生和护士反复叮嘱，生了白血病，最怕的就是来人多，人一多，病人很容易被感染，感染了，病就难治了。不说别的，就是闹个感冒发热的话，要多花不少钱，最后命还不一定保得住。

这天早晨，我一想到自己做的噩梦，心情特别不好，情绪异常低落，心里烦躁不安。后来，郭爱华、刘桂香、仇娇娇、鲍永红四位女法官的到来，给我带来了美好的希望，见到她们，我好像遇到了救星，低落的情绪渐渐平稳了，心中的魔鬼顿时烟消云散，逃得无影无踪。她们，四个女法官，就像一束曙光，驱散了我心中的阴霾。

第二次骨穿

我住院二十多天了，恍如隔了二十个春秋，在痛苦中挣扎着度过每一个时辰。

这天，天下着蒙蒙细雨，外面光线暗淡。我躲藏在层流床里，望着窗外，感觉自己好像小鸟一样被囚禁在笼子里，我多么想能够冲破笼子，出去看看外面的景致，哪怕雨水将我淋湿也好，总比困在医院里强啊。可是，目前连下地都困难，怎么可能呢？那是痴人说梦——空想。现在，饭吃不下，一吃就想吐，真是难受死了。

早晨七点多钟，女医生杨希通知我要做骨穿，听说要做骨穿了，我一点都不害怕。因为我刚进医院血液科那天，在过道时，年轻的女医生刘凯雁帮我做骨穿，一点都不痛，只是稍微有点酸胀，还说我的骨头比较硬，大约几分钟就做完了。我想，做就做吧，没什么大不了的，不就是一会儿吗？然而，我错了，医生之间的水平有高有低，实习生更不能跟医生相比，他们毕竟缺乏临床经验。我万万没想到，这次帮我做骨穿的，不是医生，而是在校实习生，他们让我吃的苦，使我痛苦不堪。

早晨八点多钟，一个年轻的女实习医生带着一个男的实习医生来了，从胸牌上可以看出来，女的名字叫陆静，是硕士研究生，男的名字叫黄星，是本科生。我头朝东，俯卧着，双手抱着头，陆静站在我的南边，靠我的右侧，黄星站在我的北边，靠我的左侧。我俯卧在床上，两个实习生在我腰上做骨穿，他们的一举一动，我什么也看不见。李桐有事出去了，也不在跟前。我只有任凭他们摆布。

黄星注射麻药以后，开始做骨穿了，问："插哪儿？是这儿吗？"

只听见陆静说："应该插在这个位置。往下插，再往下。"

黄星说："插了，抽不到。"

陆静说："你停下，再打麻药。我来！"

我凭直觉感到显然陆静要比黄星有经验。一会儿，陆静惊讶地说："嗳，怎么看不见？"

我说："阴天，光线不好，把床头上的灯也开了。"

陆静说："不是，怎么抽出来有点稀？"

我说："不对，我刚进来时，医生说我的骨头比较硬的。"

我哪里晓得黄星没做好，陆静再做的时候也没做好，没有扎到应该扎的位置上，在我不知道的情况下，她又悄悄地扎了第二针，这一下，连同黄星的那一针，一共扎了三针。本来如果医生来做骨穿的话，一针就搞定了。

骨穿没做好，苦头就来了。当天晚上，我腰痛得不能侧身，不能翻身，只能仰卧，从早晨七点多钟起到前半夜，我一直在挂水，还能够挺得住。药水一停，到了后半夜，痛得大汗淋漓，人没睡着，就遗精了，第二天夜里还是遗精了，腰痛得更加厉害，腿一动，腰就痛。

第三天早晨，刘虹主任来查房，我不大好意思说，我想忍忍就过去了。

第四天，女医生杨希来查房，我还是不好意思说，我想过了今晚可能就好了，可是连续一个星期都这样。

到了第八天，我实在痛得忍不住了，见了杨希医生还是说了。

杨希医生说："骨穿是有风险的，有的扎一针，有的扎二针，还有扎三针的呢。"她接着说，"可能在扎的时候扎坏了神经，都有可能的。"

我这个一直处于高危的病人只能反映病情，只能将情况告诉医生，让医生来判断，然后对症下药，除此之外，还能说什么呢！

我想，这种情况过几天会好的，因为当时正在抢救，这种小事不算什么，只要能保住性命就万事大吉了，所以没有更多地去想。可是这种疼痛，一直持续了半个月，不管是白天，还是晚上，一翻身就痛。所幸的是一个月以后不再遗精了。可是，腰痛却持续了很长一段时间。

这种痛苦，不能告诉李桐，她要是知道了，心里会更加恐慌，更加急得六神无主。为了我，她一个人在医院陪着，白天要帮我看吊针，去买药，不管天气多冷，不管外面是下雨，还是下雪，哪怕天上落铁，也得往外冲。晚上，她陪着我，睡在我病床旁边的铁椅子上，这种椅子是一种两用的椅子。拉开权作小床，是供陪护的病人家人晚上睡的。白天收起来，由护工上锁。上了锁，能坐，不好躺着睡了。椅子拉开长度不到一米五，宽度不到一米，身子只能蜷缩着睡。护工要到晚上八点多钟才来开锁。前半夜李桐是睡不着的，到了后半夜好不容易才睡着，睡着不久，就会听到护工朱大妹在过道里来回的喊叫声："起床了，快起来！锁椅子了！"

此时，五点来钟，冬天的五点来钟，天还黑乎乎的，朱大妹来了，别看她个头矮，嗓门却大着呢，她总是高声地叫喊着："起床了！起床了！快起来！快起来！"

刚睡着的人，听到这刺耳的声音，心里特别不舒服，但是没有办法，住在医院，只得遵守医院的规矩啊！那几天，天特别冷，李桐平常一人不敢走夜路的，可是我住院了，她不知哪里来的胆量，竟然冒着黎明前的黑暗，不顾天寒地冻，回家帮我去做早饭。李桐为了我整天担惊受怕，我不能再为治疗上的事让她担忧，我只能默默地忍受着痛苦的煎熬。

这次骨穿没有做好，当然结果也是可想而知了。

这第二次做的骨穿，真的让我好痛苦啊！以后每当医生说要我再做骨穿的时候，尽管还没有做，可我心中已经出现了恐惧。骨穿，原来是那么可怕！

下午四点多钟

这是我住院一个月以后的事了。每天下午四点多钟，对我来说是一个怎样的时刻？冬天，不管外面风多大，天多冷，我在病房里始终不觉得冷，只感到全身冒汗，这倒不像是冬天，仿佛三伏天中午在太阳底下一个干重体力活的人，挥汗如雨。从早晨开始挂水，到这个时候，我在病床上躺了将近一天，此时特别难受，脚酸了，肚子胀得连水都喝不下。我自从进入医院之后，体温始终在三十五度至三十八度之间，一直在发低热，医生和护士嘱咐我要多喝开水，说是化疗用药以后多喝水可以排毒，可以起到降温作用。我就像一只驯服的羔羊，医生和护士说啥就是啥，从来不说一个不字。

每天下午四点多钟，不管室外是阴天，还是晴天，不管是雨天，还是雪天，这时我在层流床里，虽然挂着药水，但侧身望着窗户，心里有一种说不出来的愁绪：平时一个身强力壮的人，一个一直在上班的人，为什么突然之间患这么重的病，如果年龄到了八十岁，那就不看了，可是我只有五十多岁啊，上有老，下有小，整日整夜地躺在医院病房里，不分昼夜地承受着病魔的折磨与时间的煎熬，人不人鬼不鬼的，顷刻之间成了废人。

我住院已经一个月了，虽然还没有脱离危险，但是在病床上总算可以翻身和侧身了。一天下午四点来钟，我试着靠自己的力量撑着，没想到可以坐起来了。之前的吃喝都是躺在床上进行的，现在能独自撑着坐起来了，说明我的身体逐渐向好的方面转变。

从此，每天下午四点多钟，我一只手打着吊针，侧着身子，用另一只手臂贴着床着力撑着，慢慢地坐了起来。我常常在这个时候坐起来，傻傻地望着窗外出神，闷声不响。

我所住的医院住院大楼前面五百余米处是市区的一个体育公园。夏天的夜晚，游人如织；冬季天气冷，游人稀少。我自从住院以来，一直躲在层流床里，昏昏沉沉，与世隔绝，外面的世界啥都不晓得了。

这天下午四点多钟，我终于坐了起来。此时，阳光从窗玻璃中透射进来，照在我的脸上。我眺望窗外，看到了面前的体育公园，看到了在宽阔的公园场地上空，一只风筝借着风力，在空中越飞越高。再顺着风筝的线往下看，一个年岁已高的老人，手中拈着风筝的线，在奔跑，在跳跃，手舞足蹈。可以想象，他是多么健康，多么开心。看到这一幕，我转而想到我自己。此刻，我不能下床，不能走路，早晨不能洗脸刷牙，更不能独自去近在三米的房间内上厕所。再看看公园里玩耍的孩子们，他们穿着五彩缤纷的衣服，在大人的陪伴下，追逐着地上的白鸽，有的给白鸽喂食，有的逗白鸽玩耍，我虽然看不清他们的脸，听不见他们说什么，但可以想象，那是一张张稚气的面孔，内心充满着快乐，憧憬着希望。而我的希望在哪儿呢？在病房，在与病魔抗争，在与外面的世界隔断啊！

我何时能够健康地走出病房，也像他们一样出现在体育公园的操场上呢？我怔怔地坐着，呆呆地看着窗外，什么也不说，一个人跟谁去说，我又能说什么呢？这时，李桐多数时间在回家的路上，她冒着刺骨的寒风，骑着电动自行车奔驰，一到冬天，她是多么怕冷，现在她是硬撑的呀。她心中放心不下我，看到我吃不下饭菜，买点我平时喜欢吃的食材，现在她该回到家了吧？以前我身体好的时候，一到冬天，怕她冻着，洗洗刷刷的活大多是我干的。现在我住了院，什么活都是她做。她到了家，将我换洗的衣服洗干净，又将头天洗净晒干的衣服装进塑料袋带来。以前我什么活都抢着做，现在我什么活都做不了，我想我以后恐怕再也不能做活了。我家住在五楼，没有电梯，以前上下班回家，我都是一口气跑步上去的；现在我想再也爬不上去了。我患了白血病住院，进口化疗药是自费的，不能从医保走，还有好多药不能报销，在医院住院花钱如流水，以后想要买电梯房肯定买不起了。我出院以后该怎么办？我还能活多久？我是屁股吊沙罐——等死。

下午四点多钟，是我静静地思考的时间，那种情绪就好像窗外的天空，就好像天空的云彩，是变幻的，是多彩的，是寒冷的，十分复杂，有时想得开，有时想不开。人生啊，你为什么这么苦短呢？病魔啊，你为什么来得这么快、这么突然呢？为什么要这么捉弄我呢？

每当这时候，总是穿着白大褂的年轻漂亮的女医生刘凯雁，轻轻地走进病房，走到我的面前看着我，过了一会儿，微笑着问："有啥不舒服吗？"

"说不来的难受。"我无奈地回答。

"化疗和挂砷剂出现的反应，属正常现象。以后会逐渐好转的。"

"嗯。"

"眼睛看得见吗？要是看不见，就跟医生说。"

"嗯。看得见。"我转过头，望着她，眼眶里盈满泪水。

当然，流泪只有我一个人知道，别人是看不见的，因为泪流在我心里。我自从住院到三年后康复出院，都是这样流的眼泪。此刻，我突然想到李桐，我突然想到自己生了这么重的病，也没见她哭哭啼啼的。她平素多愁善感，有时看个电视剧都要哭的。后来我才知道，她常常是边走边哭的。在往返医院的路上，她才能默默地哭泣，她才能放肆地流泪。可是，她没有在我面前流过泪，也没有在孩子面前流过泪。

"你可以请家人买个收音机听听。"刘凯雁医生怕我寂寞，怕我想不开，关切地说。

"嗯。"

"有事及时叫医生。"说完，刘凯雁医生转身就走了。

这时我才明白，每天下午四点多钟，只要是刘凯雁医生当班，她就会来到我的病房，询问我的病情，虽然只有短短的一两分钟，有时只说一两句话，当时我只晓得她是医生，而不知道她叫什么名字，但她的出现、她的话，却给我这样一个高危病人带来了安慰，使我感动不已。

抽　血

抽血！抽血！抽血！这对于我们白血病病人来说是必须经过的一个环节，

尤其是像我这样的新病人，医生要想知道治疗的效果怎么样，就要通过抽血化验得出结论，然后医生才能有的放矢。

冬天，凌晨五点多钟，天黑乎乎的，为了怕病人惊吓，又怕影响同室的其他病人，值深夜班的护士蹑手蹑脚地过来，轻声地说："醒了吗？抽血了！"

在病床上，我很少睡着，有时虽然闭着眼睛，但一直很清醒。看着护士的到来，一种既感激又害怕的心情油然而生，说感激，我生了重病，躺在病床上需要护士不停地来关照，什么时候吃药了，吃多少，她们都很当心；说害怕，我生来就害怕打针，尤其是害怕抽血。

见到抽血，我头就晕。以前一年一次的体检，我都是硬着头皮抽血，别人抽完血，捻压五分钟就行了，我都要压十分钟以上才行。我小时候常常流鼻血，后来到了新疆部队后，先是新兵连训练时流鼻血，知道自己的毛病后，口袋里放些纸，流鼻血时用纸堵住鼻孔，过一会儿，也就不流了。到了老兵连，每天超强度训练，流鼻血的次数就更多了；每天全副武装五公里越野，也流鼻血。我们边防连地处新疆塔城巴尔鲁克山深处，每次跑五公里时，往山坡上跑还好，一般不流血，可一转弯，往下坡跑时，不知怎么的，腿脚酸痛得迈不开步，只觉得天旋地转，额头上的汗水雨点般地往下滴，几乎同时伴随而来的是流鼻血。我从口袋里摸出纸往鼻孔一塞继续跑，直至跑到终点。后来当了干部，坐机关很少流鼻血，但一见血就害怕，就头晕目眩。

一晃三十多年过去了。当年在部队还是二十多岁的小伙子，现在已是年过半百的老人了。现在躺在病床上的我，再也不是当年年轻的我了，那时朝气蓬勃，好像浑身有使不完的劲，好像自己将来真的能长命百岁。现在的我却是手无缚鸡之力，只有躺在医院里呻吟，有时心里默默地喊叫着难受，一种说不出来的隐隐痛苦时时袭来，使我难以招架。

护士值深夜班都是轮着来的，所以基本上每天来抽血的护士都要换面孔。

这天凌晨我早早地就醒了，见到护士夏阳来抽血，我心里不由自主地一怔：自从进医院以来，护士几乎每天都要来帮我抽血。有时一管，有时二管，有时六管。怕归怕，血还得抽。

"夏老师，你好！帮我抽轻一点，扎针时慢一点，我怕疼。"我管护士叫老师，这也是我对护士的尊重，学会尊重别人，别人才能尊重你，我小心翼翼地对夏阳护士说。

"好的，别怕，我会慢一点的。你放心！"夏阳护士的脸上总是挂着微笑。

后来我才知道，在血液科住院治疗的病人绝大多数是重病人，而且新来的病人很多，对于新病人，医嘱基本上是每天都要抽血化验，有时一天要抽几次血。一个早晨，一个护士要给好多病人抽血，还要帮病人换吊针、药水，等等，很多活要做呀。可是，她们总是不急不躁，耐心地细致地服务好每个病人，尽可能地让病人满意。抽血时，我看都不敢看，如果抽右手，我头朝左边侧，如果抽左手，我头朝右边侧，抽时咬紧牙关，好像全身肌肉都在发抖。

"人放松，拳头握紧。"夏阳边说边在我手上扎橡皮条，然后用棉签消毒，消完毒，皮肤就像被蚊子咬了一下，夏阳接着说，"手指松开。"

只见橡皮条一松，血从透明的皮管里汩汩地流出来，一管，二管，三管，四管，五管，六管，我还没反应过来，六管血抽完了。

夏阳依然含笑着说："好了，别紧张！"说完转过身去，急步走出了病房，奔向下一个病人。

听了这句话，我长长地舒了一口气，然后又莫名其妙地叹了一口气。

怀疑肺结核

我住院四十二天了。

在护士站东墙壁上方挂着一块白色黑板，上面写着我的名字，名字后面有两个字：危重。这两个字，我在医院住了四十二天，一直写在上面。李桐每天都要经过那儿好几趟，看见这几个字，好像一块巨石压心头，总是心惊胆战，就怕我突然离她而去。

按说住院以后，我用的药可以说够重的了，治病该用的药几乎都用上了。可是，不知怎么的，我一天到晚地咳嗽，平躺还好，一侧身，一翻身，就咳个不停，而且咳得蛮厉害，咳得胸部疼痛，究竟痛在什么位置，说不出个所以然来。各种检查做了，查出了胸部有阴影，有胸腔积液。

当我晓得自己还有胸腔积液的时候，我心里慌了，因为我父亲临走前就有胸腔积液，而且越来越多，我还听人说有了胸腔积液，最多活半年，我父亲从起病到离世正好半年时间。难道我也只能活半年时间了？我对李桐说：

"如果医生要抽胸腔积液，我不抽。抽了，会越抽越多的，你帮我把把关。"

李桐点了点头，说："不用抽的。我听别人说过的，身体会自动吸收的。你不用担心！"

这天天气阴冷阴冷的，外面下着不大不小的雨。我躺在病床上能够看到外面的雨滴在不停地敲打着窗户的玻璃，心绪更加烦躁不安。

上午医生查房开始了。我住在医院里，整天糊里糊涂，连哪天是星期几都不知道。看到刘虹主任来查房，猜想不是星期一，就是星期六，因为我知道如果没有特殊情况，每周的星期一和星期六基本上是刘虹主任查房的时间。当然，只要在医院，只要有空，她也随时来查房的。特别是有了危重病人，她有时一天多次来病房。她除了星期二要去门诊外，其余时间经常带队查房的。只要刘虹主任查房，所有医生和实习生都跟着，刘虹主任对每个病人问得很详细。她的话简洁明了，医生和实习生一听就懂，病人和病人家属也明白。刘虹主任走到我病床前，看着我问："张圣，哪儿不舒服？"

"老是气急咳嗽，说不出的难受。"我望着刘虹主任回答。

刘虹主任说："张开嘴。"她用手电筒照了照，又让我把手伸出来，接着说，"平躺，不说话。"

她用听筒在我胸部仔细地听着，轻声地说："把身子侧过去。"她将听筒放在我的背部认真地查听，边查边说，"应该说咳嗽跟本病没有关系，用了消炎药不起作用，有可能是肺结核，倒不像肺部感染。得请肺科医院的医生来会诊。"

刘虹主任查房那么认真细致，说话那么慢声细语，使我心中无限感激。这就像一个正直无私的法官，每办理一个案件，不但要精通法律，而且对当事人的态度也要和蔼可亲。

医生每天面对许多病人，尽管对各种危重病人司空见惯，但是他们凭着精湛的医术，凭着高尚的医德，凭着自己的良心，凭着对病人的尊重，不厌其烦、始终如一地为病人治病。如果不这样做，那么对医生也好，对病人也罢，将都是终身的遗憾。医生们正是怀着这种心情给每个病人治病的啊！在医院，对每个病人来说是一个个体，对每个病人家庭来说，是一个整体，是整个世界，医生救了一个人，就是救了一个家。在血液科里，常常听到医生和护士在说哪个病人时，表述是某某家今天要挂什么水或者增加什么药，比如说张圣家今天要增加某某药了，这让我心中非常感激。我感到医护人员就像是我的亲人，我的家人，我知道我不是在孤军奋战，而是在整体作战，我知道我背后有这么一群强大的人和我一起拼杀。在血液科住院的病人有不少是重病人，有的是危重病人，病人有年老的，有年轻的，他们怀着生的希望而来，却往往治不好，向死亡走去。也许这个病人在血液科住了短短的几天就走了，和人世间永远告别了，他再也不能看到亲人的笑脸，再也不能看到人间的美好景致了。临终，他们带着无尽的遗憾，不愿闭着双眼走啊；也许这个病人确实治不好，医生让他回去，不是医生不愿收留，是因为医生没有回天之力啊。那些被医生治好的病人，他们怀着感激的心情，眼含热泪回家了。

这段时间以来，我老是咳嗽，我担心自己得的是肺癌。如果患了肺癌，肯定没有救了，活个两年就差不多了，最多能够活三到五年。

查房的时候，刘虹主任说要请肺科医院的医生来诊治，我虽然嘴上没说什么，心里却背着沉重的包袱，感到我的末日就要来临。

刘虹主任查房一结束，我望着窗子，看到玻璃窗外面仍然下着雨，雨不仅没有小，反而更大了，好像老天有意跟我作对似的。刘虹主任和医生们一走，我就想着这件烦心的事：白血病还没看好，如果真的得了肺癌，至多两年之内就要见阎王了。但转念一想，不会的，刚才刘虹主任不是说了吗，可能是肺结核，肺结核是可以治好的，不过要转院。

大约十点钟光景，病房里来了一个陌生男人，五十岁左右，戴着一副眼镜，问："谁叫张圣？"

我侧身望着他，有气无力地回答："我就是！你是？"

"我是肺科医院的医生。"他挂着胸牌，胸牌上写着姓名，副主任医师，他有意将胸牌在我眼前亮了亮，我知道他是专家。他随后详细询问了我的病情，问完之后，要我家人到肺科医院去买药。

"到肺科医院去买药？"李桐怕听错了，在得到医生的确定以后，脸一下转了色，心中吓了一跳。此刻，她面无表情，两腿发软，瘫坐在椅子上，整个人几乎崩溃了。过了一会儿，她定了定神，随即坚毅地站了起来，轻声地对我说："我去肺科医院买药去啦。"

严冬天气，朔风劲吹，外面下着大雨。通仁医院距离肺科医院二十多公里，李桐心急如焚，一刻都没有耽搁，不敢自己开车，打车去了肺科医院。她随即挂号，随即找医生开药，随即取药。取好药差不多已是中午十二点钟了。

雨越下越大，下起了倾盆大雨，雨水就像从天上浇灌下来似的。李桐撑着伞，取好药直奔医院门口，周围没有一辆出租车，她要把药立即送回去，便冲向雨中，寻找出租车。雨大，雨伞根本不顶事，雨水打得她眼睛睁都睁不开。她向南步行了两站多路，边走边自言自语地反复说着："张圣不会得肺癌的，也不会得肺结核的。"走了二十多分钟，挨到了一个居民小区门口，正好碰到一辆从小区出来的出租车。她坐进车内不久，雨渐渐地停了，途中见到许多居民放起了鞭炮，她心中纳闷，便问司机："为什么放鞭炮？"

司机朝李桐瞟了一眼说："今天是年三十，当然要放鞭炮咯。车费都涨了，你给一百。"

"年三十？已经年三十了？"李桐诧异地问道。

自从我住院以来，李桐的神经每时每刻都绷得紧紧的，全身心扑在我身上。事后她回忆说，那阵子，她几乎不去想今天是哪年哪月哪日，但一定会记得我住院第几天了，这个疗程还剩几天，还有几个疗程。她不知道这天是除夕，也无心讨价还价。车子开到通仁医院，她付完车钱就上来了。这时已经一点多钟了，她立即将药交到了护士站。

我看着李桐走进病房，见她头发湿了，衣裤湿了，鞋子湿了，浑身上下全湿透了，冻得瑟瑟发抖。我定神地望着她，一句话都说不出来，泪水在眼眶里打起了转。事后李桐告诉我当初去肺科医院的经过，一直在想我的白血病能治好的，但万一肺上有问题就难说了，越想越害怕，她吓得两腿都迈不开步了，有时怔怔地站着，有时情绪低沉，有时魂不守舍，不知怎么办才好。可以想象她那时的精神几乎又要崩溃了，不知她怎么挺过来的。瞬间，她调整了心态，她说她不能倒，她要是倒了，这个家就彻底完了。

护士周晓芳很快过来帮我打了针，说是第二天请医生看我身上有没有什么反应，如果有反应，就得转院去肺科医院治疗。

这一天，我竟然不知道已经是除夕了，李桐显然是因为我生病忙昏了头，也急昏了头，什么日脚都不问了，刚才乘坐出租车才知道的，对她来说，过不过年一点心思都没有。下午两点多钟，女医生张雅平看我各项指标基本正常，请示了刘虹主任，建议她准假让我回家过个年。

刘虹主任随即专门来到病房，慎重地说："可以出院回家几天，有情况随时过来，必要时给我打电话，或者直接给医生说。药带回去吃。"

张雅平医生给我开了护肝片、复方皂矾丸、头孢等药，加上从上海瑞金医院购买的维甲酸，这些药每天必须得吃。

大年初一下午，打不到出租车，李桐便骑电动自行车，带着我又往医院跑，让医生查看我头天打的肺结核抗体的针在皮肤上有没有什么反应。还好老天帮忙没下雨，一切都顺顺利利。

张雅平医生正在值班，她仔细地看了看，笑盈盈地说："没有肺结核！"

那一刻，我怔怔地站着，傻傻地站着，四肢麻木，浑身乏力，内心凄苦，望着张雅平医生，想说却啥话也说不出来呀。李桐望着张雅平，听到她的结论，原先心中一颗悬着的石头，现在终于落地了。但我仍然满脸愁绪，满腔无奈，不知道哪天才是出头之日啊。

第三章 首次出院

第一次出院

我住院住了四十二天后才第一次出院。

从小时候到现在，我除了三十年前在新疆部队医院动过一次阑尾手术住院十来天以外，再也没有住过医院。这次一下子住了四十二天医院，而且是在病床上躺了四十二天，没有出过病房，连大小便都在病床边完成的。说到可以出院，真是愁喜交集：愁的是我家住在五楼，十年前买的楼房没有电梯，我现在连走路都困难，怎么上去呀？喜的是经过这么长时间的住院治疗，病情有所好转，起码已经脱离了危险期，告别黑暗，重见天日。

出院这天，已经是除夕了，下午三点多钟，李桐帮我办好了出院手续。我身子极其虚弱，担心自己不能走路。我坐在病床边，她帮我穿好羽绒服，戴好帽子、口罩。外面天气冷，她怕我冻着了，在我羽绒服外面又加了一件厚厚的外套，将我浑身裹了个严严实实，她才放心地让我走出病房。我在李桐的搀扶下，慢慢地走出病房。我这一走，病房空了。平时病区过道里住满了病人，看上去狭窄拥挤，这时候过道里空无一人，显得宽敞明亮。我扶着墙壁，沿着病区过道缓慢地向前挪动，腿软弱无力，整个身体轻飘飘的，看到其他病房的门开着，里面大多没人住了，心情格外悲伤。走出病区，我这才知道，整个血液科，除了不能动弹或者正在抢救的危重病人之外，病人几乎都出院回家过年了。见到熟悉的医生和护士跟我打招呼，我再也控制不住自己的感情，眼泪汪汪，一句话都说不出来。

回家，回家吧！回家，回家真好啊！

四十二天，这是怎样的四十二天啊！多么痛苦，多么难受，多么煎熬，多么悲伤。

我家距离通仁医院三公里多路，我是坐李桐电动自行车走的，坐在电动自行车上，感觉自己就像一片树叶，在风中随时有可能被吹落倒地。

路，回家的路。雨刚刚停止，天阴沉沉的，北风呼啸，寒风刺骨，路上少有行人，三三两两。南宽街，这条主城区的宽敞的马路，是通往我回家的路，也曾经是我走过多年的路。20世纪90年代初期，我从新疆部队调到江海市军分区机关后，开始住在西大桥军分区招待所，后来住在苏家坝军分区后勤部大院，每天上下班骑着自行车行走在这条路上。这条路没有拓宽之前，路很窄，四五米宽，两旁小商小贩摆满地摊，中间剩下一条两米多宽的缝隙，说白了只能算是一条步行街，够人走，骑自行车不能太快，太快了会撞着人，碰着物，汽车是不好开的，不过当时很少有私家车。这样的一条路，我每天上下班往返了一年多时间，后来就拓宽了。马路拓宽以后，我又在这条路上走了三年多时间，直到转业地方工作。转到地方工作以后，这条路就走得少了。但是这条路在我脑海中留下的印象却是那么深刻。没想到这条我过去那么熟悉的路，仅仅隔了四十二天，现在变得如此陌生，几乎已经不认识了。电动自行车在向前行驶，路两旁的树枝，在北风中呼呼作响，仿佛是嘲笑着我，你一个病人看什么看，有什么资格看呀？是啊，树是那样的结实，巍然屹立在大街上，风吹不倒，雨打不垮，雪冻不死，光秃秃的枝条不怕寒冷。如今的我，不要说与一棵树比了，就连一根草都不如，草尚且能在风中摇曳，不屈不挠，多有毅力，多么坚强。而我呢，活见鬼了，就像一个怪物，一个人人见了讨厌的怪物。

路，回家的路，为什么令我那么迷茫？因为我是一个病人，一个患白血病的病人。

到家了。当李桐载着我拐进小区的时候，我看到小区里的一草一木，感到是那么新鲜，好像整个小区都变了样似的，一排高大的香樟树，一棵棵两米多高的桂花树，还有矮矮的杜鹃树，在凄厉的寒风中昂首挺立，见到我就像见到陌生人似的，板着面孔，没有一丝笑意。李桐一直把我带到了自家楼下的车库门口，我从车上下来，生怕遇见熟人，刚走几步，却偏偏遇到几个熟人，他们见我戴着口罩，走路歪歪倒的样子，感到非常惊讶，过来跟我打招呼，问我怎么啦，李桐替我回答，说我感冒了。他们认真地看着我，关切地说："要多注意身体。"可是，我把别人的目光看作是对我的鄙视，把别人的话语看成是对我的践踏。这时，我只想快点到家，不想见到任何人，不想让人家见到我这副模样，仿佛生了白血病是我的罪过，是一件不光彩的事情。

我回头看着小区的路，平时看起来感觉很短，好像几步就能走完似的；现在突然感觉很长，好像走不到尽头似的。李桐搀扶着我往自家楼梯口走去，从车库到楼梯口大约三十多米，不知走了多长时间，终于走到了自家的楼梯口。

"楼怎么上？请人背你上去？"李桐着急地问道。

"我自己走，试试看。"我望着楼梯，抬头向上看了看，鼓起勇气地说。

五层楼的楼梯啊，你到底有多少个台阶？我能爬上去吗？此时，楼梯好像跟我变戏法似的，仿佛一下直冲云霄，我望着楼梯，犹犹豫豫。

"要不，还是请人背你上去！"李桐见我有顾虑，也怕我万一有闪失，如果真有闪失，那么岂不是在给她添乱吗？她犹豫不定了。

我说："扶着楼梯走慢一点，试试看爬几级，实在不行，坐下来，歇一会呗。"

就这样，在李桐的搀扶下，我一手扶着楼梯扶手，一手紧紧抓住李桐的胳膊，迈着步子，抬步跨上台阶，慢慢地往上爬，走一级，歇一下；走一层，歇一会。我不知从什么时候开始起步的，也不知什么时候走到五楼的。到了五楼，我好像一步登上了天似的，感到自己突然站得那么高，成了一个巨人，往下看，头感觉有点晕。我靠墙站着，在家门口定了定神，虽然喘着粗气，但是总算自己可以走了，可以爬楼梯了，可以登上五楼了，可以回家了！

这就是我第一次出院。

回家的五天

按照医院刘虹主任和医生们的嘱咐，除了准时吃药以外，回家要求房间绝对一尘不染，要定期消毒，不要接触感冒病人。

在我的家里，尽管房子打扫得很干净，但是我和李桐都好像生活在细菌里。她怕我被细菌感染，叫我离她远一点，好像她就是细菌；她怕我被细菌感染，叫我离厨房远一点，好像厨房间就是细菌。我坐着的时候，她叫我不要乱动，在她的督促下，我戴着针织帽与口罩，穿着厚厚的羽绒服，只能干坐着。回到家里，我坐不了一会儿，就感到吃力，整个身子好像要瘫倒下来似的，坐不动了，只得去房间睡觉了。

除夕的傍晚，我躺着的时候，静静地听着李桐忙碌的声音，静静地听着女儿新华和李桐一起干活发出的声响。新华正在读大三，正好放寒假在家。到了吃饭的时候，我硬撑着爬了起来，坐在桌子旁，跟李桐和新华一起吃，刚端起饭碗吃了几口，额头上的汗水不停地渗出来往下滴，前胸的汗水不时地冒出来，背上的汗水沾住了衣服，手指和脚趾又麻又痛。

第一天晚上，除夕之夜。万家灯火通明，晚饭后，几乎家家户户都在等着八点钟的到来，观看央视春晚节目。我们家却不同了，李桐在干家务，我早早地睡了，家中只有女儿新华一人在看电视。

为了怕影响我，李桐轻声地对孩子唠叨："爸爸需要安静，声音小一点！爸爸睡着了，小点声。"

新华非常懂事，非常听话，听到李桐吩咐，她立马把电视音量调到最小。过了一会儿，我隐约听见她有轻轻的咽泣声。

李桐问："新华，咋啦？"

新华哽咽着说："妈，爸怎么啦？到底什么病？你们都在瞒着我。"

"没什么？你爸得了重感冒。需要休息静养！"

新华索性把电视机关掉了，说："妈，你在骗我。你们都在骗我。前一阵子，我在学校给爸打电话，爸没接，都是你接的。你说爸在参加一个封闭式培训班，不能带手机。我猜想爸肯定身体不好。今天我才知道，爸原来病成这个样子！"

"医生说了，你爸前段时间工作忙，累了。而且又得了重感冒。没事的，你只管上学好了。你不用操心！"李桐轻声地说。

其实，我躺在床上，哪里能睡得着呀，她们娘俩的小声对话，我都听到了。我能说什么呢？我什么话也没说，眼睛里裹满泪水。想看看书，不敢看，怕细菌，也看不动了；想看看电视节目，看不动，也坐不动了。接近午夜时分，小区内鞭炮声声，焰火升天，人们都在迎接大年初一的到来，祈盼来年给自己和家人带来好运。看到从窗户里透进来的灯光与火光，想到自己现在生活的光芒如此暗淡，真是心如刀绞。不管怎么说，一定要听刘虹主任的话，听医生的话，此病能够治愈，下决心配合治疗。

第二天，大年初一。李桐早早地起了床，煮了汤圆、年糕等食物。吃过早餐，她接着又开始忙午餐了，做了五六个菜。吃饭时，她给我碗里不停地撷菜。奇怪，在医院里订的饭菜，我没胃口，吃不下。回到家，感到李桐做的饭菜香味扑鼻，三个人围坐在一起，食欲大增，温馨可亲。吃过午饭，李桐陪我去了医院，让医生检查我除夕打的针有没有什么反应。这在前面已经作了交待了，真是谢天谢地！

第三天，大年初二。上午九点多钟，电子对讲门铃声响了，听筒里传来了熟悉的声音。李桐一听就知道是她的娘家人来了。原来是李桐的哥哥、大姐、二姐和二姐夫、妹妹和妹夫，还有李桐小妹的儿子，李桐的外甥才26岁，就医学博士毕业了，被分配到省城一家大医院工作，他听了大家对我病情的介绍，说："姨夫的病就像是得了一次重感冒，不要紧的。"亲人的关怀，使我感受到无限幸福和温暖。

第四天，大年初三。天气晴好。中午太阳晒得暖烘烘的。看着外面的太阳，我对李桐说："我去阳台上晒一会太阳。"

她说："等一会儿，我陪你去。"她搬好椅子，让我在羽绒服外面再披一件军大衣，戴好帽子，搀扶着我向阳台走去。在阳台上，尽管阳光暖融融，但我全身还是感觉冷冰冰的。我望着楼下大院内的人们穿着新衣服，互相拜年，互致问候，脸上喜气洋洋。此刻，我是多么羡慕人家啊！

第五天，大年初四。我就像一个即将远征的战士，准备行囊，积极备战，随时准备上战场去了。李桐在帮我准备去医院的一些必需的物品。明天，明天我又要去医院了。一想到去医院，心里就害怕。但是，为了这个家，为了自己能活下去，哪怕前面是刀山火海，我也要勇敢地闯过去。就像刚进医院时刘虹主任说的："张圣，你要积极配合医生治疗，闯过这一关就好了。"

是啊，我不是第一关已经闯过来了吗？我还要继续闯下去！

回家的五天，真好！

疱　疹

我在家呆了五天，年还没过完，又去了医院。

刘虹主任对李桐说："你家的不要急于化疗，再进行半个月的治疗，把身体养养好再说！"

刘虹主任站在专家的角度分析衡量一个病人的全面情况，这个病人什么时候化疗对治疗疾病最恰当，否则有可能适得其反。事实证明，像我这个年龄，特别是像我这种体质，不要急于化疗，再进行半个月的治疗，从后来的实践证明，那是完全正确的。

医生蔡尚峰每天来病房好几次，有时跟我聊聊，安慰几句，见我在病床上整天躺着，看得出他心里非常着急，想说又没说。我自己感觉这次住院过了一个星期，有点力气了。有一天下午，蔡医生走进病房，对我说："张圣，最近看你的几项指标还是可以，你感觉怎么样？如果可以的话，挂完水，让你家人扶着，戴着口罩，下床活动活动。开始走几分钟也行，不能累，累了就回病房躺着。慢慢来，不能急。这对你恢复身体有好处的。"

那天晚上九点多钟，我挂完水，穿着羽绒服，戴着帽子和口罩，在李桐的搀扶下，下床活动了，走出病房，沿着过道的墙壁，低头弯腰，向前缓慢地挪着脚步，迎面碰到一个男病人，他坐在轮椅里，由他老婆推着，也出来活动的。男病人向李桐问道："这是你妈？"

自从我生病以来，一直没有真正笑过的李桐，听了不由得笑了起来，边笑边说："是我爱人。"

"哦，对不起！"男病人立马表示歉意。

一个多月时间，李桐已经和其他病房的病人及其家属非常熟悉了，便说："没关系，我已经好长时间没像今天这样真正笑过，今天是你让我笑得这么开心。我要谢谢你！"

这次住院半个月，医生主要对我用三氧化二砷对早幼粒细胞进行分化诱导，在治疗过程中，我明显感到舒服多了。由于心情比初次得病治疗时要好一些，所以这半个月的治疗，就不知不觉地过来了。按照刘虹主任帮我设计的治疗方案，出院回家半个月再去住院，没想到是疱疹让我提前住院了。

我这次刚刚出院回家第三天，看到胸部有红点，痛感明显，拿毛巾擦，用药膏涂，不济事，过了一夜，后背上也开始感到疼痛，也出现红点了。

我心里急了，第五天一早，在李桐的陪同下，去了医院血液科。

张雅平医生背对着门，正在全神贯注地办公，听到轻轻的敲门声，转过身来，见是我和李桐，顿感愕然，惊讶地问："刚出院几天，怎么又来了？"

我内心忧惧，呆立着，低声地说明了来意。

张雅平医生看了我的症状就明白了，说："是疱疹。"

她随即给刘虹主任打了电话，说，"刘主任，张圣来了，他得了疱疹。"

刘虹主任说："有床位就住下来。"

当时没有床位，又是星期五。

张雅平医生看着我说："星期天能腾出床位，你先去门诊挂号，然后到中医针灸科治疗。"

李桐一点都不敢耽搁，立即挂了号，看针灸科。帮我看病的是针灸科的一位中年男医生，态度蛮好的，脸上总是挂着笑，他知道我是个白血病患者，而且就要住院，先帮我看了，费用等我在住院时一起结账。

星期六，中午十二点多了，早已过了下班时间，我做完针灸，走在医院大院的路上，碰到了刘虹主任推着自行车下班，她询问了我的病情，然后对李桐关切地说："你家的由于抵抗力低和免疫力下降所致。有了床位，马上住院。"

我听了心里非常感动，望着刘虹主任骑着自行车逐渐远走的背影，对李桐说："幸好当初听了刘虹主任的话，将第二次化疗时间推迟了。不然身体吃不消，弄不好命都没了。"

初到针灸科就诊，看到许多病人在针灸，有的侧身，有的仰卧，有的俯卧，有年龄大的，七老八十，有年纪轻的，十来岁的孩子，有男有女，各个年龄段的病人都有。光血液科的病人就有三个人在那里，他们都是化疗后得的疱疹。有位七十多岁的男病友，就是之前跟李桐说"这是你妈"的那位病人，他一米八的个，患了急性白血病，大腿内侧得了疱疹自己没有在意，等发作了才发现，吃了不少苦头，前后针灸了一个多月，每天都由他老伴用轮椅推着去针灸。他的老伴身材瘦小，每次推着都累得气喘吁吁，满头大汗。我们每次见面，李桐都主动向他们打招呼，他的老伴也热情回应。我见他的老伴眼里总是笑眯眯的，从来没有看到她脸上有什么忧愁。她是那样地充满乐观和自信。她每次听到李桐的问候，立即对我问长问短，表示关切。我们相互问候，相互鼓励。我望着男病友，医生帮他一扎针，他就皱起眉头，万分痛苦，他的老伴就像哄孩子似的，总是打趣地说："不痛，不痛。很快会好的。"男病友听了，脸上露出了孩童般的笑容。

星期天上午十点多钟，李桐接到了张雅平医生的电话，通知我们去办理住院手续。

星期一早晨，刘虹主任来查房，看了我的症状，见我胸部和背部都有疱疹，而且前后在一条线上，便向随同一起查房的医生们说："说明病人免疫力低。"

此后，每天上午到下午三点左右这段时间，我在病房挂水，三点之后去针灸科治疗疱疹。

我每天下午拖着病恹恹的身子，在李桐的搀扶下，有气无力地慢腾腾地行走在从病房到针灸科的路上。幸好有李桐一直陪着，我走到哪，她就跟到哪。在针灸科治疗的第四天，一位实习护士叫我躺在病床上，在我生疱疹的地方拔火罐，拔火罐就像做饭一样要掌握火候，稍有不慎就要把饭煮焦。我侧身躺着，护士把几个火罐点着火，往我胸部背部一扣就走到其他病房去了，临走时没有讲多久叫她，半个小时过去了，我隐约感到胸口火烫火烫的，动又不敢动，护士又迟迟不来，我自己也不懂到底要扣多久，所以没有叫喊。等护士来拔时，已经过去了一个小时了，护士将火罐拔下来时，我看到胸部本来没有疱疹的地方烫焦了。过了一会儿，医生帮我扎针灸，看了自言自语地说："时间过了点，没事！"我觉得也没有大碍，不过有点痛而已。

每天扎针灸，天又冷，每次都要开小太阳取暖器取暖。我们白血病病人最怕受凉感冒了，我每次扎针都要胸与背同时扎，侧身双手抱头，衣服要撩到肩膀。李桐怕我冻着，每次总是小心翼翼地用衣服帮我遮盖住。为了迅速控制疱疹病情，不留下后遗症，医生叫李桐买了营养神经的药同时打，每天一针，连打了十几天针。

针灸科的医生说："一般得过一次疱疹，以后就不会再得了。"

我说："我八年前出差去外地回来得了一次，挂水挂了半个月才好。"

医生说："那你的免疫力太差了。这种情况实属少数。"

这一次，如果不生疱疹，我将在家中休息半个月，可是，我不得不又到医院住了半个多月，挂了半个月的水，扎了半个月的针灸。

这半个月住院，每天上午医生查房，都问得特别细致。轮到刘虹主任查房，她更是认真，给许多医生和实习生说："病人免疫力下降，添加三支球蛋白，每天挂一支，连续挂三天。"

这次住院半个月就要到了，我临出院的前一天，刘虹主任来查房，她对李桐说："你家的这次回家休息一个月，等身体强壮了，再来化疗！"

病后第一次应邀赴宴

3月底的一天下午，我住院又出院了。

吃过晚饭以后，我早早地躺在床上休息了。我睡不着，醒着呢。

晚上八九点钟的时候，李桐的手机响了，她拿起来接听，手机里传来熟悉而又亲切的声音："李桐，张圣出院了？"原来是杨桂萍打来的。

"对的，刚出院。"李桐低声地说着。

"明天中午请张圣和你到我们家吃饭。一定要来的噢！"杨桂萍在电话里话语恳切，似乎不可以推托。

"你等等，我问张圣！看他怎么说？"李桐在外屋接的电话，边走边说，"张圣，杨桂萍来电话，请我们明天到她家里去吃饭。去不去？"

"好的。"我轻声地说。

杨桂萍接着说："本来安排在饭店的，考虑到张圣身体虚弱，不能去人多的场合，怕感染病毒。所以，我和姜正平商量决定在家中设宴，让姜正平掌勺。"

姜正平在部队当过司务长、后勤管理员，转业后先是在一家国有企业当经理，后来下海自己开公司当老总，生意做得非常红火，是远近闻名的优秀企业家，杨桂萍在一家国有企业当财务部部长。他们夫妻俩待人诚恳热情，平时请人吃饭都安排在饭店。他们那么忙哪有时间买菜烧饭呀？我知道我这个战友会做菜，但是他一般在自家屋里是不做饭的。

杨桂萍听到我的声音，说："我跟沈建康、郑莉夫妻俩说了，前提是张圣来，就请你们。如果张圣不来，就取消这次宴请。"

我说："我不能闻香烟味的。"

杨桂萍说："姜正平很自觉的，你来了，他就不抽烟了。"

电话挂断以后我就后悔了，后悔不该答应人家。我暗暗思忖：他们元旦刚刚搬进别墅，住进去才两个多月，我一个病人，一个患白血病的人上门吃饭，能行吗？他们不讨厌，与我一起就餐的人心里不知怎么想的？其实那是我自己多虑了，另外一家战友沈建康和郑莉夫妇在我住院的时候几乎三天两头来探望，要是怕我生重病的话，还到医院来看我吗？他们都知道我的病不会传染的。到底去还是不去，我心里产生了矛盾，思想在激烈地斗争，思来想去睡不着。我想了好一会儿，到夜里十一点多钟还没睡着，还在想着和说着这件事。我对李桐说："明天姜正平和杨桂萍请客，我就不去了。我一个重病人，一个白血病病人，到人家新搬家的别墅里吃饭合适吗？算了吧！现在太晚了，明天一早你给杨桂萍打个电话，回了，就说我不去了！"

第二天上午八点多钟，李桐给杨桂萍打了电话，说是我不去了。

杨桂萍一听急了："说好要来的，怎么不来了？"

事先我让李桐编了理由，说是天太冷，出门不方便。李桐似有为难地说："外面风大，张圣怕吃不消，下次吧。等过一段时间，身体老气点再说吧，这次就不来了！"

"我开车到你家来接，一定要来的。让张圣多穿点衣服，坐车没事的。今天不好推辞的，就说我说的。"杨桂萍说话果断，语气恳挚，好似没有商量的余地，那是非去不可的。

我听了心里非常感动，去不是，不去也不是。你想想，一个身患重病的人，人家三邀四请，心里惦记着你，你作何感想？我只好爽快地同意了，并且答应由李桐开车，我们自己过去。

3月底的天对身体健康的人来说，不冷不热，再惬意不过了！可是对我这个身患重病的人来说，却还像严寒的冬天，衣服要比人家多穿几倍，身体要比一个刚生完孩子的妇女还要弱不禁风，怕出门，怕吹风，好像纸糊的，风一吹就倒了。

那天，天气晴朗，阳光灿烂。我在家里不觉得冷，十一点下楼，一走到室外，就感到冷风扑面，浑身颤抖，走路一点力气都没有。幸好临走时李桐把我当作大熊猫一样保护起来，这样的天，健康的人穿一件羊毛衫加一件外套就够了。我可不行，身子虚到极点，穿了羽绒服外加一件风衣，帽子外面加帽子，裹了一个严严实实，就剩下两只眼睛露在外面了。李桐拿了车钥匙准备开车去的，可是怎么也开不了车门。自从我生病之后至今两个多月，李桐一直没有工夫动过车，原来电瓶早已没电了，我们只好决定到小区门口乘坐出租车了。从小区内停车场到东门马路仅有一百多米远，李桐牵着我的手，我们缓慢地走着，我身体好的时候，这一百多米对我来说，根本不在话下，跑步的话，只要十来秒就跑到了，要是快速走的话，两三分钟就能轻轻松松地走到门口，可是现在好像脚上绑了石头似的，抬一步脚沉甸甸的，迈一步腿气喘吁吁的，十来分钟才走到大门口。李桐一会儿往南张望着，一会儿向北张望着，盼望能来辆出租车。我们左等右等，等了半个小时，也没有等到一辆车。眼看时间到十二点了，依然没有出租车的影子，没办法只好又折了回来，改骑电动自行车。我们两家相距四公里多路，骑电动自行车一般来说要半个小时，李桐带着我，没人没车的时候，速度快一些，有人有车的时候，速度慢了下来。

来到姜正平和杨桂萍家已经是十二点半多了。杨桂萍早已站在别墅大门前迎候，看到我坐着电动自行车，笑着问："李桐，你怎么不开车来呀？"

李桐一边停电动自行车，一边说："哎，自从张圣生病后，汽车就没动过，发动不起来了。"

"你也真是的，打个电话，我开车来接你们。开个车几分钟就到了。张圣怎么能坐电动自行车呢？他不能受冻的呀！张圣，快先进屋里坐。"杨桂萍见了我，满脸笑容地说。

战友沈建康和郑莉早已到了。进入别墅客厅，我跟他们夫妻俩说了几句话，然后走到里间厨房里，看到姜正平还在忙碌着，走过去打了招呼。

姜正平眼睛笑成一条缝，转过头来说："张圣，你先坐，喝茶水，还是咖啡，我来倒。"

"你忙。让李桐倒。我喝白开水。"我刚刚说完，正要转身向沙发走去，只见杨桂萍已经帮我把开水倒好了。

"来，张圣，坐。请喝水。"杨桂萍说着，手里又拿着一个猕猴桃递给我，"多吃水果好的，有营养。你现在最需要营养啦！"

我从杨桂萍手里接过猕猴桃，想说点什么，可我能说什么呢？我怔怔地望着她，感激的心情无以言表，无声地点了点头。

客厅里有一圆桌，桌上摆了满满的一桌菜，启东吕四海鲜就有好几样，什么清蒸鲳鱼、香煎带鱼、红烧黄鱼、葱油海蜇丝、爆炒梭子蟹等等。我说菜太多了，不要再煮了。姜正平说，没什么菜，再炒个孜然羊肉，做个汤就好了。过了一会儿，菜全部上齐了。最后端上来一盘炒面，放在中间。

开饭了，大家围坐在一起。姜正平面露笑容，端起酒杯。杨桂萍会意，立即站了起来，说："张圣刚刚出院，今天请张圣来，为他吃吃面，高高运。这样张圣的病会好得更快！来，大家为张圣干杯！"

众人举起酒杯，庆贺我死里逃生！祝愿我早日康复！

我望着大家，挨个看了一遍，一句话都说不出来，眼睛里噙满泪水。大家都希望我多吃点，我也想多吃点，可是胃口不好，只能拣几样想吃又能吃的菜，撩了几筷，但是看着这么多的好菜，就是不吃，看看也开心，更感到开心的是战友们聚在一起，那种亲情、友情、乡情、战友情，情深意切，说不尽，道不完。

吃过午饭，我说我要回家休息，姜正平和杨桂萍叫我到他们楼上的房间歇歇，他们对我热络，不嫌我是一个重病人，我可不能太随便呀。我执意要回家。杨桂萍对李桐说："我送张圣回家。"说完她出门了，一会儿，她将汽车开到了门前，让我上车。李桐看到我走，也跟着出了门，她是自己骑电动自行车回的家。

路上，杨桂萍对我说："张圣，今天的请客，是专门为你请的。你刚刚出院，刚刚渡过难关，帮你吃吃面。我和正平祝你早日康复！我给大家说好的，张圣来，你们就来。张圣不来，请客就取消。"

在车上没说上几句话，车子就到了我家小区停车场了。

停好车，杨桂萍看着我，恳切地叮嘱说："张圣，你勿要操心，勿要有啥想不开，让李桐操心好了。你现在最要紧的是治疗和当心身体。"

下车以后，我站在原地，目送杨桂萍开着汽车驶出小区大门。此时，我百感交集。

泥鳅王

战友们对我的病情非常关注，我躺在病床上不能动弹的时候，不时地有战友给李桐打电话询问我的病情，一百多位家乡战友要来通仁医院探望，因为白血病是个特殊的病，最怕病人感染，所以我和李桐都没让他们来。好多战友听说吃泥鳅对我有许多好处，千方百计买了野生的泥鳅托人捎来。

　　远在一百多公里之外的我的家乡东乡县，战友沈锡义擅长捕鱼，他的妻子成菊萍是一个热心人，心地善良，聪明能干，听说我生了病以后，每天为我祈祷。

　　他们夫妻俩开了一个五金门市，紧挨河边，沈锡义有空拿着窝枪，这种枪是用铁打成的，两边尖，底部插入手臂般粗的毛竹里，见到鱼游到河边，快速扎下，十有八九能扎中。另一样捕鱼工具是盆操，这是一种盛东西用的器具，用网制成，口大，底小，圆形，绑在长竹竿上，见到鱼在水中游，顺手一操，就操到了。捕鱼是有窍门的，不会捕鱼的人，即使手里拿着这两样工具，同样看到鱼游来游去，也是很难捕到的。

　　一天中午，沈锡义拿着窝枪和盆操，到河边转悠，突然发现有一条大泥鳅在游动，他看准泥鳅头，用盆操一下将泥鳅操到了。回到家里，放在盆里养了起来。成菊萍当即给我打来了电话，兴奋地说："沈锡义捞到一条泥鳅王，有人看到了当时想出高价买走，沈锡义没有理睬，拎了回来说送给你，让你补补身体。"

　　我回话："你们的心意我领了。你们自己吃吧。我现在不能干活，李桐不会杀的，路又那么远，送来不方便。还是你们自己留着吧。"

　　成菊萍马上说："没事，我给姜正平打电话，问问他啥时候来东乡，让他带给你。"

　　给我打完电话以后，成菊萍又给姜正平打了电话，问他什么时候回东乡。姜正平本来那几天不回去的，他一听说为我捎泥鳅，二话没说，当即说明天就回。

　　第二天一早，姜正平开车回了东乡，拿泥鳅时，成菊萍千叮嘱万叮嘱，让他一定要杀好以后送给我。吃过午饭以后，姜正平就返回了。下午三点多钟，姜正平给我打来电话，问："张圣，你有没有休息？"

　　我说："已经休息好了，起来了。"

　　姜正平说："沈锡义让我带的泥鳅，我马上送来。"

　　十分钟后，姜正平开车将泥鳅送来了。他站在我家五楼门口对我说："我刚才在家里把泥鳅杀好了。它生命力挺强的。蛮难杀的，杀时老是滑，半个多小时才杀好。"

　　我晓得姜正平平常在家不做这种活的，就是他妻子杨桂萍让他做，他也不愿做的，最多拿到菜市场请人杀。现在为了我要吃，才亲自动手的。泥鳅光滑滑的，既难杀，又腥味重，何况他还是个大忙人，是个企业家，老板，大多数时间都在外头，要么在公司，要么在外地跟人谈业务。

我说："成菊萍打电话告诉我时，我说不会杀，让他们留着自己吃。"

姜正平笑着说："我到沈锡义家拿的时候，他们夫妻俩一再嘱咐我把泥鳅杀好了送给你。其实他们不说，我也会杀好送来的。我知道你不会杀，再说就是会杀，你现在也不能干活。我就代劳了。"

"谢谢。进屋坐坐。"

"我还有事，不坐了。哦，另外沈锡义夫妻俩还让我给你带的野生赤豆。"

我接过泥鳅和赤豆。

"张圣，我走了，你多保重。"姜正平微笑着说。

"好的，多谢了！"我看着姜正平穿着笔挺的西服，皮鞋锃亮，知道他还有商务活动，就不再客气了，感动地说："好吧，不留你了。"

看着这一大包野生赤豆，就想起了成菊萍不久前曾给李桐打过的电话，说起了寻找采摘野生赤豆的过程，听了着实令人感动。

听说吃赤豆能补血，特别是野生赤豆效果更佳，沈锡义夫妻俩开着车到处寻找哪儿有野生赤豆。一天，终于发现在一条大堤岸下面树林里有大片一人多高的茅草地，草丛里长着不少野生赤豆，两人如获至宝，开心地笑了。可是，刚走进草丛，蚊子就扑面而来，只好打道回府。次日五更里，他们就起床吃了早餐，穿着长袖衣服和长裤，带上驱蚊花露水和蚊香，为了节省午餐往返时间，还带着饭盒，天蒙蒙亮就开着汽车出门了。到了大堤岸，天已大亮，车子停在岸边，两人钻进了茅草地。为了防止毒蛇伤人，沈锡义带着棍子在前面开路。因为天早，露水打湿了衣裤，他们全然不顾。身上尽管喷洒了驱蚊花露水，点燃蚊香，蚊子还是照样向他们扑来，不过被少叮咬些而已。他们一直采摘到天色昏黑，看不见了，这才收拾东西，扛上赤豆，笑眯眯地返回了。那几天，天气晴好，一连好几天，他们都早出晚归，采摘好以后剥壳拣净晒干，然后捎过来。以后他们每年都要给我送来二三十斤野生赤豆呢。

我又仔细端详着泥鳅。这条泥鳅大约有三十多厘米长，三个手指宽，七八两重，身子长长的，滑滑的，尾部侧扁，背部黑色，身上有黑色的斑斑点点，腹部灰色，头小小的，尖尖的，嘴巴上有五对须。啊，这么大的泥鳅呀，我还真是第一次见到呢。

我从小在农村长大，小时候经常看到大人们在挖沟挑河时，首先把沟里和河里的水抽光，在淤泥里有许多泥鳅，不怎么大，一般一条都在一两左右，短短的，滑滑的。大人们干活累了，休息时常常手拿泥鳅与孩子们逗趣，孩子们往往害怕，拼命奔跑，跑得满头大汗，有的摔倒在泥里，一身泥团，大人们见了哈哈大笑。我15虚岁下地干活，17岁就下河挑泥，没有见到过这么大的泥鳅。后来，我高中毕业参军去了部队，从那以后离开了农村，转眼间将近四十年了，没有下过地，干过活，偶尔去逛菜市场，也没见到过这么大的泥鳅。

李桐见到泥鳅王赶紧拿手机拍了下来，发到微信朋友圈。晚上，李桐将泥鳅王红烧。吃着美味的泥鳅，我自然想着沈锡义和成菊萍夫妻俩，他们心里时常惦念着我，经常打电话给我，不放心我呀！我又自然想着姜正平，为了一条泥鳅，开车去一百多公里的东乡去拿，光高速过路费往返一趟就要七十元，还有燃油费，加起来不下两百元钱，再算上一天的人工，那就更多了。如果光算经济账，肯定划不来，没人愿意做这笔亏本的买卖。何况他是大老板，你就是倒贴给他一千元，他也不可能开车去拿的。可是为了我，为了战友的情谊，姜正平就压根没有想那么多。这不是多少钱的事情，这种战友情，哪怕用再多的钱，也买不到的呀！

在病中，我深深地体味到这种友情的珍贵。

第四章　母亲病故

母亲辞世

我刚刚住院那天晚上，在抢救室里，李桐显然急坏了，打电话给我小妹，那时小妹正在乡下照顾母亲。小妹接到李桐电话，听说我病危，一时接受不了，话语哽咽，走至外室赶紧电告我妹夫沈杰，让他到医院来帮忙照看。

母亲耳不背，眼不花，躺在床上，问："是不是张圣病了？"

小妹怕母亲担心，马上回答："没有。"

母亲突然哭出了声，说："张圣要是有个三长两短，我也不活了。"

母亲比父亲小一岁，生下了我们六个子女，三儿三女，老大是女儿，老二和老三是儿子，老四是女儿，我是老五，最小的也是女儿。二哥生于1955年，6岁那年因家里穷得吃不饱饭，送给我大舅家，去了上海，后来长大了在上海工作，没想到59岁那年得了急性淋巴细胞白血病，治疗了三个多月就走了。我和小妹在外地工作，大姐和二姐离娘家住得近，不到两里路，时常早晚都去看望照料父母。

按当地农村风俗，多数人家儿子婚后留在宅上，靠在父母身边，父母年老时有个依靠，女儿一般都要嫁出去，难得有独女倒插门的。大哥小名叫火狗，火狗结婚时，父母分给他两间瓦房，宅地不和父母在一处，跟父母家隔一条地皮，开个门，喊一声就能听得到。火狗自小懒做生活，父母也不差他做。火狗二十多岁娶了媳妇以后，一年到头不着屋里，常年住在上海，说是做生意，到了年底，十只红萝卜——空着手回转，一回转从东埭吹到西埭，说有什么什么生意，可赚多少多少钱，牛皮吹得应天响，俨然一个大老板，过了正月初五又出去了。因此，屋里的事从来不管，父母亲生病住院也从来不管，既不拿钱，也不回来照顾，就当没有这回事。父亲生前住院时，我陪在跟前。

有一天，父亲突然问："火狗呢？他在上海做啥？"

我明白父亲的意思，他住院应该由儿子来照顾，可是火狗躲在上海不回来，我虽然请了假回来照顾，但总归是要回去上班的，他也不忍心一直让我陪着。我望着父亲，不知说什么好，只好回答说："哪晓得他呀？"

父亲平时少言寡语，突然冒出这么一句话："火狗没头鬼。"

母亲自从80岁那年患了帕金森综合征以后，生活不能自理，整天躺在床上，自己起不了床，要想起来，得有人拉一把，或者有人扶起来。她一天要起来多次，有时刚躺下不到半小时就要叫人拉起来，坐在靠背椅里，晴天有阳光的时候，坐到门槛里边晒晒太阳。开始几年，父亲身体还很强壮，母亲的起居都由父亲照顾。父亲到了87岁那年，身体也不行了，照顾不动母亲了。我们兄弟姐妹几个轮流照看。有段时间父母亲住在我这里，我请医生帮母亲的病基本上治好了，母亲能走路了，有时还能帮我扫地。当然，我是不让她做的，是母亲自己要做的，她说动动活络活络筋骨。后来回了乡下，轮到火狗照看，火狗一年到头都在上海，偶然回家也像走亲戚，家里的事、农田里的活等等一切事宜，都由他老婆包揽了下来。母亲回到乡下后照料的这副担子，自然落在了火狗老婆身上，因为要干农活，火狗老婆白天没工夫照料，早晨做了饭，管一日三顿。母亲自以为可以生活自理了，有一天弄洗脚水，不慎屁股坐到地上，从此再也没有起来。以后我们兄弟姐妹五个轮流照顾。父亲90岁走的，走的那年是2014年5月份，这时油菜结荚已经非常饱满了，过不了几天就要收割了。那年母亲89岁，父亲走后，留下了母亲一个人，这样母亲就更加孤单了。

2014年11月初，也就是在我住院前两个月，母亲身体不好住进了县医院，星期一至星期五由乡下的两个姐姐去照料，双休日，由我和妹妹一起前往医院照顾，我还承担母亲所有的医药费用。母亲躺在医院病床上，见我和小妹都在，唯独火狗不来，嘱我用手机给火狗打电话，让他也回来照顾。

"火狗，我在住院，你也回转，侍候几天。"一接通电话，母亲对火狗说。

"生意忙，不回来。"火狗在电话里说话口气生硬。

"我死了，你也不回来？"母亲听了生气地问。电话挂断以后，母亲躺在病床上，唉声叹气了好一会儿。我和小妹都劝母亲要想开点，不要为此纠结。

春节前两天，火狗回家了。这是他几十年的惯例。他回家后知道我病重躺在医院里抢救，听说我还要化疗，估计我活不成了，年三十晚上，跟母亲说："张圣现在病重住院管不了你。过了年，我将你送到托老院去。"

母亲回答说："我不去。"

火狗凶恶地说："绑也要绑你去。"

大年初二，手无缚鸡之力的母亲在哭喊声中，就被火狗和他的老婆强制送到了附近的一家私人托老院。临走时，火狗老婆还用电热宝向母亲胸口狠狠地砸了一下，砸得母亲痛得直喊叫，母亲小声地哭泣着。火狗转身准备离开的时候，遽然发现母亲口袋里露出了两张一百元钱，立即扑过去抓住母亲的口袋，母亲还没反应过来，钱已到了火狗手里，母亲先是惊愕，然后本能地伸出手来想要阻遏，被火狗用力一打，又缩了回去。母亲昂起头，睁大眼睛，盯着火狗，再次慢慢地伸出手来，低声地说："火狗，你把钱还给我。"

火狗高声大喊："你在这里用不着钱了，留着做啥？"说着将母亲的头一按。

母亲哭喊着："这是我的钱，我每天都要摸摸看看的。火狗，你还给我。"

火狗抓着钱，听也不听母亲的话，头也不回，摇头晃脑地转身走了，任凭母亲怎么哭喊，他就像强盗一样走了。

望着火狗转身离去，母亲一边哭，一边说："你这贼无良心的。养了你几十年，饭被狗偷来吃去了。"

此时，我住院刚刚脱离危险，听到火狗这种不孝而又野蛮的做法，心里很难受。可是我却自身难保，管不了这事。如果我不生重病，火狗不敢这么做的。

开始，母亲不习惯，整天喊着哭着要回家，两个姐姐离托老院近，春节前后农闲，白天，她们天天轮流去看望，陪着说说话，解解闷；晚上，母亲是寂寞的，孤零零一个人。

清明节，小妹回老家父亲坟上扫完墓，专门去托老院看望母亲，回来告诉我母亲身体蛮好。我躺在医院层流床上，听着小妹说着有关母亲的事，心放宽了许多，但愿母亲健康长寿。

天有不测风云。哪知仅仅隔了几天，一天早晨，小妹接到托老院的电话，说母亲不行了，小妹听了纳闷，立即给她住在托老院附近的亲家母打了电话，让她去探望，接着又给两个姐姐打电话，两个姐姐火速赶到，见到母亲时，母亲还有一口气，母亲靠在两个女儿身上说："头晕。"说着倒了下来，倒下来以后就再也没有醒来。那时候，田地的油菜花开得好像黄金似的灿烂。可是，母亲再也看不到这美丽的景致了。

母亲走了。得知母亲突然长逝的噩耗，我很悲痛。

母亲年轻时不但长得很清秀，而且聪明贤惠能干，说话从来不惹气别人。母亲几十年来一直生活在农村，20世纪60年代初，家里孩子多，都没有成人，她和父亲没日没夜地干活，拉扯着我们兄弟姐妹长大。打我记事起，为了一家人的生活，她常常向别人家借粮、借钱，有时借得到一点，够吃几天，有时借不到，还时常遭到别人的白眼。

从我记事起，她经常向我提起这样一件事：那是在我很小还不懂事的时候，母亲看到有一家姓姚的家里雪白的棉花堆积如山，这家算是有钱人家，我家的房子是草房，又小又矮又漏雨，母亲和父亲商量想盖一间砖瓦房子，已买了3根木头，这3根木头的钱，是上海大舅和二姨他们省吃俭用寄来给我们一家度日用的。但是要想把房子盖起来，还缺10元钱，有了这10元钱，就可以盖房子了。当母亲硬着头皮去借的时候，姓姚的男人嘿嘿一笑，然后阴阳怪气地说："你家小官恁多恁小，借了啥辰光能还得起呢？我帮你算算，你用不着买木头，用毛竹盖房子省铜钿。"

母亲忒爱面子，听了仿佛受到了奇耻大辱，羞红着脸，转身就走，刚走出姚家，泪水夺眶而出，回家气了好长时间。她一辈子都忘不掉姓姚的这句话。那时她只有打碎牙齿往肚里咽。

借不到钱，房子盖不成了，最后母亲含着泪水，只得将3根木头卖掉了。

大姐比我大10岁，学习成绩好，小学毕业考上了初中，可是母亲不让她继续读书，叫她停下来挣工分，小孩子干活只能顶半个劳力，就让她辍学在家跟大人一起干农活。以前，我家年年倒挂，这一年我家不但没有倒挂，还分到了钱粮。以后火狗初中毕业也不上学了，种地挣工分。二姐初中读了一年，辍学在家种地挣工分了。这样母亲终于熬出了头。我家先是盖了两间砖房，没过几年又盖了一间砖房。

那时，我很少看到母亲脸上有笑容。等我们都长大了，她似乎在别人面前才抬得起头来，终于吃穿不用愁了。

我记得在我15虚岁那年，那是春夏交替之际，一个星期天的清晨，因为头天夜里下大雨，第二天虽然停雨，但是还不好下地做生活。我正在灶边烧火煮麦粥，屋里来人也没在意。只听见东宅樊家妈妈对我母亲说："你家张圣肯做，是个好小官。我是看着他从小长大的。我帮他话个亲眷。"

"话啥人家？"母亲笑着问。

"东北宅姚家小丫头，比张圣大两岁。他们家也看上张圣的，认为张圣这个小官不声不响，念书又好，放学做生活又勤恳。这小官有头脑，将来一定有出息的。是他家托我来话的。"说着，樊家妈妈见我在烧火，朝我看了一眼。

母亲听说是姚家的丫头，自然想到了十几年前去借钱盖房的事，脸沉了下来，说："噢，姚家，问他家借10块钱都没有借到。姚家丫头，哪怕她是蜜蜡金，我家张圣就是寻勿着娘子，也勿要！"

樊家妈妈笑笑说："张圣是个好小官，谁找他谁就有福气！"说着就走了。

两年后，樊家妈妈又来为我做媒了，这次话的是她的侄女，年龄与我同岁，约好我与那位姑娘都去她家见面。见面那天，母亲陪我一起去的。那时我初中刚毕业，我不敢正面看她，她也不敢正面看我。我只是偷偷看了一眼，感觉她长得蛮漂亮的。母亲一看觉得姑娘不错，心里就喜欢，脸上也有了笑眼。因为我还要上高中，怕其他同学笑话，上高中两年没有来往，自然也没有见过面。有关我与她的情况，容我将在后面再作介绍吧。

后来，我高中毕业去了部队，当兵第四年考上了军校，当上了干部。母亲每次见到我从部队探家回来，总是一脸的笑容，老远就喊："我的宝贝回转了。"可见她心里有多开心多自豪啊！

光阴迅速，人生易老，几十年一晃，我现在已成了五十多岁的人了。母亲啊，母亲，我现在重病在身，不能回家为你送终啊。

李桐独自驱车一百多公里回了老家，为我母亲送终！

我在医院默默地为母亲祈祷，愿母亲一路走好！愿母亲在天之灵安息！

人情账

　　人情账大概古已有之。我们乡下有个风俗，一旦哪家死了人，亲朋好友和左邻右舍都要送人情的。母亲死了，最先赶来的是生产队的社员，然后是父母亲一辈和下辈的亲戚，那些就连平时不常来往的远亲，有的根本不认识，只要能够联系到的，都要通知到的。接着是我单位的同事，平素关系要好的也要送人情。大家从四面八方聚集来吊丧，见死者最后一面，送死者最后一程，以表示对死者的沉痛哀悼。

　　母亲走了，她跟父亲一样，也是 90 岁走的。按照农村习俗，那已经是高寿了，是喜丧。生产队的社员都自发地前来帮忙，不用人指挥，大家都非常自觉地做自己力所能及的活儿。有的帮助在屋前整理场所，有的帮助买东西，有的通知理发师来为母亲理发，有的通知做丧事的人，有的通知厨师，不到一天时间一应俱全。队里有个社员，名叫许德兴，八十多岁了，身板硬朗，从早到晚一直在我家干活，还帮助照看东西，不让外人悄悄拿走。

　　李桐将我母亲病故的凶讯通知了姜正平、杨桂萍夫妇，他们又告诉了我家乡的战友，大家相互转告，在我母亲逝后的第二天傍晚前，战友们将花篮从城里送到了乡下宅上。城里到乡下 50 多里路，二十多位战友下班后，聚集在一起，开着汽车前来吊唁。吃了简餐，然后坐在一起打牌陪夜。尽管乡下的夜晚天气冷，尽管战友们衣着单薄，但是他们坚持陪到深夜才走。大家都迷信这样的说法，一个人死后要有人陪夜，陪夜的人多，死者到了天堂也会热闹的。

　　农村人有个习俗，人死后要到第二天吃过夜饭才能开账簿记人情账。记人情账的人都是有文化的人，一般由两个人组成，一个是死者亲戚，另一个也是与死者家人非常要好的。母亲的人情账，是一个德高望重的退休老校长和沈杰两个人记的。老校长写得一手好字，跟我家有点亲戚关系，又做过我的小学校长。小学四年级暑期，我将上海二哥寄来的钢笔字帖，利用中午和晚上时间反复仿写，每个字我照着仿写一百遍，开学时班主任看了我作业本上的字不相信是我写的，让我到黑板前面写几个字，看了大加赞赏。自此，每个同学的成绩报告单上的评语，班主任写好后让我誊写，班主任的钢笔字和毛笔字本来就写得很漂亮，见我爱学习，常常把我叫过去单独指点。我上五年级的时候，区里统考得了双百分，老校长那时既是我的小学校长，又是公社小教团支部书记，班主任认为我学习好，品德好，提议我申请入团，这样我小学五年级毕业时，就加入了共产主义青年团。那时正值"文革"时期，上初中和高中都是推荐的，因为我是团员，沾了不少光，一上初中就当了班长，又是学校团支委委员，初二学生入团都是我帮助调查做材料的。上高中也是推荐的，我小学入团，初中班长，到了高中，仍然选为班长。沈杰和我是同学，数理化方面有天分，他做事严谨，人又本分。老校长和沈杰这两人记人情账，自然让人放心。

第三天中午十二点之前出殡。这天上午亲戚们赶早来送人情，当地说法最后一个送人情的要倒霉的，所以大家都争着早来，城里人不兴这个，有早就有晚，总有最后一个的。出殡时间请人提前看好，看的目的是图啥时走吉利。农村离县城远，上午十点多钟就开始安排搬饭，十一点多钟吃完饭，十二点钟之前出殡完毕。

这时记人情账的人依然忙碌着。他们认真整理每一笔人情，稍有差错，就重新计算，一直到准确无误，然后将人情账交给死者的子女。农村是将人情账交给儿子的，如果没有儿子，就由女儿负责。我们家有兄弟两人，显然是交给儿子的。此时，我重病在身，在医院住院，李桐代我回家，有权过问此事。傍晚时分，老校长临走时主动将人情账的收入告诉了李桐，并告知钱箱在火狗那里。

4月中旬的夜晚，海风阵阵吹来，凉飕飕的。母亲的丧事料理完以后，亲戚们走了，帮工的人走了，生产队里的人走了。最后剩下了兄弟姐妹们，大家坐下来谈人情账。按农村风俗，人情账除去办丧事用钱以外，余下来的由兄弟们平均分的，姐妹们不过晓得，分不到一分钱的。这么说来，人情账总收入除了开销外，余钱由火狗和我两个分。平日里和火狗一起在上海混日脚的火狗儿子也坐在一旁。

李桐出于公道，说："母亲生前病了多年，大姐、二姐和小妹照顾得很周到很辛苦，她们送的人情提出来，还给她们。"

火狗听了脸一下子拉得很长，但碍于姐夫和妹夫的情面，很不情愿地将这笔款提了出来。

李桐接下去还要继续看人情账明细的时候，火狗的儿子怒气冲冲地站起来，突然将人情账箱子捧在手里，拿起来就往墙角边掼，嘴里不停地嘟嚷着："叫你们拿！叫你们看！"

顷刻，人情账散落一地。

火狗见了散落一地的钱，两眼放光，立即扑上去，将地上的账本和钱赶紧拾起来装进箱子里，然后抱着箱子扭身就往外走，回了自己的家。

李桐、大姐、二姐和小妹还有两个姐夫和一个妹夫面面相觑，惊讶万分。半响，大家还默不作声地呆在那儿，没有说一句话，大家能说什么呢？大家都怕他，对他也不敢说什么。

父亲享寿90岁，早在头一年父亲去世的时候，除了人情账支出以外，节余两万多元，按照农村惯例，兄弟俩每人各分一半，那时我身体健康，看到火狗家经济条件不好，出于同情心，我对火狗说："你拿出三百多元钱，请人把坟地做做好。多余的人情都给你。"

火狗没说一句谢谢的话，拿了钱就走。过了三天，到了父亲安坟那天，我早早地开车回了老家，没想到坟地还是没修好，我立即付钱请了两个泥瓦匠修了坟。

父亲走后过了半年，有一天，火狗突然给我打来电话，说："兄弟，我给你说件事，你还欠我八千元。"

我感到莫名其妙，纳闷地问："我什么时候欠你八千元的？"

火狗大声地说："生产队社员送的人情归我的，吃素饭支出的八千元算你的。你欠我的八千元就是这么来的。"

"人情账收入结余两万多元不是全部归你了吗？按说兄弟俩对分的，我看你家里穷，照顾你，你没有一句好话。现在反过来说我欠你钱了？哪里来的道理？你把村干部请来，村干部说要我出多少就多少！"我听了肺都气炸了，反问道，"退一步讲，如果你是独子的话，那么这八千元钱谁来给你呢？"

父母年迈体弱，从六十岁起，我每年出生活费，他一分钱不出，我都不计较他；父母房子漏雨，先后两次修房都是我出的钱，他不肯出一分，我不计较他；父母住院看病听说要钱，他假装忙，躲在外地不回家，即使回了家，住院费一分不出，我也不计较他。

现在办理完母亲的丧事，我不在跟前，李桐代表我，姐妹们都在，本来一家人和和气气，以后有什么事大家相互帮助。哪里料到，一提到母亲的人情账，火狗看我躺在医院里，猜测我活不了多长时间，于是，狼心狗肺一下子暴露了出来。火狗的这种做法，母亲的在天之灵能安息吗？

安 坟

死者入土为安。安坟是东乡县农村一带的风俗。人死后请一个懂风水的人算算，看啥时候安坟好，所谓好不好是看哪天安坟对子孙发达不发达，选好的日脚不可改变的。

死者火化完毕骨灰捧回到老宅后，在活人看来，仿佛是有灵性的，骨灰被子女安放在一个隐蔽的地方，等到安坟那天，才由子女送到坟地，举行安坟仪式。死者如有多个子女，以男孩为主，男孩中以老大为主，其他人跟着老大做。

父亲生前已将祖父祖母的坟地单独迁移了出来。父亲从小跟着他的三姐夫外出看风水，所以看坟地风水好坏略知一二。父亲活着的时候，有一年除夕，我回家上祖父祖母的坟，他对我说："选这块坟地前面是条路，没有任何遮挡，你看朝东南出相。公公婆婆保佑子孙发达。真好！"

母亲生前也相信风水，她活着的时候曾对我说："有一年大队统一迁坟时，祖父祖母的坟地有一条大蛇跟着走，一直走到祖父祖母新的坟地，这是大吉，祖宗保佑。如果谁将坟地的蛇打死，谁就会倒霉。"

过了几年，父亲认为原来的坟地好，还是将祖父祖母的坟地重又迁回了原地。

父亲小时候就失去了他的父亲。祖母原先不住在这里，以前因吃不饱穿不暖，背井离乡，带着他的小儿子和小儿媳，即我的父亲与母亲，从几十公里外的老土地，来到了黄海边上，住在岸脚下，当时没有几户人家。爬过岸去，东边是一望无际的黄海。初来时，没有房子，住的是环洞舍，四周用芦苇围起来的，上面盖的是稻草。冬天，海边的风特别大，空旷的海边，寒风从四面八方钻进来，冻得人瑟瑟发抖；雨天，外面下大雨，里面下小雨，外面天晴了，里面还在滴滴答答地漏雨。平常，父亲晒晒盐，跑跑海，捞捞鱼，母亲操持家务。我们兄弟姐妹多，人又小，去生产队出工就靠父亲和母亲两个人，劳力少，一年到头常常倒挂，因此分粮也少，一家人难得吃到干饭，经常吃粥，有时连粥都吃不到，就是喝的粥薄来喽，也能照出人的影子。小的很少能穿到新衣服，要到过年才有得穿。平时大的将衣服穿到嫌小了，衣裤都磨破了，补丁叠补丁，这时候才能给下面的弟妹穿，穿得实在不像样子了再改做别的。父母靠着勤劳的双手，撑起了这个家。我们在父母的呵护下一天天长大，到能够帮父母下地干活挣工分了，家里的日子也就一天天好起来了。农村盖砖瓦房是大事，我们家光在父母手里就砌过三次砖瓦房，先是砌了两间，后来又砌了一间，火狗结婚时单独给他砌了两间。父母一辈子的积蓄全用在了盖房上，还不够，等我当了干部，拿了工资，最初几年的工资都在帮父母还债。

父亲生病前身体一直很好，89岁那年下半年起病，来势凶猛，走路靠人搀扶，我和李桐及大姐带他到县城一家医院检查后，对医生说要求住院，医生婉转地说，父亲有胸腔积液，心脏不好，到镇上卫生院挂水一样的，挂了半个月的水，配了点药就回家了，回家以后一直躺着，到了90岁年初又住进了镇医院，5月初告别了人世。安坟那天，我请泥瓦匠将祖父祖母的坟地重新进行了修砌，发现存放祖母骨头的坛子倒了。大家见了，惊讶地说："怪不得一年倒了两个人。"

这两个人，一个是我的父亲，一个是我的二哥。二哥比我大4岁，从6岁起送给我大舅家长大，从起病到走3个多月，他是2014年3月10日走的，走时59岁。二哥走的那天，我们兄弟姐妹都乘坐在长途汽车上，前往上海吊唁。突然接到大姐夫的电话，说父亲昏迷过去了，现在正在救护车上往医院送，让我们赶快返回。高速路上车不能停，只能到了上海才能返回。过了半个多小时，大姐夫又来了电话，说父亲刚刚醒了，突然爬了起来，要求回家，还没到医院，半路上拉了回来。二哥走了两个多月，父亲也走了。迷信的说法，是因为祖母的骨什鬃倒了，所以鬼作怪了两个人。

母亲比父亲晚走了一年。母亲安坟那天，我重病住院不能回家，李桐自己开车回了乡下。这天兄弟姐妹都要到祖父祖母和父亲的坟地去，将母亲的骨灰安葬在父亲骨灰左边。这样母亲的骨灰和父亲的骨灰及祖父祖母的骨头安放在一起了。母亲的骨灰安放好以后，祭祀开始，兄弟姐妹们将自己买来的冥钞冥衣冥纸聚集一堆，火狗跪拜三次，他老婆跟着跪拜，口里不停地说："妈妈保佑火狗和我健康长寿，保佑孙子发财。"

接着轮到李桐，然后由大姐和大姐夫、二姐和二姐夫，再到小妹和妹夫，依次进行祭祀。最后点燃冥纸冥钞冥衣，化给母亲，让母亲分给祖宗共同享用。祭祀完毕以后，兄弟姐妹们回到老宅，应该由大儿子火狗召集大家吃一顿饭，然后各自散场。李桐和小妹到集市上买了几样菜回来，大家相聚在老宅。原先桌子上放着许多盘前两天母亲去世时吃素饭剩下的饭菜。因为人情账全在火狗身边，我妹夫沈杰的父亲送的人情还没有提出来。李桐先走到桌子旁，招呼大家来吃饭，顺便对大家说："人情都在火狗身边。我们一分都没拿。"

李桐刚刚说完，火狗睁大血红的眼睛，快速走向桌子，双手抓住圆台面，用力朝李桐掀了过来，嘴里不停地说："让你们吃！让你们吃！"

李桐在毫无防备的情况下，突然遇到这种事，就像瞬间遇到了一场地震，本能地往后退了一步，此刻，碗碟像着了魔法似的，哗啦啦地朝她飞来，砸到李桐的身上和手上，手指当即肿了起来，有几个手指冒出了血，疼得不能弯曲。李桐本来胆子就小，被这突如其来的事吓晕了，脸立时转了色，心扑扑直跳。

平时很会说话的大姐夫，一句话都没说；大姐看了看火狗，一句话也没说；二姐夫也没说一句话；小妹和妹夫，你看看我，我看看你，沉默了。大家面面相觑，如鲠在喉，一句话都说不出来。看看大家都不说话，平时老实巴交不善于说话的二姐实在看不过去，她冲着火狗喊了起来："你推啥乌气！"

然后，火狗转身出了门，一边走，一边幸灾乐祸地对李桐大声叫嚣说："快活，你们家张圣生病。"

显然这顿饭吃不成了。火狗一走，大家也都走了，到二姐家去吃了中饭。下午，在小妹的陪同下，李桐去了镇医院，血压高压一下升到了一百九，低压升到了一百五。李桐以前血压都很正常，自从受到这次惊吓以后，血压一直居高不下，一直靠吃药维持。

我患了白血病，刘虹主任和医生们一再强调不能让我思想上有任何刺激，不然病情会加重的。所以，李桐回家后老瞒着我，我感到李桐的话明显比以前少多了，她心里不开心，走路慢腾腾，干活心不在焉。我躺在病床上仔细观察李桐的一举一动，发现她的手指红肿，不能伸直。我默默地想，母亲安坟，李桐去了一趟乡下，回来怎么会变成这样了呢？一定遇到了什么事情。

在我的一再追问下，李桐才将事情的来龙去脉告诉了我。

我躺在病床上越想越来气：假如李桐这次回来不能动了，那谁来照顾我呢？又有谁来照顾她呢？我不就在医院里活活等死吗？我们俩在外地工作，相依为命。本来，自从我生了病以后，她就很不容易，既要上班，又要照料我，白天只要不上班就在医院，每天晚上都陪在我身边。轮到她加班上夜班，她下了班就直接到医院，第二天凌晨五点起床，骑电动自行车回家买菜做饭。李桐为了这个家全身心地付出，我却不能为她分忧。我万万没想到在我母亲去世以后，李桐却要面对我家许多意想不到的事情，我却不能为她搭一把。火狗的这一做法，就是想活活气死我，然后好侵吞我乡下的房子。

母亲安坟，应该安安静静，让她在天堂里不再忧愁，不再烦恼。但是，火狗的这种做法，却让母亲难以安息。真是天地难容啊！

一张残疾存折

母亲生前瘫痪多年，按规定可以评残。评到了残，每月享受三百多元的残疾补助金。母亲逝世前一年领取了残疾证，发到了一张农村商业银行的存折，每月的残疾补助金就打到这张折子上。

父亲去世以后，母亲很少说话，脸上总是愁眉不展。她担心被送往敬老院。对一个老人来说，在自家宅地上生活了几十年，朝夕相伴，日出而作，日落而息，早已经习惯了。如今年老了，一旦让她离开老宅，她的心情是凄楚的，甚至于悲哀的。老宅对母亲的一生是多么重要。她从年轻时嫁给了父亲，双双来到这块海滩上，前半辈子经常过着食不果腹的日子。开始面对茫茫大海，看着惊涛拍岸，愁绪万千，孩子恁多恁小，何时是尽头？她常常在泪眼中度过每一天，想到火狗常常惹事不听话，不知多少次寻短见，可还是坚强地活了下来。母亲做得一手好针线活。白天除了劳作，一有空闲，就纺纱织布。晚上，坐在昏暗的煤油灯下，一针一针地纳鞋底，前半夜是很少睡觉的。夏天忍受蚊子的叮咬，冬天饱受寒冷的袭击。熬过了一年又一年，看到孩子们一个个长大成人，特别是各个自立门户后，她脸上的笑容多了。我当兵三年，每月十元津贴费，都存了下来，三年寄回了三百多元。后来当了干部，有了工资，每年探亲回家，就把工资钱拿出一部分给了母亲，确保父母衣食看病无忧。母亲有了钱,喜形于色,眼睛里都是笑意。

后来,母亲居住的海岸边也不再是海岸边了。原先的海岸随着海潮的逐渐缩退,留下了大片海滩,几乎每隔二十年左右,人们都要进行一次围垦海滩造良田。现在大海距离我家老宅已经有七八公里了。母亲老了,她年轻时出门就是大海,站在高高的堤岸上,任凭那咸咸的海风吹打着头发,如今她当年站的堤岸早已成为平地了;母亲老了,她年轻时夜晚听惯了的那咆哮怒吼的海潮,涌到堤岸的巨大海浪声,如今她当年聆听的地方早已成为大片的农田,早已成为星罗棋布的住宅了。物换星移,世事沧桑,岁月催人老。如今已是满头白发的母亲,在病床上躺了几年,平时只要子女在,喊叫子女帮助翻个身。节假日,我回家,母亲拉着我的手说:"张圣,我不想死。我不想去敬老院。"

母亲终于撑不住了,住了院。我请了假,回去照顾她。母亲当着我和小妹的面,还是重复那几句话:"张圣,我不想死。我不想去敬老院。"

我望着被病魔折磨得骨瘦如柴的母亲,莫名地产生一种无可言状的哀愁,安慰道:"妈,你放心,有病帮你看。你还有残疾补助费,生活上的费用也差不多了。看病钱不够的话,有我呢,我有钱,你不用愁!敬老院你说不去就不去吧。我上班忙,不能回家侍候你。我帮你请佣人。双休日开车回来看你。"

母亲望着我开心地笑了。她总是对我不停地说:"我的宝贝!我的宝贝呀!"

我知道我是母亲生活的希望,我知道我是母亲活着的勇气,我知道我是母亲一切的依靠。然而,不幸的是我病了。

我生了白血病对母亲是一个沉重的打击。小妹经常提起母亲说的话,母亲常说:"张圣,我还是靠着的。"意思是说养了我之后,还是靠着我的。在母亲心中,我是个从小比较懂事的孩子。小学五年级时,15虚岁,实足年龄13周岁,到了星期天,我就能下地帮助父母挣工分了。平时上完两节课,我就跑步回家出工种地,一天总能够做一个小时的活,一个小时一个工分,我是半劳力,顶半个工分,一年下来,做的工分可以把我自己的口粮钱挣回来。有时放学晚了,天黑收工了,见母亲下地没回来,我放下书包就到地里帮母亲拿东西。农忙时,早晨四点钟起来,天蒙蒙亮,就和父母一起下地开早战,一直做到七点多钟才提前收工去上学,弄得常常早饭来不及吃,拿上书包跑步去五里外的学校上学,八点之前赶到学校,累得满头大汗,一身汗臭味,好在那时候农村的孩子大多数是这样的，也就没人在意。我后来参军了，知道母亲得了胆囊炎，我回家探亲时，都要帮她买好多药，母亲吃好了病，总是向村里人炫耀一番。

一晃几十年过去了，当我五十多岁的时候，母亲八十多岁了；当我突然躺在医院病房里的时候，母亲的心中该是何等的焦急？何等的牵挂啊？

母亲曾打电话给李桐说："要看。"

李桐说："妈，你放心。我会尽全力看的。医生说看得好的。"

母亲听了，在电话里声音低低地重复着，哽咽着："要看。"

母亲对自己的残疾证是很看重的。有了这张残疾证，意味着她生活有了保障。可是怎么也想不到拿到残疾证不到一年，母亲就离开了人世。她走了，留下了一张存折，存折上有两千两百多元。母亲生前，这张存折一直由二姐保管，母亲需要用钱，由二姐领取交给母亲。母亲走了，自然这张存折一直放在二姐那里。

一天傍晚，二姐夫突然来电话，说要将这张存折送给火狗。

我听了非常气愤："母亲生前，火狗不拿一分钱，不愿意照顾。不能给他。"

二姐夫说："二姐害怕火狗闹，不敢放在身边。"

我说："如果火狗要，你说存折在我这里。叫他到我这里来拿。"

二姐生来人就本分，不愿意跟人计较什么。像火狗这样的人，只有电视剧里才能看到，见钱眼开，视钱如命，不劳而获，不管是不是自己的钱，见了钱连脸皮都不要。一天，二姐到村会委去办事，正巧碰到火狗骑电动自行车也来办事。火狗见了二姐，立即停下车，扑上去抓住二姐车子的车把，睁大血红的眼睛，说："把存折拿出来。"

二姐一时没回过神来，没听清火狗说什么，她想早点办完事回去种地，就没听他说，转身准备要走。

火狗大声地说："把残疾卡拿出来！"

二姐终于听清楚了，按照我事先说的，跟火狗说了："残疾存折交给张圣了。李桐回来的时候让她带回去了。"

火狗不念亲情，听了扑上去推搡二姐，二姐只好松开握车把的手，车子从小斜坡上滚翻在地上，如果二姐不松手的话，就会随着车子一起倒地。车子摔坏了，二姐怔怔地站着，无缘无故地受气，没有还手，也没有还嘴。火狗脸涨得通红，还在叫喊："把残疾卡拿出来！"

村里有几个熟人正好路过，看到火狗横蛮无理，说："这就是你火狗不对了。残疾卡上的钱又不是你的，放在兄弟姐妹哪个手上都一样。你凭什么要拿？"

过了一段时间，我身体好转了一些，二姐将这张存折交给了我。

母亲临死前，二姐没有把存折上的钱取出来，等母亲去世以后再到银行去取，就取不出来了。银行告知：死者的钱，要到公证处公证后，凭公证书才能取。尽管法律上没有这样规定，但是银行要你这样做，你不得不这样做，总不能为这一小事跟银行去打官司吧！这样折子上的两千多元钱就麻烦了。要公证，兄弟姐妹必须都要到场。母亲临死前，身份证被火狗拿去了，我让大姐问火狗要母亲的身份证，抽空大家一起到公证处去公证，火狗又跟大姐大闹了一场，好像我们都欠他什么似的。最后，我跟姐妹们商量，我把存折拿出来，交给大姐，由大姐转交给火狗，免得以后还有什么啰嗦，并明确表示："折子上的钱，我一分也不要。"

大姐拿到折子后，将这本折子交给了火狗。

第五章　我像个怪物

时间已经是 4 月底了，天气暖融融的。一天中午十一点钟左右，我办好了出院手续。这时王慧打来了电话，让李桐去替我代办一件事。我对李桐说："你去我单位，我到博物苑门口下来，正好往里边晒晒太阳。"

这天天气晴朗，阳光明媚。马路上，行人有穿衬衫的，有加件外套的，也有穿裙子的，似乎都感觉春天已经过去，夏天就要来临。而我依旧生活在严冬里，俨然一个与世隔绝的怪物。

博物苑里树木茂盛，鲜花盛开，生机盎然。节假日游人如织，平素稀稀疏疏，此时接近中午，更是少有游人。我身穿羽绒服，戴着棉帽子、棉口罩。我在博物苑门口停了下来，站了一会儿，定了定神，拖着无力的双脚，迈着沉重的脚步，沿着博物苑里青砖路面向东走去。我本来想进去晒晒太阳，看看风景，欣赏我平时喜欢的花草。可是，走了五十来步，整个人好像喝醉了酒似的，身子摇摇晃晃，飘飘忽忽，全身没劲，两条腿软绵绵的。我赶紧朝我距离三米处的一张长凳上飘过去，人没到，手先抓着凳子的边，弯着腰坐了下来，假如慢了，定会摔倒了。

我喘着粗气，浑身冒着虚汗，汗水从额头上滴落下来，胸背部也像泉眼一样，不时地冒出汗来，湿透了衣衫。眼前的博物苑，我既熟悉又陌生：说熟悉是因为我没有生病前，要是遇到双休日，我几乎都要光顾，这里经常举办各类展览，我看完展览，在苑里转一圈，拍几张照片才回去；说陌生是因为我自从生了病以后，再也没有来过，虽然隔了短短几个月，却恍如隔世，如今这里的每一棵树木、每一块草坪、每一朵鲜花，对于我来说，都是那样新鲜，那样美好，那样留恋。

　　我面朝东坐着，望着前面，有一棵叫不出名的大树，树叶遮挡，一片阴凉。也许是怕阳光太暖，晒得出汗，两个六七十岁的老人躲在树荫下，打着太极拳，你来我往，动作轻盈。我看着他们的一举一动，想想自己现在这番模样，心里好羡慕他们呀！也许是见我坐得久了，两个老者似乎发现了我，停下来休息了。我与他们的距离有一百多米，他们远远地望着我，见我这身打扮，我想他们心中一定有许多想法：这么热的天，这个人该不会有什么毛病吧？不然怎么会这样呢？看着他们步伐矫健，想着我自己步履维艰，伤感偷偷向我袭来，满腔愁绪，向谁诉说。

　　有一年夏天，那时我的孩子还小，在一个星期天，我带着孩子去公园游玩，见一个小伙子与我现在这样的打扮，当时我心中不可思议，想到这小伙也许有什么问题，尽朝着坏处想，赶紧带着孩子离那个小伙子远远的，就怕靠近了有什么意外，就没有想到他可能生了重病，或者患了绝症。今天，我也许也会被人误解成是一个坏人，我哪里有申辩的权利呀，只有像我这样生过大病的人，才能晓得，才能体味到一个重病人的种种不幸。

　　"妈妈，妈妈。天这么热，你看那个人为什么穿这么多衣服？"这时有一对母女从我西边走来，女孩不过六七岁，不解而又好奇地问道。

　　"可能是怕冷吧？快走！"母亲牵着孩子的手说。

　　"大人还怕冷？会不会是个坏人？他坐在那里干吗呢？"

　　"看上去年纪蛮大的，可能有你爷爷这么大岁数了吧。我想，这个老爷爷不像是个坏人。要是坏人的话，不可能坐在这里的。这里靠近门卫，周围全是人。我看倒像是个生重病的人！小孩子不要管那么多了，快走！不过还是要提高警惕！现在很多坏人喜欢出现在人多热闹的地方，因为越是热闹，大家越容易麻痹大意！快走！"年轻女人紧拉着孩子的手，朝我瞟了一眼，又一次催促着。

　　"噢，我懂了。生重病的人也会怕冷的。坏人也会假装好人的。"小女孩立刻露出惊恐的神色，看都不敢看我，靠紧母亲，当经过我旁边时，突然向前奔跑起来，走远了才回过头来望了我一眼。

　　此时，我心中有股说不出来的愁绪和凄切。那种愁绪和凄切，常人是无法捉摸的，更是无法理解的。

　　坏人？病人？怕冷？

这三个问号，恐怕最大的疑问是坏人，把我当作坏人的居多。这不能怪别人，人家是提高警惕，有备无患。因为即使是坏人，他的脸上也不会写"坏人"两个字的，所以常人很难辨别。如果要说是病人，见我穿这么多衣服，肯定会说我是精神病。常人怎么会想到我是白血病患者，可以说压根也不会往这上头去想的。

这三个问号，其实只有我自己清楚。是啊，我是怕冷。我穿这么多衣服，全身出虚汗，还得戴口罩。春天东南风吹来的时候，对健康人来说，是一种享受，多么惬意；可是对我来说，如果不戴口罩，风一吹，就会容易感冒，万一得了感冒，还要住院，人受罪不说，还得花费一大笔医药费，弄不好还可能丢了性命呢。所以见有风，不管是什么风，几乎谈风色变，心里可怕得很！

我刚刚来的时候还想着到博物苑里多走走，呼吸呼吸新鲜空气，可是现在的身体连口罩都不敢摘下来，一摘下来，害怕空气中的细菌入侵我的身体，怎么能够呼吸到新鲜空气呢？我想多走几步路，好好活动活动，可是想不到走路那么费力，倒下来命就没了，怎么能够到处走呢？只好一直干坐着，只好用眼睛左顾右盼地张望着，张望着近处的草坪，张望着远处的树木，张望着陌生的行人。

中午了，游园的人陆续走了。

有的边走边说："今天太阳真暖和！"

有的说："热得可以穿衬衫了。"

许多人经过我的身边，忍不住都要朝我看一眼。我从他们的眼神中可以看出，有善意的目光，有疑惑的目光，有敌意的目光。这些人中年纪有六七十岁的，有五六十岁的，有二三十岁的，有单独走的，也有领着小孩的，各种各样的人都有，各种各样的心态都有，他们都用异样的目光看着我，仿佛我在他们心中是一个坏人，是一个怪物。

我掏出手机看看时间，此时已是中午十二点了，估计李桐马上也会返回来，心里正想着，手机响了，原来是李桐的电话。李桐问："张圣，你在哪？我已到了博物苑门口。我进来！"

"你等在门口，我慢慢走过来。"说着，我站了起来。李桐看到了我，旋即走了过来，搀扶着我，缓缓地往回走。

"妈妈你看，那人有人扶着他走的。"小女孩返回时又经过我的旁边，这会儿她与她的母亲一定并不感到害怕，走路的速度也放慢了下来，母女俩边走边朝我看着。我想，因为有李桐扶我，这下母女俩并不像刚才那样见了我就赶紧走了，而是正常向前走着，还时不时地回头看看我。

对于别人的一句话，一个眼神，一个动作，我忒敏感，有时到了连我自己也无法想象的地步。我晓得，此刻，我已经变成了一个怪物，也成了陌生人眼中的一个令人费解的怪物！

是的，一场重病，就能改变一个人！

第六章　漫长的治疗

打 PICC

查完房，杨希医生快步进入病房，跟我旁边一个新进来的病人家属说："你家一会儿打 PICC，签个字。"

一会儿，护士来了，拿来了一包材料，让病人坐起来靠在床背上。病人坐了起来，望着陌生的护士，一脸无奈，乖乖的，一声不响。护士在病人家属的帮助下，将一根七十多厘米长的管子，从病人的左手臂插入到了将近心脏的上腔静脉位置。一个多小时后，打好了，白布上留下了一摊殷红的血迹。

这是我刚入住医院病房时看到的一幕。看到这阵势，我着实吃了一惊，也吓坏了，心想，如果医生让我打的话，我就找出一些理由来，不要打。还好，住院好几天了，医生还没有来说让我打。

此事过了四五天，医生也没通知我打。我暗暗地庆幸，以为我不要打的。星期六，刘虹主任来查房，轻声地说："过几天要化疗了，打个 PICC。"

我当时没吭声，下午，杨希来到我的病床前面，望了我一眼，微笑着说："张圣，刘主任说要打个 PICC。"

我一愣，旋即说："杨医生，能不打吗？我怕打！"

李桐在病房里先后看到过几个病人打的，心里早已有了恐惧，婉转地说："杨医生，我家过几天再打吧。"

杨希慢声细语地说："过几天化疗了。不打，会伤静脉的。你们自己考虑吧！"

当时，我根本不懂什么叫伤静脉。知道我不同意，杨希医生也就没再说什么，就走了，过后也没有再向我提过这个事。我第一次化疗结束以后，静脉还好，打的留置针最长能留六天呢。后来连挂一个月的水也没什么。第二次化疗结束后，不几天，打的留置针最长留置三天，周围就出现了红肿，胀痛。

护士周晓芳看见了说："怎么不打 PICC 的？医生没说打吗？"

"说了。刘主任说了，杨医生也说了。可是我怕！"

护士周晓芳说："其实你用不着怕的，你的病治疗周期长，需要长期输液，而且输注的药物具有较强的刺激性，置管能够保护外周血管的。"她摸摸我肿胀的手，继续说，"这只手不能挂了，换一只手挂吧。叫你妻子抽空去药店买一支药膏涂涂。"

我涂了几天药膏，表面上红肿消了，其实只是治表，没有治本。以后插针越来越难了，一插留置针最多管两天就得重新又插了，不然熬不过去了。

一天，杨希医生来查房，看到我插留置针的手又红又肿，说："静脉炎。先开点药水敷敷，建议你还是打 PICC 吧！不然你的手肿痛得吃不消的。"

这时我深知打 PICC 的好处了，如果早听刘主任和杨医生的话，打了PICC，也就不至于吃这个苦头了。在医院对重病人来说，那是度日如年。尤其是对我来说，刚刚开始治疗几个月，病还没好，手痛得不行。我便说："好吧。还有三天又要出院了。这一次就不打了，下次来住院时插吧。"

我原来以为三天会很快过去的，可是这三天也难过，第一天插了针，挂了一天就得拔掉重插；第二天插好刚挂了一会儿，手开始肿了起来，痛得挂不进去了。到了第三天，几乎没地方插了，新护士来插好不多会儿，得重插。我只好叫周晓芳来插。周晓芳来了一看，在我大拇指边上轻轻拍了拍，插了针，这一下好了，直至挂完都没有肿，没有痛。三天总算熬了过来，出院了。

在家的时间过得真快，出院以后一个月只需在家吃药，一个月每周去门诊挂一次水，转眼两个月过去了，到了第三个月的月头，我又去了医院。

这次一住院，我主动跟刘虹主任说："帮我打 PICC。"

刘虹主任说："我跟护士长说，让她尽快安排人来插。"

住院时间长了，我知道血液科有两个护士能插的，一个名叫赵缓缓，一个名叫周晓芳，这两个人都做过我的责任护士，技术高，人又好。这次住院是周晓芳当我的责任护士，时间长了，人也熟悉了。我跟她说："这次打PICC，你帮我插。"

周晓芳爽快地答应说："行，明天我休息，后天帮你插。"

哪晓得这一天下着大雨，外面雷雨交加，风大雨狂。刘虹主任来查房，见我还没有插好PICC，便关切地说："今天插针。我早晨一上班就问了护士长。已经让护士长安排了，让门诊派人来插。"

查完房不多会儿，护士长丁霞凤笑眯眯地跑来说："张圣，上午就安排人来帮你插。"

我说："我已给周晓芳说好了，让她帮我插的。"

丁霞凤说："过一会儿，就来插针。让她们到隔壁房间先插，插好到你这来。"

十点来钟，李桐看到两个护士进入隔壁病房插针，十一点半还没插好，我估计上午肯定不来了。

中午，雨越下越大，风越来越猛。窗外电闪雷鸣，风雨大作。此时已到了下午两点，正值上班时间，我想这么大的雨，可能周晓芳不会来上班了，因为上午也没见她来上班，要是她不来上班，我就得由门诊的新手来帮我插了，一想到新手来插，我的心里就忐忑不安。

这时周晓芳笑嘻嘻地走了进来。还没等她开口说话，我就向她说："周老师，等一会儿你来帮我插吧。别人插，我害怕！"

周晓芳笑着说："我答应今天帮你插的，所以今天我来上班的，不然我还休息一天的。上午门诊来了两个实习生，经验不足，后来打电话给我，我上午就来上班了。过半个小时来帮你插。大约要一个小时，你先准备准备，上个厕所。等一会儿插的时候，不好上厕所的。"

我紧张地说："早已准备好了。为了插针，我中午没喝水，也没喝汤。"

"那好，这就来。"周晓芳对门口两个实习护士喊道，"丫头，把车子推进来。"

周晓芳低声地问道："插哪只手臂？"

我说："你怎么方便怎么插。"

"好吧，那就插右手吧。"周晓芳说完，一个实习护士将一张升降小圆凳推了进来，周晓芳坐定，一个实习护士将所有器具准备好了。

周晓芳让我把手臂伸直，呈九十度状，一面在我胸口用手丈量，一面用笔在我胸部和手臂做着记号，她全神贯注地看着我的手臂，将 B 超机放到跟前。插针之前的所有准备工作完成以后，她戴着无菌手套，拿着镊子，先是将有酒精的棉球在我皮肤上进行消毒，然后又用碘伏进行消毒，来来回回地消了四遍毒，便在穿刺点上方扎了止血带。

李桐站在我旁边看着，默不作声，事后她告诉我，自从看到周晓芳来说要打 PICC，她的神经就高度紧张了，额头和身上的汗水不时地冒出来，衣服都湿透了，就像水里捞出来似的，直到完毕，她才总算松了一口气。

"开始打麻药了，不要紧张。"周晓芳见我脸绷得紧紧的，知道我又紧张又害怕，安慰我。

我望着周晓芳，见她对我说话微微笑着，便说："你插，我不紧张。"

打好麻药，然后插管了，她在我右上臂用笔做记号的地方切开了一个小小的口子，将穿刺针钻入皮肤，进入静脉，手持导丝放入穿刺针内，沿着导丝插入扩张器，缓慢地推入静脉内，一根皮管缓慢地向前推进，每推一厘米，她在 B 超机前跟踪一厘米。一边插，一边问："张圣，你有什么感觉？"

我回答："好像有点胀，其他没什么。"

大约一小时，终于插完了。她撤出导丝及扩张器，安装连接器，在透明延长管处见到回血，固定住了接头。

周晓芳说："手臂里的长度为 28 厘米，胸腔里的长度为 38 厘米。管子插好了，要当心，不能将手举过头顶，不能做引体向上等动作。"

管子插好了，麻药药效一过，手臂有点疼，心脏和胸腔明显不适意，感觉多了一样东西。夜里十点多钟，我刚刚挂完水下地走动，正好看到病房里有只蚊子，我早已忘了自己刚才插的管子，习惯性地将双手举过头顶拍打了一下，感觉好像刚才插的管子被拉断了，更加觉得不舒服，越想越后怕。恰好这时来了一名护士，知道后说应该没事的，不过确实要小心，还叫我一有空就要活动手指。我这才稍微放了点心。

按照要求，第二天，我去了摄片室进行摄片，看看插的位置是否正位。当然，一切都很顺利。

星期六，又到了刘虹主任查房的时间，刘虹主任一进来眼睛朝我望了一眼，微笑着说："管子插好了，挂水不用担心了。"

"谢谢刘主任关心！"我望着她说。

我自从打了PICC，前后一周时间心脏好像被堵住了，以后随着时间的推移，感觉好一些。但是，插了针以后，右手不能拎重东西，不能晒被子，不能骑电动自行车，不能拿大一些的热水瓶。我出现在别人面前的时候，好像一个傻瓜一样，木呆呆地站着，本能地用左手护着，就怕别人碰着我的右手。插好了管子，每周换一次药，住院期间，护士会主动关切地询问什么时间需要换药，出院之前，也会主动来换药。出了医院以后，每周去门诊维护一次，每次维护连挂号费要八十多元，一年下来维护费将近五千元。插PICC最长不超过一年，我超期服役了一个月，也就是用了一年零一个月。虽然身体没有感到不适，但是不敢再用下去了。

门诊换药

"快点，你这边排队，我去那边排队。"

"快点，这边快到了，你那边不要排了。"

于是，人们不顾一切地穿梭来往，有的奔跑，有的边跑边喘气，有的抱着小孩累得满头大汗，小孩不时地哭闹着，大人不时地哄着，其实大人心里比孩子还难受。

这里是通仁医院。在医院门诊楼大厅里，每天人山人海，排队挂号人挤人，人挨人，说话声，吵闹声，嘈杂声，让你感觉不是在医院，而是在战场，好像打仗的前奏，人们在准备逃离，一片混乱。

我自从插了PICC管以后，不管是风吹雨打，不管是炎炎盛夏，不管是数九寒冬，一年四季除了在医院治疗期间由住院护士换药以外，其他时间每周都要去门诊换药。我怕去医院，也怕去每周一次的门诊换药，但是还得去，不但要去，还要准时去，如果不准时去换药，一旦感染了，还是自己受苦。

一是怕路上走。我每次换药都由李桐陪着，开车去医院停车不方便，李桐骑电动自行车带着我，路上车多人多，带个人自然不如一个人骑灵便，一会儿快，一会儿慢，一会儿刹车，一会儿停车，我坐车觉得不自在，心中总有一种负疚感，对她说我乘公交车吧，你一人骑。她偏不，她说她不放心我一个人单独走，不管多么累，不管多么疲惫，有时看到她哈欠连天，无精打采，一副没睡醒的样子，心里酸酸的。我说家务活你包了，不用你骑车带我，公交挺方便，也安全。她说不为别的，只要有我在她身边，她就有一种安全感，心里也踏实。她愿意。

二是怕挂号排队。进入医院大院，形形色色的人都有，有的人就是不自觉，特别是那些陪客，有站着抽烟的，有蹲着抽烟的，有边走边嘴里叼着烟的，也有手里夹着烟奔跑的，有随地吐痰的，有说笑的，有哭着的，有脸沉着的。进入医院门诊大厅，更是另一番景象，挂号窗口尽管设有七八个，但每个窗口排队的不下二三十人，如果人人自觉一点，排队挂号也会相应快一点，可是就是有那么几个人不顾别人的感受，一个劲儿地挤在前面，扰乱队伍。病人哪有心思哪有力气跟他们理论呀！

生了白血病最怕感染，我每次去医院都戴着棉纱口罩，尽管戴着口罩不怎么自在，但比不戴好。初次去门诊换药的时候，李桐怕我被人挤倒，让我先到 PICC 换药门口等着。门诊换药处设在一楼，过道里挤满了人，门口那里有一排铁椅子，可是没有一个空座位。我靠墙壁站着，手扶在一张椅子上，静静地站着，耐心地等着，人累了，站不动了，就蹲下来，蹲不动了，又站起来，来来回回不下十几次，足足等了半个多小时，李桐帮我挂号挂上了，快步走来，将挂号单交给换药的护士。

护士坐在电脑旁，转过头，眯着一双小眼睛，望了我一眼，温和地说："点击好了，去缴费。"

李桐又穿过混乱的人群，重新排队挂号缴费，然后取药。大约又过了半个多小时，我看到李桐手里拿着一小瓶白色液体，问："多少钱？"

李桐回答："一元五角。"

"其实早在第一次挂号时已将药包的钱收下了，那为什么还要跑第二趟挂号呢？"我不解地问护士。

护士心平气和地回答："那不一样。你第一次挂号缴的是药包的钱，药包在我们门诊，所以你付钱给了门诊。第二次挂了号，缴了钱，那是到药房取药。那钱不归门诊，归药房。"

我被护士说得云里雾里，说："这一小瓶生理盐水用来冲管子的，也放在你们这里，钱在第一次挂号时一并收下不就好了吗？不就让病人少挂一次号、少跑一次路吗？而且也可节省病人的时间。"我知道跟护士说这些没用，她们实在无奈，做不了这个主，那是医院领导管的事。因为在我前面还有二十多个人要换药，跟护士说完话，我只好在外面候着。

终于轮到我了。过道里电子屏幕上出现了我的名字，屋里边的护士也很负责任地开门叫喊着我的名字。这时候已经十一点半了，从早上七点多钟家里出发到医院，一上午过去了。护士问我插的 PICC 长度后，又仔细看了我臂膀上留管的长度为五厘米，拿出一本专门登记簿，进行了编号登记，并告诉我的编号顺序为"1895"，以后换药时要报编号，便于快速核对，不然延误换药。

我顺便说："1895，这个数字好记。"

"好像有一个地名就叫 1895。"李桐在一旁自言自语地说。

我看着护士换药，护士把我臂上缠的药布慢慢地一一取下来，管子周围的皮肤出现了红肿，皮肤娇嫩，护士用棉签细心地轻轻地擦拭，就像做针线活那样细致耐心。擦拭完，将管子上的螺帽轻轻地拧下来，先在皮肤上进行清理污垢，再在管子上进行消毒，然后换上新的螺帽。整个过程大约需要十来分钟时间，等消毒水干了，才可以敷一块薄薄的透明胶纸，起到固定和保护管子的作用。

中午，护士相对来说清闲一些，我趁机与护士攀谈。我问："什么时候来换药人少？"

护士边换药边说："也难说，星期一人多，其他时间每天上午八九点钟人也多，一般来说下午三四点钟人就少多了，因为这时路远的人是不会来医院的，除非特殊情况。"

因为我家与医院离得近，自此以后到医院换药，我基本上选在上午十点左右去医院挂号，有时干脆下午去医院。医院里人实在太挤了，感觉比春运人还多。

第四次化疗

化疗是有风险的，所以每次化疗之前，医生都要叫病人签字。化疗，感觉一次比一次用药重，一次比一次煎熬。前面不管多么难受，总算挺了过来。

我生病已经有七个多月了。在我的人生旅途上，这七个多月，每一天都是度日如年。8月初，要开始进行第四次化疗，也是最后一次大的化疗，去了医院血液科住院，先是在过道住几天，然后换到病房里。

那几天恰遇台风来临，我正好住在过道里，白天不觉得风有多大，夜晚台风从过道尽头的玻璃窗边缝中呼呼地挤进来，发出怒吼般的声响。过道靠近电梯口的门不时地发出有节奏的咣当咣当的声音。我的病床正好在风口，后半夜尽管盖着被子，但是还是觉得有些冷。第二天一早感到浑身难受，不对劲，头痛得像炸开了锅。

我在过道住了三天，上午刘虹主任来查房，向我说："张圣，今天可以搬进病房了。"

"好，谢谢刘主任。"我望着刘虹主任说。

我中午进了病房，住进了层流床。晚上八点多钟，浑身出现寒颤，体温三十九度六，护士赵燕芳报告了值班医生，医嘱先吃退热药。因为全身发抖，吃了药，用两条被子盖在身上还嫌冷，全身缩成一团，真像要当"团长"了。深夜十一点多钟，身体不抖了，人也舒坦了，体温降到了三十八度。

第二天一早，蔡尚峰医生说要做血培养。生了白血病，一旦感冒了，不好化疗；要化疗，得先治感冒，等感冒治愈了，才能进行化疗，不然病人吃不消的。在治疗阶段，本来用药就多，现在感冒了，在原有基础上，又增加了好几种药，每天多挂了三四瓶药水，化疗时间往后推，反正在住院，多挂几个小时也习以为常了。自从打了PICC，挂水不用插针，更不用担心手肿手痛了，因此多挂水不觉得有什么大碍，只是身体里感到明显不舒服，几天吃不下饭，睡不好觉。个别白血病病人，高烧一直不退，医生急，病人家属更急，同一个房间里的病人看到了，心里自然也会紧张，生怕自己也会发高烧，发了高烧就怕一时退不下来。

知道我发了高烧，刘虹主任便迅速调整了治疗方案，傍晚下班时，专门过来说："身体不适要及时跟医生说的。"

到了第四天，谢天谢地，我的感冒便彻底治愈了。

化疗开始了。化疗对每个病人来说，可谓是惊心动魄的一幕。一连串的反应像潮水似的涌来，整个人无精打采，有气无力，胃胀得像灌了铅似的，好像要呕吐，可是又吐不出来；吃饭时闻到菜油味，说不出来的心泛，饭吃不下，嘴里没味道，吃到嘴里就像吃泥土一样恶心。心情老不好，整天闷闷不乐，不愿意和别人多说一句话。每当我出现那个样子，李桐呆呆地望着我，有时半响没言语，她眼圈红红的，心里急，不表露出来。她总是劝我，希望我多吃点，她总是像哄小孩似的哄我，人似铁，饭似钢，只要吃得下饭，身体会逐渐好起来的。往往这时候，她越劝说，我越是冲着她发脾气，好像她欠我什么似的。见我一发脾气，李桐有时悄悄地走开一会儿，一人躲到病房门外。一会儿又走进病房哄着我，这时候我不再说什么，默默地望着她，心想，她为了我，吃了很多苦，还要受到我的责备。我怎么就没有一点良心呢？我真是对不起她啊！

我自从化疗以后就出现了便秘，五六天大便不下来，吃药不管用。一天上午，我坐在马桶上大便，用劲过了头，感觉肛门突然脱落了，一下慌了神，心里害怕极了，这下可怎么办？肛门是买不到的，又不能长起来，站起来走路，好像大便也跟着掉下来，第二天早起大便收不住了，不停地往厕所走，水也不敢喝，喝多了要小便，小便时，大便也随着带出来。这样下去只能躺在床上了，病人下不了床，不就要成了废人啦。与其这样长年躺着，还不如死了好，我越想越后怕。我先是跟李桐说，李桐吓得不知怎么回事，叫我等医生查房时说。医生查房时，我看到有好多年轻的女实习医生，不好意思说出口，就没说。医生查房一过，我又后悔了。看到我忐忑不安的样子，李桐便硬着头皮走到医生办公室跟医生说了。医生开了药，我吃了不见效果，仍然很难受。

像我这种情况，在医生眼里可能不是什么大事，但是，医生们却对我非常重视，大家都先后来病房详细地询问事情的经过，然后对症下药。

张雅平医生一天来几次询问情况，听了我的话，她故意一本正经地说："张圣，你怎么用这么大的劲？"

我哭丧着脸，有气无力地说："我也不知道。"

我一直担心肛门落到抽水马桶里，被水冲走了。

女博士施文钰医生，是个副主任医师，她白天只要上班，一天查两次房，早晨查房时带着好多实习生，仔细地讲解每个病人的情况，下午四点左右时，她一个人到每个病房走一遍，询问病人的病情。她走进病房来问我："张圣，怎么样？好点了吧？"

我看到施医生，喟然长叹，大着胆子说："施主任，我的肛门掉到马桶里冲走了。"

施文钰医生嫣然一笑，说："张圣，你写小说呀！"

我躺在床上，心里特别郁闷，看到医生进入病房，就像遇到救星一样，忍不住要说一次，说了，心里会舒坦一些，烦恼自然也会少一些。

隔了几天，有一天早晨，杨希医生查房，询问了我的病情，我看到她是一个年轻的女医生，我吞吞吐吐，只说了半句话。杨希医生轻声地说："我知道了。我不好帮你检查。大家都觉得请肛肠科的医生来帮你看看。前天就已经申请了，让肛肠科派个男医生来看看，大概今天上午要来的。"

"你叫张圣？我是肛肠科的医生。什么情况？"上午十点多钟，一个三十多岁的男医生来了。

"我大便时肛门脱落被水冲走了。"我无奈地回答。

他问了我的情况，叫我双膝跪着，双手垫在胸部，趴在床上，给我做肛门检查，他戴着手套往肛门里伸，伸到一定程度，手在里面突然来了个转圈，此时，我好像感到有肛门了。男医生查完，肯定地说："肛门好的，没什么。过一段时间会好的。"

我疑惑地问："肛门是不是脱落了？"

男医生回答："不会的，除非生过七八个孩子的八十多岁的老太婆倒有可能。但这种情况也是非常罕见的，几乎是不可能的。你要经常收肛，定期排便，排便以后及时清洗。这样慢慢会好的。"

此时，我明白了，也放了心，说明我原来的感觉和想法根本就不存在。

男医生医术高明，确实也神了，经过他一来看病，我似乎感觉到肛门重新又回到我身上了，小便时大便也不流出来了。

我化疗了五六天以后，门牙两边的牙齿开始松了，连吃花生米时都不能用劲了，左边的牙齿就连吃米饭也不能用劲，一嚼食物，有一种酸酸的感觉，不能咬硬东西。白细胞和血小板都低了。白细胞低了，要打升白针，有天上午打了两针，下午打了两针，一天打了四针，半夜里感到全身酸痛。血小板低了，低于两万，必须要输血小板，这一次还好，只输了一次血小板，就升上来了。我这次化疗前后住院了二十五天，四次大的化疗就全部结束了，意味着已经死里逃生，逃过了一劫。

出院时，李桐搀扶我走路，经过医生和护士办公室，我看到一张张由陌生而成为熟悉的面孔，再也控制不住感情的闸门，噙着眼泪，心中默默地说："谢谢医生！谢谢护士！"

病来如山倒，病去如抽丝。虽然以后的治疗还要很长时间，但是起码人已经活了下来，暂时没有危险了。

大化疗结束后首次骨穿

"躺下，做骨穿。"病房门口进来两个身穿白色工作服的女孩子，一前一后走着，走在前面的那个推着一辆不锈钢小推车，车上放着医用工具和药包，心急火燎地大声嚷着。

说话的女孩胖乎乎的，矮墩墩的，身高不足一米五五，走路一摇一摆，好像不是走的，是滚着进来的。

另一个女孩长得不高不矮，有点瘦，没有说话，没有笑容，静静地看着我，仔细地听着胖女孩说话。我住院时间长了，听了说话声音，看着挂的胸牌，就知道这两个女孩都是实习医生。

我正在挂水，躺在床上，盖着被子，还没有反应过来，胖女孩就把我病床上的床桌吱的一声拉了出来，床随即抖动了一下，然后，她将车上的医用包放了上去。清瘦一点的女孩随即把药包打开了。做骨穿人要趴下的，这时，我的腿在桌子底下，右手在挂水，翻身不方便，就用左手把身上盖的被子慢慢推开来，边推边朝右侧身。侧的时候，腿碰到了床上的桌子。

"你不能小心点，把药包打翻了怎么办？"胖女孩见我转过头望着她，满脸怒气，吼叫了一声，"你快点！怎么那么磨磨蹭蹭？快点！"

我一句话也没有回答，将挂水皮管放在头前方，缓慢地侧过身，趴在床上，左手向前放在枕头上，轻声地说："医生，我有恐惧症，做时轻一点，打麻药慢一点。"

胖女孩在我屁股上拍了拍，显得很自信，不耐烦地说："做骨穿最简单，一会儿就好，没什么怕的。还有从胸骨穿的呢。躺好！快点！后面还有几个要做呢！"

听说从胸骨穿刺，我浑身颤抖起来。我顺从地俯卧，一动也不动。

胖女孩站在我的左侧，对另一女孩说："你打麻药。"

清瘦的女孩手里拿着针，站在我的右侧，轻声地问："打多少？"

胖女孩声音高而快地说："全部打下去。打快点！"

我屁股上立马作出了反应，感到有点痛，我恳求地说："打慢点，打轻点，又酸又胀又痛，特别难受。"

"这很正常。"胖女孩立马回答。

这时候，我全身不停地抖动，肚里的食物翻江倒海般地往上涌，恶心呕吐，我咬紧牙关也不顶事，实在吃不消了，嘴里发出哼哼嚷嚷的声音，估计脸早已变色了。最后忍受不住，呕吐物喷了出来。

胖女孩幸灾乐祸，格格地笑了起来，说："小小，你看这人表情很痛苦。"

过了十来分钟，胖女孩怯声怯气地说："嗳，怎么看不见？"

听了这话，我晓得坏事了，她的骨穿水平太差了，技术过不了关，如果我不止住她，她会继续做下去的，而且肯定越做越糟，我当即说："你们停下来，找医生去。叫医生来！"

这个叫小小的实习生这下没有等胖女孩发话，转身快步就走，不到一分钟，就和医生一起跑步走进了病房。

我伏在床上，看不到医生的脸，但凭着感觉是曹医生，曹医生的名字叫曹欣，是我的主治医生，她的医疗技术高，对病人的态度也好，说起话来慢声细语，又能善于做病人的思想工作，病人见了她，心里有种安全感。她站在我身旁轻声地责怪说："叫你们等一下，你们怎么不听？"

听声音，我似乎能够辨别出是曹欣医生。说着，曹欣医生亲自帮我打麻药，我重新又挨了一针，针的样子粗大，宛如手指一样粗，看起来怪吓人怪可怕的。说起来也怪，曹欣医生来了，我的胆气也大了，我自然想到下面不会再吃苦头了。这时我感到曹医生就站在身边，她在我腰上用手轻轻地量了一下，然后稍有感觉针就轻轻地慢慢地进入，但是我不能确定是谁贴在我床边，我低声而怯生生地问："是曹医生吗？"

"嗯。"曹医生声音极轻极甜。

有医生在旁边做，我感到自己好像躲在了大树底下，刚才紧张的情绪得到了松弛，心情也好了起来。曹医生跟我说了几句话，骨穿就做好了，动作非常麻利。这次又是插了两针，因为实习生没插好，曹欣医生只好重新再插，但是曹欣医生一步到位，一点也不痛，没有几分钟，就做完了。

曹欣医生知道我出现了呕吐，做完骨穿，立即调整了护胃的药，另外又加了止吐药，下午身体就舒服多了。

我同室的病友与病友的家属，听了胖女孩的话，也都十分气愤，说："像这样的人毕业以后要是当了医生，病人可就遭殃了。应该扇她一耳光！让她长长记性！"

遇到这样的实习医生，病人真是苦不堪言。

第二天上午，刘虹主任来查房，在刘虹主任后面有几个医生，也有几个陌生的面孔，这几个陌生的面孔就是实习医生，其中就有昨天帮我做骨穿的胖女孩，我坐了起来，朝她跟前瞅了瞅她的胸牌，我想记住了她的名字。邱施，她的名字立刻定格在我的眼前，然后永远牢记在我心里，无法忘记。

邱施敏感地注意到我在盯着她的胸牌，看她的名字，凶巴巴地对我说："你不用看，明天我到楼上科室去了。"

刘虹主任听了先是看了我一眼，然后眼睛扫了一眼邱施，虽然不晓得事情的经过，但凭着她的职业敏感，凭着她的经验，意识到实习生邱施肯定有什么不妥的地方，转而严肃地说："作为医生，我们不但要提高医术，还要关心和理解病人。"

邱施看了看刘虹主任，继而又看了看我，摇头晃脑，一副无所谓的样子。

我望着她，无奈地摇摇头，没说任何话。心想：邱施啊，邱施，你将来做医生，如果不改掉现在的毛病，那么不但医术提不高，而且病人还要吃你苦头。对此，我常常想，医生也是从实习生过来的，学习要虚心要谦虚，才能提高医疗水平。在血液科，从刘虹主任到每个医生，医术都是一流的，他们说话很谦虚，对病人态度很温和，病人从他们的一言一行中都能感受得到，看到他们就像看到自家人似的，心里惬意，感到非常亲切。

大化疗结束后首次腰穿

我这次住院住的是一个四人间的病房，病房很宽敞，东边放两张床，西边放两张床，南北床与床之间的距离相隔一两米远，东西床与床之间的距离少说也有三四米。我的病床在整个病房的西南角，依南边，虽说挨着窗户，但有一两米远。头天刚做完骨穿，第二天查完房以后，曹欣医生问我："张圣，做了几次腰穿了？"

"已经做了两次。"我回答。

"一共需要做三四次，反正要做，上午就把腰穿做了，以后就不需要再做了。"曹欣医生微笑地说，说完就走了出去。

医生说还要做腰穿。我心里想，昨天刚刚做完骨穿，那么难受，今天又要做腰穿，身体能吃得消吗？又一想，作为一个病人，在医院里要听医生的，医生让你朝东，你就不能往西，不照医生说的去做，延误了治疗，病情不得好转，或者加重了病情，到头来吃亏的还是病人自己，倒霉的是病人家属。想到这里，我也就没有吱声，没有表示不愿意，也没有表示同意，在医生看来，默认就是同意。

我晓得做腰穿是医生做的，所以不害怕。

我前两次的腰穿都是女医生张雅平做的，她做腰穿就像老护士帮病人插针似的，又准又快，而且一点也不痛。记得她第一次做的时候，带着一个女实习生一起来的。她让我侧身抱膝之后，问："张圣，你头朝哪边睡？"

"张医生，你怎么方便，我就怎么睡。"我回答。

"我都方便。那就这样吧。开始做了，不要动。"说着，她就边做边问我，"你的腰间怎么有疤痕？"

"那是我小学五年级时生了一个烂疮留下的。"我说。

提起此事，虽然过去几十年了，但好像就在昨天似的，立刻浮现在我眼前。那是20世纪70年代初，农村普遍缺医少药。大队虽然有赤脚医生，但每次去看病，需要出几毛钱，如果请到家里来，还须另加一毛钱的出诊费。当初，我家穷得连饭都吃不饱，自然不可能有钱看病的。我晓得自己腰上得了疮，也痛，因没钱看，只好一直忍着，最后发展到痛得连走路都直不起腰来了。为了上学，我一课都不落。一天上音乐课，音乐老师叫我站起来唱歌，我两手撑着课桌，皱着眉头站了起来。这事被细心的音乐老师发现了，下了课，老师把我叫到办公室，问明了情况，二话没说，骑着自行车去几里外的乡医院买来了药、酒精、棉签、纱布等，帮我清创敷贴。当时疮口已经化脓腐烂，其味难闻。老师每天都帮我清创敷贴，特别是初次清创把脓排出去时，痛得我咬紧牙关。一个星期以后才逐渐好转。但疤痕永远留在了我的腰上，也留在了我的记忆里。

"现在有什么感觉？"张雅平医生刚问完我的话，不一会儿接着问。

张雅平医生的问话，使我从回想中回到了现在，我便说："大腿有根筋好像突然抽动了一下。"

"要的就是这种感觉。"她接着对实习生说，"像张圣这样的病人，不胖不瘦，一般插五厘米就够了。好了，做完了。张圣，你向天躺六个小时，身体不能动，头也不能抬，手和脚可以稍微动动，但幅度不能太大。记住整个身体不能动！"

"谢谢张医生。"我感觉张雅平医生做腰穿对她来说轻松自如，病人一点痛苦都没有。

刚才听曹欣医生说还要做腰穿，我自然心情平静。

没过多久，曹欣医生来了，说："张圣，一会儿做腰穿！"

因为头一天刚刚做完骨穿，第二天接着做腰穿，我怕身体吃不消，我望了曹医生一眼，心里有些矛盾，问："是你帮我做吗？"

曹欣医生点点头，笑吟吟地说："是的。"

上面已经简单介绍过了，曹欣是一个年轻的女医生，听护士们说，二十七八岁，还没有对象。她长得眉清目秀，中等身材，说话和蔼，医术也很高超。她是我的主治医生，刚从国外回来两个多月。等我治疗全部结束以后，曹欣已经是博士了。

我的思绪回到了两个月前，那时我住院在过道里时，一天早晨还不到八点，我看到两个身穿白大褂的年轻女医生在查房，两个女医生说话都很动听，可是我把她们误认为是实习生。查完房以后，两个医生都来了，说："等一会儿做骨穿！"

说实话，我在第二次做骨穿时被一个实习生做怕了，所以一见她们两个，我就想又是实习生，想要帮我做骨穿，这次我才不做呢。于是我冲着她们说："我已经做过三次了，这次不做了。"

一个女医生显然对我说的话有点反感，说："好的，你不愿让我做，下午让实习生帮你做。"说完就走了。

她说这话，我明白了，在我面前的是个医生，我后悔了。但是既然话说出去了，也不可能收回的。护士周晓芳在隔壁病房换药，大概听到了我和医生的对话，她换完药走了出来问："张圣，刚才是怎么回事呢？"

我告诉她说："这两个女孩要帮我做骨穿，我没让她们做。她们做骨穿怎么样？"

周晓芳说："好的啊。水平很高的哦。两个都是医生，一个叫曹欣，原来就在血液科，后来学习去了，刚回来，所以你没见过。还有一个也是医生，刚分来的。"

"哎，不知不觉，我把医生得罪了。要不等会儿我去请她们。"我叹了口气说。

周晓芳说："你不要去说，我跟曹欣说，让她下午帮你做呗。"

这时，正好曹欣远远地从过道西边走来，周晓芳迎了上去，说："曹欣，下午还是你帮张圣做骨穿吧。"

曹欣问："是你什么人？"

周晓芳朝我眼睛一瞅，笑着说："我这个病人胆子小。怕痛！"

曹欣远远地望了我一眼，说："我晓得啦！好嘞，你说让我做，我就做呗！"

下午，曹欣帮我做骨穿时，我向她打了招呼，表示歉意。

从此，曹欣给我留下了深刻而美好的印象。

"张圣，过会儿，曹医生帮你做腰穿。你准备一下。上个厕所，做完后六个小时不能动的。"这时候一个年轻的女实习生拿着一块木板来了，她的话打断了我的回忆。

"刚才已经准备好了。"我望了实习生一眼，立即回答说。

说着，实习医生把一块木板垫到我的身体底下，另一个实习生推着一辆平板车也来了，车上放置着腰穿用具，一切准备就绪后，曹欣医生走了进来，搬来一张小凳子坐在我床的右边帮我做腰穿。

这时血液科南组的一个男医生走了进来，后面跟着十多个外国实习生，男医生仔细看着曹欣的每个动作，用英文详细向外国人讲解着，他英文讲得十分流利，讲解时没有一个人说话，大家听得全神贯注，看得出神入化。

我呢，侧着身体，像一只被煮的虾，弓着腰，头侧在枕头上，双手抱膝弯曲着，因为打着麻药，不痛，但凭着感觉，曹欣医生在一步一步地往下进行着。人病着，躺着，多么无奈，多么可悲。

突然，砰的一声，靠我头这边的床头柜倒了，砸在了曹欣医生的身上，紧接着咣的一声，一个高大的外国人也随之在曹欣医生身旁倒了下来。原来这个外国实习生一见到粗壮的管子里的液体，非常惊恐，头一阵眩晕，就晕倒了。大家忙着扶起这个外国人，搀扶着走出了病房。

这一声突如其来的巨响，在整个病房里犹如出现了七八级地震，惊醒了我，惊动了同室病人和病人家属，惊动了所有的外国实习生，更是惊吓到了全神贯注帮我做腰穿的曹欣医生。她当时就呆在那里，手里的活停了下来。她稳定了一下情绪，继续着她未完成的工作。好一会儿，她出去了。女孩的胆子本来就小，她还没有经历过这样一个突如其来的场景。后来，我不知道曹欣医生是怎么帮我做完的。

病房里更是鸦雀无声。李桐在现场，显然也被这惊人的一幕吓呆了，不知所措。病人们没说一句话，但人人心里都明白。我躺在病床上，已由原来的虾球变成了仰卧，六个小时不能翻身，不能抬头。

李桐见我躺在那里，心疼地问："要不要吃点东西？我拿个面包给你吃。"

我看着李桐，心中的苦楚难以诉说，莫名其妙地发起脾气，态度生硬地说："不要吃。"

这时已经过了中午十二点半，李桐怕我饿了，她好像忘了刚才说的话，对我说："吃一点吧。"

"要吃你吃，我说过不要吃。"我显得不耐烦了，我躺在那里不能动，怎么能吃呢？医生早已吩咐过六个小时不能动的。

"你不吃，我也不吃。"她说话的声音低到好像只有她自己才能听到，"你不吃，我吃得下去吗？"

下午三四点钟，曹欣医生走进病房，轻声地问我："张圣，没什么不舒服吧？"

我躺在床上，眼睛看了一眼曹欣，仿佛感到她就是救星，情绪立即平稳了，说："没什么。"

隔了一天，曹欣医生来对我说："刘主任说了，还得做一次腰穿。"

我晓得在整个治疗期间需要做三到四次腰穿，啥时候做没有严格的要求。于是，我毫不犹豫地说："曹医生，下次住院再做吧！"

曹欣医生微笑着说："腰穿既是诊断，也是防治中枢神经系统白血病的主要手段。它是临床上不可缺少的常用的检查手段。你用不着害怕的。"

曹欣医生说话简明扼要，我听明白了，但我心里仍有点发怵，觉得有必要平稳一下紧张的情绪，还是隔一段时间做，便说："嗯！谢谢曹医生。我还是下次做吧！"

门诊挂甲氨蝶呤

治疗急性早幼粒细胞白血病，一般来说每三个月一个轮回。第一个月去医院挂水，第二个月在家中吃药，第三个月每周赴医院门诊挂一次甲氨蝶呤，总共挂四次。甲氨蝶呤是化疗药，要挂甲氨蝶呤，必须排队挂号，挂号要挂血液科门诊，血液科门诊每天就诊的病人特别多。这天，我早早地排队挂了号，来到血液科门诊。

血液科门诊设在门诊楼的二楼，二楼大厅设有几十个椅子，椅子上全都坐满了人。门口有个导医台，导医是个女的，四五十岁年纪，眼睛睁得滚圆滚圆，盯着前来看病的人，她凭着职业的习惯，一眼看到病人手中拿着病历是来看病的，只要经过她面前，她快言快语地问："几号？"当听到我的回答以后，她头一仰，眼睛像电子扫描似的往电子屏幕上一斜乜，随即又说，"还早，一边去！会叫你的！"

我看了看电子显示屏，我的名字前面还有二十几个人，轮到我起码还得等上一个多小时，我只有耐心地等着。十一点多钟，我终于可以进去了。

值诊的专家医生是刘虹主任，每周星期二，如果没有特殊情况，排班就轮到她。找她看病的人特别多，许多病人都是提前挂她号的，而且大部分病人是从周边地区来的，病人看病大多有家人陪同。我走近诊室，一看诊室里挤满了人，把刘虹主任围得水泄不通。刘虹主任坐诊看病，旁边有一位年轻的女助手医生。刘虹对每个病人都一视同仁，不管熟悉的也好，不熟识的也好，都能够认真听取病人或病人家属对病情的描述，然后简明扼要总结病情，很快将处方开好，交给旁边一位年轻的女助手。最后轮到我了，我因为在她科室治疗，她对我的病情了如指掌，不用介绍病情，开出处方，声音有点嘶哑地说："一个月挂四次甲氨蝶呤全开了，省得每周排队挂号。"并且在我病历卡上详细载明了医嘱：每周一次，每次一支。每支的剂量和用法全部写得清清楚楚，让人看了一目了然。这一上午，我是最后一个，五十号，也就是说刘虹主任整整看了五十个病人。

这时已经过了十二点了，她坐了一个上午，连喝口水的工夫都没有，全身心地投入到为病人诊疗之中。当她站起来的时候，手不停地捶打腰背，显然是太累了。

我走出诊室，缴了费，取了药，来到门诊输液室。输液室窗口也在排队，在我前面有七八个人，过了十来分钟就轮到了我，我将病历和药送了过去。护士看了病历，收了药，另外又开出了一张缴纳费用通知单，什么材料费，输液费等，我对护士说："反正缴费，四次费用一起缴。"

我缴完费，重新回到输液室窗口交验。

护士在我的病历本上写明：四次费用已缴。

护士写完将病历本递了过来，说："到输液室 156 号等。"

输液室可容纳两百多人，每排座位上都有人坐着打吊针，有歪着头无精打采的，有咳嗽的，有看手机的，有吃饭的，有打电话的，在这样一种场合，人人自找打发时间的办法。

我的座位是 156 号，自然坐在后头，大约待了半个小时，护士推着车从门里走了进来，我眼睛盯着车子，看有没有我的药水，上面没看到，护士依次插针。最底层的药水是我的，护士叫我的名字，在我回音声中走了过来，让我拿出病历反复核对无误后，把一块"特殊药物"的红色牌子吊在挂药水架上，我对护士说最怕插针，让她轻点，她微笑着点点头："嗯。别怕。别人帮我扎针，我也怕的。"

我住院时间长了，知道病人挂水扎针，如果有实习生的话，一般由实习生来做的。像我这种特殊病人，挂的特殊药物，护士应我的要求，就不让实习生做了，她不敢马虎，亲自动手，确保万无一失。

开始挂水了，一小袋药水，按照要求滴速要慢，起码四十分钟才能挂完。我坐着，眼睛从南扫到北，从东看到西，观察着每个病人挂水架上的吊牌，没有一个是挂"特殊药物"牌子的，说明在整个挂水的大厅里我的病情最重，情况最特殊，边看边想，要是患普通的病该多好啊，挂好了可以去上班，下了班回家可以做家务，双休日还可以和家人一起外出郊游，自由自在，过着幸福的生活。可是眼前这一切只能是空想，心头产生一种莫名的悲哀和感叹：人生难测，世事难料，荣华富贵，生老病死，命中注定，不要后悔。这一小袋药在不知不觉中慢慢地挂完了，我招呼护士过来拔针。护士将早已准备好的冲管药水拿了过来，拧开 PICC 管子的螺帽进行冲管，然后拔针封管。

一周时间很快就过去了，第二周不知不觉地来到了。我又去了医院门诊输液室窗口，按照上周的顺序将病历递给窗口值班护士。这次值班护士是一个四五十岁的女人，看了病历说："缴钱，挂号。"

我回答："费用都缴了。"

她说："电脑显示不出来，不好办。"

我将缴费单给了她，还翻开病历指给她看。

护士说："电脑里显示不出每周挂一次，另外挂号。"

我耐心地解释："医嘱很明确。"

陪我一起到医院来的李桐就站在我旁边，她生怕我和护士发生争执，婉转地说："我去找医生问问。"李桐很快折回来告诉护士，已经问了医生，医生回答：病历上写得清清楚楚、明明白白。

但是，老护士执意不肯，非让重新挂号、重新缴钱不可。

这时一个年轻的护士正好走了进来，知道情况后说："这种情况以前也碰到过，另外写个牌子，按照医嘱执行就行。"

老护士看了我一眼，低着头没有再说什么。

这场风波总算平息了。

我想，一个月的门诊，需要四次挂水，这才刚刚进行第二次挂水，就这么啰嗦，后面还有两次要去医院门诊挂水，如果还遇到这样的问题，岂不烦人。果然不出我的所料，后面两次去门诊挂水，如此的问题又碰到了，让我大伤脑筋，颇费周折。虽然最后解决了，但为了这样的小事，我一会儿跑上跑下，一会儿站在窗口跟护士磨嘴皮，护士听不进去，我本来生病就心烦意乱，实在不想磨嘴皮，真想发一通火。我能发火吗？我只好忍住了！

四十天四次腰穿

人们总是说久病成医，对我来说，从生病至今，我痛苦地挨过了一年又一年。这期间我就像唐僧西天取经似的，经过了九九八十一难，可以说九死一生，其中的痛苦只有自己清楚，别人无法知道，也不可能知道；别人无法理解，也不可能理解。在医院度过了那样漫长的时间，那是做梦都想不到的。开始觉得医院就像地狱，就像牢笼，我被无奈地囚禁着，无法反抗，无法跳出，没有出头之日。现在觉得医院就像我的家，我是医院的人。医院里的病床，是那样的熟悉；医生、护士、护工，是那样的亲切。此刻，我感到医患关系是人际关系中最亲密的关系之一，是一种关乎生死的关系。

冬天又到了，窗外寒气逼人。我住在病房里却感觉温暖如春，心情特别舒坦。因为按照整个疗程，这是最后一次住院，白血病的治疗将要圆满结束。我就要走出地狱，我就要冲破牢笼，我就要走向自由的天地了。我躺在病床上感慨万千：刚刚起病进院时脸色浮肿苍白，走路一步三摇，半夜喘气急促，呼吸极其困难，监护仪不停地监测着，我心里明白，人到了这份上说走就走的；起病第一年，过了九个月，正好出院在家，我跟李桐说这么久没去过商场，想去商场看看，于是挑了一个我比较熟悉的大商场，进去没走几步，感到体力不支，没有脚力，找地方坐坐，走路歪歪倒，后来出门后连东南西北都搞不清了，脑子一片糊涂，一片空白，心里想就是病治好了，人也废了。现在我走路风风火火，说话声音洪亮，从外表看，哪里像个白血病病人啊。

"你什么病？看你精神抖擞，走起路来一阵风，不像有什么病嘛。"和我同病房的病人刚开始见了我感到诧异，忍不住问。

初次接触，他还不知我患什么病，这很正常。在医院住院，病人同住一个病房，相互打探病况是再正常不过的事了。起初进医院，身患重病的病人，一般自己不知道患的是什么病，家人总是让医生瞒着病人，病人就是要问，所有人也是遮遮掩掩，不愿透露。时间长了，病人从家属的脸上，从医生的话中，都能够猜出来。医生查房时有的明说，有的因病人家属要求保密，医生只说病情轻重，有的为了不让病人知道，干脆不说，但是病人的家属心里清清楚楚，他们把承受的多方面的痛苦埋在心里，不愿意表露出来。

我望了一眼同室的病人，说："白血病。"

他接着问："要化疗吗？"

"要。四次大的化疗。"我回答。

"难受吧。掉头发吗？"

"别提了，唉，难受。掉，不过没掉光。现在好了，快彻底治好了。"我说的时候很自信，事实上按照医生的治疗方案，如果没有其他情况，也是如此。

听我如此说，病人和病人家属都羡慕我，羡慕我经过漫长的治疗终于向白血病告别了，向医院说拜拜了。在医院，只要听说哪个病人的病治愈康复出院，不管是病人，还是病人家属都替他高兴。说是高兴，不外乎二层意思：一是病人之间相处时间长了有感情，相互真诚祝福；二是希望自己有一天也像他一样康复回家，那样该多么好啊。我在兴奋激动之余，躺在病床上挂水，想到这么长时间自己生病受的苦，想到李桐为了我吃的苦，想到孩子为了我吃的苦，想到医生为了我吃的苦，想到护士为了我吃的苦，心情怎么也不能平静。为了对自己负责，对家人负责，对医生负责，我想可能还有什么地方需要加固治疗。我自然想到了腰穿，因为早先曾经听医生说过腰穿要做四次，我只做了三次，怎么办？决定还是问问医生。

一天下午，杨立医生来查房，他是副主任医师，病人习惯上都称他为主任。我问："杨主任，一般腰穿做几次？"

杨立医生回答："看你入院时的血常规情况，特别有几样重要指标多少，一般来说四次，具体因人而异。你做了几次？"

我说："我先后做了三次。我明天将入院时初次做的血常规检验报告带来，让你看看。"

"不用带，电脑里有，能看到。等一会儿就看。"杨立医生非常负责任地说。

第二天是星期五，早晨查房，是个女医生，名叫钱莹，长得眉清目秀，说话干脆利落："张圣，你要再做一次腰穿。等下周一刘主任回来再说。"

星期一上午，刘虹主任来查房，所有医生和实习生都跟着，从中既可以学到知识，又可以学到对病人治病认真细致的态度。刘虹主任对我说："本周安排再做一次腰穿。"

我兴奋地说："好的。"

其实前面几个疗程，刘虹主任多次对我说要做腰穿，我因为害怕做，一拖再拖，拖到现在。白血病就像敌人对革命者实施的各种残酷的手段，我暗暗下决心要坚强，要像地下党面对敌人的各种酷刑，视死如归，没什么大不了的。这次是我主动提出来的，我想前面的苦都已经吃了，最后做一次腰穿没什么的。

天有不测风云。哪里知道腰穿的结果却是脑脊炎糖和脑脊炎蛋白两项指标都偏高。杨立医生见我心有疑虑，说话声音低了，怕我想不通，委婉地说："张圣，没事，再做一次腰穿吧。"

护士曹喜源知道我说的结果后，说："这种情况可能要连续做三次。"她见我脸上显现出惊讶的神色，边帮我挂水，边安慰我说，"马上都治愈了，做几次腰穿没事的，不用怕。咬咬牙就挺过来了。"

很快一周时间过去了，杨立医生又为我做了一次腰穿。

这次做完后我想等一个月以后再做。

又到了星期一，那天刘虹主任来查房，刘虹主任说："张圣，你还得做一次腰穿！"

我问："刘主任像我这种情况多不多？"

"不多，10% 左右。"

我把自己的想法说了出来，我问："刘主任，可不可以过一个月再做呢？"

刘虹主任听了，笑着说："不行，必须连续做。通过前面的治疗，鬼子的大部队被消灭了。如果我们把头脑比作碉堡，那么碉堡里还剩下一个鬼子，他躲在角落里，你不实施连续轰炸的话，他只要有可乘之机，就要搬救兵。如果搬到了救兵，他们人多势众，想要消灭他们就困难了。所以趁他立足未稳之际，就要彻底干净地把他干掉。连续炸，他就没有时间没有机会找救援部队了。根据你的实际情况，考虑到多方面的因素，我们对你已经是额外开恩了。其他人出现这种情况，一周两次腰穿，直至全部消灭。脑子里的化疗可以通过腰穿来完成。"

刘虹主任讲的道理，既浅显易懂，又富含深刻的哲理，也让病人容易接受，但我同时觉得自己的病不能掉以轻心，必须在战略上藐视敌人，在战术上重视敌人。

接着又是一周做一次，连续两周，做了两次。

我这次住院住了四十天，一共做了四次腰穿，都是杨立医生亲自帮我做的。最后一次的结果出来了：一项指标低于临界点，一项指标仍高于临界点一点点，剩下的个把鬼子，也被打得晕头转向，奄奄一息了，但是还没有死，有可能作垂死挣扎，所以还得做。

刘虹主任看了结果，说："张圣，我们不能麻痹大意，腰穿还要做，不过，下一次可以间隔时间稍微长一些。"

第八次腰穿

我本来是想隔一个多月就要约床位去医院住院做腰穿的。因医生没有说叫我什么时候去住院做腰穿，正好自己认为上次做腰穿与这次做腰穿的间隔时间太短，腰部穿刺部位没有长好，所以这次隔了两个多月才去医院。

医院床位历来很紧张，想住院起码提前一周约床位，有时十来天也没有床位，这次住院约床位算是比较快的，从星期一开始约，到星期六下午两点多钟，我就接到了通知，让我下午四五点钟去办理住院手续。

我在李桐的陪同下来到了医院，到门诊挂了号，然后到血液科病房找医生开住院证明，医生开了住院证明后，再到一楼住院窗口办理入院手续，缴住院押金，如果没有医保的话，缴一次押金起码几千元，特别是新入院的重病人，缴整万，可能一两天就花光了。我有医保，而且这次住院主要是做腰穿，我知道缴两千元押金就够了，所以拿了两千元作为押金。

收费员看了一眼说："住院两千元恐怕不够吧。"

我说："光做腰穿，还多呢。不够再缴。"

收费员看了一眼病历，知道我有医保，头也不抬地说："好吧。"

缴完押金，收好押金条子，我和李桐去血液科病房。整幢住院楼有二十二层高，血液科病房设在五楼，一楼电梯口不管什么时候都有许多人，围得满满的。李桐最怕与人一起挤乘电梯，所以，她宁愿爬楼梯，也不愿乘电梯。她见我现在能走路了，而且体力在逐渐恢复，动员我和她一起爬楼梯，我想试试也好。这是我生病以来第一次在医院病区爬楼梯，而且一爬就是五层。可真走楼梯了，我感觉这五层楼比住宅楼的五层楼要高好多，爬到半层休息一会儿，爬到一层了，再歇一会儿，爬到三层时就气喘吁吁，身上开始冒汗了，到了五层楼大厅不停地喘粗气，歇了十来分钟才有所缓和。住院手续办好后，首先告诉医生，医生根据需要开出检查项目，护士站值班护士让我提供身份证复印件，叫我在登记簿上登记手机号码并签名。这期间医生和护士各自让我签字。值班护士工作完成之后通知责任护士，责任护士询问我的身高体重，帮我量血压，交代完有关注意事项，让我去床位住下来。刚入院的病人床位一般都在过道里过渡，我当然也不例外。

第二天，我例行了抽血、尿检等项检查。

第三天开始做腰穿。做腰穿一般是医生做的，很少有实习生来做。那天上午，杨立医生来查房，他对我的病情非常熟悉了，不用我介绍，对我说："张圣，今天做腰穿。去买进口的化疗药阿糖胞苷。"随即开了处方。

李桐很快去新特药房买了来备在身边，找到杨立医生说能否进病房做，防止受凉感冒，李桐说的时候，钱莹医生也在。

这时候，我看到原先和我曾经同住过一个病房的年轻病人孙小平，他住在一个四人间的病房里，脸上有了笑容，精神也比四个月前首次住院时明显好多了，他妻子陪在旁边，脸上也有了笑眼。他刚住院时，他妻子跟我说没跟他讲得的是什么病，他不知道的，他以为挂几天水就回去了。那时小两口整天愁眉不展，心情糟透了。他们有个刚满一岁的男孩，没人照看，老家在农村，双方父母都在农村种地，几乎没有多少经济收入。小两口大专毕业在城市做做小生意，没多少钱。这下孙小平突然生病了，整个家就像天塌了似的。当时，刘虹主任在查房时对我说："新来了一个年轻病人，得的和你一样的病，思想上想不通，你们给他们做做工作。"我挂完水，就和李桐走进了他的病房，进行了劝导。后来有一次我住院，刘虹主任有意安排我和孙小平住在同一个病房，以后就成了熟人。如今看到他们的笑脸，而且病人的病情越来越稳定，我真替他们感到高兴。他住在病房里，听说我要做腰穿，爽快地说："我挂水到下午三点多钟就好了。等我挂完水，你就睡我的床铺。"

我说："做好后要躺六个小时呢，这么长时间你睡哪儿？"

他说："我坐椅子上，熬熬就过来了。"

病人与病人之间情是相怜的，心也是相通的。这件事要是换了我也会这么做的，我知道人家是一片好心，但是，我不能为了自己却让人家吃苦受累，毕竟我已经是老病人了，而且已经快治愈了，对他的好意，我反而不好意思了，也不忍心这么做呀，他是重病号啊，而且还只有几个月呢，我知道他的身体还非常虚弱，坐十来分钟还马马虎虎，多了不行，便说道："到时候再说吧。"

大约过了一个小时，钱莹医生走了过来，她跟我说："张圣，下午正好有个病人出院，你进病房。"

我望着钱莹医生，心里充满感激，连忙答应："好的。谢谢钱医生！"

下午三点多钟，我搬进了病房。

这时候一位个头娇小的女实习医生来了，她是个硕士生，说着普通话，话中操点湖南口音，说："准备做腰穿，来签字，待会儿由杨主任做，杨主任做得很快的，一会儿就好。"

我晓得她的话，既是对杨主任的敬佩，也是对我的安慰。

杨立，个头一米七五多点，身板挺得直直的，标准的帅小伙，沉稳内敛。我曾亲眼见过他帮其他病人做过骨穿和腰穿，做的时间确实只有一会儿，凡是经过他做过的病人，每每提到他，总是说："我是杨主任做的，一针到位，很快就做完了。"显然，病人背后的议论，那是对杨立医生医术的赞誉和肯定。

我在前面四十天里的四次腰穿，也都是杨立医生帮我做的，他做得既快又好。我几乎没有多少感觉，他就做好了。

这次听说又是杨立医生亲自为我做，我好像吃了定心丸，不一会儿就做好了准备工作，静静地等待着。

一会儿，杨立医生笑吟吟地来了，后面跟着几个实习生，有男生，有女生，有硕士的，有本科。杨立医生轻声慢语地说："躺好了不要动，开始打麻药了。"接着他问我从前做什么工作，我一一作了回答，没多少时间，也没有感觉有什么地方不舒服，听到杨立医生说："好了。"

第八次的腰穿就这样顺利完成了。

杨立医生做完以后，我一直躺着，躺了整整六个小时，虽然身体不能动弹，但思维非常活跃，担心腰穿指标不正常，所以一直愁眉苦脸，心里老想发脾气。

李桐看出了我的心思，劝说："不要想得太多，这么多的苦难都过来了。这次一定会正常的。"

第二天刘虹主任来查房，她一进门，我就看到她脸上露出了笑容。此刻，她还没说话，先微微笑了。她对我说："张圣，你的结果已经正常了。现在大学毕业了。下周再做一次磁共振，如果没什么问题的话，以后每三个月到门诊查一次血常规，做一次融合基因。假如一切正常的话，就不需要再住院了。为了保险起见，可以半年来挂一次砷剂。"

这对李桐来说简直是个天大的喜讯，她兴奋不已，满脸的笑容，她说："谢谢刘主任！谢谢各位医生！谢谢你们！"

我望着医生们一张张熟悉的面孔，看到他们都在朝我微笑，我也用微笑报以深深的感谢。

医生们查完房，我在高兴之余，不免仍心有余悸，思量着头部磁共振能否过得了关，李桐却还沉浸在兴奋之中，她对我说："我说正常吧，肯定正常！这下好了，以后不做了。真是太好了！"她见我不说话，似乎猜透了我的心思，安慰说，"你不用担心，下周做头部磁共振也会正常的。"

头部磁共振

到了第九天上午，终于轮到我去做磁共振了。

这里是医院做磁共振的地方。在长长的过道里，一个约莫五十多岁的妇人坐在绿漆涂成的铁椅上，脸色苍白，眼睛红肿，看样子很悲怆，右手上插着类似普通人住院时打的留置针，白色管子里映出殷红的血，一件羽绒服披在肩膀上。旁侧正好是磁共振办公室，室内没有人。

我急切地问："你是做磁共振的？在哪做？"

"对呀！医生就在里边，正在做，马上出来。"

"你照什么？你是什么毛病呢？"

"做脑部。脑瘤。"

"你呢？什么病？"

"我也做脑部，白血病。"

正在对话时，侧门开了，一个身穿白大褂的女技师走了出来，径直往办公室里进，她中等身材，戴着一副眼镜，尽管没说话，但从她脸上可以看得出人很温和，很文静。我把磁共振成像检查预约单递给了她。她收了单子，快声细语地问："有心脏起搏器吗？"

"没有。我有心脏早搏能做吗？"

"能呀。"她看了我一眼，接着问，"体内有没有金属夹？"

我愣了愣，回答："没有。"

她笑着说："这还要想？有就有，没有就没有。"其实我害怕做磁共振，想能找点理由，如果能推掉不做最好。她将单子推过来，说，"这里签字。"

我签完字，她就在我的左手上扎针，类似于留置针，但比留置针多了一根皮管，扎好针管，往里注射药水，这叫磁共振成像钆对比剂，用来增强扫描效果。事前，病房的护士早已嘱咐，做磁共振时要穿全棉内衣裤，扣子不能有金属的。所以，我提前做了准备。注射完药水，女技师给了我两个小棉球，用于塞耳，防止磁共振损伤耳朵。

磁共振室内，一张狭长的床，一米多高，要躺到这张床上，必须走上两个阶梯的木梯，才能坐到床上，然后躺下来。我是在另一名女技师的引导下，蹭着走到床前，又一步一步地迈上木梯，躺到了这张从未睡过的活动床上。在女技师的帮助下，我的头挪进了半月牙形的槽里，两耳被女技师用专用工具护住，一根导线绑在我扎针管的左手边，手指轻轻地夹住，另一个女技师将一条白床单往我身上轻而飞快地盖上，几乎同时我被送进了仪器里，人就像封进了烤箱，不能动弹。

此时，我的生命仿佛即将窒息：紧张、恐惧、无奈，随之心跳急剧加快。我紧闭双眼，不敢睁开，害怕得要命，害怕盖在上面的仪器罩子会塌下来，越害怕两臂越颤抖得厉害，这段时间大约持续了十几秒，可是对我来说好像已经过了好久好久。还没等我缓过神来，机器转动了，发出了巨大的轰鸣声，山呼海啸般地袭来，弄得我措手不及。

"嘟、嘟、嘟，嘟嘟嘟，嘟嘟嘟！"声音像按汽车喇叭，一会儿短促，一会儿急促，尖锐而又不间断的响声撞击着我，使我心烦意乱。

"嘀嗒、嘀嗒，嘀嗒！"不知过了多久，汽笛声换成了钟摆声，在我耳边不停地有节奏地摆动着，发出了震耳欲聋的巨响。听到响声，我的心跳在增速，双手抖得更厉害了，双脚有点麻木发酸。我感觉快支持不住了，怎么办？怎么办？我的头就要爆炸，我的精神濒临崩溃。能不能睁开眼睛看一看，这样可能会好受一些，我慢慢地睁开眼睛，眼前有一小块像书本一样大的白色罩子，类似于我小时候见过有钱人家的砖瓦房，房顶上开的天窗，其他什么也看不到。刚刚睁开眼睛，耳朵边感觉声音更加巨响，整个身体就像被震碎，不得不重新又闭上眼睛。

"笃、笃、笃，笃笃笃！"经历了上面两种声音之后，突然耳边又传来了像铁锤敲击头部的震动，我静静地听着有节奏的击打声，更加心烦，更加头晕。

然后，这三种声音不断地交替变换着。

我心里越来越惧怕这三种声音的击打。在里面，头不能转动，只有眼睛可以睁，可以闭；身体被捆绑着，直挺挺地朝天躺着，丝毫不能动；手臂不能摇摆，不能弯曲；腿脚不能晃动，不能伸曲。此时，我的心好像就要扑出来了。怎么办？怎么办？我仿佛突然被抛入空中，随即又被掼了下来，只觉得天旋地转，我差一点喊了起来，但还是忍住了。我转念一想，生了重病，三年时间都熬过来了，化疗期间经受的痛苦比这艰难多了，不是都挺了过来吗？再坚持一会儿，也许就会停了。我默默地嘟囔着：挺住，放松。我先把左手放平了，再把右手放平了，似乎心脏跳动也正常了。

"好了，结束了！"正当我默念着坚持和挺住的时候，听到了女技师清脆的说话声音，刚才还在转动的机器随之戛然而止，瞬间归于寂静。

磁共振终于做完了。前后不过二十多分钟，我却经历了一段痛苦的过程，仿佛度过了一个阴冷漫长的冬夜。

晚上，我感觉背部疼痛，但是能够忍受。

次日上午，正值刘虹主任来查房，后面跟着医生和实习生，一位实习生推着查房车。我忐忑不安地问："刘主任，我做的磁共振结果出来了吗？不知有没有问题？"

刘虹主任看了查房车上的电脑，微笑着说："一切正常。这下放心了。你就当是进行一次体检好了。"然后接着说，"十四床是刚来的，磁共振结果出来了，头脑里有问题。还得做详细检查。"

在没有做磁共振以前，老实话我也有点担心，睡不踏实，夜里老做噩梦，生怕有什么其他毛病，前段时间说话嗓子嘶哑，有时前额有点发胀，背部有时疼痛，吓得自己胡思乱想起来，要是生了其他危重疾病可怎么办呢？这主要还是因为几次的腰穿结果总在临界点上下，有两项指标还是高了点，尽管害怕这检查那检查，但是，我还是自己下决心查一查，看看结果到底怎么样？现在听了这个好消息，我的一颗悬着的心总算放了下来，起码大问题没有了，做做虽然花费了一点钱，但是做了放心。

我马上就要出院了，以后可以少来医院了，回顾这三年的情景，真是悲喜交集。我刚刚生病时的漠然，治疗过程中的茫然、痛苦、怅惘，心情时好时坏，情绪反复无常。刘虹主任和医生们不光精心治疗我的疾病，还像亲人一样跟我拉家常，治疗我的心病。他们每一声问候，每一个微笑，每一个动作，每一个神态，就像春天的阳光似的，使我感到内心无比的温暖。三年了，这一幕幕场景，岂能忘怀？

此刻，我深深地体味到：健康就是最大的幸福。

第七章　边　防

刚生病时，我被长时间囚禁在医院里，头四十多天一直处于高危状态，随时有可能告别人世，走向天堂。那段时间，我好像跌到了岩石中。如果想要从岩石中出来，必须穿过岩层，透过泥浆，才能浮出水面。我知道这几乎是不可能的了。因此，我的情绪也坏到了极点。

这时候来医院探视我的人特别多，说各种话的人都有。有的说，我生病可能与我在新疆边防部队有关。

部队？

边防？

夜深人静，我两手插着吊针，仰躺着，不能动弹，不能翻身，病魔虽然缠身，但还没有侵入我的头脑，我的思维仍很活跃，思绪在不停地跳跃。

新疆巴尔鲁克山深处，一个名叫鹰爪沟的地方，驻扎着一个边防连队，连队东边一两公里处是营部所在地。

1978 年 12 月 26 日，我参军来到了那里，成了共和国的一名边防战士。连队被周围的大山包裹着，整座山被大雪覆盖着，山沟积雪两米多深，满眼都是雪，仿佛生活在雪的世界里。1 月份，是新疆最冷的天。边防连队驻地零下 30 度，几乎每天一到天黑就下雪，第二天一早雪又停了。

1979 年 1 月，中越自卫反击战打响了。我们这些新兵在营部新兵连训练不到 10 天，就接到上级命令，下到了老兵连。一到老兵连，就投入到了应急训练。

我们这批新兵有湖南的，有河北的，有江苏的。我们内地来的兵，不适应新疆的气候，训练时，戴着皮帽子，穿着绒衣绒裤、棉衣棉裤，脚穿大头鞋，感到又笨又重，虽然天寒地冻，但每天不知要出几身汗。夜里站哨，军装外面穿着皮大衣，还嫌冷。哨楼设在山顶上，用泥土砌成了一米多厚的泥墙。哨楼直接通向壕沟，没有任何取暖设备，哨楼附近是军用物资库房，后面是绵延不断的群山，山衔着山，一山比一山高，最高的山峰海拔 3000 多米，终年积雪。晴天阳光灿烂的时候，半山腰云雾飘游。我在训练间隙，常常望着大山和山腰的云雾沉思。

边防连队配置有轻重武器和反坦克武器。开始十来天，搞一兵多能训练，每人必须熟悉连队的各种武器性能，以最快的速度进行拆卸组装，以便关键时刻会使用。学会使用炸药包，模拟进行炸坦克训练；学会装卸地雷的引信。

随着战火的推进，全连每天上午和下午都要各进行一次全副武装五公里越野。我是四零火箭筒副射手，一个比我早两年的兵是射手。在越野时，我身上背着 3 发火箭筒炮弹、1 支半自动步枪、300 发步枪子弹和 6 颗手榴弹。连里规定，五公里越野全连 20 分钟必须跑完。

路，弯弯曲曲的山路，一半是上坡路，另一半是下坡路。起头跑的是上坡路，将要跑到一半时有个又长又弯的高坡展现在面前，到了高坡拐弯的地方，正好是跑步的一半路程。返回的路是下坡路，冬天的山路，全被厚厚的大雪覆盖住了，跑起来腿要抬得高，非常吃力，那可是超强度训练。我大约跑了一公里多路，就上气不接下气了，两腿发软，跑不动了，望着一个个战友跑在我前面，我往后一看，后面除了我们排长，没有其他战友。我心里急了，拼尽全身力气往前跑，快跑到两公里的时候，看到跑得快的战友已经返回到我身边了。

"快跑！快跑！"排长桑来越就在我后边，他手中拿着柳树条高高地举着，只要我停下来，就可能随时鞭打我。

我边跑边喘着粗气，眼睛一直盯着在我前面不远的一位战友，心想只要不停地跑，到了前面拐弯的高坡就跑到一半路了。高坡终于出现在我面前，看着很近，有三百多米，可是每抬一次腿，好像有千斤重担压着。望着许多战友从我身边跑过，听着排长桑来越不停地喊着："快跑！快跑！"我拼着命在跑，生怕停下来就挨揍。

说是在跑，其实比平时走路的速度快不了多少，终于跑到了最高点，可以拐弯返回了，刚一拐弯，我的鼻子出血了，流血不止，眼前发黑，眼冒金星，天旋地转，一头栽倒在雪地上。跑在我前面的那个大个子是新疆兵，名字叫周小刚，只见他迅速折了回来，蹲下身子，一眨眼工夫排长桑来越将我扶上他的背，他背着我旋即奔跑起来。我的火箭弹也被折回来的班长谢严扛着，枪支弹药都在排长身上，此时排长没有责怪我一声，迅速跑了起来。不多一会儿，我们就超过了其他排的好几个战友。这时我才明白，原来排长、班长与周小刚见我体质弱，故意放慢速度在等我。此事离现在几十年过去了，我仍历历在目。

晚饭后，开了排务会。全排两个班的战友都集中在我们一班。会上，排长桑来越严肃地说："张圣刚从内地来，不适应新疆的气候，不适应新的环境，五公里越野全排最后一名。差点成了全连最后一名，拉了全排的后腿。明天起每天提前一小时起床，进行爬山训练。"

我被点了名，低着头，脸红红的，全身冒汗，坐不住了。此时整个屋子静得鸦雀无声。

散会后，班长谢严怕我想不开，坐在我身旁，关心地说："排长从战时出发，对你严格要求，也是为你好。晚上好好睡觉，不要瞎想。刚来不适应是正常的，以后会适应的。"

这一夜我一直没睡着，我在等着班长和排长提前叫我起床爬山，可是等到全连起床号响了，也没来叫我，以后也没叫我提前起床。

果然被班长谢严说对了，不到一个月，我的各项训练课目都是优秀，五公里越野甩掉了落后的帽子，还荣获半自动步枪特等射手称号。

开始一周，每天夜里都要进行八次紧急集合。白天训练强度大，累得差点趴下了。夜晚正想呼呼大睡，解解一天的疲惫，然而，到了夜晚更是不得安宁。刚刚睡着，三声急促的哨子声，将大家从熟睡中惊醒过来，大家迅速翻身坐起，在黑灯瞎火中，先摸棉袄，后穿棉裤，再打背包，最后套上大头鞋，冲出房门，边跑边扣衣服纽扣，有人边跑边打背包绳。老兵们从穿衣到打背包跑到操场，一般在40秒左右，各班排集合好了，然后向连首长报告完毕，进行登车。全连所有人员登上了车，车子启动了，为了不暴露目标，夜间车子向前行驶不开车灯，靠着雪地反射出来的光，慢慢行驶在山路上。从集合到解散，前后半个小时。返回宿舍刚睡下不到半个小时，紧急集合的号声又响了，这样的训练一晚上来回折腾八次，一直到后半夜三四点钟才安定。新疆与内地时差两个多小时，按新疆时间算，这辰光也就一两点钟，也是人最犯困的时候。

每次紧急集合，我只要迅猛地从被窝里坐起来，感觉鼻子一湿，准会在流血。因此，白天，我到连部卫生员那里要了棉球放进口袋备用。有时跑步时，鼻子流血，即使塞进棉球也没多少用，还在往下滴。我只好不停地换，血好像有意地跟我闹别扭，怎么也不听使唤，大约过了半个小时，才不闹了。战友们认为，可能是新疆的气候干燥，我一时不能适应造成的。可是，与我一起入伍的其他内地兵很少有这种情况。

每天夜饭以后，全连集合，连长宣读敌情通报："敌人偷袭往往选择在后半夜一两点钟，因为这时人正在熟睡。现在形势紧张，所以，我们一定不能麻痹大意。晚上要双岗双哨，半夜十二点起，还要增加三人流动哨，由我们干部带队。"

回到班里，尽管到了熄灯时间，大家都已熄灯睡下，但是不管是新兵，还是老兵，谁也不敢睡，就怕后半夜敌人来偷袭，眼睁睁地静候天亮。

此后，连里调整了白天训练的内容，以班为单位上山挖防空洞，挖汽车掩体，在半山坡埋设地雷。为从别的防区调来的骑兵部队卸马料。大年初一那天早晨，骑兵部队来了 10 辆卡车，车上都是麻袋装的玉米籽。每班卸两车。一麻袋玉米籽，有一两百斤重，每班 9 个人，轮着来，谁也不偷懒。我个子瘦小，当兵时体重仅有 102 斤，如果低于 100 斤，还当不上兵呢。开始，肩膀扛还稳稳的，一车东西卸到一半时，体力渐渐不支，汗水湿透全身，直喘粗气，喉咙冒烟，鼻子又冒血了，显得力不从心。

"张圣到一边歇歇，不要扛了。过一会卸马草吧。那活儿轻松点儿。"班长谢严累得喘着粗气，擦了一把汗，望了我一眼，向我说。

接着，老战士们几乎用同样的话语来关心我。

战友们越是关照我，我越是感到不好意思，本来想在当兵期间好好表现自己，争取入个党，现在看来在体力上不如别人，想要实现这一目标还真有不小的差距。

我掏出棉花球朝鼻子一塞，歇了几分钟，喝了几口水，又干开了。

……

夜幕中，雪下得猛，漫天飘舞，满山满沟如银，大山沉睡着，盖上了厚厚的雪衣，反射出耀眼的光芒。一百多顶帐篷就像天空抛下的降落伞，突然布满了山沟，骑兵营的数百名官兵，就像神兵一样出现在帐篷周围。这些神兵中有一位就是我的家乡战友姜正平。我躺在病床上，他夜里陪在我身旁，我听他讲述他们骑兵营当时奉命开拔，骑马一个多月才到我们边防连队的山沟里，当途经阿勒泰地区北屯镇附近时，突遇暴风雪，狂风暴雪铺天盖地而来，昏天黑地，他头上戴的皮帽子也被风雪卷走了，在这零下四十多度的风雪严寒中，如果没有皮帽子，那么后果可想而知，还好后勤带足了给养，立即给他补发了一顶。因为这件事，当战备结束返回部队进行总结时，他们班没有评到先进，也没有受到嘉奖。讲到这里，他的眼眶裹满泪水。当时我们都是新兵，他是从一千多公里外的骑兵部队来的，我们在家乡时相互也不认识，凑巧后来我军校毕业分到了某边防团，他军校毕业也分到了这个团，这时我们才相认。从此，我们比亲兄弟还要亲。我生病住院，他和他的家人给予了许多关照。

局势急剧变化。白天，每天由连长指挥，进行全连战术训练、登山训练与抢占制高点训练。夜晚，我们和衣而睡，枪支弹药随手可拿，一有情况立即出动。

紧张的局势持续了三个多月。

结束后，一切如常。除了训练，我们开荒种地，种白菜，种洋芋，种葵花，蔬菜基本上有保障。入冬前，将白菜藏进地窖，那样冬天不会被冻坏。到了四五月份，冰雪已经开始融化，大地尚未完全解冻，经过了一个漫长的冬天，蔬菜早已吃光了。这时连里干部组织全连官兵上山挖野葱，将野葱用盐渍一下，每餐每班一小碟，够吃不够吃，反正就那么多。第二年，我当上了副班长，记得一位新战士去炊事班打菜，炊事班的战友给打了不到半碟，一个班九个人，每人搛了几筷就没了。没有菜，光吃馒头咽不下，为此，我还跟炊事班的战友吵了一架。后来想想，那时真是年轻气盛。

我们那会儿独生子女少，一般家庭兄弟姐妹五六个，多数从农村来的，在家活也做惯了，苦也苦惯了。为了想入个党，回家向亲人有个交代，脏活累活苦活抢着干。一吃完中午饭，大家都悄悄地拿着扫把和铁锨，跳入一人多深的厕所后面，将大粪铲出来，由于人多，一会儿就干完了。当然，这种活，城市兵是不愿意做的。所以入党的话，农村兵占大多数。还有像跳入洪水抢救国家财产，农村兵一马当先，山洪是由冰雪融化而来，冰冷刺骨，跃入水中，很快浸入骨头。半年以后，大多数人患上了关节炎。

营房门前有一条十来米宽的小河，一米多深，溪水清澈见底，潺潺流淌，绵延几十公里，直到河流断流。小河两旁柳树掩映，风吹沙沙作响。一到冬季，河面被冻成了冰，从河面到河底冻了个严严实实，四月底开始解冻，到十一月份封冻。五六月份水流平缓，到了七八月份，气温回升，水量随着巴尔鲁克山脉积雪的融化自然增大，遇到暴雨，河水猛涨。但对营区来说没有大碍。河流穿过营部，营部出行人员，都要经过一条木桥。1980年夏天，木桥在暴雨中被山洪冲垮了。我们紧急前往抢修。我和大家一起跳入水中堵激流，捞木头，修筑桥梁，奋战了五个多小时。这次抗洪抢险之后，我患上了关节炎，从此一到冬天，腿脚冰凉。

这里每年十月底到来年四月底，大雪封山，交通阻隔。大雪封山期间，看不到报纸，收不到家信。没有电灯，没有电视，没有电影，一个班一个星期发一小瓶煤油，也就是一市斤吧，大家都舍不得用，等到夜里起床站哨时点一下，或者星期六晚上写家信时才能点个灯。连队没有小卖部，买不到信封、信纸与邮票。老兵很少写家信了，新兵刚到部队想家，写家信写得多一些，过了半年，写家信也逐渐少了，特别是到了第三年快要退伍了，人人心里矛盾重重，舍不得离开部队。我刚到部队那会儿，适逢冬天，每当夜晚来临，那是我想家的时候，那是我盼信的时候，我独自一人站在营房门前的操场上，望着天空，看着满天飞舞的大雪，看着营区对面被大雪覆盖的山峦，心中无限惆怅；到了夏天，每当夜晚来临，抬头望着满天的星星，听着流水的欢歌，看着柳树的舞姿，思绪跨越了千山万水，仿佛回到了家乡，回到了亲人身边。

农村参军的战友，参军时年龄一般都超过了二十周岁，最大年龄有二十三周岁的，普遍没什么文化，相当一部分小学没毕业，写字成句成了困难户。他们参军之前大部分人都有了女朋友，当女朋友来信的时候，开始大家都有个新鲜感，写信将部队的事情告诉远方的她，过了一段时间，感到没有什么写的，回信不知写什么。因此，星期天写家书写情书成了不少战友的难题。这时候，好多战友看到我经常为全连出墙报和黑板报，看到我在乌鲁木齐军区《战胜报》上发表文章，他们认为我的文化水平高，都排队争着让我帮助写情书。我见了女孩子，虽然自己不会谈恋爱，但是写情书好像天生就会的，给每个战友的女朋友写的情书都不一样。时间长了，这倒成了我的一大乐趣。

三年的边防连队生活是寂寞的，又是丰富多彩的。三年后，我考上了军校，离开了边防连队。

思绪又让我从过去回到了现在。

我离开边防连队至今已经三十多年了。三十多年前，我还是一个小伙子，现在我成了一个五十多岁的半老头了，成了一个身患急性白血病的病人了。我躺在病床上，奄奄一息，不知命在何处。许多人都来探望，见我如此惨状，有的吓得背转身去，唏嘘不已，潸然泪下。来人一走，在夜深人静的时候，我默默地长叹道："边防啊，边防，恐怕我此生再也无缘回来了。"

没想到老天有眼，不久我挺了过来。刘虹主任安慰李桐说："第一个疗程挺了过来，往后就没有太大的危险了。话虽然这么说，但是病情凶险，依然不能麻痹大意。"

刘虹主任对我每次的治疗方案，都仔细研究，严格把关。医生根据我的病情和体质情况，适时调整用药的剂量。这才使我从死亡线上逃离了病魔的纠缠，一步步向健康的方向迈进，也为我后来重返边防创造了条件。

这里顺便提一下重返边防的事，虽然那是一年半以后的事了，但我觉得放在这里说顺理成章。

2016年6月底，我患白血病已有一年半时间了。一天，我在医院里接到了一个电话，电话里传来一个陌生的声音，他自称当年和我在一个边防连的，名叫宋华，可是我怎么也没有想起来，他长得什么样子，我都记不清了。他告诉我，我在连部当文书的时候，他是通讯员，比我晚当了两年兵，是江苏人，我终于想起了他。他告诉我刚刚建立了边防连队的一个战友群，新疆的战友打算在7月18日至21日举行重走边关道、再叙战友情活动，问我去不去，我当时正在住院，没有回答他去还是不去。这次我要是去新疆边防的话，还是存在着危险的，治病没有结束，整个疗程还在继续。从内地去新疆边防路途那样遥远，去了路上万一有个三长两短，那就来不及了，所以，我不赞成去新疆。李桐想去，她帮我算了算我能去，出去散散心，闷在医院里已经那么久了，也该出去走走。我6月底小化疗结束出院，插的PICC管过了一年零一个月，也正好拔掉了，7月份口服维甲酸药片，便于携带，途中由她和女儿新华来照顾我。为了保险起见，她还邀请了她的外甥女佳佳与外甥夫文海同行。我身体仍然很虚弱，战友聚会定在7月中下旬，我去不去还在犹豫之中，如果不去，恐怕以后再也不可能与那么多的战友相会了。我犹豫不决地对李桐说："这事就听你的，但是我生病的事情不能透露给聚会的战友们，不能给战友们增加不必要的负担。"

于是，我们一行五人去了新疆。

到了新疆，我见到了我当新兵时的老班长谢严，见到了河南籍的战友，见到了从湖南桃江去的战友，见到了从四川宜宾去的战友，见到了从甘肃永登去的战友，还见到了比我们晚几年当兵的新疆战友。

战友们三十多年没有见面，都老了，相互都不敢相认了。大家相互自报家门，互通姓名，有的想了很长时间才想起来。回忆，回忆是幸福的，回忆当兵时边防连队的点点滴滴，大家都如数家珍，每个人的脸上都洋溢着微笑，仿佛又回到了激情燃烧的青春岁月，仿佛又回到了边防连队，仿佛又回到了火热的练兵场。大家说啊，笑啊，开心得就像一个个活泼可爱的孩子似的。

我当年的班长谢严，刚从一个军分区政治部主任职位上退下来，大校军衔。这次战友聚会活动，他亲自指导策划。

当我回到了日思夜想的边防连队时，没想到的是我们边防连队早在1985年百万大裁军时已经撤销了。我站在营房旧址前，思绪万千，仿佛又回到了刚参军时的岁月，当年多么熟悉的营房，经过几十年的风雨侵蚀，成了断墙残壁；当年多么宽阔的操场，经过岁月的洗礼，成了一片草地；面前的溪流，在杂草和荆棘的覆盖下，时隐时现，好像在耳边敲鼓，发出悠扬的声音；对面的山路，那是当年我们全连全副武装五公里越野的路，在柳树和杨树的掩映下，朦朦胧胧，好像在云里雾里，分不清哪儿有路了；哨所，当年耸立在半山腰的哨所在哪儿呢？当年，我站在营区一眼就能望见的哨所，如今怎么看不到了？当年从营区通往哨所虽然没有路，但被战士们踩成了一条弯弯的路。是啊，边防哨所是我们哨兵的家，是我们祖国西北边陲的门户。只有战士们走进哨所，我们才能安全，连队的官兵才能安全，祖国的人民才能安全。在边防连队当兵三年多时间，多少个日日夜夜，多少次风雪严寒，多少次暴风骤雨，我背着枪走上哨所站岗放哨，守卫着祖国的西北大门。哨所，我多么想上山去看看当年我站岗的哨所啊。可是，我身体虚弱，上不去啊。

边防连队的营区没有了，营房没有了，但是营部还在，现在的营部是一幢砌在山坡下的砖式结构的三层楼，操场全是水泥地面，操场中央一面五星红旗迎风飘扬。当年营部的营房全部是用泥巴垒成的，操场是沙土路，晴天一身土，雨天一身泥。当年营部营房外墙上挂着一个邮箱，冬天几乎没有人写信放进去，也没有邮递员来取，只有到了冰雪解冻的时候，或者营首长下山开会的时候，邮箱里的信才会带出山沟，开吉普车要走一天的路程，早晨出发，傍晚才能送到县邮局。当年，我在三种情况下才去营部：一是全连几个月集合一次去营部看电影；二是写了稿子投稿；三是偶尔轮到我夜晚去站哨。现在我坐在营部的会议室里，看到营里干部人人都有手机，会议室内有闭路电视，电灯更不用说了。当年，我们可是连煤油灯都点不起呀。从营部到县城团部的路，如今早已经是一条柏油马路了，出山进山更便捷。当年，我们进出连队没有路，坐架子车去团部，司机只能凭着自己熟练的技术钻山沟，早晨出发，傍晚才能到团部。

担任中学语文教师的妻外甥夫文海问我："张圣姨夫在条件这么艰苦的地方当兵，怎么受得了的？"

"你现在看到的边防情况与三十多年前的情况完全不一样了。现在这个样子已经算很好了！如今边防条件这么好，这是我们当年想都不敢想的呀！"我感慨地说。

边防连队是我成长的摇篮，我站在连队旧址前，三十多年前的情景就像昨天一样历历在目，我激动得一句话也说不出来。突然，我感到眼前天旋地转，我抓住一棵柳树，慢慢倒了下来，这时，一直跟在我身后的女儿新华，赶紧蹲下来扶着我，着急地问："爸，你怎么样？没事吧？"

我望着女儿，笑着说："没事，也许太高兴太激动了，也许太累了，歇会儿就没事了。"

当天夜里后半夜，我突然感到左小腿抽筋了，抽得腿就像吊起来似的难受，持续了半个多小时。我想我不能影响到集体活动，到了一个地方，先坐下来歇会儿，确保自己的生命安全。

这一趟战友聚会，我们还走访了铁列克提边防站、小白杨哨所等边防连队。

临去铁列克提边防站之前，战友们带着香，带着烟，带着酒，带着鲜花，祭拜曾在边防站牺牲的战友。到了铁列克提边防站，受到了官兵们的热烈欢迎。谢严向我们讲述了这个边防站的历史。

1969 年 8 月 13 日早晨，苏军出动了 300 余人，在飞机和坦克等重武器的掩护下，公然入侵中国新疆铁列克提边境地区。铁列克提边防站数十名官兵在前沿阵地巡逻时，遇到了苏军的伏击。为了捍卫祖国的神圣领土，官兵们奉命进行了自卫还击。

这次战斗，我军伤亡了数十名官兵。当年的无名高地这座山，后来被命名为"忠勇山"。2008 年 8 月 13 日，塔城军分区特立"忠勇山烈士纪念碑"，以示铭记。

"忠勇山烈士纪念碑"刻着烈士们的名字。

告别了边防站的官兵，我们坐车去了忠勇山。我和战友们站在烈士纪念碑前，敬献鲜花，朝烈士纪念碑三鞠躬。然后，有的战友拿着酒壶，围着墓碑敬了酒；有的拿着烟，抽出几根，放在墓碑上；有的跪拜磕头。大家以各种不同的方式来纪念为国捐躯的英烈。

我点燃了三炷香，默默地为烈士祈祷，愿他们的在天之灵安息。

我当年所在的边防连队就是在这次战斗之后成立的。

下午五点多钟，我们来到了小白杨哨所。

天蓝得出奇，大阳露着笑脸。

在四十余级台阶上，高高地耸立着一座哨所。我抬头仰望，这座用水泥混凝土砌成的哨所，外面涂了绿色的油漆，像穿了军装。哨所有八九层楼房高，似一个参天的巨人，在蓝天白云的映衬下，显得格外英武。哨所顶上一面鲜艳的五星红旗，迎风招展；顶部下方"祖国在我心中"六个大字分外醒目。哨所中间右侧写着"中华人民共和国塔斯提边防站"。

位于哨所左侧前方 50 余米处，有一棵白杨树，又高又大，枝叶茂密，看上去高度跟哨所平齐，树围有两人合抱一般粗。在树根向上大约一点五米处，系着用鲜红的绸布扎成的一朵大红花，紧依红花下面粗壮的树干上竖写着六个大字：小白杨守边防。

小白杨哨所位于新疆巴尔鲁克山脚下，原为塔斯提边防站前哨，后来因为歌曲《小白杨》的传唱而享誉全国，被命名为"小白杨哨所"。

这棵长在哨所旁的白杨树，那是二十世纪八十年代初的一个春天，一名锡伯族战士回乡探亲，归队前，他的母亲让他带上几棵小白杨树苗，叮嘱栽在哨所旁。在官兵们的精心呵护下，成活了一棵。

几年前，这里建了小白杨哨所展馆，展馆门前有一副对联，右书：扎根边防；左书：蓬勃向上。这就是小白杨精神。在小白杨哨所展馆前，我们排着整齐的队伍，在一名战士的指挥下，高唱《小白杨》歌曲。

六点多钟，当我在小白杨哨所前留影的时候，太阳光恰好转到了白杨树右侧、哨所的左侧，一会儿，太阳光移到了白杨树的中间，茂密的树叶中透出了千缕万缕的光芒。

这次边关之行，为了不增加活动组委会的负担，为了不让战友们担心，我们都保守秘密，没有向战友们透露我是一个重病号，每项活动我都如常进行。因此，所有的战友都不知道我是一个重病号，而且是还在治疗的重病号。但是我的老班长谢严好像有点察觉，他是个聪明人，见我的脸色苍白，见我的行作动态有点迟缓，而且自始至终没有喝过一口酒，抽过一支烟，就怀疑我身体不好，在饭桌上，他坐在我对面，经常定神地看着我，我自己不说，他又不好问我。我暂时忘记了病痛，同时更加感到生命的宝贵。有了生命，就拥有一切。

按照刘虹主任给我制定的治疗方案，我从边防返回不到一周，又去医院住院了。当然，我去边防的事，没有告诉刘虹主任。我想要是她晓得了，肯定会为我担心的，说不定还会把我和李桐说一顿的。事后想想，那时我们的胆子也太大了，这不是在拿自己的生命开玩笑吗？

第八章　难忘阿勒泰

冬天的夜晚，还在抢救中的我，在夜深人静的时刻，我时醒时睡，三十多年前，我在新疆阿勒泰时的情景历历在目。

我军校毕业以后，分配到了阿勒泰。

阿勒泰地区，位于新疆北部，是我国古代北方各兄弟民族游牧地之一。阿勒泰地区因为气候奇寒，被称为中国的西伯利亚。因为这里地处偏远，加上特殊的地理环境，自然给人们带来许多神秘的色彩，也给人们带来无限的遐想。

20世纪80年代初期，新疆交通不便。从新疆维吾尔自治区首府乌鲁木齐到阿勒泰八百多公里的路程，沿途的路实在不好走，很少有柏油路与石子路，大部分是泥土路。从乌鲁木齐去阿勒泰要乘坐三天的班车，车行驶到奎屯以后，再往北的路，全是车辙很深的泥土路，穿越广漠的准噶尔盆地，没有路，唯一的路标就是电杆。夏季，车子沿着电线杆旁边，向前摇摇摆摆地缓慢行驶，车后尘土飞扬。由于车子密封差，车内也早已飞进了尘土。冬季，广袤的戈壁滩上积雪有半米多深，车子一直向北摇摆着行驶，首次坐车的人，面对被积雪覆盖的戈壁滩，心都提到了嗓子眼上，害怕到不了自己要去的地方。车子就这样一直慢慢地行驶，不知什么时候，突然停了下来，原来和丰县到了。这里有个边境检查站，凡是还要前行的旅客，到了那里，所有人都要下车接受检查。接下来好长好长的路又是荒凉的戈壁滩。班车都是凌晨天不亮发车，下午四五点钟，太阳还高高的，车子就不走了，在交通旅馆歇了下来。这时候司机和旅客都是一脸灰土，个个疲惫不堪，无精打采，在吧台登记完，各自寻找自己的客房。

从首府乌鲁木齐到阿勒泰地区的各县不是都通班车的。哈巴河县到乌鲁木齐就没有开通直达班车。如果要去乌鲁木齐的话，就先坐车到布尔津县交通旅馆住一晚，买到票才能上车。特别是大冬天，零下三四十摄氏度，班车上没有暖气，乘坐半个小时后，从脚逐渐向腿上转移，越来越冷，两个小时后会冻得腿脚麻木。班车司机开上两三个小时见有食宿的地方，就在路边停车，让大家下来活动活动，也方便大家上个厕所，不然如果继续往前开的话，司机吃不消不说，旅客也就更冷了，一直冻到大腿，甚至屁股也会冻得冰冷冰冷的。

可是，当你来到阿勒泰镇，却又是另一番景致。阿勒泰镇是阿勒泰地委所在地，四山合抱，克兰河穿城而过。这里有终年积雪的恰夏峰，有颇负盛名的将军山，有好似引颈跋涉的"骆驼峰"。夏季，山上冰雪消融，宽阔的克兰河就像一头发怒的狮子，日夜不停地咆哮。冬季，克兰河河水干涸，露出了大小不均的石头，河水刚刚干涸的时候，天气还没有完全冷下来，那时有一个星期时间，我们部队组织机关官兵清理河道，除了战备值班的，上至司令员，下至战士，没一个例外。我们将河中间的石头，移到河两边垒好，克兰河驯服得像只小绵羊，任人摆布。一天傍晚，就在我们临近收工的时候，突然一只老鹰飞了过来，在我们头顶上空不时地来回盘旋，一会儿高，一会儿低，一会儿南，一会儿北，好像在跟我们打招呼，等到我们收工了，才缓慢地向"骆驼峰"方向飞去，一边飞，一边还回过身来转几圈。我由近而远地看着，直看到老鹰飞过山尖，看不见了才回部队。镇北不远处，有一片桦树林，谓之"桦林公园"，延伸到山脚，河水穿林而过。每逢节假日，我有时独自一人去玩，偶尔也邀上两三个战友一起去逛。我至今还保留着一张和三个战友合影的照片，那是夏天照的，有山有水有林，真是难得。

1984 年 1 月，是阿勒泰地区多年来少有的寒冷天气。气温下降到了零下四十多度，连续数日暴雪，阿勒泰镇街上积雪一米多厚，公交停开。第二天上班，除了重要部门和岗位留人值班外，其余人员都要上街扫雪。因此，一到冬天，扫雪成了这里人们的首要任务。大家戴着皮帽子，露出两只眼睛，在街上，在路上，满天雪花夹着雪珠飞舞，打得睁不开眼睛，走路低头侧身，或者斜着身子慢慢地走。开始是雪路，人踩过之后，经过封冻，成了冰路。

　　冬天，乘坐北京吉普车下基层，车子容易坏，时间一长，水箱就会结冰。那年春节前几天，我随部队领导去富蕴县某部检查工作，半路上车子坏了。前面是山坡，驾驶员停下来捣鼓了半个多小时，车还是没有发动，车内的人下了车，站在路边上，又冷又急。最后大家想出了一个办法，驾驶员坐在车内，猛踩油门，其余人员下来推车上山坡，一过山坡，遇到下坡路，车子就发动了。

　　1984 年夏天，老天爷发威。6 月 1 日到 3 日，连降暴雨，山洪暴发。连续十来个小时的暴雨，昏天黑地。阿勒泰军分区机关办公房，是一米多厚的泥土垒成的丁字形苏式房子，尽管地势较高，但是仍然受到了山上泥水的冲击，整个大院的操场路面成了泽国，家属院和官兵宿舍里都进了水。

　　暴雨不止，河水暴涨。告急！

　　克兰河的水流最大流量达到了每秒 410 米，地区党校附近的堤坝冲开了缺口，情况万分危急。架设在河上面的桥梁有两座。一座起名叫东方红大桥，那座桥是解放军在 1950 年进驻阿勒泰时用木头架设的；另一座桥是水泥桥，距离东方红大桥大约一公里，是地方政府后来修建的。洪水接近桥面，随时都有可能漫溢河堤。

　　下午四点多钟，部队接到地方险情通报，接近水泥桥附近的东边河堤被洪水冲开了缺口，水泥桥告急，居住在下游的居民告急。部队官兵紧急出动，与地方群众一起奋战。风雨中，军民同心协力将装满沙石泥土的麻袋投入缺口，麻袋一接触水面，转眼就被洪水冲走了。我们分成小组，十来个人一组，组成三个小组，成立三个梯队，人与人腰间用麻绳牢牢拴住，跳入齐胸深的水中，组成一垛人墙，减缓水的流速，上面的两组人员抓住每个人的绳子，地方群众将装满沙石泥土的麻袋再次投入水中，确保不被水冲跑。洪水，冰雪融化而成，人站在水中不一会儿就被冻得牙齿格格响，每两个小时轮流下水。夜，一片漆黑，伸手不见五指，大家摸黑缓慢下水，站成人墙后，双手接住麻袋垒好，经过十多个小时的奋战，堵住了缺口。

　　堵住了缺口以后，官兵们又与各族群众在河岸上修筑了抗洪大堤，然后迅速组织转移居住在河下游的五十多户群众。

　　克兰河，终于恢复了往日的笑脸，泛着洁白的浪花，唱着欢快的歌儿，流向桦林公园，桦树列队迎接，伸出双手拥抱！

山洪暴怒，短短 3 天时间，阿勒泰镇两次受到侵袭，从阿勒泰镇中心到下窝子十来公里的地段，几乎没有一处不遭受洪水的袭击。三个水电站停转，自来水塔无法供水，长途电话线路被冲毁。14470 平方米住房进水，4500 平方米房屋倒塌，117 户被迫搬迁。

一个多月后，还能到处看到马路被毁的迹象，还能看到被洪水侵袭路面时残留的泥沙。

我跳入冰河雪水中抗洪抢险，落下了病，后来一到冬天，半个身子冰冷，不得不经常做理疗，直至过了十多年，回到了家乡，才有所好转。但是，每年一到冬天，几乎都要患一次重感冒，有时不得不请假休息几天。

我在医院里，躲在密不透风的层流床里，思绪又回到了三十多年前的阿勒泰。

北屯至阿勒泰，不到一百公里，中间有一段十几公里的路，每年 5 月初前后，冰雪消融，柏油路面翻浆，从地下往上冒水，路面全是泥巴，班车轮盘大，慢慢摇晃着行驶，要行一两个小时才能走出来。北京吉普车在这路面有时根本无法行驶，常常陷进泥坑中出不来。在这段路上行驶的车，有班车，有机关单位下基层的吉普车，还有老乡的毛驴车、马车。

1984 年 5 月中旬的一天，我乘坐北京吉普车从边防站检查工作回来，下午途经此地，车陷了进去，我和司机下了车，拿铁锹铲泥，搬石头往车轮底下垫，然后司机上车发动车子，猛踩油门，没想到车轮在原地打滑，越陷越深，怎么也出不来。那里前不着村，后不着店，眼看天渐渐黑了，看着周围的班车慢悠悠地摇晃着从我们身边驶过，我们只有干着急。

"吁，驾！"在我身后不远处传来粗壮的声音，我回头一看，只见一位哈萨克族老汉正赶着一辆马车晃晃悠悠地向前走着，走得那么自如。

"大爷，加克斯（哈萨克语：好）！搭您的车行吗？"我急中生智地说。

"行嘛！行！"老汉脸上露出了笑容。

我随即搭乘老汉的马车去十五公里以外的军分区农场求救。

到了军分区农场路口，我跳下了马车，朝老汉挥了挥手，说："谢谢！再见！"

老汉望了望我，笑了笑，用生硬的汉话说："不用谢！"

农场领导带着钢丝绳，开着大型耕地拖拉机前往救援。

到了目的地，拖拉机停在吉普车前，农场领导和驾驶员立即将钢丝绳一头拴住拖拉机，一头拴在吉普车前面横杠上，拖拉机一发动，吉普车轻轻松松地被拉了出来。

我们的车又欢快地向前慢悠悠地行驶了，我看着前面翻浆的路面，心想要不是哈萨克族老汉让我搭车，我不知啥时候才能走到军分区农场，我们的车子不知啥时候才能走出困境呢。

多么好的哈萨克族老汉啊！

阿勒泰，冬季漫长，天气奇寒。

冬天，阿勒泰，绝对是个冰雪封冻的圣地。早晨，朝阳露出了羞涩的脸蛋，仿佛给满山遍野的白雪披了一条红红的丝巾，却不能给野外的人们带来一丝一毫的温暖，倒给人们带来无限的遐想。中午，尽管太阳高悬天空，但是依然不能驱走严寒的侵袭。傍晚，夕阳早已钻进雾蒙蒙的云层，整个天空又开始下雪了。雪花漫天飞舞，气温骤然下降。呼气成霜，泼水成冰。阿勒泰，你是冰仙的化身，恰夏峰是你的乳汁，将军山是你的卫士，骆驼峰是你的坐骑。夜晚，漫天大雪，那是你在进行梳妆打扮；白天，满地皆白，那是你留给人们的一条圣洁的地毯。人们乐意在你的庇护下，踩着洁白的地毯，奔赴各自的岗位，从事心爱的工作。哦，我没有留下一张冬天与你合影的照片，那是多么的遗憾。

阿勒泰的夏天，气候凉爽宜人。

夏天，阿勒泰，绝对是避暑的胜地。早晨，朝阳在东山的山尖尚未露出粉红色笑脸的时候，我们穿着罩衣，踏着"一二一"的步伐出早操，口号声在山谷间回荡。傍晚，夕阳在山顶缓缓落山的时候，我往往独自一人快速登上正在修建中的阿山大寺那座山峰，看着远山合抱的山城，欣赏近处草地上泛出的如血霞光，直至夜幕降临，才恋恋不舍地离去。夜里睡的是褥子，盖的是棉被，没有蚊子的叮咬，舒舒服服，一觉睡到大天亮。

出阿勒泰镇，又是另一番景致：有峻峭的高山，有宽阔的草原，有额尔齐斯河、喀纳斯湖……别样风情，令人神往。

这就是披着神秘面纱的阿勒泰。

　　阿勒泰地区有个哈巴河县，哈巴河县驻军有个北湾边防站，紧邻苏联边境，边界以额尔齐斯河河中心为界。额尔齐斯河发源于新疆维吾尔自治区阿勒泰地区富蕴县阿尔泰山南坡，冰雪融水而成，沿阿尔泰山南麓向西北流，流经前苏联汇入鄂毕河，是中国唯一流入北冰洋的河流，全长 4248 公里，在中国境内有 546 公里。河面有一两公里宽，两岸是一片几十公里的原始森林。夏天，不分白天和夜晚，边防站蚊子又大又多，遍布每个角落，官兵们无论走到哪里，都有蚊子，有时一伸手就能抓住几十只。

　　那时我是部队机关干部，到这个边防站去蹲点，特意选在了 5 月初，这个时间段，气温相对来说比较适中，天气还没有热，当然蚊子已经很多了，到边防站的当天就被蚊子叮咬了许多个包，奇痒难忍。我这次蹲点 20 天，到了边防站，与官兵们一起站岗，一起巡逻，一起植树，一起种菜，一起捕鱼。边防站除了训练，巡逻是主要任务。

　　官兵们每周都要出去巡逻。每次巡逻分为两个小组。一组由连长带队，一组由副连长带队，如果连领导不在边防站，巡逻带队就由排长代替。两组巡逻线路不同：一组要穿越原始森林边缘巡逻；一组要乘坐汽艇巡逻。

　　冬天，暴风雪常常连续几天下个不停，边防站附近的整片原始森林穿上了雪衣，白茫茫一片，灌木丛盖上了一米多深的积雪，气温降到零下三十多度，中间河网密布，好在小河早已封冻。官兵们巡逻往返一趟要走十来公里。大家头戴皮帽子，身穿皮大衣，脚蹬马靴，从天一亮就出发，每人手中还拿着一根长长的树干用于探路，在深厚的雪中行走，每向前拔出一步，都要低头前倾，几乎小半个身子埋在雪地。半路上，大家坚持不吃饭，不喝水，少说话，保存体力，下午四五点钟到达界河边缘的巡逻地点。这时候大家才开始用饭，路饭是炊事班提前帮大家切好的卤牛肉，还有就是压缩饼干。黄昏，天又开始下起了大雪，铺天盖地而来，返回营地时已经是后半夜了，全身是雪，马靴也进了雪，冻得硬邦邦的，腿脚早就冻麻木了，自己褪非常吃力，一时还褪不下来，只得请别人帮忙，反复多次，费很大的劲才能褪下来，人累得几乎瘫倒在地。其他季节的巡逻，虽然没有冬天那样艰难，但要面临毒蛇的侵袭、蚊虫的叮咬和跨越河流的危险。

　　我先后参加过北湾边防站的两次巡逻。

先来说说陆上巡逻吧。我和官兵们徒步穿越原始森林去巡逻，途中碰到了意想不到的艰难。

那天清晨，太阳刚刚升起，我们一行9人就已吃过早饭，由连长带队，迎着初升的太阳出发了。从边防站出发不到半公里就进入了原始森林。原始森林，灌木倒伏，杂草丛生，几乎每隔一两公里就有一条小河，整个单趟巡逻须要越过三条小河。我们一走进原始森林，面前尽是荆棘灌木，有的一人多高，有的半人多高，有的膝盖多高，官兵经常巡逻已经踩出了一条通往界河的路，大家走起这条路来非常熟悉。

"前面是一条小河。"行走了一个多小时，走在前头的一位战士停下脚步，喊了起来。

听到喊叫，官兵们陆续向前走几步停了下来。我来到小河边，看到河面上倒伏着一棵被激流冲倒的杨树，官兵们都把它称之为"独木桥"，如果绕道过去，要走很远的路，大家从"独木桥"上来去已经成了习惯。我第一次遇到，嘴上不说，心里有点发怵。我仔细察看了横在面前的河流，宽有十来米，从河面到河底有一两米深，虽然河面窄、河底浅，但水流湍急，一旦掉下去不说没命吧，起码也会被冲走十几米，直至被前面河道弯曲的地方倒伏着的树木挡住，才能得救。

还没等我细想，不到两分钟，官兵们陆续从"独木桥"上过去了，一位战士在河对面接应我，我从一位战士手中接过一根细长的树干，边走边撑，迈着碎步往前挪动，后面一位战士护卫着我，我走到河心，看着奔涌的激流，心里一惊，身子有点摇晃，正好那棵杨树树杈粗壮，有碗口粗，我一手抓住树杈，一手撑着树干，站稳了身子，向前快走几步，跳到了对岸。

虽然说我当战士那几年，经常训练过独木桥，但是供训练用的独木桥，那是架设在平地上面的，下面没有湍急的水流，只要走慢一点，就能走过去，也没有任何危险。现在要过的"独木桥"，与平时训练时的独木桥完全是两个不同的概念。

过了"独木桥"，我们又行走了两个多小时，才走到界河，只见无数只蚊子在树木草丛中飞舞，直向我们扑来。

"以前光听说这里蚊子多，想不到比我想象的还要多。"我忍不住惊讶道。

"现在还没到夏季呢，到了夏季，蚊子比现在不知要多多少呢。你只要把手向外一伸，用手一拍，手心里就粘满了蚊子。如果一条狗在这儿待上几天，就会被蚊子叮咬死。"一位战士告诉我。

连长接着说："额尔齐斯河水系丰富，植被茂盛，河水暴涨，自然形成了大量沼泽，成了蚊虫的天堂。这里被称为世界四大蚊虫密集地之一，是蚊虫王国。我们夏天训练和劳动都要戴防蚊帽，不戴防蚊帽，就无法训练和劳动。上厕所吧，就更糟糕。尽管厕所里点着蚊香，但还是有蚊子叮咬，一会儿时间，屁股上就被叮了许多个包，奇痒难受。如在野外拉屎，就更不用说了。屁股再怎么晃动也没用，蚊子照样叮咬。"

我看着官兵们认真察看了界河周边的情况，然后仔细记录了下来。

边防站的官兵们心中装着界河，他们日夜警惕地守卫着祖国的这片神圣领土。

乘坐汽艇在一公里多宽的额尔齐斯河上巡逻，那是惊心动魄的一幕。

河流水深浪急，官兵们紧握钢枪，目视前方，威武雄壮地屹立在甲板上。汽艇前上方插着一面鲜艳的五星红旗，迎风招展，神圣不可侵犯。汽艇发动以后，汽艇在河面上像一支离弦的箭，呼啸而过，层层巨浪沿着汽艇两边甲板快速分开，形成高出河面半米多的白色水流。

"前面就是界河。"一位战士向我介绍情况。

汽艇向前开出五公里以后，进入界河，河面更宽，河水更深，一眼望不到边际。尽管我们都穿着救生衣，可是汽艇在河心转弯时，遇到暗流，突然艇体呈三十多度倾斜状态，汽艇随时都有可能侧翻在激流旋涡中，葬身河中，不知漂流到何处。幸而驾驶汽艇的战士是一位入伍四年的老兵，每次巡逻都由他来掌舵，他急中生智，猛打方向，驶离了旋涡，重新回到了平静的河面上。

界河，河中心就是分界线，没有明显的标识，两国的边防巡逻兵开着汽艇都靠在各自河流的一侧巡逻。在河上巡逻，双方经常近距离相遇，有时只有间隔五六米远，大家都紧紧地握着手中枪，子弹早已上了膛。双方汽艇相遇时，谁也不说话，谁都不退让。

"前面发现敌情！作好战斗准备！"带队的干部果断地命令道。

一刹那，官兵们迅速分成四个小组，前后左右，各就各位，将子弹推上了膛，立即军容严整地站在汽艇甲板上。双方汽艇前后距离不到两百米的时候，艇速都在放慢，不到几分钟，双方的汽艇就相遇了。

整个过程不到一分钟，双方的汽艇就擦肩而过了！

……

此时已是后半夜一点多钟，病魔使劲缠住我，折磨得我死去活来。我不停地咳嗽，急促地喘气，连说话的力气都没有了。

"张圣，张圣，你感觉咋样？我去叫医生。"李桐见我不停地吹气，吓得心惊肉跳，脸早已转了色，疾步走到跟前，低声而急切地问道。

我望着李桐，没有说话，摇了摇头，只觉精神恍惚，不知所措，还在急促地吹气。原来病魔把我折磨得累了，乏了。我刚才闭着眼睛，迷迷糊糊，似梦非梦。

阿勒泰啊，你令我神往，怀念！

第九章　阿勒泰姑娘

我在医院住院化疗，难受得要命，有时在床上拼命挣扎，挣扎到精疲力竭，每当回忆青年时代美好的往事，好像能够减少疾病给我带来的痛苦。我时常想念最早出现在我心中的一位美丽的新疆阿勒泰姑娘，像电影镜头一样浮现在眼前。

那是 1983 年的夏天，我在阿勒泰驻军某部政治处工作。部队地处一个偏远的县城，距离阿勒泰市区三百余里路。

一天，我的办公桌上放着一封信，信封上娟秀的字迹，一下子映入我的眼帘。这绝对是一封陌生人的来信。

我拆开认真地看了起来。

尊敬的部队领导：

我是一名中学教师，刚刚大学毕业从事教师职业，教授高中语文与政治课。为了激发学生的学习热情和爱国情怀，使他们从小热爱军人，我想多收集一些边防军人的故事，以便上课时讲给他们听。希望你们能够帮助提供一些边防军人的事迹材料。谢谢！

　　此致

　　　敬礼

落款署名应该是一个女孩子的名字，叫景叶。

信，是从阿勒泰市的一所中学里寄出的。信的最后写有详细通讯地址。

半个月前，我从几个边防站采访回来，采写了几篇人物通讯和事件通讯，我从中整理了几个故事，抄写了一份，寄给了景叶老师。在信的开头，我也简要介绍了自己的情况。落款署名当然是我的名字。没想到一个月以后，我收到了景叶老师的回信。自此以后，每隔一两个月，我就将了解到的边防军人的事迹材料整理好寄给她。景叶老师每次都及时回复，她对我回信的称呼始终是：张圣同志。我每次写信都称呼她为：景叶老师。

她回信内容简洁明了，字迹漂亮如画。我看了又看，爱不释手，有时还照着样子模仿写几个字呢。那时候我还没有对象，又是一个刚刚从军校毕业的青年军官，对年轻的女大学生充满敬佩，对她的学识才华非常崇拜，心想希望以后能够与景叶老师交个朋友。那时候的女大学生是比较稀罕的，不像现在。

元旦前夕，我调到了阿勒泰市区某部机关工作。元旦和春节前后那段时间，正是阿勒泰地区最寒冷的季节，也是地方党政机关等有关部门组织民政、文艺团体慰问部队官兵的时候。

元旦那天晚上，景叶老师所在的学校师生来我们部队机关进行文艺节目慰问演出。

演出结束的时候，我上台询问了一个学生："景叶老师来了没有？"

"我是景老师的学生，她刚走。"

我自报家门，告知了姓名。

元旦过后的第一个星期天，那天气温很低，大概有零下三十多度吧。中午虽然有太阳，但是没有感到一点暖意。吃过午饭，我一路快跑进了办公楼走廊。说是办公楼，其实不是楼，而是 20 世纪 50 年代初期用泥土建造的苏式丁字形办公用房。我们科的办公室靠东边，办公室对门就是我的宿舍。我和秘书科李永泰秘书同住一个房间。办公楼走廊里有暖气，热烘烘的，走进楼道，自然放慢了脚步。

"小张，两个中学生找你。"同年兵老乡周兵在后面喊。

我转过身看了看没有人，便问："在哪里？"

"在外面。"说着，周兵停下了脚步，随后和我一起走出办公楼。我看到在我们前面十几步远的地方站着两个年轻的女孩，的确像是中学生。周兵嘴一努：“就是她们。”随即转身走了。他后来转了志愿兵，当了 12 年兵，退伍回了老家。

我迎了上去，一个女孩声音甜甜地说：“我叫景叶。请问你是张圣？”

“是的，我就是。”

我把两个女孩引进了办公室。

落座后，没等我开口，景叶指着个头比她稍矮一点的女孩，微微一笑，轻声介绍说：“这位是我的同事，高老师。”

景叶老师口齿伶俐，笑语盈盈。

“景老师是哪里人？”我问。

“我是新疆阿勒泰土生土长的。高老师是新疆塔城人，前年大学毕业分配来的，比我早来一年。教数学。”景叶老师介绍高老师时，转过头眼睛看着高老师，笑着回答。

接着，我也介绍了我的情况，包括家庭情况和在部队所从事的工作。我说话时，景老师和高老师都微笑地看着我，有时还偶尔插话问问部队的情况。我想部队对她们来说一切都是那么新鲜有趣。我边说话边看着面前两位年轻的女大学生，觉得她们长得都很漂亮，但景叶老师比高老师还要漂亮。高老师戴着一副近视眼睛，长着一张娃娃脸，可能因为是陪景老师来的缘故吧，很少说话。

我一向性格内向，不善言辞，见了生人话语少，见了陌生姑娘真有点不知道说什么才好，说了几句话，就没话说了。我知道，冷场对客人是不礼貌的，可我一时找不到恰当的话来表达，这对我来说，心里是多么紧张，多么难过，表面上又感到难堪，一定是涨红了脸，额头上渗出了汗水。

聪明的景叶老师目光移向了我办公桌前面的书柜，书柜上摆放着三十多种不同类型的刊物，她站了起来，走到书柜前，顺手拿了一本《小说选刊》，说：“能借我几本杂志吗？下周还你！”

我说：“好的，你随便挑。没事！”

景叶挑了 5 本杂志，起身告辞。我站起来送她们。我和景叶老师并排走着，她的个头比我冒出点，我明显感到比她矮了。我一直送到营区大门口，目送着她们远去的背影，直至看不见人影。

一周时间很快过去了。转眼星期天又来了。我同宿舍的战友李永泰回四川老家探亲去了，老李比我早当 5 年兵，与我从一个基层部队调来机关的，他的妻子和孩子都在四川老家，每年年底回老家探亲过春节和家人团聚，那已成了他的习惯。景叶虽然说下周还书，但是没有说星期天一定来。那天，我比平常的星期天要早起了半个多钟头，把房间打扫得干干净净，把床单铺得平平整整，把被子叠得像豆腐块似的，盼望着景叶老师的到来。

从星期一到星期六，连续下了几天大雪，外面冰天雪地，路面由于走的人多了，成了冰路，经过公交车碾压之后，高低不平，人走在冰路上，一步一滑，穿平底鞋还好，穿中高跟鞋，容易滑倒跌跤。

星期天早晨终于看到有太阳了，而且早已从东边的山顶上爬了过来。我心里想，天晴了，景叶老师有可能会来。新疆时间大约十一点多钟，我听到了走廊木地板上传来穿着皮鞋的脚步声，发出有节奏的咯噔咯噔的声音，接着在我门口停了下来，发出了轻轻的咚咚敲门声。我回了声："请进。"说着嗖的站起来去开门，果然是景叶老师。

"外面冷，快屋里坐，到暖气边暖和暖和。"我激动地招呼着。

景叶老师站在门口，把羽绒服帽子从头上慢慢地拉到肩膀后面，然后双手上提轻轻地拢了拢头发，一头乌发像瀑布似的披在肩上，冲我甜甜一笑，轻声地说："嗯。"

我屋里床边有张桌子，桌旁有把木椅子，桌上有一盏台灯，还有一只军用茶缸。我倒了一缸水递给她，说："景老师，请喝水。"

说着，我双手将一把椅子从桌旁拉了出来。

她坐在木椅上，双手捧着茶缸，眼睛望着我，不时地微笑着。

我在离她一米的床铺上坐了下来。这一次，我和景叶老师似乎都熟悉多了，也自然多了。她不像第一次见面那样拘束，我也不像第一次见面那样拘谨。她端详着我的一举一动，当我抬头望着她的时候，正好相互看着对方，四目相视，大家都有点不好意思，同时略微低了一下头。

这时，我仔细打量着她。她眼睛闪亮，皮肤白皙，披肩长发，摇曳生姿，头发如绸缎般光滑亮丽，穿着一件橘红色的羽绒服，衣领里露出了淡红色的毛衣，裤子单薄，脚上穿中跟棉皮鞋。她不胖不瘦，不高不矮，长得十分标致。在我眼里，她简直就是天女下凡。

景叶老师告诉我，她去年二十岁大学毕业，被授予"全国首届优秀大学生"称号，到北京参加颁奖典礼。姐妹三人，她是老大，从小学到高中一直跳级。1979 年，刚刚恢复高考第三年，参加高考的名额大多被老三届高中毕业生占去了，应届高中毕业生考上的少之又少，高考录取率百分之几，尤其是重点大学，录取的名额更少，她考上了内地的一所重点大学中文系。景叶这样的女大学生在当时像熊猫一样稀少，成为人们羡慕的偶像。

中午部队开饭时间为北京时间一点半，新疆时间十一点半，到了开饭时间，我帮她在食堂打了一份。接着，我们大多在聊相互工作上的事，很少谈到个人问题。时间过得真快，不知不觉到了下午四点半钟了，景叶老师说："我要回学校了。我把上周借的杂志带来了，能再借几本吗？"

"当然可以。"说着我把办公室门打开，她跟了进来。我接着问，"怎么来的？"

"班车。"她说话轻轻的，好像说给自己听似的。

从办公楼到营区门口大约有一百多米，路面上覆盖着冰雪。我平时冬天走这段路觉得很长很长，但那天和景叶老师一起走在这条路上，步速放得很慢很慢，却好像这段路又变得很短很短。一百多米，我们并排走着，几乎谁也不说话，偶尔转过头相互对看了一眼，她脸上露出一丝笑容。走到营区门口，她朝我默默地看了一眼，说："不送了，请回吧。"

听了她的话，我真的就不送了，傻傻地站在那儿看着她，她呢，说完又朝我笑了笑，然后就向北拐弯往公路上走去。我立定在那儿，望着她逐渐远去的背影，心里突然感到好像少了点什么。当天夜晚，我失眠了。说实话，我被她迷住了！

这一周，我工作劲头特别足，夜晚不是在看书，就是在写新闻。

以后，景叶老师除了护校或者有特殊情况，几乎每个星期天都会来看我。她一来总是说："最近经常看《阿勒泰报》，你发的文章蛮多的。"

听了景叶老师的话，看着她满心欢喜的样子，我心里觉得甜滋滋的。能够得到如此美丽、富有才华的女大学生的称赞，比得到领导褒奖还要开心。

的确，有一段时间，我成了《阿勒泰报》发新闻和通讯的专业户。有时一天还能刊登两篇稿件。多写稿，多登报，目的是让景叶老师经常能看到我写的东西，更是想得到她的口头赞扬。没想到，在我的启发和影响下，景叶老师在教书之余，也开始写起了新闻，在《阿勒泰报》发表了。每次见面，

瞬　变

我们都在谈学习、谈写作。每当谈到写新闻，我似乎有许多话要说，她也乐意认真听，眼睛总是盯着我看，一点也不觉得害羞，我看着她也觉得很自然，仿佛我和她是最要好的朋友似的。

每当景叶老师坐在我对面，我静静地听她说话的时候，仔细欣赏她那美丽的容貌，心中泛起了阵阵涟漪，心想：这么好的姑娘，谁能娶到她，谁就有福气。这么气质高雅的姑娘，这么富有才华的姑娘，真是难得。她的个头比我高，我的身高明显比她矮，男的不满一米七五是二等残废，我这个身高不到一米七的男孩，显然在女孩子心里是个二等残废，加上我天生不会说话，哪能配得上她呢！我脸皮薄，所以尽管心里喜欢她，但是几次话到嘴边就是说不出口。想想还是不要说破为好，如果说破了，万一她不同意，那多难为情啊！让我们一直做好朋友吧！

10月的阿勒泰，天气已经开始冷了。10月1日，气温在零度左右，我已经穿军棉袄了。国庆节放假，景叶老师穿着一件漂亮的粉红色的毛衣出现在我面前，一见面，她就双手搓手，表示天好冷，人也冷，站在门口问："这件毛衣漂亮吗？"

"你不说，我还真没在意。"我仔细地瞧了瞧说，"漂亮，真漂亮。哪儿能买到这么漂亮而又合身的毛衣？"

"自己打的。"她朝我微微一笑。

说实在的，在女孩子面前，我不知道该说什么，不晓得说，有时干脆看着她，有时搜肠刮肚想好了说，可实在想不出什么好词。好在我们交往时间长了，她也习惯了，我要是不说，她就会主动说的。跟女孩子讲话，对于我来说简直比写新闻难上一百倍了。她一来习惯地站在门口，双手缓缓地抬起，瞬间就将头发熟练地自然地捋了捋，摆出一个非常好看的姿势。我从头到脚仔细望着她，好像欣赏着一幅美丽的画，心中激动万分，竟然忘了招呼。她也不急着进屋，认真地望了我一会儿，当我与她的目光相视时，我发现她脸倏地红了。女孩子衣着单薄，更显身材，看来她每次来看我，都要经过一番精心打扮。她穿着朴素大方，更显高雅气质，非常耐看。哎，这事一晃三十多年了，她那时站在我跟前冷得直搓手，我竟然不晓得拿件军装给她穿，我真是傻到家了。现在想起来真后悔！

时间一长，我的战友们见了景叶老师，都夸她各方面是个好姑娘。

我同宿舍的李永泰战友几次跟我说："景老师对你有意思，我给她说一下，捅破这层窗户纸就成了。"

可是我总认为，她是来借书的，跟我谈学习的，不可能喜欢我的。所以，压根没有往这方面去想。怕说了假如她不同意，以后见面时反而相互弄得尴尬，还是把我对她的喜欢藏在心里。于是，我对李永泰说："算了，以后再说吧。"

10月中旬，景叶老师来了，临走时，她对我说："小张，托你办件事，请你帮我同事介绍个对象。我的同事你见过的，身高长相和我差不多。"说完，脸红了。

我望了望景叶老师，认真问："你说的是高老师？她要找个什么样的？什么条件？"

"她说只要像你这样的人就行，要干部，个头跟你差不多吧。"

"像我这样的干部，目前机关没有，在部队要打听打听，不过基层部队大多驻扎在县里，距离阿勒泰镇少说也有两三百里路，太远了。"我认真地诚恳地说。

听了我说的话，景叶老师立即低着头，不再作声。过了好一会儿，她望了我一眼，声音低低地说："我走了。你不送我到车站吗？"

我们相识了那么长时间，她怎么来的，车站在哪里，我都不知道，我这人太不懂事了。这次我送她到了班车停靠的阿勒泰镇车站，从部队机关到车站大约一公里多路。一路上，我们默默地走着，偶尔相互看一下。到了车站，班车还没有来，可是车站跟前已有二三十人在候车。我和她站在离人群五六米处，两人相互对望着，她好一会儿才说："什么时候到我学校去看看呢？"

"嗯，总归有时间的。"我看着她说。没想到我很快就被上级机关调走了，所以答应去她学校的话成了我终身的遗憾。

"班车来了。我要上车了！"景叶老师看到一辆班车从南面开来，望着我，低声向我说。

还没等车子停稳，候车的人生怕没有座位似的，快速扎堆向车门拥过去。景叶老师最后一个上的车。她跨上车的瞬间回过头来，朝我微微一笑。

我朝她挥挥手说："景老师再见！"

等她上了车，车门关上了，汽车开走了，整个车站就我一人，我孤零零地望着远去的班车发呆，直至班车拐弯看不见，才回过神来。不知为什么，这时我突然感觉好像失去了她似的，心里空落落的。我傻站了好一会儿，便无精打采地往回走，走到地区党校前面，有一条水泥桥，转过水泥大桥，我突然醒悟了，她说要我帮忙介绍对象，难道是说她自己吗？我怎么那么傻，像榆木脑袋，一点都没有反应过来，这下我肯定伤了她的自尊了。我停下了脚步，站在克兰河旁，看着激流澎湃的河水，自责自己脑子不会转弯，嘴巴不会说话，真是太笨了。

这一次，景叶老师隔了一个星期才来。

转眼到了 11 月底，上级机关电话通知要调我，让我 12 月 15 日前去报到。

12 月初，阿勒泰的天气已经很冷了。星期天，景叶老师来了。她兴奋地告诉我说："下周我要调市级机关工作了。"

"景老师，祝贺您。"我说。

"嗯。"她朝我望了一眼，开心地笑了。

我看着她，低声地说："景老师，下周我要调走了，调到军区机关去了。"

"啥？你说要调走？"她愣了一会，苦笑了一下，长叹一声，说，"唉，真是不巧，我来了，你走了。原来我以为我们可以天天见面了。想不到呀！真是想不到呀！"

当她得知我将要调离阿勒泰时，好长时间不说话。我也找不到恰当的词语，与她继续交流。两人静默了好一会儿。她愣愣地望着我不说话，但看得出她似乎心里有好多话要对我说。我也傻傻地看着她，心中有好多话要对她说，我想说："景老师，我喜欢你！我不想调走，可是作为军人，我又不得不服从上级的命令。"我把这句话一直憋在心里，始终没有说出口。因此，她也不晓得我心里到底怎么想的。她看了我好一会儿，突然低下了头。我晓得她此刻内心一定是矛盾的，痛苦的。见她不说话，我心里和她同样矛盾，万般痛苦袭扰，只得长叹一声。最后，还是她大方地说："让我们永远做好朋友吧。"

我与景叶老师别离之后，好长一段时间感到莫名的惆怅。我心里是多么喜欢她，却始终没有表露出来。一旦与她分别了，我感到非常后悔。我那时应该留在阿勒泰，不走就好了。

转眼之间我与景叶老师分别三十多年了，自从分别之后，我们再也没有联系过，当然就更没有见过面啦。

当我身患白血病躺在医院病床上化疗的时候，时常想到了景叶老师。想想自己那时候要多傻就有多傻，怎么那么死脑筋呢？

无论什么时候，景叶老师在我心里就像阿尔泰山上一朵洁白的雪莲，她那天使一般的容貌时常浮现在我眼前，我常常为她歌唱，为她祈祷，祝愿她一生幸福美满！

我住院化疗是痛苦的，我常常在痛苦中挣扎，此时，我心里经常想念景叶老师，一想到她，似乎病痛会立马减轻许多。我心里想念她，谁也不知道，李桐也不知道。我想要是什么时候还能见到她，那该多好呀！

漫长的治疗终于挨了过来。我治疗白血病用了三年时间，算是彻底治愈了。

第四年夏天，我在妻子李桐的陪伴下，扑进了阿勒泰的怀抱，到我曾经当过兵的地方避暑去了。同时也想会会老战友、老朋友。我临出发前给当年的战友李永泰打了电话，听说我要去，那天飞机抵达前一个多小时，他就开车到了机场，迎接我的到来。当我从飞机上下来走到出站口时，远远地看到李永泰站在醒目的地方在等我。老李在部队干到副师职，老婆和孩子没有随军，一直在四川。他刚退休不到几个月，正打算等处理完事情后回去与妻儿团聚呢。

"永泰兄，永泰兄！"我边走边喊，朝他走去。

他从人群中听到了我的喊声，也看到了我，迎上前来，还没开口说话，就笑得合不拢嘴，伸出双手，紧紧地握着我的手，说："张圣，欢迎！欢迎！一别几十年啊！"

我只顾跟战友握手言笑，竟没在意战友身后有一位似曾相识的端庄典雅的女士。

这位女士戴着一副墨镜，双手轻盈地拢了拢头发，从上到下看着我，只顾笑，不做声。

我突然愣住了，半晌才惊讶地说："景叶老师！真的是你？三十多年没见了！真是太高兴啦！这是怎么回事？你咋知道我要来的？"此时，我兴奋得几乎要跳起来了，脸上溢满笑意，怔怔地盯着她瞧。那一瞬间，她又仿佛重新变回到青年时期，在我面前出现的是一个美丽活泼可爱的姑娘。

"当年的景老师，如今早已是大名鼎鼎的景校长了。"李永泰朝我笑着说。

景叶老师还像年轻时一样大方，她伸出手，仔仔细细地看着我说："张圣！我是景叶。前天听老李说你要来，我非常高兴。是啊，一晃三十多年没见了，咱们都变样了。我以为你认不出来了，想不到你一眼就能认出来。过去，你是主人，我是客人。现在你是客人，我是主人。我酒店已安排好了，先住酒店，后吃饭。在阿勒泰，你一切都听我的。听说你身体不好，你在这里好好养养身体！"她接着说，"刚才我跟老李说了，今天咱们一起吃个饭。"

"好啊，今天我也跟老战友叙叙旧。"李永泰笑着说。

"我还以为老李见了我，又像过去一样，找借口要去办公室加班呢！"景叶老师笑嘻嘻地说。

回忆往事，仿佛如昨。那时我们相互通信了半年，相处了一年，每次见到她，我多么想握握她的手，可是哪敢握她的手，直至两人分别，也没有握过一次手。这次，她主动伸出了手，我紧紧地握着她的手，端详着她的面孔，激动得热泪涌出了眼眶。我说："我们永远是好朋友！"

景叶老师说："谁说不是呢？有时连做梦都想呀！"

第二天，李桐找了一个借口，独自去阿勒泰市区转悠，景叶老师陪我逛了阿勒泰市区的桦林公园。回想三十多年前，那时候，我和她有那么多的时间在一起，她是客人，我是主人，我竟然没有邀请她逛过一次公园，没有请她下过一次饭馆，在我的记忆中，好像那时阿勒泰镇大街上没有一家饭馆。那时候，我会拍照，会冲印照片，可是我从来没有帮她拍过一次照，没有留下她年轻时的一张照片。我们走到桦林公园的一条溪流旁停了下来，那是克兰河向北延伸的支脉，我静静地看着潺潺的流水，偶尔抬起头来看一眼景叶老师，正好发现景叶老师也在默默地望着我，好像在思考着什么问题。我仔细打量着她，好像又回到了三十多年前我们一起相处的日子，那时我从心底里喜欢她，可是这种喜欢只能埋进我的心里，永远埋在我的心里。

"你知道，我的青春年华在哪里？"我凝神看着她，低声地说。

"青春都已埋在了逝去的岁月里。"景叶老师看了我一眼说。我看到她眼睛里盈满泪水。

　　我和景叶老师相互对望着，她朝我做了一个鬼脸，笑了；我朝她慢慢走过去，也笑了。我们还像年轻时一样保持着距离，肩并肩地漫步在溪水旁，向着美丽的桦林公园深处走去。

第十章　女战友

身患白血病的病人无论在医院治疗，还是出院回家，心理状态与健康人不一样，他们目光呆滞，见到熟人说话，有时故意离得远一点，有时故意回避，这种心态往往是一个漫长的过程，走出这种心态又需要一个耐心的过程。它不仅需要自我心理调适，还需要亲朋好友的关爱。

当得知我患了白血病之后，我原在新疆部队的战友通过多种方式进行慰问。最令我难忘的是一位女战友，名叫向宏。

三十多年前，向宏刚从地方医学院毕业分配到了部队医院，成为一名最年轻的内科医生。我认识她的时候，她还是一位姑娘，我比她大三岁。她留给我的印象是，特别漂亮，特别聪明，特别善良，特别能干。

三十多年前，我在新疆部队的时候，因阑尾炎发作住进了向宏所在的这所部队医院，我非常要好的战友师天阳在我动阑尾手术时陪在我身边，第二天，他带来一位女战友，这位女战友就是向宏。

向宏说话干脆，脑子活络，一双水灵灵的大眼睛格外迷人。看着就让人喜爱。

"我叫向宏。听师天阳说你俩是好友，和他一起来看看你！"说着，将手里拎的水果罐头放在床头柜上，笑吟吟地说，"住院不要有顾虑。好好静养。我要上班了。改日再来看你。"

我眼睛看着她，点了点头，低声回答："嗯。"

师天阳是这所部队医院麻醉科技师，是我要好的战友，长得帅气，沉稳，精明，干练。他不光麻醉技术高，还有一项本领是摄影特别棒。当时我就想，以后他在摄影方面一定会有大作为的。不久，证实了我的预测，他改行到了机关，专职搞摄影。后来转业到内地一家省报当了摄影记者，不少摄影作品获得全国大奖，成了著名的摄影家。我与他一直保持着联系。我动手术时，他就在跟前。动手术须要打麻药，是局麻，还是全身麻，麻醉师拿不定主意。师天阳果断地说："局麻！"

麻醉师说："人太瘦，麻药打不进去！"

师天阳当即说："去，我打！"

没有等我有什么感觉，麻药就打好了！

向宏来看我时，我刚刚做完手术，被推到了外科病房，躺在病床上动作还不怎么灵便，侧过头来看到一个戴着军帽、身穿白大褂的女军人站在我床前，长得眉清目秀，说话带笑，话音脆声声，我看着她，她正冲着我微笑。此时，我只觉得心里有一股暖流涌遍全身，在这举目无亲的医院，有师天阳和向宏来看我，安慰我，我被深深地感动了。

师天阳买了好多补品和我平时爱吃的东西，千叮万嘱要我这三天躺着不要下床，有事喊护士，或者请护士来喊他。向宏在我床前站了几分钟就走了，她的身影却一直留在我脑海里，她的话却一直记在我心里。师天阳告诉我，向宏是内科医生，她送来了六瓶罐头，还有饼干等食品，花了不少钱。那时候的水果罐头可是稀罕之物，我吃在嘴里，甜在心里。我一辈子都忘不了，我一辈子都感激她。她在我孤单一人住院时，给我买来东西，探望我，抚慰我。

我手术后的第三天上午十点来钟，向宏又出现在我的病床前，她笑着说："小张！你身体没什么不适吧？有事跟护士和医生说。一个人躺在这儿寂寞吧？我给你带来一本书，想家的时候，寂寞的时候，看看书，解解闷。"

"嗯，谢谢！"

"谢啥？都是战友呗！我走了，有事叫我。"

"嗯。知道了。谢谢！"

"好啦，我走了！噢，忘了告诉你，我在内科。我叫向宏！"她怕我没有记住她的名字，又把她的名字说了一遍。说话时笑盈盈的，说完，看了我一眼，笑着转身就走了。

这次她和我说话的时候，我目不转睛地望着她，看清了她的脸，那是一张多么漂亮的脸，说话时脸上挂着笑，眼睛溢满笑。

她一走，我侧身拿起她送来的书，是一本但丁的《神曲》，认真翻看了半个多钟头，仔细体味书中的内容，然后把书本合上了，一合上书，向宏美丽的容貌立即显现在我眼前，她的一举一动，她的每一句话语，都使我激动不已。尤其到了夜深人静的时候，整个病房就我一人，我睡不着时，细细回味她白天说的话，好像感觉爱神就在眼前似的，感到无比的甜蜜和幸福，一种无形的力量鼓舞着我。

我在病床上躺了五天，就下地活动了，刚开始，师天阳过来搀扶着我慢慢地走，到了一周，手术拆线了，到了第十天，我就出院了。

临出院前一天，我去了内科，见到了向宏，说："向宏，我明天出院。谢谢你！"

向宏大大的眼睛望着我，朝我笑了笑，说："晚饭后去我宿舍，听我们唱歌，看我们跳舞。我们宿舍楼在门诊楼对西。我在宿舍等你。"

傍晚七点多钟，我如约而至。

宿舍里住着六个姑娘，姑娘们像小鸟一样叽叽喳喳，个个一展歌喉。

"来，给大家介绍一下，这是张圣。"向宏见我走进她们的宿舍，向姑娘们介绍说。

姑娘们只是用眼睛看了看我，也看了看向宏，算是对我这个不速之客的回应。

一会儿，她们边唱边跳起了舞蹈。宿舍里就我一个男的，我不会唱，也不会跳，静静地坐在那儿。姑娘们动听的歌声，婀娜的舞姿，出神入化的表演，深深地吸引了我。

向宏唱完一首歌，微笑着说："小张，你也唱一首歌。"

"我不会唱。"

"那和我们一起跳个舞吧！"

"这我更不会了！"

"关辛，你来陪陪小张，我去唱首歌。"向宏招呼一位个头相对比我高的姑娘，让她来作陪。

"向宏，你也真是的。还是你陪吧！"关辛看了我一眼，低着头，扭扭捏捏的，蹭着走过来。

"好吧，来张圣，我教你跳舞。"向宏见关辛不太好意思，便大方地邀请我和她一起唱歌跳舞。

"我真的不会。"听到向宏又要叫我唱歌跳舞，我好像一个羞涩的少女头一次碰到一位英俊的少男似的，满脸通红，一身透汗，不敢表演，只好推托不会。

聪明的向宏笑着说："以后慢慢学学呗。"

这时候我仔细端详着向宏，她身材苗条，脸容恬静，长着一双明亮的大眼睛，说话神态自然，未话先笑。我暗暗思忖："这么好的姑娘，具有花儿一般的诱人，具有仙女一般奇妙的魅力。"

时间不知不觉地过去，很快到了熄灯的时间了，我从向宏宿舍出来，心里感到尤其兴奋。我第一次和那么多的姑娘在一起，第一次看到那么多活泼可爱的姑娘，心里特别开心。当晚我躺在床上，想着明天我就要出院，想着刚才和向宏她们一起度过的欢乐时光，幸福感油然而生，久久不能入睡。

一个月以后，我随机关工作组去医院检查工作，我抽空专门到内科看望了向宏。这时我们已经成了熟人了，说话也随便了许多。周围就我们两个人时，她突然问我："有没有对象？"

"有！"我轻声地回答。

"在哪儿？怎么样？"

"在老家，四个多月不来信了。估计不成了！"其实，我那时候老家恋爱对象的吹灯信早已经在路上了。几天以后，我从医院回到机关，就看到了断交信。

"不行算啦。我帮你介绍一个。"

我看着她，鼓起勇气问："你有没有对象？"

向宏脸红了，说："有。"

"在哪儿？"我接着问。

"在乌鲁木齐！只见过一面。"她低着头回答。

"做什么的？"我像查户口一样直截了当地问。

"中学教师。"她轻声地说。

一听说她有对象，而且是中学教师，我就不再说下去了。

　　转眼之间到了国庆节，向宏休假回家，路过机关跟我说，让我国庆节去她家玩，她将她家的地址告诉了我。我答应她 10 月 1 日下午去她家。

　　第二天就是 10 月 1 日，那天上午，我乘坐火车去了乌鲁木齐，下午四点多钟，我去了向宏家里。向宏穿着军装，在家里等着，见到我，一脸的笑容，她的父母亲正在做饭。向宏让我参观了她的房间。五点多钟，太阳还老高呢，向宏戴着军帽，对我说："小张，走，我们到大院里走走吧！"

　　在树荫下，就我们两个人，她看了我一会儿，似有话要对我说，然后低着头，声音低低地对我说："小张，我——我年底就要结婚了。"

　　我愣了一下，望着她说："向医生，我衷心祝愿你们幸福！"

　　向宏半晌没有言语，低声而羞涩地说："小张，我也祝你早日找到如意的姑娘！"

　　不久，向宏带信给我，让我去她单位，她帮我介绍了一个对象。

　　姑娘名叫关辛，就是上面提到过的那位姑娘，跟向宏是一个部队医院的，又同住过一个宿舍，干部，个头比我略高一点，长相还可以，年纪比我小两岁。说实在的，当时，我心里喜欢的是向宏，但是因为听说她有对象，就只好把喜爱之情埋在心底，没有表露出来，加上天生不善讲话，没有鼓起勇气对向宏表露心声。为此，我那时候心里常常责备自己太傻。经过向宏介绍以后，我和关辛单独见过几次面，关辛坦率地告诉我，她不喜欢我，她还说凡是不了解我的女孩，肯定和我谈不成的。因为我也没有看上她，就没有问她哪里看不上我。其实我心里很清楚，看不上我的原因是我个头矮，不善于口头表达，人老实，但我自己知道我有一颗善良的心，不会欺骗任何一个姑娘，起码姑娘和我交往是安全的，嫁给我将来不会差到哪里去的，我自知将来虽然当不上大官，但对家庭会非常负责，在外不会寻花问柳，在家什么活都会抢着做的。我觉得如果有哪位姑娘能够看上我，那是她好眼力，好福气。俗话说，强扭的瓜不甜，既然人家不愿意，也不能勉强。后来，她调回了内地，去了两年老山前线，搞战地救护，表现积极勇敢，荣立了二等功。

　　她调回老家和从前线回来，分别给我写过信。她从前线回来给我写的信还是我部队转来的，那时我在北京一家中央新闻单位进修，我给她回了信，她很快复信说近期和她妈回老家看看，看看大海，顺便来北京看我。信尾问我有没有找到对象，有没有结婚。我又立即给她写了信，我告诉她我年初结婚了，我妻子对我非常好，是个有学问又通情达理的好姑娘，我妻子最近说也来北京，我在信中提到过你。你们可以见见面，我妻子一定非常喜欢你的。关辛本来说好要到北京来看我的，可是她始终没有来北京看我。她本来回老家可以找到一个称心如意的小伙子的，可是战争让她失去了两年多时间的机会，这两年多时间对她来说是最最宝贵的黄金时期，她却失去了。这一拖她的年龄又大了几岁，到了二十七八岁年纪了。不知她后来有没有找到合适的对象。我们以后再也没有联系了。

这里有一个插曲。一位部队干部的家属听说我老家的对象来信吹了，在部队也没有找到合适的对象以后，帮我介绍了当地邮电局的一个姑娘。姑娘比我小六岁，个头一米六五，长得确实漂亮。二十周岁，大学毕业，心直口快。她的父亲在一个县里当副县长。那姑娘跟我见面后慎重考虑了半个月，然后确定与我谈恋爱。我们第二次见面的时候，她当即给远在几百公里外的父母亲打了电话，介绍了我的情况，她说凭直觉感到我人挺好。姑娘的父母亲当即回话，终身大事由她自己做主。她认为小伙子好就好。姑娘边打电话边看着我，脸上显出一丝绯红。看着姑娘天真无邪的神色，我心里感到甜甜的。我觉得姑娘各方面挺好。转眼到了年底，家中来信说，我的母亲不同意我在新疆找，一定要让我回老家找。我依了我母亲的意思。我们虽然谈了几个月，总共见过三次面，相互没有握过一次手，但在我的一生中，我总觉得对不住那位姑娘。

三十多年后的今天，当我躺在病床上随时报病危的时候，我在病中偶然想到这件事，感到说不来的惆怅，我常常感到对不住这位美丽善良可爱的姑娘。一天夜里，我梦中见到了她，她站在我病床前，久久地望着我，没有说一句话。我喘着粗气，气急得话都说不出来，我也睁着眼睛看着她，我心里重复着说："你是一个美丽善良可爱的好姑娘！你是一个美丽善良可爱的好姑娘！"

她定神看了我好一会儿，凝视着我两手插着针的手，她突然抬起头来看着输液袋的药水一滴一滴往下滴，又低下头来看着我由于挂水肿起来的手，还是没说一句话。

"你是一个美丽善良可爱的好姑娘！你是一个美丽善良可爱的好姑娘！"我望着她，又一次重复着说。

此刻，她伸了伸手，我似乎感到她要摸我的手，可是她没有，猛然转身离开了。我一怔，哦，我原来是在做梦。唉，我怎么啦？我那时候怎么会那样做呢？在她心中，我是她第一个男朋友，我那么做会对她产生多大的伤害啊！我不知她后来结婚没有？找的丈夫是否称心如意？家庭是否和和美美？但愿她家庭幸福美满！我衷心祝愿她终身快乐、健康平安！

向宏结婚之后不久就调回了乌鲁木齐一所部队医院，从此杳无音信。

光阴似箭，不觉一别三十多年。一次我给师天阳打了电话，询问他有没有向宏战友的联系方式，他随后用短信将向宏的手机号码发给了我。那天是星期天，我先给向宏打了电话，我们又联系上了。

我自从患了白血病以后，有一年多时间没有给向宏打过电话，发过短信，也没有加她微信，虽然躺在病床上，有时也想到她，想到自己再也不能跟她通电话了，再也不能跟她见面了，心中不免有一股淡淡的忧愁，有一种无可言状的遗憾。

这三十多年，我虽然也有感冒发热，但是这是很正常的事情，每年的体检一点问题都没有。这一次生病前三个月的体检，身体也是好好的，各项指标都在正常范围之内。大家都羡慕我走路风风火火，出差一天能坐车或者开车一千多公里不觉得累。怎么突然查出个白血病，几乎是要命的病呢？我躺在医院里，面对病魔缠身，一时不能接受，情绪一落千丈。

我从头年一月患病，到第二年的夏天，患白血病已经有一年半时间了。这一年半中，我痛苦地挣扎着，煎熬着。一天，我刚刚出院回家接到了向宏打来的电话。聪明的向宏传来了娇柔的声音："小张，我是向宏。你在忙什么？好久没联系了！"

"哦，我生病了。"接到向宏的电话，我心里非常开心，虽然还要治疗一段时间，但是这时候总算度过了危险期，总算能够和她讲话了。

"哦？什么病？"从她回话的语气听出来，她心里非常着急。

"血液中的毛病。"我说。

"要紧吗？要不要给你寄点东西来？"看似一句普通的问候，包含着她的多少关切。

"现在好了！不用了！谢谢！"我怕她心里焦急，第一次说了谎话，让她宽心。其实还没有治好，还得有一个漫长的治疗过程。

"好，那好。我就不寄了！小张，你多保重！"

三十多年了，向宏还像当年做姑娘时那样关心我，她的每一句问候都使我激动不已。多么善良多么聪明的战友啊！她的话温暖着我，也使我增强了不断与病魔抗争的信心。

大约又过了半年，我加了向宏的微信。有了微信，她就像亲妹妹对待亲哥哥一样地关怀我。

她是个内科医生，却又像一个心理医生，懂得一个重病病人各个阶段需要不同的帮助。

我在病中，她发来微信，讲述有关红军长征的故事，让我体味故事的精髓，发扬红军长征的精神。红军遇到千难万险都不怕，我遇到病魔怕什么？

我性格内向，有时难免想不开，她发来微信：有病不要有精神负担，天天开心，千万别生气，凡事都要看开些。祝战友树立战胜疾病的信心！相信一切都会好的！祝健康快乐每一天！

当我治疗结束身体康复的时候，她发来微信：祝贺战友以顽强的毅力战胜了病魔！我给战友您点赞！重获新生，更懂得珍惜。战胜疾病，更懂得健康的重要。今后一定要养成良好的生活习惯，做到不熬夜、不生气、笑口开、好心态。

我喜欢写作，几十年来养成了熬夜的习惯。我虽然没有跟她说过，但凭着她的聪明才智，一猜就猜到了。看了她的微信，为了不负战友的期望，我再也不能拿自己的生命开玩笑了，自己定了个时间，最晚不得超过10点，到点就关机熄灯。

我经过了几次大的化疗，虽然身体好了，但仍很虚弱，手指和脚趾麻木疼痛，住院期间，也有病人与我情况一模一样。医生回答这一症状应该跟疾病本身没有关系。向宏整理了一套中医养生术，用微信发了过来：有中医按摩疗法，有拍打穴位疗法。我综合她发的中医按摩和拍打疗法，每天坚持做两至三次，半年后，症状明显减轻了。

患白血病的我，说精神上没有负担是不可能的，有时还是有一点，为了调节我的情绪，她发来微信：战友您好！建议您多学学唱歌，有氧运动唱歌是第一位的，抽空小声试着唱，动静结合地锻炼身体。祝健康快乐！

我天生五音不全，歌唱不好。她找了个"八一"建军节的由头，给我作了示范，发来了都是我喜欢听的经典歌曲：《打靶归来》《怀念战友》《英雄赞歌》《最美还是我们新疆》，等等，我只要一有空就跟着她唱，尽管单独唱还是不会，但跟着她唱，心里有一种甜蜜幸福感。有时候，躺在床上睡不着的时候，心中默默地哼着她唱的歌，就不知不觉地睡着了。她还整理了唱歌有十多种好处的信息发给了我，要我唱了歌发给她，她来帮我点评。我唱不好，自然也不好意思发给她。用她的话来说，开心就好！

到了逢年过节，或者月底月头，向宏都会提前发来微信祝福，这里摘录一条祝福语：一天又一天，一月又一月，不变的是我对您的祝福和问候。愿我的战友每时都平安、每刻都快乐、每分都如意、每秒都幸福！

读着远方女战友发来如此美好的祝福语，我心里比吃了蜜糖还要甜，感到特别高兴。我常常想，在那遥远的地方，有向宏那样的女战友时刻关心着我，我更应该克服疾病带来的痛苦，重新振作精神，不背思想包袱，好好锻炼身体，每天开开心心、快快乐乐。

她有时见我几天没有回音，估计我又有什么想不开了，在微信上有语音留言："战友，开心就好。到了我们这个年龄了，还图什么呢？只要开心。好了，我不多说了。今晚时间不早了，您早点休息。祝您做个好梦！"

我反复听着她的语音留言，心里开心极了。

有时美好的祝福就是那么神奇，那天夜里一位身穿军装的女孩子笑着跳着向我跑来。我身穿军装站在那儿一动不动，还没看清是谁，女孩已到了我跟前，笑着说："小张，是我呀！我是你战友向宏。"

"真的是您吗？哦，向医生，我们又见面啦！"我心里非常喜欢她，但就是说不出口。

"你看乌鲁木齐美不美啊？走，我带你逛逛去吧！"

"好啊！好像前面有条河，走不过去！"我急了，"怎么办？"

我一下惊醒了，原来我是在做梦，梦中我又见到了向宏。

我醒来后再也睡不着了。

记忆就像变戏法似的，让我回到了年轻的时候。

我从上高中开始就很少跟女同学讲话，一见女同学，我就不晓得说什么好，久而久之，见了女孩子不说话，或者很少说话。因为我在初中毕业时，就有了对象了，那是我东宅樊家妈妈做的媒，女孩是她的侄女。此事我在前面已作了大概交待。女孩初中毕业就不再上学，下地干活了，我高中毕业考大学差几分落榜了，当年去了部队。女孩自然前往县城送行，见我手中拎的大提包里全是高中课本和复习资料，便悄悄买来绳子捆了几扎，这样书本就整齐地躺在我的提包里。到了部队，别人休息时，我就看书，当了三年兵，我把带去的课本和复习资料，烂熟于心，准备退伍回家以后继续考大学。

第四年探亲时，我看到自家宅前虽有几堆砖头，但真要砌两间屋，还差得远呢，再说其他建筑材料啥都没准备，也买不起。我心里想，如果没有两间新房子，那么这个对象迟早会吹的。第三天我去了女孩家，女孩家里请了好多亲戚，吃过午饭，我准备回家，女孩突然问："有希望提干吗？"

"没有。"我低着头说。

"那考军校呢？"女孩又问。

我回答："有名额限制的。一个连队只有一个名额，想都不要想。年底退伍了。正月十四我返回部队，你要是有空的话，来我家送送。"

听我说完话，女孩便转身走开了。我见她脸上很不高兴的样子，知道这门亲事肯定没戏了。我探家刚返回部队，就收到她的来信，提出要跟我分手。我心里明白，不到一年我就要退伍了，退伍回家，结婚没房子，干活没手艺，个头又瘦小，凭啥么本事养活人家呢？她提出来跟我分手是现实的。这确实不能怪她。可是，分手不到一个月，我时来运转，考上了军校，毕业后成了一名军官。没有对象，天高任鸟飞，正好发奋苦读，勤奋写作，没人干扰。当初当战士的时候，感觉自己年纪大了，现在当了干部，不但不觉得年纪大，反而感到变得年轻了。我心里清楚，现在我要找对象，余地更大。……

"唉，人啊，在病中，往往会回忆过去，想到现在。"我长叹一声。

我与向宏虽然分别了三十多年，但是我每次收到向宏的信息，就像年轻小伙子第一次和女朋友约会似的，兴奋不已。

夜深人静，我只要闭上眼睛，向宏身穿军装的身影就会浮现在我眼前。

三十多年前，向宏第一次出现在我面前，她像天使般美丽，在别的姑娘没有主动和我说话的时候，她却鼓起勇气跟我说话，这需要有多大的勇气啊。这是怎样的一种情感啊？见了面，她总是问："最近又有什么作品发表吗？"这句话看似普普通通，却包含着多少激励和期待啊。那时，我每天写一篇，发一篇，成了多产的新闻干事。早晨部队出操时，正是新疆人民广播电台早新闻节目时间，有一段时间，新疆人民广播电台几乎每周都要播发我的一篇新闻稿件，《解放军报》等各大报纸上也经常刊登我的文章。隔一两个月，我去医院采写新闻，总是先到内科找向宏，其实是想看看她，跟她说说话。她见了我，总是脸上露出女孩子见到男孩子时那种特有的羞涩。我喜欢默默地望着她，喜欢静静地听她讲话，虽然有时只有短短的几分钟，没说几句话，但是哪怕只见一面，心里也就满足了。

三十多年了，我时常想念她。我患了白血病，她知道了，也时常牵挂我，我们加微信一年多时间，她给我发了三百多条信息，每一条信息都是满满的正能量，从医学常识到心理疏导，内容包括许多方面。她每时每刻都在祝福我，祝我健康！祝我快乐！

她心地善良，她心境高尚，她洁白无瑕。

我在部队能够遇到向宏战友，是我前世修来的福分。

后来，她从乌鲁木齐出差去上海，绕道专程到通仁医院来探望我。我们回味当年在部队相识时候的情景，仿佛又回到了激情燃烧的青春岁月。她望着我，望着我被病魔折磨得羸弱的身体，眼眶盈满泪水，说："张圣，一别三十多年，今天终于见到你。真高兴！"过了好一会儿，她又说，"你病了，怎么不早点告诉我呢？我要是早点知道，就会早点来看你的。为你加油，鼓劲。"

"战友们都想着我，几家战友的家属还经常给我做了饭送来。"我说。

"你住院吃了不少苦。要是离得近，我也会给你做饭送来的。"她看着我，轻声地说。

我望着她，默默地望着她，她年轻时的身影又浮现在我眼前，我在部队住院时她给我送东西送书的情景历历在目。那时我们都年轻，我是多么喜欢她。三十多年后的今天，我们都老了，皱纹爬上了我的额头，也爬上了她的额头。我想对她说："那时候我是多么喜欢你。"可是，我始终没有将我憋在心里的话说出来。

她见我一直在看着她，知道我想说什么。她也一直在盯着我看，生怕我从她的视野里消失。她长长地叹了一口气，低声地说："我们那时候，跟人家见了一面，就算定了终身。要是现在，是不可能的事。"

我无不感慨地说："是的。我们那时候就是这样。"我几乎重复着她说过的话，然后说，"向医生，你还像以前一样年轻漂亮！"

向宏用手指了指自己的额头，对我笑了笑，似乎有点伤感地说："远看还行，近看满脸皱纹。老了！但愿我们都保持一颗永远年轻的心！"临别，她说，"等你治愈出院以后，到乌鲁木齐来住一段时间。"

"我是死里逃生，躲过一劫。我们医院血液科刘虹主任说我的病已经治愈了。不过恢复还得有个过程。真是谢天谢地。"

"见你气色蛮好，我就放心了。老战友，再见！"临别，她久久地看着我，握着我的手。我妻子李桐再三挽留，她却执意要走，饭也没吃就走了。

多年以后，我退休了，向宏也退休了。我在妻子李桐的陪同下，去了新疆，又见到了向宏。我们几十年纯洁的战友情谊，自然不必赘述。

我在上面提到过的，用刘虹主任的话来说，从此以后，我可以少去医院了，这意味着我已经完全脱离病魔的纠缠，恢复健康了。

说到这里，我就像在舞台上演话剧一样，也该转场了。在我重新拉开帷幕的时候，你一定会想象我接下来在小说中会讲些什么，我也就不卖关子了。下面我不再唱主角，以一个旁观者的身份，来叙说我的病友们。说到病友们，不能不说到他们的家人，也不能不说到为他们精心治病的医生们和认真护理的护士们。

第二部

最初，家属们紧张，痛苦，呆讷，喘不过气来，转而变得坚强和刚毅，只需要一瞬间、一闪念。亲情，仿佛赋予神力，他们不顾一切地往前冲！

家属是一棵参天大树，支撑着一片蓝天！

病人内心悲苦，脾气火爆，渴求生的欲望，但感到无力自助；家属们寸步不离，陪护身旁，有时强忍泪水，有时默默无语，有时细语绵绵。我由衷地为家属们感到骄傲！

当我们躺在医院病床上的时候，才感到家属的伟大！

我静默地祈祷：

走向天堂的病人，你们一路走好！

延缓生命的病人，你们要坚强面对！

趋向康复的病人，你们要打消顾虑！

已经治愈的病人，你们要珍惜生命！

身患白血病的人们啊，当你离开医院血液科的时候，不论你走向何方，命运注定让你成为神仙。苦难已经过去，幸福已来敲门！

第一章　叫我怎么活

第一天

我刚住院时，住进了一个两人间的病房，病房里有一张层流床，靠近窗边，为了跟外界隔离，防止外人的细菌带入病房感染病人，按照刘虹主任的嘱咐，我住进了层流床。在我看来，在我家的李桐看来，住进了层流床，就仿佛进了保险箱。那时候，我早已听天由命了，李桐心里似乎要踏实一些，她坚信我的病一定能够治得好的。还有半个多月就要过春节了，来医院看病住院的病人越来越少了，大家都在家准备过年了，所以不到万不得已，是不会去医院看病的，除非病重得非看不可。在我病床的北边有一张床，一个病人出院几天了，还空着，那几天正好也没有重病人来。我一人住一间病房倒是清静。我当时属于高危病人，是医生和护士重点关注的对象。在医生眼里，我还没有脱离病危。我虽然是个危重病人，鼻子里接着氧气进行呼吸，但神志清醒，旁边人说的话，听得明明白白，旁边人的一举一动，看得清清楚楚。

那时我住院化疗结束没几天，是最危险的时候，白细胞、血小板等几项指标都在往下跌。

一天下午三点多钟，进来了一个小伙子，小伙子在众人的簇拥下，从门口挤进了病房，被抬到了床上。

小伙子不停地哼着："痛——痛——痛！"

小伙子的后面跟来了一大群人，把本来不宽敞的病房挤得水泄不通。大家七嘴八舌地说这说那，人多嘴杂，不知说什么，只见有的手里拿着脸盆，有的手里拿着衣服，有的手里拎着鞋子，脸色慌慌张张，乱糟糟的。其中一个汉子、一个妇女与一个二十多岁的女孩更是心慌意乱，六神无主。

"现在住进了病房，总算安神了。"众人好像松了一口气似的。

"病人马上做骨穿。"病人刚进病房安顿好，蔡尚峰医生快步走进病房，看了一眼刚进来的小伙子说。在他后面还有两个身穿白大褂的实习医生。骨穿几分钟就做完了。

医生刚走，护士周晓芳就来帮小伙子量血压、抽血。接着遵照医嘱，又迅速给他进行了输液和输血。

"多亏大家帮忙！多亏大家帮忙！"医生刚走，一个年纪五十多岁的汉子面容憔悴，垂着头，嗓子嘶哑，声音低低地招呼着。

那汉子中等身材，弓着背，穿着一件深色的半新不旧的羽绒服，脚上穿着一双沾满泥土的胶鞋，显然是刚从地里干活回家还没来得及换就走了。看样子他是小伙子的父亲。他一会儿走到小伙子床边，问要不要吃点东西，一会儿叫大家回去，他留下来可以了。看来大家不想让小伙子知道他自己的病情，那么小伙子的病肯定有麻烦，或者是不治之症。遇到这种情况，大家即使说话，也是非常小心谨慎，生怕病人听到了，一时接受不了，有眼泪也背着病人流，生怕病人看到了，心里承受不了。

"年纪恁轻，病咋那么重？"一个小时以后，检查结果出来了，蔡尚峰医生看了一惊。小伙子患的是急性白血病，各项指标显示病情非常危急。随即，蔡尚峰医生快步来到了病房，把小伙子的父母和妻子叫到了办公室，将这一结果告诉了他们。最后蔡尚峰医生说，"病人病情危急，我们医生尽力救治，你们要做两手准备。"

三个人听了医生的话，好像一下子被人打懵了似的，立时怔怔地呆立着，好一会儿才缓过神来，有气无力地回到了病房。大家知道这一结果以后也都傻眼了，谁都不会相信这是真的。

"你回去吧，地里好多活没干。我留在医院，陪着孩儿。"一个五十多岁的妇女对那个汉子说。她身高不到一米六，眼睛红红的，看上去刚刚哭过，说话时带着哭腔。

"这几天地里活就不要管了。你回去，孙女还寄放在邻居家里，回去带些换的衣服来，顺便也把她带来医院，让她爸见见。这边有事我好照应。"中年汉子执意要留下来，说着背对小伙子，泪水忍不住涌了出来，走到我床边问我借纸巾擦了擦眼泪。

小伙子仰天躺着，不时地呻吟，根本顾不了病房里的人和事。

责任护士周晓芳来病房帮我换药水，看到这么多人，对病人有影响，轻声地微笑着说："病人家属留一两个人行了，用不了这么多。多了，对病人不好，病人容易受到感染的。"

人们听护士周晓芳一说，起初并不在意，后来有人买来了口罩。大家都戴着口罩，有的站在门口，有的站在病房里。来回往小伙子床前瞅，一一向他打招呼，嘱他好好治病，说完都识相地走到病房外边去了。离开病房的时候，有的内心郁闷，有的说话带着颤音，有的忍不住哭出声来。小伙子望着离去的亲人和熟人，没有说一句话，眼泪从眼角边滚落下来。他心里明白，虽然医生没讲他得啥病，家里人没讲他得啥病，但他凭直觉晓得自己的病很重很重，这次进医院肯定凶多吉少，他看着每个跟他打招呼的人，开始茫然地点点头，最后连头都点不动了，他内心多么舍不得让大家走啊。

"爸，你先在医院陪着。我和妈回去。我拿些换的衣服就来。"一个二十多岁的女孩在人群中钻出来，穿到中年汉子身边说。然后，她又走到病床边，拉着小伙子的手，眼泪止不住地流了下来，哽咽着对小伙子说，"听话，我回去一下，拿点东西就来。爸在这呢。"

"嗯。"小伙子顺从地点点头，但又拉着年经女孩的手久久不放。

刚才叽里呱啦的病房里突然变得沉寂了。

小伙子名叫范军华，滨县人，刚好30岁，个头约有一米七八，脸色黑而灰暗。脸色特别不好，少见的难看。如果没生病的话，他在农村绝对就是个标准的帅小伙。那个汉子是范军华的父亲，名叫范文革，52岁；那个妇女是范军华的母亲，名叫钱锦兰，51岁；那个二十多岁的女孩是小伙子的妻子，名叫黄蕾，27岁，连港县人，娇小瘦弱，说着普通话，从外表看好像刚刚二十出头。范军华刚才来医院的时候，是一个村民组的村民帮忙开车送来的。

"病人家属，你们准备一下，让病人躺好，等一会儿打PICC。插左手！"责任护士周晓芳帮我换好药水以后出去了，不到半个小时又走了进来，说话面带笑容，眼睛看着范军华，对范文革说。

范文革还没有反应过来，看着护士周晓芳，一脸茫然，嘴里"嗯"了一下，算是答应了，随后走到范军华身边，左手牵着他的手，右手托着他的背，把他的身子轻轻地慢慢地小心地扶了正。

范军华望着父亲，又望望护士，嘴里连声哼着："爸！我怕！痛！"

范文革就像哄三岁小孩似的说："不怕，噢！听话！"

范军华抬眼看看父亲不做声了。

范文革马上背转了过去，眼泪止不住地往下滴。

刚打完 PICC，范军华就抓着父亲的手不愿松开。过了好一会儿，他又痛苦地呻吟着说："痛——，痛——"

范文革跑去叫来了医生。

蔡尚峰医生走到范军华床前，问："范军华，你哪里不舒服？"

范军华睁大滚圆的眼睛，定神地看着医生，没有立即回答，过了一会儿才挤出了两个字："痛——！痛——！"

蔡尚峰医生，大家称他蔡主任或蔡博士，但是人们习惯上称他为蔡博士。在他后面跟着一帮医大的实习生，有男的，有女的，穿着清一色的白大褂。他详细询问了范军华的病情，取下听诊器在范军华的胸部背部认真地听着，一会儿皱着眉头，一会儿又摇摇头，然后轻声地对实习生说："通知护士接氧气！把监护仪拿来，昼夜监测！"

第二天

昨晚，一夜风雨。冷雨不停地打在窗玻璃上。听着窗外的雨声，我心情更加烦躁不安。晚上睡觉时，李桐将靠近右边的隔离布帘拉上了。如此一来，我和范军华之间仿佛有一道天然屏障似的隔了开来，他看不到我，我看不见他。

天亮了，我看着窗外，天上密密麻麻的雨滴像蚕豆似的落在水泥露台上，跳得足足有三十多厘米高。大家都说："这雨，好大啊！"我心里想，人生了病，雨也跟人过不去似的，下这么大，存心不想让人活啊。

这时从范军华那里传来很大的凄惨的声音："痛——痛——痛——"

黄蕾昨晚回到家，整理好衣服和日用品，由邻舍帮忙开着面包车冒着大雨送来医院。黄蕾到医院时已经是后半夜三点多钟了。为了不影响我睡觉，黄蕾蹑手蹑脚，悄声走进病房。此刻，她正坐在陪客用的铁椅子上，打着盹，听到范军华的叫喊声，醒来了，摇摇摆摆地走到他跟前，坐在床沿上，双手抓住他的手，轻声地说："军华，不闹！忍着点，哦！你看人家一句话都不哼，坚强点！"

黄蕾显然不是说别人，而是在夸我，我心头一热，确实，从住院到现在经历的痛苦，只有我自己清楚，化疗后人很痛苦，虽然有时吃不下饭，跟李桐发发火，但嘴里从来不哼一声。

我从隔离布帘的缝间处看到黄蕾低着头，顺口接住黄蕾的话说："我化疗后，人很难受，但咬咬牙挺过来了。"

见我说了话，范文革和黄蕾转过脸看着我，感到惊奇，脸上仿佛拂过一丝希望，公媳俩希望能从我那里得到他们想得到的救治范军华的灵丹妙方。此后好长时间，范军华也不再叫喊痛了。黄蕾问我："化疗能治好这病吗？只要能救我们家军华一命，我们也要化疗！即使再痛苦，再多么难受，我们也要化疗！"

我糊里糊涂地说："这我不清楚。要问医生。"

早晨八点多钟，医生查房开始了。今天的查房先从我们病房进行。刘虹主任来查房了，她走在最前面，所有当班的医生和实习生都跟着，刘虹主任先走到我床前，详细询问我的病情，然后吩咐李桐需要注意的事项。

接着，刘虹主任走到范军华床前，抬头一看范军华，仔细询问了病情以后，立即对他的病情作出了分析，并且对他患的这种病进行了解释。大家手里拿着小本子，将刘虹主任讲解的重点和要点记录下来。

刘虹主任对范文革说："为什么病人拖了这么久才来？范军华的病很重，需要随时观察，不能马虎。用药要适量，这几天如果能够控制最好。"

刘虹主任用听诊器在范军华的胸部和背部仔细听着，然后让范军华张开嘴，细心观察，冷静地说："做个拍片检查，出去病人吃不消，来病房做。另外，有一种化疗药，农保可以报一部分，可能报百分之七十左右，也不少了。为了帮你们节约开支和及时能够报销，你们自己填个申请，帮你们办理农保补助费用。你们自己给医保中心打个电话，告知病人的姓名和入住的医院，然后从手机上申请。这样可以省点钱。"

雨，还在不停地下着。医生的查房，似乎给黄蕾带来了一丝希望，更多的是无奈。医生走了以后，她悄然落泪，立即给远在江南的妹妹打了电话，说："你姐夫住院了。在江海市通仁医院，很重。"话说了一半，说不下去了，泪水伴着哭声，哽住了。

"姐，姐，你不急，我马上请假过来。"电话那头传来黄蕾的妹妹焦急的声音。

黄蕾刚刚缓过神，护士进来催促："住院押金倒欠了，赶紧去缴，不然上午的药要停了。"

范文革呆若木鸡地站立着，自言自语地说："昨天刚缴了一万，这么快就没了。"过了一会儿，对黄蕾说，"我去缴。"

黄蕾擦干了眼泪说："爸，我去缴。你找不到地方的。"

范军华听说要缴钱，眼睛睁得滚圆滚圆，看看父亲，看看黄蕾，刚才还在喊着"痛"的，突然不叫了。

大家都不明白范军华什么意思，还是黄蕾最了解，说："平时，他最怕花钱了，挣了钱啥都舍不得花，特别节约。"

这时，护士周晓芳进来给我们输液了。我问护士周晓芳："旁边床上得的什么病？"

"蛮重的。"她恪守护士的职责，对病人的病情，没有向我透露。

黄蕾缴完押金回到病房，我问她："你丈夫什么时候起病的？怎么这个时候才来医院呀？我也拖了三个月才来的，不然不会这么重的。"

范军华在滨县一家私营企业打工，帮老板开车，月薪三千多元，下班后兼带一份帮人开出租车的工作。平时舍不得吃，舍不得穿。一个月前，他下班回家感到全身不舒服，以为累了，休息休息会消除疲劳的，一直没去医院看医生，照常上班，还是起早搭夜替人开车，直累到趴下。傻啊，傻，真傻！

二十多天前的一天凌晨，范军华替人开出租车下班回到家里，脸色乌黑，双手捂着肚子，痛得躺在床上嗷嗷叫。黄蕾陪着去了附近的镇医院，当时想挂几天水会好的，医生头痛医头，脚痛医脚，病人说哪里不舒服，就看哪里，住了半个月，不但不见好转，病情反而一天比一天重，感到再不到大医院看，眼看命快没了，这才想到转院。没想到，到了通仁医院，医生说病得很重了，随时报病危。

这天上午，范军华看到黄蕾坐在椅子上歪着头打瞌睡，嘴里不时发出"痛！痛！"的痛苦的呻吟。范文革不时地来回跑去叫医生，医生看到病人痛苦的症状，开出了医嘱。范军华还是一个劲儿地喊痛。

黄蕾急得背着范军华直掉眼泪，她擦干了眼泪，表面看着很平静，走到病床前，坐在床沿上，双手捧着范军华的脸，轻声说："听话，忍着点，你看人家一声不吱，学学人家。"

范军华看看黄蕾，再侧过头看看我，不做声了。

范军华和黄蕾育有一个女儿，名叫范晓，才6岁。中午十二点多钟，钱锦兰带着范晓坐着邻舍的车来了。小家伙个头小小的，人很机灵，走进病房，直奔床前，拉着范军华的手，看着范军华鼻子上插着氧气，既懂事又好奇地问："爸爸，疼吗？"

这时，范军华的左手在挂水，他始终不知道自己的病情有多重，父母与妻子谁都没有把病情告诉他。医生因家属的要求，也都没有把病情告诉他。因此，他始终不知道自己得的是什么病。看着女儿粉嫩嫩的小手，听着女儿的问话，没有说话，只是点点头，然后又摇摇头。女儿那么小，作为父亲，范军华能说什么呢？他定神看了看女儿，眼角淌着眼泪，有气无力地说："晓晓，好孩子，爸出院以后陪你出去玩，给你买好多玩的东西。哦！"他说着，又痛得直皱眉头，感到自己吃不消了，立即叮嘱说，"晓晓，你以后要多听妈妈的话。"

一个6岁的孩子哪里懂得自己爸爸的病是重是轻呢，她只是看到自己的爸爸眼角淌着泪水，她用双手把爸爸的眼泪揩了揩，说："爸，不哭！我以后听话，不惹你生气了。我生病去医院打针时老害怕，老是哭。你说好孩子不哭，不怕疼的。"

过了一会儿，范晓跑到黄蕾身边说："妈妈，我饿。"

自从范军华住进医院以后，范文革在医院没吃一顿饭，钱锦兰在医院没吃一顿饭，黄蕾在医院没吃一顿饭，当然也没有顾上去超市买食品，所有人的心思都扑在救范军华身上。黄蕾捋着女儿的头发，抚摸着她的小脸，眼泪在眼眶里直打转。女儿似乎觉察到了什么，说："妈，你哭了。妈，你不哭，我不饿。"

李桐见此情景，立即拉开病房的衣柜门，拿了一包饼干悄声地送给了范晓。

听着女儿的话，黄蕾再也控制不住自己，将女儿紧紧地搂在怀里，泪如雨下。女儿看到妈妈哭了，也跟着哭了起来。哭声引来了护士，引来了外面多个病人的家属。大家同情地劝说着，关怀着。钱锦兰是个老实巴交的农村妇女，见儿媳妇和小孙女哭个不停，也跟着淌眼泪。范文革见到大家都在哭，转过身，低着头，一句话都没说，眼泪也像断了线的珠子似的淌了下来。范军华也在无声地淌眼泪。

病房里，一家人都在哭！

下午四点多钟，雨还在叮咚叮咚地下着。

"这么多人在这不方便，晚上范晓也没处睡，钱锦兰，你带范晓回家吧。明天再来！"范文革见邻舍就要走了，对老婆钱锦兰说。

于是，钱锦兰领着范晓，乘着邻舍的车回家了。临走时，范晓甜甜地叫了一声："爸爸，爸爸再见！"

范军华看着女儿走出病房，吃力地伸出右手，想抬抬不起来，手左右摇摆了一下，慢慢地放了下来，眼眶淌着泪水。

他是多么舍不得女儿走啊！他心里是多么牵挂女儿啊！

第三天

昨夜，范军华输液没停过，到了后半夜，喊叫疼得更加厉害了，一直延续到天蒙蒙亮。蔡尚峰医生值班，也被折腾到天亮，调整了前面的治疗方案。不知是新的治疗方案起了作用，还是范军华喊得累了，也许两者兼而有之，天亮之后，范军华呼呼地睡着了。

阴雨绵绵，冷雨敲窗，这几天雨一直下个不停，而且越下越大，不见停过。早晨，蔡尚峰医生来查房，让黄蕾今天把女儿带来见见她爸爸。查房刚结束，护士又来催促缴住院押金。黄蕾拎着包出去缴钱了。

这时，范军华醒了，醒来就哼着喊"疼"，他眼睛左右转了一圈，不见黄蕾，醒来第一句话就问范文革："爸，黄蕾呢？她去哪里了？"

范文革回答说："缴住院押金去了。"

范军华睁大眼睛，半晌才问："多少钱？"

范文革说："你别管。"

不知怎么的，范军华这时头朝向我这边，因为拉着隔帘布，看不到我，他伸着手，几次拉隔帘，有一次被他拉开了，他看到了我，我也看到了他。

我不见不知道，一见吓一跳：他的脸变得死灰死灰的，似乎比刚进医院时还要难看，难怪不停地喊叫。我重病卧床，见到此种情景，着实可怕。李桐见了，赶紧将隔帘拉上，并对范军华说叫他不要拉动隔帘布。范军华这才把手慢慢地缩了回去。

黄蕾缴完押金，拖着疲惫的身子回到病房，上下眼皮老打架，一副倦怠的样子。自从范军华患病之后，她一直生活在焦虑、愁苦和害怕中，连续多日没有好好睡一觉了。她担心范军华的病情恶化，担心在住院期间昂贵的医疗费，担心一旦范军华离她而去，小孩怎么办，自己怎么办。仅仅几天时间，就把他们这几年挣的钱全部花光了，还不够，刚才缴的已是从邻居那儿借的。她刚刚把包放下，坐下来喘口气，一脸无奈，嗓子嘶哑了，只能发出轻轻的声音，问："军华，想吃点什么？"

范军华摇摇头，说："你到哪里去了？这么长时间不见你？"

"到外面转转，顺便买点吃的。"黄蕾知道范军华最心痛钱了，以前身体好时，到外地一人出差，从来舍不得进饭馆，常常买一包几元钱的方便面充充饥，算是一顿饭吃好了。如果提起又去缴住院押金，那就像在他身上割肉似的，所以只好撒了谎。

这时从门口进来一个二十来岁的年轻女子，手里拿着雨伞，伞布上还在滴水，显然外面还在下雨，女子一进门，见了黄蕾就喊姐，然后走到范军华跟前叫了声："姐夫。"

范军华慢慢睁开眼睛，看着面前的小姨子，声音低低地"嗯"了一声，让人听了好像回答又好像没有回答，眼睛里淌着泪水，嘴里还是叫喊着："痛！痛！"

黄蕾的妹妹在江南一家私营企业上班，因为不是双休日，不好随便请假，跟同事换了班才来的，见了范军华病成那样，动都不能动，话都不能说，哽咽着对黄蕾说："姐，我没想到姐夫会病成这样子，原来以为住几天就会好的。姐，你要挺住。哦！"

姐妹俩手拉手，早已哭得泣不成声。

范文革始终默默地低着头，不说话，偶然听到儿子喊痛的时候，走到他身边，拉着手，摸着胸，左看右看，想好好看看儿子到底痛在哪里。他自言自语地说："军华，你痛在哪里，指给我看，我去叫医生。"他默然良久，"军华，要是痛在我身上，该多好啊！你要挺住，你妈在家要照顾你爷爷奶奶呢！下午，你妈和范晓会一起来的。"

范军华自己拔了氧气，紧紧抓住父亲的手，咳嗽不止。他看看父亲，摇摇头，说："爸，我痛！痛！"

范文革说："我知道。儿啊，能忍就忍一忍。我去叫医生。"这时监护仪上的数据忽高忽低，极不稳定。

护士正好来病房换药水，换完药水，心急火燎地跑去叫医生。

蔡尚峰医生疾步走进病房，后面跟着两个女硕士实习生。蔡医生眼睛瞄了一眼监护仪，走到范军华床边，仔细看了看他的脸色，看了看他的舌头，然后解开范军华的衣领，看了看他的胸部，用手在他胸部轻轻按了一下，问道："痛吗？"

范军华望着医生，有气无力地回答说："痛。"

蔡尚峰医生又在范军华背部检查了一遍，问："这里痛吗？"

范军华回答："痛。"

这时，范文革、黄蕾和黄蕾的妹妹都在凝视着医生，静静地听着医生的问话。从医生的问话中，从范军华的神态中，他们感到仿佛有一种不祥的预兆，但是希望医生能有起死回生之术，能把范军华从死亡线上救回来。

蔡尚峰医生轻轻拍拍范军华的背，又问道："范军华，现在哪里痛？"

"不知道哪儿，脚痛——腿痛——到处痛。"范军华看着医生，声音低到只有自己听到。因为病房里有医生，病人和家属一般都不插嘴。看到医生不时地轮番进来，都知道病人的病不但急，而且重。所以，范军华的话，大家还是听到了。

每当到了亲人病危的时候，病人的苦是一回事，最苦的是病人的家属们，个个心急如焚，特别是病人的妻子或者丈夫，或者年轻病人的父亲与母亲，往往六神无主，不知道自己怎么面对自己亲人的生离死别，但是还得苦撑。

范文革自从来到医院以后神情麻木，除了跟老伴跟儿子和儿媳偶尔说说话，几乎不跟别人说话，看到儿子病重，心情沉重，心里想了很多很多。

黄蕾这几天除了下楼缴住院押金，很少出病房，范军华吃不下饭，她更是吃不下，脸消瘦了，憔悴了，眼睛布满了血丝。因为范军华多数时间都在喊叫，不停地喊着"痛"，其实她内心深处的疼痛无法向人们诉说，也没法向人们诉说，哪怕有千斤重担压下来，自己也得扛着，直至压倒，再也爬不起来。

蔡尚峰医生对黄蕾说："范军华的病很重，你要有思想准备。"

黄蕾默默地点点头，眼泪唰地淌了下来，哽咽着说不出话来。

下午三点多钟，范军华的女儿范晓又出现在病房里。小家伙天真活泼可爱，一进病房，仿佛给整个病房带来无限生机。她蹦蹦跳跳，一会儿跑到东，一会儿跑到西，在范军华床前走来走去。范军华看到女儿，直喘气，想说又说不出来，好长时间不叫痛了。一个危重病人，面对自己不懂事的小孩，纵然病魔把他折磨得死去活来，他也不愿让自己的小孩看到他痛苦的模样。他紧皱双眉，咬紧牙关，坚强地忍受着。

范军华在女儿面前，显得是多么坚强啊！

夜　里

黄昏早已来临，一会儿，天全黑了。

白天，我醒着的时候，眼睛不时地看着输液瓶。我对李桐说："你眼睛眯一会儿。"这是我躺在病床上唯一能帮李桐分担做的事。但李桐不管多么累，总不放心我看输液瓶，她固执地盯着。我一天十几个小时输液下来，人经常处于迷糊状态，哪里能管得了自己啊。

这几天，我与范军华同住在一个病房，他的病床就在我旁边，床与床间隔一米左右，所以，他的一举一动，我都看得清清楚楚，他说的每一句话，我都听得明明白白。自从看到他的脸色以后，那几天，我夜里时常难以入眠，即使睡着了，也常常做噩梦吓醒转来。白天，他嘴里不停地唠叨，因为有其他声响，不怎么明显；夜里，他的唠叨，尽管声音微弱，但在夜深人静时，尤其显得响亮。这种声音，你感到不是一个人在正常时的叫喊，而是一个人在绝望时的哀嚎。因此，被范军华吵得不仅睡不着，而且心中难免感到有种鬼附人身的恐惧感。

病房里的时间似乎过得格外的慢。范军华的女儿范晓像天使般地出现在病房，已经好几个钟头了，小家伙一会儿拉着范军华的手，一会儿摸摸范军华的脸，一会儿又走开了，当听到范军华喊叫时，小家伙又来了，黄蕾坐在范军华床前，紧紧握着范军华的手，好长时间一刻不离，无声无息地流着泪水。

小家伙偎依在黄蕾身边，说："妈，爸现在听话了，不闹了，病好了。我们带爸一起回家。你怎么哭啦？"

黄蕾抚摸着女儿的可爱的小脸，再也控制不住自己，大哭起来："晓晓，你爸，他……"黄蕾想告诉女儿，她爸的病很重很重，可是能说吗？女儿这么小，就是说了也不懂。

黄蕾起身刚刚站起来，范军华吃力地说："你到哪里去？你别——走啊。"

黄蕾慢慢回答："你几天没吃东西了，我帮你拿点吃的。"

范军华痛苦地摇摇头："我吃不下，你吃吧。"

"你不吃，我也不吃。"

我深深地体会到，人在病重的时候，躺在医院病床上的时候，即使有许多朋友来探望，来安慰，但是须臾不能离开自己心中最爱最亲的人，那就是他的妻子，或者她的丈夫，哪怕平时身体好的时候两个人经常吵嘴也罢，此时早已烟消云散了，也只有妻子或者丈夫在身边，那才是最安全的。我躺在病床上，当李桐离开一会儿，明明知道她去缴押金，或者去买药，或者回家，或者去单位，哪怕刚刚离开，心中就开始盘算，这时候走到哪了，路上汽车多，人多，默默地祈祷她骑电动自行车一定要安全返回。这时候，如果没有妻子的照料，我可能就活不下去了。所以，在患重病的时候，李桐对我来说最重要，其他人是不能替代也无法替代她的。

范军华久久拉着黄蕾的手不愿松开，我能不理解他吗？只要黄蕾离开一会儿，他睁开眼睛就到处找黄蕾，找不见了就到处问。他这时候多么需要黄蕾啊，有黄蕾在，他心安啊！

黄蕾告诉我说："范军华平时就像小孩似的。我下班一回家，他就兴高采烈，高兴得手舞足蹈。自从生病以后，更是离不开我。我要是出去缴钱办事，或者有什么事不在跟前，他就像孩子离不开娘一样。回来了，总要刨根问底。"

"妈，我想睡觉。"范晓对黄蕾娇滴滴地说。孩子毕竟是孩子，在医院坐没地方坐，吃没地方吃，睡没地方睡，时间早已过了九点，黄蕾一看时间不早了，赶紧安顿孩子，范晓显得很懂事，不给大人添麻烦，自己坐在椅子上，身子弯曲着和衣躺着，一会儿，无心无肚地睡着了。黄蕾蹑手蹑脚地走过去，轻轻地抚摸着女儿的脸，泪水涌了出来，然后，从柜子里拿出一件羽绒服盖在女儿范晓身上。接着，又把精力集中到范军华身上了。

范晓睡在椅子上，睡了不到半小时就翻了一个身，一翻身就把身上盖的衣服蹬掉了。李桐悄悄地走过去，帮她盖好，刚盖好，过了不久又蹬掉了，又帮她盖上，先后盖了好几趟。

这个家，本来是一个多么幸福的家呀。

范军华的父母是农村人，都是老实人，父亲范文革会泥匠，经常外出帮人家盖房子，一年收入虽然不多，也有三五万元，母亲钱锦兰在家操持家务，下地劳作，一年收入维持吃用，略有节余。老两口为范军华结婚盖了楼房，把多年的积蓄花光了，外债五六万元，这几年每年还一点，到去年底刚刚还清债务。老两口欢喜至极，盘算今后要过好日子了。范军华虽然文化不高，但从小就能体谅父母，勤劳肯干，不像个别农村青年游手好闲，他是个顾家过日子的人。黄蕾虽说是外地嫁来的，来到滨县后在一家服装厂上班，除了上班，闲时还能帮助婆婆干农活。一家人开开心心，从未吵过嘴、红过脸。

黄蕾坐在范军华的床沿上，看着范军华，泪水涌出了眼眶，她抚摸着范军华的手，一会儿低着头靠在范军华身旁的床沿上闭着眼睛，她想到了她和范军华从相识到结婚的往事。

八年前，黄蕾只身从外地闯入滨县时，娇小的她举目无亲，厂里三班倒，经常做深夜班。她租住的宿舍，离厂二三里路，农村的埭路，没有路灯，每逢没有月亮的时候，整夜一片漆黑。埭路两旁是农田，田里长着庄稼。夜晚，一个女孩在乡间的土路上行走，听到风吹庄稼的呼呼声，以为有人跟在后头的脚步声，心里有些害怕，车骑得飞快，越骑得快，越好像感到有人在死命追赶，心跳得老高，仿佛扑了出来。黄蕾常常隔三岔五经受那种无端的恐怖，深夜里回到租住的屋里。

夏天的深夜，田野里蛙声不停。那天夜里，没有月亮，整个田野笼罩在黑暗中。黄蕾下班时习惯带着手电筒，这时，已经是深夜十一点多钟了。她骑着自行车，行走在埭路上。埭路原来是一条海堤岸，高出田野四五米。两旁的田野里种着玉米，玉米秆已经长到人把高了，玉米叶在微风的吹拂下，发出有节奏的沙沙声，如果有人躲在地里走动，很难辨别是风声还是人声。黄蕾因为胆小害怕，一边骑，一边照手电筒，还不时地按响车铃。这时，她隐约发觉前方路边有个黑影蹿了出来，还没等她反应过来，黑影扑了过来，挡住了她的去路。她立刻惊出了一身冷汗，用电筒光晃了晃，定睛一看，原来是一个四十多岁的中年汉子横在面前。

中年汉子凶恶地说："把钱拿出来。"

"大叔，我没有钱。"黄蕾那晚走得急，没带包，身上也没带钱。

"嘿嘿，原来是个黄毛丫头。嗯，没钱也行，跟我睡一觉。"说着，中年汉子动手拉黄蕾的自行车。

黄蕾见中年汉子没有凶器，一面用劲抓住车把，一面对中年汉子说："大叔，你女儿多大了？要是你女儿这时候在回家的路上遇到麻烦，你安心吗？"

谁知中年汉子不吃这一套，见抓车把不行，扑过来抱住黄蕾。黄蕾瘦小，被他一下子抱了起来。黄蕾心想不能激怒中年汉子，于是一边使劲喊叫："大叔，你不能这样。"她希望在这静寂的夜里，有人能听到她发出的呼救声，来救她。

夜晚天气凉爽，范军华习惯地打开了车窗，呼吸新鲜空气。恰巧，范军华路过此地，因为在堤岸上开车，他把车速减了下来，慢悠悠地开着，突然耳边传来一个女孩的大声喊叫，知道前面肯定发生了什么事，可是走到前面却没有发现踪影，他感到奇怪，汽车停了下来，看到在堤岸下面玉米地里有亮光，那是黄蕾手电筒发出的光，又听到女孩的叫喊。他飞速冲了下去，拾起电筒一照，见一个中年汉子把一个女孩打倒在地，一拳就把这个中年汉子制服了，随后报了警。被救的女孩名叫黄蕾。临别时，黄蕾和范军华互留了手机号码。

后来，黄蕾主动找到范军华家，尽管范军华家经济条件不如人家富裕，但她认为范军华人好心好，嫁给他没错，于是自己提出决意要嫁给他。一年后，就在黄蕾二十岁那年，她和范军华结了婚。婚后，很快有了女儿范晓。这几年，虽然日子过得紧紧巴巴，她却感到非常充实和快乐。

这几天，黄蕾每当照料范军华时，坐在他旁边，总是难以忘怀。她想等范军华出院回家后，一定要让范军华吃好穿好，不再让他受苦受累。

"黄蕾，我看不见。你在哪？我怎么看不见你？"突然，范军华醒来了，醒来说的第一句话，竟是让人难以预料的话。

范军华醒来凄切的喊叫声，打破了黄蕾的回忆。她惊愕地看着范军华，见他眼睛睁得大大的，心里想："怎么会看不见呢？"

是啊，范军华怎么会看不见呢？大家心里都很纳闷。

"我就在你身边。军华，你看！你看！"黄蕾急得抓住范军华的双手抚摸自己的脸，接着问，"看到我的脸了吗？"

范军华还是一个劲儿地说："我看不见！我看不见！怎么办？"

黄蕾急促地说："我去叫医生。"说完快步冲出病房。

蔡尚峰等三位医生疾步走进病房，展开了一系列抢救。可是，范军华的声音没有刚才响了，低低地说道："我的眼睛看不见！"

蔡尚峰医生伸出两个手指，说："范军华，看我这里，能看见吗？"

范军华眼睛睁得老大老大，简直有点吓人，他双手紧紧抓住黄蕾，说："看不见。看不见。黄蕾，不要离开我。女儿呢，范晓呢？我看不见——"

"军华，爸在这，看见吗？"范文革问。

"爸，爸，我看不见！妈呢？我看不见！"

范文革托住范军华的背，泪如泉涌，说："军华，妈在你跟前，在你跟前。"

范军华痛苦地挣扎着，摇了摇头，说："妈，我看不见你。我看不见你。我看不见呀。"

这时，时钟刚刚指向了午夜十二点，一轮明月隐没在云层里，乌云遮住了月亮。黄蕾的脸色刷的一下白了，再也无法控制自己的感情，泪水像雨滴似的奔涌而下，边哭边微弱地喊着："军华，你叫我怎么活啊？"她停顿了一下，重复道，"军华，你叫我怎么活啊？"

范军华睁着眼睛，再也没有说话，眼眶里满是泪水。

蔡尚峰医生将范军华的眼皮往上翻，仔细看了看，说："瞳孔放大。观察一个小时再说。通知家里来车接人。病人用医院的救护车送回家，接氧气走。准备回家吧！"

一个小时后，范军华进入深度昏迷，不再喊痛，不再喊看不见，不再说话，只是不停地抽长气，只是眼睛睁得滚圆滚圆。黄蕾泣不成声："军华，你不能走。你走了，叫我怎么活啊。女儿那么小，叫我怎么办？"黄蕾使劲摇着范军华，哭喊着，"军华，你不能走。你走了，叫我怎么活啊。女儿那么小，叫我怎么办？你不能丢下我们不管啊！"黄蕾哭喊着，重复着！哭喊着，重复着！

黄蕾的哭喊声，范军华听到了，可是，范军华这时候无法回答，他吃力地不停地抽着气，眼睛里淌着泪水。黄蕾的哭喊声离他越来越远了。

范军华来医院时，脚上穿着一双鞋跟早已破裂的黑色皮鞋，鞋上沾满了泥土，自从进了医院，躺在病床上，再也没有下过床，再也没有穿过鞋，那双鞋一直躺在他的病床底下，直到他被抬走了，才由护工清理掉。

家乡邻居开着两辆面包车来了，进来五六个男人。

范军华终于被抬出了病房，抬进了救护车，接着氧气，汽车奔驰在回家的路上。一到家，氧气一拔，他就没气了。

这时，乌云散了，月亮出来了，天上的星星眨着眼睛，范军华此时已化作了一颗星星，哪颗星呀？只有他自己知道。

范军华走了，他变成了一颗星星，照着黄蕾，照着范晓。现在，他不再痛苦。

范军华走了，他变成了一颗星星，照着范文革，照着钱锦兰。现在，他无牵无挂。

范军华在天堂保佑着他的亲人。

死亡是什么？一个人活着的时候太累了，上帝见了心疼，把他招了回去，让他好好休息，叫他享福去了。他自己解脱了痛苦，留给亲人的却是无尽的思念！

一周以后。下了几天的雨终于停了，天阴沉沉的。那天范文革来到医院，结算儿子范军华在世时住院的费用。因为临近春节，不少可以回家的病人，都临时出院回家了；没有住院的病人，一般不在春节前来住院的，所以范军华住过的那张床还空着。要是平时哪有空余的床位啊，住过道加床都住不进来。范文革把一切费用结清了，专门来到儿子范军华曾经住过的病房，默默地站了好一会儿。他见我还在住院，还在病床上躺着，还在接着氧气，没有跟我说话。

我听到有人进入病房，侧过身，转过头，见是范文革，他上身还穿着那件深色的半新不旧的羽绒服，下身是一条黑色裤子，脚上蹬着一双高统雨鞋，裤管卷进鞋统里，精神萎靡，头发蓬乱，脸色苍老，胡子拉碴的，仅仅只隔了一周多时间，他的脸上像冬天的地里下了厚厚的一层霜，仿佛一下子老了十多岁似的。他走到儿子范军华曾经躺过的病床前，默不作声地弯腰低着头，双手抚摸着病床，眼泪从眼角滚落下来，他长长地叹了一口气，然后直起腰来，站着发了一会呆，便缓慢地向门外走去，走到病房门口，突然又停了下来，魂不守舍似的，转过身，定神看了看这间病房，呆呆地朝那张空床看了又看，想说什么，可是终究没有说，然后不声不响地走了。

第二章　苦行僧

病房是个两人间，我来住院时，他比我早一天住了进来，他名叫甘宁。

甘宁的病床紧靠卫生间。他的胸部和背部长了一个个黄豆般大小的可怕的黑痣，臂膀和大腿也有，几乎遍布全身，别人见了会浑身起鸡皮疙瘩。因为刚住院，医生还没有对他进行实质性的用药，说是过几天才能化疗，所以，头几天，他下午两点多钟就已经挂完水了。下午四点钟，医院来热水，他赶上准时洗澡。他只穿短裤，其余皮肤全部暴露在我面前。

我住院半年多了，甘宁是刚刚入住血液科。他脸瘦得像猴子，全身几乎没有肉，仿佛只剩下一把骨头，刚过六十的人，比七十多岁的人还老相，没精神，说话时总是带着苦笑，一字一句说得很慢，有时慢中带着颤音，好像心中有千斤石头压着，喘不过气来。你不跟他说话，他很少主动跟你说话。走路迈着碎步，弯着背，无精打采，遇见医生或者护士也不主动打招呼。

跟他住了几天，相熟了，说话投缘了，我们之间的对话似乎也多了起来。

起病之初

甘宁住在江海市市郊，62岁，刚退休两年，每月的退休金两千两百多元。退休前在一家毛巾厂上班。他的妻子周情，57岁，比他小5岁，在一家企业上班，早已退休在家，每月的退休金不到两千元。她心灵手巧，会做衣服，平时穿的衣服都是自己做的，家中人来客往，没钱上饭店，都是她亲自下厨炒菜做饭。他有个女儿，大学毕业在无锡一家企业打工，因买不起车，也请不出假，难得回来探望。两个人辛辛苦苦，省吃俭用，积攒下了十来万元。

前面进医院动手术用得差不多了。周倩也生过大病，还患有多种毛病，力气小，经常看病吃药，年初医保账户上打的钱，几次看下来就没了，再要看病，就得自掏腰包。自从甘宁生病住院以后，她到门诊看病配药的钱，也就没有着落了。

半年前，也就是年初吧，甘宁感到脖子痛，头晕，浑身不适意，来到一家医院就诊，先是看了外科，住了一个星期，不见好转，疼痛加剧，转入另一家医院脑外科。脑外科的专家给他做了各项检查，二话不说，好像很有把握似的说："开刀。把肿瘤拿掉！"

动手术是件大事，特别是对病人和病人家属来说是个天大的事，遇到这种情况大多会一时拿不定主意。甘宁也不例外，他和周倩商量，周倩对他的病情不懂，对他的病开了刀是好是坏两眼一抹黑，不能决断。她心想：如果肿瘤是良性的还好，开了刀当然万事大吉；假如是恶性的话，开了刀，往往会死得更快。她说："甘宁，我看还是先保守治疗，等一段时间再说吧。"

甘宁心中摇摆不定，心想也许开了刀把肿瘤拿掉身体会全好了呢，他想赌一把，于是跟妹妹甘小芳商量。甘小芳是市郊一家医院口腔科的医生，虽然说对她所从事的行业她是内行，但是对肿瘤方面的知识还是知之甚少，所以真要她决断，她一时犯傻了，做还是不做，做了不好怎么办？为了救自己的阿哥，因为认得医院的相关医生，她反复询问医生，到底有多大把握。医生的话也是模棱两可，说："根据分析，老甘的肿瘤一般良性的多，当然也不能排除恶性，只有开了才能知道，开总比不开好！"

于是，甘宁接受了肿瘤切除手术。原来他患的是恶性肿瘤。医生背着甘宁，将这事告诉了甘小芳和周倩，建议转到通仁医院血液科治疗。周倩听了，如五雷轰顶，不知所措，悄然落泪，半晌才愀然说道："我说保守治疗，偏偏不听！"

周倩痛苦归痛苦，当着甘宁的面却假装不知，只字不提他得的是什么病。甘小芳谎说转个科室再观察观察。甘宁始终蒙在鼓里，一直以为自己生的肿瘤是良性的，过一段时间就可以治愈，对自己的病能够治好充满了信心。周倩和甘小芳让他转院，他没有任何怀疑，开完刀出院，直接转到了通仁医院血液科。

初进血液科

到了血液科，一做骨穿，甘宁就很快被确诊为白血病。

开始一个星期，他上午需要做各项检查，做完检查后回到病房挂水，他一天挂五六袋药水，这在血液科算是很少了，他挂水一般在下午三点五十左右就挂完了。医院住院部四点钟开始供应热水，五点钟停止，前后只有一个小时。所以，他四点多钟开始洗澡，五点之前洗完澡，穿上衣服就回家了。虽说是夏天，天气灼热，但他出门始终在衬衣外面加件外套，不戴帽子，头上露出稀疏的几根白发。医院工作人员除了医生护士三班倒，一般工作人员八点上班，可是，他在第二天早晨七点不到就来医院，进了病房。我那几天因为化疗，白细胞急剧下降，免疫力随之降低，最怕感染，躲在层流床里，见了他，主动跟他打招呼，他一边脱外套，一边看着我，脸上露着难以言状的苦笑，"嗯"的一下，算是回答。

过了一个星期，那天是星期一，刘虹主任来查房，看到甘宁没有家人陪同，感到纳闷，关心地问："甘宁，你家里人呢？过几天用药。"许多病人一到了血液科，听说患了白血病，那可真是叫天天不应，叫地地不灵。有的病人知道家里拿不出钱来治病，干脆放弃医治，含泪不舍地离开医院。特别是患急性白血病的病人，如果不治疗的话，一回到家，就很快去阎王爷那里报到了。

当然也有个别有钱的，这些病人要么自己有钱，要么儿女大款，用药钱多钱少不在乎，只要能看好病，哪怕用再多的钱，也无所谓。这样的病人和家庭，是极少数。我在医院住院那么长时间，只见到过一个78岁的老头，长得白白胖胖，一进来就看得出来，他家底殷实。原来老头退休前在一个厂任厂长，二十多年前就积攒下了几十万元。有一儿一女，各自开公司，生意挺红火。一年少说也要赚一百多万元，资产上千万元。医生说，像他这种病要用进口药，而且进口药不好从医保报销，也就是说一分也不能报。老头说，等儿子来了再说。中午，老头的儿子来送饭，听说后，主动找到医生说："用吧。反正不缺钱。"儿子满不在乎地说，"如果用老爸的钱，几十万住几次医院就花得差不多了。"

听说要用化疗药，甘宁显得很无奈，但也不愿放弃治疗，毕竟有医保，其他药比农村住院病人要报销多得多，他认真地听刘虹主任说话，眼睛看着刘虹，声音低低地问："像我这种病要几个疗程？"

刘虹主任从甘宁的脸上看得出，他是在心疼钱，为没钱治病而发愁，安慰说："不一定的，每个病人的情况不一样，一般来说三到四个疗程。像你这种情况三个疗程总归要的吧！而且每次住院时间不是太长，咬咬牙就挺过来了！"

其实像甘宁那样的病人化疗次数再多也治不好，只不过延长几个月的时间而已，如果不化疗，生命也许会提前结束。刘虹主任晓得甘宁心里盘算钱，怕他一时承受不了，说话非常委婉，让他有个盼头，有个美好的念头。

三个疗程下来就要几十万元。这么一大笔钱，对甘宁这个家庭来说是有困难的。他眼睛直直地看着刘虹主任，心情非常沉重，神情沮丧地说："反正我要治病！我不管！"

钱带来了

甘宁望着刘虹主任走出病房，坐在被窝里，默默地抓着手机发呆，过了一会儿，在手机上拨了几个数字停了下来；过了几分钟，又在手机上拨了几个数字，可是又停了下来；过了十几分钟，他终于鼓起勇气又拨了数字，这会儿他一下拨到位了。他是在给周倩打电话，说话带着哭腔："后天化疗。"

"甘宁，不急！钱不成问题，我会想办法的！"周倩安慰道。

快到中午十一点的时候，周倩来了，她面容清瘦，眼睛无神，一副病态的模样，一个57岁的妇人，比实际年龄苍老了十来岁，手中拎着饭盒，从门口走了进来，径直走到甘宁床边，将他床头的一张桌子拉了出来，把饭菜摆好，眼睛盯着自己的丈夫，忧伤而关切地说："你吃吧。"

"你吃了没？"甘宁苦笑了一下，声音低低地问。

"我吃好了来的！"周倩边说边朝一张椅子上坐了下来，眼睛中带有一种阴郁的神情，精神萎靡不振，坐在那里呆呆地望着丈夫吃饭。

甘宁低着头，左手捧着饭碗，右手拿着筷子，吃饭很快，三下五除二就把饭菜干掉了。

周倩收拾完，重新又坐到原来的地方，有气无力地说："钱我带来了。你好好看！"

正说着，15床的病人家属来了，是个中年妇人。从15床病人家属的神态来看，这一家经济上肯定不成问题。

"你们家谁生病？"周倩问道。

"我父亲。"中年妇人答道。

"多大岁数？"

"七十八。"

"有医保吗？"

"有。老教师！"中年妇人显得蛮自豪的样子，从话中听得出那家不缺钱。

"教师退休工资高，药费报销也多。"在医院住院时间长了，病人和病人家属都知道，哪类人员看得起病，哪类人员工资高，哪类人员报销比例多，心里清清楚楚。周倩听说15床的病人是老教师，心里暗暗羡慕人家有钱看病。可转念一想，就是有钱，生了疙瘩病，看不好的病，即使有再多的钱，也白搭。她望了望中年妇女，然后转过脸又看看甘宁，哽咽着说。

十一点四十多分吧，进来一个身穿白大褂的中年妇女，长得眉清目秀，走路风风火火，一见周倩，就笑吟吟地说道："嫂子，你来了。哥后天化疗。没事，坚持坚持就好了。刚下班，来看看大哥。"

甘宁见到自己的妹妹甘小芳，好像遇到了救星，眼睛立即有了笑意，面孔也活泛多了，说："小妹，你忙，就不要来了。我一个人可以的。"

"明天起，我出差，要三四天才能回转。"甘小芳正说着话，见护士来换药，转而快言快语地问护士，"你叫什么名字？这是我哥，请多关照。"

护士笑着说："我姓朱，叫朱小娟。没关系。这是我的职责。"

"多谢了！"甘小芳一副笑脸。

护士朱小娟不论什么时候，只要走进病房，总是脸上挂着笑容，说话和和气气，每次给病人换药，首先告诉病人这是什么药，功效是什么，临走时免不了叮嘱几句，比如挂护肝的药，她总是忘不了说："挂慢点，快了，对身体不好。"

病人听了明白，心里舒服。

甘小芳接着说："朱小娟。这个名字好。哪里人？"

朱小娟说："安徽的。"

"在医院几年了？"

"十多年了。"

"真看不出，有这么长时间。哦，老护士了，经验丰富。"

朱小娟换好药，不忘叮嘱几句，"慢点挂，哦，有事打铃。"说完，快速而去，奔向下一个病房。

甘宁说："小妹，你走吧，你下午还要上班。"

甘小芳走到床边，帮甘宁掖好被子，转过头来望着我说："吃饭了吗？怎么就你一个人在？"

上午，医生通知我家李桐买药，我因不习惯吃医院里打的饭菜，李桐买好药后回家给我去做饭了。她又要买药，又要买菜，又要做饭，所以，还没到。

甘小芳见我住层流床，估计我的病很重，看了看，礼节性地问了问，不再说什么，向甘宁和周倩打了招呼，转身走了。

"家里还有多少钱？我这一住院，要把老底都翻过来了。"甘宁满脸苦色，声音低低地缓慢地说。他停顿了一下，又问，"钱不够怎么办？"

周倩一直呆呆地坐着，有时转过头往门口望望，没有再说一句话，眼睛噙着泪水，听到甘宁问话，哽咽着说："这你不管，你给我好好看病。有啥比命重要呢？钱我会想办法的！大不了把房子卖掉，租个车库住呗！"

甘妻，一脸无奈

"你们好！你们好！"我一听见外面的说话声，就知道李桐给我送饭来了。

我这是第四次化疗，也就是最后一次大化疗，尽管身体很虚弱，但是总算有了盼头，盼望着彻底治愈的那一天。自从我生病住院以来，李桐还没有那样大声地说过话，没有这样开心过。我知道虽然大的化疗很快就要结束了，但后续治疗还有一个漫长的过程，就整个治疗过程来说，前面的治疗，还只是万里长征走完了第一步，后面的路还有很长，还有金沙江，还有大渡河，还有雪山，还有草地。我最危险最艰难的时候都已经挺了过来，后面的路尽管崎岖曲折，但这些对我来说已属平常，对李桐来说不在话下，她近日见我身体一天比一天好，自然她的心情也一天比一天好，性格豁然开朗了，遇到熟人，话也多了起来。我知道，刚才她是在跟护士站的护士打招呼，跟走廊里的护工打招呼。

周倩见甘小芳走了，神情麻木，一动不动地坐着，看到李桐进来，两人一见如故，说话很投缘，立马攀谈起来。

四年前，周倩患乳腺癌住进医院，动过手术，经过化疗，身体虚弱，走路也好，坐下来也好，常常出虚汗，额头的汗珠随时像雨滴似的往下淌，随身备有手帕，很快擦得像从水里捞出来一样。她生病住院期间，都是她的姐妹帮着照料。

结婚三十多年，周倩从来不让甘宁做家务活的，因此，甘宁也就成了习惯。前几年，周倩生病住院，他心里着急，却不懂得安慰几句，周倩出院在家，他也不知道怎么关心她，除了上班，除了家里男人该做的活，其他啥活都不会做。他几十年没干过，确实不会干。他眼睛盯着电视，或者买一张《扬子晚报》，看看报上有什么新闻，买菜做饭、整理家务等活，还是周倩的姐妹帮着做的。甘宁刚生病那阵子，周倩急得团团转，自己患了重病，还没有完全恢复，现在老甘又患上了让人意想不到的疾病，怎么办？毕竟几十年的夫妻了，平常吵吵嘴，红个脸，虽然是常有的事，但现在丈夫突然生病了，她一时急得六神无主，日里夜里睡不着。她想：夫妻俩不论哪个先走，后走的那个孤孤单单、冷冷清清。周倩听说民间有个说法，生了癌症，不能开刀，开了刀，癌细胞一扩散，人死得更快。因此，周倩一听说他患了肿瘤，让他不要开刀。

周倩埋怨地说："我叫他不要开刀，他非要听他妹妹的，一定要开刀。"说着，眼睛潮湿了，朝甘宁看了看，心疼地说，"他那个肿瘤其实不用开刀，直接到血液科来化疗，基本上两个疗程就解决问题了。每个疗程也就是十来天。脑外科医生说他患了血管瘤，是良性的，开了刀，把肿瘤拿了，过几天就可以出院了，而且一劳永逸。哪知开了刀，不但出不了院，反而加重了病情，没办法只好转到这里来了。这下子，他自己受苦了。钱倒不去管它，生不带来，死不带去，有病就要看。只要看得好，哪怕把一套房子卖掉也值啊。唉，我这个样子，自己保命要紧，最多帮他想法钞票，其他的也顾不了。晚上叫我呆在医院陪是陪不动的。我是泥菩萨过河自身难保啊！"

"老甘除了一个妹妹，还有其他兄弟姐妹吗？"我问。

周倩斜视着甘宁说："有个弟弟，老甘在脑外科住院时来过一趟，后来知道了他的病情，就再也没来过。他的母亲住在市郊镇上，居民户，父亲在老甘14岁那年走的。现在只有他老母一人在家，有4间平房。老人83岁了，身体还硬朗，不要人侍候，因为是平房，房前屋后边角地常常种些菜。最近城市改造，遇到了拆迁，老人四间房子，按照市场价，拆一还一，除了安排她老人家一套住房外，还能补贴不少钱。如果甘宁能活着的话，将来还能分到部分遗产。现在这个样子，恐怕他老娘的家产要被他兄弟独吞了。"

周倩眼泪汪汪地说："唉，老甘也可怜，生这么重的病，一人住在医院里，也没个人陪着。我要是在医院里陪着，命也要搭上了。唉，有什么办法呢，这就是命！我和老甘的命苦啊！老甘说了，幸亏遇到你们，关键时刻帮助打个铃，叫个医生，这样我也好放心些。"

甘宁坐着，靠在病床上，看他早晨买来的《扬子晚报》，听到周倩唠叨，偶尔抬起头来望一眼，一声不响，眼睛里溢满泪水，双手颤抖着捧着报纸。

周倩站了起来，走到床边，注视着甘宁，轻声地说："不要看报纸了，多睡睡，休息好。你今晚就不要回转了，把身体养养好。你后天还要化疗呢！我回家了，你自己保重吧！"说着，脸色惨白，眼泪又一次滚了下来。

假意探望

甘宁在家中是老大，弟弟甘能强比他小9岁，父亲走得早，甘能强小时候上学放学都由甘宁接送。甘宁初中没毕业就辍学在家，从小和母亲一起挑起了家庭的重担，到了18周岁安排工作后，家庭经济条件才有所改善。他为人忠厚老实，凡事不愿与人争个高低，遇事谦让，而他弟弟甘能强却不同，兄弟俩好像不是一个父母生的。甘能强生性顽劣，凡事总是拣先，不占便宜心里就不舒服。

这次城市改造，母亲碰到拆迁，甘能强心中早有盘算：哥哥甘宁现在重病缠身，自身难保，母亲的拆迁补偿款理所当然归他所有，况且甘宁家生的是女儿，而他甘能强家生的是个儿子，按照老辈人的说法，祖宗传下来的家业传男不传女，虽说现在是新社会，但只要他摆出一副凶恶的架势，就连他母亲也不敢吱一声，何况是其他人。现在他知道自己的亲哥哥甘宁要化疗，嘴上不说，心里却乐滋滋的，巴不得他早点离开这个世界。

那天，天气阴沉沉的，从病房里向外面看，感觉好像要下雨的样子，这样的天气，对住院病人来说，心情不是很好，病人往往随着天气的变坏，情绪会更加低落。甘宁习惯性地早晨出去买一张《扬子晚报》，挂水前后翻翻报上的新闻，也算是排解烦闷，打发时光。

这天，也就是甘宁化疗的前一天，从他脸上看得出他对首次化疗心存疑虑，顾虑重重，心情焦躁不安。

上午十点半左右，来了一个五十岁上下的男子，手里拎着一塑料袋梨子，径直走到甘宁病床旁，阴阳怪气地说："哥，你好吧？我最近空忙，也没来看你。"说着将带来的梨子放在床头柜上，眼睛斜视着说，"也没什么买的，不知你能吃什么？你抽空削着吃吧。"

老实巴交的甘宁见弟弟甘能强来探望，脸上露出了笑容，坐了起来，感激地说："你忙不用来的。来看看我就很高兴了，还带啥东西呀。"

"听说你明天化疗，特地来看看你。哎，这人啊，真想不到的。好端端的一个人，怎么就突然要化疗了呢！一听说化疗，我就急啊，什么病要化疗？哦，嫂子呢？怎么不在这？我没空，要不然的话，我早就陪在你身边了。"甘能强话中有话。

一提化疗，甘宁心里酸酸的，好像他的病已经被判了死刑似的，他本来心有余悸，现在听甘能强这么一说，情绪几乎从高空一下跌入山谷，脸色刷的白了。甘能强看着自己的亲哥哥变幻的脸色，幸灾乐祸地继续说："也没什么，只要是人，谁没个病啊。哦，对了，妈拆迁补偿款你就不用操心了。我会办好的。妈年纪大了，钱放在妈那儿不放心。你又病了，先放在我这里吧。等你的病好了再说。"

甘宁虽然老实，但人不傻，从话中听出今天甘能强来的用意，他现在生气也没用，当务之急把病看好，只有看好了病，才能凶得出啊，要不然怎么能凶得出呢？话虽这么说，但真要让甘宁心平静下来，还确实不容易。此刻，他被甘能强气得浑身颤抖，牙咬得格格响，一句话都说不出来。过了一会儿，他逐渐平静了下来，心想，跟你计较什么呢，现在不是计较的时候，他唯一能做的就是假装听不懂，他慢慢地躺了下来，怒吼地说："你走吧，我累了，我睡了。"

甘能强看到甘宁气得喘不过气来，暗中得意。他今天来的目的，真意不是来看望的，是来说说气话，让他多受点刺激，好让他早点离开这个世界，这样母亲的拆迁款和留下的财产顺理成章地归他所有了。

只要甘宁一死，或者说病重治不好，那他整个家庭就乱套了，周倩是个妇道人家，说了也没用，一个佳女掀不起大的波浪。说他来看望，那是假意，其实在旁人看来，他连做假都没有装好，或者说装得一点也不像，或者说他压根就不想装。他听甘宁说这话，正好是个借口，扭着头，眯着眼，露出了狰狞的面目，嘿嘿一笑，假惺惺地说："哥，你睡吧，多睡一会儿，噢。你明天化疗，我就不来了！"

说着，甘能强在病房里消失了。

甘能强心狠手辣，走在路上，想到甘宁气得脸色铁青，恨不得他快点死，自言自语地说："哼，癌症，化疗，化疗不就死得更快吗？他一死，老娘的财产就全归我啦！其他人屁都不敢放！"

甘能强这一招真灵。甘宁被他气得皱紧眉头，在被窝里抽搐了好久，半天不说一句话，只是不停地唉声叹气，一会儿坐起来，一会儿又睡下去，喘着粗气，低声地重复说："我这病生得作孽啊！我这病生得作孽啊！兄弟都可以欺侮我！兄弟都可以欺侮我！"

煎　熬

甘宁听了弟弟甘能强的话，受到了强烈的刺激，心中十分震怒，好长时间心跳急剧加快，在病床上，尽管挂着水，但嘴里不时地发出凄切的声音，将没看完的《扬子晚报》也掷到了一边。

下午两点多钟，护士朱小娟走过来换药水时，叫一声甘宁，没有回音，看到他在被窝里呻吟，猜想他一定遇到了什么烦心事，细心的她换完药水，仔细观察了一会儿，出去拿了血压测量仪帮他量血压，血压由早晨量的正常值一下升到了一百六，她感到非常纳闷，脆声声地问："甘宁，你有什么事需要我帮助的吗？有什么事千万不要闷在心里头，这样对治疗不好。"

甘宁慢慢地睁开眼睛，看着朱小娟，苦笑着说："噢，没什么。"

朱小娟猜想，早晨甘宁心情蛮好的，血压也正常，怎么他弟弟一来，就变得这副模样，一定说了让他无法承受的话，或者是为化疗的事。有的病人首次化疗，情绪不稳定，心里紧张，都是常有的事，心想自己有责任开导开导他，便笑盈盈地说："甘宁，是不是为化疗的事发愁呢？化疗在血液科是很正常的事，你问问旁边张圣，他可是化疗几次了。没什么大不了的事。"

听了朱小娟的话，甘宁掀开了被子，铁青着脸说："唉，谁叫我生病的呢，我也管不了那么多了。化疗就化疗吧。"

这天白天，甘宁心情特别不好。周倩让他挂完水不用回家，晚上住在医院。甘宁没听周倩的话，挂完水，洗完澡，还是回家了，临走时对我说："明天开始化疗，化疗以后就不能回家了。"

次日一早，甘宁跟往常一样，还是提前回到了病房。

那天上午又是刘虹主任查房。她对每个病人的病情非常了解，对病人的心态了如指掌，特别是对首次化疗的病人，当着病人的面一般不讲病的种类，可是对病情讲得透彻，下一步会发展到什么程度，如果有病人家属在场的话，还会多讲几句，讲话很有分寸，宽严有度。她知道初始病人往往会有抑郁症状，可能一时想不开，对这类病人，有时医生不好讲的话，她查完房找到同类病人，让病人去做病人的工作，使病人在治疗中心理上得到安慰，从而能够积极配合医生治疗。她走到甘宁床前，一眼便知他一定有什么心事，对他胸背进行了全面的观察，说："甘宁，你今天开始化疗。化疗结束之后，观察三至五天就可以出院了。你要积极配合治疗，病会好得快一些。这种病三到四个疗程，每个疗程住院十天左右。你不要有什么顾虑。"

甘宁一个劲儿地点头说："嗯，嗯。"

查房一结束，医嘱已经开好了。

半个小时后，护士朱小娟来了，她是按照医嘱来执行的。她一会儿拿来挂药水瓶的杆子，一会儿拿来书本大小的监测仪，仪器旁缠了好多根线，不多会儿挂药水的杆子上吊了4袋塑料袋装药水和一瓶玻璃瓶装药水。一切准备工作完成后，朱小娟帮甘宁在插的PICC管口上消了毒，然后插好针。朱小娟在帮他消毒时，看到他比平时紧张，知道他心里还是有点害怕，笑着说道："甘宁，没什么好怕的，化疗时要多喝水，有利于排毒，有利于补充水分，减少副作用。"

甘宁刚开始确实紧张，眼睛一眼不眨地盯着药水，看看药水慢慢地往下滴，浑身颤抖，药水像魔鬼似的，张着血盆大口将他吞噬，他害怕得要命，脸一下子变了色，忐忑不安地说："怎么这样慢？"他边说边用手在监测仪上摸着看着，不小心不知碰到哪根线了，监测仪上发出了"嘀嘀嘀"的警报声。他心中一阵慌乱，不知怎么办才好。情急之下，他拉响了床边的响铃。

护士朱小娟快步走了进来，问："甘宁，有什么事吗？"

甘宁用手指了指监测仪，说："不知碰到哪儿了，老发出响声。"

"噢，没事，可能监测仪下面的线接触不良，有点松动了。"说着，朱小娟用手分开众多线头，顺着监测仪的线理了理，拔出来重新插了插，警报声停止了。

化疗的病人，要打利尿剂，打了利尿剂，小便不断地增多，往往十来分钟就小便一次。化疗的病人，绝大多数有亲人陪伴；化疗的病人，许多人生活不能自理，都有家属在身边协助；白血病患者，不论生活能自理也好，还是不能自理也罢，在化疗期间，有些生活能够自理的病人，如果上厕所，一般都是戴着口罩，自己下床，扶着墙壁，或者扶着床沿不锈钢管，让家人拎着药水瓶，搀扶着上厕所。而甘宁是个例外，他上厕所，没有一个家人在身边，完全靠自己。

上午十点半左右，护士朱小娟手里拿一个针管，走进病房说："甘宁，你躺好，准备打利尿剂。"

甘宁用诧异的目光看着朱小娟，他不明白打利尿剂是怎么回事，便问："为什么要打利尿剂？"

"化疗之后，为了及时排毒，除了多喝水外，还有一种方法就是打利尿剂，这种方法来得比较快，起到多排尿的作用。但是，尽管打了利尿剂，你还得多喝水啊，不能完全依赖利尿剂！"朱小娟尽管解释得够详细的了，但对甘宁来说，还是似懂非懂。朱小娟打完利尿剂，惊异地问，"你家里人呢？"

甘宁望着朱小娟，愣了一下，缓慢地回答："我老婆有病，在家。女儿在外地工作。妹妹出差去了，一个弟弟就不提了。"

"你不请个护工照顾？你上厕所怎么办？"

"我一个月退休金两千多块钱，化疗药全自费的，哪里请得起护工啊。能在医院住下去就不错了，就怕后面来住院的钱都没有了，借又借不到的。这次住院的医药费还是东拼西凑的呢。希望女儿多挣点钱贴补贴补。唉，有啥办法呢？我只能一个人在医院。"甘宁无奈地回答。

其实，甘宁在回答护士朱小娟的时候，内心的痛楚只有他自己知道。他何尝不希望自己的亲人在身边啊？可是，他身边没有一个亲人。在医院化疗的病人，哪个病人没有亲人陪在身边呢？如果没有，那是极其罕见的。他老母亲八十多岁了，他妻子周情也是癌症患者，身体很虚弱，平时走路歪歪倒倒，不要人照顾就不错了，根本没有能力来医院侍候他。他妹妹甘小芳在医院上班，有时忙得连饭都顾不上吃，偶尔能来病房看看，打打招呼，就很好了。他弟弟甘能强那个人，那个德性，要是他来，不仅不会照顾，还说不定使什么坏呢？难说！再说，没有好处，就是用轿子去抬，他也不来。所以再难，他也得自己撑着。他心里想，真要到哪天撑不住了，也就没命了。想着，想着，不知不觉滴下泪来。

"给护士说对了，刚刚打好利尿剂，就有小便了。"护士朱小娟走了不到十分钟，甘宁感到尿急了，要上厕所，他自言自语地说。

这时，他一手抓住床沿不锈钢管，侧身慢慢地坐起来，脸色蜡黄，额头上的汗珠亮晶晶的，不时地往下淌，他将整个身子挪动到床沿上，先是左脚沿着床沿放下，穿着拖鞋，等左脚站稳以后，右脚再穿上拖鞋，他弓着背，哈着腰，总算站立起来了。这时，他脸上流露出惨笑，好像一个士兵经历了一场恶战，带着伤得胜返回部队似的，尽管浑身伤痛，非常疲惫，但是内心感到庆幸。他一眼不眨地看着监测仪、药水瓶和药水袋，一手护着针管，一手抓着输液杆，小心翼翼地往厕所门边一步一步挪动着，其实，他的床距离厕所门只有三四步，可对他这样的病人来说，仿佛是千里之遥，每前进一步都要付出巨大的痛苦，才能走到终点。这三四步路，他足足向前挪了五分钟才挪到，样子显得特别吃力。厕所门他不好关，只能虚掩着，他小便完好像一个小孩做错什么事似的，总是苦笑着对我说："不好意思，门都没关！"

听到他说这句话，我的眼泪都出来了。同一个病房里的病人，而且都是重病人，哪里在乎这样的小事呢！

在这一个小时里，甘宁每隔十来分钟就要下床去厕所一次，每次重复着那样艰难的动作，每次开始的时候，他都感到那样的痛苦，总是皱着眉头，咬着牙关，拖着碎步，像乌龟在旱地上缓慢地向前爬行。当他返回的时候，心里又似乎轻松了许多，脸上也显出难得的苦笑。以后的时间里，他去厕所的次数逐渐减少，基本上半个小时左右去一趟了。

就这样，第一天白天，甘宁在痛苦的煎熬中过去了。

夜幕降临，天色渐渐黑了，甘宁独自一人睡在病床上，眼睛盯着挂的药水。甘宁想睡不敢睡，翻来覆去睡不着，不知多少次下地上厕所来回折腾，已经很疲劳了，没撑到半夜里，就打起了呼噜，呼呼地睡着了。

看到他睡着了，我侧过身，偏过头，帮他看着药水瓶里的水，过了半夜十二点，他挂的一瓶药水挂完了，我连忙给他打了铃，并轻轻地叫了几声："老甘，老甘，你的一瓶药水挂完了。"

甘宁似乎听到了我的叫声，在睡眠中惊醒过来，说："糟糕，我怎么睡着了？唉，做主意不睡的，结果还是睡着了。谢谢啦！"

我说："没事，你睡吧，我白天睡得时间长，再说，我每天晚上最多睡两三个小时，几十年一直这样子。我帮你看着点，你就放心睡吧！"

正说着，深夜班护士柯晓来了，她还以为我要换药呢？她进来后，立即明白了，笑着说："看到张圣打铃，我找了好一会儿药，没有，一查，早挂完了。哦，心想，一定是甘宁要换药水。药水，我拿来了。"

柯晓技术是一把好手，经常值深夜班，新护士碰到难题找她，她都会乐意教。我刚住院时的一天深夜，新护士见我手挂肿了，说："要重插留置针，我去叫柯老师来。"

一会儿，柯晓来了，笑着说："重插，换只手，别紧张，一会儿就好。"

我当时病危，没看清柯晓的模样，但她的名字却一直记在我心里。

甘宁迷迷糊糊地睁开惺忪的眼睛，说："是张圣帮我打的铃，我睡着了。"

"以后醒着点。万一张圣也睡着了呢？空挂时间长了，空气进入皮管对人体不好的。很危险的。还是注意点好！"柯晓关心地说。

"嗯，好！好！唉，我以为不会睡着的。刚开始还可以，吃过夜饭以后，人不舒服，不知怎么搞的，老是恶心，头昏昏沉沉的，一会儿上眼皮和下眼皮打架了，不知不觉就睡着了。好的，护士，我听你的，以后不敢再睡了！"甘宁就像一个听话懂事的孩子，连声答道。

漫漫长夜，长夜漫漫，病人醒着，看着自己挂水，想着身边没有一个亲人，凄凉悲惨缠心头，无处诉衷肠。

甘宁终于忍不住了，小声地哭泣着。唉，有什么办法呢？漫漫长夜催人愁，病痛折磨愁更愁。

甘宁啊，甘宁，你不是平常不相信命吗？现在总归相信了吧，这就是命啊！命里来了绝症，想躲是躲不过去的。这一夜，甘宁只合了一会儿眼，醒来后再也没有困。他怎么敢困呀！

夜晚终于过去，白昼缓慢来了，甘宁终于熬到了天亮。他望着窗户，默默地扳着手指算时间：天亮了，意味着新的一天又开始了，意味着治疗时间又少了一天。

第二天的化疗又开始了。第二天，甘宁的精神状态显然不如第一天那么好了，化疗时间越长，人越吃不消，病魔不停地折磨他，他的体力被化疗渐渐削弱，但他一个人在医院治疗，他必须挺住。他实在怕起床小便，水比第一天喝得少了，减少了起床小便的次数；他跟我说话的声音比第一天低了，话中常常带着颤音。第二天，他没有吃饭，他说吃不下去。护工打来的饭，原样摆在那儿！

第三天是关键的时刻，已经到了激战的前夜。

上午，刘虹主任来查房，先是问了我的情况，给我作了检查，然后转向甘宁问道："甘宁，有没有什么地方不舒服？"

甘宁眼睛凹陷，面如死灰，呆呆地望着刘虹主任，半晌才说："全身痛，全身不舒服。"

刘虹主任给他做了胸背检查，叮嘱说："不要有思想负担，要想得开！"

其实甘宁的病到底怎么样，刘虹主任心里很清楚，只是不便说出来而已，说了，怕病人一时受不了。

甘宁对自己的病痛没有说出个所以然来，看来前面的两天两夜，尽管他受尽了折磨，但是还是挺了过来。相信他后面的时间也能挺过来的。

第三天的白天，他饭吃得很少，一吃就想吐，干脆不吃了。到了夜里，他不停地小声哼着，不知道说什么，问他也不说。

终于迎来了第四天的黎明，他望着窗户透进来的亮光，脸上有了笑容。他说："这次化疗结束，还有两次化疗。就不来医院了。"

白血病病人，害怕化疗，但又不得不化疗；白血病病人，害怕长时间住院，但又不得不长时间住着。每个病人时刻都在盼着早点治愈，快点出院，回家与亲人团聚。住在自己家里，对他们来说就是一种幸福。

甘宁住院没有亲人的陪护，没有任何人照看，受尽了煎熬。他凭着自己对生的欲望，艰难地挨了过来。这在医院血液科，我知道的就他一人。他如此顽强和刚毅，完完全全就像一个无坚不摧的钢铁战士。

几天以后，甘宁笑着出院了。

第三次化疗

几个月后，我和甘宁又先后住进了医院。这次他先我五六天住院，我来的那天，正是他化疗的最后一天，他这是第三次化疗。我们真是有缘，又是住同一病房。不过这次我们住进了一个四人间，房间的厕所设在东北角，他特意跟医生说床位要紧靠厕所，化疗时下床好上厕所，他住的床位白天晒不到太阳，自然阴沉沉的。我住的床位靠近窗户，天气晴好的时候，阳光透射进来，照得全身热烘烘的。

我刚住进病房时，甘宁躺着，微闭的眼睛睁了睁，显得又惊又喜，主动热情地跟我打了招呼。几个月不见，他的脸更加消瘦了，嘴角皮连着皮，没有一点肉，全身骨瘦如柴，下床去厕所，仅仅只有一米多远，脚不离地拖着走，搬着碎步，东倒西歪，随时都有可能跌倒，累得一身汗，脸色通红，额头上的汗珠像雨点一样滚落下来。他苦笑着对我说："过几天就可以出院了。出院以后就可以不用来医院了。"

我真替他高兴，他这大半年来住院吃的苦，总算没有白吃。我默默地为他祝福，祝福这个少言寡语、忠厚老实的老头，能够多活几年，不要说多吧，哪怕能够多活三年五年十年八年也好啊。毕竟他只有 62 岁啊！

这天上午十点半，他躺在病床上，似乎轻松了很多，挂的水也减少了几瓶。这样一来，他下午四五点就能挂完。他轻轻咳嗽了几声，好像有点感冒，说话的声音也有点沙哑。他由于长时间地躺着，显得很疲惫，慢慢坐了起来，顺手从枕边拿起一张托人买来的《扬子晚报》，翻了翻，丢在了一旁。要是以前，他可以把整张报纸看完，有时还给我讲讲报上的花边新闻，说着说着，笑了笑，脸上显出浅浅的酒窝。可是今天，他连看都看不动了，话也懒得跟别人说。

　　在血液科，经历过化疗的病人，都有这样的体会：每次化疗，都很害怕，都很难受。

　　在血液科，一般白血病病人，都要经过化疗治疗，最后，有的人挺了过来，康复出院了；有的人不知不觉地越来越重，根本挺不住，自己不知咋回事，突然命就没了。

　　当听到哪个病人说治疗结束了，以后不需要再来治这种病的时候，同病室的病人都会为他欢欣鼓舞，同时也希望自己的病尽快治愈。

　　甘宁吃了那么多的苦，三个疗程结束了，他轻声地反复说："以后不用来医院了！以后不用来医院了！"

　　住院对甘宁来说是受罪，好像坐牢，好像经受一种特殊的酷刑！

　　大约中午十二点钟，甘小芳来了，后面跟着一位老太太。甘小芳手里拿着一袋苹果、一袋梨子，见到他哥的同室病友，给每人分了几个，我们因为以前见过面，她对我比较客气，多给了几个水果，说话的语气也和别人不一样。她转眼看了看病房里的病人和家属，说："我哥人老实，请大家多关照。"然后，她手指着在她身后的一个老太太说，"这是我妈。"

　　老太太今年83岁了。身高不足一米六，气色很好，走路风风火火，要是从外表看，很难知道她的实际年龄。甘宁见到老娘来了，脸上露出了开心的笑容，坐了起来。老太太走到床前，摸着他的脸，心情沉重地说："瘦了，比以前瘦多了。不过还好，精神不错。"说着，不觉滴下了眼泪，随即掏出手绢揩了揩，马上反应过来，说，"看到我侯病好了，我这是高兴啊。"

　　甘小芳连忙说："哥这个疗程结束，就好了，再过几天就可以出院了。"

　　老太太说："好，出院好。"

　　甘宁说："妈，我最近很好，身体比以前好多了。今天中午吃了两碗饭。打的饭全部吃光了。"

　　老太太当然知道，人是铁，饭是钢。人只要吃得下饭，身体就好。即使有了病，恢复得也快。

　　作为母亲，老太太在家好长时间不见大儿子来看她，心中感到纳闷，知道肯定大儿子有什么事儿在瞒着自己，问儿媳妇，周倩谎说到外地去旅游了。老太太觉得不太可能，自己儿子平时不抽烟不喝酒不赌钱，蛮节约的，退休金就两千多一点，怎么可能一人跑到外地去旅游呢？于是问女儿，甘小芳开始也瞒着，生怕她年纪大了，经受不住刺激。老太太是精明人，问不到什么，干脆不问了，心想，儿子不来看我，我去看他。一天，老太太起了个早，七点多钟就去了甘宁家，见不到大儿子，她心中全明白了，但她假装糊涂。来到女儿办公室，说："带我去见见大侯。"甘小芳没法子，以为老太太全知道了，就把老太太带到病房里来了。老太太一见大侯，心中一惊，果然儿子病了，但老太太不知道儿子患了什么病，到了病房一见，大家都说是小毛病，晓得还能看好，也就放心了。

这时，张雅平医生来了，这位医学女博士见了谁都是脸上挂着笑容，没有一点架子，对病人和病人家属说话和气、谦虚，从来不跟人高声大气，见甘宁床边坐着一位老太太，不用问就能猜到是谁了。她微笑地说："甘宁，你三个疗程结束了，明天观察一天，没什么不舒服的话，后天出院。"

一听到出院，甘宁绷紧的眉头舒展了，脸上也有了笑容，看着医生，慢腾腾地说："回家后可以不来了吗？"

张雅平医生说："正常情况下，可以不来医院了。如果有什么不舒服，就要随时过来看的。人病了，要及时看，不能拖啊！"

这天是甘宁出院的日子。上午，他继续挂水，挂完水，下午办出院手续。这大半年来，他先后在血液科住了三次，进行了三次化疗，人的精神一次比一次差，人的身体一次比一次弱，但都挺了过来。早晨，护士还没来挂水，他就早早地起来了，脸上有了笑眼，心情也比以往少有的好，嘴里哼着小调。这是同病魔抗争搏斗胜利的前奏曲。这大半年来，他风里来，雨里去，当躺在病床上化疗不能动的时候，多么希望像其他病人一样，有一个亲人陪伴着，哪怕扶一把也好，可是他全得靠自己，不管爬得起来也好，爬不起来也罢，都得爬起来，都得硬撑起来，如果起不来，那可真是彻底倒下了。可是，这大半年，他显然是胜利了。他显得很兴奋，见我坐起来看书，主动与我打招呼："张圣，我今天出院，所有疗程结束了。"他转而又说，"你还有一年多的治疗，得坚持啊。咬咬牙就过来了。"

我深受感动，从心眼里佩服他，为他祈祷！为他祝福！

下午三点多钟，甘宁挂完水，坐了起来，独自收拾东西。护工朱大妹走了进来，见甘宁床头柜上有一袋水果和一箱牛奶，说："甘宁，你把水果、牛奶留下来，不要带回去了。我看你拎也拎不动，提到半路拎不动反而麻烦。"

　　甘宁听了二话不说，立即将东西递了过去。护工朱大妹像小孩一样，一手接过东西，一手拿了一个苹果送往嘴里，啃了起来，一边啃，一边笑眯眯地看着大家，说："嗯，好吃！甘宁真好！你们大家向他学着点。"

　　甘宁收拾好东西，向大家一一打招呼，然后走了，刚走到门口，他又回转头向大家挥挥手说："再见！"

　　当甘宁走出病房，从我眼前消失以后，不知为什么，我为他担忧，心里感到有一种莫名的怅惘：甘宁回家要遇到双重压力，既要面对他弟弟一人霸占财产的苦恼，又要独自一人照顾自己，心情怎么能够好得起来呢？特别是面对他弟弟甘能强这样蛮不讲理的人，就是好人也会被他活活气死，何况像他这样身患重病的人呢？但愿他能够挺过来，活得开开心心，过好生命中的每一天。

　　甘宁出院不到一周，一天下午，我挂完水，在医院过道里散步，突然发现甘宁又独自一人来医院了。原来他回家后第三天就感冒发烧了，高烧四十度，在他家附近一所医院挂了一天水不见效果，就想着还是到这边来了。我出院那天，他还在挂水，不过听说他的高烧退了，观察一两天也可出院了，但是，他的精神没有以前那么好了，看上去一天不如一天。他求生的欲望非常强烈，哪怕只有一口气，也要独自来医院治病。

　　在医院治病的日子，可是度日如年，回家的日子，真是日月如梭。我出院转瞬间两个多月过去了，又去医院治疗了。冬天来了，已经到了年底，人们都在为过年开始忙碌了。我的头等大事却是住院，争取早日把病看好。通过一年多的治疗，我的身体在慢慢恢复，而且逐渐走向康复。如果不知道我生病的人，从外表看，很难发现我是一个白血病患者。我一住院安顿好，心里就牵挂着甘宁，护士朱小娟笑盈盈地来了，帮我插针；护工朱大妹也来了，帮我打开水。我问朱大妹："最近有没有见到甘宁来住过院？"

　　护工朱大妹一脸叹气："唉，来过的，大约半个月前来过医院，这次来是他老婆周倩和几个亲戚一起搀扶着来的，他已经不能独自走了呀。唉，没法治了。他在医院住了5天就死了。这最后5天，周倩天天陪着。这是甘宁几次住院唯一有亲人陪护的一次。那几天他常常抓着周倩的手，望着周倩，只是笑笑，不说话。大概他感到满足了！"

　　甘宁死了，他活着的时候住院背了一屁股的债，周倩与她女儿从每月工资中省吃俭用一点点地还；他弟弟甘能强不用再挖空心思争祖上的家产了，他母亲的拆迁费全被他弟弟拿走了。

甘宁死了，他无声无息地走了。

死亡，每个人都要经历的关口。

死亡，每个人都要面对的问题。

死亡，是一个人对人世间的一切作了一个圆满的总结。

死亡，是一个人对人世间的恩怨作了一个彻底的解脱。

死亡，是一个人走向更加幸福的征程！

第三章　劳碌一生白忙乎

春天是万物复苏的季节，可是对于身患白血病的人来说，除了少数的类型可以看得好以外，大部分人一直处于冬天，根本没有春天可言。

我同病房住着一个年纪60岁的农村人，这人叫孟昌平，身患白血病。长着一副圆脸，脸色灰灰的，黑黑的，一看就不像是一个健康的人，但是也看不出他患有多重的病，他住进病房以后，不需要住层流床，从表面上来看，他精神比我好。那时候我刚刚生病才两个多月，病情很重，一到医院就住进了层流床。我那时嘴上不说，心里还羡慕他，羡慕他可以自由下床，羡慕他生活能够自理，羡慕他说话声音洪亮。他这次住院是他患病之后已经九个多月了。

孟昌平经历丰富，虽然只有初中文化，生活在农村，但脑子活络，哪项生意来钱多来钱快，就做哪项生意，先后做过木匠、开过车子、贩过东西，起早搭夜，不畏劳苦，东奔西跑，忙忙碌碌，勤俭持家，不到四十岁，就盖起了一栋漂亮的三层楼房。妻子名叫厉秋，是个持家的好手，丈夫寻回转的钞票，省吃俭用，一分一厘存了起来。夫妻俩有一个宝贝女儿，大学毕业在苏州一家公司打工。这样的三口之家，小日子过得美美的，虽然说不上有多么出色和富裕，但在农村来说，像这样不愁吃不愁穿不愁钱的家庭，还真是不多。这样的家庭比城市一般工薪阶层也要不知好到哪里去了，城里一般工薪家庭生活也不容易，房屋住得不宽敞，平常生活得精打细算，像他们家这种生活水准也算是小康之家了。可是，一个人对自己的一生难以预料，就像今天不知道明天会发生什么一样，有时灾难突然之间就会降临，想躲都躲不了。

自从孟昌平生病住院以后，整个家就像天塌下来似的。孟昌平住院治病要用钱，厉秋既要照顾他，又要想法钞票，几个疗程下来，几十年的积蓄花得剩下不多了。孟昌平想活，想治病，钱没了，还得住院。这样一来，原本一个美好幸福富裕的家庭，生活一下子陷入了困境。

突降灾难

头年6月初，孟昌平和往年一样在外地跑运输，帮人家拉货，突然感到身体不适意，心里想，可能这几天白天黑夜连轴转太累了，歇天把会没事的，办完事就回了家。

从外地回来，他对厉秋说："浑身没劲，歇天把再外出。"

厉秋平时话语不多，心地善良，听孟昌平说身体不舒服，见他气色不好，只知道丈夫平时干起活来不要命，现在回到家，让他好好休息，什么活也不让他干。一天歇下来，不见好转，又连歇了几天。照例歇了五六天，应该早已神清气爽了，哪晓得不但没有好转，反而全身乏力。那几天，厉秋做了好饭好菜，可是孟昌平一天比一天吃得少，最后连筷子都懒得动了。这下，可慌坏了厉秋，看着丈夫面色蜡黄，走路喘气急促，喘得上气不接下气，好像八九十岁的病重老人似的，走路歪歪扭扭，急得夜里睡不着觉，非让丈夫去医院看看不可。

到哪个医院看呢？孟昌平觉得还是到镇医院看吧，一来镇医院离家近，如果需要住院，回家拿东西方便，妻子到医院照顾也便当。二来厉秋心里想，丈夫平常身体棒棒的，估计不会有什么大病，到医院挂几天水营养营养就好了。因此，她赞成孟昌平的想法。

第二天一早，天气阴沉沉的。厉秋骑电动自行车带着孟昌平去了镇医院。医生大多是同一个镇的，也有一个村的，一见面都比较熟悉。医生们见到孟昌平说要看病，大家都非常热络，问这问那，一会儿就安排了床位，住进了医院。然后，履行了各项检查，比如抽血、胸透、做B超，等等，虽然检查结果没出来，但是大家都认为不可能有什么病的，医生们初步诊断为劳累过度，挂几天水就没事了。听了医生们的话，连日来孟昌平和厉秋一颗悬着的心落地了，脸上也露出了笑眼。厉秋看看孟昌平，笑着说："我说没事的吧？

就肯定没事。你开头还不相信呢！"

俗话说，有病自得知。医生们虽说孟昌平没什么病，孟昌平心里却有点放心不下，因为身体乏力有一段时间了，大约两三个月了。那时起只要出车在外，他就老感到精力不支，有时车一停下来，人就不想动了，到了旅馆不想坐，老想躺，一躺就不想起来，饭也不想吃。现在住进了镇医院，望着面前的吊针，药瓶里挂着营养液，他心里踏实多了。农村镇医院很少有人住院治病，他住的病房，就他一个病人，静悄悄的。夜晚来临，天黑了，窗外和楼道一片漆黑。医院三层楼里没有几个病人，听不到多少声响，只有偶尔从外面田野地传来青蛙呱呱呱的叫喊声。胆子小的人住进这样的小镇医院里，感到既寂寞又害怕。孟昌平胆大如牛，独自一人走南闯北几十年，胆气练大了，不在乎。他在乎的是他自己的病，几十年了，几乎没生过什么病，就连感冒也很少有的，医院的门朝哪儿开的都不知道。可是，这次好像不对劲，不知有什么大病要缠着自己似的，感到有种不祥的预兆。

趁厉秋还没来送夜饭之前，孟昌平闭着眼睛，静静地躺着，觉得自己该躺在医院休整休整。他这一辈子，从懂事起，拼命干活，拼命挣钱，一晃60岁了，在农村，60岁年纪不算大，男的没病的，有本事的在外面挣钱，没本事的在家种田，在附近做做小工，糊碗饭吃，总能吃饱。大家相互见了，拉拉家常，开开心心。逢年过节，有一段时间闲着，聚在一起打打牌，搓搓麻将，没有多少输赢，其乐融融。他在农村里无论是生活条件，还是经济条件都算好的。他原想自己做生活做到八十岁没问题。许多农村老头，九十多岁了，还在种地，闲了还骑着自行车到处游荡呢。他就一个女儿，29岁了，还没成家，这要在农村是个大龄青年，但在城市现在不算大，这样大的女孩子多的是，女儿偶然回家，两口子提到婚姻，孩子总是避而不谈，女孩子有了文化，眼界高，在外让她自己做主。自己不生大病的话，女儿出嫁时，陪嫁的嫁妆可以置办得像模像样，还给女儿买一辆轿车。这样女儿女婿回来也方便。从苏州回来的话一个多小时就到家了。想着，想着，他心里笑了，脸上笑了，不知不觉呼呼地睡着了，睡得多么香甜。

厉秋白天在医院跑上跑下忙了一天，安顿好孟昌平以后，心急火燎地跑到菜市场，拣平常他喜欢吃的菜买，回到家尽管疲惫不堪，但一想到他在医院里还没吃饭，立即下了厨房，忙碌开了，从六点半开始一直忙到七点半，自己简单扒拉几口饭，顾不上吃好，放下碗筷，盛好饭菜就赶往医院。

家距镇医院有三里多路，骑电动自行车十来分钟。天全黑了，那时农村的埂路没有路灯，正好这时也没有月亮，天黑得什么也看不见，幸好电动自行车有车灯，还能照亮一小段路。6月的田野，田地的玉米已长成人把高了，风吹过，发出沙沙的响声。厉秋胆子小，平时不敢走夜路，孟昌平外出不在家的时候，她一人吃好饭，早早地就把门关上闩了。现在，她听到玉米地里发出的风声，以为有人跟在后边，心一下子紧张起来了，吓出一身冷汗，骑着电动自行车只管向前奔驰。一会儿看到有路灯了，她晓得那是镇医院到了，刚才紧张的情绪马上平复了。

到了医院，老远就听到孟昌平传来呼噜呼噜的鼾声，走到病房门口，厉秋看到他睡着了，蹑手蹑脚地走进病房，把饭菜轻轻地放了下来，刚坐下来，喘了口气。孟昌平翻个身醒了，看到厉秋来了，心情似乎有点激动，心疼地说："黑灯瞎火的，这段夜路你怎么过来的？在家里睡舒服呀。不要来的。"

"你说我一个人在家能放得下心吗？能安稳吗？能睡得着吗？再说也没人给你弄饭吃呀？我陪在你身边，哪怕睡不着也安心啊。"厉秋微笑着说。

这一夜，孟昌平在厉秋的陪护下，睡得很香很甜。

在镇医院一天一夜很快地过去了。

早晨八点之前，医生们都来上班了。

医生们一上班就看孟昌平的检查结果，发现血常规中有几项指标不是很好，觉得有点奇怪，是不是检验有问题？于是来到病房，问他有没有什么地方不舒服，一看他的脸色还可以，于是决定再挂一天水，再做一次血常规，再观察一天，就没有把昨天检查的结果告诉他，只是对厉秋说了，厉秋和医生的想法不谋而合。可是，到了第三天早晨，结果仍然如此。这不能不使医生们心情紧张起来。

值班医生来到病房，将厉秋叫了出来，背着孟昌平委婉地说："查出来有几项指标不好。我们是小医院，你们还是到其他医院查查吧。建议你们到肿瘤医院看看，到那里查查放心。不要在我们这里耽误了，赶紧办出院吧！"

听了医生的话，厉秋顿时吓傻了，呆在那儿，这怎么可能呢？平时一个身体健康的人，怎么可能说病就病了呢？但是医生的话是千真万确的！她不情愿地无可奈何地办理了出院手续，然后连家都没回，带孟昌平去了附近的一所肿瘤医院。

到了肿瘤医院，孟昌平在门诊挂号，值班医生开出了化验单，他又是从头开始，履行了各项检查，结果要隔一天出来。因为在门诊看的，没有办理住院手续，做完检查就和厉秋回家了。两个人回家以后，无心做其他事情，焦急地等待着检查结果的出来。

又过了一天一夜。孟昌平和厉秋怀着忐忑不安的心情去了肿瘤医院。一路上，他们不停地祈祷平安健康。但是到了医院，就像做了一场噩梦，恶魔缠身，想躲躲不了，想哭哭不出来。

值班医生见了他们，抬头望了望，然后又低了下来，过了一会儿，严肃地说："你叫孟昌平？嗯，住院。钱带了吗？先缴两万押金！"

押金？两万？不是开玩笑吧？听了医生的话，孟昌平丈二和尚摸不着头脑，不知是自己听错了，还是医生说错了，赶忙问："医生，我得了什么病？为什么要住院？为什么要缴这么多钱？"

这回，医生头都没有抬，歪着头，斜视着，态度傲慢地说："白血病。你问啥？这么多钱？我还说少了呢！先办了住院手续再说。现在给你说，你也不懂，以后你就知道了！"

孟昌平算是见过世面的人，一听医生的话，晓得自己的病遇到了麻烦，呆呆地望着医生，不觉愀然低声说道："我不懂，不过随便问问。"

厉秋一时愣在医生值班室，不知所措。

孟昌平拉了拉厉秋的衣袖，轻声地说："走，听医生的，先住院再说。"

就这样，孟昌平住进了肿瘤医院。

没有医保

孟昌平是农村农保，不是城镇医保。

农村的人住院，农保报销的比例，相对于城镇医保来说要少一些。农保的药，各个县（市）、区的标准也不同，比例高的可以报百分之六十左右，比例低的报百分之四十左右。生大病住院以后，用的好多药不在农保范围，有相当一部分药要自费的。所以，大部分农民患了重病住院，没几天就有可能花完一辈子的积蓄，毛病还不一定能够看好。有的毛病虽然可以看得好，但需要花十多万几十万甚至上百万元，这个数字，对大多数只靠种地为生的农民来说就像天文数字，吓都吓怕了。在农村，没有手艺，纯粹种地的，生了白血病，到了血液科，因为没有钱看病，只好打道回府。

孟昌平在当地农村算是一个能人，像他这个年纪的人，能够积蓄五十多万元，还是比较少的。他入住肿瘤医院时，没想到要花多少钱。其实，肿瘤医院不比镇医院。住镇医院十天半月花不了几千元，医生也想方设法帮助节省着花；住进肿瘤医院那是两重天地，医生一开口先让他缴两万押金。孟昌平和厉秋两个人都惊呆了。厉秋没带那么多钱，回了家，拿了压箱的存折，跑银行取了钱，然后急兜兜地赶到医院缴了押金，办理了住院手续。

病房医生询问病史，询问病情，然后开了整套的检查，若无其事地说："等检查结果出来了，再开药！"

厉秋凭直觉，从医生的语气上可以察觉，孟昌平的病肯定有麻烦，不然医生不可能这么说话的。

自从住进肿瘤医院病房的那一刻起，孟昌平心里就像打翻了五味瓶，酸甜苦辣咸一齐涌了出来，他走南闯北几十年，经的风风雨雨多了，做生意讲究的是察言观色，不然哪能成就一笔买卖。此刻，他躺在肿瘤医院里，心情完全不像躺在镇医院里那么踏实。住在镇医院里的病人，特别是像他这样年纪的人，一定不是什么大病的人，就是那些八九十岁的人，也就挂几天水而已。而躺在肿瘤医院里的病人，不管是年少的，不管是年长的，也不管是中年人，这些人中有不少是重病人。有的身患一个字："癌"。谈到"癌"，都说是绝症，站着进来，躺着出去，苦着进来，哭着转去。他本来心里十分难受，看到厉秋一脸愁眉不展的样子，怕她撑不住，反过来安慰说："不要紧的，没有什么大病，住几天院就好了。你看我平常的身体那么壮，哪能有什么大病呢？等病好了，我再也不到外面跑生意了，在家好好陪陪你。反正我们这一辈子钱也挣够了！也够我们俩养老了！"

厉秋含着泪说："等你出院了，你就是想出去跑生意，我也不让你去跑。咱们在家好好过日子，钱够吃够花就行了。"

夫妻俩你看看我，我看看你，焦急地等待着检查的各项结果。

那天傍晚时分，医生将厉秋悄悄地叫到了值班室，心情沉重地说："孟昌平患的是白血病。要治疗的话，准备钱。病人要化疗。"

厉秋听了吓得大惊失色，浑身颤抖，一个好好的人，怎么可能突然患如此重的病？怎么可能患癌症？她不相信，她连做梦都不会相信这是真的，她拼命忍住泪水，对医生说："这怎么可能！这怎么可能！一定是弄错了！"

现在的医疗技术发达，检查的报告一般不可能有差错的。哦，对了，厉秋想起来了，肿瘤医院一个副院长是孟昌平儿时的同学，虽然几十年没联系，但找他总比不认识的好。她蹭着走到副院长办公室，说明了情况，孟昌平的这位儿时同学立即打开电脑，看了各项检查报告，沉思了一会儿，说："报告是不会错的。还是做做昌平的思想工作吧，让他配合治疗。也许这样能对他治疗有帮助。走，去看看昌平吧。有些话我来说。"

此刻，孟昌平闭着眼睛，一心想着等结果出来，他想自己不会得什么大病的，住几天医院，挂几天水，就可以出院了。

"昌平，你看谁来了？"厉秋走进病房，看到孟昌平闭着眼睛，轻声地说。

听到厉秋的说话声，孟昌平微微睁开眼睛，发现面前多了一个人，仔细看了看，忽然惊讶地说："这不是黄院长吗？我做的结果出来了吗？我得了什么病？"

面对孟昌平的提问，黄院长凭着几十年的从医经验，特别能理解病人最初生病的这种心理，微微笑着，轻声地说："结果出来了，有点麻烦，不过需要你配合治疗，要化疗。老同学，只要是人，都要生病的，不管生什么病，我们都要面对。你愿意在我们医院治疗的话，我们全力以赴。如果不愿意在我们医院治疗，那么转院也行。这就看你自己。"

听着黄院长的句句实在话，看着黄院长一脸诚恳的样子，孟昌平没再说什么，默默地点了点头，然后说："我没有医保，只有农保。先在这儿治治再说。"

孟昌平就在肿瘤医院住了下来，并且接受了平生以来第一次化疗，他第一次尝到了化疗的痛苦，真是生不如死。出院之前，他又作了检查，病魔似乎有意跟他过不去，没有因为医生对他实施了化疗，就停止对他的侵袭，而是更加猖狂地向他发起攻击。对此，厉秋怕他晓得了受不了，一直没有告诉他。

出院以后，孟昌平和厉秋商量，决定下次转个医院治疗，选定了江海市的通仁医院。孟昌平在厉秋的陪护下，来到了通仁医院，看了门诊。接诊的是一位血液科的男医生，男医生五十多岁，看了他在肿瘤医院住院的所有资料，不动声色地问："要不要住院作进一步的治疗？"

孟昌平直截了当地问："像我这种病能不能治好？"

男医生先是一愣，继而看了看病人，以为病人在肿瘤医院治疗期间已经晓得自己的病了才问的，所以没有隐瞒病情，实话实说："治不好。"

"能活多长时间？"

"最多半年吧。"

孟昌平本来想，前面肿瘤医院的诊断是错误的，瞎治的，到通仁医院希望能够听到好的消息，哪里想到却是当头一盆冰水，泼得他晕头转向，透心凉，心中美好的愿望一下成了泡影。他听了不觉怒气冲天，心里开始痛恨那个医生：你怎么能对我这样讲话，使我无法接受，也无法忍受。但是不管能活多长时间，两口子决定赌一把，住院，看得好看不好再说，也许能看得好呢？

听说在国外，病人不管得了什么病，医生会将病情直接告诉病人的，好让病人心里有个底。然而在国内，病人得了重病，尤其是得了不治之症，病人的家属习惯性地要求医生对病人进行保密，致使许多病人到死都不晓得自己到底得的是什么病。病人被剥夺了知情权，那是多么残忍啊。可是，这对病人家属来说，恐怕也是无奈之举呀。

病人不应该憎恨医生，医生只是说了实话，作为病人不是也想听实话吗？当听到实话以后，应该感激医生，是医生让你有了心理准备，这样好早作安排。有的生了绝症，家属一直隐瞒病情。有的病人临死才知道自己的得病情况，如果早知道自己得的病看不好，就将一些重要的事情提前交待了，可是临死才晓得已经来不及了，那才叫真正的遗憾呢！

我和孟昌平同住一个病房，那时我生病时间不久，前路渺茫。他从患病到现在已经度过了九个多月，从去年到现在是第二年了，前面进行过三次化疗，第一次在肿瘤医院，第二次和第三次都在通仁医院，在通仁医院化疗结束出院回家后，感觉心情舒畅，饭菜比生病以前吃得还多，精神也蛮好的。这次住院是第四次了，他躺在病床上，不用住层流床，生活完全能够自理，听他说话声音，根本不像是一个重病病人。

到了血液科以后，刘虹主任针对孟昌平的病情，一把钥匙开一把锁，给他制订了科学的治疗方案，同时对他进行心理辅导，每次查房问得非常细致，病人需要注意哪些问题，讲得非常清楚。孟昌平听了既能够接受，也愿意照着去做。

现在，摆在孟昌平面前的最大困难是钱的问题。前面三个疗程，家中几十年的存款都取了出来，再要看病没钱了。厉秋哀求苦恼，多次找刘虹主任，诉说苦衷，苦着脸说："刘主任，你们开药多从农保中走走，哪怕从农保中多报点也好，能让我们自己少出一点是一点，我们实在拿不出钱来了。"

其实，孟昌平一来住院，刘虹主任就对他家很同情，很关心，晓得他没有医保，设法帮他看病省钱，开的药能走农保的，尽量走农保，只是没有告诉他而已。如今见到病人妻子一脸无奈，她安慰说："你不说，我也晓得这么做的。从你家的初始住院以来，我们一直这么做的。"

厉秋听了刘虹说的话，感动得就差磕头了，连声说："谢谢刘主任，谢谢刘主任。"

孟昌平夫妻俩真是不容易：辛苦挣钱几十年，省吃俭用存了钱，重病住院全花光，一夜回到贫困线。

刘虹主任不仅医术高超，而且心地善良，见了病人家属的苦求，一直放在心上，她特意把厉秋叫到办公室说："你家的能可以不用药的，我们就尽量不开药；你家的有些项目能不检查的，我们就不开做检查。治疗白血病不少药有的要全部自费，有的要自己承担大部分。你自己再想想办法，找找新闻媒体，呼吁各界人士捐款。孟昌平最近身体蛮好，如果能找到配对移植的话，延长生命的希望还是蛮大的。但是移植需要一笔钱。"

自从孟昌平生病以来，厉秋好像一直生活在噩梦中，吃不香，睡不着，担心他哪天突然离自己而去，担心医院催缴押金，就连走路都低个头，好像欠了别人债似的，眼里只有眼泪，没有笑眼；脸上只有愁容，没有笑容。她刚才坐在冰冷的铁椅上，面无表情，满脸呆相，心情烦躁不安。然而听了刘虹主任的话，似乎又看到了希望，她轻声地问："刘主任，你说我家的还有可能多活几年？"

"从前段时间你们家的治疗情况来看，从最近几天检查结果来看，从目前病人身体状况来看，一切都会有可能的。所以你们不能放弃治疗。"

厉秋感到孟昌平还有希望多活几年，望着刘虹主任，噙着眼泪说："谢谢刘主任！谢谢刘主任！只要能让我们家的多活几年，钱，我想办法！"

重开诊所

上午，刘虹主任和医生们来查房，孟昌平愁眉苦脸，闷声不响，心里不由得紧张起来。他倒不是怕自己的病看不好，他知道自己患的病疙里疙瘩，可以说无药可救，不管怎么说，他多么想活，哪怕多活一天也好，他发愁的是在医院继续住下去，家里拿不出钱来。他的这一举动，逃不过刘虹主任和医生们的火眼金睛。

刘虹主任看他神情恍惚，皱着眉头，晓得他心里又有什么不开心的事了，便问："孟昌平，你什么地方不舒服？你最近各项指标还可以，这对你来说是好事，也算是个奇迹。"

孟昌平听了半晌不做声，心想，原来有个医生说过，他那种病最多活半年，现在已经过了半年，能够超过半年，多活一天就赚一天，能活着那是多么美好啊。所以，他对自己的病心里早有准备，看得好看不好已经无所谓了。当然，他不想死，能多活一天是一天。不过，他生病以来，厉秋却受苦了。厉秋家中和医院两边跑，回到家中，拿换洗衣服，做点孟昌平喜欢吃的饭菜，边做边觉得心里空落落的，仿佛被猫抓了一样难受，痛苦，无言的痛苦，只有在她一个人的时候，她才能好好地宣泄出来，她坐在家中，大声地哭了起来。她跑医院，尽管乘公交车，但在迈向公交车的这段路上，她的两条腿就像绑了铅一样，觉得沉甸甸的，心情焦躁不安，心中不时地盘算着：昌平的病要看，两个人几十年的积蓄花光了，以后治病的钱怎么办？是啊，厉秋心想不管看得好看不好，只要孟昌平活一天，她就要帮他看一天，哪怕砸锅卖铁也要看。到了医院，在孟昌平面前，她装作若无其事，从不哭出声来，有时实在忍不住，就走出病房，在过道里偷偷掉眼泪。

这天上午十点多钟，天阴沉沉的。厉秋从家中拎着做好的鸡蛋饺子往医院赶，从家中去公交车站有两里多路，从公交车上下来去医院还有一里多路，她走路都是急匆匆的，就怕孟昌平饿肚子，她总是在十一点一刻之前赶到医院。鸡蛋饺子是平时孟昌平最爱吃的，香喷喷，可诱人了。到了医院，走进病房，她将饭菜放置停当后，坐在铁椅子上，耷拉着头，眼眶里含着泪水，默默地坐在那里，一声不吭。

我躺在病床上，病得很重，但神志清醒，不知道旁边床上躺的病人病情轻重，只看到他能够自由下床，自由出入，便非常羡慕。我侧身看到厉秋这副模样，想她一定为孟昌平生病的事焦虑，有气无力地劝慰道："你们家的病比我轻多了。你看我，躺在层流床里动都不能动，不能下床，还要人侍候。"

厉秋听了我这话，朝我望了一眼，长叹一声说："唉，你的病是看得好的。我们家的病可就难说了，不知怎么办才好。"

厉秋比孟昌平小 3 岁，57 岁，一米六多点的个头，不胖不瘦，年轻时肯定是个美人，就是现在看上去也不显老，只是面容憔悴，有时说话心不在焉，她穿着一件蓝底红花的衣服，显得很得体。谁都不会想到她还专门学过兽医，有兽医执业证书。她在镇上开了一个兽医诊所。自从孟昌平生病至今，她的兽医诊所一直关着门，庄稼地里就更顾不上了。这大半年，她每时每刻无不在煎熬中活着，几十年了，她和孟昌平拼命挣钱，平时连件新衣服都舍不得买，逢年过节即使买件新衣服，也拣便宜的，新年一过又舍不得穿，往往买了一件要穿几年。两人经常商量，等养老的钱挣够了，就不到外面做了。可是现在孟昌平虚岁刚满六十，就突然生了大病，而且是要命的病。几十年了，好日子没过一天，却又陷入苦海深渊，几十年辛苦挣到的钱，全部掷进了医院，还不够，还要负债。她晓得，人一生病，想借钱治病，那是借不到的，不要说熟人朋友，就连亲戚也一样，有时虽然嘴上说得好听，如真要开口，总有一百个理由不借给你。你明明心里明白人家是不愿借给你，但嘴上还得说谢谢。

俗话说，救急不救穷。孟昌平现在这个样子，钱一天天往医院砸，连个响声都没有。有城镇医保的人，不管怎么样，报销比例高，至少还能看得起病，农村的人生了重病根本看不起啊！富人不需要借钱，穷人越穷越没人理睬。

隔壁病房有个老病人，病人家属看到厉秋为自己丈夫没钱治病发愁，提醒厉秋到报社和电视台去寻求帮助。厉秋赶忙跑去说了。她企盼有人见了，发了善心，会帮助她家渡过难关的。可是，一个月过去了，两个月过去了，没有捐来一分钱。

那个病人家属对厉秋说："前面无菌病房里的一个小伙子，十七八岁，他妈妈去电视台求助以后，不到一个月，就捐到了三十多万呢。"

"唉！人家年纪轻啊！"厉秋长长地叹了一口气，像是应答，又像是自言自语。她说完，面无表情地望着窗外，半晌都没吭声。

"哦！唉！"那个病人家属见厉秋愣愣的，也跟着愣愣的。

时间一长，厉秋知道等别人捐款这种想法已经不可能实现了，干脆横下一条心，关了多时的兽医诊所又开门了，昼夜奋战。她的兽医诊所虽然开在小镇，却离城不到二十多里，城里人家养宠物的多，看病的自然也多。她做了广告，比城里宠物医院看病绝对便宜，收费几乎是城里的半价，昼夜服务，有求必应，治好收钱。此时，厉秋为了孟昌平治病，逐渐变成了女汉子，什么样的苦都能吃，什么样的罪都能受。平时走夜路，听到路边猫狗叫的声音，她吓得胆战心惊，拼命逃离；现在不管月黑风高，不管刮风下雨，只要有生意，她都要出去。哪怕吓得头皮发麻，也要出去；哪怕面前是刀山火海，也要闯去。夜间出门前，她穿件男式外套，随身带一把水果刀，到了目的地才放在电动自行车车筐里。这样下来，她挣的钱勉强能够维持孟昌平在医院治疗的开销。

对于孟昌平的治疗，医院刘虹主任给了他力所能及的帮助，有的本来要用贵的药的，换用便宜的；有的本来要用进口药的，换成了国产药。一些不是必须检查的项目，就不开医嘱检查；能不用的药，尽量不用了。这样也帮他省了一笔开销。

风风雨雨

孟昌平十六岁那年初中毕业，拜师学了木匠，这在20世纪70年代的农村，属于有手艺的人，有手艺就有饭吃，走到哪里香到哪里。小伙子有手艺，姑娘才愿意嫁给他。那时许多农村姑娘嫁人的条件不高，听说小伙子有手艺，很少讲身高、论长相，基本上一说就成。孟昌平年轻时是个脑子极其活络的人，别看他个头偏矮，只有一米六多点，脑子里的点子可不少，学手艺上手快，不论是师傅，还是师兄师弟，都喜欢他。他三年出师后，先在家乡干了一段时间，后来独自闯东北，闯东北这几年，给他以后做其他生意积累了丰富的经验。

在病床上，他夜里睡不着，给我讲述了他的人生历程。

独闯黑龙江。初生之犊不畏虎。孟昌平生产队里有个人在黑龙江某部队当连长。孟昌平20岁那年，通过这个人到那里去闯荡了。连队要给百十来号人做小凳子，孟昌平做得每张一样高，一样光滑，大家都很满意。任务一完，有个干部请他帮助打家具。孟昌平只要看了图，就各样家具都会做，他做的家具既漂亮又便宜，一传十，十传百，这家刚做好，就又有人来请他去了，开始自己买饭吃，后来，大家见他不但手艺高，而且人又聪明诚实，就让他在家中吃饭。当然他也不白吃，人家对他好，他做的家具只有精益求精，才能对得住人家。白天，他干活卖力，晚上，部队大院每周都有电影，他跟着官兵们一块看电影。由于经常出入营门，哨兵见了都熟悉，打个招呼就进去了。

时间不知不觉过了一年，转眼又过了一年，孟昌平已经在东北两年了，年纪22岁了，这个年龄在农村不算小了，早已到了找对象的年龄。一天晚上，部队放电影，那天放的是新上的片子，讲的是爱情的故事，他看着心情好激动，想到家中父母来信老是催他回家相亲，他想年底无论如何也要回去一趟，再不找真的要打光棍了。那年代男的年龄大了娶不到媳妇，女的年龄再大也能嫁得出去。这年春节回家，他开始见了几个都不中意，后来见了厉秋，心里一亮：大眼睛，小嘴巴，柳叶眉，中等个，苗条身材，一副聪明相，心想能娶到这样的媳妇是前世修来的福分。再说厉秋刚刚高中毕业，没考上大学，在家劳动，第一次相亲，羞答答的，不敢正眼看，低个头偷偷看了一眼，觉得孟昌平长得还行，又有手艺。两人一见钟情，这门亲事很快就成了。不久，孟昌平仍然去了东北，厉秋出去学了兽医。一晃几年过去了，孟昌平到了二十五岁，在东北挣了万把块钱，那个年代的万元户，就像现在千万富翁一样，心里美滋滋的，年底回家盖了新房，结了婚。

新婚不久，摆在孟昌平面前的有三条路：要么继续到东北去做木匠，那里是他的根据地，人地都熟，挣钱不用愁；要么在家乡做木匠，生意轻点，赚钱少些，一家人生活没啥问题；要么跟着岳父母搞贩卖，贩卖猪肚肺，这可要另起炉灶。厉秋当然希望他留在家里，或者做木匠，或者与她父母一起做生意。那时，还是计划经济时代，贩卖东西只能偷着干。小两口当然想天天在一起，孟昌平买了一辆小四轮，跟岳父母学起了做生意，每天将猪肚肺从西州贩运到东州，再由岳父母在东州批发给当地的小贩。头几年，还像做贼似的不能对外张扬，怕人家说投机倒把，到了20世纪80年代市场全面放开以后，他才能光明正大地谈起做买卖。

搞贩卖既是苦力活，又是脑力活，孟昌平每天凌晨一点多钟就开着小四轮来到屠宰场。

这时候，屠宰场上早已热闹非凡。猪的来源有两部分，有农民自家养的，有生产队里集体养的。屠宰场上的猪大多是农民自家养的，农户舍不得吃，一头猪能卖个几十到百把块钱，够一家老小大半年的生活呢。白天，农户要下地干活挣工分，没工夫出门卖猪，所以等到后半夜起来将猪卖出去，赶在天亮之前又回来下地开早战了。农户自家养的猪，自己送来过秤。出门前，几个农户过来帮忙，将一头猪用绳子捆了个严严实实，抬到拖车上，路上不会掉，不会跑，到了屠宰场，将猪从拖车上抬下来过秤时，猪仿佛通灵性似的，预感到自己的末日就要来临，不由自主地发出声声哀叹，过完秤，开了票，将猪送到指定的猪圈，然后排队拿钱。生产队集体养猪，每队都有一名专门饲养员，猪到了出栏时，都在白天提前送来了。那时农户自家养猪也好，生产队集体养猪也好，饲料都是粮食和青草，猪肉长得结结实实。谁家煮肉了，不说也知道，因为老远就能闻到香味。

屠户们每天都要半夜早起，他们大多长得高大结实，浑身有使不完的劲，见到一头头猪，眼睛雪亮，兴奋异常，跑到猪圈里抓猪，就像抓一只小羊，他们用绳子一套，你还没看清楚是怎么回事，嘻嘻哈哈地提了回来，眨眼工夫将一头猪放倒，不到半个小时就宰好了。

屠户们喜欢欺陌生，见孟昌平是个年轻人，又是新来的，将屠宰好的肚肺称给其他人，就是不称给他。孟昌平左等右等不见屠户给他，脑子骨碌碌一转，立即跳下车子，从钱包里摸出几张五元钱，给几个屠户每人悄悄地塞了一张，点头哈腰地说："我是新来的，不懂规矩，请多多关照！"

屠户们得到好处，心领神会，相互递了个眼色，说："去开票。"

孟昌平初来时感到无比新鲜，隔了一个多月，见是天天如此，也就习以为常了。为了能够尽快拿到货，他每天都向屠户每人赠送几包烟钱。看见钱，屠户们嘴上不说，肚里有数，脸上笑眯眯的，自然将货优先提供给他。一天宰多少头猪，就有多少个肚肺，那是有数的，可是每个肚肺的重量却是没数的，屠户们也讲义气，不白吃他的，在他装车时，除了他购买的以外，偷偷多送他几个。孟昌平眼尖，看到了假装没这回事，肚里有数。他送出去的钱自然也就捞了回来。

他将购买到的猪肚肺装运到车上，发动车辆，坐进驾驶室，哼着小曲，向二十多公里外的东州县批发市场奔驰而去。不管是春夏秋冬，还是刮风下雨，他都会在凌晨四点之前赶到。一些二道贩子早已等候在那里，见车子一到，蜂拥而至，上来就抢，装进事先准备好的麻袋里，让孟昌平岳父母过秤，抢到的眉开眼笑，走起路来飘飘然，得意扬扬；没抢到的垂头丧气，走起路来四肢无力，无精打采，嘴里不停地嘟囔着："只好等下一家了！只好等下一家了！"

厉秋的父母家住在西州，离东州县批发市场二十多公里，两人起早往返不便，孟昌平帮他们在批发市场租了一间房子，作为临时住所。他们贩运的猪肚肺新鲜，只要一到批发市场，不到一个小时就会批发售完。搞猪肚肺贩运批发，来钱容易，来钱快。有时一天毛收入几千元，去了成本，一天收入也有好几百元。

孟昌平贩运搞了十几年，生意越做越红火，除了开销以外，积蓄了五六十万元。在农村，要看哪家富裕哪家穷，就要看房子盖得好与差。孟昌平和厉秋又花费了四十多万元，将原来结婚不久盖的二层楼推倒，重新翻建了一栋漂亮的三层楼别墅，室内装修豪华别致，生产队和大队的社员见了，人人眼馋，个个夸赞！

楼房盖好没几年，做生意的人越来越多了，市场竞争也越来越激烈，生意难做了。俗话说，坐吃三年海也涸。四十来岁，正是人生的黄金时期，孟昌平多么想和以前一样在市场经济的大潮中搏击一番。那时搞长途贩运吃香，他调整了心态，报名学了驾驶，考到了驾照，购买了一辆卡车，帮工厂送货拉货，跑起了长途运输。由于年轻，身强力壮，本来十来天的路程，七八天就跑完，他不觉得累。他搞长途运输，出去一趟往返一二十天，每到一个陌生的地方总要出去逛逛，看看有没有东西适合带回家批发给别人的，他认为合适的就买了回去，许多商场见到外地的时髦衣物，都争着进他的货。

有一年夏天，孟昌平帮一家工厂送货去成都。当时很少有高速公路，他走的基本上是省道，一路上坑坑洼洼，车颠得厉害，往往一天下来，人好像散了骨头架似的，累得疲惫不堪。他晓行夜宿，几千多公里的路，开了八天，第八天下午到了成都。他将货物卸了以后，车停在一家旅馆广场上，歇了会儿，傍晚时分，独自一人出来溜达，顺便找点吃的。他不知不觉来到了一个巷子，这条巷子名叫宽巷子。他觉得这巷子不宽，看上去最多十来米，巷子很深，进到里面一看，那是一条商业街，一边全是当地的小物件，做工精巧，一边多数是饭店。

宽巷子是成都遗留下来的比较成规模的清朝古街道，与大慈寺、文殊院并称为成都三大历史文化名城保护街区。这个巷子不是直线的，而是弯曲的，好像美丽的少女一样，有一种曲线美。

孟昌平一边走，一边看，走走停停，一点也不觉得累。他听说成都的火锅有名气，就挑了一家坐下来，环顾四周，见室内的装潢古色古香的，心情格外舒坦。他从来没有吃过火锅，不知道怎么吃，看看人家成都人咋吃，他就跟着学呗，不由得东张西望。吃火锅的大多是年轻人，有的成双成对，相对而坐，美美地吃着，根本不介意别人怎么看他们享用。孟昌平正看着眼馋，突然觉得面前的火锅好大，一人点一个火锅根本吃不完，正在犹豫之际，女服务员走到他身旁，问："你要点啥子哟？"

"我想点火锅，怕吃不完。还有别的饭吗？"孟昌平边答边问。

女服务员听他操着外地口音，见他这身穿着打扮，估计他不是有钱的老板，说："你一个人吃火锅吃不完。这里还有面条。"

听说有面条，他想这么多天一直开车确实累，吃完好早点回旅馆睡觉，便说："好的，来一大碗。"

这一碗面条上面盖的是红辣椒，他吃得舌头发麻，额头冒汗，不时地张口咂嘴，叫着："真辣！真辣！"

吃完面条，他走出来，顺便又购买了一些成都的小物件。

他这一趟跑成都除开销以外净得一千五百多元。

人生易老天难老。时间一晃，他跑长途运输将近二十年了，虽然每次往返很辛苦，但靠自己的劳动所得，他感到心安理得。他常常沾沾自喜，有一种特别的骄傲！他每次回到家数着辛苦挣来的钞票，浑身有使不完的劲，好像自己身体永远那么健康。然而，疾病偏偏在他六十虚岁的时候毫不留情地缠住了他，像一个闷雷似的突然将他击倒，使他再也爬不起来。自从生病以来，他无数次从心底默默地呼喊：命运啊，命运，你为什么那么早就来捉弄我？折磨我呢？我还年轻，我不想死呀！当夜深人静的时候，他独自一人悄悄地流泪。他多么想活啊，哪怕多活一天也好！

孟昌平几十年那样匆忙，到底吃过多少苦，受过多少罪，没有仔细想过，也没有时间去想。现在躺在医院里，卧在病床上，他才有时间想了，往事翻江倒海般地涌现出来。他想着想着，眼泪扑簌簌地滚了下来。

下午四点多钟，医生走进病房，见孟昌平唉声叹气，快言快语地说："孟昌平，你不要整天愁眉苦脸的，如果移植配对成功的话，可以延缓生命。你要相信，有时奇迹会发生的！"

孟昌平望着医生，苦着脸说："我开始恨医生，恨医生为什么告诉我的病情，为什么跟我说只能活半年。现在半年过去了，我想通了，我感谢医生精心为我治疗，让我还活着。"

痛恨弟弟

一个人寿长寿短，什么时候做什么，什么时候生病，那是生下来命中注定的，有病躲不过。许多人相信命运的安排，孟昌平自从生病以后，也开始自觉或不自觉地抱怨自己的命运，认为命运过早地跟他过不去，自己这个年龄不应该躺在病床上，任凭病魔恣意肆虐，可是又有什么办法呢？他虽然也想与病魔进行抗争，但是病魔就像一只凶猛的老虎猛扑过来，他连招架都无法招架，用了那么多的化疗药水都没用，只好束手就擒。他整天唉声叹气，越是唉声叹气，越是心情不好，越是心情不好，越是萎靡不振，越是有气无力。

上午，刘虹主任来查房，病人和病人家属把她视为救星，默默地望着她，静静地听她对每个病人的讲评。她一进入病房，给整个病房带来了生机和活力。她走到孟昌平床前说："孟昌平，应该来讲，最近病情控制得还算不错。

你如果有哪个兄弟姐妹愿意帮你配对移植的话，不妨试试，如果能够成功，你的生命可以延长！"

孟昌平本来自知行将就木，生命之灯很快就要熄灭，可是，刘虹主任的话给了他一个意外的惊喜，他听说通过骨髓移植，还能延缓生命，他那本来无望的心灯重新开始点燃了，燃起了生的渴望，脸上露出了半年多来少有的笑容。刘虹主任刚查完房，他迫不及待地给弟弟打了电话，让弟弟来一趟医院，求他帮助骨髓移植。

孟昌平兄弟两人，弟弟名叫孟强，比他小12岁，刚刚48岁，平时比较听话，见了孟昌平，大哥长大哥短的，叫得挺甜的。从去年孟昌平突然生病住院以后，孟强只去过三次医院，去过一次镇医院，去过一次肿瘤医院，去过一次通仁医院。而且话说得一次比一次少。孟昌平当着厉秋的面给弟弟打了电话，孟强接完电话答应马上就来。孟昌平心情激动地对厉秋说："我弟弟马上就来。我敢肯定，他会同意的。"

孟强平时做木工活，多数日脚在本地，很少去外地。本地做活，有就做，没有就在家闲着，自由自在，一年下来虽说挣钱不多，吃用完也能存五六万元，加上妻子里里外外把持着家，日子过得蛮惬意。那几天，天又热，正好没活干，在家歇着，家中其他活，他连指头骨翘都不翘，就是油瓶倒了也不扶一把，农活都由他妻子包揽了，闲时还赌个小钱，生活过得自在充实。孟强妻子也不让他干其他活，做好饭菜，把饭碗送到孟强面前，孟强就像老铁牌，衣来伸手，饭来张口，开心得没话说。孟强接到孟昌平电话的时候，正在看一本杂书，接完电话，来不及多想，也没问为什么，骑电动自行车直奔通仁医院。

孟昌平见到弟弟，好像遇见了救星似的，心情一阵激动，脸色显得少有的红润。

孟强看到孟昌平躺在病床上，想着三个多月前到医院来看他的时候，那时他虽然心情很糟糕，老要发脾气，但脸上还是有肉的，几个月不见，今儿见了怎么这副模样儿：脸色蜡黄，嘴唇干瘪，像个八九十岁的老太婆，说话无精打采。他心头涌出阵阵酸楚，想安慰几句，但不知从何说起，便说："哥，你最近怎么样？你让我来有事吗？"

孟昌平将自己的病情说了一遍，特别强调了医生说的话，他说："医生说了，我的病如果做骨髓移植的话，有望还能多活几年，但这需要自己亲兄弟亲姐妹配对移植。我想，你和我是亲兄弟，让你和我配对移植最合适。"

孟强听了愣住了，半晌没有吱声，这可是件大事，答应也不好，不答应也不好，但心想，医生说这事八字还没一撇，两人是否相配难说，暂时答应下来，随即脸上露出了笑容，连声说："好啊！好啊！只要能救你的命，只要你能多活几年。行！行！不过咱俩配对不一定成。试试看吧。"

孟强走了以后，孟昌平觉得有救了，高兴得好像小孩似的，觉着吃饭也香了，睡觉也甜了，对厉秋说："关键时候到底还是亲兄弟亲啊。我帮他没有白帮，他还是有良心的啊，别人谁个管你！"

孟强读书福分不高，学堂分只有初中，三十多年前的西州县农村还是比较贫困的，他们一个乡有不少草房。那时，孟昌平与厉秋婚后没几年，就盖起了一栋二层小别墅，本来他们可以盖一栋三层楼的别墅的，因为他们想把剩下的钱，资助爷娘和弟弟，所以只盖了二层。这在当时来说已经算全乡首富了，那时当地百姓哪个看了不眼馋？都夸他有本事。两人富了不忘爷娘，不忘弟弟，先是出钱帮爷娘盖了两间瓦房。孟强十六岁初中毕业，在家种田嫌没出息，种了一年地，收成不多，加上自己吃穿用，刚好站住，如果想吃好的，再买件把新衣裳就要倒挂。在农村，男孩家里如果没有两间瓦房，长到十七八岁，如果不上学，不学手艺，讨老婆就成问题。孟强想学个木工手艺活，先后拜了三个师傅，都嫌他不勤快退了回来。本来孟昌平带弟弟是完全可以的，但是他已经多年不做了，他只好恳求自己师傅看在他的面子上收下孟强为徒。孟强到了二十三岁了，还没有人上门提亲，这可急坏了父母亲。孟昌平和厉秋商量决定掏钱帮弟弟盖两间瓦房，好有人早点来说亲。厉秋心地善良，心想挣钱是用来花的，不是存的，做点好事，积点德，上苍会知道的。两间房也就是几千元的事，厉秋二话没说拿了出来。人家都说这样的哥嫂天底下打着灯笼难寻。两间瓦房很快盖好了，新屋亮亮堂堂，果然有好几家姑娘的父母踏破门槛，主动前来提亲。就这样，孟昌平和厉秋，既帮父母盖了房，又帮弟弟盖了房。两人总认为，好心会有好报的！

孟强有了哥嫂给自己盖的新房，找到了如意的姑娘，想到哥嫂的好处，激动得热泪盈眶，多次对孟昌平和厉秋说："哥，嫂，如果没有你们，我就娶不到娘子。今后不管你们叫我做什么，尽管说，我都愿意。"

这事过去有年头了，想不到自己当年为弟弟做的事，现在来了福报。看来，任何事情都有因果关系。然而，孟昌平没有想到，有时做了好事，不一定得到好报，也是常有的事。

住院的日子，一天比一天难熬。

那天，刘虹主任来查房，说："孟昌平，你们兄弟的各项检查指标符合配对要求。通知你弟弟，让他准备一下，下周进无菌病房，做骨髓移植。"

孟昌平兴奋地给孟强打电话说："兄弟，医生说了下周做移植，让你提前有个准备。"

"哥，不急，让我跟你弟媳商量一下。"孟强听到这个消息，赶紧跟妻子商量。孟强妻子知道这一事情以后，心情特别紧张，转而开始后怕，责怪孟强决定这么大的事为什么事先不跟她通气？要是早说了，她连检查也不给他去做的。当然，站在孟强妻子角度考虑问题不是没有道理，女人的靠山是自己的男人，配对移植要是有后遗症怎么办？孟强是她的男人，男人要是有个什么不测，男人怎么办？女人怎么办？孩子怎么办？在一个家庭里，男人是一棵大树，大树倒了，整个家就完了。

就在几天前，孟强妻子看到一家电视台播出河北有个五十多岁的汉子生了白血病，医生让他的兄弟姐妹配对做骨髓移植，他的姐姐为了救他，毅然做了配对移植，后来这个汉子病情恶化，不久还是离开了人世。可是他的姐姐因为做了配对移植，落下了后遗症。

孟强听自己老婆这么一说，吓得立马打了退堂鼓：自己可是一家之主啊，上有老，下有小。自己要有个三长两短，整个家庭不就毁了吗？再说就是做了配对移植，也不一定成功，即使做成功了，孟昌平的病也不会彻底好转，能多活几年谁也说不准，医生也不敢肯定。现在事实摆在那里，想想多么可怕啊！孟强当即决定放弃配对移植，但又对自己的哥哥说不出口。他多么矛盾，多么痛苦！

傍晚时分，孟强和他老婆一起来到医院，见到孟昌平躺在床上，轻轻地叫了一声："哥！"

孟昌平看到弟弟和弟媳妇，仿佛看到了希望，激动地说："弟弟，我的命能活多久，全靠你了！弟媳你说对吧！"

孟强望了望孟昌平，半天没有回答。

孟昌平急了，说："弟弟，你倒说话呀！"

孟强见孟昌平催得急，终于开了口："哥，你叫我说什么呢？这可是大事啊！"

孟强老婆说："哥，我也不怕难为情，直说了吧。你叫我们家孟强和你配对移植，对你来说是好事，移植成功了，你可以多活几年。但是你想过没有，移植无论对你和孟强都是有风险的，一旦移植失败，你的命肯定没了，他有可能落下后遗症，那他今后怎么办？我们一家老小全靠他的呀！"

孟昌平着急地说："孟强不会有后遗症的，医生没说过，我住院这么长时间也没有听说过。弟媳，求求你了！弟弟，求求你了！救救我吧！你们的大恩大德，等我病治好了，我一定会报答你们的！孟强，我从小就对你好，这你是知道的呀！你说过的啊，我叫你做啥都愿意的啊！这回算哥求你了！"

"哥，医生怎么可能在你移植之前跟你说这些呢？等你临移植之前的几分钟才会让你签字的。医生不管你成功或者失败，成功了是他们的医术高，失败了是你的运气差。本来我也不晓得的，前几天看电视看到有这个情况，所以才临时改变主意的。孟强不会说话，你不要怨我们。哥，我这个做弟媳的，是为了我们的家。我也没办法！"孟强老婆埋下头说。

此时，病房里鸦雀无声。孟强一直低着头，不说话，为自己做不了主，不能与哥哥配对移植，内心充满愧疚，眼泪盈满了眼眶。厉秋一直坐在椅子上，心里早料到孟强夫妇俩会缩脚的，只是事前没有向孟昌平说破而已，一直默默地听着，一直没有插嘴。孟昌平恨得咬牙切齿，面如金纸，真想从床上爬起来，扇孟强一个耳光。

满心欢喜的孟昌平，面对弟弟孟强突然变故，犹如晴天霹雳，仿佛又被重重地挨了一棒，被打入十八层地狱，就像刚生病时医生说的最多能活半年一样，一时无法接受这个事实。

他最后的一根救命稻草没了！

他生的希望彻底破灭了！

他心中无限悲痛，暗暗自责：

孟昌平啊，孟昌平，你的名字里有个昌，可是你哪里昌啊。六十岁生重病，看不好的重病，无法挽救的重病，算昌吗？

孟昌平啊，孟昌平，你这六十年活在世上，苦没有少吃，钱没有少挣，原以为积蓄五十多万元，养老的钱够了，哪里知道不够跑几趟医院，钱没了，人的命也没了，弄不好还给妻子和孩子留下一屁股的债。你这哪里是积德，简直是缺德啊！

孟昌平啊，孟昌平，你吃辛吃苦挣了钱，为父母盖房子，为弟弟盖房子，没有喊一声苦，没有说一句冤，处处积德行善，现在你需要别人帮助的时候，却为什么这么难呢？不要说别人了，就连自己的亲弟弟也不愿意帮啊！可以用一句轻描淡写的话说出来，就能拒绝你。

这时，孟昌平心情坏到了极点，想了很多很多，越想越生气，越想越难受。

到了第二天，孟昌平还是想不开。快到中午了，厉秋让他吃饭，他面无表情地摇了摇头，算是回答；到傍晚了，厉秋让他吃饭，他呆呆地看着厉秋，泪水哗哗地往下掉，什么话都没说，一个劲儿地抽泣。是啊，本来心存生的希望，可是，他弟媳的话，使他成了绝望。也许自己的病本来就没有任何希望，但是，人到了这个份上，多么希望自己能在世间继续活下去，哪怕多活一天也好。

孟昌平悲哀、痛苦、绝望，厉秋看在眼里，她没说一句话，其实她心里比孟昌平更加痛苦、悲惨，她晓得如果不能配对移植，那么孟昌平的病是没得救了。孟昌平去日不多，自己怎么办？天塌下来也得扛起来。她揩干了眼泪，对孟昌平说："这个疗程治疗快结束了。过几天我们可以回家了。你也不要太难过，生死由命，富贵在天。不要自责，不要想不开。退一步说，活了六十岁蛮好了，没有什么值得怀念的，没有什么值得留恋的，没有什么丢不开的。凡是人早晚有这一天的。"

孟昌平躺在病床上，脸色乌黑，悲痛欲绝，眼泪在眼眶里打起了转，绝望地重复呼唤道："我恨！我恨——，我恨我弟弟——。"

在医院住院，对病人来说，时间既是漫长的，又是短暂的。孟昌平在医院很快度过了21天，这天他出院了，厉秋去结了账。这次结账的钱都是厉秋父母给的。家中全部积蓄用完了，还不够，已经倒欠了几千元，她先后打了十几家电话，没借到一分钱。之前，厉秋怕自己父母年纪大了担心，没有将孟昌平生病的事告诉他们。实在没有法子了，她只能厚着脸皮跑回娘家，问自己父母借了。老人听说女婿生病住院缺钱，马上将存折交给女儿，另外又拿出了几万元给了女儿，既解了女儿女婿的燃眉之急，又帮他们还了欠款。

倏已三个多月，期间孟昌平进了两次医院，医药费都是厉秋父母出的。

他最后一次住院，还是与我同住一个病房。我见他身体越来越差，知道他病情越来越重，估计他撑不了多久了。果然，孟昌平回家不几天就撑不住了，在家中病情恶化，痛得咬紧牙关，一声不吭。临走的那天，他几次昏了过去，醒来以后睁大眼睛看着厉秋，伸出他那双颤抖的手拉着厉秋，久久舍不得松开，说："厉秋，对不起，我要先走了，不能陪你到老了。你跟我结婚三十多年，没享过一天福。我把我们所有的钱花光了，还让你背了债。厉秋——对不起——厉秋——对不起——。"说完，他恋恋不舍地向他心爱的妻子厉秋告别了，永远地告别了。

孟昌平从生病到死将近一年。

厉秋悲痛欲绝，泪雨潸潸，哭得呼天抢地，晕倒在他的身旁，醒来又拼命哭喊着："昌平，昌平，你怎么突然就走了？你怎么能把我掷下不管啦？"

此时，孟昌平再也听不到厉秋的呼喊了……

不久，厉秋将孟昌平的死讯告诉了我家李桐。我晓得以后，黯然神伤，默默无语，心想，也许这就是他的命。

第四章 官 位

俗话说：今朝不知明朝事。人生的命运九曲十八弯。

他一个人在病房里，戴着一副眼镜，朝南坐在椅子里，手里捧着一本书，静静地看着，一会儿抬起头，用手推了推眼镜，有时把眼镜摘下来，用软布揩着，眼睛红红的。

他穿着一件高档T恤衫，从他的外表看，不像一个农民，不像一个工人，也不像一个老板，而像一个干部。病房里，现在只有他一个病人，还有一个病人刚刚出院。遵照医嘱，我从过道搬进了这间病房。

病房门是关着的。我轻轻敲了敲门，便推开门进去了。我朝他点点头，算是跟他打了招呼。他用异样的目光，呆呆地看着我这个进门的陌生人。过了一会儿，他大概觉得我不像是一个普通的农民或者工人，看我走路风风火火，也觉得不像是一个有病的人，特别是当他知道我是一个身患白血病的病人，便愿意并好奇地跟我攀谈起来，还向我要了手机号码。

体检查出了病

他的名字叫李祥，44岁，是一家国有企业下属开发公司的总经理，是名牌大学建筑设计专业毕业的高才生，平时做事干练，领导管理部属严厉，业余时间还能承接建筑设计业务，是一个典型的既会领导又懂业务的复合型人才。

李祥平时非常注重身体的保养。他三十五岁以前，只要有人请，天天外出喝酒应酬，有时喝完酒到办公室加班加点，常常通宵达旦，从来不知什么

223

叫疲惫。到了三十五岁，他想人快接近中年，要注意保养了，别人邀请喝酒的话，一周最多外出喝两次，总体控制酒量，酒喝到七分再也不喝了，不管别人怎么劝，他是宁伤感情不伤身体。过了四十岁，他控制在一周最多外出喝一次酒，而且喝完酒就回家。平时什么茶养生就喝什么茶，听说绿茶最养生，就喝绿茶。家离单位三公里路，早晨提前一小时从家中出发，步行上班。每年的体检，上了年纪的同事大多有这样那样的小毛病，他的体检报告上什么病都没有。同事们都很羡慕，有的风趣地说："李总，你真是要长生不老了。谈谈你的秘诀。"他心里总是乐滋滋的，有时候还扬扬得意呢。

去年 8 月份，他所在的单位搬迁档案，那可是不好马虎的事，他亲临现场督查，前前后后搞了半个多月。9 月初，突然感觉到口腔溃疡，吃饭难以下咽。人有时劳累了，难免会有口腔溃疡，这对大多数人来说不是什么病，吃点药，或者休息几天，很快会好的。李祥对此也没过多在意，到医院配了些药吃吃，可是吃了没有效果，他想可能前段时间累了，休息几天会好的。再说单位很快组织体检了，到时候反正要查的，等查了再说。往年什么毛病都没有，心想这次也没有什么大碍的。

10 月下旬，一年一度的单位体检开始了。大家都怀着一种平和的心态，来到医院体检。医院体检大楼里，医生早已准备就绪。早晨七点左右，大家陆续来到医院，走马灯似的跑上跑下，走了这个科室，很快又去那个科室。年轻人仿佛约定成俗，先是抽血，然后做 B 超，再做心电图，最后胸透，这几个项目必做的，其他一带而过，有的做，有的不做。五十岁以上的中老年人，对体检比较重视，几乎每个项目都要查一遍，而且有时还向医生问这问那。负责体检的医生也是千等百等，有的认真，有的马虎，但是像上面几个大家必查的项目，医生们也是极其认真的，有时感到有疑问便反复问，反复做，直到弄清楚为止。

李祥举止沉稳，行动沉毅，既有领导风度，又有学者派头，对下属不爱多说话，与部属保持一定距离。因此，当下属和他面对面经过时，下属恭敬地叫他李总，他听到了，没有任何回音，头抬一下，眼睛看都不看，就从下属跟前走过了。下属当面不好说什么，背后却说他官不大，架子大得不得了。用他的话来说，这样便于领导，严于管理，如果整天与部属嘻嘻哈哈，关键时候说起话来就没有威严。这恐怕是当下不少做领导的一个通病，自认为当了领导了不起，比别人高一等，不把下属放在眼里。不要说县长和市长以上级别的干部了，就连那些小小的科级干部，在下属面前都牛皮哄哄，就像自己是皇帝，说起话来神气活现，没有商量的余地。可是，当比他大的领导在面前，特别是在自己顶头上司面前，却是点头哈腰，领导说什么，总是说：是，是，是，哪怕领导放一个屁都是香的，卑躬屈膝，一副奴才相。当李祥出现在医院体检楼大厅做 B 超的时候，起码有二十多人已经坐在椅子上依次排队等候，部分下属形同陌路，就像没看见一样，不理不睬。有些人可能在心里想，反正自己不要提升，做好自己的工作行了，你做你的官，我做我的事。平时少数跟他亲近的，个别想巴结的，立即围了上来，李总长，李总短的，主动招呼，主动让座。当然他也习惯于平时的做法，不客气地坐了下来，打着官腔哼哈。体检完毕，大家各归各散了场。

不到一周，体检报告结果出来了。李祥开始粗略翻了翻，将体检报告丢在了一边。过了一天，这一天，他不知怎么搞的，总觉得心烦意乱，口腔溃疡近来不但没好，反而越来越重，感到有种不祥的预兆。处理完手头的事情，他将体检报告重新拿起来仔细看了一遍，觉得不对劲，血常规的一项指标比正常值明显高，两项指标比正常值低得多。看看医生结论：血液科复诊。

血液科是个什么科室？是治疗什么病的？一般人哪里会懂呀，只有生过病在血液科治疗过的人才会懂得，进到这个科室治病的人，普遍来说病情都比较重，有许多得的是白血病，也就是血癌。多数白血病是难以治愈的，少数白血病患者进来几天就走上不归路了。李祥根本不可能懂那么多，在他心中和大多数患者一样，开始存在这样的偏见：认为医生的话不能全听，也不能不听，但你要相信医生。他回家后把这件事忘了说，过了二十多天才将体检结果告诉了妻子郭茜。郭茜一听急了，看了报告也没看懂，催他抽时间去医院看看，又过了一个礼拜，郭茜陪他去了医院，看了血液科门诊。他们早晨八点前就到门诊排队挂专家号，挂到了第五十号，这是上午挂的最后一个号。

那天上午值班的是刘虹主任，一个小小的诊室，挤满了人。病人很少单独来看的，起码有一个家属陪着。到了中午十二点才轮到李祥看病，这时就剩下李祥和郭茜两个人了。刘虹主任这时才有喘息的机会，直了直腰，双手拍了拍大腿，闭了闭睁得发酸的眼睛，定了定神，看了看李祥，看着他的体检报告，抬头又看了看他，详细询问了他的有关情况，然后说："先做个血常规。等结果出来了再说！"

下午两点多钟，血常规的检测报告出来了，有几项数据比体检时的还要低，低得惊人。刘虹主任看了报告结果，说："立即住院！现在病房没有床位，你们先挂急诊科，在急诊住一晚，等明天腾出来再进病房。"

李祥一下吓傻了，好一会儿，缓过神来，跟着郭茜向急诊科走去，忐忑不安地住进了急诊科，第二天转入病房治疗。

这时候，已经是 11 月底了。

住进无菌病房

李祥住进了血液科。

医生已经根据李祥的血常规报告数据，怀疑他得了白血病，如果要确诊，就必须做骨穿。

"李祥，躺好，做骨穿！"李祥从急诊转入血液科病区以后，杨立医生立即帮他做了骨穿。

结果很快出来了，李祥得的是急性白血病。

李祥知道自己得了白血病，就不再问什么，一下子陷入痛苦之中。

平时一个生龙活虎的人，突然之间住进了医院，又是突然之间被宣告得了白血病，这个要命的病，搁谁都受不了。得这种病，谁都知道迟早会被判死刑的，少则几个月，多则一两年，特殊情况还可缓解延长几年，甚至更长时间。

多么可怕的白血病啊。这无论是对病人，还是对家人，都是不敢想的事。李祥连做梦都不能面对，可是又不得不面对啊。他怎么能承受得了如此沉重的打击呢？上了年纪的人渐渐会明白，人早晚都会走这条路的，但对一个四十多岁的人来说，得这样的病未免太早了点。他这个年纪，上有老，下有小，可以说自己还没有享受过几天好日子。年轻时，挣了工资，舍不得吃，舍不得花。结婚后，生儿育女，还得过几年苦日子。到了三十五六岁了，好不容易存了几个钱，要买房子，几乎花光了所有的积蓄。到了四十多岁了，手头有点钱了，却生了一场重病，将钱全部掷进了医院。他与大多数身患白血病的病人一样，呆呆地躺在病床上，不跟任何人讲话。

他心里乱成一团麻，眼泪止不住滚了下来。

血液科，对李祥来说，一个以前从未在意过的名字，现在又陌生又令人生畏的名字，不停地在他面前晃动。他躺在过道里病床上，抬眼望着上面的白墙，好像遇到八级地震一样，整个楼房在摇晃，眼前天旋地转，脑子一片空白。他自言自语地说："等待我的将是什么命运？"

进医院不几天，李祥身体渐渐变得虚弱了。

"李祥，为了防止感染，你住无菌病房吧。"杨立医生关心地说。

李祥这时两眼一抹黑，啥叫无菌病房，从来没有听说过，便默默地点了点头。说到细菌两个字，刚进血液科的病人和家属，大有谈菌色变，好像满天满地都是细菌在缠着他们，在手无缚鸡之力的情况下，家属急得仿佛天就要塌下来，希望医生像神仙一样能手到病除。因此，医生说什么，病人和病人家属就做什么。

"好的，住无菌病房！"郭茜一听说要细菌感染的，吓得脸色都白了，当即答应了。

住无菌病房的病人，要求病人住进去以前，准备一套全新的用具。郭茜随即按照要求，买来了崭新的脸盆、脚盆、碗、筷、勺子和毛巾等用具。

无菌病房设在南病区，病区的门朝北，东西有一个长长的过道。在这个长长的过道里，隔了十来间病房，每个病人一间，全封闭，从病房到过道门口，由透明玻璃隔离，无论是从外向里看，还是从里往外看，只要仔细看，就能看得清清楚楚，外面有个窗台，窗台上放着一部电话机，供医生查房、病人家属与病人联络之用。住无菌病房，比普通病房不是贵一点点。病人一旦住进了无菌病房，几乎与世隔绝，吃喝拉撒睡全在病房里。病人家属带来的饭菜，不好直接送进去，要交给护工，护工把饭菜放进微波炉进行高火加热，然后送给病人吃。病人家属要想见病人，只能隔着透明玻璃看看；想跟他说话，从外面向里看，如果病人没有睡，能动的话，可以给他打电话。病人在里边，一般是睡不着的，除非瞌睡到了极点才会睡着。病人想想自己得了重病，有的晓得自己得了绝症，医生没有明说，家属怕病人想不开又不愿说出来，其实睡在这样的病房里，多数病人都能猜测自己大概得的是什么病。有的病人即使通过其他渠道打听到自己身患的疾病，为了让自己家属宽心，对自己的病情假装不知，其实内心痛苦万分。

　　李祥住在这间空前寂寞的病房里，特别是在夜深人静的时刻，那种痛苦的滋味，只有他自己知道，别人无法理解，无从知晓！是啊，他是一个单位的领导，平日里前呼后拥，吃请不断，现今形成巨大的反差。这叫他怎么能受得了呢？

　　他每时每刻都浑身透汗，就像刚从游泳池中出水时一样，汗珠亮晶晶，湿漉漉，有时像泡温泉，汗珠不停地被蒸发出来，刚换上的衣服，一会儿就像从水中捞出来似的，脱下来，能够拧出水来。他想如果住在病房里，郭茜会随时随地都在跟前，即使去买药什么的，最多走一会儿，时间不会太久的，要是她单位有要紧的事，会让她妹妹来替代的。郭茜陪伴在身边，可以随时帮助换洗衣服，随时可以擦洗身子。他有点低热，挂了水，吃了药，浑身不舒服，汗水像泉水似的从皮肤眼冒出来，起初只好忍，忍了几个小时，连被褥都湿了，只好求助于护工。住无菌病房的病人，医院会根据病人的需要进行护理。

　　这里有必要介绍一下医院的护工。同样是护工，她们之间的性质却不同。有的是临时工，每个月两三千块钱；有的是由医院交五险一金的，工资收入要比临时工稍多一些。多数护工挣钱不多，但对病人态度温和，工作认真。个别护工工作马虎，不负责任，对病人态度蛮横，百般刁难。护工掌管开水房的钥匙，定时打完水就把门一锁，病人再想打开水就得找她；护工掌管被褥，按规定，住无菌病房一天一换，住层流床三天一换，住普通床一周一换，出院病人的被套随时换。绝大多数护工换被褥和床单是按时的，个别护工却不那么准时，有时需要病人或家属盯着，让她来换，她总是找出种种理由和借口，有时假装糊涂，说刚换怎么又要换了，让人哭笑不得。几乎所有病人家属将这样的小事都藏在心里，不愿意去给护士长说，家人治病已经心力交瘁，哪有心思理会这些，来换就换，不换也不去计较。正是因为护工掌握了病人家属的这种心理，所以无所顾忌。她们也有学得很乖的时候，那是见了她们的顶头上司护士长，护士长是管她们的，她们马上对病人笑容满面，护士长一走，仍旧我行我素。个别护工对新来的病人和病人家属说话粗声粗气，吆五喝六；对老病人和家属，要东要西，就像自己人一样，半开玩笑半当真。住院时间一长，病人家属自然懂得孝敬她们，给一点甜头，回起话来也客客气气。

这天晚上，恰好是护工朱大妹值夜班，听到铃声，她跑过来不客气地喊道："李祥，你打什么铃？你以为在自己家里，想做什么就做什么，别人不要睡觉了？"

李祥本来想让她换一条被子，看到朱大妹凶恶的样子，估计自己说了也白说，望着朱大妹改口道："不小心碰上了。对不住！"

李祥长得帅，一米七五的个头，四方脸，大耳朵，不胖不瘦，一副福相，不论走路，还是站着，很精神。他非常注重仪表，穿衣服很讲究，衣服整洁，平时穿品牌，外出开会穿西装戴领带，皮鞋擦得锃亮，派头十足，用他的话来说，在人前要活得像人样。他没生病之前，每天起码洗两次澡，早晚各一次。住无菌病房后，他感到自己仿佛被囚禁在牢笼里，浑身不自在，不舒服，一切都无法称心如愿。

白　天

白天，上午八点多钟，医生来查房。查房的医生有的问得详细，有的问得简单，不管哪种情况，这对李祥来说是一种安慰，他心中老感动的。往往这个时候，病人认为医生是他的救星，看到医生来了，仿佛他的病就会很快好的，不管看得好看不好，总是这么想的。李祥见到医生来了，忍不住眼泪在眼眶里打起了转，他恨自己年纪这么轻生了重病，躺在几乎与世隔绝的无菌病房里，他感谢医生及时施治，让他有希望活着。

"李祥，住无菌病房，虽然寂寞，但对于你的治疗是有好处的。可以避免人来人往，避免与更多的人接触，防止交叉感染。特别是白细胞偏低的时候，如果接触人多，容易感染，一感染多花钱不说，弄不好还有生命危险。所以，你要慢慢适应。"那天是女医生施文钰查房，隔着玻璃，见李祥一脸倦意，知道他心情不好，思想负担沉重，没有睡好，一边查房，一边开导。

李祥认真听着施文钰医生的话，脸上稍稍露出一丝苦笑，无奈地问："住无菌病房要多少天？我的病有希望治好吗？"

"李祥，你现在不要考虑得太多。放下包袱，一心治病。"女医生施文钰温和地说。

医生查好房，开好药，护士遵照医嘱过来进行挂水。

九点半左右，护工来取热水瓶，打好开水又送了进来。

李祥平时无论在办公室，还是在家里，喜欢喝茶水，特别爱喝绿茶。自从住院以来，因为要吃药，只能喝白开水了。白开水来了，他倒了一保温杯，过了一刻钟，喝了一口，水凉凉的，心想在医院将就点了，人家打什么水，就喝什么水，不能要求太高，也就不在意了。可是，想不到的是第二天拉了肚子，他想来想去，也没有吃什么不洁的食品，最后想到了喝水，可能喝了没有烧开的水，但又不敢说出来。于是，他留意了，将护工刚打来的开水瓶壶盖掀开，用手在瓶口上轻轻地遮盖了一下，感觉没有一点热气，他不相信，拿起来倒了半碗水，慢慢呷了一口，感觉跟凉开水差不多。他觉得很奇怪，打铃让护士将护士长叫了来，说："护士长，这刚打的水怎么一点都不热？"

护士长感到不可思议，反问道："这怎么可能？"

李祥指指热水瓶说："不信，你倒一点试试。"

护士长拿了一只碗，拎起热水瓶倒了半碗水，用手一摸，果然没有一点热气，她二话没说，转身走了。

一会儿，护工朱大妹拎着一瓶热水来了，恶狠狠地说："这是开水，喝的时候小心烫着。来医院又不是享福的。事体倒不少！"说着，放下来就走了。

李祥听了，呆呆地躺着，一时无语，过了一会儿，他恍然大悟，原来护工怕病人烫着，故意这么做的，到底什么水，就不得而知了。

十一点二十分左右，是护工给病人帮助打饭、热饭和送饭的时间。郭茜几乎每天中午都过来送饭，她一人在家放不下心，来送饭，顺便看看李祥，虽然不能当面说话，但在门口通个电话，跟他讲讲话，为他解解闷，心中会得到一丝安慰。李祥也是，一见到郭茜，就像小孩见到大人一样，总有说不完的话。要在平时，郭茜在家说话多了，李祥还嫌她啰嗦呢，现在多么希望她不要走，跟自己多说会儿话啊。郭茜怕他想不开，像哄孩子似的跟他说话，尽量让他从生病的阴影中走出来。唉，他啊，生了重病，多么希望妻子时刻陪伴在身边。

李祥吃着郭茜做的饭菜，眼睛望着窗边，心中的暖流涌了出来，他一边吃，一边掉眼泪，好在郭茜在窗外隔着一层玻璃看不太仔细，任凭自己怎么伤心，都不会在意的。每天中午，当看到郭茜拖着疲惫的身子来医院送饭时，好心疼啊，又喜又悲。喜的是妻子坚强地支撑着这个家；悲的是自己生了重病，不能动弹，连累了妻子，让妻子吃苦受累。

郭茜一走，伴随着李祥的又是无尽的寂寞，无尽的痛苦，他侧身躺在病床上，眼睛眯了一会儿，可是就是睡不着。住院以来，他从来没有好好睡着过，一闭上眼睛，泪水止不住滚滚而下。没有生病以前，李祥只要一吃完午饭，就会睡午觉，十多年一直养成了午睡的习惯。但是到了无菌病房，尽管有时瞌睡得上下眼皮在打架，却还是忍着。

天啊，难熬的时辰，每一分钟都过得那么缓慢。

天哪，从中午吃完饭到下午五点多钟，虽然仅仅只有几个小时，这要在平时，很快打发走了，可是在无菌病房，好像过了几天，头昏昏沉沉，迷迷糊糊，脑子一片空白。

他好不容易熬到五点，五点一过，就吃夜饭了。夜饭，有时是郭茜送的，有时从医院订的。这天夜饭医院食堂有馄饨，李祥最喜欢吃馄饨了，护工给他打好送了进去。

夜晚，多么难熬的时刻

夜饭过后，天渐渐黑了。整个夜晚，李祥仿佛生活在地狱里。

夜里十一点多钟，对于上夜班的护工来说，就是没有活干了，也困了，该好好休息了。但对于病人来说，没有时间概念，他可能随时需要护工的帮助。病人通过化疗以后，免疫力下降，加上每天大量的用药，身体一时承受不了。李祥挂完水已经是深夜十一点了，经过长时间的卧床，衣服早已被汗水浸泡过不知多少回了，贴在身上浑身难受。寂静的夜晚，李祥按响了床头的响铃。

“李祥，怎么啦？这么晚了有事吗？”朱大妹本来早已下班了，因为另一个护工身体不适，跟她换的，所以她白班晚班连轴转，她个头不到一米六，双手叉腰，凶巴巴地跑了过来，厉声地责问。

“麻烦你帮我打点热水，洗个澡。”李祥望着来人想起来了，就是上次准备让她换被褥不但没换成，还被她数落了几句的那个护工，此刻他管不了那么多了，只好有气无力地回答。

护工朱大妹提着热水瓶晃了晃，空空的，头一仰，噘着嘴，不情愿地出去打开水去了。

上午打的一瓶开水，下午三点多钟就喝光了，李祥原来以为护工五点多钟来打饭时会打的，结果护工没打，他也忘了说。晚饭后吃药，正好保温杯里有存的水，不然又得等了。即使打了铃，护工也不会马上来的，就是来了，还得吃她说话，说："你这人怎么那么烦？"

朱大妹把水打了来，倒进洗脸盆，毛巾放进盆里，说："来，把身翻一下，侧过身。"说着，将毛巾拧干走了过来，左手将李祥衣服往上一提，右手伸进去，三下五除二，不到一分钟，就把背揩好了。然后走近脸盆，低头弓腰把毛巾从水里过了一遍，拧干，站起来将毛巾丢给李祥，伸了伸懒腰，连打了两个哈欠，沉着脸，继续说，"还有自己揩。"意思是说李祥身体的其他部位，由他自己揩。

李祥听了这话，看她那神态，尽管心里不能承受，但住在无菌病房里，病得奄奄一息，没有力气跟她理论，只好忍气吞声，只得赔着笑脸，于是，马上转怒为笑，说："谢谢，谢谢你！实在不好意思，麻烦你了。你看，我这样能自己揩吗？"一边说，一边吃力地从身边捡起朱大妹刚才丢过来的毛巾，慢慢地揩着。

"哎呀，你怎么这么慢呢。快点揩！"

李祥心中明白，平时在单位，他管下属，下属见了他无不敬他三分。可是，这是在医院，自己是个病人，医生可以管自己，护士可以管自己，护工也有权管自己，还有权莫名其妙地训斥自己。别看护工，得罪不起，如果跟她说话稍微大点声，她就会马上给你脸色看，不来打开水，或者故意拖延不来，明明到了换被套时间，就是不来换，让你睡得不舒服。不论是无菌病房，不论是层流床，不论是普通病房，她都一个样。医院规定归规定，怎么啦？我晚一点换不是很正常？所以不论是病人，还是病人家属，见了护工，说话都得客客气气。否则的话，她不管你是什么病人，有得让你难过。李祥虽然病重，但神志清楚，他晓得在无菌病房，家属不能进来照料，一切仰仗护工。因此，不管朱大妹说什么，他都得认真听着，绝对不能回嘴。看看朱大妹不耐烦，火气又大，他只好忍气吞声，不好意思再让她做了，身上有些地方没揩到，也就不揩了。

朱大妹从李祥手中接过毛巾，掷进脸盆，连打了几个哈欠，说："哎，要困得不得过。"

李祥听了朱大妹的话，看着她疲惫不堪的样子，真不忍心再让她干了，只好反复打招呼说："谢谢，麻烦了！"

朱大妹搭都不搭理，头也不回地走了。

李祥本来还想让朱大妹扶一把起来小便的，想到刚才那个情景，心中发怵，立即打消了这个念头。他不习惯在床上大小便，没进无菌病房时，有郭茜搀扶着上厕所，到了无菌病房，原来想护工会积极主动地协助的，没想到这个架势，他一手抓着床边不锈钢扶手，一手撑着床铺，身子缓慢地向床边移动。由于身体极度虚弱，浑身冒着虚汗，他移到床边，撑着坐了起来，一只脚先慢慢着地，然后另一只脚再着地，这样相对稳固一些，两只脚全部着地后，他用手扶着床边，沿着床边一步一步移动。累得两腿酸软，直喘粗气。

因为害怕起床小便不方便，从半夜起，李祥控制喝水。被囚在无菌病房里，睡不着啊。这时，他多么向往外面的世界，朝窗外看了看，一片漆黑，什么也看不见。这间狭小的房间，把他封闭得严严实实。虽然手机可以带进病房，但是充电需要交给护士，为了省电，也为了怕麻烦，他没事就不跟外界打电话联络。没有亲人陪伴，说是有护工护理，实际上护工的素质参差不齐，你确实需要护工护理，不是招来白眼，就是被她数落，这对有素质有教养的李祥来说，明明需要护理，却好像自己有什么不对似的，反而不好意思叫了。他只好一切都得忍受，不能忍，跟护工发脾气，最终吃亏的还不是自己吗？所以，当他必须要护工护理的时候，叫来护工，不管护工说什么，他假装听不懂，或者假装没听到，由着护工去做。本来生了病，心中想不开，也没有必要为这些琐碎事情跟护工一般见识。自从住进无菌病房，晚上他就没有好好睡着过，陪伴他的只有无声无息的病床，陪伴他的只有一袋接一袋的药水，陪伴他的只有一滴又一滴的眼泪。

人生啊，捉摸不透的人生。李祥深深地感到，就在不久前还在享受着天堂般的生活，有那么多的人崇拜他，也有不少人朝拜他，围着他转。他要是在省内出差去开会，有人帮着开车，有人抢着拎包；他要是平时在单位，不要他吩咐，就有人来打扫卫生，有人来倒水，一切都有人侍候得好好的。可是，一进入医院，生了重病，瞬间仿佛从山峰跌入谷底，过着地狱般的日子，任何人都可以向他发号施令。

李祥想不到他在无菌病房一呆就是一个多月。这是与世隔绝的一个多月，这是在人间蒸发的一个多月，这是每分每秒都在煎熬的一个多月，这是死过一回的一个多月。

这一个多月，他过着暗无天日的日子，每天都在痛苦中度过，每天都在寂寞中度过，每天都在无聊中度过。难熬啊，难熬，他终于从难熬中熬了过来。

在这一个多月里，李祥每天都在牵挂他的宝贝儿子。儿子李子昂才 13 岁，刚上初一，非常懂事，就是学习成绩一般般。他想，自己这一病，不知儿子怎么样了？

李祥满脸愁云，出院了。

孩子遭遇双重打击

"这是我刚升初中的第一个学期，一个学期快要上完了。那天放学天气格外冷，我像往常一样，背着书包开开心心地走出校门，左顾右盼不见爸爸踪影，在校门口往东往西来回走了几趟，还是没见到爸爸。

"我们放学已经很晚了，时钟敲过六点，现在早已过了下班时间，怎么爸爸这时候还不来呢，我心里想：爸爸单位里肯定有事情，不然他不会迟到的。要是平常，如果爸爸有事，妈妈会跟人换班，或者晚点上班的，可是今天妈妈也没来接我。这是怎么啦？正当我等得心急如焚的时候，我爸同学的妻子张蓓华开着轿车来了，我管她叫蓓华姨妈，蓓华姨妈告诉我说爸妈都没有空，今晚吃住在他们家，最近上学放学由她来管。隔了几天，我还是住到了自己家里。因为家离学校近，上下学也方便。

"后来听妈妈说，爸爸生了重病住进了医院。知道爸爸生病在医院，我也不懂是什么病，但看到妈妈一脸的焦虑，说晚上让我一个人在家睡，妈妈要在医院照料爸爸，我猜想爸爸的病不是一般的病，我也有说不出来的担心。这几天我放学回家照照镜子，发现自己添了几根白发。

"爸爸没生病的时候，因为妈妈要上班，妈妈是下午四点以后上的班，一直上到夜里十一点左右，有时过了深夜十二点，所以上学和放学几乎都是爸爸来接送的，爸爸守时如金，从来不会迟到。我一放学背着书包从学校大门口出现，总能看到他。下雨天，他怕我看不见，站在风雨中人稀少的地方，我一眼就能看到他，他看到我跑过来帮我拎书包。冬天，同学们放学时，他只要看不到我，站在北风呼啸的寒风中，向我同班同学打听我出来没有，其实我就在后面，有时看他着急的样子，故意躲在旁边，看着爸爸。爸爸在人群中寻找，找到了我，一脸的笑容，不停地啰嗦个没完。他的啰嗦无非是问今天作业多不多，背书包累不累，肚子饿不饿。

"晚饭后，爸爸陪我做作业，我总是磨磨蹭蹭，好久进不了状态，他可有耐心了，刚升入初一，作业特别多，我每天要做到夜里十一二点钟才睡，第二天自然起不来，他为了让我多睡一会儿，先把早餐准备好，然后走到我床前轻轻地喊我起来。我迷迷糊糊，听到爸爸的叫喊，说拉我一把。爸生怕拉痛我，总是一只手扶着我的背，一只手拉着我的手，将我慢慢地托起来。当时我嫌他啰嗦，可是他总是这样慢条斯理，从来不发火。这段时间，爸爸躺在医院里，躺在病床上，我很长时间看不到他的身影，听不到他的话语。心里好想好想他，但愿爸爸早点好起来。……"

李祥第一次刚刚出院，儿子李子昂将自己写的一篇短文读给他听。李祥听着听着，泪水盈满了眼眶。他一回到家就听说儿子初中第一学期来了个开门红，语数外三门课考得比平时好，加上平常在学校经常做好事，评上了"文明生"。知道儿子的进步，李祥脸上露出了笑容，仿佛病也好了三分。李祥没有生病时去学校接儿子放学回家的时候，就见到过儿子好几次帮同班级的一个男生拎书包，当时他不理解，自己身上的书包足有二十斤，别人的书包也会有二十斤，吃得消吗？可是当李祥看到儿子身后跟着一个手臂缠绑带的男孩子时，全明白了，儿子是在做好事，做一般同学不愿做的好事。现在有不少家长和同学很自私，只注重学习成绩，而忽视思想品德教育，别人有困难，视而不见，唯恐分散了精力，耽误了学业。李子昂边走边告诉说那个同学跑步不小心手臂摔成了骨折，书包不好拿，说人家有困难，应该主动伸出援助之手才对。李祥赞许儿子是好样的。人应该有一颗善良的心，应该有一颗助人为乐的心。帮助别人，照亮别人，开心自己。

李祥就李子昂一个儿子，当他躺在病床上的时候，当他得知自己患了白血病的时候，当他得知自己还在报病危的时候，他心里想的第一件事就是儿子，自己要是走了，儿子恁小咋办？没爸的孩子靠自己，自己的路自己走，多艰难啊。退一步说，即使以后自己身体逐渐好转了，可也恢复不到健康时那样子了，所以不能像以前那样照顾儿子了。

李祥没有生病以前，儿子的家庭作业本上的家长签名大多是李祥签的。自从李祥生病以后，郭茜要在医院陪着照顾，没有时间顾得上孩子，所以儿子作业本上的签字少了。老师就在孩子的作业本上批字：家长没签字。时间长了，班主任、语文老师丁艳有几次将李子昂叫到办公室，让李子昂站在那儿半个多小时，有时一个多小时，别的孩子上课了，也不让进教室。李子昂是个孩子，自然也不敢去上课，静静地站在那儿，等待老师的厉声责问。李子昂没办法，只好哆哆嗦嗦地说自己爸病了。郭茜知道这件事以后，给班主任语文老师丁艳打了电话，告知了李祥的病情。

李子昂的班主任丁艳邀请了数学老师王采专门到医院来看望李祥。郭茜把李祥的病情一五一十地告诉了老师。当时两个老师到医院来探望，李祥住在无菌病房里，见了老师，心里蛮感激的。

丁艳，43岁，中等个头，颧骨突出，眼里透着凶光，满面孔苦相凶相，平时总是板着脸，好像谁欠她的债似的，走路歪着头，儿子读高二。她见到学习成绩差一点的学生，就像见到仇人似的，分外眼红，恨不得把差学生骂出教室，在她眼前永久消失。她辱骂学生时，说话声音仿佛用尽了全身力气，感觉多说一句话就要断气似的。

新学年开始以后，李子昂的学习成绩一路下滑，几次考试成绩排在了全班倒数十几名，平时的家庭作业本没人签字，有的作业题不会做的空在那里，丁艳见了火冒三丈。有一天早晨，丁艳拿着李子昂没有签字没有全部完成的家庭作业本，站在教室讲台上，当着全班同学的面，偏着头，瞪了李子昂两眼，嘴巴一歪一扁，一字一顿地说："李子昂的爸爸得了白——血——病，住无——菌——病——房。"她停顿了一会儿，大声叫嚷，"李子昂，你不要拿你爸生白血病作为借口，就可以不完成作业了。"

李子昂听了顷刻额头冒出了汗珠，脸红红的，怯怯地望了丁艳一眼，然后低着头，眼眶涌出了眼泪。

全班同学听了丁艳的话，眼睛一下子转向了李子昂。丁艳老师的话，给全班同学一个误导，好像李子昂的爸爸得了传染病似的，李子昂也跟着传染上了，谁要是跟李子昂一起玩，也会受到传染的。因此，同学们都害怕李子昂了。

"李子昂，你爸是白血病！李子昂，你爸是白血病！"一下课，几个同学朝着李子昂喊了起来。从此，好多同学下了课，不愿意跟李子昂一起玩了。李子昂常常是孤零零一人低着头不说话。

李祥没有生病之前，要是李子昂有些作业不会做的话，丁艳会主动给李祥打电话说："李子昂爸爸，你放心，我让老师和同学帮他补课。"

自从李祥生病以后，丁艳对李子昂由以前的格外关心变成了格外歧视，变成了刁难，变成了惩罚。

李子昂幼小的心灵遭遇了双重打击。昔日活泼开朗的李子昂渐渐地开始变了，变得沉默了，不愿和人交谈了，仿佛心里有块巨大的石头压着，压得他喘不过气来。他上学一见到丁艳老师，浑身就发抖，立即低着头，生怕又要无故遭受责难和谩骂。而这一切，李子昂回到家，望着生重病的爸爸，望着因为照顾爸爸而心力交瘁的妈妈，懂事的他，只能选择沉默，以此来隐藏自己无尽的烦恼和痛苦。而这一切变化，李祥和郭茜开始没有察觉，也没有过多在意。

老师变态

李子昂从小学刚升初中的时候，是多么开心啊。他所在的学校是市区一所重点中学的分校，那时候，他才十三岁。十三岁的男孩子是个花季的年龄，是个天真烂漫的年龄，是个似懂非懂的年龄。

10月中旬的一天下午一点多钟，在总校学校操场上，红旗招展，彩旗飘扬。总校和分校的领导在主席台上就座。二十一个班刚升入初一的新生身着白色衬衫，蓝色裤子，佩戴红领巾，排着整齐的队伍，在操场上举行少先队退队仪式。李子昂个头比较高，排在队尾。李祥作为家长代表应邀出席了这次让儿子引以为荣耀的集会。李子昂见到爸爸准时参加，坐在他们班同学的后面，与班主任丁艳老师聊天，偶尔转过头来向后看看，一脸自豪的神色。

早在这次集会的上一周晚上，李子昂放学回家兴冲冲地对李祥说："爸爸，下周五下午，学校到总校去举行少先队退队仪式。每个同学着白色衬衫、蓝色裤子、黑色皮鞋。"李子昂看着父亲，神秘兮兮地说，"你猜，还有一件事跟你有关，你知道是什么事？"

李祥想了好半天也没有猜出来，李子昂笑着说："学校要求，下周五下午每个班还要三个家长代表参加，丁老师说，其他两个学生的家长本来就是学校的老师，让他们参加，另一个要叫你参加。"

李祥看了儿子一眼，故意不回答。

"爸，你下周五下午没有会议吧？爸，你不会迟到吧？"临睡前，李子昂几次跑出房间反复向李祥确认。

"行啊，儿子，爸爸就是有会议也会请假的。另外，你看我什么时候会迟到的？放心吧，你跟老师说，我肯定会准时到的！你去睡吧！"李祥拍拍儿子的肩膀，开心地笑了。

"爸爸晚安！"李子昂向李祥做了一个鬼脸，安心睡了。

这不等于说，除了老师外，李祥是整个班级五十多个学生家长的唯一代表吗？这一殊荣，李祥当然珍惜，可是开始他对儿子故意卖了一个关子。

为了儿子能穿上白衬衫和蓝裤子，郭茜专门到商场买了回来。那天，李子昂如期参加了少先队退队仪式。

"李子昂爸爸，李子昂学习成绩有很大的进步，各方面表现也蛮好。"那天下午，李祥出席儿子的退队仪式，丁艳当着李子昂的面，聊起了李子昂。

"我家李子昂，让丁老师多费心了。"李祥朝丁艳点了点头，笑着说。

"李子昂在我班上，你放心！"丁艳平时说话难得笑的，这会儿见了李祥，说话时脸上露出了笑容。

这是李子昂从小学步入初中的第一个学期，升入初中后才一个多月，各科成绩都迎头赶了上来，在这个尖子班中位列中游，特别是数学的附加题都会做，儿子取得这么大的进步，李祥还真是没有想到。李祥思量，这样下去，儿子会甩掉在小学学习成绩落后的帽子，将来考个普通高中，上个普通大学，没什么问题了。

可是谁能想到，这一年年底，也就是李子昂的初中第一学期快要结束的时候，李祥突然病了。李祥这一病，对于家庭来说，几乎是毁灭性的打击。妻子郭茜除了上班，整个身心扑在他身上，李祥这边要抢救，离不开。孩子才十三岁，开头几天李子昂住在张蓓华家里，住了几天，他就主动对张蓓华说："姨妈，我住自己家，上学近，骑自行车去学校快。"于是他住到了自己家里。张蓓华不放心，早晚提前做好饭菜送过来，还陪着一起去学校，放学又提前等在学校门口。李子昂说："姨妈，我能行。我是男孩，什么也不怕的。"有几天，李子昂上学，张蓓华悄悄跟在后面，跟了几天，也就放心了。不几天就放寒假了。

时间很快到了李子昂上初中的第二学期。李子昂由原先的一个小孩变成小大人了，好多事情他都要自己操心了。自从李祥生病住院以后，李子昂每天去学校最头痛的事就是怕见丁艳老师，因为他常常莫名其妙地受到丁老师的训斥。

那天早晨下着雨，李子昂走到教室门口，见丁艳站在教室讲台前面收作业本，叫了一声："丁老师好！"说着就走到自己的座位上去了。

"李子昂，把你的作业本拿过来。"丁艳喊了起来。

李子昂赶紧把作业本拿了出来，递给了丁艳老师。

丁艳老师把数学本翻看了一下，大声说道："怎么空了几道？怎么不做？越来越不像话。走，跟我去办公室。不要上课了！"

"我不会做。"李子昂低着头，小声说。

李子昂边走边想："我爸身体好的时候，要是我不会做的题目，丁老师就会请老师或者同学来辅导的。自从我爸病了以后，丁老师见了我，好像变了一个人似的，咋那么怪呢？"他小小年纪，怎么能够弄得明白老师的心思啊。

丁艳把李子昂喊到了办公室，冲着他说："好好站在这里反省反省。"

上课铃声响了，第一节课是英语课，李子昂想去上课，他想不去上就更加搞不懂了。可是丁老师不让他去上，他哪里敢去上呢？他站在那儿干着急，急得眼泪掉了下来。他想到自从爸爸生病住院以后，突然之间变得孤单无助。他凌晨五点多钟就起床，冬天天未亮，他就骑自行车去学校了，傍晚六点多钟放学，天早已黑透了。他披着星星出，迎着月儿归。他想努力做好，不让父母操心，可是想不到却常常受到丁老师的谩骂和体罚，更使他受不了的是不让进教室上课。晚上回到家，边做作业，边自言自语地说："怎么办？我题目不会做，明天到校又要挨丁老师的谩骂和体罚了。"

做父母的总希望自己的孩子好好读书，将来有出息。李祥尽管躺在病床上，常常牵挂儿子，但是他现在无能为力，只能靠儿子自己了。郭茜一心都在医院照顾李祥，没有心思也没有精力管儿子，有时在心里默默地盼望，儿子啊，快快长大，儿子啊，你也该懂事了。郭茜也曾跟李子昂说，让老家的一个远房亲戚来家里住，陪陪他。

李子昂说："妈妈，不用，我是男孩，你别管我，照顾好爸爸。"

李祥的治疗需要几个疗程，每个疗程有辰光间隔一两个月，有辰光间隔短一些，有辰光间隔长一点，视身体恢复情况而定，总之白血病的治疗是一个漫长的过程。这时候相当于马拉松赛才开始起步。李子昂虽然聪明，但学习不太自觉，加上丁老师无休止的刁难，使他情绪变得低落，性格变得古怪了，随之英语成绩也明显下滑。丁艳老师更为恼火，她对李子昂说："李子昂，你咋这么笨？以后不要考试了。"

5月份，正好李祥出院在家休息，这一个月，他在家吃药。

5月中旬的一天傍晚，李子昂放学回家对郭茜说："妈妈，明天区里统考，丁老师叫我不要参加考试。"

晚上刚过七点钟，丁艳老师打电话给郭茜说："李子昂妈妈，明天叫李子昂不要来考试了。"

郭茜本来想克制的，毕竟孩子在她手上，但联想到最近丁老师对孩子的态度，一听火了，怒气冲冲地问："为什么不让孩子考试？是不是怕孩子拉低班级的平均分？九年义务制教育谁也没有权利不让孩子到学校考试的。这是哪来的规定？"

丁艳听了郭茜的话，立即将手机通话挂断了。过了十来分钟，丁艳又打来电话，大声地说："我没说不让李子昂来考试。明天上午让他八点到校。"

明明刚刚说过的话，仅仅过了十来分钟，丁艳就抵赖了，否定了自己原来的话。她耍了小聪明，学校明明规定让孩子早晨六点五十分到校，七点一刻开始考试，她在电话里告诉郭茜让孩子八点到校。如果按照丁老师的话去做，李子昂到校后还是不能参加考试。到时家长怪老师，老师又抵赖说，孩子自己迟到的，怎么能怪老师呢？所以郭茜决定让孩子像平时一样正常到校，免得引来不必要的麻烦。

第二天，李子昂虽然参加了区里的统考，但是年级排名不是很理想，回家告诉郭茜："看到我去参加考试，丁老师板着个脸，眼睛凶巴巴的，好像老不开心似的。"

郭茜劝慰道："小孩子不要管这些。你把学习弄好就行了。"

从此，李子昂放学回家总是老不开心的样子，变得越来越沉默寡言了，开始李祥和郭茜也没太在意，以为青春期的孩子开始叛逆了。李祥见李子昂老是这个样子，担心起来了，对郭茜说："孩子好像不是叛逆的问题，是不是有其他问题？"

郭茜这才意识到儿子的确变了，说："原先儿子回家又说又笑的，最近怎么突然不说话了？可能在学校遇到什么事情，闷在肚里。"

一天吃过夜饭以后，李祥对李子昂说："最近心里有啥不开心的事？"

李子昂听了也不回答，过了一会儿说："跟你讲有什么用？"

李祥和郭茜猜测孩子因学习成绩不好，可能被丁老师叫到办公室谈话了，孩子身心比较脆弱，受了老师的批评，被吓着了。

李祥说："有什么事告诉爸爸，我们一起想办法。"

"我数学家庭作业几道题不会做，空在那儿，王老师发脾气，说我故意不做，丁老师知道了，就不让我进教室上课，叫我站在办公室里有一节课时间。丁老师还说，你休想让我评语写好。我什么话也没说，也没顶撞。"李子昂低着头，终于说话了，说话声音低低的。

李祥说："你只要遵守学校的规章制度，不管老师怎么说，不要顶撞，不要吭声。至于学习成绩好与差，那是各人的能力问题。老师评语不好写得太差的。你不用怕！"

李子昂懂事地点点头："爸爸，你放心。老师说我的话，我不吱声就是了。"

事实上李祥和郭茜想得也太天真了，他们哪里知道，丁艳老师为了排名，为了平均分，为了名誉，为了奖金，为了学校能够扬名，她根本不管学生死活，一心想把好几个学习成绩差的学生赶走，李子昂这学期的语数外三门课的成绩明显落下了。初一下半学期的期末考试排名由原来的中等成了倒数后十名。

期末考试一完，学校就召开了家长会。

在家长会上，语数外老师当着全班学生家长的面，分别报了学生姓名和考试成绩。接着，数学老师王采特别对班级前十名的同学和后十名的同学作了逐个点评。点到成绩好的学生的姓名，那些家长好像也跟着沾光，朝老师又是笑脸，又是点头；点到成绩差的学生的姓名，那些家长好像犯了罪似的，个个低着头，不说话。王采点评说到李子昂时，特别评价了一番，说："李子昂考试卷子，简单的题目错的多，难的附加题都做对了。说明他不用心。家长要好好管管。"

丁艳老师作了总结发言，她站在讲台上，面对各位学生家长，就像面对学生一样说话无所顾忌，唾沫横飞，大声叫喊："各位学生家长，马上就要进入初二了。初二那是决战的时刻，是冲刺的关键阶段。你们的孩子能不能考入普通高中，就看你们如何配合我们老师了。我对学生管教严，个别学生家长说我是对孩子的摧残。说得我好长时间睡不着觉。我反正只管三年，你们的孩子将会影响到三代人，父母、学生自己、学生的孩子。将来孩子上什么样的学校，找什么样的工作，直接决定将来生活在哪个阶层。我所做的一切，都是为了你们好！"她停顿了一会儿，眼睛盯着多位学习成绩差的学生的家长，眼露凶光，然后继续说道，"一切为了孩子！为了孩子的一切！家长们！一定要配合啊！"她说话装腔作势，手势不断地变换着，声音一会儿高，一会儿低，脸一会儿红，一会儿紫，像个演员似的。

学校召开家长会，本来应该是学校领导和老师与学生家长欢聚一堂，共话如何培养教育孩子，让孩子健康快乐成长。可是现在倒好，却完全变了味，成了丁艳批评成绩差的学生家长的声讨会，成了丁艳惩罚成绩差的学生的自我辩解会和开脱会。

一个暑假很快结束了。

转眼李子昂成了初二学生了。

进入初二以后，离中考时间越来越近，丁艳逼害学习成绩差的学生变本加厉，几乎每天都要把没有完成作业的，或者考试不及格的学生作业本、试卷，用红笔画了一个大大的圆圈，让这些学生拿在手上，站在黑板前面示众，丁艳看到这几个学生低着头，全然不顾这几个学生的感受，全然不顾这几个学生的身心遭受严重创伤，当场将这个场面拍了下来，边拍边骂骂咧咧地说："我就是要把你们的照片发到家长群，让所有的同学家长都能看到你们！"

班里嘲笑声一浪高过一浪。

晚上，每个家长的手机上都传来了这样的图片或视频：十来个学习成绩相对落后的同学，好像自己做错了什么事似的，有的低着头，有的双唇紧闭，一脸无奈。那慌乱无助的眼神与他们的年纪极不相称。那眼光透过手机屏幕，犹如刀枪直插被拍学生家长的心上。迫于丁艳的班主任身份，没有一个家长站出来。由于丁艳老师的羞辱，十来个同学常常觉得无地自容。其中一个名叫顾子萱的女同学面对天天这样的羞辱，又不敢反抗，又不敢跟家长诉说，最后选择了逃避，她在日记中写道："丁老师，你这样做，让我无法做人，在同学和家长面前抬不起头来。我不上学总可以吧，看你还能把我怎么样？"

顾子萱自此不上学了，独自关在家里封闭了起来。一天三顿饭都是由父母送到房门口，待父母躲起来后再出来拿进房间，不愿跟父母打照面。一天又一天，一年又一年，无尽无止。

朱金明是丁艳老师班上学习成绩排名倒数几名，他的父母是打工的外来户，老实巴交，不会说话。朱金明每天早晨上学一进教室，丁艳让他和其他成绩落后的同学在前面示众，每次吓得浑身颤抖。丁艳见了嘿嘿冷笑道："朱金明，给我站好了，让大家好好看看！晚上也好让家长们好好看看你这副傻样！"

朱金明性格内向，无法忍受这样无休无止的羞辱，一个星期天，他从自家阳台上跳了下去，结束了他不应该结束的花季年龄的宝贵生命。

朱金明的父母找到了学校领导，气愤地哭喊道："孩子被丁老师逼死了。你们还我们孩子！"

校长狡辩说："人死在你们家里，又没有死在我们学校。是你们自己没有看好孩子。凭什么来找学校？"

老实巴交的朱金明父母无言以对，痛哭不已，寻死觅活，差点也跳了楼，幸亏被人劝住了。他们不懂得寻求法律的保护，自认倒霉。两人回了家，料理完孩子的后事，悲伤过度，双双病倒。

可是，丁艳老师毫发无损，逍遥法外。

教室里少了一个学生，这对于铁石心肠的丁艳老师来说，只是一个冷冰冰的数字，她丝毫不感到愧疚，就好像此事从未发生过似的；而对于一个家庭来说，少了一个孩子，就好像失去了整个世界。朱金明的父母失去了他，痛苦与悲伤就会伴随他们一生一世……

进入初二以后，区里经常组织统考排名。丁艳为了名次，不仅让学生罚站，还常常将学习成绩落后的学生家长叫到办公室陪站。

那天，郭茜接到丁艳通知，让她下午四点去她办公室。到了学校门口，保安说："今天丁老师又叫了好几个家长。"

到了丁艳老师办公室，郭茜看到七个家长站在那儿，其中有个家长是残疾人，拄着拐杖，一脚高低地立着，丁艳坐着批改作业，郭茜跟她打招呼，她头也没抬，连"嗯"都没嗯一下。

大约过了半个小时，作业批改完了，丁艳终于抬起头来，板着脸，从左到右，挨个骂了一遍，前面七个家长有的是外来打工的，有的是学生的爷爷或奶奶，可能没有意识到丁艳这种行为是错误的。听到丁艳在骂，都低着头，不吭声，自己的孩子学习不好，好像是家长的罪过。最后骂到郭茜了，丁艳吼道："你家养的孩子是宠物。"

郭茜是个有文化的人，哪里受得了丁艳的如此侮辱，立即回敬道："我家养的孩子是宠物，那你家养的儿子是什么？"

那天丁艳穿着一件无领无袖的红绿蓝相间的粗条纹连衣裙，涨红了脸，眼里几乎要喷出火来，可能意识到自己说话太过分了，立刻站起来，双手一叉腰，腋下的风光暴露无遗。脖子上的一条粗粗的金项链随着她身体的晃动跟着晃动。郭茜厌恶地看了一眼。丁艳歪着头，紫涨着脸皮，活像一个骂街的泼妇，直眉瞪眼，大声地叫嚷："你——就——当——我——放——屁！"

"你这老师怎么回事？有你这样的老师吗？"

面对郭茜的责问，丁艳更加嚣张，似乎用尽了她毕生的力气，喊了起来："有本事找校长去！"

郭茜觉得跟这样的老师已经无话可说了，转身就走，直奔校长办公室。校长听完郭茜的陈述，打着官腔说："哦，学生不做作业怎么行呢？学校有学校的规章制度，每个学生都得遵守，谁也不例外。"

"学生不会做的题目，老师不应该耐心教吗？不让学生进教室上课，在教师办公室罚站难道也对的？难道这就是学校的规章制度？"郭茜听校长说话丝毫没有责怪老师的意思，反而认为这一切都是由学生自己造成的，严厉地责问。

"啊！家长要配合我们老师。对学生管教严，那不是为了你们好吗？不然关老师什么事？"校长一个劲儿地狡辩，为老师开脱。

"面对学习能力弱的孩子，学校到底怎么对待？怕影响排名？怕影响到平均分？怕影响到升学率？就可以把这些孩子赶走吗？"

校长一时无言以对，好久不吭声，只是望着郭茜。过了一会儿，校长冷冷地说："如果不能适应这儿的学习，可以上职业中学。我们跟职业中学有关系的，孩子想去哪个学校，我帮忙联系。"

郭茜觉着校长和丁艳老师是一路货色，跟这些无赖再说下去没有必要，转身就走。

初二上了一个多月，一天傍晚，李子昂放学回家，吃晚饭时说："上学期几个考试最差的同学被丁老师骂走了，丁老师在课堂上天天骂，他们就不来了。两个是外地的，父母在我们江海市打工的，听说他们回老家去了。还有一个男同学在社会实践课堂上请假要上厕所，物理老师不准假，他去上了厕所，从厕所出来被物理老师打了，后来回到学校又被物理老师打了，打得差点从三楼楼梯摔下去，也不来了。五个学习成绩最差的同学都被丁老师赶走了。"

听了李子昂的话，李祥好像有种不祥的预感，在心里默默地想："学校为了在全区统考名次靠前，将学习成绩差的学生赶走，怎么能做出这样龌龊的事呢？那下一个可能就是我家的儿子了！"

李子昂说的这个物理老师，名叫管施，是个男的，年纪轻轻的，三十刚出头，一米八左右的个头，长得挺壮实，有一个一岁的孩子，据说物理讲得不错，还在区里得过什么奖，但是可能教育方法有问题，还喜欢打学生。

初二头天上物理课，管施在班上说："九十分的卷子，凡是考试没有达到八十二分的，回去让家长都要给我打电话。每道错题，回家罚抄两百遍，自己来不及抄，让家长抄。"

第一次考试，九十分的卷子，李子昂考了八十二分，心里蛮自豪的，心想终于过关了。没想到管施对他说："你其他课都没有好分数，物理怎么能考得好？肯定是抄的。"

"我没抄。"李子昂回答。

当天晚上，李子昂回家非常委屈地向李祥诉苦。李祥要是过去身体健康的时候，听到儿子这样说，会立即打电话给管施的，问个究竟，现在重病的李祥只能安慰了几句儿子，只能默默地听着，任由儿子诉苦，却不能替儿子分担忧愁。这时，李祥的心里与儿子一样痛苦。

第二次物理小测试，九十分的卷子，李子昂考了八十分，管施走到李子昂座位跟前，竟然将他的物理作业本撕掉了，说："晚上叫你爸妈给我打电话。"

郭茜打电话给管施，委婉地说："听说你把孩子的作业本撕掉了。"

"不能撕吗？撕错了吗？"管施理直气壮地说。

作为老师，没有看到学生考试抄，无端指责学生考试成绩抄来的，难道是对的吗？作为老师，学生考试成绩差一点，就撕掉学生的作业本，难道也是对的吗？究竟做得对不对，这老师心里很清楚。作为学生家长明明知道老师的这种做法是不对的，也不敢明说，孩子未成年，弱小，还望老师关照自己的孩子，所以不管老师讲什么，都认真地听着，心里再有怨气，只能忍着。不然，老师会在自己孩子头上捉到本。这种蛮不讲理的老师是无情的，在他心里只有分数，学生分数高是他的荣耀，能够决定他的升迁，其余都是空谈。以后一周连续考了三次，李子昂的成绩都在八十二分以上，最高的一次离满分仅差一分。

每每谈到这个物理老师，李子昂都说："要命。管老师手里拿着教材，动不动走到同学面前朝头上拍一下，重重地拍一下。"

李祥问："痛吗？"

李子昂回答："怎么不痛？我也被他拍过。不过拍得比别的同学少一点。唉，真要命！"

李祥问："那不叫打人吗？"

李子昂轻声地说："在老师眼里，这不叫打人，叫拍。拍了，让你长记性，用功读书。"

天渐渐冷了。初二的第一学期已经过去了三分之二时间。为了中考冲刺，学校每天放学时间越来越晚，孩子到家基本上要到七点，晚上的家庭作业越来越多，每晚语数外物四门课的作业至少要做四个小时，学习成绩跟不上的，加上有些题目不会做，根本来不及做。李子昂白天在学校上了一天的课，本来已经够累的了，晚上再做这么多作业，实在做不动了，往往做到深夜十一点就趴在桌子上睡着了。李祥看着心疼，让儿子到床上睡。儿子说作业没完成，明晨四点叫醒。可是一睡到床上，却又睡不着了。担心睡过头，早上作业完不成。天天如此，不要说小孩，就是大人也吃不消啊！

果然到了12月底，李子昂感冒发热了，开始硬撑着去学校，上课自然无精打采，丁艳见了，不问孩子怎么回事，不向家长调查一下，李祥还专门写了请假条，让李子昂交给丁艳老师的，丁艳板着脸不说话。学校规定六点四十分开大门，丁老师要求所有同学六点五十分之前进教室，不然就算迟到。丁老师看到学习成绩落后的学生迟到了，就不让进教室，就要罚站，对学习成绩好的学生即使迟到了，也是睁一只眼，闭一只眼。那天，李子昂重感冒发烧走路慢了，迟到一分钟进教室，将请假条交给丁艳，丁艳看都没看，板着脸，瞪着眼，说："拿医院证明。"

那天，丁艳老师借口李子昂迟到，照样让他罚站了一天。李子昂几次差点晕倒，丁艳见了，"嘿嘿"冷笑两声。

傍晚，李子昂放学回到家委屈地说："我把请假条交给丁老师，丁老师看都不看，叫拿医院证明。"

一天，课堂数学小测验，交卷时间到了，李子昂交卷稍微慢了一点，王采满脸怒气地跑过去冲着他喊："交卷了，还磨蹭什么？你这样的孩子我没法教。"说着就把李子昂的卷子撕了。之后的连续三天，王采在李子昂的数学作业本上用红笔大大地写上："无可救药！""无药可救！"

王采，52岁，虽然脾气暴躁，常常莫名其妙地向学生发火，但对学生从来不体罚，只要是她的课，就不让丁艳带走任何一个学生去办公室罚站的。往届的学生家长曾经说过："王采和丁艳一样，都是变态老师！"

当王采撕李子昂数学卷子的时候，丁艳正好从班级窗口经过，不问缘故，冲进教室，让李子昂出来不要上课，怒吼地说："你要向王老师赔礼道歉。"

李子昂一下愣住了，呆立着，心想自己没有做错什么，凭什么道歉，道歉什么，所以始终不吭声。

丁艳见李子昂不吭声，更加来气了："好！我让你不说话，你给我呆在办公室里，不许动！"那天有两节课，丁艳不让李子昂去上，让他站在办公室里。李子昂吓得连上厕所都不敢去，也不敢说，低着头直发抖。他又冷又饿，又气又恨。这冤枉向谁去申诉呢？

第二天起，丁艳让同学把李子昂的课桌搬走了，凳子有的，可是不让他坐，让他站着听课。下课时，李子昂搬来了桌子，丁艳叫几个男同学挡着，不让搬。李子昂整整三天没有课桌。

这三天，李子昂做作业在膝盖上完成的，中午休息也是头靠在膝盖上睡的，这样李子昂的感冒更重了，发高烧三十九度八。其实，王采早已将撕数学卷子这件事忘记了，在上课时见到李子昂站在那儿，感到很惊讶，让他坐下来听课。事后王采对李祥说："我的课我让孩子坐下来。丁老师的事，我也不好说。"

其他老师来上课见李子昂站着，感到莫名其妙，问："李子昂，你怎么站着？桌子呢？"李子昂不敢说话，不敢坐，不敢违抗丁老师的"最高指示"。

李子昂整整站了三天，三天后，感冒更重了，不得不在家休息，连休了三天，还是感冒发烧，高烧四十度。李祥见儿子重感冒，给丁艳打了电话请了假。在家三天，李子昂一直在床上躺着，没劲复习功课。

丁艳在家校通上通知所有同学参加这几天的期末考试。

李祥对儿子说："我们还是坚持把试考完。没有考分的话，上普通高中都上不了的。"

李子昂没胃口，几天没有好好吃东西了，眼睛无神，看了看李祥，轻轻地点点头，说："嗯。"

这天是星期五，早晨气温降到了零下五六度，寒风刺骨。李子昂发着高烧，浑身寒颤，是郭茜送他去学校的，郭茜将他送到学校门口就走了。李子昂一人走进校门，走到教室门口。学生们都已坐在教室里，丁艳见李子昂来了，说："李子昂，你等一会儿进教室。"说着把他带到教师办公室隔壁一间空教室。丁艳打开北边窗户，冷风呼呼地直扑进来，李子昂被冻得瑟瑟发抖。丁艳冷笑着说："李子昂，让你冻得清醒清醒，你不来考试，我会给你平均分的。你爸不是老总吗，他有办法，让他帮你换个学校……"

晚上，李子昂放学回家说："丁老师让我一人呆在空教室里，窗户开着，冷得要命。"过一会儿，他望着李祥，不停地咳嗽，接着说，"管老师也来找我谈话了。"

管施老师常常跟校长勾肩搭背，好像很亲热的。他狗仗人势，在家长面前摆架子，在学生面前整天板着脸，动不动打人。

李祥心疼地抚摸着儿子的头，感觉儿子的额头烫烫的，知道受了寒，发烧更厉害了，伤心极了，问："谈什么？"

李子昂望了自己的爸爸一眼，眼泪滚了下来，不耐烦地说："跟你说有什么用？"

李子昂始终没说一个字。但是，从此以后，他就不愿去学校上学了。

多年以后，李子昂回忆说，当时，管施手里拿着教材，凶狠地走进空教室，朝他头上猛然拍了一下，一边拍，一边说："你考不好的话，就不要来上学了。老师的话，不许告诉家长。你要是不听，看我怎么收拾你！"

李子昂本来重感冒高烧，头痛得像炸开了锅，被管施猛然一拍，拍得痛得眼冒金星，眼泪掉了下来，又被管施的话吓得头都不敢抬，浑身哆嗦，气也不敢喘。待管施一走，他才慢慢回过神来，心里说："管老师，你打我。我考不好，你还要打我，还不让我来上学。好啊，我不去上学了。看你拿我怎么办？"

李子昂从学校出来，想着丁艳老师的所作所为，想着管施的那张脸、那些话，更加感到后怕，与其每天上学被老师羞辱，还不如不去上学的好。

下周一还有两门课要考试，到了周一，李子昂不愿去学校了。任凭李祥怎么劝说，就是不愿去，他流着眼泪，只是说："再去学校要死人的。"

开始李祥和郭茜不懂，一直帮李子昂请假。郭茜跑到学校向丁艳送请假条。丁老师"嘿嘿"冷笑两声说："病了？怎么老是病？"然后边走边大声吼着，"把请假条交给教导处杨主任。"

郭茜感到受了莫大的侮辱，但是为了儿子，只好忍气吞声地去教导处，教导处没人，又折回来找丁艳。丁艳不说话不回答，把郭茜晾在办公室里。郭茜只好把请假条放在丁艳办公桌上，一声不响地走了。

初二的第一学期算是结束了。

这样李子昂的期末考试有好几门课程没有考，成绩报告单上记录着"0"。

郭茜去学校拿回了成绩报告单，对孩子说："丁老师说你不考给平均分的，现在明明写着0，我早就说老师是骗你的。"

李子昂看着成绩报告单，眼睛里泪花闪闪，神情木讷，一言不发，过了好一会儿，说："这个学校我不去了，要死个。"

过完春节，是李子昂的初二下半个学期，开学了，他不愿去学校了。

"子昂，去上学吧。"李祥急了。

"子昂，妈陪你去学校。"郭茜苦苦哀求。

"再去上学，要死个。"李子昂躺在床上，躲在被窝里，就是不出来，就是不肯去学校。

孩子这么小不上学，这对李祥和郭茜一家来说，好像整个天塌了下来。郭茜受到的打击，不亚于李祥生的白血病。李祥和郭茜看到孩子这个样子，叫天天不应，叫地地不灵。只要李子昂愿意去学校上学，就是老师天天打也行，哪怕让李祥和郭茜一同陪着罚站都行。可是，孩子毕竟是孩子，哪里承受得了丁艳老师的如此体罚，李子昂被丁老师逼怕了，坚决不上学，整天关在房间里不出来。

丁艳的所作所为，不光毁了李子昂的一生，而且毁了一个家庭。她哪里配做一个老师，简直就是杀人犯！是啊，对于丁艳来说，教室里只是少了一个学生而已，她逼走了一个成绩相对落后的学生，就能提高班级的平均分，就能提高学校在全区的名次，学校光彩，她也沾光，她的头上竟然还有"全区优秀班主任""全区爱生模范"的光环；而对于一个家庭来说，好像遇到了原了弹爆炸的冲击波，几乎遭到了毁灭性的打击。因为李子昂被丁艳逼走了，李祥、郭茜、李子昂一家三口走到了死亡的边缘。

孩子辍学

李子昂才刚刚十四周岁，人生幸福的路被丁艳毁了。丁艳啊，丁艳，你真是罪孽深重啊！

原本幸福的三口之家，自从李子昂不上学以后，李祥一家好像整天生活在冰窟里似的，心里的痛苦和愁绪向谁去诉说呢？

初二下半学期开学第一天，李祥戴着口罩不得不和郭茜一起去了学校找到校长，诉说丁艳的种种不良言行，要求将孩子调离这个班。

校长阴沉着脸说："在我们内部调班是不可以的。"然后，拿出手机打了电话，把分管教学的副校长叫了来，又让副校长通知丁艳过来。

在众人面前，郭茜责问丁艳："为什么要搬走孩子的三天课桌？为什么不让孩子坐下来听课？不要说一个孩子，就是大人站三天也吃不消啊。何况孩子还在重感冒！你想过没有，是不是对孩子太狠毒了？"

丁艳开始回避这件事，偏着头，右手托着下颌，一副傲慢的样子。手指上的金戒指闪着刺眼的光亮。

校长朝丁艳眨了眨眼睛，见她没有反应，伸出右手朝她胳膊轻轻拍了一下，问："丁老师，有这事吗？"

丁艳扭头看了一下校长，脸红了，立即垂着头，承认了，说："这事不能怪我，要怪就怪王老师。那天，李子昂交卷子慢了，王老师发脾气，说没法教了。我正好经过听到了，为了给王老师一个面子，让她有台阶下，让李子昂认个错。李子昂不吭声，不认错。我就采取了这个做法。"

"你不让孩子参加考试，是怎么回事？孩子重感冒到学校考试，你不让进教室，让他独自坐在空教室里，又是怎么回事？孩子重感冒，你是知道的，你大冬天开窗户冻孩子，又是怎么回事？"郭茜气愤地连声责问。

丁艳自知理亏，说："不进教室是李子昂同意的。"

郭茜反驳说："我们不在现场，无法知道当时的情况。但这是事实。谁都知道，你老师说什么，孩子能不同意吗？再说办公室有空调，孩子正在发着高烧来参加考试，为什么不让孩子到办公室等呢？退一步讲，让孩子到空教室等也就罢了。你还故意打开窗户冻孩子，你怎么能做得出来呢？"

丁艳显然是还想自圆其说，但找不到恰当的话来应付，紫涨着脸皮说："我不跟你讲。"

李祥打了圆场，心情沉重地说："好了，事情已经很清楚了，其他话不说了。我们今天来不是兴师问罪的，关键是怎么解决孩子的上学问题。我看丁老师到家里来请孩子上学比较合适。"

李祥和郭茜为了李子昂能够继续上学，不管丁艳以前做错了什么，也不管丁艳的行为多么野蛮，只好忍受着，只好退一步，不跟她计较。

校长一切全明白了，说："孩子不来上学是大事，丁老师尽快带上几个平时跟李子昂要好的同学一起上门请。"

李祥说："最好让管老师和丁老师一起上门来请。"

校长满口同意，说："好，好！必要时，我们也可以上门来请。"

从学校回家以后，郭茜把两个老师将要来家里的事告诉了李子昂，好几天已经不跟爸爸妈妈说话的李子昂听了大发脾气，抵触情绪很大，说："再去这个学校是要死人的。我不去这个学校！他们敢来？我就死给他们看！"

李祥感到如果丁艳来请的话，不仅不能解决孩子的上学问题，反而会将矛盾激化，怕孩子出意外，所以让丁艳和管施暂缓来家。

李子昂躲在房间里不出来，李祥和郭茜隔着门叫他出来去上学，哪怕大人陪着去上学也行。可是，他被丁艳被王采被管施几个老师逼怕了，说什么也不肯去上学了。

学校每学期都要开一次学生家长会。

在家长会上，丁艳讲得最多的是，初中是孩子的人生关键时期，学习成绩好，就可以考入高中，上了高中，意味着就能考入大学，大学毕业就会有好工作。如果学习成绩差，初中毕业就只能上职业学校，职业学校的学生素质大家都明白的，不用我说了。丁艳最后说："各位家长，我把成绩落后的后十名学生的有关情况每天发到家长群里，让大家看看，就是要让这些学生知道羞耻。"

在家长会上，王采将每个同学的数学考试成绩报一遍，然后对排名靠后的十名同学挨个进行点名讲评。她说："这些学生可以说无可救药，肯定考不上普通高中的。"王采不光嘴上说，而且在几个学生的作业本上写下四个刺目的大字"无可救药"。

在家长会上，物理老师管施将每个学生的物理考试分数报一遍，然后将试卷当场发给家长。他站在讲台上，绷着脸说："有的家长说我撕学生的作业本不对，我看对这些学生不但要撕，还要打，打是为了学生好，为了你们好。还有的家长对我让他们罚抄错题两百遍有意见，说罚抄遍数太多了。孩子学习不好，家长就是要陪罚。我小时候，我妈就是这样管的。难道有什么不对吗？你们哪个家长有意见？孩子考不好就不要来上学！"

驾驶员开车时间长了，会路怒，老师教学时间长了，难道会教怒吗？这个学校怎么回事？有不少的老师都有教怒。这些老师的心里没有学生，只有分数。他们衡量一个学生好坏的唯一标准似乎就是分数。

……

难怪在丁艳班上，学习接受能力差的学生，在学校受尽了丁艳老师的百般挖苦，受到了学生的嘲笑，有的还要常常受到丁艳老师的体罚与侮辱，这些学生的体育课、美术课、音乐课被丁艳剥夺了，常常被叫到办公室罚站，或者补做作业，孩子的身心受到了严重的摧残。学习成绩差的学生，见到丁艳自然不寒而栗，表面上不敢说，心里吓得直打鼓。个别心理承受能力差的学生被逼得不上学了。班上有个男同学上课不吵不闹，数学成绩超好，其他功课一般，就是爱打瞌睡，被丁艳骂得回了家，就再也不去学校上学了，整天关在房间里，吃饭由父母将饭菜送到门口，简直就像疯了一样。还有一名学生因为受不了丁老师的侮辱和谩骂，受不了管老师的拍打，跟上面讲到的朱金明一样选择了自杀。

孩子死了，家长的心啊，陪着孩子一起死了。死了，真好！什么也看不见！什么也听不到！罪过啊，孩子，自杀跟他杀，罪孽一样深重啊！你死了，给爷爷奶奶、外公外婆，特别是爸爸妈妈，造成了天大的伤害。孩子，你知道吗？你死了，学校还是原来的学校，老师还是原来的老师，丁艳还做老师，没有一点内疚，没有一点自责。孩子，可是这一切能怪你吗？你小小年纪，怎能扛得住老师的折磨呢？

孩子，你的死，对丁艳一点触动都没有，她照样赶学生。丁艳经常对几个学习差的学生说："范泽轩，你去体校；萧伟宇，你回老家去；李子昂，你爸不是有办法嘛，你去三中呀……你们这些宝贝呀，拖了全班的后腿，拖了全校的后腿，我们这儿容不下你们！"

郭茜记得在家长会快要结束的时候，丁艳说："作为父母要关心孩子，孩子每天放学回家要拥抱一下孩子，表示对孩子的关心。"

丁艳有个儿子在读高中，每天放学回家，她都要拥抱孩子。她晓得对自己的孩子怎么关心，可是对别人家的孩子却那样狠毒！她尤其讨厌学习成绩差的学生，把这些孩子当成刺猬，怕扎手，随时都想丢弃。丁艳啊，你抛弃了几个学生，升学率高了，名气大了，可是你想过没有，对这几个孩子来说，对这几个孩子的家庭来说，那是一种怎样的打击吗？那是一种非人的折磨。十年树木，百年树人。教书育人，是老师的神圣职责。你怎么能够那样做呢？你这样做难道心安理得吗？你把学生赶走了，望着教室里的空位子，望着死去学生的座位，你的良心难道不受到谴责吗？

开学已经好多天了，李子昂就是不肯去上学。看到孩子痛苦地闷在家里，李祥和郭茜整夜整夜睡不着。郭茜看到李子昂躲在房间里，不去上学，就像用刀子割她的肉似的，伤心至极，欲哭无泪，常常不知道买菜做饭，常到超市里买些速冻饺子，一吃就是好几天。一直到三个人全吃怕为止。李子昂开始点汉堡包、可乐，三天两头都在吃。郭茜说，少吃，少吃，光吃这些食品没有多少营养的！这时的李子昂谁的话都听不进去，越说越吃，仿佛只有从汉堡和可乐中才能找到快乐！

怎么办？孩子不上学怎么办？想让校长换个班级不肯。郭茜对李祥说："如果帮孩子换个学校，也许孩子愿意去上学了。"

吃晚饭的时候，三个人围坐在一起，李祥说："子昂，我认为还是去原来的学校比较好。实在不行再换个学校，但是换学校比较麻烦，不晓得行不行呢？"

李子昂说："原来的学校要命的。换个学校吧！换个学校我去上！"

学校换好后，郭茜多时焦虑的心情似乎好了一些，说："子昂，学校换好了。爸妈陪你一起去学校。"

李子昂说："好的，我休息两天，过两天去。"但是今天拖明天，明天拖后天，就是不去上学。

李祥说："爸爸说话算数，你也要说话算数呀！你作文写得好，我把你在报刊上发表的几篇作文都整理好了。去新学校，交给老师和校长看看！"

李子昂听了兴奋地说："好的，让他们看看。明天我和你去新学校。"

可是到了第二天，李子昂又不去了。第三天，他还是不愿去。他说："要是再碰上像丁老师、王老师、管老师这样的老师怎么办？老师都是一样凶的！"

李祥说："已经给新学校的校长说了，让他找个态度好特别有耐心的老师。校长当即回话安排好了。还说这个老师脾气好，从来不骂不体罚学生的。"

李子昂说："骗人，老师都是一样凶的。"

显然，李子昂已经被丁艳、王采、管施三个老师弄怕了。

李祥和郭茜两人合计了一下，上学的事暂时缓缓，先带他出去旅游，旅游回来再说。结果旅游回来了，李子昂还是不愿上学。

天塌了

江海市有个博物苑，苑里有个青少年成长指导中心，来访咨询的人一般需要提前几天预约。中心的老师有江海大学的心理学教授，有其他中小学校的老师。中心一楼大厅有个吧台，朝南紧对门口，吧台有个女大学生志愿者在值班，负责登记来人姓名，记下需要咨询的问题。双休日前来咨询的家长和孩子排得满满的。面对李子昂的这种情况，李祥和郭茜商量到指导中心去试试，希望能有灵丹妙药。

那天早上七点多钟，李祥戴着口罩，坐着郭茜骑的电动自行车，去了指导中心。一名女大学生询问他们的来意后，告诉他们上午排满了，等等看，他们等啊等，一等等到中午十二点。这时一位年近五十的女士从楼梯上下来了，鼻梁上架着一副眼镜，学者派头。郭茜估计她就是心理学教授，上前主动打招呼，晓得她就是心理学教授后，把自己的来意讲了出来。女教授看着李祥夫妇焦虑的神色，又看了看手表，爽快地说："跟我来！"随即把他们带进一个房间。

李祥因病戴着口罩，不便多说话。一直都由郭茜与女教授对话。

听了郭茜的话，女教授非常气愤，拍案而起，说："这个学校的老师哪里是教书育人，简直是在犯罪！"

女教授又按照郭茜说的话，帮助进行了分析："根据一般抑郁症的特征，时间超过半个月，一直呆在房间里不出门，不愿与人交谈的话，患有抑郁症的倾向。李子昂的症状符合抑郁症的特征，这一行为由老师引起的，如果由老师来家中请，孩子不仅不去上学，而且心里抵触情绪更大，那么效果会更加糟糕，所以不赞成这种做法；如果带孩子外出旅游，孩子可能认为这是对他不上学的奖励，这种方式也行不通。"

郭茜问："现在孩子这种情况怎么办呢？"

女教授说："关键是现在不能急，慢慢来。我有案例，有的孩子三年在家里呢！"

李祥一听惊讶得发傻，眼睛盯着女教授，以为她在说《天方夜谭》中的故事，怎么也不会相信。郭茜更是惊得两只眼睛发直，泪水在眼眶里打转，问："三年哪？学习怎么办？"

　　女教授扶了扶眼镜，望了望郭茜，同情地劝慰道："你是要孩子的健康，还是要学习？现在孩子的健康第一位，学习的事暂时放一放，只要孩子肯学了，随时都可以学。不能操之过急。"

　　女教授放弃中午休息时间，接待了他们。临走时，大学生志愿者递给她一个饭盒，说："高教授，这是你的，已经凉了，我帮你到微波炉里热一下再吃。"

　　"不啦，我带走，下午还有一个学术会议，我先赶过去再说。"教授看看时间已近一点钟了，站了起来，一边走，一边说，"孩子得慢慢来，不能急。"

　　一个好端端的孩子，突然变成这个样子，作为孩子的父母是无法接受的，但是现实已经摆在了面前。李祥和郭茜怎么也不能相信，从前爱说爱笑的儿子不见了，现在不能跟他讲话，不好跟他沟通，他整晚上不睡觉，听到叫他起床吃饭，有时就会暴跳如雷，声音大得恨不得能把人吓倒。孩子被老师逼成这个样子，李祥和郭茜心都碎了，碎成碎片，片片插在心上，滴血，滴血，再滴血。

　　李祥本来生了白血病以后，心理负担很重，话比以前少了，夜里经常睡不着，心里很痛苦，现在儿子变成这个样子，他心里着急，夜里更加睡不着。他常常想，要是他不生白血病，也许丁艳不敢也不会对李子昂做出这种出格的有悖常理的事的。

　　李祥没有生病前，李子昂每天都很开心地去上学，愉快地放学回家，学校里的新鲜事都会原原本本地告诉李祥，有时说得眉开眼笑。李祥静静地听，听着，听着，陶醉了，和儿子一起分享校园里的青春味道，一起分享幸福和快乐。

　　自从李祥生病住了院以后，李子昂小小年纪，忍受着平常孩子不应忍受的痛苦和寂寞。他本来不想让同学们知道他的爸爸生白血病的。可是，丁艳老师偏偏在全班同学面前公开宣布了这件事。这句话对李子昂来说无异于雪上加霜。原本他见爸爸生病住院，心理难以承受，老师这么一说，他虽然嘴上不说，但是心里更加痛苦，好像爸爸生白血病儿子犯了罪似的，他感到羞于见人，从此在班上跟谁都不说话。

　　10月底的夜晚天黑得早，傍晚七点多钟，天早已经黑透了。

那段时间李祥出院在家，郭茜照常上夜班了。

有一天傍晚七点多钟，电闪雷鸣，暴雨倾盆，铜钱大的雨滴密密匝匝地下个不停。平时，李子昂六点多钟就放学回到家了，这天李子昂七点多了还没有到家。李祥独自在客厅里来回踱步，焦急地等待着。这么大的雨，要是李祥不生病，他一定早早地等候在学校门口的，自从病了以后，什么事都做不了，心里干着急。哦，郭茜临上班前说过，丁老师通知李子昂放学后和家长一起去她办公室。原来李子昂的英语没有过关，又要挨丁老师的训斥了。李祥在家里隔着玻璃，望着窗外昏天黑地的大雨，心里不停地盘算儿子回家的时间。这时传来李子昂上楼梯的熟悉的脚步声。李祥家住在三四层叠加别墅，没有电梯，李子昂背着二十多斤重的书包上楼，累得气喘吁吁。李祥早已把门打开了，迎候在门口，见李子昂浑身上下湿透了，心疼极了，让他赶紧进屋换衣服。要是以前的话，李子昂早在楼下按门铃时就喊爸爸了，可是，今天李子昂没按门铃，进门啥话都没说，丢下书包转身又快步下楼，冲向了大雨中。

还好大约过了一个小时，李子昂终于回家了，从头到脚，浑身湿透了，一言不发，直接进了卫生间。在这一个小时的每一分每一秒，对李祥来说过得都非常煎熬，李祥身体虚弱，臂膀上插着PICC管子，不能跟着追出去，儿子为什么会这样？儿子去哪了？会不会遇到坏人？要是不回家怎么办？李祥不停地给郭茜打电话，问有没有看到儿子，郭茜也给李祥打电话，问儿子有没有回来，儿子没有回家之前，李祥和郭茜两人急得简直要发疯了。两个人拿手机的手是颤抖的，说话的声音是颤抖的。在这种情境下，两个人还不忘互相安慰：不要紧的，孩子会回家的。话说不要紧，其实当时他们既紧张又焦急，心怦怦直跳。

深夜，郭茜下班回到家里，见李祥躺在床上没有睡着，便说着孩子出走的经过。

傍晚五点半左右，天上乌云密布，电闪雷鸣，但还没有开始下雨。这时候郭茜已经到了学校，在教师办公室，丁艳坐在办公桌旁，李子昂背着书包，低着头，立在她前面。丁艳见到郭茜，没有搭理，一直忙着批改作业，过了大约半个钟头，仰起脖子，偏着头，板着脸，连连对李子昂说："李子昂，你能不能阳光一点！李子昂，你能不能阳光一点！李子昂，你能不能阳光一点！"

丁艳一句同样的话重复了三遍，声音越说越高。郭茜见李子昂头越来越低，二十多斤重的书包压得背都弯了，顺手揽了一下他的腰，李子昂怕痒，轻声地嘿嘞一笑。丁艳见了，仿佛天上积蓄了一整天的乌云，冰雹般的话语倾盆而下，将手中的笔朝桌子上一甩，嘣的一下站起来，指着李子昂的鼻子，两只眼睛里似有火要喷出来，凶恶地说："你这是在践踏我的人格！"

这时外面暴雨如注，雷电交加。李子昂听了丁艳的话，突然转过身去，不顾一切地奔出教师办公室，冲向暴雨中。郭茜还没反应过来，孩子从她身边不见了，她立即眺望外面，傻愣愣地站着。因为来时没有下雨，雨披放在电动自行车车筐里，加上脚上有伤，不能淋雨，只好眼睁睁地看着孩子冲向暴雨中，直到看不见孩子的背影。雨，铺天盖地；雷，接二连三。她立即给李祥打电话："子昂回家了吗？如果回家了，立即告诉我。"

隔了二十来分钟，李祥说："刚才回来了，一进门将书包丢进屋里就走了。"

此刻，雨越下越大，郭茜的心越来越乱。孩子身上没有一分钱，能去哪儿呢？暴雨啊，暴雨，你不要再下了，停止吧。郭茜默默地祈祷："孩子啊，你回家吧，爸爸在家等你呢。你不回家，爸爸妈妈心里着急啊！"

郭茜越是心里焦急，雨好像故意跟她过不去似的，越是下个不停。这雨整整下了一个多小时，终于停了。

"李子昂回家了。郭茜你放心去上班吧！"当郭茜接到李祥的电话，知道李子昂已经回到家里的时候，郭茜仿佛卸下了千斤重担，终于喘了口气。

丁艳啊，丁艳，一个十四岁的孩子，能有这种想法吗？孩子是天真无邪的，没有大人心里那么多花花肠子。从此，丁艳看李子昂更是百般不顺眼，要是考试成绩不好，动不动就让他拿着卷子和其他几个同学一起站起来示众，还拍照，上传到家长群。李子昂显然受不了丁艳的侮辱，可是又没有办法来诉说，没有办法来抗拒，只能逐渐选择躲避。李子昂曾经对李祥说："我不上学了，看丁老师还能拿我怎么样？"

李祥说："李子昂，学怎么能不上？丁老师就是想把你们这些成绩落后的学生逼走啊！我们可不能上当哦！"

这件事过后好几天了，有天吃夜饭时，李子昂说："那天晚上，本来不打算回家了，坐在路边一块石头上，感觉凉飕飕的，一摸屁股，裤子上不知什么时候撕开了一个长长的口子，想想还是回家吧。"

李祥现在回过头来想想，丁艳想把班级里成绩不好的学生逼上绝路早已蓄谋已久。她做了二十多年的老师，想赶走一个学生，对她来说就像踩死一只蚂蚁似的容易。这二十多年，丁艳到底逼走了多少学生，李祥岂能知道。丁艳，你应该摸摸自己的心口，难道不疼吗？

李子昂终于被丁艳逼得不上学了。丁艳达到了她的目的，心安理得，连个电话都不打。丁艳逼走了学生，只要学生家长不告她，对她没有任何影响。她逼走了几个成绩差的学生，中考排名上去了，脸上有光，还能得到加薪奖励。本来丁艳逼走李子昂，凭着李祥的能力和水平，凭着李祥的社会关系，完全可以扳倒她的。可是，李祥身患疾病，哪里有精力去告呢？

李子昂不上学了，李祥一家全乱了。李祥每隔一段时间就要去医院住院，他人虽在住院，心里却想着孩子。郭茜既要照顾李祥，又要顾着孩子，两头都不能耽误，身心俱疲，事情往往前不记后，刚说过的事，转身就忘记了。常常无心买菜做饭。孩子正在长身体，渐渐长高了，身上穿的还是去年的牛仔裤，郭茜也忘了给孩子添新衣服。李祥重病在身，需要营养，郭茜也没心思做可口的饭菜。一家人似乎忘了逢年过节，忘了各自的生日，忘了季节转换。

李子昂不上学了，年纪这么小，整天关在房里，连门都不出，脾气变得越来越古怪，将来怎么办？李祥和郭茜越想越难受，吃不好，睡不好，可是想不出更好的办法来拯救孩子。孩子对他们来说就是天。孩子不上学了，变成这个样子，就等于天塌了。

李祥生了白血病，血液科的医生们反复叮嘱，不管遇到什么事情都得想开，让他不要操心，不要有任何思想负担。面对孩子被丁艳逼得辍学在家，李祥能开心吗？能没有负担吗？李祥一直在偷偷地流泪，悄悄地自责，他自责他生了疾病，丁艳在班上宣传他的疾病，让儿子在全班同学面前抬不起头来；李祥暗暗自责，他自责他生了疾病，想不到丁艳那么势利眼。李祥没有生病以前，丁艳对孩子是青眼相看，即使上学迟到，或者作业不会做，也是笑眯眯的，让李子昂感到丁老师非常亲切和蔼；李祥生了病以后，丁艳对孩子是白眼相加，判若两人，李子昂作业不会做，没完成，立马罚站、侮辱、谩骂，大冬天还罚他一人去打扫学校操场，什么卑劣手段都使了出来。

为了能够让李子昂走出房门，走出家门，继续上学，李祥和郭茜只好求助于亲朋好友。

求 助

李子昂只读了初二第一个学期就被丁艳逼走了，再也不上学了。

从此，李祥这个家庭仿佛从天堂一下子陷入了地狱，暗无天日。李祥和郭茜希望李子昂早日走出阴影，清除老师给他带来的雾霾，依然能够健康快乐地去上学，所以能想的办法都想了，能走的路子都走了。

郭茜第一想到的是李祥同学的妻子张蓓华，张蓓华不但长得漂亮，而且爱说爱笑，心地善良。两家常有往来，交情深厚。李祥刚生病的第一个星期，李子昂吃住在她家。她把李子昂当作自己的孩子一样欢喜，家里吃的东西，让李子昂随便拿。听说李子昂突然间变成这个样子，她无不感到惊讶，下了班就去超市买了一大堆李子昂爱吃的东西，晚上八点多钟，外面飘着雪花，天气很冷，开着汽车来了。听到有人敲门，李子昂就迅速躲进自己的房间。

"子昂，我是姨妈，你开门呀。姨妈有话跟你说。"张蓓华站在房门口，隔着门说。

可是，任凭张蓓华怎么叫他的名字，李子昂就是不回答，不开门。

那天晚上，张蓓华本来是来劝李子昂去上学的，因为李子昂躲了起来，跟他说不上话，只得三个大人之间进行了交谈，一直聊到深夜十一点多钟。

"唉，好好的一个孩子，咋就被老师逼成这样子。"张蓓华长长地叹了一口气。

三个大人坐在一起，商量来，商量去，没有任何好的办法。

周晓霞是郭茜比较要好的同事。郭茜和周晓霞原来同在一家国有企业上班，共事不到五年，企业就倒闭了，周晓霞下岗自主创业开了店，郭茜因为李祥的关系调到了江海市一家效益比较好的单位。周家是丫头，郭家是儿子，两个人常笑称亲家，将来合成一大家。国有企业下岗工人如星星，各人有各人的命运，各人寻各人的出路。两人有二十多年的交情，郭茜刚认识她的时候，她还是个二十岁的姑娘，长得小巧灵秀，人聪明贤惠，李子昂刚生下来的时候，她经常过来帮忙，有一段时间孩子没人带，她只要有空，就把李子昂接过去，等李祥和郭茜有空了再领回家。李子昂一听说要去周晓霞阿姨家里，就高兴得手舞足蹈。

从小看着李子昂长大的周晓霞，心里挂念着李子昂，隔了几天，她又来了。那天气温达到零下六七摄氏度，西北风刮个不停，白天有太阳还好，晚上的气温比白天更低，自然就更冷。晚上八点多钟，周晓霞就将门店早早地打烊了，冒着凛冽的寒风，骑着电动自行车，来到距离四五公里的郭茜家里。她把李子昂当作自己的孩子一样宝贝，每次来都要买好多好吃的东西，这次也不例外。平常李子昂见到周晓霞来，总是很高兴的，说话的声音也变得好听了。这天晚上，李子昂见周晓霞来，没有躲起来。周晓霞对李子昂说："李子昂听话，听阿姨的话，要去上学。"

李子昂看了看周晓霞，低声地说："嗯。"

"李子昂，明天，阿姨送你去上学。"

"不用，我自己去。"

"真的，说好了。一言为定。不能让你爸妈操心了。噢！"

"嗯！"李子昂爽快地回答。

那天晚上，周晓霞和李子昂一直聊到深夜十一点多钟，时间太晚了，郭茜怕路上不安全，催促周晓霞早点回家，并提出开汽车送她，她执意不肯。周晓霞电动自行车骑到半路，没电了，只好推着走回家，一路上刺骨的寒风吹进她的衣领，她吃力地推着车子慢慢前行，脊背上早已冒出汗来，湿透了衣衫，本来劳累了一天的她已经够疲惫了，她听到李子昂不上学了，就像自己的孩子不上学一样着急，因为走得急，没顾上想电动自行车里还有多少电，也没带充电器。她回到家已经十二点多钟了。一个人哪能经得起这深夜的寒冬里忽冷忽热呀，这一冻一热，她第二天就感冒发热了。

事后郭茜听说后感到非常过意不去。

周晓霞说："为了李子昂，需要我做什么，随时打电话给我。我不在乎生意，哪怕立即关门也要来。"

那天晚上，李祥和郭茜心里蛮开心的，这是一个多少天以来难得开心的夜晚，觉得周晓霞来了，给他们家带来了希望，李子昂有救了。可是，到了第二天，李子昂还是不去上学。李子昂说让他再休息一天，第三天去上学。可是，到了第三天，李子昂还是不去上学。郭茜急了，又给周晓霞打了电话。下午两点多钟，周晓霞就将门店打烊了，专门又来做李子昂的工作，李子昂虽然嘴上答应，但却不愿走出自己的家，不愿去学校。

李祥和郭茜不灰心、不放弃，一天晚上请来了李子昂的干爹。李子昂听到干爹的敲门声，迅速躲进书房里，不开门，不说话。

郭茜请来了李祥的三姐，也就是李子昂的三姑妈，三姑妈从小带李子昂的，一直带到他上完小学五年级，李子昂和三姑妈最好最亲。三姑妈专门从一百多公里路外的乡下来了，李子昂见了三姑妈非常开心，高高兴兴地跟姑妈一起去了乡下。在姑妈家，李子昂陪三姑妈一起干活，住了四五天，一再向三姑妈说回家就去上学。可是，回到家里，无论谁来劝都没有用，就是不去上学。

有好心人劝郭茜请心理咨询师上门来服务，问问李子昂到底想什么，好对症下药，他们认为心理咨询师总会有办法的。郭茜去问了，心理咨询师说上门一次五百元，见到见不到孩子不管，有没有效果不能保证。郭茜想李子昂关在房间里，心理咨询师上门，跟他见不到面，不能面对面交流。不交流，哪能起到什么作用呢？想想此法行不通。

有的人说，不行的话，将李子昂绑起来打一顿，打打痛，打他服。

还有个别好心人劝李祥和郭茜将李子昂送去外地一所封闭式学校，只要呆上半年，李子昂保管服帖听话。

李祥以前也曾听说过有封闭式学校，那时这对他来说是天方夜谭。现在轮到李祥面对这个问题了，要他把李子昂送到这种地方，他可是非常慎重的。于是，他和郭茜多方打听，有说好的，孩子送到那里不要半年，回家就听话了。李祥曾经看到过一个男孩，初中毕业后因为不服父母管教，被父母送去半年，回来后虽然不调皮了，但变成傻傻的样子。李祥琢磨：为什么以前活泼可爱的男孩子，半年后不是更加聪明，而是变成呆板了，几乎近似于痴呆。有的说不好，孩子不能送到那里去，送过去就等于毁了孩子。

李祥和郭茜上网查了一下，吓了一跳，所谓孩子送到那里服帖，是这么一回事：父母把孩子骗到封闭式学校以后，学校派几个管教上来就把孩子带走，带到一间空屋里，不问青红皂白，一顿毒打，直打到孩子爬不起来，几天不给饭吃，以后每天不知要挨打多少次，其中有一男孩不听管教，晚上睡觉前让他背自己睡的床板爬四层楼梯，连爬几十次，直到累得瘫倒在地上，孩子起不来，管教用皮带抽打，一边打，一边让小孩说以后听话了，打伤了不给医治。孩子要给家里父母写信，也由管教统一看着写，让孩子写什么就写什么，写好由管教审查通过后统一寄。孩子在封闭式学校是没有人身自由和人身权利的。就这样，原本一个个好端端的孩子，送到那里，有的被打傻了，有的被打残了。李祥和郭茜一致认为不能把孩子送到这样的学校。

李祥在看电视时，无意间看到一家省级电视台播出这样一个案例：一个十四岁的女孩，父亲早逝，正在读初一，因为作业不会做没有完成，受到老师的责罚，辍学在家，被母亲送到了一所封闭的寄宿学校，在那里女孩受到了非人的折磨，全身伤痕累累。四个月后，女孩逃回了家，用绳子将母亲绑起来关在房间里，不给母亲吃任何东西，用棍子毒打母亲，还不停地说："叫你送我出去，我就是被他们这么打的，叫你也尝尝这种苦头。"女孩把母亲打得遍体鳞伤，母亲被活活饿死。在少教所里，女孩面对记者的提问，泪流满面，悔恨交加，可是用再多的眼泪，也哭不醒自己的母亲，再也不能让自己的母亲死而复生了。

李祥默默地想着，学校也是学生的家，教室里的每一个孩子是每一个家庭里的整个世界。每一个孩子都是一个独立的个体，不可能从一个模子里刻出来的。要承认个体差异。老师为了升学率，竟然把这么小的孩子逼出学校，不让上学，难道就没有错吗？

李祥默默地想着，血的教训，铁的事实，一个学校的老师由于教学方法的失当，或者由于师德的缺失，老师的一句话，老师的一个动作，老师的多次责罚、羞辱，这在某些老师自己看来是多么平常啊，可是对于一个未成年的孩子来说，这样的老师就是一个隐形的刽子手，足以杀死一个孩子，足以毁了一个孩子的一生，也足以毁了孩子的一个家庭。没想到，这样的事情摊到了自己的头上。丁艳啊，丁艳，你把一个可爱的孩子逼走逼疯甚至于逼死，难道就心安理得吗？

多年后，李祥听一名老教师讲，丁艳的这种做法叫作"斩尾巴"！高中也有类似情况。

李祥默默地想着，自己的孩子就是被丁艳老师逼走的一个典型例子。从此，在孩子年幼的心灵中造成了无法弥补的创伤。

李祥想到这里，心如刀绞。

暗无天日

转眼李子昂辍学在家几个月了。在家，没了学业的压力，便无事生非。

6月初，有一天下午五点多钟，李祥住院出院回到家里，看到李子昂睡在西房床上，没跟他说话，径直走进卫生间洗刷。

李子昂听见脚步声，翻转身来，望见是李祥回来了，疾速从房间冲了出来，满脸不快地大声喊叫："怎么，不跟我讲话，看我不顺眼？是吧？"一边说，一边伸出拳头，朝李祥打了过来。

李祥被这突如其来的拳头吓傻了眼，为了活命，走出卫生间，拼命往楼上阳台上奔，一看从四楼跳下去就没命了，接着返回屋里，瘫坐在沙发上，哭了起来。

李子昂挥舞着拳头跑上楼梯，见李祥坐在沙发上，扑过去抓住衣领，拖到地板上，又是一顿拳打脚踢。孩子大了，正处于青春期，像一头小狮子似的开始发威了，不再是儿时坐在李祥肩头的那个小男孩了。而此时的李祥，本该处于盛年，是力气最大的时候，此刻却弱不禁风，风轻轻一吹便会倒下的，哪里经得住雨点般的拳头，瘫坐在地板上动弹不得。

"李子昂，爸经不住打的，再打，爸就没命了。"李祥双手护头，喘着粗气，侧身倒在地板上，苦苦哀求。

"叫你不讲话！叫你不讲话！"李子昂看到李祥倒在地板上，直喘气，住手了。

"李子昂，扶我一把。爸起不来了。我给你妈打个电话，说我自己不小心摔倒了。我不说你打的。"李祥随即给正在上班的郭茜打了电话。

郭茜赶回家，看到李祥脸上几处皮肤都破了，身上青一块紫一块，心里全明白了，眼泪直往下掉，哽咽着说："作孽啊，作孽！"

吃完夜饭，已经九点钟了，郭茜带李祥去医院作了检查，谢天谢地，只是有点皮外伤，没有伤着筋骨。

"老天啊，把李子昂身上的魔鬼捉去吧！老天啊，把李子昂身上的魔鬼捉去吧！老天啊，把丁艳这个害人精捉去吧！老天啊，把丁艳这个害人精捉去吧！是丁艳这个害人精害了我家李子昂！是丁艳这个害人精害了我家李子昂！"走出医院急诊室，在医院急诊大楼前的空旷的场地上，郭茜仰天望着满天的星星，捶胸顿足，不停地哭着，喊着，又喊又哭，又哭又喊，不停地重复着，伤心欲绝，好像疯了似的。

从此，郭茜经常神情恍惚，连晚上睡觉都不踏实，睡前总是反复检查房门锁是否已锁好，还用椅子把门顶住，生怕李子昂突然闯入打人。无计可施，只好求神拜佛。她把到庙里求神拜佛当作生活中一件不可或缺的事情，先后去过海南、杭州、老家等地，见庙就敬香，见佛就跪拜。方圆百十公里几座寺庙里，三天两头就去烧香磕头，祈求神灵保佑。到了庙里，站在菩萨塑像前，双手合十，双膝跪下，两眼泪水涟涟。郭茜每次都恨不得把头磕到地上。如果磕破头皮能让李子昂继续完成学业，郭茜愿意磕头磕到头破血流。她有时心里默默地念，有时小声地自言自语，反复说道："请菩萨保佑我家李子昂好起来！请菩萨保佑我家李子昂好起来！把丁艳这个害人精打到十八层地狱！把丁艳这个害人精打到十八层地狱！"

丈夫的生病，孩子的辍学，像两座大山一样压得郭茜喘不过气来，有人说她像女汉子，其实她就像风雪中飘摇的一根芦苇，随时有被折断的可能。不久，她也病了，面黄肌瘦，走路感到吃力。她也想抽空看个病，可是哪有时间去看呢？李祥，孩子，单位，三者都要兼顾到啊。她在单位同事面前还要装出若无其事的样子。她默默地给自己打气："我不能倒！我倒了，李祥咋办？孩子咋办？我咋办？整个家咋办？"

李子昂辍学的第二年，是李祥一家处于最黑暗的时期。

离春节还有五天，李祥和郭茜趁李子昂睡着的时候，一起悄悄地出门买年货去了。那天吃过早饭他们就出去了。李祥身体处在虚弱状态，只能走个空身，买了东西都由郭茜拎着，返回时已到了中午。郭茜拎着两大袋东西，走到三楼自家门口，累得哼哧哼哧地直喘气，定了定神，掏钥匙开门，怎么也开不了，原来里边的门已经被李子昂反锁了。

"李子昂，开门！"郭茜轻轻拍着门，喊道。

"谁叫你们这么早回来的？"李子昂听到郭茜说话，从房间走到门口，说完话又折回房间。

"李子昂，开门！开门！"不管郭茜怎么叫，怎么拍门，李子昂就是不开门。

无奈，两个人把东西放进楼下车库里，坐了半个小时，又上去叫开门，这样来回折腾了七八次，李子昂就是不开门。两个人到小区门口吃了一碗面条，歇了一两个小时，他们想时间长了，李子昂总归会开门的，可是直到天黑，两个人也进不了家门，晚上十点还是进不了家门。当晚两个人只好拖着疲惫的身子住进了宾馆，幸好两个人的身份证随身带的，第二天还是进不了家门，第三天依然进不了家门。

李祥几天进不了家门，和郭茜在外游荡，睡没睡好，吃没吃好，心情特别不好，实在吃不消了，就差没有倒下。郭茜本来体质就弱，加上一直照顾李祥，早已吃不消了，阴沉着脸，皱着眉头，走路低着头，一副萎靡不振的样子。两个人仿佛感到世界末日就要来临。第三天晚上，郭茜犹豫再三，敲响了对面人家的门，撒了个谎，说是钥匙忘记在家里了，借他家阳台走一下，翻了过去，到了自己的家里。

李祥家：三四层叠加别墅。三层：两个房间，一个客厅；四层：一个客房，一个书房，一个健身房。李子昂小时候，三个人都住在三楼。李祥生病出院以后，和郭茜两个人住到了四楼的客房里。李子昂依旧住在三楼。

两个人回到家里，蹑手蹑脚，不敢出声，可还是被李子昂觉察了，看到李祥和郭茜，立即暴跳如雷，大声地喊叫："谁叫你们进屋的！谁叫你们进屋的！"一边说，一边将李祥推来搡去，几次将李祥推倒在地板上。

李祥坐在客厅地板上，眼泪汪汪地说："这是我的家啊。明天是大年三十，就要过春节了，我不进自己的家，去哪呢？"

以后李祥除了去医院治疗，只要出院在家，几乎不出家门，要出去，让郭茜一人出去，万一门被李子昂反锁了，他可以下楼去开门。

有个大热天，老家来了客人，郭茜陪同出去吃中饭。李祥和李子昂在家里，李祥吃过早饭就上楼睡了，李子昂在楼下，快到中午了，李祥要下去做午饭。听到李祥下楼的脚步声，李子昂突然喊了起来："不要下来，下来干吗？"

"爸下来做饭，肚子饿了，身体吃不消的。"李祥边说边看到李子昂疾步冲向楼梯口，挡在那儿，只好定神站着，想想不能激怒孩子，于是退回房间。

又过了半个小时，李祥准备再次下楼做饭时，看到李子昂坐在楼梯口守着，就不敢下去。

李子昂抬眼向上一望，怒吼道："不要下来，我就跟你耗！"

李祥一直等到下午三点多钟，此时，李子昂自己肚子也饿了，才允许李祥下楼做饭。

这样的事情几乎三天两头都会重演。

李祥和郭茜几乎绝望了，真的不知怎么办才好！

一个夏天的中午，两个人在楼上书房里，含着眼泪，把一些珍贵的信件，一张张地撕掉，一点点地烧掉，边撕边烧，相互对望着说："我们都这个样子了，孩子都这个样子了，留着何用？"

两个人常常是吃了早饭，吃不上中饭，吃了中饭，吃不上夜饭。

8月底的一天，本来那天早饭以后，李祥和郭茜要去医院的。可是，吃过早饭以后，一切都准备好了，两个人要下楼，刚走在楼梯上，就听到李子昂的说话声音："你们干吗？不准下来。"边说边冲过来，吓得李祥和郭茜赶紧退至楼上。

李祥说："李子昂，我要去医院配药，你妈也要去医院配药。听话，让我们下来。"

"不行，看你们谁敢下来。"李子昂搬了一张椅子坐在楼梯口。

"爸爸妈妈都身体不好了，谁来帮你做饭吃？妈妈如果动不了，我们三个人都得饿死。"李祥隔个十来分钟，跟李子昂唠叨几句。一直到十点四十五分，李子昂才同意让他们下楼。

郭茜骑电动自行车带着李祥，一路飞奔。到医院已经十一点二十了。

李祥从车上下来先去门诊挂号，两个人配好药已经十二点半多了，这时候本来可以直接回家，因为被李子昂堵在楼上，几天出不了门，家中没什么吃的了，顺便拐到超市买点牛肉、鱼虾等食物，到家快两点了，肚子早已饿得咕咕叫，让两个人没有想到的是，门又被李子昂反锁着，被关在门外头。

"李子昂，你开门。爸妈回来了！"郭茜边敲门边说。

"你们干吗这么早回来？下午六点回来。"李子昂站在门里面说。

"李子昂，爸妈肚子饿坏了，中午饭和药都还没吃。你开门！"李祥站在门口一边说话，一边等着李子昂开门。可是任凭李祥怎么说，怎么拍门，李子昂就是不开门。

两个人在门口站了半个来钟头，相互对望着，你看看我，我看看你，脸上露出痛苦的表情。郭茜说："走吧，到楼下车库里坐一会。"

两个人躲在楼下车库里，望着外面，心如乱麻。这时，天上乌云满天，雷电交加，不多会儿下起了暴雨。

郭茜说："帮你晒的衣服还在外面，现在全淋湿了。"

李祥生了白血病，在家休养治疗。郭茜这两年多忙里忙外，身心俱疲，落下一身病。李子昂被逼辍学在家后，一切都变了，变成连自己的父母都不认识的了，从前活泼可爱，现在变得脾气暴躁，几乎被逼疯了。郭茜望着暴雨，仰天长叹道："想不到李子昂被丁艳逼到如此地步！想不到我们一家被丁艳害得如此凄惨！"

李祥不停地打电话给李子昂，最初几次电话是接的，每次回答道："神经病。"后来干脆不接了。

傍晚六点多钟，李祥和郭茜又上楼来叫开门，等了好长时间，李子昂不回答，打电话也不接。两个人只好拖着病弱的身子又折回到车库里。这时外面还在下雨，晚饭没处做，也没处吃。两个人都要吃药，开水也没有，只好在车库里等着，等雨止了，好想办法。这时已经八点多了，两个人早已累得精疲力竭了，肚子也早已饿过了头，此时反而不觉得饿了。李祥站起来还没走路头就晕，顺势靠着墙。郭茜搀扶着，说："等雨停了，开车去一个新的大超市走走，那里好停车。顺便买点吃的。"

将近九点钟，雨停了。其实，两个人早已走不动了。走不动也得走。不走，能上哪儿去呢？

到了超市，李祥说："给李子昂买点喜欢吃的东西，也许他看到了高兴，能开门。"

郭茜说："他欢喜吃巧克力。就买一盒巧克力吧。"

回到家，郭茜将汽车停好，两个人不抱任何希望又上了楼。李祥和郭茜轮番反复敲门，将巧克力盒子在门外不停地晃动，边敲门边喊："李子昂，给你买了好吃的了。快开门！"

李子昂走到门边，朝猫儿眼里看了看，惊讶地说："噢！是得力巧克力！"天啊，这情形哪像个十六岁的少年，倒像个三岁小孩！

门终于开了。郭茜刚跨进门里，手里的巧克力就被儿子夺了过去，她呆立着，看着转身快步走进房间的儿子，犹如万箭穿心，欲哭无泪。李祥望着儿子的背影，无奈地摇了摇头。郭茜长叹一声，无声地用手碰了碰李祥的胳膊，然后轻声地说："时间不早了，你也累了，先上楼休息去吧。我做好饭叫你。"

晚上十一点半才吃上饭。

……

黑暗何时才能过去，幸福如何才能到来。李祥和郭茜在痛苦中煎熬，在忧愁中挣扎。一天又一天，一月又一月，一年又一年，太阳升起又落下，落下又升起。

车库滤星宿

这次在自家车库里滤星宿，成了李祥和郭茜以后人生中一段难忘的插曲。

李子昂自从辍学在家以后把自己一直关在房间里。那是李子昂辍学的第三个年头，这年的6月初，那几天天气格外好，阳光明媚，李子昂却依然与往常一样关在房里，将房门紧锁，不知外面的天空是什么样子，不知这时的天气有多么暖和，房间外面的一切似乎与他无关，几乎与世隔绝了。做父母的想到儿子这个样子，心里比刀绞还要难受。

"李子昂的星宿差来喽，滤滤星宿就好了。"郭茜乡下的亲戚已经不止一次在郭茜面前提起这件事。

"既然这样，我们也请人帮李子昂滤滤星宿，也许做做就好了。"郭茜跟李祥商量妥以后，决定请老家乡下专门滤星宿的那帮人来帮孩子滤星宿。乡民称那帮人为大仙，或者师傅。

头天下午四五点钟，郭茜跟那帮人的头领张大仙电话联系过了。

"多少钱？"郭茜问。

"三千六。"张大仙说。

"不是两千二吗？"之前，郭茜打听过了价钱，心想怎么涨价涨那么多，大仙乘人之危，也太狠心了吧。

"本地的两千二，外地的三千六。中午你们还要管饭！"

"好吧，三千六就三千六，需要我们准备什么？"此时郭茜一心想让孩子好起来，哪有心思还价，也不想还价，再说她早先听人说过，请人做这些事不好还价的，还了价对自己和家人不好，因此，只好由他们开价。

"准备一张桌子放在车库里。明天早晨五点多钟我们就到。"张大仙说。

家里没有多余的桌子，怎么办？此时已经是傍晚六点多钟了，夕阳很快就要下山了。郭茜让李祥陪着，开着车去了家具商场，贵的不想要，想要买一张简易的，一连走了三个商场都没有合适的，最后走到一个地下商场，有一张简易的，台面上有点瑕疵，郭茜对李祥说："反正用一次就不用了，瑕疵就瑕疵吧，再说这么晚了到哪儿去买呀？凑合着拿回家用吧！"

"给我们送到上面。"付完款，郭茜对老板说。

"你买一张桌子我们不送的。"刚才介绍产品的时候，老板说话眯花眼笑，收了钱转眼就反眼无情，一脸凶相。

李祥戴着口罩，一到那儿就想坐，手无缚鸡之力，自己拿不动，只好眼看着老板不说话，郭茜一横心，说："走。"

从地下第一个台阶算起，往上看，直到地面，斜斜的坡度，不下一百多个台阶，虽然大约只有三层楼那么高，但是对于李祥一个病人来说，好像有十多层楼那么高似的，一时不知怎么办才好。对于郭茜来说，自从李祥生了病以后，所有的活都由她一个人做了，她好像什么也不怕似的，开始拎着桌子走，到底她力气小，拎了几个台阶就满头大汗，拎不动了。她心灵手巧，有的是办法，将桌子放下来，手拖着桌子向台阶上一级一级往上挪。当挪到地面的时候，早已汗如雨下，布衫湿透，喘气不止。她看了看李祥，苦笑着说："做完滤星宿，我们的子昂就好了。"

回到家已经八点多钟了，李祥和郭茜两个人的肚子饿得咕咕叫，郭茜看着李祥闷声不响，知道他体虚力弱，累了，心痛地说："你去睡一会儿，我做好饭叫你。"

当夜两个人都没有睡着，第二天凌晨四点钟就起来了，用过早餐，刚过五点多钟，就到楼下车库里收拾东西。

刚收拾完，滤星宿的人包乘一辆出租车来了。来了四人，两男两女，为首的是个男的，上面介绍过了，大家都称他张大仙，中等身材，穿着夹克衫，黑黑的脸，满面孔横肉。后面跟着那个男的，面孔更黑，黑得锅底都要叫他娘舅，大块头，宽背板，壮壮实实，一看站相就知是个习武之人。另外两个女的：一个年纪四十多岁，狭长面孔，额头皱纹很深。一个年纪三十多岁，不高不矮，不胖不瘦，长相蛮好看的，性格活泼开朗，喜欢说笑，张大仙说话，她也插嘴。张大仙走在前面，其余三个人跟在后面，各人手里拿着东西，走进了车库。

车库门朝南开的，那四个人一走入车库，立即把昨晚李祥和郭茜新买的桌子抬到北墙边，将观世音菩萨的布像挂在桌子上方，点上香烛。他们熟门熟路，一切就在几分钟内完成了。张大仙坐在东北边，面朝西，是头位；另一个男的坐在他的对门，面朝东，是次位；中年妇人坐东边，面朝西；年轻的妇人坐西边，面朝东。这四个人桌前各自放着木鱼，手中拿着敲木鱼的细棒。

"唉，小官星宿差来喽，滤滤星宿就好了。"张大仙板着脸，声音低低的，同情地说。

"唉，小官怎样个？滤滤就好了。"其他人附和着。

"我给小官算了一卦，这两年命差来喽，过了这两年就好了。小官是聪明小官，在家旺父母，结婚旺妻子，旺下代，要旺三代。不过这两年要吃点苦。唉，你们应该早点帮他滤滤星宿的。早点做做就好了。"张大仙边说边眼睛斜视着李祥和郭茜。

李祥本来不相信这一套的，只是儿子现在这个样子，没法子，只得顺从郭茜什么都相信了。郭茜听了张大仙的话，好像此人就是菩萨，菩萨的话是不能违背的。郭茜曾经请人给孩子算过命，说孩子生根晚。她一脸无奈，凄凉地问："那孩子什么时候好呢？"

"最近你们要当心他自杀。过了八月半就会逐渐好转，过了冬至就彻底好了！你们请我们是对的，要是再晚了小官就没用了。"张大仙用肯定的语气说。

"你们是大仙，多谢你们救救我们的孩子！"郭茜见了张大仙就像见到菩萨似的，心里无限感激，希望大仙立即就帮孩子的病看好。

六点钟，滤星宿正式开始。

"地上放两沓草纸。你们面朝菩萨，双膝跪地，我说一句，你们跟一句。"

张大仙严肃地说。

"南无阿弥陀佛！南无观世音菩萨！"张大仙一张口，其余三个人边唱边敲起了木鱼。

"南无阿弥陀佛！南无观世音菩萨！"李祥和郭茜面朝观世音菩萨布像，双膝跪着，边说边朝观世音菩萨像磕头。张大仙摇头晃脑，身子摇摆，双脚乱动，不停地重复这两句话，一分钟内不知要重复多少遍。李祥和郭茜不停地跟着说，不停地磕头。此时，他们为了孩子能够消灾，见了菩萨像，就像真的菩萨在面前一样，内心无比虔诚。李祥怕烟味，戴着口罩，身体又十分虚弱，不到半个小时就跪不动了，腰酸了，腿痛了，头晕了。为了表示对菩萨的虔诚，也害怕菩萨怪罪，不帮自己的孩子消灾，只好硬撑着。可是这样的重复动作要做三个多小时才能结束，这三个小时对身体健康的人来说，也许咬咬牙就过来了，可是对李祥这样一个还在治疗的白血病患者来说，实在是难以支撑的，他一会儿跪着，一会儿蹲着，拜也拜不动，眼睁睁地看着菩萨像，喘气都困难，心里非常痛苦，想说不敢说，想停不敢停，生怕停下来会对菩萨不敬。他没有想到菩萨是救苦救难的，像李祥这样的重病人，菩萨也会同情的，只要磕个头就行了，菩萨哪能计较他呢！

"你嘴里念念就行了。不要再磕头拜了！菩萨晓得的！"张大仙边抽烟边念经，斜着身子看着李祥，见李祥如此歪歪倒的状态，语气缓慢地说。

多年行走江湖的张大仙，善于察言观色，边念边琢磨着李祥的行为举止，猜想李祥肯定重病在身。又做了一个多小时，他不动声色地说："现在歇会儿。正好给你算算命！"说着，掏出香烟点了一支，抽了起来。

"我们家患白血病，最怕烟味了。"郭茜见张大仙和另一个男人要抽烟，忍不住说。

"你的时辰月生？"张大仙在李祥报完时辰月生以后，抬起头，扳着手指，故作惊讶地说，"生过白血病，什么时候生的？噢，应该还要早一年就要生病了。你一生病吓劳劳，急煞人性命！过了这一关，寿命蛮长的，活过九十多。"

"磨难能躲过去吗？比如有什么办法能消灾呢？"李祥知道张大仙说话没边了，半信半疑地问。

"当然躲不过去喽！不过念念经，滤滤星宿可以减轻的。最后顺带给你念念，滤滤星宿。"张大仙狡黠地说。

"好的，带一带！"郭茜紧皱眉头，忧伤地说。李祥本来能说会道，可是自从生了病，经过化疗以后，常常脑子一片空白，别人说啥，一时反应不过来，目光呆滞，不知道应付说什么，只是看着别人，听别人讲。因此，家里的大小事情都由郭茜做主。

"南无阿弥陀佛！南无观世音菩萨！"这样的话张大仙又反反复复地念，李祥和郭茜又反反复复地跟着念，又反反复复地跪着拜，直跪到双膝酸痛，直磕头拜到腰痛得直不起来。

十点多钟，滤星宿暂时告一段落。

郭茜带张大仙这帮人出去吃午饭。李祥因为身体不好，怕吃了外面的食物不妥，没有去，自己回家吃的。

吃完午饭，张大仙让郭茜把李子昂的时辰月生写在由他们事先裁剪好的五颜六色的彩纸上，一共写了两百条，写完以后烧成灰，边烧边用李子昂的衣服在火苗上方转一圈，然后叫郭茜拿一张五十元钱放在桌子上，说是这钱给孩子买一双袜子穿。等所有的纸烧成灰，冷却了，装进袋子里，由郭茜拎着扔进距离小区一百多米远的东河头河中。郭茜看着清澈的小河水，心情特别开心，好像菩萨显灵了，给孩子消了灾，带来好运气，她边扔边照着张大仙教的说："坏星宿出去，好星宿进来。"

"一共四千元。讲好价钱三千六，另外四百元的钱是这样的：刚才算两个人的命两百元，另加一个人的滤星宿两百元。加起来整四千元。我们对你们是客气的。其他人家加一个人起码多付一千元。"见郭茜返回来，张大仙开口说道。

郭茜半晌不吱声，看看李祥，让李祥拿主意。李祥抬眼看了看张大仙，又看了看其他三个人，那个男的圆睁双眼，好像跟人打架似的，两个女的低着头不说话。李祥心里明白了，朝郭茜眨眨眼睛，说："为了孩子，既然张大仙说了，你就付四千吧！不就多了四百元吗？就当我们请张大仙他们多吃一顿饭吧。"

拿到了钱，张大仙笑了。张大仙他们笑着走了。

李祥和郭茜原先以为帮李子昂滤了星宿以后，孩子会很快好转的，没想到比没有滤星宿之前还要糟糕。

张大仙说过了农历八月半，孩子就有大的好转了。所以，郭茜和李祥天天盼着，扳着指头算天数，可是过了八月半，孩子没有好。张大仙说过了冬至，孩子就完全好了。所以，郭茜和李祥又在盼冬至，可是过了冬至，李子昂还是没有好转，反而更重了。

庙里寄名字

这已经又是一年的春天了。

就在李祥和郭茜灰心丧气的时候，郭茜听人说把孩子的名字寄到庙里去，孩子的病会好的。于是，他们决定将李子昂的名字寄到乡下老家的庙里去。

这是一座千年古刹，古刹也称寺庙，离长江不到三公里路，距东海与黄海的交汇处也不到几十公里，这里的地皮原是长江泥沙冲击而成，成陆不过一百多年，怎么会有千年古刹呢？传说这座庙原在中原某地，早在宋代就有了，民国时期迁移至此，"文革"时期被革命小将红卫兵作为"破四旧、立四新"拆除了，改革开放初期重新建造。老辈人都说这座寺庙很灵的，所以重修以来，香火旺得很。

庙究竟在哪里，李祥小时候听说过，但没有去过，只知道大概位置在郁家村南面。仲春的一天，阳光明媚，郭茜开着车，和李祥一起回了一趟老家，在离老宅不到二十公里的公路边上看到了"千年古刹"的牌子。当地人把古刹称之为庙。他们沿着指示牌标明的方向朝南开车几分钟到了庙里。

时值中午，来庙里敬香的人陆续回家了。他们来到观音殿前，虔诚地朝观音菩萨铜像拜了三拜，拜完，见东墙壁上挂满了写着名字的红纸，名字写在大约三指宽十五厘米长的红纸上，名字的左上方有块木板，板上写着四个粗大的黑体字：消灾延寿。

郭茜和李祥驻足静观。

"你们有什么事吗？"从他们进入庙里那时起，一个和尚就一直跟着他们进进出出，和尚问道。

"庙里能寄名字吗？"郭茜转过头，看着和尚问。

"可以的，要付钱的。"和尚观察着郭茜的穿着打扮，再看看李祥戴着口罩，心里似乎全明白了。

"多少钱？寄多长时间？"郭茜问道。

"六百元，寄一年。寄到冬至。冬至之后算第二年了。冬至那天我们会通知所有寄名字的家人过来参加法会。你们是大人寄吗？缴个钱，留个手机号。"和尚斜睨着眼睛看着李祥。

"小孩。我们考虑一下。"郭茜朝李祥眨眨眼，示意他到外面商量一下，来到外面，轻声地说，"我看寄一下。寄了，也许李子昂就好了呢。"

"寄就寄吧！你定！"李祥自从生病以后，什么事都反应迟钝，一切都依赖于郭茜，郭茜说什么，就是什么。

缴完钱，走出庙里，郭茜全身轻松，好像菩萨已经显灵，来到他们家正在给孩子看病消灾呢。一路上，她跟李祥不停地说："观音菩萨佛法无边，救苦救难，肯定能治好我家李子昂的病的。"

李子昂的名字寄到庙里一个多月了，还是整天躲在房间里不出来，多数时间脾气暴躁如雷，郭茜和李祥的希望又成了泡影，他们东想西想，想到老宅上可能哪里有不妥。

5月初的一天，风和日丽，郊外景致如画，空气清新，李祥和郭茜却心情沉重，无意享受，他们起了大早，仍由郭茜开车前往一百多公里外的老宅。

周围的几家邻居都过来了。邻居们都晓得李祥娘死的时候，李祥病重没能回家，只有郭茜和小官回转的。李祥从小肯做生活，人缘好。

"李祥，你娘死那辰光应该把屋里的灶和屋顶的烟囱拆掉的。老辈人传下来说的，人死了，如果不拆除的话，对活人不好的，这事话勿来个。"一个七十来岁的老年妇人就住在西宅，看着李祥自小长大的，关切地说。

"当时李祥生病没回来，我又不懂。"郭茜心情沉重地说。

"我们现在帮你们拆。"一个五十多岁的妇女说着开始准备搬东西。

"做这种活，人死时就做没事，现在隔了几年了，要选个好日脚的。后天就是黄道吉日。后天做吧！"这时生产队的队长走过来说。

"我们后天没空回转，还是过一段时间再说吧！"郭茜说。

"你们后天不要回转的。我请三个人来做做就好啦。"队长说。

"一个人工多少钱？"郭茜问。

"便宜煞的。不要你们操心，我来负责。"队长爽快地答应。

"那怎么行？你把这六百元钱拿着，就当工钱吧。另外一条香烟，你帮我们发发，打个招呼。"郭茜从钱包里拿出了六百元钱，又折回汽车旁，从车子后备厢里拿了一条中华烟，递给队长。

"用不了恁多钱。我请三个人要不了一天就做完了。到辰光早晨六点多钟就来做活，顺便把你家里不用的东西统统丢掉，该烧的烧掉，该掷的掷掉。三百元够了，香烟要不了恁多恁好，最多拿两包。"队长诚恳地说着。

郭茜事先打听过现在一个人工至少两百，三个人就要六百，还要管一顿饭呢，觉得队长钱少拿了，过意不去，塞给他又不拿，急中生智，从车里拿了几包备好的饼干，分成三份，每份中间放进一百元，用红色塑料袋扎紧，递给队长说："你帮忙发发！肚子饿了每人一包。"

"一个队里的，客气啥！帮帮忙应该的，拿你们钱已经不好意思了。你们恁客气，我们不好意思！"队长说着接过了饼干。

邻居好，赛金宝。到了黄道吉日那天，队长一声号令，请来了两个男的，连他自己三个人，五点多钟就开始做活了，一直做到中午十一点半，将屋里的烟囱和灶全部拆除，将砖屑清理完，还把屋里其他没用的东西都丢脱烧掉了，所有屋里打扫得干干净净。

"李祥，灶和烟囱全部拆除清理了。你啥时回转？余款在我这，都说你们太客气了。"傍晚时分，队长给李祥打来了电话。

"余钱算我请你们吃顿饭吧。替我谢谢他们！"李祥感激地说。

哦，烟灶拆除之后的头几天，李子昂的脾气似乎要好多了，偶尔还走出房门说两句话。这一小小的变化，令郭茜感到意外的惊喜，郭茜认为拆除灶和烟囱有用的，几千年的封建传统破不得，还是老老实实照着做好，可是她从小在城里长大的，哪懂得农村有这么多规矩，晓得恁好就早点做了。没想到隔了几天，李子昂又变成了原来的模样，这让郭茜和李祥又陷入深深的苦恼。

"李子昂到底怎么啦？咋还没好？说明其他地方小鬼还在作怪，那么小鬼在哪儿呢？这要去看巫婆了。"郭茜听了李祥老宅一个专门做巫婆的老妇人的话，对此深信不疑，多次对李祥说。

如今，不管是市区也好，不管农村也罢，到处都有巫婆。巫婆这个行当，作为一种赚钱的职业，相当时髦和神秘。有的家里人生了病，在医院看不好的时候，自然想到了巫婆，以为巫婆是万能的。只要听说哪个名气大，就去看哪个。这个看不好，再去看那个。巫婆赚钱容易，来钱快，有的几天就成了万元户。

郭茜打听到在远离市区五十公里的地方有个巫婆，都说此人本事大，看了灵验，拣了一个好日脚，她和李祥去了。

李子昂被老师逼到几乎发疯，差点走上了绝路，郭茜整天在惊恐和担忧中度过每个时辰，晚上常常做噩梦，醒来神情恍惚，不知所措。原来脸皮白嫩、额头饱满的她，突然之间额头有了皱纹，白头发越来越多，脸上有了老年斑，仿佛一下子苍老了十多岁；原来才思敏捷、口齿伶俐的她，突然之间变得反应迟钝，头晕目眩，心慌意乱，有时说话前言不搭后语，有时明明要去厨房间做饭，却莫名其妙地走进书房，呆呆地站着，两眼直瞪瞪地望着李子昂的书桌，神情木然。真是魂不守舍啊！可是，有谁能懂她？有谁能理解她？她常常自言自语地说："丁艳是害人精！丁艳是魔鬼！把我家李子昂害惨了！把我们全家害惨了！"

确实，丁艳作为老师，把李子昂一家害苦了，害得他们从天堂陷入地狱。每当熟人问到小孩的情况，李祥和郭茜的脸顷刻变了色，两个人无法面对，无从回答。当他们无路可走的时候，只能寄希望于封建迷信，来排遣心中的忧伤和苦闷。

到底李子昂是否碰到了鬼，是活鬼，还是死鬼，天晓得。万一李子昂确实遇到了鬼，不请个巫婆看看，岂不后悔！

"你们家住在什么地方？孩子叫啥名字？"巫婆重复郭茜说的地址和小孩的名字，说，"你们两人先各自点三支香，朝菩萨敬敬。"这是一个年轻的巫婆，看上去只有三四十岁。郭茜稍迟疑了一下，又想，管她多少岁，只要灵验就行。

香台上有一块木板，板上罩着一块棉质粗布，布上放着一只用芦苇编织的畚箕，巫婆将香台上的布慢慢掀开，露出木板，板上铺着三四厘米厚的玉米粉，巫婆用畚箕角写上李子昂的名字，重新将布盖上，静坐了十多分钟以后，站了起来，拿着畚箕的一角，朝郭茜说："你也抓一角。"

接着，巫婆和郭茜就用畚箕在布上面好像鸡啄米似的，缓慢地向上下左右来回地点着，来来回回点了二十来分钟，停了下来。此时，巫婆将布掀开了，玉米粉上面歪歪斜斜地写着李祥和郭茜家的地址。巫婆朝郭茜神秘地说："你看上面写着你们家的地址。刚才大仙在你们家帮小官看病捉鬼。现在返回了！"

"多少钱？"郭茜问。

"钱不是给我的，是给大仙的。钱放在畚箕里。你们看着给吧，让大仙买瓶酒喝喝。"巫婆盯着郭茜说。

郭茜踌躇了一会儿，然后掏出钱包，拿了六张一百元钞票放在香台上的畚箕里。

"有效果的话，还要来的。"巫婆看着崭新的钞票，两眼放光，脸露笑容。

李祥和郭茜回到家正是下午三点多钟，阳光照进房间的阳台，李子昂坐在阳台里，正在描红钢笔字，郭茜一见李子昂那样子，顿时觉得看巫婆看对了，本来一路想花点冤枉钱，破财免灾，没想到真的立竿见影。李祥的收入虽然蛮高的，但郭茜平时蛮节约的，买衣服总是拣便宜的，可是为了孩子花再多的冤枉钱也不心痛。

过了半个月，李祥和郭茜又去了一趟。

"你们给谁看病？"巫婆歪着头，一双眼睛斜睨着，脸上露出似笑非笑的神色。

"我们半个多月前来过的，给小孩看病。"郭茜将李子昂这段时间的情况说了一遍。

巫婆扳着手指算算，边算边说："嗯，这小官还有救。"然后，在香台上插了三支香，朝观音菩萨像磕了三个头。接着自己点着一支烟，躺在一张藤椅上，闭着眼睛，静默了几分钟，直到烟抽完，咳嗽了两声，开始摇头晃脑，嘴里轻微地不断地发出令人无法理解的"呜噜呜噜"的声音。

"在你们家西北角桥头上有个鬼，是个五十来岁的老太婆。这个鬼附在小官身相里，所以小官一直出不来。要做三件事：一是包一调羹香灰，用水冲一下给小官喝，香灰就用敬香的香灰就可以了；二是回家以后连上三天香；三是各买几斤纸、糖、水果，请个陌生人等天黑以后送到西北角桥头上。鬼收到东西，就不来缠了。"

"请不到陌生人送怎么办？"郭茜问道。

"你们买好东西送到我这里，送来时不要说话，放在这里就行了。我来帮你们送！"巫婆说。

"大仙帮我们送，那最好！"郭茜感激地说。

"给一千。你们拖的时间太长了，小官的病很重，隔一段时间还要来一趟。"巫婆收完钱，轻飘飘地说着。

当天下午，郭茜和李祥回家前，买了许多李子昂喜欢吃的东西。李子昂从房间里出来，问："有好吃的吗？"

郭茜见孩子出来了，心里开心得话匆来，以为巫婆驱鬼见效了，悄悄地对李祥说："还是大仙有办法。"其实孩子脾气时好时坏，可是，郭茜把孩子心情好的时候当作是看了巫婆的作用。

过了一个月，郭茜和李祥拣了一天好日脚，开着车又去了一趟。

听了郭茜的描述，巫婆说："这小官病太重了，到附近香摊上买五十斤香、五十斤纸，在你们宅西南方向第一条桥的南面将纸和香烧掉，烧完，摘三片草叶，回家用开水冲泡，将草叶倒掉，等水凉了，给小官喝。我这副药蛮神的，许多大医院的医生看不好的病，人家都到我这里来看，一吃就好了！"

下午三点多钟返回以后，李祥和郭茜不顾饥饿和劳累，立即寻到宅西南方向第一条桥的南河边，将买来的五十斤香、五十斤纸点燃，烧了一个多小时。此时，两个人肚子饿得前心贴后心，来到一家饭馆，坐下来不久，电闪雷鸣，一会儿下起了大雨，雨下了两个多小时才停了下来。

"在哪里？什么时候回来？我给你们下面条！"郭茜接到李子昂的电话，简直不敢相信这是真的。

郭茜接完电话的那一刻，脸上的愁云顿时驱散了，激动地对李祥说："简直神了！孩子有救了！"

郭茜知道李子昂喜欢吃肯德基，吃完饭，等雨止了，去了肯德基店，买了一份汉堡、一杯饮料，将三片草叶另外用杯子加开水泡好，怕多吃了中毒，在饮料里只倒了两调羹泡草叶的水，带回家让李子昂喝。所有这一切都是在李子昂不知不觉中完成的。两个人盼望着，白天盼，夜里盼，天天盼望李子昂好起来。可是，李子昂却还是老样子，没有多大改变。真是病急乱投医，郭茜以为还要请巫婆多看几次，于是，又去了三次，总共找巫婆看了六次病，用去了五千多元。

李子昂的情况不得好转，这对郭茜来说简直就是天大的打击。就这样，李祥与郭茜只有盼望冬至的到来，那时庙里和尚做法会，会让所有的病人消灾延寿的。盼望的日子，对李祥和郭茜来说，哪怕过一天，也是难熬的。

春去夏来，秋去冬来，李祥和郭茜终于盼到了冬至庙里的法会。

那天，天气晴好，气温下降至零下三四度，强劲的西北风呼呼地吹个不停。上午九点，李祥和郭茜驱车来到了庙里。庙门朝南，这时庙前场地上早已摆放了软布包裹的矮凳，每张凳子后面都站着人，估摸有一百五六十人，这些人大多是当地附近的农民，穿着整洁，多数穿的是新衣新裤新鞋，非常庄重地来参加这一年一度的最隆重的法会。他们面朝北面，任凭凛冽的寒风吹割自己的面孔，岿然不动，整个场地鸦雀无声。李祥和郭茜肃静无声地站在最后一排。为了表示对菩萨的恭敬，郭茜把本来戴的羽绒服帽子放了下来，静立着，开始默默地反复祈祷："菩萨保佑！保佑我家李子昂好起来！菩萨保佑！保佑我家李子昂好起来！"

上午九点三十分，法会开始。庙里的主持、和尚坐在观音菩萨铜像前，面向众生诵经。主持诵读一句，和尚们跟着读一句，边读边敲着木鱼，然后众生跟着说一句，先是站着低下头，然后双膝跪在面前的凳子上磕着头。这样的动作反反复复地做，整整做了一个小时，十点半，诵经结束，主持站了起来，和尚们跟着站起来，排成一列，依次给场地上所有诵经的人每人发了三支香。主持走在最前头，和尚和众生跟着向南朝东慢慢地走着，边走边反复地大声说："南无阿弥陀佛！南无观世音菩萨！南无阿弥陀佛！南无观世音菩萨！"

面前有条小河，河上有座水泥桥，过了桥，一片广阔的田野，河边有条泥路，向南有一间宽敞的平屋。大家跟着主持转身朝平屋走去，进入屋里，只见四周墙壁上挂着各种菩萨的像。众生双手合十，依次朝每尊菩萨默默地拜了三拜，祈求菩萨保佑。从屋子出来，往一个专门焚烧香火的地方转了一圈，刚才静默的人群，突然沸腾了。听到主持与和尚念经，大家不由自主地跟着反复高声呼喊："菩萨保佑！消灾延寿！菩萨保佑！消灾延寿！"

大家一边说，一边跟着主持、和尚折回，路上，不停地跟着大声呼喊：

"菩萨保佑！消灾延寿！"

郭茜除了重复喊着这两句话，嘴里还不时地轻声念叨："保佑我家李子昂好起来！保佑我家李子昂好起来！"

这么多人就李祥戴着帽子和口罩，拖着脚走路，有气无力地小声哼着。他也想喊，可是喊不出来啊！

回到庙里，大家笑容满面，兴奋不已，仿佛每人的心愿通过这场法会已经如愿，然后各自散场。

此刻，李祥和郭茜仿佛轻松如飞，心情特别舒坦，郭茜兴奋地说："菩萨显灵了！菩萨显灵了！过了今天，我家李子昂一切都好起来了！"

"菩萨显灵了！菩萨显灵了！李子昂好了！李子昂好了！"李祥心里默默地说。

此时，郭茜脸冻得发紫，手冻得像红萝卜似的红肿，可是她一点也不觉得冷，反倒觉得全身热血沸腾。她抬头望了望天空，猛然觉得天空是那么高远，那么湛蓝。观世音菩萨好像就在她眼前，对她说："回去吧，你家李子昂已经脱离苦海。"说完飘忽而去。郭茜怔怔地望着，激动得泪花闪闪，连声说："谢谢观世音菩萨！谢谢观世音菩萨！"

李祥虽然戴着口罩，衣服也比郭茜穿得多，但是由于身体虚弱，不仅浑身打着寒战，而且早已累得一点劲都没有了。两个人你看看我，我看看你，相互苦笑着。为了自己的孩子，两个人对菩萨顶礼膜拜，如此虔诚！

孩子还得父母救

老师可以赶走学生，父母不能抛弃孩子。老师可以把学生赶向绝路，父母不能将孩子推向悬崖。

老师和父母的角色是不一样的。对于老师来说，学生可有可无，为了分数，为了荣耀，可以不顾学生的死活，学生走了，对老师毫发无损。但是，父母不一样，孩子对于父母来说，对于整个家庭来说，是一个完整的整体，一荣俱荣，一损俱损，三人缺一不可。当孩子在学校遇到像丁艳这种老师的时候，作为孩子的父母，得做好孩子的工作，要有心理准备，要和孩子一样面对那段苦难的人生，千万不能将孩子再往绝路上逼。郭茜对李祥说："就算李子昂是一块石头，我们也要把他捂暖。"

酷暑盛夏，烈日炎炎。下午一点多钟，正是太阳最毒的时候，火辣辣的太阳烤得大地冒烟，烤得水泥路面发烫。李祥戴着棉口罩，怀着忧虑的心情，坐着郭茜的电动自行车，为孩子去郊区一家心理咨询中心看心理医生。这个中心淹没在一幢综合性写字楼里，在十二层，上楼的电梯设在一家旅馆旁边，穿过旅馆门口朝里走，向右拐角便是电梯口，尽管有电灯开着，仍然觉得阴暗，有一股霉味扑鼻而来。

十二层走廊倒是蛮亮堂，墙上有专家一览表，有专家的照片，有专家的简介。李祥和郭茜来到吧台，付了一百元挂号费。挂了号，在大厅里坐着，等着，等着专家医生帮别人看好病以后出来叫。坐着，等着，他们心里默默地祈盼，希望能碰到好医生，帮助儿子解除痛苦，走出阴影。

医生终于出来了，是个女的，五十多岁年纪，把他们叫了进去。

郭茜满腔悲愤地述说了孩子患病的经过。

"孩子患病时间长了，是男孩子，建议你们找个男医生比较好，男医生和男孩子说话，容易沟通。"女医生听完郭茜的介绍后，给出了这个方案。

男医生每周坐诊两个半天，周二和周四下午，有时忙的话不一定来，一般情况下不会迟到和缺席的。

那天是星期五下午，男医生不坐诊，李祥和郭茜商定下周二中午早点去挂号，在那里等。

挨到星期二了，中午十二点多钟，李祥和郭茜就又去了。郭茜付完一百元挂号费，便询问吧台服务员："医生什么时候到？"

服务员抬头白了一眼，没有说话，显然有点不耐烦。郭茜和李祥只好在吧台左前方的大厅内焦急地等待医生的到来。

大约两点钟了，还不见医生到来，郭茜朝电梯口不知张望了多少回，希望能够遇见医生。突然，一个五十多岁的男人，一边走，一边穿白大褂，后面跟着一个三十多岁的男士。郭茜走上前去，自报家门，说明情况。男医生说："这位男士提前预约好了的。你们在大厅等一会儿，好了叫你们。"

两个多钟头过去了，大约四点多钟，男医生送走了男士，便把李祥和郭茜叫了进去。郭茜把孩子的情况一五一十地向男医生描述了一遍。男医生认真地听着，静静地思考着，还不时地问话。男医生说："孩子要吃药。要带出来到我门诊上看。"

郭茜无可奈何地说："孩子不愿出门，想请你上门服务。"

男医生看了看郭茜说："我们不上门的。孩子发展下去会越来越重的。我有个案例，我有一个要好的朋友，做校长的，他儿子在别的学校上学，被老师骂了后，不上学了。俗话说无事生非，儿子在家整天看手机上网，网瘾很深。校长的老婆把网线拔了，儿子冲出来打母亲，母亲撞到桌子边，胸肋断了两根，痛倒在地。儿子不但不拉母亲，还往母亲身上踩了几脚。"

事情触目惊心，听了肝胆俱裂。

男医生让郭茜带孩子上医院门诊看，郭茜问了男医生的单位就知道他是在一家精神病医院工作的。到这里来坐诊，是这个心理中心邀请的，主要上班还在医院。李祥和郭茜同时一愣，相互对望着，心知肚明，原来他是精神病医院的医生。

男医生说："外省有家医院专治孩子这种病，也叫解网医院，可灵了。那里条件也好，封闭式管理，孩子进去后肯定出不来。我们这里有几个孩子去之前闹得很厉害，到了那里半年多时间，回来就服帖了。"

郭茜问："是什么医院？孩子不愿去怎么办？"

"哄骗，当然要哄骗，说是带出去旅游。只要进了那家医院，医生就有办法制服。这你们父母不用操心，只管放心地走。"

"打不打针？吃不吃药？"

男医生把这家医院的地址写在纸上交给了郭茜。

还没等男医生回答，这时，一个大约十一二岁的胖男孩背着书包走了进来，看来是男医生的什么人。胖男孩听了郭茜和男医生的对话，似乎对这个医院的情况非常了解，坐到沙发上说："要打针，要吃药，不听话，还要挨打！怪吓人的！有几个小孩回来后看上去呆呆的。"

胖男孩的话，给郭茜敲响了警钟，提醒不能轻易将孩子送到那种地方去。郭茜心里猜度：肯定是将孩子当作精神病来治了。她对男医生说："我们回家商量商量再说。"

郭茜回家上网一查，那家医院有个精神科，专门隔出一个区域，全封闭。科室被人承包了。医生把孩子的网瘾当作精神病来治。孩子进去后，关在一个新盖房子的区域，完全按照治疗精神病的程序进行，好好的一个活泼可爱的孩子，经过半年多的治疗，人变得呆板了，眼睛无神了，说话反应迟钝了，走路也病恹恹的，表面看来就像是一个精神病人。

郭茜几乎惊得发傻发呆："幸好没把孩子送走，送到这种鬼地方，害了孩子一辈子。罪恶啊，罪恶！"

李子昂学校的体育老师陈若溪得知情况后，专门给郭茜打来电话，安慰说："我家孩子已经读大学了，不在身边，两边老人也不需要照顾。如果李子昂愿意到我家里来住的话，就让他到我家住。我们会把他当作自家孩子一样看待的。只要孩子健康快乐就好！"

一提到陈若溪老师，李子昂脸活泛多了，露出了笑容，高兴地说："陈老师喜爱每一个学生，对我最好。初一上体育课休息时，陈老师经常跟我聊天。到了初二，陈老师被调到其他班去了，当了班主任。我就没上过体育课，都被丁老师叫去补课去了。老被丁老师辱骂、罚站，要是陈老师上体育课，她是不允许丁老师把我们叫走补其他课去的……唉，真没意思，太阳啥时出来的，啥时落山的，月亮啥时升起来的，我都好久没见过了。唉，不说了，一说就心情不好。"

被丁艳老师逼得不去上学后，刚辍学那半年多时间，李子昂就像丢了魂似的，羞于见人，郭茜设法调整孩子的心态，带着出去旅游，请要好的朋友陪着打羽毛球，家中来人出去吃饭都还愿意的。李子昂的姨妈多次乘坐公交车，从一百多公里外的老家赶过来，陪他一起聊天，一起外出逛商场，给他关怀，给他温暖。李子昂的姨姐和姨姐夫陪着一起外出旅游，使他感到自己存在的价值。可是，一过8月份，李子昂哪里都不去了，还是一人关在房间里，偶尔也出来到客厅里坐一会，但是每次都要求父母走开，不能见到他。

孩子到底怎么办？大人究竟怎么办？李祥隔一段时间就要去医院治疗，孩子又不能不管，这两副重担同时落到郭茜一人肩上。面对孩子的这种情况，郭茜血压升高，心跳加速，精神上几乎也要崩溃了。

李祥和郭茜决定：不把孩子送去医院，孩子就在自己家里，用他们的爱心来感动孩子，用他们的赤诚之心来感化孩子，让孩子重新获得自信，获得勇气。他们相信：总有一天孩子会走出来的，走出属于孩子自己的那一片天地的。

从此，李祥与郭茜两个人都调整了心态，不再彷徨，不再忧伤，两个人经常隔着门，轮流跟李子昂交流，有时给他读唐诗，有时给他读散文诗，读完一首诗，或者一篇文章，让他也读一篇文章，有时还让他讲解文章的释义。他要不懂自会上网查找的，自信心不断被激发出来。

第五年，李子昂终于从房间里走了出来，愿意见李祥和郭茜了，也愿意面对面讲话了。有一次，他对李祥和郭茜说："要向前看，要向好的方面看。"当偶尔提起初中的丁艳老师时，他说："不要提她了，提到她心里就不开心！我怎么没有把初中读完呢？唉，算了吧，还是不要再提了！"

谋权篡位

李祥生病住院以后，不少人都盯着他的职位，那可是个肥缺。他生病给个别人升官发财腾出了位置，也给他的上司、董事长老马敛财增加了机会。他生病刚过半年，单位的不少同事走马灯似的往老马办公室跑，往家中跑，希望能够谋到这个职位。

老马，名叫马震天，吃喝嫖赌贪无不齐全。他贪酷异常，把单位的钱，当作他个人的钱，任意挥霍，上任不到两年，就将单位的家底花个精光。他荒淫无度，提拔的女下属，他先占用了，再提拔。大家背后议论纷纷。老马对上百般胁肩谄笑，对下少有慈祥恺悌。下属劈面相见，与他打招呼，老马有时高傲地抬头看一眼，有时连头也不抬，眼也不斜，就像见了陌生人一样，嗯都不嗯一声。有个下属举报他贪污腐败，老马知道后，派人跟踪，一次跟进厕所，将他裤子剥光，痛打一顿，过后又借口不服从组织调动，将他开除了公职。

上午九点钟上班，老马一般都在八点五十五分到单位。办公室主任柳民富总是先到，手中拿着笔晃来晃去，桌子上放着一本打开的本子，眼睛一直朝门外看，听到说话声，好像接到打仗的命令似的，霍地起立，冲出门外，奔跑出来，抢跑到老马的一侧，点头哈腰从老马手中接过拎包，走到门口，帮着开门，然后，倒好茶水，退了出去，将门轻轻关上。

老马要是忙的时候，或者不大开心的时候，是不愿见人的。谁要是不识相，敲门进去了，老马头不抬，眼不看，伸出右手，掌心朝外，迅速举过头顶，啪地一挥手。来人见状，好像碰见了鬼，只好悻悻然退了出去。

李祥生病住院以后，老马在人事处长的陪同下，去医院看了一趟，临走时慢吞吞地说："小李啊，好好养病，工作嘛，就不用操心喽！"

老马能到医院来看望，李祥就好像见到菩萨似的，感动得泪水涌了出来，不知说什么好。

这事隔了有半年了。那天，老马坐在办公室里看文件，觉得无聊，偶尔想到了李祥，他自言自语地说："李祥这小子，会来事，平时也孝敬我。本来打算让他多干几年，等我退下来之前，帮他提一提，也算对得起他。可是，这小子命不好。哪晓得年纪轻轻的，会生这种要命的病呢！看来得换人咯。"

"笃！笃！笃！"传来轻轻的敲门声，敲了几声，有人推门进来了，原来是办公室副主任杨升发，此人老实，不善言辞，呆的木头似的，不喜欢拍马屁，只晓得死干活，从未孝敬过老马。因此，每次提职时，总轮不到他，但他每次都信心十足，好像有十拿九稳的把握。李祥生了白血病，他就思量迟早要换人的。他自认为资格老，办事公正，是最好的人选，好多天，他一直琢磨，因为提升干部，就老马一人说了算，其他副职是聋子的耳朵摆摆样子。刚才，他在门口站了好一会儿听壁脚，没有听到任何说话声音，断定只有老马一个人在，于是就大着胆子敲门进去了。

老马抬头瞟了一眼，问："有什么事吗？"

"我想，我想，"杨升发刚才打好的腹稿，见了老马，一慌张忘词了。过了一会儿，深吸了一口气，他终于鼓起勇气，说，"李祥病了，如果考虑换人的话，到时关照一下。"

惯收下属东西的老马看着杨升发，心想这小子对自己从未有过表示，本来老早想把他的职位免了，念他讲话稿和材料写得好就没动他。哎，都什么年代了，想提升空口说白话。于是鄙夷地望了一眼，咳嗽了两声，打着官腔说："哦，人家现在生病，我们这么做能行吗？你有没有考虑到李祥的感受呢？对同事起码要有同情心吧。哦！我正忙呢！"

"笃！笃！笃！"门外又有人敲门了，老马无意识地朝门口望了一眼，这时杨升发红着脸，额头渗出一头的汗水，好像犯了罪似的朝外走，在开门的当口，正好碰见了后勤处处长许建军。杨升发看了一眼许建军，许建军朝杨升发点了点头，见杨升发走了，随手轻轻地掩上了门。

许建军是个部队转业干部，在部队做过干部工作，当过团里副政委，善于钻营当官，刚转业时定了个副主任科员，后来到办公室当了副主任。最后后勤处处长还没到退休年龄就被他挤掉了。他从办公室副主任职位成了后勤处处长。

老马看见许建军，想到他昨晚已来家里登门拜访过了，心中自然欢喜。昨晚，许建军走时，留下了一盒龙井茶，打开一看，除了茶叶，还有十万元现金。老马知道这小子肯定又想其他好事了。现在老马见了许建军，脸上不由得笑了笑，说："许建军啊，你昨晚来坐坐就行了，还这么客气！"

"哪里！哪里！一点小意思。我前两天去了杭州，顺便给你带点茶叶，不值钱！"许建军满脸堆笑地说。

老马说："最近后勤工作干得不错嘛！哦！"

"都是领导有方！要不我哪有这本事！"

"好嘛！我看你后勤工作干了也有几年了。有机会的话，把你放到更重要的岗位上锻炼锻炼！许建军，你有什么打算？"老马笑嘻嘻地说。

"感谢栽培，一切听从安排。如果可能的话，下一步开发公司总经理这个职位能否考虑考虑。当然李祥身体恢复得好的话，他可是没得说的。我就不做这个梦了！"许建军也是官场老手，善于察言观色，边说边看着老马那张多彩的变幻的脸。

李祥病了以后，按照常规，他的职位暂时由他下面的副总顶着。可是，上下不少人的眼睛都在瞄着这个位置。

"嗯，等等再说！你小子给我好好干，不会让你吃亏的！如果这个位置不行的话，还可以考虑其他位置嘛！"老马说着，头往上仰了仰，眼睛看着天花板。

"谢谢！"许建军满心欢喜，站了起来，双手扯了扯衣角，然后双手放在胸前，朝老马微微鞠了躬，转过身，低着头，笑眯眯地退了出去。

同事听说李祥生病一住院就是好多时日，而且是要命的白血病，知道是凶多吉少，就是不死，以后来上班的话，也不可能担任要职了。

李祥生了病，有盼他来上班的，有希望他不要来上班的。盼他来上班的，多数平素与他关系密切的，得到过他关照的；希望他不要来上班的，多数平素被他训斥过的，或者找他办事被拒之门外的，或者眼馋他位置的。真可谓人心叵测，各自心里打着小九九。

自打李祥生病后，他家里日显冷清，而老马家里却热闹起来了。只要老马在家，晚上到他家里来的人一批又一批，有的前脚刚走，后脚又来了，有的还撞车，大家都想谋取李祥这个总经理职位。人事处处长管小平隔三岔五上老马家里来，又拎东西，又送钱，弄得老马到底是提升许建军好，还是提升管小平好，左右摇摆不定，一时让他犯了难。

上午十点来钟，宣传处的富庆拿着发票来找老马签字报销。原来他带着基层单位的宣传骨干外出考察刚刚回来，考察之前是经过老马批准同意的。老马办公室门虚掩着，富庆见没有其他人，就敲了敲门进去了，小心翼翼地说："有几张发票签一下。"

老马好像没看到有人进门，也没有听到有人跟他说话，过了一会，慢慢转过头来，眼睛向屋顶斜视着问："多少钱？"

"四千两百元。"

"啥？四千两百元？用了这么多钱，怎么不事先报告呢？唔！经费有限，钱不是随便花的！"说着，把发票丢给了富庆，右手向上一挥，无声地把富庆赶了出去。富庆拿着老马未签字的发票，想想他挥手的动作，简直不把下属当人，越想越生气，回到办公室，心里闷了好久。这事过了一年，直至老马将财务审批权交给一名副职后才得到了解决。

人事处和宣传处门对门，平时富庆常去串门的，与副处长游养相熟，说话随便。那天下午三点多钟，游养从老马那儿签完字回来，满脸笑眼，手里除了发票，还有一盒水蜜桃。游养打开盒子，看到水蜜桃个个都是鲜亮鲜亮的，她的脸色随之也变得鲜亮鲜亮的。

富庆见了，以为是游养自己买的，便走了过去。

游养顺手拿了一个给富庆，说："老富来一个。"

"这么好的水蜜桃，你还是带回家去吧。"富庆客气地说。

游养不知道富庆上午签发票被退了回来，微笑着说："董事长人真好，我带队出去考察花了五万，发票看都不看，就签了。还给了我一盒水蜜桃。"

原来下午刚上班不久，老马坐到办公桌前，还在迷迷瞪瞪，人事处副处长游养拿着发票来找老马签字报销。游养是个女同志，三十多岁，眉清目秀，娇小玲珑，任何男人见了都要多看几眼。老马见了游养，困意顿消，立即露出了笑脸，笑得眼睛眯成一条缝，问："小游，这次你们人事处带队出去考察走了几个地方？开心吗？花了多少钱？"

游养娇滴滴地回答："谢谢你呦，你说的几个地方，都去转了，玩得开心。我们精打细算，花了五万元。"

老马看了一眼游养，看都不看发票，大笔一挥签了字，说："不多，不多！"

"谢谢！"游养满心欢喜地说。

老马签完字，没有马上递过去，眼睛却发直地盯着游养，咧开嘴，笑了笑，说："小游，我这里有一盒水蜜桃，你拿去吃！噢，晚上有空的话，来我家里坐坐。"

游养知道这一个星期，老马夫人出去旅游了，孩子又在外地工作，就老马一人在家，心想自己老公正好也出差在外，自己早已在这个副处长位置上干得厌烦了，老早想动一动，升个正职。她心想，李祥的位置可是千载难逢的机会，吃过晚饭后，洗了澡，喷了香水，把自己打扮得漂漂亮亮的，主动送上门去了。

第二天晚上，游养又送上门去了。

第三天晚上，游养还是送上门去了。

从此，马震天见到游养心花怒放，笑得合不拢嘴，在会上有意吹风："游养是个女将，做事干练！"

一个月后，通过中层干部竞岗、民主测评、班子决定，游养当上了开发公司的总经理，替代了李祥的职位。半路上杀出游养这匹黑马是任何人都没有想到的事。

明眼人晓得马震天又玩了什么鬼把戏，糊弄人，所谓民主测评，都不会当场唱票的，所以票数再多也没用的。这个程序是马震天当一把手以来惯用的伎俩，用来作为遮羞布的，用来针对个别较真的人的。他可以毫无羞耻地说："你的票数不如人家多嘛！唔！"如果还要较真，他更会说，"民主还有集中嘛！"假如再要啰嗦下去，他暴跳如雷，蛮不讲理，嘿嘿冷笑两声，突然站起来一拍桌子，大声吼叫："是不是不想干了？不想干走人！"

吃了人家的嘴软，拿了人家的手短。当然，马震天对许建军和管小平都有交待。

两次化疗之后

　　李祥在医院血液科第二次化疗就要结束了。从生病至今时间早已过了半年。从第一次住院化疗到出院，再到第二次住院化疗到出院，每一次的化疗，他都经历了生与死的考验，冰与火的历炼。

　　这半年多来，他像做了一场噩梦似的，整天昏昏沉沉。两次化疗就要结束了。一天上午刘虹主任来查房，说："李祥，你最近主要几项指标都正常，可以出院了。"

　　李祥长时间住院已经麻木了，听了没有任何反应，在他看来，出院不出院都一样，不知道这次出院是好是坏，反正得了白血病，没有什么盼头了。

　　郭茜见李祥傻傻的望着刘虹主任不说话，急了："刘主任说你病情有所好转，可以出院回家了。"

　　李祥这才恍然大悟，不觉轻声而急切地问道："这么说我的病还有救？"

　　"从这两个疗程来看，希望还是蛮大的，不过要看病情是否有变化。暂时是没有问题的。"刘虹主任耐心地说。

　　刘虹主任的话，就意味着李祥暂时度过了危险期，可以说病情向好的方面转化，可是治疗还远远没有结束。在血液科治疗的白血病病人，治疗的周期往往是漫长的，就像进行马拉松比赛，李祥的治疗才刚刚迈出了第一步。

　　下午，郭茜办完出院手续，来到病房，一手搀扶着李祥，一手拎着东西。李祥一只手搭在郭茜的肩膀上，默默地走着，两腿没有劲，身体好像飘着。当他走出医院住院部大楼的时候，正是下午三点多钟，阳光照耀在身上，暖烘烘的，他感到有一点头晕，有一点刺眼。站在阳光下，他想着每一次住院好像被囚在笼子里的小鸟，无法扑腾出去；每一次的出院又好像小鸟冲出了牢笼，重新获得了自由。走着，走着，眼泪不由得流了下来。李祥一直朝东走，但他这时脑子里分辨不清东南西北，他不时地停下来，定定神，左看看，右看看，然后问郭茜这是往哪儿走？化疗，长时间住院化疗，李祥脑子一片糊涂，一片空白，平时敏捷的思维，得体的谈吐，经过两次化疗，就变得反应迟钝了，见了人，有点当头愣，过后才想起来。不过他知道，第一次出院时，是几个人搀扶着他出去的。这一次出院，总算自己可以走了。

　　回到家里以后，李祥晓得他的职务被免了，不再是从前的指手画脚一言九鼎的总经理了，心中不免悲从中来，有一种莫名的失落感，感觉被人们遗忘了，被社会抛弃了，整天闷头不响。夜深人静时，偶尔想到老马是个政客，他当了总经理后，每年给老马送钱送礼。没想到老马说免就把自己的职务免了，连个招呼都不打。回到家里二十多天了，李祥没有见到一个同事上门探望，没有接到一个同事的电话慰问。生病前，天天躲着人家，怕听敲门声，现今希望有人来说说话，聊聊天，拉拉家常，也不需要人家提了东西来。幸好经济没受多大影响，虽然生了重病，因为大部分都得报销，自己只花了十多万元，这对他们家来说，好似九牛一毛，毕竟瘦死的骆驼比马大。

　　这天天气晴好，风和日丽。李祥想去单位走动走动，上午郭茜开车送他去了单位。知道他患了白血病，少数人害怕会被传染，见了他就像躲避瘟神，离得远远的；多数人有一颗同情心，不管他在位时对自己好与差，见了他，主动嘘寒问暖。使他感到惊讶的是，平时跟他走得近的人，见了爱理不理的，客套几句，马上走了。倒是平时不跟他套近乎的人，这时候反而真心诚意的，又是拎东西，又是送钱。当然，他都是婉言谢绝的。

　　此时，他失落与感动同在。

　　李祥正在跟一个同事说话，看见一个平时跟他走得特别近的下属向他走来，主动迎上去搭话，说："半年多不见，真想你们。"

　　"哎呀，李总，我们可想你啦。"李祥伸出手想跟他握手，没想到此兄连连后退，退到墙壁跟前，皱着眉头，一手捂着鼻子，一手插着裤兜，迅速转过身，脸朝别处，眯着眼说，"我有事，先走了！"说着一转身快步如飞地走了，走得比兔子还快。

　　李祥抬眼望着，愣在那里，好久，好久，他终于想明白了，心里说道："哦，我现在没权了，用不着了。你要巴结新的领导去了。"

　　此兄名叫任仲平，是李祥手下的二把手，小脑袋，老鹰眼，三十多岁，业务能力连一般人都达不到，他从一个职员到单位的二把手，是李祥看好亲自提拔起来的。任仲平当职员时，平时见了李祥满脸堆笑，听到李祥召唤，步子迈得飞快。他跟李祥办公室斜对门，只要李祥在办公室，任仲平没有特殊情况，也会在办公室的，坐在办公室里腰背毕挺毕挺的，手里拿着一支钢笔，桌上铺着一个本子，装得很像是认真办公的样子，其实他手里的笔很少用来写字，记笔记，大多数时间是用来转圈的，转圈时眼睛盯着李祥办公室，看到李祥从办公室出来，马上起身迎上去搭讪，如果看到李祥手里有包，他非常敏捷，知道李祥要出去开会或者干其他事，一边上前帮着拎包，一边给小车司机打电话，把李祥侍候得好好的，可以说是李祥心中的红人。日子久了，李祥将办公室钥匙给了任仲平一把。任仲平上班总是比李祥早到一刻钟，听到李祥在过道里走路的脚步声，他的嗅觉比狗都灵敏，不顾旁人的感受，跑上去将包接到自己手里，然后掏出钥匙打开李祥办公室的门，进去后，又是放包，又是倒水，一切做完了，满脸笑容地退了出去，边退边看着李祥，点头哈腰地说："李总，您有事请随时吩咐。"

开始，李祥有点不自在，甚至有点厌恶，可是时间长了，也就习惯了任仲平的这种做法，心里觉得这样才符合一个老总的身份，显示出作为一把手老总的威严。李祥头也不抬地说："嗯，去吧！"

李祥没有生病以前，任仲平有事没事就往李祥办公室串，拎着东西往李祥家里走。李祥说啥是啥，哪怕说墙壁黑的，他也保险跟着说是黑的，还点头哈腰。要提拔一名副总经理时，进行民主测评，结果任仲平的票数仅几票，少得可怜。还有一位干部业务能力强，群众基础好，票数遥遥领先。班子讨论时，其他干部一致认为把任仲平放一放，但李祥跟老马关系铁，事先李祥跟老马多次汇报任仲平的情况，老马看在李祥孝敬他的份上，早就许了愿。老马开始没表态，后来看看风声不对，他是一把手，咳嗽了几声，其他副职都不吭气了，最终当然老马说了算，任仲平如愿当选了。

任仲平得到了提拔，自然对李祥感激涕零。当李祥与他单独在一起时，任仲平经常提起："李总，没有你，就没有我的今天，你就是我的再生父母啊。我一辈子不会忘记你，一辈子孝敬你。"

李祥沉思着，生病才知人情冷暖。人世间有相当一部分人势利眼，你健康时，他青眼相看；你重病了，他白眼相加。你在台上有权有势，个别善于钻营的，当然要巴结，你生了重病，不可能再来上班，靠你关照提拔无望了，凭什么还像以前你在位时一样，跟在你屁股后头屁颠屁颠呢？凭什么还在你面前装一副奴才相呢？你的利用价值已经没有了。

李祥回忆着，默默地走着，从一楼走到三楼，每个办公室都走了一遍，不管人家欢迎也好，不欢迎也罢，他要看看与他共事过的同事们。看到他进门，许多同事主动站起来跟他握手打招呼，他已经意识到自己不再是以前的自己了，变得谦卑了，免得碰到像上面一样尴尬的场面，苦笑着说："我是一个病人，就不跟大家握手了。"

"吃五谷杂粮的，谁能保证自己不生病？生病怎么啦，又不是不光彩的事。李总，好好治病，多多保重。像你这样有高级职称的人，等病好了，来上班，做业务不比做官强？不要泄气，大家盼着你的病好，盼着你还来跟我们一起并肩战斗呢。"李祥做梦没想到，那位没有得到提拔的同事，一如既往地干着自己的本职工作，背后从来没有风言风语。那次本来提升副总经理的那位同事，由于自己的极力反对，没能提成，却提了任仲平。现在看到自己生了重病，本来应该叫嚣才是，可是他却推心置腹，说了自己想说又说不出来的话。

李祥点点头，又摇摇头，此刻他内心重新审视自己，他在这一把手的岗位上干了六年多，起初，对同事是关心的，谁家有个难处，他尽可能去帮助。可当官时间一长，作风完全变了，变得高高在上，唯我独尊。同事病了，不来上班要扣钱。同事的小孩结婚请吃饭，他有时口头答应了，却假装有事，或者干脆心不在焉，下属跟他讲话，拿腔拿调，官架子十足。

噢，李祥边走边想着三年前的一件事。

张涛，跟他是同事，患了肺癌，跑上海住院治疗，家属早已下岗失业，孩子正在读初一，欠了一屁股债。除了医保报销以外，还有很大一部分自己出的钱。张涛家属找到李祥，希望李祥开恩能够报一点，不论多少，哪怕一点点也好。那时，李祥根本没有意识到张涛家庭的困难，对此漠不关心，看到张涛家属，很不耐烦，大声说："都像你们家这样来报销，我这个公司还开不开了？医保报多少就多少，其他的怎么可能帮你报呢？"

张涛的家属哭着说："李总，我给你跪下了，求求你。如果有办法，我也不来找你的。"

李祥面对张涛的家属，不屑一顾，把发票看了看，便丢了过去，高声大气地说："单位不是慈善机构，财务报销都有规定的。你自己想办法吧。"

一直在医院住院的张涛，每天花费不少，半年后，看到工资卡上的钱少了，每月两千两百多元的考勤奖也没了，他想不通，出院以后硬着头皮找到李祥说："李总，我生病住院开销大，能不能工资奖金不扣了？"

李祥不耐烦地说："你不来上班，没把你的工资全部扣掉，算对你开恩了。"

不到两年，张涛病故了，大多数同事都去吊唁了，李祥像没有这回事似的，从张涛生病住院到去世，从来没去看望过，自认为当了领导，了不起啊。当时，李祥压根就没想到他也会生病，而且一生就是重病，总认为生病是别人的事，跟自己不搭界。因此，见到下属生病，冷漠、无情，从不嘘寒问暖，漠不关心。

李祥回想起自己以前的所作所为，感到惭愧，感到内疚，感到对不起同事。今天碰到任仲平这样的人，虽然他是势利眼，但也算是对自己的报应。

李祥从单位回到家里以后，整个人变了，好像换了一个人似的，脱胎换骨了。他苦笑着对郭茜说："病了，官位没了。瞬间一切都变了！要是不生病，有官位，老师不会这样对孩子的，孩子就不可能这样的。这一切都是因为我生病造成的！"他重复着说，"官位，官位重要！官位，官位重要啊！可是，健康比官位更重要！有了健康，才有官位。没有健康，什么都没有！"

郭茜安慰说："官位算个屁。健康没了，官位还有用吗？"

李祥又一次住院了。

"刘主任，我想活，你可要救救我。我愿意配合医生治病。"李祥在这次住院化疗前，怀着忧虑的心情，带着哭腔，向刘虹主任恳求着。是啊，他的孩子还小，被老师逼得不上学了，整天关在家里，暗无天日，他要陪着孩子一起渡过难关！

刘虹望了望李祥，觉得他变了，对治疗的态度来了个一百八十度的转弯，微笑着说："你还年轻，我们调整治疗方案，尽量延缓你的生命！"

李祥为了孩子，多么想活下去！因此，医生话啥是啥，驯服得就像一只小绵羊。

刘虹主任和她的医疗团队，对李祥设计了周密的治疗方案，刘虹对医生们说："对待李祥这样的病人要医身和医心相结合，偶尔可采用心理疗法，暗示他会看得好的。让他彻底放下包袱。"

历经数次治疗，李祥奇迹般地活了下来！他虽然有时为疾病而忧伤、为琐事而烦恼、为孩子而难过，但多数时间是快活的。他常常对郭茜说："死亡之路，每个人都要走的，我能活下来就不错了。为了孩子，为了你，我就是想不开，也要想开；再苦再难，也要往前闯。我要好好活着，活着便是王道！我要和你和孩子在一起，开开心心过好每一天。"

李祥还在治疗，身体在慢慢恢复。

李子昂辍学挨过了五年，终于走出了阴影。

这五年，孩子如同生活在梦里雾里、水里火里，精神迷惘，羞于见人。

这五年，对于李祥和郭茜来说，真是挨日如三秋，盼夜似半夏。

现在好了，一切都过去了。李子昂好了，见了父母说话又说又笑，还帮着郭茜做家务。

这一家三口重新恢复了往日的宁静、甜美和欢乐。

虽然这一切过去了，但李祥每当想到他生白血病的厄运，想到他因为生白血病而家庭出现的苦境，内心不免出现淡淡的忧伤。

病友多时不见，时常心心挂念。我的病彻底治愈以后难得去医院血液科，所以自从那次在病房与李祥同住多日外，出了院就再也没有见着。事隔多年以后，我和李祥通了几次电话，李祥也给我打过多次电话，他将单位的事，家里的事，孩子的事，原原本本地告诉了我。每次打电话结束时，他最后总是说："好好活着，健康比官位重要！"

第五章　说着钱便无缘

在我住院化疗期间，隔边床上住了一个老人。这个老人名叫季文强，74岁，个头不高，古铜色的脸上满是皱纹，整天阴沉着脸，不愿意跟人说话。他躺在床上，一会儿坐起来，一会儿又躺下去。老伴是一个当地典型的农村老太婆，瘦瘦小小，腿有关节炎，走路不方便，平时很少到医院来，到了医院不跟别人打招呼，多数时间望着老头闷坐着，偶然说几句土话，别人也听不懂，每次来最多陪上个把小时就走了，不晓得的人还以为她是季文强的亲戚呢。老头有两个孩子，大的是女儿，53岁；小的是儿子，47岁。

住　院

季文强住院，一直是女儿陪着，女儿名叫季招娣，因为她是女儿，老头和老太有点重男轻女，希望还有一个儿子，所以起名为季招娣，意思是让她招来一个弟弟。季招娣方方的脸，脸色黑黑的，脸上很少有笑容，穿着打扮非常朴素，多少天不换一件外套，一直穿着那件半新不旧的羽绒服，多数时间坐在老人病床边，与老人面对面，常常拉着老人的手，跟老人聊家常，老人听的多，说的少，一天到晚难得开口说话。

早春二月，住在病房里，虽然有空调，但是靠在窗户边，只要一开窗门透气，就会感到一股寒气直扑进来，尽管身上盖着被子，还是感觉有点冷，假如开十分钟不关窗户，肯定会弄出个感冒来，病人个个弱不禁风。所以，不管护工开窗户也好，病人家属开窗户也好，透个几分钟，换换新鲜空气，都会自觉关上的。病房里的病人和病人家属的脸孔都是阴郁的，心情都是沉重的，没有一个人的脸上有舒朗的笑容，各自都在担心自己的亲人，担心病情的突变。

季文强家住农村，离江海市不过三十多公里。十多年前，他在南京打工期间，查出了血液病，当时在南京住了一段时间医院，病好出院了。在家休息了半年，感到身体一直蛮好，想想自己吃闲饭，心中闷得慌，坐不住了，说是出去散散心，其实是跟着包工头出外打工去了，没想到身体还可以，在工地上提水泥搬砖头，做这些重体力活吃得消。到了冬天，天一冷虽然有点感冒，但吃几包药，过几天就好了。自从那次生病住院以后一直没住过医院，不知不觉一晃就十来年过去了。

离过年还有十来天，季文强从工地上打工回来，感觉身体没有力气，走路没劲，直喘粗气。他到镇医院没做任何检查，开了点药就回家了。他定神想想，心里一愣，对老伴说："会不会老毛病又犯了？"

"老头子，你抽空去医院查查，放心点。"老伴接口说。

"年关了，没啥人往医院去的。过了年再说吧！"季文强边说边想到可能会旧病复发，转念又想，这么多年过来了，身体好好的，不会复发的，于是没去管它，照样跑东跑西去置办年货，准备过年。

在农村里，上了年纪的老人，大多相信这样的习俗：一般过年前后几天，不去医院的，大年初一一般不吃药的。据说年初一吃了药，一年到头身体不会好，药不离身。所以大家即使有病，年初一这天也得忍着。没有大病，过了正月十五才去医院看医生。

季文强这年过得还算顺利，与村里年龄相仿的老年纪打打长牌，走走亲戚，很快过了正月十五。一过正月十五，村里的壮劳力都外出打工去了，有的过了大年初五就出去打工了。留在村里的大多是一些老弱病残的人。季文强本来还想跟着人家到外面去打打工，挣几个钱，糊口饭吃，可是身体明显不适，老太婆不让出去，子女见他年纪大了，怕他吃不消，也不让出去，让他在家歇着。儿女们虽然不富裕，但供这老两口的一日三餐粗茶淡饭还是没问题的。不让外出就在家呆着吧，季文强想想老伴和子女说得在理，自己七十多岁了，再也没恁多年纪活了，正好这一段时间感到身体不适意，拣哪天天气稍微暖和点，去医院看看毛病。

正月底的一天，季文强到县医院看病，医生问了病情，开了检查项目，各项结果出来了，望了望季文强，疑惑地问："你以前得过什么病吗？"

"十几年前得过血液病。"季文强看着医生，小心地回答。

医生果断地说："赶紧到通仁医院血液科去看看。现在帮你办转院。"

住院押金

到医院看病住院，对一个普通农民家庭来说，面临的最大困难是：没钱。在血液科治疗，大多数人最怕的还是一个字：钱。一住院至少得缴几千块或者万把块钱，初始病人要做各项检查，费用多，有的病人缴的钱一两天就用完了。季文强带了三万元钱，来到通仁医院住院，确诊为白血病。先缴了一万，过了六天，护士来催缴，又缴了一万。季文强感到继续住下去，钱不够了，白天急得吃不下饭，晚上愁得翻来覆去睡不着觉。

病房宽敞明亮，病人在病床上躺着可以看到窗外的天空，坐着可以看见窗外的高楼。季文强住院到今天已经是第八天了。上午，天阴沉沉的，天空乌云翻滚，大地寒风呼啸。这天早晨七点多钟，季招娣照例买来稀饭和包子。平时季文强一手抓着包子，一手端着饭碗，一口咬了半个包子，一个包子两口就吃完了，一顿两个包子，四口就吞咽进了肚里，吃一口包子，喝一口稀饭，喝稀饭时呷出了"呼噜呼噜"的响声，几分钟就吃完了。可这天早晨他怎么也不想吃，他的心情格外沉重，心里像天上的乌云一样翻滚，一副愁眉苦脸的样子，嘴里不停地自言自语道："没钱了，怎么办？没钱了，怎么办？"

是啊，没钱了怎么办？这是血液科好多住院病人碰到的一只拦路虎。尽管刘虹主任和各位医生都帮病人省了又省，能不做的检查项目尽量不让病人做，能不用的药水尽量不让病人挂，但是一些必须做的项目也不能少，必须用的药也不能停，不然对治疗疾病没有好处，只有坏处。病人对此非常纠结，总认为医生抓到一个病人都会狠狠地宰一把。可是，作为病人，你既想让医生看好你的病，又拒绝做这检查那检查，这岂不让医生进退两难吗？

这天上午，蔡尚峰医生过来查房，他医术高，人机灵，走路风风火火，说话快言快语，一进病房发现季文强不言不语，猜想一定有什么心事，便和蔼地问道："季文强，怎么不说话，有啥事能跟我说说吗？"

"唉。"季文强唉声叹气。

"不要唉声叹气，你最近有几个检查项目都没去做。"

"我不做了。"

"为什么不做了？"

"没钱。"

"你不做的话，要签字的。从我们医生的角度来说，能帮你省就尽量帮你省。有钱治病心里要开心，没钱治病心里也要想得开。不能整天愁眉苦脸。发愁是没有用的，发愁对你的病没有好处，只有坏处。你晓得吗？"

医生开的所有检查项目，季文强几乎一样都没有做，可以说等于变相拒绝去做，只是没有说出来罢了。

面对季文强的这一举动，蔡医生没有训斥，没有讥讽，没有说过头话，而是深深地理解病人的难处，耐心地解释治疗的好处。不管蔡医生如何苦口婆心地做工作，季文强还是固执己见，不听劝说。

"医生，我的病能看得好吗？"季文强虽然七十多岁了，但是他很在乎自己的病，他多么想治疗，多么想活下去啊。

"只要配合医生，积极治疗，还是有可能治好的。"

"可是我现在年纪大了，不是十几年前那个时候的我了。那时候治病欠了钱，我出院出去打工挣钱，可以还。现在欠了债，还不起啦！"

"人老是自然现象，这是谁都无法抗拒的。即使这个病治好了，可能过一段时间还有其他病出现。这是谁都无法料到的啊！所以，你要乐观，不要悲观失望。有病该治就得治。你最近吃得太好了。"蔡医生笑着说，"我看你吃得脸都鼓鼓的。生活这么好，怎么没钱啦？"

自从住院以来，季文强除了早餐，每天中晚两顿饭，都是大鱼大肉。

季文强沉默了。

医生哪里知道，季文强太想治病了，可是老两口所剩的养老钱不多了。季文强心里想：如果因为他把两个人的养老钱全部砸进医院，甚至还欠一屁股的债，病又没看好，那才叫作孽呢。退一步讲，即使病看好了，欠下的债自己是还不起了，得由儿子还。儿子在城里开了个小饭馆，刚买了房子，买了车子。自己一把老骨头不能给儿子留点什么，还要让他来负担，实在不应该呀。

"季文强，你要想把病治好的话，至少准备十几万。"

季文强一听愣住了，愣了好一会儿，他望了望医生，脸色铁青，不吭声。十几万？要是年轻十岁的话，他可以跑买卖，可以帮人打工，几年就可以赚回来，可是现在说十几万，对他来说无疑是个天文数字，到哪里去弄这么多钱呀？他看了看女儿，然后又望了望医生，不由得哀叹道："医生，挂水还得挂，检查不做了。"

借　钱

季文强住院已经第十天了，上午医生查完房，护士周晓芳又来催缴押金，说："季文强，你欠费了，再不缴的话，医生没法开药，只好停药了。"

"我前后缴了两万呢，都用完了？给医生说不要停药，我再缴住院押金。"季文强听说要停药，心里急了。

护士周晓芳看了看季文强，微笑着说："你住十天了，才缴了两万，算很少了。"

季招娣一直低着头，坐在季文强床沿上，听到周晓芳催缴押金款，木讷地抬头望了望她，半晌没作声，然后又默默地看着季文强。

季文强过了好一会儿，说："招娣啊，你借给我五千块钱。"

"我哪里有钱呀？"季招娣低着头，红着脸，声音低低地说着。

"就借五千，我出院后，慢慢还你。"季文强又一次向女儿开口借钱。

十几年前，季文强生病住院时向季招娣借了五万元钱，一个子儿都没还，为此，季招娣常被她男人在背地里数落个不停，她只好忍气吞声。当时，季招娣和他男人靠种地为生，几十年才积攒了那么点钱，被老头一下拿走了，现在向她再借钱，也确实拿不出来了。

季招娣抓着季文强的手，当着自己父亲的面，当着其他病人的面，也顾不得脸面了，急了，说："爸，你是我亲爸啊。我要是有钱的话，能不借吗？别说借了，送给你也是应该的。可我真的没钱啊。"说着，说着，眼泪涌出了眼眶。

按理说季文强应该给儿子打电话要钱才是。可是，季文强心疼儿子，就是不给儿子打电话要钱，沉默了好一会儿，背靠病床，双手紧紧抓住被子，大约过了半个小时，他拿起手机，拨通了一个亲戚的电话："喂，我是季文强，我在住院，问你借五千块钱。"

"什么？哦，借五千块钱。哎呀，最近刚买了房子，手头正缺钱花呢。不好意思！"对方挂断了电话。

"喂，我是季文强，我在住院，问你借五千块钱。"

"什么？听不清楚，噢，借钱啊。真不好意思，最近手头有点紧。你再想想别的办法吧！"从手机里传来对方清脆的声音。那声音无疑给季文强当头一棒。

季文强似乎没有觉得有什么，呷了一口水，继续打他的手机，仿佛手机就是他的救命恩人，他高声喊了起来："喂，我是季文强，我在住院，问你借五千块钱。"

"哦，老季，你听我说，你在住院，过几天我来看你。你借钱哪，我一时半会儿真没钱。要不送你两百块钱，你也不用还。"

这时，季文强自言自语地说："我们年轻那会儿，在农村里，谁要是生病住院，哪怕到乡医院看个病，也是个大事，一回到家，队里的社员都来了，有的拿几个鸡蛋，有的拎两斤红糖，有的送几块钱。大家亲热得像一家人。不知从什么时候开始，人变得冷漠无情了。我就不信借不到钱。"他拨通手机，抬高嗓门说："我是季文强，我在住院，问你借五千块钱。"

"什么，你大点声。哎呀，要借钱，不瞒你说，真不好意思，这几年生意不好做，光够吃穿。也没有存下钱。"对方很干脆地把手机挂断了。

季文强锲而不舍地打呀打，一上午一连打了十几个电话，每打完一个电话，都要停顿几分钟，上一个电话没有借到钱，他总是指望下一个电话能够借到，没想到打到最后一个电话，还是没有借到钱。这下，他彻底傻眼了，原来生病借钱那么难，本来他天真地想，不就借个五千块钱吗？问谁借都能借到。可是，他想错了，现在老了，病了，又有谁还能借给他呢？他又一次看了看自己的女儿，眼睛里裹满泪水，垂头丧气地低下了头……

儿媳送饭

中午，季文强满脸愁容。儿媳方阿珍来送饭，看到公公愁眉苦脸，猜想一定有什么心事。方阿珍便直截了当地说："爸，你安心治病，其他的事不用操心。有什么想不开的事，跟我们说说就过去了。心宽百病除。你有吃有喝有穿，还愁啥？"

"阿珍，你每天送大鱼大肉，爸吃得太好了，花你们不少钱，真是难为你们了！"季文强见到儿媳时，脸上稍微露出一丝笑意。

"爸，你身体好，就是我们做晚辈的福分。我们有好吃好喝的自然少不了你！中午店里吃饭人多，季福康一人在，忙不过来！爸，你没事，我走了。"方阿珍说话像剁肉馅似的，快得使他一时反应不过来。

季文强把到了嘴边的话又咽了回去，他知道儿子儿媳在城里开个小饭馆不容易，赚钱更不容易，所以只好唉声叹气。方阿珍见公公不说，不便多问，也不想多问，不等公公吃完饭，就回去了。从医院到饭馆不远，四五公里路。一路上，方阿珍愁肠百结，心想老头子又在装什么傻，肯定又没钱治病了，得让我们拿钱了，这钱不是一点点，不知要多少，简直是无底洞。你这老头不想想，我们开个饭店，常常凌晨一两点钟起来进货，夜里十点多钟打烊，一天睡几个小时，累得精疲力竭，一年也就赚个十万八万。你倒好，一住院，让人活不活了？真是不要脸的老东西。越想越来气，脸上气呼呼的，气得脸色发青。

回到饭店，季福康见到媳妇方阿珍一脸不开心，猜想老爸一定有什么事，特别是用钱的事。在这个家庭里，用钱方面从来是方阿珍说了算，他花钱超过百元都要向她讨，结婚二十多年这都成了习惯，媳妇在家里只要高声吼一声，他吓得连气都不敢出。见了媳妇唯唯诺诺，越是这样，越是让媳妇爬到头上做窝。做窝就做窝吧，十对夫妻九对都是凑合的。他想自己的女儿从小是爷爷奶奶带大的，对爷爷有感情，让她出面比较好。他趁媳妇出去买东西的空隙，给老爸打了电话，询问有关住院的事。季文强一看是儿子的电话号码，知道他很为难，躺在床上心中像是打翻了五味瓶，说不出有多么酸楚，眼泪流了出来，任凭儿子怎么打电话，就是不愿意接，不愿意说。

季招娣看看老爸的脸色，就知道他的心事。自从有了季福康这个弟弟以后，父母就对弟弟百般宠爱，弟弟要什么买什么。等她小学毕业时，可以下地挣工分了，硬是逼她不要上学。她也晓得弟弟和弟媳从农村到城里来开饭店的难处，可是他们毕竟发了财，有房有车，这样的生活条件，在季招娣看来，已经是好得不能再好了。自己和老公在农村是老伯伯饱饱肚皮，没有多余的钱。如果有钱的话，给老爸支付医院昂贵的医药费和住院费她也舍得，毕竟是自己的亲爸啊！再说按照当地农村的风俗，女儿嫁了出去，就是泼出去的水，娘家的事儿由儿子操办，父母留下的一砖一瓦都是儿子的，女儿想分也分不到的，只能眼睁睁。这次为了照顾父亲，她停了厂里做缝纫的活，每月两千多元的收入没了，老公在背后整天埋怨她不在家没人做饭，她也不管，每天照常到医院来照料老爸。什么叫孝顺？这才叫孝顺呢！作为女儿，不管怎么说，她尽了孝。至于钱的事儿，她确实拿不出半个子儿。所以，只有不停地发出无可奈何的叹息。

季福康见老爸不接电话，以为他睡着了，转而给季招娣打了电话，问："姐，爸咋啦？怎么不接电话？"

季招娣说："医院催缴住院押金。爸带来的钱用完了，他愁死了！到处借，借不到！"

季福康二话没说，连声说："你让爸宽心，你让爸宽心。我让女儿下了班先送五千来，还有再话。"

孙女送钱

整个下午，季文强一直躺在病床上，嘴里不停地哼着"作孽"，不怕我这个跟他同病室病人的笑话。说实话，躺在血液科病床上的病人，大多数是重病人，可以说泥菩萨过河自身难保。听到人家为治病的钱发愁，我自己心里也在犯嘀咕，我这病能治好吗？假如治好了，得花多少钱？医保以外自费多少？我也在算这笔账。缺钱，借钱，看不起病，在血液科是再平常不过的事了。从病人到病人家属哪个不发愁呀？我听了季文强的话，虽然还在化疗期间，连下床走路上洗手间都不行，但也默默地为他祈祷，希望他能够借到钱，治好病。

傍晚六点多钟，一个二十多岁的女孩手里拎着饭盒，进入病房，径直走到季文强床边，将他床尾的小桌子拉开，放好饭盒，甜甜地连叫了两声："爷爷，爷爷。我开车把奶奶也接来了！"

季文强的老伴跟着孙女一起走了进来。老太婆多时不到医院来，在家不放心老头子，同时也想替换替换女儿，让女儿回家休息天把。

季文强听见有人叫他，慢慢抬起头，看到是自己的孙女，脸上马上多阴转晴，开心地连喊了三声："星星，星星！星星来啦！"

季星星随即将季文强扶了起来，说，"爷爷，你吃夜饭吧！"

季文强坐了起来，说："爷爷不饿！"

季星星晓得季文强为押金的事在发愁，故意不告诉他带钱来的事，便卖了一个关子，说："爷爷，前几天我来看你，看到你蛮开心的嘛。今天怎么不开心啦？有啥心事，跟我说说。"

"唉，星星，爷爷老了。"季文强看到自小带大的孙女，顿时愁绪消除了，脸上也有了笑眼。

"爷爷，你这毛病能治好的。不要胡思乱想。我猜想缺钱了，是吧？我把钱送来了。"说着，季星星拿出五千块钱在季文强面前晃了晃，说，"不够的话，我再想办法。"

"你工作才两年，多存点钱，将来成家要用的。都被我花光了，怎么办？"

"最近涨工资了，再说我还兼带做点微商，每月有万把块钱收入呢，你就放心吧。不要东想西想。再不够的话，我问爸妈去要！"

这时，季文强紧紧地攥着孙女的手，什么话也没说，眼泪刷地流了下来……

"爷爷，你多保重！我把姑姑送回家去。"说完，季星星和季招娣就回去了。

现在就剩下老头子和老太婆了。老太婆坐到床沿上，看着老头子，像哄小孩似的说："听说今天不开心了？这么大年纪了，还耍小孩脾气？"

"唉，钱都被我花光了。"季文强说。

"好好困一觉。别想那么多。"老太婆说。

晚上，老太婆陪在季文强床边，睡在拉开的椅子上，紧挨着老头子的病床，一只手拉着季文强的手，两个人你看着我，我看着你，谁都不说话，安安静静的，多么温馨，多么温暖。

这一幕，李桐看在眼里，感慨万千。夫妻两个人，从相识，到相爱，到结婚，到终老，成双成对，相濡以沫，那是多么的美满。

窗外，一轮明月悬挂在树梢。医院对面五星级酒店外墙的灯光闪烁着不断变幻的色彩。酒店里住的客人，一夜房费好几百元，睡豪华的房间，不一定有好的睡眠。此刻，住酒店的客人，当你站在窗口，看到对面的医院，看到病房里透出的亮光，是否想到那些躺在病床上的重病人呢？是否想到他们治病缺钱的苦楚呢？是否想到在那医院里有许多患难夫妻呢？你能体味到这些夫妻的深情吗？

这一次住院，季文强一共住了十八天。共花费了五万多元。其中三万元钱是孙女出的。

根据季文强的病情，如果需要继续治疗的话，还有四个疗程。季文强出院回家后，跟老太婆商量说："我年纪也大了，瞒着儿女说，存的钱早已看病花光了，其实手头还有三万五千元存折。这钱就留给你生活了。以后医院我就不去了，活一天是一天，活到啥时候算啥时候吧。其实活了七十多岁也蛮好的了！"

老太婆眼泪汪汪地说："老头子，我舍不得你先走啊！有病还是要去医院看的。没钱看病，叫福康拿！"

季文强含着眼泪说："我们苦了一辈子，也没有存下多少钱。我这把年纪了，有病活着有啥意思。再说就是这个病治好了，说不定还有别的病又冒了出来，我不能拖累子女！"

从此，季文强就在自己家里，哪里也不去，两年刚活过就死了。临死前，他对老太婆说："我活了76岁，年纪不算大，也不算轻。走这条路，那是命中早已注定好了的。"

第六章　自作孽

　　血液科的病人走马灯似的在换。同样，血液科的病人生的病，有的相同，有的不相同，不同的人得相同的病，由于个体差异，治疗方案也有所调整。每个病人的情况不一样，每个病人的家庭情况也不一样。

　　阳历 12 月份，天气已经冷了。大家都穿着羽绒服。下午一点多钟，西斜的太阳从病房玻璃窗透射进来，让久病住院的病人似乎感到一丝暖意。老病人见到新病人进来，开始一般都在仔细看，用心听，不插话，即便有的病人家属问起怎么治疗，也是答非所问，避免有的病人听了想不开。

　　我本来住在一个两人间的病房，同室病人住院半个月出院了，仅剩下我一人。那天早晨，隐隐约约听说来了两个女病人，病得不轻，血液科没床位，住不进来，在急诊室候着。钱莹医生查房时跟我商量，让我搬到四人间的病房去。把两人间腾出来，让给两个新来的女病人。在医院，我是病人，当然得服从医生的调遣，便爽快地答应了。

　　这样我就搬进了一个四人间的病房。

　　下午三点多钟，病房里一个初始病人，住了半个月的医院出院了。那个病人是个退休工人，月工资三千多一点，家庭条件一般，老婆和女儿对他很好。自从他被确诊为白血病以后，老婆和女儿怕他想不开，没有把病情告诉他。可他舍不得花钱，每天总是问今天的医药费多少钱，家人说的他不相信，别人说的他也不相信，还要自己亲自核对清单，一看清单上每天的费用好几千，他总是疑惑地问："怎么这么多钱？"

　　老婆当着他的面，装做若无其事的样子，骗他说："多数费用从医保上报销了，自己出很少一部分。"

他不太相信，又问旁边病床上的病人。

旁边床上的病人是个老板，老病号，很会随机应变，本来想告诉他一支化疗药多少多少钱的，可是一看他老婆的眼神和手势，就明白了，马上改口说："你用的化疗药水跟我的不一样，五六百一支。我用的是贵的。"

他一听可高兴了，出院时还说："我住了半个月，自己只开销了几千元。蛮省的。"

其实，他哪里知道，光一支化疗药就要一万两千多，连用三天，每天一支，就要三万六千多，这三万六千多一分钱都不好从医保走，都是自费的。这一趟住院下来，除了医保报销以外，自己花费了十多万元，几乎花光了家里的全部积蓄，但是没有办法，老婆和女儿只能瞒着他，如果不瞒他，实话告诉他，他肯定早就不愿住院看病了。他住了半个月医院不知道自己到底得的是什么病，带着笑容出院了，而他的老婆和女儿却是满脸愁容。住院花钱，对这个家庭来说虽然是大事，但比起治病救命来说又是小事了，以后住院还得一大笔费用呢，钱从何而来，母女俩没想那么多，只能走一步看一步。

血液科的病人始终是捉摸不透的。一个病人心里想什么，谁都不晓得；一个病人家庭怎么样，谁都说不清，除非在病房里表露出来。

下面这个病人与家庭在血液科是比较罕见的。

"快让！让开！"病房外面传来急促而嘈杂的声音，老病人一听到这种声音，都知道一定又有新病人来了，新病人后面必定跟着一大群人。

果然不出所料，话音刚落，门口推进来一张床，除了男护工推床以外，还跟着人，床上躺着一个病人，脚伸到床尾栏杆，显然病人是个大块头。"倪建葵，躺好，不要乱动。"护工见病人抬起头转来转去，眼睛斜来斜去，生怕有个闪失，便叫着病人的名字大声说。

病人立刻听话了。

床边站着一个中年妇女和一个年轻妇女。

这个中年妇女名叫潘红霞，是倪建葵的第二个老婆，长得又矮又瘦，穿着一件黑色羽绒服，扶着床边，默不作声。然后站到病房中间，敞开羽绒服，盯着病人看。

"爸，到了病房，也就定神了。"说话的这个年轻妇女，名叫刘菊香，年纪二十七八岁，是倪建葵和潘红霞的小儿媳，同样又矮又瘦，穿着一件墨绿色的宽大的羽绒服，跟她的身材相比，显得很不协调。她一进来就左顾右盼，把整个病房扫视了一遍，说完，转身就出去了。

这时，闹哄哄的病房，安静了下来。

我仔细观察着这个有点不同寻常的病人，对他产生了好奇。

初到上海

倪建葵，虚岁六十，身高一米九，是个"三只手"，这是当地人对小偷的称呼。倪建葵家住江海市城郊接合部，自小游手好闲，当地左邻右舍，一个生产队的，一个大队的，见了他都感到头痛，唯恐与他搭讪被他盯上，所以见了他都躲得远远的。他小时候喜欢到东家摸一把，去西家捞一把。长大了，晓得兔子不吃窝边草，要偷也到外地去偷，不偷一个生产队人家的东西。逢年过节，他将偷来的东西大包小包背回了家。那时多数人家吃不起荤，他却是每天早晨上镇去买大鱼大肉。他另外一个爱好就是喜欢女人，见了年轻貌美的女人，凭着油嘴滑舌和其他手段，只要他看上，女人很难逃脱他的魔掌。

先说倪建葵的"三只手"。他十八岁那年，那是"文革"后期，农村人普遍吃不饱穿不暖，他却穿着崭新的涤卡衣服、涤卡裤子，脚上蹬着棕色皮鞋，表面看来帅气十足，人模狗样的。他决定到外面去闯荡江湖，首选当然是上海。上海离他家乡仅一江之隔，可是要想过江，没有陆路，只有水路，过水路要乘轮船。水路有三条：一条是南通港，一条是青龙港，一条是启东港。从启东港、青龙港乘轮船，路太远，光乘公共汽车就得三个多小时，还要倒车；从南通港乘轮船，虽然也要倒车，毕竟离他家近多了。

那年夏天，天气燠热。人们身着单薄，热得头昏脑涨，在家里坐着都嫌热，更不要说出差在外了。出差在外的人，这时候只想躲在阴凉的地方避避热，无心顾上自己身上带的东西。这种天气正是小偷选择出门的最佳日脚。有一天，天还没亮，倪建葵起了个大早，步行来到两里路外的东河头公共汽车站等汽车，汽车只有早晨五点五十分一班，过了这趟车，或者挤不上这趟车，就要等第二天了，也就是说一天只有一班公共汽车。熟人见他来乘车，都主动让他，他就顺利地坐上了早班车。大家晓得，像倪建葵这样的人，就怕他使促狭，惹不起，可是躲得起。

倪建葵到了南通港码头上，见售票窗口前买票的排着长长的队伍，他看看一个也不认识，如果有熟悉的，就让他代买一张，无奈，只好规规矩矩地排队买票。船票有头等舱、二等舱、三等舱和散客，头等舱和二等舱的票，那是有级别有身份的人凭介绍信才能买得到的。那年月，就是不凭介绍信，普通老百姓也买不起，即使买得起，也舍不得乘，三等舱以下的票才卖给普通百姓。在码头售票处，排队的人特别多，人多归人多，但没有一个插队的，买到票以后，在候船室候着，等待高音喇叭广播开船时间。到了检票时间，依次排队，检一个，放一个。到了船上，还有服务员验票，验好票以后，指引旅客去到相应的地方。

倪建葵一边买票，一边想，看来出远门做这票生意，还是蛮有赚头的，越想越兴奋，不由得心里飘飘然起来。等到买好票，检票上船辰光，西天的太阳已经钻进云层里去了，不一会儿，天就黑了下来。那时候去上海只有坐轮船，所以出了检票口，在通往轮船的长长的码头浮桥上，散客们有手拎东西的，有肩扛东西的，有用扁担挑着行李的，就像遇到兵荒马乱年代，逃难似的奔跑，拥进船舱，抢占有利位置。散客就像深耕概种，凡是门边船舷能站的地方都站满了。三等票是坐票，坐椅是用简易的木棍做的，上面中间稀稀落落钉三四根木条，一张坐椅可以坐五六个人。一个大厅里可坐两三百号人。散客们没地方站，也往那边挤，不过很识相，主动靠在边上。倪建葵在船上听人说上海的南京路最热闹，人最多，决定到那里碰碰运气。后半夜，轮船开到了上海黄浦江十六铺码头。轮船一靠码头，旅客们拖着行李，长枪短棍，手拉肩挑，蜂拥而走。出了码头，各奔东西，一会儿就散开了。倪建葵的目标是上海南京路。

上海，繁华的南京路，人山人海。上海市第一百货商店坐落在南京路上，商店里人挤人，人碰人，顾客像蚂蚁群一样多，密密麻麻，想到柜面上看一样东西，挤半天挤不到柜台。星期天从早到晚，无论什么时候逛商店的人都很多，要比平常日脚不知多多少倍。几个人一起去的话，一定要手拉手，不然，一会儿在茫茫人海中一个找不见另一个，走丢了，无法联系，只好自己返回。

上海人逛一百，为了防止"三只手"，都把钱包放在胸前，便于照看。外地人初到上海，特别是乡下人初到上海，不知道有小偷，也不晓得如何防备小偷，在这样的人海中，连钱包什么时候丢的都不晓得，等需要掏钱买物品时，才发现钱包没了，哭天喊地都没有用。所以，人们提起小偷，不论谁都恨得要命，骂他十八代祖宗，巴不得将他碎尸万段。

"啊，太好了！要发大财了。"看到这么多人，倪建葵贼头贼脑，兴奋得拍着大腿几乎跳了起来。他一双贼眉鼠眼，左看看，右瞧瞧，伺机下手。

一个身着土气的中年妇女，斜背着包，挤到了柜台，看到了一件羊毛衫，将包拉链拉开准备掏钱购买的时候，一看包有一个窟窿，突然一声尖叫起来："我的钱包，我的钱包没了。里边有两百多块钱呢。"这两百多块钱，相当于她半年的工资啊。她从东北出差来上海，办完事以后，利用星期天逛一百买点东西，没想到一样东西都还没买，钱包不见了，她大哭起来，幸好她从旅馆出来前留足了路费，放在大提包里，寄存在旅馆前台，不然，可就惨了。

倪建葵听到这个妇女的哭喊声，转身挤了出去，他得手了。

倪建葵在上海呆了半年，偷到了三千多元。

姑娘上当

倪建葵长相帅气，能说会道，人们表面上又看不出他是个小偷，不知多少姑娘被他的外表蒙骗了。

那个年代，城市姑娘学校毕了业，都有工作安排，也见多识广，一般不容易上当受骗，也看不起乡下人，不管你长得多帅，不会轻易跟一个乡下人走的。倪建葵把猎物选择在上海郊县，偷到钱后，在上海郊县小镇上租了一间房子，房东是个老太太，月租五元钱。为了取得老太太的信任，经常帮她提水扫地。他一般下午出门，深夜回来。回来就睡，一直睡到第二天上午十点多钟，起来后衣服穿得笔挺，裤缝熨得笔直，皮鞋擦得锃亮，看上去很时髦。他习惯到附近菜市场逛一圈，看看有什么好吃的，顺便买一点回来。

菜场旁边有一个日杂百货商店，平常的一些日用品在那里都能买得到。商店里有一个营业员，而且是个姑娘，名叫张红香，扎着两条羊角辫子，长得非常标致，刚刚20岁，不高不矮，不胖不瘦，开口说话时眼睛笑得眯成一条缝，两个小酒窝煞是好看。倪建葵开始几天没在意，那天刚好口袋里没有香烟了，顺便经过小店去买一包，正在付钱时，看到张红香在冲着他笑，他一下子被张红香的笑给怔住了，他本来想买包"飞马"的，买好顺手点了一支烟，为了多逗留一会儿，跟张红香多说两句，又买了一包"劳动"牌香烟。走出小店几步，倪建葵忍不住回头朝小店望了一眼，发现张红香也在看着他。以后一连几天，倪建葵天天光顾小店，今天买这，明天买那，一来二去，时间长了，与张红香攀谈熟识了。有时，倪建葵买了东西把零头故意不要，放在柜台上。比如，买一包烟，本来二毛五分，他拿出一元，应该找还七毛五分，他就将七毛五分钱留在柜台上，送给张红香。张红香见他出手如此大方，渐渐对他产生了好感。

一天，倪建葵又来买东西，张红香试探性地问："侬在上海做啥么生意呀？"

倪建葵虽然只上过二年学，但说谎骗人不打草稿，还用上海话回答："侬能猜猜阿拉做啥生意吗？"

张红香老实本分，也没往坏处想："看侬穿得笔挺，人又长得好看，勿是做一般生意的吧？"

倪建葵狡黠地一笑："阿拉做的生意，确实与别人勿一样，来钱快。"

张红香低着头继续问道："侬结婚嘞吗？"

"还没找到呢？不知侬有没有男朋友？侬要是没有男朋友的话，阿拉与侬谈朋友好勿啦？侬嫁给阿拉，就不用天天守在这里了，一辈子享清福！"倪建葵乘机说道。

听了倪建葵的话，张红香羞红着脸，低着头，没有回答，回了家，跟父母说了。父母都是农民，没有多少见识，听了张红香的描述，人还没见着，心里开心得话勿来，觉得女儿真有福气，怎么天上掉下来那么好的男人。母亲说："把小伙子带到家里来看看！"

一家人晓得倪建葵要来，提前将宅前宅后打扫得干干净净，连房顶灰尘也打扫得一干二净。

"哎哟，建葵啊，侬恁客气做啥啦！来，快屋里坐。"张红香第一次将倪建葵领进宅，她母亲一见小伙子长相老好看的，拎着大包小包进宅，又是香烟又是老酒又是点心又是水果，欢喜得合不拢嘴。

"阿姨，我来认个门。买不来啥。"倪建葵见张红香母亲满脸笑眼，心里自然猜得出来下一步该说什么话了。

"侬在上海做啥生意，这么有钱？你家里还有啥人？"张红香母亲问道。

"阿姨，我是独子。在上海一家工厂做销售科长。父母在家种田。家里有四间大瓦屋。我结婚的房屋都盖好了，就缺一个娘子了。听说红香还没有找人家。我跟她谈朋友，不知阿姨是否愿意？"

"建葵，我看你人蛮实在的哦，生意做得又好，乡下宅上也好。我哪能不愿意？"张红香母亲边说边笑，心里甜滋滋的，当即答应了这门亲事。

"阿姨，我和红香结婚以后，你和叔叔就不用干活了。我们来养活你们。"倪建葵说。

"有你这么好的女婿，我们还怕后半世靠不着。"张红香母亲只管说。张红香父亲是个老实巴交的农民，只管做活，没有插话。

倪建葵没想到张红香母亲那么好骗，心里美滋滋的。自从与张红香搞上了对象以后，照常还去做偷鸡摸狗的行当。把偷来的钱，经常买很多东西，孝敬未来的丈人和丈母。在物资非常匮乏的年代，在大多数人手头都缺钱的年代，倪建葵天天混在大上海，出手大方，经常买来许多人家想买又买不到的东西，自然得到张红香一家的另眼相看，把他当作贵客，殷勤招待。张红香暗暗庆幸自己找了个好男人。

年底，张红香就被倪建葵骗回了老家。原来，倪建葵家总共只有两间小瓦房，倪建葵父母住在里间，他们两人回家用门板搭了个铺，睡在外面一间，白天人来人往，地方小，还得把铺盖拆下来收好，等到晚上睡觉时再铺。这时候，张红香才如梦初醒，晓得自己上当了，晓得倪建葵所有的钱都是偷来的，根本不是什么做生意挣来的，但是这时生米已经煮成了熟饭。

"倪建葵去上海偷东西回转了，还带回来一个娘子。小娘子蛮漂亮的。"

倪建葵把张红香骗到家里，简直是个稀罕的事情，成了村里的一大新闻，村里的社员们都来看热闹。

"这小娘子怎么能让他骗到手的？唉，嫁给伊，她真是触霉头。"

"你看屋里穷得什么东西都没有。两个人连单独住的一间房头都没有。两代人夜里住一个房间咋睡？"

"老的住里间，小的住外间呗。"

大家一边看热闹，一边七嘴八舌。

社员们说的话，张红香都能听得懂，只是低着头，不吭声，心想，既然生米已经煮成了熟饭，就只能慢慢规劝他改恶从善了。一年后，张红香生了一个儿子，名叫倪瑞良，在倪建葵老家抚养小孩，有时还学着种种地，原先她在上海郊区日杂百货商店的工作也自动放弃了。倪建葵照常出门做老行当，隔一段时间回家一趟，给张红香娘俩送些钱。

张红香劝说："现在你婚也结了，孩子也有了，该收心宅家了。我和你一起在家种田，有什么不好？你偏要出去做那些伤天害理的事情。"

"你以为你是老几，我要你管？"倪建葵不但不听劝，还将张红香数落一顿。

"我瞎了眼了，怎么碰到你这个扫帚星？你不听劝告，做了坏事，迟早要遭报应的。"张红香气愤地说。

张红香本来想劝倪建葵从此在家好好种地做活，改邪归正，做个好人，她也愿意与他一起种地，凭两个人勤劳的双手来养活一家三口。可是倪建葵好逸恶劳惯了，哪里能听得进去，有时说多了，还将张红香毒打一顿。倪建葵根本不怕村里人背后戳他的脊梁骨。

本性不改

倪建葵贼心不改，继续到外地偷东西。倪建葵花心依旧，继续哄骗姑娘。倪建葵与张红香结婚五年后，他又骗了一个姑娘，这姑娘名叫潘红霞，比他小5岁，个头娇小，不到一米五五，骨瘦如柴，可是嘴巴不饶人，别看倪建葵这么高的个头，平时还真有点怕她。倪建葵不顾家中张红香的吵闹，竟然将潘红霞带了回来，张红香一气之下跟倪建葵离了婚，回了娘家，重新嫁了人，儿子倪瑞良归倪建葵，这样倪建葵就与潘红霞结了婚。

潘红霞结婚以后守在倪建葵家里，开头几年没有孩子，到了第五年才养孩子，也是个男孩，名叫倪小建。潘红霞对倪建葵前妻生的孩子管教严厉，教他读书识字，供他上学，不让他沾染倪建葵的恶习，到他初中毕业，就让他独自出外打工去了。后来大儿子倪瑞良自己在外面讨了老婆成了家，小两口就结婚的时候回来了一趟，其余时间一直在外地打工。

潘红霞怕自己生的儿子倪小建被倪建葵带坏，从小不让倪建葵碰的，到了儿子小建职中毕业，帮他盖了两间砖瓦房。倪小建23岁时与职中同学刘菊香结了婚，独立门户。婚后育有一子，为了养家糊口，倪小建独自外出打工去了，留下了妻子刘菊香在家照看孩子。刘菊香风骚，在职中时就曾与几个男同学好过，上过床，嘴巴像刀子，说话不饶人，与倪小建结了婚，趁丈夫外出不在家，暗里偷汉子。潘红霞明明知道儿媳是个骚货，就是拿她没办法，看在孙子的分上，睁只眼，闭只眼，随她去。

倪建葵表面上在家听老婆的，出了家门，不但贼心不改，而且到处拈花惹草，常与别的女人鬼混。

去年，倪建葵农村的房子拆迁了，他们一家成了拆迁户。倪建葵分到了两套住房，一套当即给了小儿子，剩下的一套将来归大儿子，因为大儿子的份额也在里头。如果想分三个中套，按照拆一还一的话，多余面积照市场价算，倪建葵需要另加十万元，可是倪建葵拿不出这笔钱，就只好拿了两个中套，大儿子和大儿媳如果回来，暂时跟倪建葵和潘红霞住一起。小儿子倪小建与小儿媳刘菊香因为另立门户有房子，拆迁时自己分到一套三居室房子，加上倪建葵给的一套，就有了两套住房。

病房一幕

倪建葵突然病了，虽然从急诊转过来进入病房，但神志清醒，腿脚灵便。一会儿，医生过来帮他做了骨穿；一会儿，护士过来帮他抽血。新病人入院，病房里乱成一锅粥，好像天翻地覆，亲人们大眼瞪小眼，你看我，我看你，有时不知所措，有时一片茫然。倪建葵的家人也是这样，那个矮个娇小的中年女人，就是上面提到的倪建葵的第二个老婆潘红霞。还有一个二十七八岁的年轻少妇，就是倪建葵的小儿媳刘菊香。

刘菊香，从一开始进入病房，就显得不寻常，尽管她没做什么，但看她那脸色神态，就晓得她是一个满脸蛮相的女人。这样的女人心狠手辣，没有人情味。这倒像倪建葵。农村有种说法，叫做一报还一报，恶有恶报，善有善报，不是不报，时候未到。平常要是潘红霞回娘家走几天，倪建葵趁刘菊香一人在家，和她做起了"爬灰"。刘菊香平时趁自己男人倪小建不在家，也在外面和其他男人不三不四。倪建葵早已晓得小儿媳刘菊香有野男人，一天傍晚，他趁潘红霞回娘家有几天的空当，就去了小儿子家。刘菊香一人在家，见了一愣，浑身不由得颤抖起来。

"爸，妈不在家，你来干吗？"刘菊香见倪建葵进屋盯着她看，然后走上来对她动手动脚，动怒了。

"嘿嘿，嫌我年纪大，不愿意，是吧？你在外面偷汉子，当我勿晓得。等我儿子小建回来告诉他，小心他打断你的腿。"倪建葵说着，把房门一锁，将刘菊香抱到床上。

"爸，你不好这样，你这样做对得起你儿子吗？你就不怕我告诉我家倪小建。"刘菊香面对力大无比的公公，晓得逃不脱他的魔掌，还不如暂时乖乖地顺从他，从长计议，只好半推半就。

"我拆迁给了你一套房子，你还不能和我睡一觉？你说我睡了你，你还说你在外面有野男人，你敢说呀？"倪建葵初次爬灰尝到了甜头，要挟地说。

"以后我叫你来就来，叫你做啥事体就做啥事体，好就好，不好就把这事抖搂出来。"刘菊香眼里射出凶光，不客气地说。

"好，都依你，行吧！"倪建葵心想跟自己搞还嫩了点，敷衍地说。

有了第一次，就有第二次，第二天，刘菊香趁婆婆潘红霞不在家，主动送了过去。自此，倪建葵与刘菊香有了扯不清的关系。刘菊香常常心里骂道："这老狗畜，困我，能让你白困吗？有你好看的时候！"她开始动脑筋打起了公公的歪主意，也叫他猝不及防。

倪建葵自从过了年出去已有大半年没有回家。一个月以前，当倪建葵从外面回来，感到身体不适，住在了县医院。持续发热，全身盗汗，淋巴结肿大，那个隐私的地方溃疡。开始潘红霞陪着，隔了一天刘菊香也来了，潘红霞怎么能跟儿媳妇说这事呢，只好瞒着，善于察言观色的刘菊香，看婆婆的神态就晓得这老狗畜在外面乱搞女人搞多了，估计得了什么性病，或者其他重病。倪建葵在县医院住了半个多月，病情刚刚有所好转，就在准备出院的时候，开始发低热，皮肤有出血斑点，鼻腔和口腔黏膜出血，牙龈出血，骨痛，关节痛，查不出到底患了什么病。

倪建葵转院到了通仁医院急诊科，进行了查体抽血，随后到血液科待确诊。

倪建葵做完一切检查，就等结果出来。躺在病床上，翻身灵便，说话有点咳嗽，呼吸急促，头不时地抬起来，看着大家，询问病房里躺在病床上的其他三个病友的病情。

潘红霞敞开着羽绒服，远远地立在当地，呆呆地看着倪建葵，一句话也不说，直喘粗气，显然这么多天为了照顾倪建葵累了，刚才从急诊室扶着病床一路走来，人累了，心也累了，汗水湿透了衬衫。

刘菊香在病房里穿梭不停，一会儿走到倪建葵床前，问他怎么样，一会儿跟潘红霞说出去一趟马上回来。来到病房外面的过道里，她想："这畜牲，平时经常糟踏我，现在机会来了，我叫你尝尝我的厉害。让你哑巴吃黄连——有苦说不出。"一边想，一边朝电梯口走去，去了外面。

过了一个多小时，刘菊香回到了病房，手里捏着一盒红色印泥，还带来了两个陌生的男人，三个人手中各自拿着东西，一个男人手中拿着塑料夹，径直走到南面的窗台跟前，停了下来。刘菊香快步走到倪建葵跟前说："爸，我扶你坐起来。我把公证处的人请来了。你签个名，按个手印。将来把你们这套房子给我们。"

倪建葵自己坐了起来，望了望刘菊香，然后从公证员手中接过纸和笔，在刘菊香事先与公证员填写好的纸上签上了自己的名字。刘菊香说："爸，还要按个手印。"说着将印泥递了过去，抓着他的手捺了手印。倪建葵不晓得是啥事，像一个听话的孩子，一句话没说，顺从地做着这一切。

接着，刘菊香转过头，快步走到潘红霞跟前说："妈，你也签个字，按个手印。"

潘红霞被小儿媳刘菊香这突如其来的做法惊呆了，一时没有反应过来，等她缓过神来，倪建葵所做的事情都已做完了。她也糊里糊涂地签了字，按了手印。她随口问道："大儿子回来怎么办？住哪？"

刘菊香昂着头，气势汹汹地说："住我家里。"说着，收好公证文书，送走公证人员，回到了病房，坐在倪建葵病床旁边的椅子上。过了一会儿，又出去了，不到十分钟，又回到了病房，看着倪建葵，一直没有说话。

倪建葵签字完，脸色铁青，两行眼泪滚落下来，想到自己过去罪孽深重，如今遭到报应，想到现在躺在病床上，小儿媳刘菊香不顾脸面，竟然在这种场合、这种时刻让自己签字，让自己的拆迁安置房公证给她。刘菊香啊，刘菊香，你多么无耻，心肠多么歹毒，将来自己两眼一闭，什么都不知道了。本来有两套房，面积差不多，按照农村习俗，两个儿子每人一套，一套已经给了小儿子，还有一套理所当然归大儿子。想不到刘菊香趁他生病住院毫无防备的时候，做了让他做梦都没有想过的事。可是那是大儿子的财产啊！大儿子上无片瓦，下无立足之地，回来知道了怎么想呢？倪建葵想想刘菊香之所以能在这种场合如此大胆放肆，显然是自己做了对她不起的事，如果自己不同意，她可不是省油的灯，肯定不顾脸面，将他爬灰的事在病房里抖搂出来的。想到这里，倪建葵忍不住失声痛哭起来，他活了几十年了，从来没有这样哽咽过，抽泣过，也不知道什么叫羞耻。虽然年纪不老，但这次疾病让他提前老去。

在病房里，每个病人仿佛觉得时间对他们来说过得特别慢。倪建葵自来病房这一刻起感觉时间也是多么漫长，三个多小时对他来说，不仅漫长，而且可怕。

残阳就要西沉的时候，实习医生突然走进病房，说："倪建葵，你家人呢？到医生办公室来一趟。"

潘红霞默默地跟着去了医生办公室。

医生说："你家的患的是绝症，治不好！要想继续治疗的话，准备钱。而且不是一笔小数目。"

"多少钱？"潘红霞问。

"先准备十几万。"医生说。

"十几万？哪有钱呀！"潘红霞惊讶地说。

听了医生的话，潘红霞如五雷轰顶，呆立着，好久才缓过神来，说："钱，哪有钱啊！他没存下一分钱！既然没救了，也没有钱，只有回家。"

潘红霞离开了医生办公室。从医生办公室到病房只有五十来步远，她拖着沉重的步子，一步一挪地走着，这个不幸的女人自从嫁给了倪建葵，没有活过一天太平日子，背后经常听到有人说戳脊梁骨的话，好像她也是个小偷似的，她走路都抬不起头来。可是，一旦倪建葵真的死了，毕竟几十年的夫妻了，而且有了儿子，自己怎么办？还总是有点舍不得啊。这个可怜的女人，这五十来步是怎么走完的，她自己也不知道。她终于走进了病房，走到了倪建葵跟前，说："你的病看不好，医院回头了。"

一个实习医生走进病房，说："倪建葵，准备出院。家属到医生值班室签字，办理出院。"

潘红霞木讷地问："这让我们怎么回？"

"院里有救护车送。"实习医生说完转身就走了。

刘菊香听说要办理出院手续，说："难怪爸这些日子吃不下饭，老是恶心、呕吐，反应迟钝。本来胖胖的一个人，体重下降了许多，骨瘦如柴了。"她接着对潘红霞说，"妈，你在病房陪着爸吧。我去办出院手续，等我办完上来。"

倪建葵听说让他出院，心里慌张了，吓得面如土色，怔怔地望着潘红霞，转而又呆呆地看着刘菊香。这时他突然想到第一个老婆张红香曾经对他说过的一句话："你不听劝，做了坏事，迟早要遭报应的。"他长叹了一声："张红香，被你说着了，现在报应来了！"

潘红霞和刘菊香没有搭理他，婆媳俩又忙碌开了。不多一会，救护车来了，护工将倪建葵从病房中抬了出去。

看着这一幕，我没有吭声，对面床上的病友没有吭声，左边床上的病友也没有吭声。大家你看我，我看你，谁都不说话。

病房里顿时鸦雀无声……

倪建葵就这样回了家。

倪建葵的大儿子听说他病了，赶了回来，看到原先住过的老宅拆掉了，不无伤感地问："爸，我的房子在哪？"

"拆迁分了两套，本来有你一套的，正好你们兄弟俩每人一套。可是你的那套被你弟媳拿走了。"倪建葵躺在病榻上，望着大儿子，不知怎样回答才好。

"爸妈的那套房子已经让公证处公证给我们了。"刘菊香知道大哥回来，怕他吵闹，将公证书拿了出来，继续说，"大哥，这是公证文书。"

大儿子看了看，上面写得很清楚：倪建葵将现有住房赠与小儿子倪小建和小儿媳刘菊香。大儿子明白，这是倪建葵真实意思的表示，又是公证过的，要想撤销这份公证遗嘱，除非倪建葵去法院起诉，经法院判决后才能撤销。这几乎是不可能的。大儿子不看则罢，看了心中怒气直冲脑门，将公证文书丢给了刘菊香，气愤地说："祝弟媳发财。"

"哼！有本事去法院告啊！"刘菊香捡了起来，轻蔑地说。

大儿子站了起来，转向倪建葵，怔怔地盯着他看，半晌说："我在外面购了房，买了车，本来我这次回来是想帮你看病的。我知道你没钱，可是我有钱。你欺骗了我亲娘，又毁了我后妈。你一辈子做坏事，不做好事。我和弟弟都是你亲生的，你怎能厚此薄彼？你做得过火了。当然我也不在乎你这套房子，但你这样做，实在很不应该的。从今天起，我没有你这个爸，你也没有我这个儿子。但愿你来生投胎变个好人。"

"我，我——"倪建葵眼睛睁得滚圆，望着大儿子一句话都说不出来。

潘红霞站在一旁默默无语。大儿子动情地向她说："妈，我是你养大的，你虽不是我亲妈，但比亲妈还亲。我会赡养你的。你在农村住也好，到城里住也好。我想你一人在农村住太孤单了，你以后还是跟我们一起住吧。我和我媳妇都会孝顺你的。我晓得你没有生活来源，这一万元给你生活的。用完了，我还会给的。"

原来，大儿子和大儿媳在城里做起了地板生意，成了老板，年收入几十万呢，但从没向家人透露过。

潘红霞接过大儿子给的钱，眼圈红了，她做梦都没有想到，大儿子会给她钱，还要养她，便哽咽着说："侯啊，你虽然不是我亲生的，但我一直把你当作亲生的。"后来，潘红霞被大儿子接了过去，跟大儿子大儿媳一起生活，开开心心地终老。此是后话。

倪建葵从医院回家不到三个月，就翘辫子了。他这叫自作孽。

第三部

说到下面这组数字，那是一个令人忧伤的数字：2016 年，全国医疗卫生机构诊疗人次达 79 亿，暴力伤医案件 42 起，化解医患纠纷 6 万多起。2019 年至 2020 年 4 月，人民法院共计一审审结杀医、伤医、严重扰乱医疗机构秩序等涉医犯罪案件 159 件，判决生效 189 人。

　　医生看到病人病情一天天恶化，心里有时比病人还要难受，心情有时比病人家属还要沉重。难受，沉重，不写在脸上，写在心里。医生自责没有回天之力，没有一把能够斩除病魔的利剑。
　　医生希望每个病人都好起来，看到病人一天比一天精神，脸露笑容，心花绽放。看到自己医治的病人康复出院，抑制不住内心的喜悦，好像自己完成了一部伟大的作品，无比自豪，欢呼雀跃。

　　通仁医院人来人往，人山人海。
　　在医院血液科门诊，病人看门诊，有的一人看病，几人陪同，有的病人家属不时地插话。病人轮到自己看病的时候，希望别的病人不要进来，不要插嘴。刘虹主任听了病人的简要描述，也想说得详细一点，好让病人尽可能地了解自己的病情，以便住院治疗。但是一上午要看五十个病人，到最后嗓子嘶哑了，有时连话都说不出来，累得头昏眼花，腰直不起来，话只能简明扼要。

可是个别病人不满意，总认为医生对自己的病情说得不到位，不透彻。

在门诊也好，在病房也好，刘虹主任经常碰到这样的病人：

"医生，我的病能看好吗？"

"医生，我从大老远来的，提前几天挂了号的。"

"医生，我们家没钱，帮我省着点吧！"

"医生，我的病能不能根治？能不能包好？"

还有不少病人心里想说："我花了那么多钱，你是专家，你应该帮我看好。"

刘虹主任清楚：

即使同样的病，不同的人由于个体的差异，到底能不能治好，谁都没有这个把握。医院不是菜市场，在菜市场买菜，当然谁出的钱多，谁就能买到自己想要的东西，在医院看病钱花得多，不一定就能治好。再说，治病是一个不断观察认识的过程，没有哪个医生对疾病的治疗有百分之百的把握。在门诊看病，有时只能凭经验，凭一张验血报告单，考虑病人是否需要住院。要确诊病情，大多数病人要进病房观察、检查和治疗。

即使在病房治疗，有时也要根据病人病情的轻重与发展变化而施治。

我默默地向医生们致敬！

第一章　逾越地狱之门

　　仲冬下旬，寒气逼人。我躺在病床上，侧个身都困难重重，咳嗽不止，更不要说翻身了，只能仰躺着，但是时间长了，全身的汗水仿佛集中涌向背部，衣服和被褥就像浸在水里，湿湿的，浑身不舒服。要是起来大小便，身体得向右侧，右手撑起整个身子，不用说，这时额头的汗水雨滴似的滴落下来。看到李桐整天焦急不安的神色，我想尽量不让她扶，硬撑着自己起来，可是她见了，还是要来搀扶。我整日眼睛微闭，心里明白，一旦一口气喘不过来，就要去见阎王爷了。我不能多说话，一说话就气喘、咳嗽，就要接氧气。

　　又到了星期一，上午是刘虹主任来查房，她对每个新来的病人和危重病人都要重点关注，仔细询问。因为我是新病人，是危重病人，当然是她重点关注的对象。她走到我床前，让我把脚伸出来，看看有没有肿起来，接着用听诊器放在胸部听听，然后让我侧身，检查我的背部，见我咳嗽咳得厉害，气色不好，便跟其他医生说："张圣要调整药的剂量，根据他的身体状况只能少，不能多，多了人吃不消。"然后转过头向着李桐，语气平和地说，"你们都要积极配合治疗，心里不要想不开，这种病能治好的。过几天安排一个病人住进来，也是M3，是个年轻人，刚住院的时候，病情比你们家还重。现在像个正常人一样，快毕业了。"

　　三天后的一个下午，一个年轻人住了进来。他手里拎着一个背包，一进来，就咣当一声把衣柜门打开，将背包放了进去，接着火速走了出去。大约过了半个小时，提着一兜食物回到了病房，然后躺在病床上，手脚不停地来回动来动去。看他那形作动态，哪里像是病人，倒像是一个活泼可爱的孩子似的。我的床位在他的左侧，他的床位在我的右侧，也就是说，我临窗而住，他住北边。他的名字叫黄金贵，28岁，患病的时候26岁。一般来说，病人住院，都有人陪着，他没有人陪，也不打招呼，独自闯了进来。

我望了望他，猜想：刘虹主任说的那个年轻人，大概就是这个人。

李桐见他动作那样灵活，行动那样敏捷，简直不敢相信他是一个白血病病人，而且还是在住院治疗的白血病病人，不禁对他产生了好奇，向他打问这打问那，怎么恢复得这样好，啥时候可以自己动了？啥时候可以自己走的？他开始有些腼腆，问一句，答一句，时间长了，熟悉了，而且说的方言跟我们一样，相互之间自然有一种亲近感和信任感，就滔滔不绝地讲述了他起病的情况和治疗的过程。

突然病危

黄金贵起病前一直在上海做卖手机和修手机生意，老婆洪艳艳在一个玩具厂里打零工，家里有一个刚满三岁的男孩。父亲是个泥水匠，老实人，一年到头在外做生活，只有到过年前才回来，不论在外面，还是在家里，跟人没有多少话；母亲五十出头，是个地地道道的农民，里里外外全靠她来张罗，在农村人缘好，人也活络。

按照农村风俗，在外做生意的人，过年前几天才回来，通常过完正月十五就又出去了。黄金贵在年轻人中算是有头脑的，每年春节还没有过完，一般还在初四或者初五就动身出去了。2013年，刚刚年初四，他就去了上海。3月底的一天，他突然发低烧，几天没有好，开始没有在意，以为是自己劳累了，年轻人不在乎，谁没有头痛脑热的，根本不当回事。

很快又过了一个月，到了4月底，他感到浑身没劲，走路直喘粗气，好像一个有病的老头子似的。他回到老家后去了镇医院，开了点药，休息了几天，不见任何好转，反而越来越重了。洪艳艳见他脸色不好，向厂里请了假，一早就专门陪他去了县医院，做了血常规。结果出来了：白细胞高，血小板少，红细胞少。

医生仔细看了检测报告，果断地说："马上转到大医院血液科治疗。要快！越快越好！慢了，命就没了！"

转院？往哪儿转？什么急病要转院？一连串的问号，洪艳艳想都来不及想。医生的话，这对她一个没有见过多少世面的农村少妇来说，好像突然被人打了一记闷棍，不寒而栗，她吓呆了，一时不知所措，眼泪扑簌簌地滴落下来。医生说转到江南或者上海的大医院去治疗，那里看血液病是全国有名的。黄金贵更是黯然神伤，默默无语，一边跟老婆回家，一边心里琢磨："什么病这么重？现在的医生喜欢吓唬人的。万一病人有什么意外，怕担责任。"

红日西沉，黄金贵和洪艳艳回到家里。母亲刚从地里回来，正在烧火做饭。黄金贵虽然不相信自己会患多么严重的病，但想想医生说的话，肯定不是闹着玩的，心里忐忑不安，呆着，闷坐着。洪艳艳帮婆婆当下手，忙活去了。吃过夜饭，母亲见这两个小官不说话，便问道："看医生咋说？"

洪艳艳开头不说话，怕婆婆担心，想瞒着，越瞒越害怕，吓得一个劲儿地掉眼泪，哭泣着说："金贵的病有点麻烦，医生叫去大医院看。"

"啥病要去大医院？会不会医生搞错了？"母亲一听吓傻了，怔怔地问，"金贵，你有啥不舒服？"

"妈，没事。你累了一天了，去睡吧。明天再说。"黄金贵安慰道。

一家人相安无事睡了。睡到半夜，母亲醒了，翻来覆去睡不着，左眼皮跳个不停。俗话说，女人左眼跳，霉气到。母亲思量医生说的话不会错的，肯定有依据的，急得六神无主，把这两个小官喊了起来，说："金贵的病要看。"

"嗯。"洪艳艳眼泪掉了下来。

母亲忍不住也哭了起来。

邻居们听到哭声都来了，简陋的二层小楼房里挤了满满一屋人。

众人劝说："等天亮打电话叫救护车来，不能拖。"

洪艳艳心慌意乱，准备钱物，收拾东西。黄金贵黯然无语，母亲招呼众邻。一家人苦熬着，挨到了天亮。

次日黎明，东方发白，曙光初现。120救护车开进宅来，载着黄金贵，载着他的家人，火速向江南的一家大医院驶去。

准备后事

江南的一家大医院，人山人海。两个小时后，黄金贵被人从救护车上扶了下来，那时候，还能动，自己感觉良好，在母亲与洪艳艳的搀扶下，走进了急诊室。

急诊室挂号窗口，排队的有三十多人；急诊大厅，一排排铁椅子上坐满了人，站立的人黑压压一片。

急诊室内，医生简短地问了几句，立即让护士帮助抽血。

半小时后，血常规报告结果出来了：跟县医院检测的结果相差无几，血小板等几项指标又往下跌了不少，随即安排到抢救室进行抢救。要想知道病情的确切情况，必须做骨穿。

大医院病床紧张，过道里全都是病人。那天正好有个病人出院。医生首先安排黄金贵住了进去。

医生和护士忙碌开了。

身穿白大褂的医生来了，站在黄金贵床边，语气缓慢地问："什么时候起病的？当时什么感觉？怎么想到来我们医院的？"

黄金贵一一作了回答。洪艳艳木讷地立在那里，静听医生说话，好像在听天使说话，她默默地祈祷，希望医生说黄金贵的病很轻的，不要紧的，能治好。

医生边问边作记录，说："一会儿做骨穿。"

做完骨穿，又做了头部磁共振。

傍晚五点多钟，各项检查结果全部出来了。

医生把洪艳艳叫到了办公室，说："你丈夫患的是急性早幼粒细胞白血病，根据报告结果，脑出血，十分危险。随时会猝死，无法救治了。赶紧办出院手续。回家准备后事吧！"

"医生，请救救我丈夫吧。他还只有二十六岁啊。家中还有一个刚满三岁的孩子呢！"听说没有办法救治了，洪艳艳一下子瘫倒在地上，不停地向医生磕头恳求。

"我们是医生，有办法，我们还能不救吗？你丈夫的病确实没有办法救治啊！"医生双手一摊，显出一副无可奈何的样子。

洪艳艳神色惶遽，一边流泪，一边办理出院手续。办完出院手续，包了一辆救护车。此时黄金贵还能动，还能说话，但声音不如之前那么响亮了。车上，洪艳艳抱着黄金贵失声痛哭，母亲抓住黄金贵的手，不停地哭喊。随行的人员都说干脆到上海找一家权威医院再试试看，也许还有希望。

当夜，救护车又把黄金贵拉到了上海一家大医院。

上海，大上海的医院真大，人真多。一流的医院，一流的人才。乡下人对大医院的专家无比敬仰，把他们看得无比神圣，以为乡下医院看不好的病，上海大医院都能治得好。尤其是在自己或者亲人病重的时候，多么想认识医院里的这些专家啊！

黄金贵此时什么也管不了，糊里糊涂，迷迷糊糊，想得最多的是他的老婆和孩子，当然还有父母，他老婆舍命想把他救活，他脑子里清清楚楚，看着老婆为他着急的样子，本想安慰几句，可是到了嘴边的话，还是没有说。洪艳艳此时心里也只有一个想法：现在不是哭的时候，自己挺住了，也许整个家能够挺过来；自己挺不过来，瘫倒了，也许整个家真的就彻底完了。她一边擦眼泪，一边寻医生。

急诊科的医生看了江南一家医院的检查情况，立即收治入院。先是给黄金贵输液、输血抢救，然后再做进一步的检查。

"我们家金贵有救了！我们家金贵有救了！"当大上海的医院收下黄金贵的时候，洪艳艳立即破涕为笑，她对婆婆连声说道。是啊，这对黄金贵的家人来说仿佛吃了定心丸似的，一路上的奔波劳累，一路上的紧张焦虑，此刻好像一下子跑到九霄云外，化作了一股强大的动力，心情总算暂时平静了。

第二天上午，医院专家帮黄金贵做了骨髓穿刺，还做了其他检查。结果令人失望，白血病来势凶猛，高烧三十九度多，致命性的脑出血。

专家医生看了一眼黄金贵，再看看年轻的洪艳艳，然后将洪艳艳叫到办公室，停顿了一会儿，痛心地说："病人脑出血，没救了！回家准备后事去吧！就是花一百万也看不好！如果要在这里治，到头来人财两空。何必呢？"专家继续说，"病人如果没有脑出血，是有希望治好的。一旦脑出血，百分之九十的病人就没有生还的可能。"

两家权威医院都回头了，哪里还有什么指望啊！天哪！命运哪，你为什么这么无情？这么早就捉弄这个家，这么早就把灾难降临到这个家。他走了，这个家就不成个家了。洪艳艳这下彻底绝望了，任凭婆婆打电话让家里准备后事。

夜晚，救护车掠过上海的马路，穿梭于灯海之中。平常上海市的夜景多么美丽，让人怎么看也看不够，可是今晚的灯光，对黄金贵的家人来说，感到是那样的刺眼。这些灯光晃眼得好像飘到了天上，成为天上的街灯，为他们照着远行的路，为黄金贵照着不归的路。

救护车上，黄金贵躺着，接着氧气，身边坐着他的母亲，坐着他的年轻的妻子洪艳艳。车往回家的路上开着，一会儿警灯闪闪，闪耀着夜空，提示着远处的车辆；一会儿警笛声声，划破夜空，发出令人刺耳的声音。此时，黄金贵头痛得像炸开了的锅，已经昏迷，不能说话。是啊，快到家了，家里的后事都在准备中。

"将金贵直接拉回家吧。"母亲发出撕心裂肺的哭喊声，作为母亲，那是没有法子啊。她双手捧着黄金贵的脸，失声痛哭，"金贵啊，金贵，你走了，叫妈靠谁呀？"

洪艳艳这时停止了抽泣，摸摸黄金贵的鼻子，感觉还有气，突然发疯似的喊着："不，不能拉回家。去县医院。"

半夜时分，救护车到了县医院门口，车子刚刚停稳，进入医院急诊室。

值班医生说："这么危重的病人必须马上输血。但是，我们医院血库没有这种血型的血，等到天亮才能从江海市调来。离天亮还有四个多小时，拿到血估计要六个多小时，但是不能保证有。等不等？"

洪艳艳愣在那儿，心里想，如果等到第二天，黄金贵可就没命了，与其等，还不如转院，转了院，输了血，也许还能活下来。于是，她迟疑了片刻，说："要等天亮？到天亮，时间太长了。还不如把人拉到江海市通仁医院呢，一个多小时就到了。那边医院大，说不定有这种血型的血呢！"

恳求医生

4月底的后半夜，通仁医院急诊大厅里，凉意阵阵。病人家属身着单薄，冷到背脊，有的缩着脖子，有的来回走动，有的瞌睡打盹，有的愁眉苦脸。黄金贵从救护车上被直接送进急诊内科。接着洪艳艳去挂了号。

值班医生看了看病人，然后询问病情。

洪艳艳哆哆嗦嗦地将两家医院的检查结果摸了出来。医生看了两家权威医院的诊断结论，觉得病人的病情非常危重，命在旦夕。按说这样的病人确实无法救治了。便摇了摇头，叹息一声，低低地说："没法治了。回吧，准备后事！"

此时，洪艳艳再也控制不住自己，"哇"的一声哭了出来，泪水像断了线的珠子似的滚了下来。

随行的人员见状，摇头叹息，无奈地劝说："回去吧！这就是命啊！"

正在大家准备将黄金贵往回抬的时候，洪艳艳停止了哭泣，扑通一声跪在医生面前，恳求地说："医生，救救我丈夫吧！他还只有二十六岁！求求你，收下吧！我们不回去！我们不回去！看不好不怪你们。"

医生犹豫了片刻，说："好吧，缴住院押金。病人先住下来。不过你们得有思想准备。按说这样的病人，我看是凶多吉少。"

住院手续办理完毕后，黄金贵留在了通仁医院，住进了抢救室。大约半个小时，血常规的检验结果出来了，白细胞和血小板等几项指标跟上述两家医院的查验结果比较又有了变化，病情越来越重了。医生想，既然把病人收了下来，就应该对病人尽心尽责。

黄金贵自从进入通仁医院以后一直处于昏迷状态。

医生立即开出医嘱，进行输血抢救。

时针一分一秒地过去，三袋血同时挂在输液杆上，血一滴一滴地往黄金贵的静脉中缓慢地输入。一袋血输完了，黄金贵嘴里哼了一下，随后没有任何反应。第二袋血输完了，黄金贵的脸上虽然有了点血色，但是依然没有反应。

等到输第三袋血的时候，天已经蒙蒙亮了。

这几个小时，医生隔一会儿就来观察，护士按照医嘱，隔一会儿就来抽血，先后抽了六次血。

当清晨第一缕阳光从东方地平线上冉冉升起的时候，黄金贵发出了微弱的声音："这是哪儿？"

洪艳艳一直守候在黄金贵身边，见他嘴唇动了动，俯下身，低下头，与他附耳低语："金贵，金贵，你在医院。你在医院。"

但是，黄金贵没有说话，过了好一会儿，手指动了动，从被子里缓慢地伸了出来。

这时已经又是一天的早晨了。

刘虹办公室

医院血液科刘虹主任总是提前来上班。医院规定八点上班，那天，她七点半就到了医院。她刚进办公室，电话铃声响了，便抓起电话，问："哪位？"

"刘主任，我是急诊科，昨天夜里我们收治了一个白血病病人，病情很重。您那有床位吗？如有的话，就把病人转过去。"急诊科值班医生说。

"病人什么情况？病情重到什么程度？"刘虹问。

"生还的可能性不大，几乎没救了。"医生回答。

"我过来看一下。"刘虹挂了电话，去了急诊室。

医生将病人的病情向她作了汇报。刘虹听完汇报，随后看了两家权威医院对黄金贵的诊断结果，再看了看病人，见病人危在旦夕，便心情沉重地说："年纪恁轻，可惜啊。"

洪艳艳听到刘虹主任和医生的对话，以为医院又要回头了，急得直掉眼泪，说："医生，救救我丈夫吧。"

刘虹主任说："两家大医院都回头了，我们也没有把握。先在过道里加张床，让病人马上转入病房治疗。"

黄金贵进入血液科病房的时候，已经奄奄一息。

早晨，一些亲戚陆续赶了过来，说："看来，黄金贵确实没用了。刚才莫不是回光返照？"

回光，人在死之前放心不下自己的家人，用尽平生最后一口气，向死神发出抗争的呐喊。也可以说是向亲人告别，然后带着万般不舍，走向另外一个世界。

"老天已经显灵，刚才阎王给信了。走吧，再等也没用了。人啊，只能听天由命。相信命吧！大上海的医生都回头了，哪里还有指望呀？走吧！"大家拉着洪艳艳，劝她返回。

洪艳艳哭着，呆立着，始终不肯走，不愿回，心中一直默默地祈祷："会好的，会好的。"

黄金贵一进病房，很快完成了骨髓穿刺、摄片等几项必须的检查，结果很快出来了。

在办公室里，刘虹眼睛盯着电脑，看着黄金贵的每一项检查结果，看完，心情非常沉重，心想：按说，患了急性早幼粒细胞白血病治疗不难，难就难在病人已经脑出血，根据临床经验，白血病病人一旦脑出血，就离死亡不远了，很难治愈。黄金贵的病情的确少见，脑出血，非常危重，已经到了死亡的边缘，就差一口气了。怎么办？回了吧，病人一回到家，很快就会没命的；不回吧，这种情况十有八九也治不好，真是让回也不好，不让回也不好，处于两难境地。刘虹把洪艳艳叫到办公室，她凭着一个专家几十年的临床经验，明确告诉说："病人已经确诊，患的是急性早幼粒细胞白血病，这是一种非常凶险的病。病人的情况你也知道，两家权威医院都回头了，说明病人生还的希望几乎为零。建议病人回去吧，免得人财两空！"

"医生，求求您。救救我丈夫吧。我们不回去。"洪艳艳唏嘘不已，脸上挂满泪水。

"好吧，既然你要求留下来治疗，就留下来吧。不过我把话说在前头，作为一名医生，我只能说再作进一步的检查、观察和治疗，如果病情得不到控制，病人很快就会死亡。病人头脑出血了，几乎是没法救了。你要有心理准备，家中的后事照常准备，万一不行，立即回去还来得及。接氧气走，不耽误。我们尽力帮他看。"

刘虹主任有一副菩萨心肠，面对一个濒临死亡的病人，哪怕只有百分之一的希望，也要尽百分之百的努力。

洪艳艳一边点头，一边揩着眼泪说："嗯，嗯。只要你们把我丈夫留下来，治不好不怪你们。"

黄金贵的母亲见洪艳艳去了刘虹主任办公室，随即也跟了过来，开始听刘虹主任说了回头的话，急得不知如何是好，最终又听到刘虹主任答应留下来，于是就不停地朝刘虹主任磕头，嘴里不时地念叨："阿弥陀佛！阿弥陀佛！"

洪艳艳与黄金贵母亲说着便走了出去。

实习生把医生们叫到刘虹办公室，聚集在一起。

刘虹说："黄金贵的病情危重，因病人家属一再恳求，只好收了下来。我想作为医生，不管看得好，还是看不好，都应该收下。现在问题是对这种病人，我们应该怎么救治？大家一起讨论。"

收治黄金贵以后，在讨论治疗方案时，个别医生提议说："刘主任，我觉得这样的病人生还的希望几乎是零，还是不收好。"

"两家权威医院的专家早已给出了结论，我们还是谨慎为好。"个别医生不赞成收治。

刘虹主任听了大家的发言，说："我理解大家的心情，大家说的不是没有道理。要想把病人救治活，我也没有把握。可是，面对病人家属的苦苦哀求，我们能忍心把病人一闷棍推出去吗？难道我们不应当试试看吗？也许奇迹能发生呢？也难说。即使治不好，也可以给大家提供一个研究的机会嘛。医学是用来救人的，它与名利毫无关系。绝不放弃一个患者，是我们医生的职责。面对疑难病症，我们要怀着坚定的信念，勇于攻克。再高的山峰，只要努力攀登，就有可能到达！"

医生们晓得对待特殊的病例，从来没有现成的答案，必须在临床中进行不断摸索。最后大家都赞成刘虹主任的做法。

绝处逢生

黄金贵患的是急性早幼粒细胞白血病，简称 M3。患这种病，虽然凶险，但如果得到及时治疗的话，一般来说治愈率高达 95%。可是黄金贵患的白血病，不同于一般的早幼粒细胞白血病病人，他已经脑出血，按照临床经验，这种病人存活率几乎为零，谁都不能保证能治好他的病。碰到这样的病人，绝大多数医院选择放弃，不能让病人临死前承受不必要的痛苦，不能让病人家属背负不必要的高额债务，除非病人家属恳求留下来，不然不会收治的。即使碰到这样的病人，也要对病人家属耐心劝说。

黄金贵进入血液科病房以后，受到了刘虹主任和医生们的格外关注。血小板低了，必须输，按说输之前要请病人家属去献，病人才可以输得到血小板，可是献血小板的要求比普通献血高，再说病人亲属在一百多公里外的乡下，去找谁献都不合适，农村里的壮劳力大多外出打工去了，留下的一些中老年人思想僵化，没有一个愿意献的，就算愿意，也不符合献血要求。医生打破常规，特例特办，紧急向血库申请调来血小板。需要输血，随时随地向血库打电话，血库的工作人员二话不说，有的立即拨付，没有的向血站紧急调拨，总是第一时间到位。白天，刘虹主任和医生们不定期前来询问观察病情，夜里，值班医生隔一会儿来看一次，随时观察。

"水，我要喝水。"经过三天三夜的抢救，黄金贵终于说出了一句微弱的话。

这时已经是下午两点多钟了。

"金贵，金贵，你醒了。好，我去帮你倒水！"洪艳艳眼前一亮，兴奋地擦着滴落到脸上的泪水，眼睛直愣愣地盯着黄金贵，然后双手抚摸着他的脸。

黄金贵左手在输液，慢慢睁开微闭的眼睛，看到洪艳艳的泪水还挂在脸上，吃力地伸出右手，想拉她的手，说："我好像做了一个梦，出了一趟远差，就迷路了，再也找不到回家的路了，找不到你了，找不到爸爸，找不到妈妈，找不到孩子了。"

黄金贵家中。黄金贵的母亲自从儿子被医院收住以后，按照医生的嘱咐立即回了家，准备后事去了。大家知道他的毛病治不好，一边唉声叹气，一边相帮分头行动，请来了理发的，做道场的，乱成一锅粥。黄金贵的父亲听说儿子病了，停了泥水匠活，从外地也赶了回来，队里的邻舍都过来帮忙。一个小时前，黄金贵的母亲还给洪艳艳打来电话，询问儿子的情况。洪艳艳在电话里哭泣着，说："妈，金贵一点反应都没有。"

"不要瞎说，你一直在我身边。"洪艳艳早已哭得眼睛红肿，声音嘶哑，饮泣吞声。她开始不相信黄金贵会活转来，这几天来，她身心疲惫，靠在床边不知不觉就睡着了，听到说话声，她还以为自己在做梦，揉了揉眼睛，睁开来一看，果然是黄金贵活转来了。

"真的。我不在你身边，你也不在我身边。在一个漆黑的夜晚，我好像走进了一片坟地，坟墓中出现了好多好多的鬼，紧紧地拉住我不放手。我拼命地喊叫，不断地挣扎，可是被几个鬼用缆绳绑住了，挣都挣不开啊。"黄金贵握着洪艳艳的手，继续说，"后来，被送到了阎王那儿，阎王的脸像一只吃人的老虎，怪吓人的！"

"你已经昏睡了几天了，就剩下一口气了。这几天一直在抢救。刚才医生又来帮你做检测。你在医院病房里呢。"

上午查房，刘虹主任和医生们看到黄金贵还在昏迷，觉得没有多大生还的希望。刘虹主任调整了用药的剂量，医生们不时地来回观察，向刘虹主任汇报以后，及时增减药量。下午三点多钟，刘虹主任特地过来检查，看到黄金贵醒了过来，还能说话，感到非常惊讶，脸上露出了笑容，像叮嘱自己的孩子似的，向洪艳艳说："病人很虚弱，尽量少说话。"

连日来，一直在黄金贵身上独舞嚣张的病魔，碰到刘虹主任与各位医生，总算有了收敛，变得服帖了。黄金贵活转来了，这一爆炸性的新闻，很快在病房传开了。医生们最先赶来，商议下一步的治疗方案。其他病房的病人家属也跑来看个究竟，争相传告。

像黄金贵那样命在旦夕的白血病病人能活过来，谁也没有想到，真是奇迹！

八方援助

治疗白血病，需要一大笔钱。

黄金贵活转来了，后期治疗时间是一个漫长的过程，少则两年，多则三年，甚至于更长时间。

黄金贵家住农村，在正常情况下，经济条件不算太好，也不算太差，属于中等水平。这几年他老爸在外面做泥水匠活，从年初出门到年底回来，除了开销零用外，一年有五六万块钱捧回家，加上黄金贵在外面做做小生意，也能挣个三四万块钱。母亲在地里干农活，操持家务，洪艳艳在别人厂里打打零工，自顾自，略有节余。小两口养了一个儿子，抚养不用他们操心，全由黄金贵的母亲包下了。如果没有大的开销，这一家人生活富足有余，活得还是蛮开心的。

黄金贵生了白血病，需要抢救，需要治疗，几天下来，几万就用完了。这样下去要不了多长时间，就能把一家人多少年的积蓄全部用光。

刘虹主任和医生们对所有病人都倾注了关怀。

每个新病人一住院，医生首先询问是医保，还是农保，医保相对报销多一些，农保比医保报销比例略为少一些。再说农村病人，一旦失去劳动力，就断了经济收入来源。城镇居民虽然有医保，虽然报销多了一些，如果是个体户，生了重病住院，同样面临着不能劳动、没有任何收入的困境。因此，生了白血病，不管是农村病人，还是城市病人，谁不为没有经济收入发愁呢？谁不为昂贵的医药费忧悒呢？

刘虹主任和医生们清楚白血病病人的心理负担和家里的经济压力，知道他们挣钱不容易，积蓄不容易，可以说多数人平时花钱舍不得大手大脚，有的年纪稍大的病人，经济又不宽裕，千方百计打听自己的病能不能看好，看下来大概需要多少钱，如果晓得治不好，不想成为家里的累赘，一般都选择放弃；有的病人即使能够治愈，因为没钱也就在家人的唉叹声中回转等死去了。

从黄金贵进入病房的那一刻起，刘虹主任和医生们便打问他家的情况，黄金贵家虽然经济条件不差，但是要承担治疗白血病的医药费，还是远远不够的，必须让他家多方筹款，才能保证治疗经费。

上午查房，不论是刘虹主任，还是医生，看到他虽然还没有脱离危险期，但是跟刚来住院时已经大不相同了，可以说从没有希望到有希望活下来了，有救了，打心眼里感到欣慰。

一天，正好电视台记者来采访刘虹主任，刘虹主任将黄金贵的情况告诉了记者，当晚新闻播出了。几天后，一位姓林的老板约请报社记者，拎着苹果等好多食品，前往医院看望，还捐了一万元钱，临走对黄金贵的母亲说："我开旅馆和饭店，有什么困难，跟我说，大家想办法。"

以后，黄金贵家人在医院陪护没有地方住，林老板就主动让他们到他开的旅馆去住，免费提供食宿。

报社的一位女记者看了电视新闻，也来捐了款，同时在她的建议下，通过轻松筹，捐到了三万元。

亲戚、朋友、邻居、同学和同事等纷纷捐款。

洪艳艳手捧来自四面八方的捐款，心里沉甸甸的，晓得这些钱来之不易，将每笔捐款都作了详细记录，然后交由婆婆保管。她常常心中默默地祈祷："好心的人啊，谢谢你们！愿你们无病无灾，一生平安！"

这些钱，对黄金贵一家来说，好像雪中送炭，来得及时。

这些钱，给黄金贵一家吃了定心丸，起码黄金贵一个阶段的治疗费用有了着落。

　　洪艳艳守在黄金贵身旁，想着丈夫从死神那里逃脱，活了转来，每次看到刘虹主任和各位医生来查房，渊默地注视着他们，心情无比激动，常常默默地自言自语说："你们救了我丈夫的命，我拿什么来感谢你们呀？谢谢！谢谢！"

　　刘虹主任对洪艳艳说："黄金贵的命暂时可以说保住了，但是后续治疗时间长，费用开销大，不是个小数目。你们要有心理准备。"

母亲跪乞

　　黄金贵的病情得到了有效的控制，逐步向好的方面转化。随着时间的流逝，随着病魔的减退，随着住院时间的不断延长，黄金贵家的积蓄花光了，捐到的款也花光了。

　　转眼已经到了农历十二月初了，腊月是一年中天气最冷的时候。黄金贵的白血病治疗进入了又一个疗程。住院须缴押金，没有钱就住不进医院。黄金贵的母亲是个当家人，里里外外操不完的心，当然，她也知道家中的钱，要承担黄金贵看病的费用，是远远不够的。黄金贵的父亲是一个老实巴交的泥水匠，自从黄金贵病危后，立即回了家，一个人默不作声，只晓得干活。现在，黄金贵生命有了转机，他嘴上不说，心里既开心又忧心。开心的是，儿子的命保住了，比啥都好；忧心的是，儿子治病需要很多钱，这些钱对他来说无疑是个天文数字。这几个月，他只在附近打打零工，挣点小钱贴补家用，在家里撑持这个几乎崩溃的家，耽搁了大半年的挣钱。虽说离过年不到一个月，但是为了整个家，哪怕出去做半个月，也是好的。现在家庭这情况，更离不开他。他要是不出去做活，那一家老小只能喝西北风。他想必须出去干活挣钱，养活全家。一天，包工头上门邀请他出去干活，许以每天两百块钱的工钱，年前做半个月，年后还有得做，那样到年底虽说只有半个月时间，但是还可以挣个三千元钱，一家人凑合着过个年的钱有了。他把家中的事全部告托了老婆，独自背负着儿子治病需要钱的重担，默默地忧伤地出门了。他老老实实，不会偷工减料，凭着自己的一把好手艺，勤勤恳恳，踏踏实实，赢得人家的喜欢。他知道儿子住院要用钱，而且不知要用多少钱，凭他一人拼死累死也攒不到那么多钱。他帮人干活，结算要跟包工头算，包工头要到年底才跟他结账，有时年底还拿不到全部的工钱，心急也没用。不过，总比呆在家里一分没有强。

最急的是黄金贵的母亲，一个五十出头的妇人，瘦削的身体，曾经住院开过两次刀，力气小，平时一干农活就感到吃力。但是，儿子病危后，她好像突然变成了一个顶天立地的女汉子，活生生把眼泪咽回去，常常自言自语地给自己打气，她不能倒。上有双方老人，需要赡养；中间有儿子重病，需要照顾，更要筹款；下有孙子，需要照看。如果她倒了，这个家就彻底垮了。现在唯一的儿子黄金贵是她的精神支柱。只要黄金贵的病能看好，好好地活着，就是她的希望；现在儿子的病转危为安了，她觉得已经是喜从天降了，往后的路，走一步是一步，烂泥萝卜吃一段揩一段。黄金贵住院对她来说非常纠结，纠结的是住院费用没有着落。生了重病，想到亲戚朋友那儿借，借一次还勉强，也不能借多，如果一次还没还，再想借二次那可以说门都没有。各家有各家的用场，再说生了重病，断了外出谋生的收入来源，借了钱什么时候能还呢？大家都不会借。她萌生了去街头乞讨的念头。

在街头乞讨，对一个正常的妇人来说，不到万不得已时是不会去做的。但是为了儿子治病，她哪能顾得了那么多啊！

星期天上午，北风凛冽。大商场门口。门是朝北开的，一个妇人穿着羽绒服，面朝北面，双膝跪地，地上摊着一张白纸，白纸上用黑色记号笔歪歪斜斜地写着几个醒目的大字：儿子 26 岁，白血病，请好心人救救他！她每见一个进商场的人，都要不时地朝他们磕头，嘴里不停地嘤嘤哀泣："救救我儿子，谢谢大家！救救我儿子，谢谢大家！"

那个跪乞的中年妇人就是黄金贵的母亲。此刻，黄金贵正躺在病床上，正在化疗，难受得什么东西都吃不下去，一吃就想吐。她瞒着儿子出来做她不愿意做的事。人们要进商场，都要路过她跟前，有的远远地看到了，假装没看见似的，走到跟前，头一仰就过去了；有的走到跟前，低头瞧一眼，不作声就过去了；有的年轻人怕冷，双手插进衣袋快步走来，见她挡道，白了一眼，也就过去了。

当这个跪乞的女人，见到有人从口袋里掏钱放在地上的时候，她对捐款的好心人不时地磕头，一边磕，一边说："谢谢！谢谢！"

大商场，早晨八点开门，黄金贵的母亲七点半就已经来到这里了，她像一个摆摊的妇人，为了能够挣到钱，苦苦地等待人们的恩赐，盼望能有更多的人同情她。可是现实是残酷的，已经十点多钟了，她面前只捐到了两百多元钱。当然不能怪人家，现在社会上骗子确实太多，如相信了，有时说不定就上当了。这样一来，哪是好人，哪是坏人，谁能分得清呢？有的干脆一分不给，一概不理。

这时一对年轻人相互挽着衣袖走过来，看到黄金贵母亲挡在那儿，女的阴阳怪气地说："哟，年纪不大，有手有脚，装什么可怜？"说着从她身边闪了过去，走进了商场。

过了不久，一个年轻的女人投来怪异的目光，说："骗子，又是骗子，我见多了。现在变着花样说儿子得了白血病，过几天还会说老娘死了。真不要脸，年纪轻轻的，不去做事，跑到商场门口来骗了。我才不上当呢。"

黄金贵母亲听了尽管羞愧万分，但是为了救自己的儿子，冒着严寒，冻得浑身颤抖，牙齿格格响，不管别人怎么说，依然跪地恳求别人施舍。一些年纪大些的人，看见黄金贵母亲遇到人就磕头跪拜，眼泪吧嗒吧嗒往下掉，听到她时不时低低的哭喊声，觉得她这不像是假装的，假的装不出来的。于是，掏出了买菜的零花钱，同情地说："想不到年纪恁轻就得白血病，治白血病花钱，那可是无底洞啊！"

黄金贵母亲带着强烈的渴望，在大冬天跪地四个多小时，得到了不少好心人的捐助，共收到了一千两百多元钱。当她起来时，饥寒交迫，冻得双手红肿，肿得像红萝卜；当她起来时，才感觉跪得双膝酸痛，酸得麻木了。她站了起来，眼泪不止地掉下来，晕头转向，不知哪儿是东，哪儿是西，她不认得去医院的路了，她又到处在问，问去医院的路怎么走……

这就是母爱！多么无私的母爱！为了儿子，她竟用弱小的身躯去挡洪水般的猛兽。

书记登门

春节很快就要到了。对一般人家来说，半年多时间眨眼工夫就过去了，而对黄金贵一家来说，自从他生病以来，这半年多时间，一家人仿佛生活在地窖里，不知哪天是出头之日。临近过年，别人家欢欢喜喜，热热闹闹，而他家却愁眉苦脸，冷冷清清。

春节前，正好又一个疗程结束了，黄金贵回到了自己的家。

家，对健康的人来说，是个温馨的港弯。

家，对一个久住医院的人来说，显得既亲切又陌生。黄金贵回到家的第一感觉，农村的空气好新鲜，家里的各样摆设真陌生。他戴着口罩，穿着羽绒服，在洪艳艳的搀扶下，缓缓地走到宅前宅后，看看菜地，一棵棵青菜在严寒的冬天，仍然昂首挺立，似乎在朝他点头微笑；他伫立着又朝远处的田野望望，一行行麦苗，一列列油菜，在刺骨的寒风中直了又歪，歪了又直，不屈不挠，似乎在给他鼓劲打气；他又缓步来到小河边，河水清澈见底，白云倒映水中，往日多么熟悉的小河啊，现在却一点都没有感觉，似乎变得有点生疏。他边走边喘气，边走边叹息，嘴里不停地低声说："唉，我怎么能生白血病呢？拖累了家庭。唉，我怎么能生白血病呢？拖累了家庭。"

洪艳艳说："你瞎说什么？你活着，我们全家多开心啊。"

黄金贵轻声地对洪艳艳说："艳艳，我成了你的累赘。我是你的累赘啊！"

洪艳艳眼泪裹在眼眶里，马上接口说："你能活着回转，就是我们全家的福气，已经是大幸了。金贵，不许你瞎说！"

晚饭以后，黄金贵母亲收拾完家务，等大家都睡了，她还没睡。她坐在长凳上，盘算着往后的生活怎么办？她抬头望着房顶发呆：黄金贵看病的时间得几年，他要是一住院，家里就是再省，也支付不起医院的医药费。外面寒风呼呼作响，室内尽管穿着羽绒服，还是浑身颤抖，从脚底开始冷到膝盖。她身在冷，心更冷。她心想，给县委张书记写封求助信，也许能得到帮助，交到好运。

尊敬的张书记：

您好！

我叫金萍，家住东乡县东海镇利群村 5 组 7 号，我儿子黄金贵 26 岁，不幸患了白血病，在通仁医院等医院治疗，不仅花光了家里的积蓄，还欠了很多债，现在病情有所好转。在此期间，党和政府非常关心，给予报销了部分费用，社会各界好心人也进行了捐助，使我家渡过了难关。可后续治疗还需要 50 多万元。这对我家来说无疑是个天文数字。我儿子黄金贵住院每天都需要用钱，亲戚朋友能借的都借了，还是不能解决问题。一过完年，我儿子还得去住院。为了救我儿子的命，恳请张书记在百忙之中关心帮助解决我儿子黄金贵的治疗费用。我们全家深表感谢！

　　此致

　　　　敬礼

　　　　　　　　　　　　　　　　　　　　　　　　　　　　金萍

　　黄金贵的母亲金萍怕寄平信收不到，寄了挂号信。当她将信寄走以后，随即又后悔了：一个县的县委书记工作千头万绪，黄金贵的事对我家来说是天大的事，可是对于一个县委书记来说，那是芝麻大的事。芝麻大的事，书记能放在心上吗？她自言自语地说："我怎么能给县委书记写信呢？真是不知天高地厚。"

　　第二天一上班，张书记看到桌上有一沓子信件，其中有一封信是金萍寄来的。看完信，他点点头，说："老百姓的事，就是天大的事。"

　　随即拿起电话，将秘书叫了来。

　　秘书刚上班就接到书记的电话，知道肯定有要紧的事，立即快步跑过来。

　　张书记将信递给了秘书，说："把民政局李局长叫来。"说完，从抽屉里拿出一个红包，又从提包里取出钱包，点了一千元，装进了红包。

　　民政局李局长急兜兜跑来，问："张书记，您找我？"

　　张书记说："有一位农村妇女给我写了一封信，说他的儿子得了白血病，家庭困难。你看怎么处理？"张书记边说边将一个红包交给李局长说，"这是我捐的钱。"

　　李局长接过张书记的捐款，见张书记对一封普通的人民来信如此重视，马上心领神会，脸露笑容："张书记，这事交给我们民政局来办。您那么忙，就不用操心了。"

　　"说说看，你们打算怎么办？"

　　"过几天，我给镇里打个电话，让他们准备一份年礼，再包个红包送过去，就说您张书记委托他们去的，不就行了。"

　　"我看这样，这事你得给机关发个通知，号召所有机关干部捐款。捐多捐少不作要求，不过将捐款的姓名和数额在内网上公布一下。"

李局长回到办公室，立即吩咐下属发通知，限时一天内捐款完毕。大家听说书记带头捐款，还捐了一千，身上带钱的立马拿了出来，没带钱的问同事临时借了。你三百，我五百，他一千，一上午捐到了人民币五万余元。

张书记听说半天捐了五万余元，非常感动。临时决定，下午一上班召开机关干部大会，开个短会。

会上，张书记动情地说："平常我总是说，我们的机关干部不要忘本，不要忘了人民群众，做任何事要想着人民群众。今天我要说，为了一个普通老百姓捐款，我们的机关干部个个都是好样的。开始我还担心，大家自愿捐款，捐不了多少。可是，我估计错了。大家看到一个白血病患者需要捐款的通知，二话不说，不到半天时间，捐到了五万余元。这是一种什么作风，这是一种雷厉风行的机关作风，共产党的干部就需要这种作风。让大家捐款的目的，就是培养大家时刻不忘初心，不忘人民群众的养育之恩。"

星期六上午，北风呼啸，冰冷刺骨。这是入冬以来少有的寒冷天气，也是多年来少有的冷冻。九点多钟，张书记在县民政局局长、当地镇党委书记与村党支部书记的陪同下，带着捐款、慰问款，扛着米面油、猪肉、鱼虾等年货，冒着严寒去了黄金贵的家。

黄金贵母亲金萍听说张书记来了，不相信这是真的。当村党支部书记告诉她县委张书记来慰问他们家黄金贵时，她激动得眼泪都掉了下来，一向口齿伶俐的她，愣在那儿，不知说什么才好。

张书记一跨进屋里，就温和地招呼说："金萍啊，你给我写的信，我收到了。今天我代表县里的领导和机关干部来看望你们，还把你们镇上和村里的干部也都叫了过来。你有什么困难尽管讲，不要不好意思嘛。你儿子睡哪个房间，我们看看去。"

因天冷，黄金贵坐在被窝里，刚才听到外面好像许多人在说话，想肯定是亲戚上门或者邻居来了。

"金贵，金贵，县委张书记到我家来看你了。张书记是专门来看你的。"金萍激动地大声喊着。

张书记看到黄金贵躺在床上，走过去和蔼地说："出院在家里要多休息，天气冷，多注意保暖。治病的事，不要有什么思想负担。心宽了，病也好得快。今天，我带来了县里领导和机关干部的捐款，你要好好治病，争取早日康复。"

　　金萍双手从张书记手里接过捐款，感动得眼泪扑簌簌地掉下来，随即连声说："谢谢张书记！谢谢张书记！"

　　张书记说："党和政府始终与人民心连心，我们干部是人民的勤务员。老百姓是我们的亲戚，今天我们算是来走亲戚了。金萍，往后有什么困难，跟村支书反映，让他来帮你们解决。村里解决不了的，由镇里来解决嘛。再不行就直接给我说。"

　　村支书不时地点头说："请张书记放心，我们村里一定想办法解决，不给县里添麻烦。"

　　县委张书记一走，左邻右舍来了，问："刚才是哪里来的亲戚，那么多人，带来那么多东西？"

　　金萍激动地说："不是亲戚，是县委张书记来我家。"

　　大家惊讶地问："啥？县委张书记？县委张书记能上你们家？跟你们家啥亲戚？"

　　金萍感动得热泪盈眶，说："我们哪里跟张书记是亲眷呀。虽说不是亲眷，可他比亲眷还要亲。张书记是代表党和政府来的，给我家送来了党的关怀和温暖。"

　　这个年，黄金贵一家过得喜气。

有了低保

　　春节一过，黄金贵又要去医院住院了。

　　在病房里，按照医生的治疗方案，黄金贵开始了新一轮的化疗。化疗，对他来说，反应更加敏感，除了全身出汗，还从屁股到大腿外侧都出现了红点，起头不觉得有什么痛痒，随着红点的发作，奇痒难忍。

　　刘虹主任查房时发现了，说："化疗之后，人体免疫力下降，体质弱，最好挂点球蛋白，不过自费的。"

　　黄金贵听说自费，犹豫了片刻，生怕医生开药，果断地说："刘主任，我不挂球蛋白。"

　　刘虹主任说："开几瓶咱们院里自制的药水涂涂，效果蛮好的，也省钱！"

黄金贵哪里晓得，即使想挂球蛋白，不但要自费，而且本院没有，还要自己到外面去找熟人才能买到，五六百元一支算便宜的。

刘虹主任心里明白，白血病病人开始时求生欲望强烈，病人往往不顾家庭积蓄多少，以为治疗几天就好了，就可以回家了，回家以后就不用再来了，其实初始病人，特别是急性白血病初始病人，开头非常凶险，弄不好命没了，脱离危险期以后，再来住院治疗，那才是万里长征刚刚开始。按照黄金贵的家庭经济状况，不靠捐款帮助是撑不下去的。不光黄金贵家庭这样，大多数家庭也都如此。病人大多有这样的心理状态，既想把病治好，又想少花钱，甚至不花钱。当然，作为医生应该理解病人和病人家庭的难处，在确保治病的前提下，有便宜的药，尽量开便宜的，能不用的药，尽量不用，不额外增加病人的经济负担。可是，医保也好，农保也罢，医生开药肯定要对症下药。再说，住院看病自己总是要花钱的，即使全开便宜的药，也不可能都报销的，只不过稍微报多些。刘虹主任望了望黄金贵，虽然没说什么，但心里也替他着急，知道他们家能撑到现在不容易，便对洪艳艳说："病人免疫力低，适当增加营养。"

"嗯。"洪艳艳低着头，感激地回答。

"知道你们有难处。能省的，都帮你们省了。一些检查能不做的，就不帮你们开。可是，该做的检查不能少，该用的药不能少。你们可以找找村里，看村干部能否帮帮你们。"刘虹说。

"年前，县委书记来过了，送来了五万余元。"洪艳艳说。

"好啊，节约点花，可以治疗一段时间呢！"刘虹主任从大到治病和小到日常生活，如何节省钱，都替病人考虑得细心周到。

黄金贵的病比一般同类型的白血病病人要重得多，虽然经过了一段时间的治疗，但是身体仍然很虚弱，在化疗过程中，身体的好多器官应该说都有损伤，早晨醒来感到头晕，四肢无力，腰酸背痛，特别是胃里反应明显不适，饭不想吃。他咬紧牙关，不愿多出声。心想，如果自己叫喊了，不但不能解决问题，反而会增加家人的不安。他痛苦地挣扎着，在床上慢慢翻着身，用被子垫着肚子，额头上渗出豆粒大的汗珠。他知道自己家的钱全被他花光了，从亲戚和朋友那儿想借钱休想借到。靠捐来的钱，得省着点花，能不做的检查不做，能不用的药不用。

刘虹主任查完病房一走，洪艳艳给婆婆金萍打了电话，将刘虹主任的话原原本本告诉了婆婆。金萍立即骑着电动自行车去了村里，见村支书开会，只好在办公室等着。

村支书听见有人来，走了出来，见是金萍，说："你等一下，我们正在开会。"

村支书正在召集村委会委员开会，研究落实县委张书记关心黄金贵家的事，村支书卖了一个关子，没有将实情告诉她。

会上，村支书说："年前，县委张书记带领我们到黄金贵家去慰问，看到他们一家人因病致贫，一家人眼泪汪汪的。县委张书记指示我们设法帮助他家解决困难，渡过难关。如果没有黄金贵生白血病的话，他家在村里来说不算困难，但是生了白血病，把家中所有的积蓄都用光了，亏空很多。金萍给县委张书记写了信，张书记和县委机关干部都为他家捐了款。我了解到黄金贵治疗还要有一段时间，我建议帮黄金贵向镇委申请办个低保，解决他家的后顾之忧。"

村委会委员一致投了赞同票。

金萍在外屋一直等着，办公室与会议室一墙之隔，她坐在那儿，心里盘算见了书记怎么说话，突然听到"黄金贵"三个字，她以为自己出现了幻觉，仔细静听，大家确实说到了她儿子的名字，其他话没有听清楚。她以为大家在背后议论她家，说她家的坏话。是啊，自从黄金贵生了白血病以后，她在村里走路遇到熟人，头都抬不起来，人们总要问："你儿子生了白血病，怎样了？能治好吗？"

她听到问话，好像做贼似的，找个借口，赶紧逃离。刚才听到大家提起她儿子黄金贵，她的神经又敏感紧张起来了，忧伤地想着："唉，儿子得了病，叫我有啥办法呢？"想着，想着，不由得伤心起来，忍不住哭了，声音越来越大。她本来嗓门就大，哭声惊动了会议室里开会的人们。

村委会委员停止了说话，村书记走出来看到金萍在哭，觉得很惊讶，问："金萍，你来找我有什么事吗？"

"我来，我来是想请书记帮我家黄金贵解决低保的。"金萍边哭边说。

"那你为什么又哭了？遇到困难不要难过，总会有办法解决的！"

"听到你们提到我儿子，我一时心里难过，就哭了起来！"金萍揩了揩眼泪，继续说，"书记，求求你一定要帮帮我们家！我们全家不会忘记你的！"

"哦，晓得的。刚才开会就是研究黄金贵低保的事。金萍，你回去吧！我们会尽快报上去的。等上面核实以后再来通知你。"

金萍听了村书记的话，仿佛遇到了救星，遇到了菩萨，朝书记连连说："谢谢书记！谢谢书记！"

三个月以后，经过上面的调查、公示，黄金贵的低保得到了批准，每个月一千五百元。这在农村生活已经够花了，农村人有自留地，粮食、蔬菜等农作物自己种，不用买，有了低保，日子好过多了，起码生活不用愁了。

黄金贵一家人脸上也有了笑眼。

老婆新衣

黄金贵的病情得到了控制，有了出奇的好转，这是谁都没有料到的。

黄金贵的病不但达到预期的治疗效果，而且差不多快要彻底好了，还能在家干一些轻微的家务活了，比如可以扫扫地，拣拣菜，上灶炒炒菜了。

黄金贵生病这一年半多的时间，洪艳艳仿佛一直生活在梦中，时而提心吊胆，时而惊恐万状，本来瘦小的身躯因为长时间的担忧，因为许久在医院的陪伴，吃不好，睡不安，营养不良，脸色腊黄，她这个不到三十岁的少妇，看上去比实际年龄苍老了许多，脸上没有少妇的光鲜感，额头显出了丝丝皱纹，眼睛始终红红的。最近，她跟外人说话时，脸上总算有了点笑容，不过不像黄金贵健康时笑得那么开心和灿烂，而是带有一种苦涩的、说不出来的味道。

这一年半多的时间，说漫长吧，对洪艳艳来说确实漫长，一个人要熬过这五百多个日日夜夜，实在不容易。每当夜深人静的时候，她独自睡在床上，想到未来的日子，那是一种精神上的煎熬，那是一种肉体上的折磨。

这一年半多的时间，洪艳艳没有添过一件新衣，是没有时间去买？是没有心思去买？是没有钱去买？是舍不得去买？一切的一切，都可能存在。

过了小年夜，离春节就没几天了。腊月二十五那天夜晚，外面下着大雪，那是多年不遇的大雪。北风从窗户缝隙钻进来，洪艳艳尽管盖了两条棉被，脚心还是冰冷，睡到半夜，整个脚都冷了，双腿弯曲，缩成一团。她越想越睡不着，越想越伤心，止不住眼泪滚了下来，把棉被的被角哭湿了。

自从黄金贵生病以后，她见到熟人常常有种自卑感。特别是前一段时间，她去原来厂里上班，看到她穿着没有以前那么讲究，说话没有以前那么风趣，别人在背后悄悄说话，她总是有点神经质，以为在说她，以为在说她的黄金贵，好像自己的丈夫生白血病是她的罪过，是她丈夫的罪过。在做工的时候，大家以前见了她有说有笑，现在见了她，好像有意躲着她，有意不跟她说话，从前的一些小姐妹也渐渐跟她疏远了，仿佛她犯了什么罪，给大家带来霉运似的。当有人跟她讲话时，她魂不守舍，有时心不在焉。以前，下了班，她不急着走，跟要好的姐妹聊一会儿家常，然后一起骑车同路回家，路上开开心心，有说有笑。现在没有人愿意喊她一起走，她也很识相，悄悄地走了，生怕给别人添麻烦似的。

后半夜，不知啥时候，洪艳艳想累了，心累了，睡着了。

第二天一早，黄金贵看着洪艳艳还是穿着那件旧得不像样的羽绒服，心疼地说："快过年了，该添件新衣了。再说，老穿也不暖和。没有替换咋行？"

金萍听到儿子与儿媳的对话，心里想，儿子说得在理，这一年半多的时间，儿媳确实付出了太多，自己却光顾了儿子，没有为儿媳买件衣服。她晓得儿媳一切为了黄金贵治病，舍不得吃穿，能省就省。早饭后，她出去了，到小镇上一家服装店挑了又挑，挑了一件价值一百元的时髦的假羽绒服，买了一条三十元的裤子，还挑了一双五十多元的合成革皮鞋。农村里有种习俗，过春节穿新衣服喜庆。

洪艳艳见婆婆帮自己买了一身称心的衣裤和一双鞋子，心里感到甜滋滋的，转念又想，黄金贵住院要用很多钱，自己能省就省，衣服能穿就行，用不着买。便对金萍说："妈，衣服多少钱？你还是退了吧！金贵看病需要用钱，我衣服只要不坏，能够凑合着穿就行。"

金萍说："衣服在小镇上买的，便宜，你去年没添新衣，今年该添件把了。我正要付钱时，我的表妹见了她要付。这不，还不是我买的。艳艳，我们黄家对不住你啊！"

金萍平时经常上镇买东西，有时逛逛商店，跟商店老板熟悉，那天买的衣服和鞋子，本来一样的牌子，如果到城里大商场里去买，挂牌两百多元，打折下来也得一百五十元钱。因为老板直接从厂家拿的货，所以便宜，本来卖给别人要一百一十元钱，又看金萍是老熟人，结果衣服一百块钱成交，三样东西总共不到两百元。便宜是便宜，总归是过年有新的穿了。她晓得买价钱贵的，儿媳肯定舍不得买的。正当金萍付钱时，正好碰到了自己的表妹。

表妹四十多岁，年轻活络，在外地做生意一年赚钱二十多万元，听说金萍帮儿媳买衣服，立即拦了下来，帮她付了钱，笑嘻嘻地说："好长时间没上你家去看金贵了，听说蛮好的。阿弥陀佛！"说着还从皮夹子里拿出一千元，往金萍手里塞，边塞边说，"钱你拿着，送给金贵的。省得我再跑一趟。"

洪艳艳晓得婆婆不会说谎的，望了望婆婆，眼泪涌了出来，哽咽着说："谢谢妈！也替我谢谢姨妈！"

洪艳艳有了新衣服舍不得穿。年初一穿了一天，年初二穿了一天，年初三穿了一天，前后穿了三天，她就脱了下来，舍不得穿了。到了年初八，她又高高兴兴地穿着这身新衣新裤新鞋去上班了。

厂里管午餐。私营企业的老板管理严格，上班时，不准说话，不准交头接耳，只有埋头苦干。中午吃饭时，有半个小时的空闲工夫，大家坐在一起，一边吃饭，一边聊天。洪艳艳自从黄金贵生病以后，多数时间在医院照顾他，最近几个月黄金贵病情有了好转，她宽心了，到厂里来上班，挣点钱贴补家用。这几个月，她很少跟人说话，中午吃饭总是最后一个进饭堂，打好饭，低着头，往没有人的地方坐了下来。

"你看，她男人生了白血病，要人捐款，自己倒好，穿新衣服，打扮得那么漂亮。比我们穿的还好。捐到的钱，用起来勿心疼。"

"这年头哭穷的人有的是，花别人的钱，当然不心疼。"

"她家确实捐到了钱，而且听说还是一笔不小的数目。按理说这笔钱应该用到住院治疗方面，专款专用，不应该挪作他用。当然，你家中有钱，不要别人捐助，你穿什么衣服，别人也不可能指责你，但是你表面上哭穷，需要别人捐助治疗，你必须把别人的钱保管好，不到万不得已时是不好用的。不是说这笔钱已经在我家里，我想怎么花就怎么花，别人管不着。同事看到你家丈夫治病急需用钱，省吃俭用给你捐款。你倒好，吃的穿的用的比人家还好，大家当然有话要说。"

大家窃窃私语，七嘴八舌，说话的声音虽然很小，但还是传到了洪艳艳的耳朵里。开始，她没在意，后来仔细听听，确实是在说她，她想告诉大家，这身新衣是亲戚送的，可是说了人家能相信吗？她想辩解，可是说了有什么用呢？她无需辩解，她无法辩解，她辩解什么呢？她只能低着头不吭气，默默地流眼泪。

同事们不管她听没听到，不管她的感受如何，继续着她们的对话，而且对话声一浪高过一浪。

洪艳艳平时有说有笑，爱漂亮，爱打扮，因为男人生了白血病，厂里老板捐了款，厂里同事捐了款，大家同情她，整个社会都在同情这个不幸的家庭。因为大家都向她家伸出了援助之手，她就不能穿别人捐助的新衣服吗？

看到自己身上穿的新衣服，面对同事们背后有那么多的议论和指责，洪艳艳只有打碎牙齿往肚里咽。

病房大款

血液科病房分南北两边，这次我住在北边两人间病房。老病友刚出院，就搬来了一个病人，那个病人是从四人间里转过来的。医生让病人住层流床，病人住不起。为了减少病人接触更多的人，让他搬进两人间里来。医院对病床进行调价后，两人间的一张床位每天需要七十元。医保能够报销三十五元。病人半年前跟我同过病房，自然我跟病人家属也熟识。见我身体在一天天好转，病人家属在羡慕之余，向我讲述了前一段时间跟一个年轻人住在一个病房的事，说那一家人好有钱呀！

住院病人听说哪个病人有钱，听了不免有点眼馋。我听了，便来了精神，问："怎么有钱？"

病人家属看着我，苦笑了一下，说："不像我们家没钱。也比你们家有钱。"

我回答："你知道，我们家没钱，拿工资的，要说能够看得起病，那是平时一点一点从牙缝中挤出来的，这里省一点，那里省一点，积攒起来的。"

"是啊，我看得出来。那家可不一样。"

我疑惑地问："怎么不一样？"

说着，病人家属细声细气地向我描述。

三个月以前，他们同住一个病房，也是两人间。

这是一个年轻人，是个白血病患者，年纪不到三十岁，精神挺好，刚接触看不出是个白血病病人，从外表看，走路风风火火，怎么看也不像个病人，后来听说他还曾经是个差点被阎王请去的人，算他命大，从发病到现在已经看了两年多时间了，恢复得如此之好，不知道的人怎么也不会相信那是真的。现在病马上好了，好了就不上医院来了。他来的时候，是一个人来的，双手空空，双肩包一背，这哪里是住院，简直是像出差住宾馆。快到中午十一点了，许多病人都在医院里买饭吃。他从来不买，也不吭声。大概十一点半左右，来了一个二十七八岁的少妇，进来也是空着手。接着，小夫妻俩进行了对话。

女的问："中午吃什么？"

男的说："今天来一份狮子头，一份红烧肉，一份鲫鱼汤。"

女的在手机上写着什么，很快搞定了。半小时后，饭菜和水果送到了病房。男的坐在床上，女的挨在床沿上，两人边吃边说着话。

男的说："饭店里的饭菜就是好吃。"

女的望了男人一眼，说："嗯！好吃！"

讲到这里，病人家属低着头，看着自己的丈夫，叹了口气说："他家好有钱啊！要是我家也有钱就好啦！"

我住院也有一段时间了，难得碰到特别有钱的家庭，便好奇地问："你晓得那个小伙子叫什么名字吗？"

"黄金贵。"

"黄金贵？不会吧？他，我也认识，我们同过一个病房的。他老婆我也见过。他家没有钱呀。"

"那是做给别人看的。你去看看黄金贵和他老婆，小日子过得美美的。谁有他家那么富有？"

我听了很纳闷，也不可思议。

我刚起病住院时，也曾和黄金贵住过一个病房，那时，黄金贵的病已治了很长时间了，差不多快要"毕业"了。他来住院主要是缓解后治疗，每天主要挂砷剂，连挂半个月就结束了。这半个月时间，他吃的饭菜大多数日脚是从医院饭堂订的，以素为主，很少订荤的，时间长了，吃腻了，就买方便面充饥。黄金贵母亲说："家里钱花光了，到处化缘。"

护工朱大姊听到我们的说话，走了进来，说："你们说黄金贵啊，你去看看，没有人给他送水果。他和他老婆两个吃的水果都是高档的。你去看看就知道了。从来没听说他家有钱，最近不晓得怎么突然有钱了，听说前一段时间捐到了不少钱。"

黄金贵？大款？怎么可能？我心里纳闷：一定是搞错了。

黄金贵？大款？怎么可能？要么他家把捐来的钱不当回事？黄金贵，你们小夫妻俩这样做也太不懂事了吧，我越想越生气。怪不得一些人不愿意同情病人，不愿意给病人捐款，这从某种意义上来说，那是个别病人自己不自重造成的。

说实在话，不少人存的钱不容易，他们每捐一分钱，都是一种无私的奉献，都有一颗无私的爱心。作为一个受到恩泽的病人，拿到别人捐来的钱，就要一分掰成两半花，既不能浪费，更不能大手大脚，要对得起每一个为你捐款的好心人，要心中时刻牢记这钱不是我的，能不用的不用，自己够用的，决不能动用这笔资金。如果自己的病好了还没用完，应该将多余的捐款转给比自己更需要的病人。这样做才是合情合理的。

我们绝不能有这样的想法：反正这钱不是我的，不花白不花，花光了别人还会再捐的。身患重病的人，对于人家的关怀，更应该倍加珍惜才是呀！

黄金贵捐到了钱，难道变了？花钱就开始大手大脚了？我还是不太相信这是真的。后来护工小赵告诉我，原来那是一场误会。洪艳艳用手机是在给林总发信息，告知想吃的饭菜和水果。林总我在上面提到过的，他得知黄金贵又来住院以后，专门打电话给洪艳艳说："你和黄金贵的吃饭问题，我负责派人送来。想吃什么菜，什么水果，尽管说。你家里人要休息和晚上住宿到我旅馆来。"

虚惊一场

腊月天，日短夜长。傍晚，黄海边，还没到六点，天已经一片漆黑。在附近的农村里，天更是黑得像锅底。在农村，冬闲了，一到天黑，许多人家早早地吃过夜饭，熄了灯，上床躲进被窝里看一会电视，一般八九点钟都睡了。到了夜里十一点多钟，绝大部分人都已进入深睡阶段。平时，整个区域，静悄悄，只有海浪有规律地潮涨潮落，发出撞击堤岸的声音，只有寒风凄厉地吼叫着，奏出令人惊悸的声音。海浪，寒风，好像要吞噬整个夜空。

黄金贵家就住在黄海旁边附近的农村，腊月中旬的一天夜里，此时，若从远处看，他家居住的整个大队从东埭到西埭，漆黑一团，唯独他家的灯亮着，而且灯火通明。四年前，黄金贵，因为生了急性白血病，全家乱成一锅粥，后来治好了，皆大欢喜。如今可是数九寒冬，又是深夜了，他家怎么还没有睡？开着灯干嘛呢？若是经过他家门前的宅路，仔细听来，在这宁静的夜晚，老远就从屋里传出了哭声，哭声越哭越响，越传越远。

寒夜，天气特别冷，气温降到了零下六七度。这么冷的天，这样深的夜，家家户户把门关得实洞洞，因此，黄金贵家的哭声，可以说没有人听到，没有人在意。半夜时分，黄金贵家又怎么啦？

原来头一天夜里接近半夜，黄金贵没留意外面的天气有多冷，自从患了白血病治愈后，又恢复过去的老习惯，起身到自家屋外撒尿，他起身小便，披一件羽绒服，没扣扣子，没戴帽子，一到外面，才感到那天天气比平常冷多了，小便完一路小跑进了家门，浑身瑟瑟颤抖，赶紧钻进了被窝，好一会儿才缓过神来。第二天早晨，他感到不舒服，没起来吃早饭，中午，他先是想起床吃饭的，可是觉得身体突然没劲了，干脆继续睡，不知不觉睡着了。

要说夜里起身到屋外小便，当地农村的男人十有八九都是这样的，所以没有什么稀奇的，也没有什么大惊小怪的。不就起身小个便吗？其实，这对于没有生过疾病的男人来说确实没有什么，农村里的男人从小到大不都是这么过来的嘛。

20世纪60年代至70年代初期，农村里几乎家家子女五六个，七八个，大冬天，除了老大有一件新棉袄穿，老二老三和一直到下面小的，哪个小孩不穿上面哥哥姐姐穿得破旧的棉袄？而且只有一件空头的棉袄，棉袄里头顶多穿件坏布衫或者旧衬衫，没有其他衣服穿，再冷的天也是如此，在家干活如此，去上学也是如此。那时候，多数人家穷，所以不管穿什么，没有人说三道四。穿这么一点衣服，再冷的天也习惯了，小孩子上学去，欢喜沿着沟边河边走，看到水面结了冰，用脚试试冰厚薄，一般连续三天零下四五度的天气，冰就冻得厚实了，人站在上面，冰不会破，也不会掉进冰窟窿。那时候，孩子很少感冒的，即使感冒流鼻涕，也不上医院，不吃药，过几天会自然好的。小孩放学回家，够年龄能参加生产队劳动的，就去地里劳动挣工分；不够年龄的，能够在家帮大人干活的就干活，到家后先做夜饭，做完夜饭，不管天亮，还是天黑，拿起篮子和斜凿，去地里挑羊草和割猪草，到天乌里乌黑才回家。大冬天，没有手套戴，光着手，大多数家庭的小孩手上都有烂冻疮，小孩不娇气，大人也不管。那时候，老师上完课，当即布置几道题目，在课堂上完成，会做的几分钟就做好了，不会做的，等会做的做好了，拿过来抄一下也算完成了，老师见了也不会说什么，学习是很轻松愉快的。那时候，平常星期一至星期六，老师几乎不布置家庭作业，就星期天布置几道，不会做，到学校问同学抄一下也行。手冻得像红萝卜，握笔的手都握不拢，写作业时，手伸到嘴边呼呼热气继续写。黄金贵的父母亲经历过这一时期。

黄金贵出生在公元20世纪80年代末，改革开放已经好多年了，农村集体的土地早已分到户头，由集体转为私人承包，男劳力大多外出打工挣钱去了，剩下的老人、妇女、儿童在家。黄金贵小时候生活条件好了，又是独生子，不愁吃，不愁穿，父亲又会泥水匠手艺，一年到头不缺钱。自小不管什么时候，没有戴过帽子，好像从来没有感到冷过。自从四年前生了白血病以后，衣服虽然比平时要多穿一点，但出门头上难得戴帽子。他自以为自己的白血病治好了，跟正常的健康人一样，也就没有过多地在意自己的身体。

洪艳艳一早就去厂里加班。快过年了，厂里生意好，老板叫大家早出晚归，有时加班做到夜里十一点多钟，工资也比平时多一倍。大家看在工资多的分上，谁也不说牢骚话，反而都希望老板让自己多加加班，多拿点钱回家过年。

还有十来天就要过年了，黄金贵前一段时间住院的医药费有部分还没有报，金萍下午去了村里找村支书签字，又去了镇上，找到了分管民政的干部，村里和镇上知道她家的情况，没有问什么，一路绿灯。办完事到家，太阳西沉了，天阴冷了。她没有顾得上去黄金贵房间，开始做夜饭，做好夜饭，就等洪艳艳回来一起吃饭了。

这已经是第二天的夜里了。洪艳艳八点多钟到家，晓得黄金贵还没吃饭，先是喊了一声，黄金贵答应过一会儿吃。洪艳艳吃完饭，又喊了一声，黄金贵回应说穿好衣服马上出来。过了好一会儿，洪艳艳没听到任何动静，便走进房间，只见黄金贵正在往前走，才走了几步，斜楞着写着八字步，然后应声栽倒在地。洪艳艳猛地扑过去，蹲下身搀扶时，看到黄金贵昏了过去，不省人事，吓了一跳，尖叫着哭起来："妈，金贵不行了。妈，金贵不行了！"

金萍听到儿媳的喊叫声，立即搁下手中的活，扑进了房间，哭喊着："金贵，金贵，你醒醒，你醒醒啊！"她停了停，立即说，"快！快！快！叫救护车！"

洪艳艳立即停止了哭泣，拿出手机拨打了"120"喊救护车。不到一个小时救护车就到了黄金贵的家门口。

北风呼啸，寒气袭人。黄金贵就像四年前起病时一样，被抬上了救护车，洪艳艳扶着黄金贵，任凭洪艳艳怎么哭喊，怎么哭泣，始终不回答。金萍牵着孙子，同乘一辆救护车，她生怕孙子不懂事瞎碰，一边紧紧地抓牢孙子，一边哭喊着向有关人员拨打手机，凄惨地哭诉着："黄金贵不行了！黄金贵不行了！叫我怎么办！叫我怎么办！"

此时，外面下起了大雪。救护车拉着黄金贵向通仁医院出发。车灯划破夜空，警灯闪烁，车子一路拉着警笛飞速掠过原野，十几分钟后上了高速公路。

一个半小时以后，到了通仁医院。黄金贵被送进了急诊室，进行急救。医生们又忙碌开了。金萍和洪艳艳婆媳俩在担惊受怕中度过了一个难熬的夜晚，盼望黄金贵能够醒来。

黑夜终于过去了，天就要亮了，此时黄金贵醒过来了。

这已经是第三天的早晨了。

上午到了上班时间，血液科的专家来了，刘虹主任、蔡尚峰、施文钰、杨立、张雅平等专家医生都来会诊。下午住进了血液科病房作进一步检查。结果有几项指标还是有点异常。

刘虹主任对医生们说："治疗黄金贵的病，与治疗其他同类型白血病病人不同，边观察，边治疗，看情况随时调整用药。"

在医院血液科，生过白血病的人都晓得，生了白血病治好以后最怕复发，一旦复发能不能治好就难说了。黄金贵曾亲眼见过一个与他得相同类型的白血病的人复发之后，时间不长就死了。所以他得知自己的白血病复发了，凄然泪下，情绪一落千丈，吵着不治了，非要回家，大声地喊叫："反正已经死过一回了。大不了，还是死！我已经多活几年了，值了！"

洪艳艳怔怔地站着，望了望黄金贵，半晌才说："金贵，你好糊涂！怎么能不治呢！"

金萍拉着黄金贵的手说："金贵。宝贝。听妈的话！要治。啊！"

刘虹主任来到病房，见黄金贵一直低着头，晓得他不但恐惧治疗，而且害怕用钱，所以情绪低落，安慰说："黄金贵，你的白血病虽然复发了，但是病魔没有初始时那么凶险，治疗应该说没有问题的。最要紧的是，病人需要控制好自己的情绪，积极配合治疗！"

黄金贵抬头看了一眼刘虹主任，心想："都说白血病复发了看不好，难道我的白血病复发了还能治得好？肯定是刘主任怕我想不开才这样说的。"

刘虹主任见黄金贵没有回话，晓得他还存在疑虑，笑着说："黄金贵，你的父母和妻子，为了你看病，吃了千辛万苦。你要是不好好治疗，怎么能对得起他们呢？你不要有思想负担，好好配合医生治疗。争取早日治愈！"

听了刘虹主任的话，黄金贵思来想去，渐渐想通了。

在刘虹主任与医生们的精心治疗下，黄金贵又一次跟死神进行了殊死搏斗，闯过了鬼门关，逾越了地狱之门。

当黄金贵将每次住院治疗结果在微信中告诉我的时候，我也被深深地感动了，替黄金贵默默地感谢为他治疗的以刘虹主任为团队的医生们，是医生们的无私奉献和精湛医术，让他重获新生！医生们付出的心血、汗水和智慧，使他一家人感激终身。

黄金贵说："我的命是医生给的，刘虹主任和医生们又一次把我的病治好了。医生是我的救命恩人。通仁医院血液科是我的家！"

黄金贵一家把通仁医院血液科的医生当作救苦救难的菩萨。每当一家人围坐在一起吃饭的时候，每当看到小孩子围着黄金贵发嗲和调皮的时候，洪艳艳脸露笑容，笑得眼睛眯成一条缝，说："金贵能够活着，要感谢刘虹主任和全体医生。我们碰到那么好的医生，真是烧了高香。阿弥陀佛，医生就是我们的菩萨！"

第二章　美女爱美

我病了一年以后，一次刚住进医院，住在病房过道里，熟悉的病人与病人的家属都亲昵地过来和我聊家常，不熟悉的也来问我得的是什么病，当他们知道我得的病以后，开始表示惊讶，然后好像我是一个新闻人物，问我怎么跟病魔抗争的。医生、护士和护工见到我来住院了，好像久别重逢的亲人似的，都非常热情地跟我打招呼。

责任护士周晓芳在帮我扎针的时候，笑着对我说："东边病房里有一个美女，她非常爱美，我当护士十八年了，在病房里很少见到这么爱美的美女。"

我的病床紧挨美女病房的北边，就多了一垛墙，美女的一举一动虽然看不见，但是周晓芳护士的一句话，使我产生了对美女的好奇心。

美女名叫朱云云，46岁，中等身材，不胖不瘦，是个典型的美人，嫁了个老板，住在五床，床靠南边，倚窗户。晴天，朝霞从窗户透进来，照在美女的床上，映在美女的脸上，躺在床上的美女，双手伸伸懒腰，打着哈欠，嘴里发出了唱歌似的轻声柔和的声音：

阳光啊，阳光，你是我心中的女神！
你给我带来无限的温暖！
你给我带来无尽的祝福！
阳光啊，阳光，你是我心中的女神！
你什么时候带我走出烦恼忧伤的病房？
你什么时候领我走向健康快乐的明天？

阳光啊，阳光，你是我心中的女神！

我多么渴望拥有健康的体魄！

我多么渴望畅游美丽的神州大地！

她说着，轻声地哼着，自编自唱了起来，唱完，笑了笑，随即眼眶又潮了。

她皮肤白皙，身躯柔软，双手轻轻地将被角掀开，像一条美人鱼缓慢地游了出来。她坐着靠在床头，捋捋头发，深深地吸了口气，本来苍白的脸色，因为朝霞的辉映，反衬出一丝丝红晕。她拿出小圆镜，抿着嘴对着镜子，左看右看，用右手不停地将额头的头发向旁边捋。长期的住院，长期的药物治疗，长期的忧郁寡欢，使她的头发显得有点枯萎，没有往昔的光泽，脸上显得有点倦容，没有往日盈盈的气息。

她同病室的病人和家属听到她唱歌似的声音，诗一般的话语，忍不住扭过头朝窗户看去，自然看到她美丽的身段，大家心中不免为她产生一种悲伤与凄切：这么年轻的美人，天使一般的女人，怎么能够躺在病床上呢？但愿她早日脱离魔鬼，走出病房，永远别进医院，别进医院血液科。

平时，她穿着打扮好了，看上去就像一个三十多岁的少妇，要多美有多美。她长着一双会说话的眼睛，只要朝人眯一眯眼睛，那眼神就能把男人看得两腿发软，只要一开口说话，那娇滴滴的声音，就能把男人的魂勾去，她的身材凹凸有致，精巧玲珑，曲线流畅。这样的美女，女人见了也忍不住多看一眼。大家不由自主地称呼她为"美女"。

门当户对

这次住院，朱云云已经住了半个多月了。

"朱云云，你这次住院病情不稳定，不要有什么顾虑，要乐观面对。"刘虹主任从八点钟开始查房，一直到十点多钟才查到朱云云病房，见她呆坐着，闷声不响，劝慰道。

很显然，刘虹主任除了查房仔细以外，还有一点就是善于观察病人的面部表情，由此来洞察病人的思想情绪。她对危重病人、特殊病人或者个别刚入院急需抢救的病人，说什么话，都有分寸。每个病人几乎都有这么一个过程：从最初入院时的满腹焦虑，到后来一段时间的沉闷痛苦，再往后就慢慢成了习惯。许多病人有时虽然嘴上不说，心里却想：我得了如此让人讨厌的疙瘩病，也只能听天由命了。

朱云云望了望刘虹，没说什么，只是摇了摇头，叹了口气。倒是朱云云的母亲坐在一旁，不安地替她向刘虹主任诉说着自己女儿夜里睡眠不好，全身说不出来的酸痛。

这天，又是一个好天气，阳光从窗户斜射进来。虽然已经是9月份了，但是上午刚过十点，秋老虎就已经开始发威了，让人感觉嫌热了一点。特别是病人看到阳光，有时还觉得有点刺眼。刘虹主任查完房一走，朱云云侧身对着窗户，看着阳光，用手揉揉惺忪的眼睛，习惯地拿出小圆镜，照了照，这是她从早晨到现在已经第七次照镜子了，她轻声地发出了慨叹："要是回到二十多年前该多么好啊！那时自己多么年轻啊！"

朱云云出生于20世纪70年代初期，父母亲都是城市里的工人，是个定量户，在那个年代，父母亲在城市有工作，城市户口，那是农村人羡慕不已的事情。朱云云是个独生女，长相跟她妈相像，从小长得就像一朵花，在同学之中非常耀眼，高中阶段，发育成熟，出落得就像芙蓉，不仅是班里的班花，更是校里的校花。她喜欢诗，爱看诗歌，喜欢唱歌，善于打扮，成了许多男生的暗恋对象。下了课，放了学，不少男生忍不住要多看她一眼，看了觉得心里舒服，还有个别男同学做梦都想娶她当娘子。

朱云云高中毕业，大学没有考上，安排在江海市百货大楼烟酒部当了营业员。能进市百货大楼这样的大商场，那是多少年轻姑娘梦寐以求的，在那里做营业员就像当干部，可吃香了。那是个物资稀缺的年代，在商业部门工作，购买布料、烟酒、红糖等商品比别人方便，比如买"红塔山""大重九""贵烟"等名烟都要走后门才能买得到。可是，在商业部门特别是在烟酒部门工作就不同了，逢年过节要买这些紧缺商品，只要跟部门经理打个招呼就行了。那时候亲戚朋友同学都来找她，她就像一个大干部，可神气了。她呢，不管见到生人，还是看到熟人，总是一脸笑容，让人见了怎么忘都忘不了。

那时，朱云云高中同班有个男生，名叫蔡平飞，独生子，个头一米八，长得还算帅，走路耸肩胛，坐着听课，间隔一段时间就打嗝，学习不怎么样，上课老盯着朱云云看，蔡平飞也是城里户口，父母也是工人，跟朱云云可说是门当户对。

蔡平飞高中毕业被分配到机床厂当了一名机修工，这在当时来说，是个不错的职业，旱涝保收，铁饭碗，不少女同学都主动追他，他都没有看上，独独喜欢朱云云，有时做梦都梦到朱云云。他不失时机，托人上门去提亲。朱云云父母见他们是同学，蔡平飞长得虽然配不上朱云云，但是两人相互熟悉，相互了解，又是城市户口，又有一份稳定工作，说到蔡平飞，朱云云也没有反对，就同意了这门婚事。

自从年初确定了恋爱关系后，蔡平飞涎着脸皮，经常拎东西往朱云云家里走动，时间一长，朱云云的父母常常夸他是个好小伙子，朱云云也渐渐地喜欢上了蔡平飞。每当蔡平飞见到朱云云，开心得眼睛眯成一条缝，嘴唇一扁："朱云云，我们明年结婚吧！"

朱云云笑而不答，羞得脸儿绯红，心里也想着那事，只是觉得年纪还小了点，不好意思说出口，后来经不住蔡平飞的花言巧语，猛力攻势，就答应了。她那时扎着两条辫子，听到蔡平飞提出结婚的事，低头双手捻着辫子，鼓起勇气说："你现在拼命要和我结婚，表面看来对我挺好的。结了婚，你还会对我这么好吗？你还会百依百顺吗？"

"我对天发誓，结了婚会对你更好，样样听你的，你叫我朝东，我就不敢朝西，家里一切事情都由你作主。你就是让我做牛做马都行！"蔡平飞握着朱云云的手，久久不愿松开。

结婚那年，蔡平飞22周岁，朱云云刚好20周岁。婚后第二年，生了一个男孩，取名叫蔡永宝，小两口憧憬着美好的未来，规划着把小家庭如何如何经营好，让孩子如何如何过着幸福美好的生活。两家老人更是欢天喜地，忙得马不停蹄。

陌生顾客

江海市百货大楼，是整个江海市区最大的综合性商场。那时候还没有双休日，机关只有一天半的休息，所以大家编写了这样的顺口溜：到了星期五，还有一上午。这个一上午，指的是星期六还要上半天班。在企业部门工作的不存在星期天，有的两班倒，有的三班倒，内部几个人有事可以相互调剂轮休。

百货大楼上午九点开门，晚上十点打烊。到了节假日，商场一开门，早已等候在外面的顾客，一个劲儿往里冲，一会儿商场里人山人海，热闹非凡。这虽然比不上上海第一百货商店、比不上北京王府井百货大楼那么多人，但是对这个商场来说，来的人也算是够多的了。这些逛商场的人，大多数是因为平时上班没工夫，所以一般都选择到节假日一早开门之前排队进场。

百货大楼朝西开门，烟酒部设在一楼大门的右侧南边五六米处，到烟酒部来买东西的人不是很多，能买得起高档烟酒的人毕竟是少数，但是在柜台前转悠的人蛮多的。朱云云当营业员接触的人多，加上长得漂亮，服务态度又好，自然吸引了不少顾客，尤其是男顾客，特别是年轻的男顾客。个别男顾客不看还好，一旦看了还想多看几眼。自从她进入烟酒部当营业员以来，有个三十多岁的男人经常来转悠，有时买包"中华"，有时买几瓶茅台酒，有时来了就是不买东西也要跟她搭讪，没话找话，总在她柜台前说几句。一来二去，朱云云虽然叫不上他的名字，不知道他姓什么，但给她留下了不错的印象：此人个头一米九，不胖不瘦，精精干干，长得帅，穿着时髦，能说会道，看上去是个有钱人。

这人名叫张恒冲，35岁，二十岁那年娶妻生子，他是农村人，老婆也是农村人，有两个孩子，一男一女，男孩14岁，女孩12岁，两个小孩发育成熟早，长得都像个小大人。他老婆比他大三岁。农村人有个说法：女大三，抱金砖，女人比男人大三岁，年轻时不觉得有什么，一过三十岁明显见老。他在城郊开了一个钢丝绳厂，是个小老板。

朱云云二十岁进入百货大楼，如花似玉，说话清纯甜美。不论哪个男人见了，浑身发酥，两腿走不动路，迈不开步，在柜台前跟她多说句话，也感到是一种享受。朱云云见了帅哥，有时也心动。初次见到张恒冲，心想找男人就要找这样挺拔的，不但有安全感，两个人挽着衣袖出门，走在大街上，人们都会投来暗羡的目光，那才叫带劲儿。蔡平飞虽然比不上张恒冲，但个头长相也不懒，还算凑合。

朱云云生来一个好身段，本来漂亮，又会打扮，显得更加美丽。她有一副甜嗓子，对生人也好，对熟人也罢，都是热心肠，说话和和美美，客客气气，给人递东西，总是笑嘻嘻，眼睛盯着顾客，顾客临走，她一转身又对着顾客笑吟吟地说："欢迎下次再来。"

看到这样的美人，听到这么甜美的话语，哪个年轻男人不心动呢？显然，张恒冲去买东西时，就被朱云云迷住了，他近距离地看到如此年轻貌美的女孩，简直惊呆了，眼睛看得发直，久久不忍离去。他对朱云云说："买四瓶茅台！"在朱云云转身拿酒的时候，眼睛又盯着她的屁股看，看着看着，心里痒了起来，忍不住说："你太美了，就像油画里的美人。"

朱云云动作利索地将酒分装成两个袋子，递了过去，朝他抿嘴微笑："你走好，欢迎下次光临！"

张恒冲朝朱云云笑咧咧，还在看她，看得傻傻的，半晌才说："嗯。好！谢谢！"然后慢慢地转身走了，刚走几步，又回过头看了一眼，说，"咋会有恁漂亮的女人呢？谁要是能娶到她做老婆，就是看着也舒服。"

这几句话立即传到了朱云云的耳朵里，朱云云根本不当回事，在烟酒部时间一长，见的男人多了，听到男人说下流的话也多了，根本不放在心里。张恒冲走了，正好那段时间空闲，想着刚才张恒冲的话，心里不觉暗暗笑了起来："真是个大傻瓜，你那么大年纪，谁愿意嫁给你？也不问问我有没有丈夫，我丈夫可是国营企业的职工嘞。即使我还没有找男朋友没有结婚的话，也不可能嫁给你这样一个乡巴佬的。不过你长得倒蛮帅的。哎，男人啊，贼心不死，吃着碗里的，想着锅里的，家里有老婆，还想着别的女人！嘿！真是癞蛤蟆想吃天鹅肉，痴心梦想，女人哪能这么容易让你骗到手啊。"

时间长了，张恒冲去柜台的趟数多了，与朱云云也算熟悉了，有时故意懒着不走，在柜台前磨蹭半天，没话找话，有时话中还带点下流的，让人听了脸红肉麻。

朱云云是个结了婚的女人，对张恒冲的鬼把戏心里很清楚，光听不说话，有时假装忙，干活去了，故意躲开他。在她看来，张恒冲就是一个普通的顾客而已。可是，张恒冲却把朱云云当作猎物似的，穷追不舍。

丈夫失业

20 世纪 90 年代末期，国有企业实行改制，改为股份制企业。

到了 1999 年，不管是国有企业，还是大集体企业，也不管是工厂，还是商场，几乎统统改制了。

"我家老婆失业了。"

"我家老公下岗了。"

有的一家两口都下岗失业了。

一时间下岗失业工人多得像天上的星星，数也数不清。

一些本来比较红火的企业，钱进入少数领导的腰包，时间不长倒闭了。工人失业了，自然绝大多数人找不到工作，有的为了养家糊口，不得不干了个体。刚开始下岗失业，许多人家就像生活在黑夜里，不知道什么时候是天亮。那段时间真是让人揪心啊！

工人失业了，那些企业的领导呢？他们有没有失业？我知道有个机床厂的领导没有失业，厂领导都在背地里偷着乐。那是改制以后过了十几年的事了。

一天，我的办公室来了一个人。来人五十上下年纪，一看来人派头，听他说话口气，至少曾经当过官的。在我那儿办完事，还坐着不走。我问："你还有什么事吗？"

"老张，你星期天有空吗？我请你到郊外去钓鱼。"见我办公室的同事一走，那人立即问我。

"你们企业不是破产了吗？怎么还有钱呢？"我抬眼望着来人，疑惑地问道。

"工人失业，工厂破产了，我们总经理、副总经理、总账会计，都留了下来，将厂房租出去，一个季度或者半年收一次租金，收到的租金上缴少部分，余款由几个管理人员自由支配的。以前，我们拿的工资是死的，最多拿点回扣，多分点奖金，多分点提成。现在可就不同了，租金几个人收，几个人花，没有人来过问了，照常吃香的喝辣的，无忧无虑，热热闹闹，钱拿得不但不比以前少，反而更多了，人也轻松自在，几个人拿着租金高兴时相约打打牌，吃一顿，过去有工人眼睛盯着，现在没有人敢放屁，也没有人盯了，收到的租金想怎么花就怎么花。那可真是神仙过的日子！"

"你是哪个企业的？"我问。

"机床厂的，做过总经理。"

"机床厂以前是很有名气的。你们改制以后又运转了好多年，直到前几年才破产的。厂区大，厂房又多，每年要收不少租金嘞！"我早就听说过机床厂，也知道机床厂在哪个位置，十多年前刚改制裁员时，个别职工就厂领导贪污公款等事向市里有关部门进行了举报，此事被时任分管企业的一个副市长压了下来，自然职工告状告在袜统里，厂领导当然平安无事。多年以后，那个副市长犯受贿罪进了监狱。我知道面前的此人工于心计，绝不是一个省油的灯，便附和几句。

"反正现在吃用比过去更加灵活，你想咋玩就咋玩呗！你哪天有空我开车来接你，出去钓鱼。"来人说的话，阴险狡猾。

"我对钓鱼和玩不感兴趣。"我沉着脸，鄙夷地说。

"那改日请你吃饭吧！"说完，来人走了。

听了那人的话，我如鲠在喉，感到一阵恶心。心想，怎么能让这些人掌管企业和资产呢？难怪企业走到今天这个地步。有这些人当家，就是再好的企业不败才怪呢？难怪一个个好端端的企业，时间不长，破产了。

那时，企业实行了改制，员工办理好失业登记，立即走人，从此与原先的单位没有一点关系，回去自找门路。

企业实行了改制，原先的领导还当领导，领导比过去更加耀武扬威，他们走路腰杆比过去挺得更直，头比过去仰得更高，如果说过去厂里不好随便开除一个工人，那么实行改制以后，领导想开除谁就开除谁，要开除不需要任何理由。除了保留技术骨干外，其余的想让谁走，就让谁走。所谓的技术骨干，那是跟领导平时走得近的人，喜欢溜须拍马的人，经常往领导家跑送东西的人，就是那些人留了下来，其他的想留都不让留。你越年轻越让你走得快。三四十岁的青壮年失业了，断了经济收入，上有老，下有小，一大家子人怎么办？自己没工作没饭吃了，心里就像被一块大石头压着，多半沉闷，郁郁寡欢。

蔡平飞所在的机床厂同样实行了改制。厂长开大会宣布说："这次改制裁员十分之一，技术骨干嘛，我们是要保留的。"

职工去留由厂长说了算，大家都不想下岗失业，改制前几个月，每天晚上厂长家里职工盈门，几乎踏破门槛，一人刚走，另一人又来，厂长夫人见来人又拎东西又送钱，欢喜得眯花眼笑，趁机又发了一笔横财。

蔡平飞想，改制裁员不是说保留技术人员吗？自己年轻，又有技术，就没去厂长家跑。按说厂里改制，像这样的年轻人还是要留的。但是他有点死脑筋，平时见了领导不愿说奉承话，爱说些风凉话，有一次一名不懂技术的副厂长到他班组指手画脚，蔡平飞仰仗有技术，把他顶了回去。这次裁员，这名副厂长想报复的机会来了，在厂领导班子会上，说："蔡平飞的技术是不错。他平时不服从管理，留着还不如裁了。"

"厂长，怎么把我裁了？不是说有技术不裁的吗？"当厂长在全体职工大会上宣布裁员名单后，蔡平飞不服气，散会后找了厂长。

"蔡平飞，厂里领导集体讨论决定的事，没有讨价还价的余地。你就是不想走，也得走。厂里明天起和你中止合同。赶紧办理失业登记。过了时间，如你不去办，就把你开除出去，那时你连补偿金都领不到。哦，走吧！改制，失业，不是我规定的。这是国家政策！懂吗？谁敢对抗国家政策？"厂长平常霸道惯了，不耐烦地说。

"那么你为什么不下岗？哪条政策规定，你们可以不下岗的？你们这是胡来！你们是一群流氓！无耻！"蔡平飞两眼射出怒火，眼睛盯着厂长，真想揍他一顿才解恨，但他晓得胳膊扭不过大腿，只好悻悻而去。

蔡平飞不明不白地下岗失业了。那年，他33岁，这个年龄对他来说虽然是风华正茂，可是他失业了，他去哪儿寻工作呢。开始几天，他失业在家，见东西就摔，见孩子就骂，几乎快要发疯了。那年，他孩子10岁，孩子非常懂事聪明，放学回家见他闷闷不乐，吓得不敢吭声，乖乖地去做作业了。

朱云云所在的百货大楼总经理是全国人大代表，她在全体职工大会上宣布："改制归改制，凭着以前的家底，我们可以一个都不下岗。原先在哪个岗位做，还是在哪个岗位做。你们仍然可以放心安心地做好自己的工作。我还像以前一样，不多拿一分钱，你们仍然可以监督我！我不会给大家穿小鞋的。"

人心齐，泰山移，百货大楼经营效益一路攀升。可是，像这样有魄力的女强人，特别是跟老百姓心连心的带头人在江海市能找出几个来呢？原先跟它相差无几的香销和创联两大商场，改制不久就彻底倒闭了。朱云云在这样的单位工作还是不愁吃不愁穿，心情也格外爽，上班，下班，仍然笑得像一朵花，人们看不到她脸上有什么忧愁。

多年以来，习惯于上班、下班四平八稳的蔡平飞，一下子没有了工作，呆在家中感到天塌下来了。原先温和的性格变得暴躁了，家务活也懒得做。见到朱云云回家，带着银铃般的笑声，他感觉好像有意在羞辱自己，气不打一处出，大声吼道："你能，就你能？你笑！还笑！烦死人了！"

朱云云上了一天的班，累得腰酸背痛，想用笑声放松放松，见蔡平飞一脸怒气，丈二和尚摸不着头脑，立即不声不响地走进了厨房间。厨房间没有一点热气，她知道蔡平飞失业了心情不好，不再说什么，默默地系着围腰，淘米煮饭，洗菜炒菜，不到一个小时，热气腾腾的饭菜做好了，端到了桌子上。见孩子埋头做着作业，喊了一声："永宝，吃饭了。"

孩子回答说："妈，我还有一道题就做完了。做完来吃。"

一家人坐在一起吃饭，孩子低着头，偶尔抬头看了看蔡平飞，吓得又低下了头。朱云云晓得孩子最近放学回家跟大人话也少多了，多半是看着他爸爸动不动就发火，一定是怕了，便说："永宝，爸爸妈妈就你一个宝贝，你要好好学习。"

孩子懂事地说："嗯。我一定好好学，不让爸妈操心。"

此时，蔡平飞自觉理亏，不好意思地说："云云，对不起！"

"只要我们一家人开开心心，我累点算啥！"朱云云心疼地说。

接着，两人一会儿看着孩子，一会儿相视着，苦笑着，然后只顾吃饭，谁都不说话。

吃过晚饭以后，朱云云帮助孩子洗涮完，孩子就去睡觉去了。

收拾完家务，朱云云习惯地坐在沙发上，靠着蔡平飞看电视，权当休息，边看边开导："不要老想不开心的事，失业怎么啦？又不是我一家失业？又不是你一个人失业？多嘞！有什么大不了的事。先在家调整调整，过一段时间再想想其他办法吧。"

"你说的倒好，是啊，不是我一个人。一个家庭里，不管是男的，还是女的，有一个下岗失业，家里的生活就够呛。就算两边父母有退休金，不用我们花钱，但是我们也不能花他们的钱。你一个人的工资养活三个人，还是比较吃紧的。何况我是个男的。男的没工作，在家靠老婆养活，算什么事呢？多丢人？"蔡平飞话中带着伤感。

朱云云看着蔡平飞，心里比他还要难过，表面上却装作若无其事的样子，说："没什么大不了的，人家能活，我们也能活。事物都是发展变化的，有时坏事会变好事的，那些做老板的，不是天生就会做生意的，还不都是逼出来的？你脑子那么灵光，也可以试试。"

蔡平飞一边看着电视，一边心里想，如果自己想不开，那么朱云云就更加想不开了，不能让老婆跟着自己难受，于是安慰道："云云，好啦！好啦！听你的，活人总不能被尿憋死。好的，我在家调整调整心态，思量思量外面有什么生意可做。过一段时间，出去闯荡闯荡，假如生意做得好，钱肯定比在原先厂里挣得多！"

丈夫弃她而去

朱云云做班一天下来累得骨头像散了架，坐在沙发上不时地打瞌睡，强打精神跟蔡平飞聊聊天，舒缓一下情绪，没想到一聊聊到了后半夜一点多钟，感觉蔡平飞情绪稳定了，她想着明天还要上班，就去房间睡了。不一会儿，蔡平飞也来睡了。朱云云一觉睡到第二天早晨六点钟，起来帮蔡平飞和儿子做好早饭，儿子吃完饭，背着书包去上学了。她见蔡平飞躺在床上没睡着，自己吃了几口饭，便说："平飞，我上班去了。"说完，就走了。

时间像白驹过隙，一晃一个月。

蔡平飞情绪一天比一天稳定，心情一天比一天好。他与朱云云商量说："想到附近乡镇去开办一个皮鞋厂。你看怎样？"

朱云云经过反复考虑，说："试试看。最好先到一家皮鞋厂里打打工，学点本事，看看别人怎么做的，把技术学到手以后再自己做，这样反而顺手，容易成功。要不然，刚开始不知从何下手。"

蔡平飞觉得这个主意好，找了熟人牵了线，到一家皮鞋厂上班了。初时在车间，有些不习惯，几个月下来，成了熟练工。

厂长见蔡平飞人聪明，能说会道，让他跟着跑供销。不到一年时间，蔡平飞就熟悉了全套业务。

一年后，蔡平飞独自在城郊开了一家皮鞋厂。开始办厂，朱云云全身心地张罗，工商办照，招聘师傅，招工选人，制订规章，大事小事，能想到的，都帮他想到。好像厂不是蔡平飞开的，而是朱云云办的。起初招了十几个农民工，蔡平飞当起了厂长，全部精力放在厂里，有时一天二十四小时，只睡三四个小时，生意忙的时候，车间就是房间，吃饭让厨师端到车间，夏天只穿背心短裤出入车间。刚开始，不管生意再忙，他每天晚上都要回家向朱云云告诉厂里的情况，工作的情况，营销的情况，成本的情况，利润的情况，小两口不怕创业的艰辛，虽苦犹甜。朱云云只要轮到休息，或者蔡平飞厂里忙不过来时，会主动跟同事调休，把孩子告托给自己的父母照管，去厂里一起帮助谋划，一起帮助干活。只要朱云云一出现在厂里，工人们都喜欢她，都愿意听她的。大家看到他们夫妻俩恩恩爱爱，不怕吃苦，都十分买力，帮着省工省料。

蔡平飞生意越做越红火，心情也越来越好。办厂走上正规以后，蔡平飞不像初创时期那么累了，朱云云除了上班，就是操持家务，带好孩子，厂里的事也不去操心了。那段时间，订单来自不少地方，有新疆的，有内蒙的，有河南的，小两口开心得心花怒放，做梦都是在数钱。订单一多，厂里人手不够，夫妻俩决定再招十个农民工，农民工只要管吃管付工资就行了。那时候，乡下人普遍不富裕，一个月有几百块钱的工资收入就蛮开心的了。好多乡下初中、高中毕业的姑娘考不上中专和大学，没有工作，又不愿种地，都想脱离农村，到厂里谋个工作，看到招工启事，积极报名。几个长得漂亮的姑娘，自然录取了。蔡平飞既当厂长，又当供销员，外出还轮流带着新招来的几个漂亮姑娘。姑娘外出一天，工资加倍，有吃有喝，这样的美差，哪个不乐意呀。

男人在外面办厂，妻子在家哪能管得着。蔡平飞有了钱，有了权，飘飘然了，每次外出都要带着厂里的漂亮姑娘，只要带着姑娘到外地出差，两人就开一个房间。姑娘见是老板有意安排，开始半推半就，时间一长就像新婚夫妻一样如胶似漆。几个姑娘一旦跟蔡平飞上了床，自觉身价高了，平时在同事面前走路昂首挺胸，说话底气足了。哪个姑娘只要跟他睡了觉，蔡平飞自然会给哪个姑娘加倍甚至几倍的工资。从此，蔡平飞夜夜做新郎，几个姑娘先后轮流成为他的情人。哪晓得几个姑娘之间还争风吃醋，一个瞧不起一个，其中有一个姑娘虽然长相一般，但却满脸凶相，满肚子坏水，还有几个都怕她，自觉地退了出来，这样她就理所当然地独自霸占了蔡平飞，蔡平飞也想甩掉她，可是又怕她，穿上了这件湿布衫想脱脱不掉了，最后彻底堕落了。

男人只要外面有了女人，哪怕自己的老婆再漂亮，再能干，自然也不想回家了。蔡平飞有一段时间不回家了。朱云云开始也没有多想，以为厂里事情多，走不开，可是再忙也总得回家看看吧，或者打个电话问候几句。她总觉得不对，可能有什么事，一个星期天，她去了厂里摸摸底，看看蔡平飞究竟在忙啥。

工人们见了朱云云感到很亲切。

一个女工人说："老板娘，恁长时间不见你来，想你嘞。"

"怎么不见蔡平飞呢？"

"每天早晨上班时来一下，就出去了。"

"晓得去哪儿吗？"朱云云问。

"还真不懂。"

大家都朝那个工人眨眨眼睛，示意不要乱说。

朱云云一看大家动眉头眨眼睛，就晓得其中的名堂了。见这么多人，说话不方便，随口笑着说："我来厂里随便走走，随便问问。"说着，又来到会计办公室。

"哎呀，老板娘，你来了。"会计抬头一看是朱云云，赶忙站了起来倒茶，笑着说。

"蔡平飞最近在不在厂里？"朱云云随口笑着问。

"在的，不过每天早晨一上班在厂里转一圈，说几句话，就跟一个女的出去了。"会计生怕别人听到，低声地说。

"女人？是厂里的女人吧？"

"对的。"

"晓得去哪儿吗？"

"真不知道呢！"

"嗯，随便问问。"朱云云心里发疯似的恨蔡平飞贼无良心，表面上却依然笑着说。她刚走出会计室，走进车间，就听到有人窃窃私语。

"蔡平飞不知哪根神经搭错了，屋里有恁好的娘子，在外面弄个姘头有什么好？"

"蔡平飞花心足，见了女人嘴都咧开了，像只骚猪！"

"蔡平飞娘子又漂亮又贤惠又有文化，打着灯笼也难找。她怎么瞎了眼找那样的男人呢？"

朱云云假装没听到，跟大家打了个招呼就回家了。这一状况犹如晴天霹雳，她做梦也不敢相信是真的。她知道，男人有了钱，就会花心，就玩女人。她想："说要美女，我不美吗？我哪点不如人家，我哪个地方对不住你，你蔡平飞天地良心何在？你不管老婆和孩子，你还算人吗？女人难道真的是男人的玩物吗？"

朱云云过后又去厂里找过几次蔡平飞，两个人见了面，便直截了当地说："蔡平飞，你的事情我全晓得啦。劝你认真考虑考虑，跟那个女人一刀两断吧。"

"我，我，试试吧！"蔡平飞说。

"断就断，试什么试？男人要对家庭负责！"朱云云来火了，"好好想想吧。离了我，离了这个家，你一文不值。"

"好啊，你说我离了你一文不值，你看我离了你行不行！"蔡平飞自以为翅膀硬了会飞了，根本不在乎朱云云说的话。

一天晚上，蔡平飞回家来了。他厚颜无耻地对朱云云说："我们离婚吧。"

"为什么非要走这条路呢？孩子都十几岁了，不离不行吗？"朱云云茫然地盯着蔡平飞，看在孩子的分上，想假如还能和好的话，就原谅蔡平飞过去的行为。

"非离不可！"蔡平飞非常坚决，没有商量的余地。

"你连家都不要了？连孩子都不要了？我哪里对不住你？你说！"

"朱云云，是我对不住你！"

"你这个骗子！无耻！你会遭报应的！"朱云云内心悲凄，欲哭无泪，觉得和蔡平飞这样的人再也不可能过下去了，也没有必要过下去了，就是不愿表态，如果表态同意的话，那么太便宜他了。

可是，蔡平飞起诉到了法院，离婚理由这栏本来没有什么好写的，他却编造了这样荒唐的理由：夫妻感情不合，已分居一年。

首次开庭，法官洞察了一切。

随庭去的亲人好心地提醒说："朱云云，是蔡平飞的过错，你在法庭上提出来，法官会酌情处理的，你可以多分些财产。"

朱云云坦然地说："我就要孩子，其他什么也不要。"

法官："孩子已过了十岁，究竟跟谁走，可以由孩子自己决定。"

第二次开庭那天，孩子在亲戚的陪同下也到了法庭。当法官询问孩子时，孩子说："我跟妈妈走！"

其实，蔡平飞内心不想要孩子，就怕法院判决给他，就怕孩子缠着他，现在好了，孩子自己要跟他妈走，他如释重负。

朱云云心里明白，蔡平飞已经不要这个家了，又何必留恋他呢？即使自己不想离婚，过了六个月，他重新起诉，法院还是要判离的，还不如早点成全他！

在开庭结束时，朱云云当即在合议庭笔录上签了字，在离婚协议调解书上签了字。签完字，她突然明白，一个好端端的家说没就没了。

法庭开庭结束了，朱云云看着蔡平飞走出法庭，走向另一个女人，两眼含着眼泪，心里空落落的，陷入了深深的苦闷之中。

机会来了

此后的一年半载，朱云云一直生活在痛苦中，好长一段时间，她上班魂不守舍，她恨蔡平飞，恨他抛弃他们娘俩，恨他做出如此缺德的事情。她相信做了坏事，一定会遭到报应的，蔡平飞一定会遭到天打雷劈。她喜欢自己的孩子，孩子是她的精神支柱，每当苦闷和劳累时，想想聪明懂事的孩子，就不觉得苦不知道累了。她想一人就是再苦再累，也要把孩子拉扯成人，等孩子考上大学，再谈别的事情。

同事中的小姐妹都很同情她。劝她凭她的姿色，再嫁个小伙子都不成问题。当夜深人静的时候，她躺在床上睡不着，不是没有想过。现在新社会，蔡平飞不要她，不要孩子，她可以改嫁。可是，改嫁，孩子怎么办？哪个男人能接受她的孩子。自己如果还二十多岁，如果没有结过婚，长得又好看，当然不愁找不到一个好男人。可是现在已经三十多岁了，虽然长得漂亮，但是毕竟是嫁过人的，嫁过人的女人，又有孩子，拖个"油瓶"，哪个男人愿意接纳呀？嫁过男人的女人，特别是生过孩子的女人，要找个头婚小伙子是不可能的，只能找个二婚甚至三婚的男人。

朱云云像个新闻人物或者社会名流，她离婚的情况不胫而走，尤其在她原先高中同学中炸开了锅。

"班花校花，我们的朱云云多么可爱啊，怎么会碰到蔡平飞那样的流氓无赖呢？"

"当年，追朱云云的男生多得很，有自己班级里的，有其他班级的，许多男生打听她，盯着她。"

"嗳，一晃都成往事了。自然那时她见了男生更是高高在上，有时走路屁股故意一扭一扭的，男生看了心里发痒痒。她回头看了感到好笑。"

"可惜我成家了，如果没有成家的话，我就娶她做老婆。"一个男生惋惜地说。

朱云云刚上高一的时候，一个比她高两级的高三男生，给她写求爱信，下课时专门找到她，当面表白。她当时一阵害羞，但是很快沉静下来，婉转地谢绝了，没有使那个男生难堪，也没有在其他同学中说过此事，她人很聪明，遇到这种事，很讲究分寸。她心里想："人家追求你，说明他喜欢你，喜欢你的人多，有什么不好？非得让人难堪干什么？"

时间真是一晃，那件事情已经过去了十几年。十几年，说遥远也遥远，一天一天走过来，走过了十几个春夏秋冬，伴随着多少个日日夜夜，经历着多少个风霜雨雪。自己从一个姑娘变成了别人的娘子，而且不明不白地又被人抛弃了。就像自己乘坐一辆汽车，行驶在茫茫黑夜中，突然被人抛弃在百里无人烟的荒郊野外，叫天天不应，叫地地不灵。天啊，你叫一个弱女子怎么走出这令人忧伤的困境呢？一个女人一旦结过婚，要想再找个称心的男人是比较困难的了。一个让男人睡过的女人，那条裂缝是无法缝合的，这个女人就如同一个旅行箱子的标签，走到哪贴到哪，怎么改都改变不了。

朱云云痛苦极了。白天上班，她在顾客面前装做没事一样，照样含笑如故，傍晚下了班，一回到家，收拾完家务，等孩子熟睡以后，她独自躺在被窝里，泪湿衣被，有时默默地流泪，有时放声大哭。每一天的日子对她来说都是无比煎熬，每一年的日子对她来说都是那样漫长，心中的苦恼无人可诉。她常常自言自语地说："人生啊，你为什么要捉弄我？为什么要让我嫁给蔡平飞这样的人？我美好的人生被他毁了。当初嫁个老老实实顾家的男人有什么不好？天啊，你为什么偏偏让我选择蔡平飞呢？”她几乎对人生产生了绝望。

朱云云与蔡平飞离婚一年多，无法从阴影中走出来。

三年过去了，五年过去了，十年过去了，她由妙龄少妇，成了中年妇女。孩子在她的培养下，也已考上了一所名牌大学。

再说蔡平飞与朱云云离完婚，就与那个女人结了婚，那个女人自从成了蔡平飞的老婆以后，在工人面前更加神气活现，动辄骂人，大家不吃她那套，暗地里使坏，一年不到，厂就倒闭了。蔡平飞看着厂子倒闭了，也把那个女人甩了。他从银行贷款了二十万元，卷了一票，独自外出，从此像花儿一样，无声无息，谢脱了。

朱云云一如既往地照顾蔡平飞的父母。离婚的第三年，蔡平飞的父亲和母亲先后卧病在床，朱云云请去了护工，说：“我会经常来看你们的，你们有什么困难需要帮助尽管说。”

“云云，好孩子，我们蔡家对不住你啊。我们不晓得哪辈子做了坏事，生了这个孽子。”蔡平飞的母亲临死前拉着朱云云的手，两眼睁着，淌着泪水，气绝身亡。

两个老人到死，蔡平飞都没有回宅露过面。

朱云云不避前嫌，带着儿子为两位老人披麻戴孝，料理后事。

邻人见了赞叹地说：“蔡家生了个孽子，娶了个好儿媳。像朱云云这么好的儿媳世上少有的。”

朱云云与蔡平飞离婚以后不太注意打扮，全身心扑在工作上，扑在抚养儿子身上。儿子一天一天地长大了，一天比一天懂事了，朱云云重新开始注重打扮自己。男人四十一枝花，女人四十豆腐渣。可是，朱云云却像个冻龄女神，尽管四十多岁了，还像二三十岁一样年轻漂亮，美得惊艳。期间，她的同学帮她介绍了好几个男人，有几个表面看来中意的，接触一段时间就晓得是垃圾。有个男人下了岗，他的女人离他而去，多年来一人过。他下岗以后摆摆小摊，做做小生意，只能自己糊口饭吃。这男人一见朱云云那么漂亮，惊呆了，心里默默地说：“世界上还真有这么漂亮的女人，跟画中的一样，太美了。”他当即跟媒人说，“不嫌她结过婚，不嫌她有小孩。”可是男的家太穷了，没有房子，他跟父母住一起，和这样的男人结婚没有隐私可言，也不自由。与其过那样的日子，还不如独身。这么多年都过来了，独身对她来说也已经习惯了。她也不再感到寂寞，不再需要凑合的男人。有时想，要找就要找个自己满意的男人，起码要对自己好，能接纳她的孩子，还要有钱，那些没钱的男人，那些没有出息的男人，一概免谈。

"你好，美女。"一个高个子男人站在柜台前，盯着朱云云，跟她打招呼。

"你想买点什么？"正在蹲着整理东西的朱云云，听到有人说话，立即停下手中的活，站起来，笑着问。

"刚才在服装部买了一件衣服。顺路过来看看你。"男的眼睛发直地盯着朱云云说。

"哎，你认识我？"朱云云说着，抬眼看了一眼面前的男人，确实觉得有些面熟，但想不起来在哪儿见过，于是仔细打量着面前的这个男人，看着他有五十多岁年纪，衣服穿得光鲜，裤缝毕挺，皮鞋锃亮，看上去是个有钱人，长得也不差。

"你真的忘了？想不起来啦？我叫张恒冲，十多年前，我经常来这里买东西。后来在外地做生意，难得回来，即使回来到大楼来买东西，也没有碰到过你。多少年不见，你还是那样美，不过面色不好。遇到什么困难了？如果缺钱的话，我可以借给你。我现在江南做生意。有一个建筑工地。"

"噢，大老板。我想起来了。借钱可不敢，借了要还的，还不起咋办？还是不借的好啊！"

"美女，你借钱，不收利息。啥时候还都可以，不还也没事，就当我捐助。"张恒冲涎着脸皮说，"你实在想还的话，把你人押给我算啦。"

后来，张恒冲隔几个月来一趟，跟朱云云聊聊天，当他得知朱云云已经离婚了，儿子也已考入大学，便立即对朱云云发起了猛烈攻势。张恒冲从开钢丝绳厂起家，发财后，开了一家服装厂，后来又承包了建筑工程，那些年，城里人买房子买疯了，他成了亿万富翁，成了大老板。现在他知道朱云云是单身，感觉机会来了。他想，自己有的是钱，能娶到朱云云这样的美人，那是自己修来的福分。她可以不用上班，自己可以经常带着她出去兜风。

自从张恒冲重新在面前出现以后，朱云云夜里睡不着了，被他的外貌迷住了，被他的谈话迷住了，想要是嫁给这么有钱的人，自己就不用上班了，可以坐享清福。想想整天两班倒，八个小时不能少，钱挣得不多，何苦呢？女人就是凭脸蛋吃饭，这样的男人，如果不抓住，过了这个村，就没有这个店了。现在趁自己还算年轻，假如过了五十，想要再嫁个像样的男人就更加困难了。

一个星期天，张恒冲又来了。这一次，张恒冲跟朱云云聊天，一直聊到她下班。下午两点多钟，朱云云要下班了，张恒冲说："我请你去吃饭。"

"好呀，大老板请吃，哪有不去的理？"朱云云笑盈盈地说。

张恒冲开着宝马车把她带到了一家五星级酒店。

从做姑娘到嫁人，到现在，朱云云还是第一次进五星级酒店吃饭呢。两人边吃边聊。

张恒冲，比朱云云大 15 岁。有两个厂、一个建筑工地。第一次，张恒冲没提任何要求，吃完饭提出送朱云云回家。朱云云欣然接受。以后，张恒冲每隔一段时间过来一次，来一次，聚一次。几次一来，两人更加熟悉了，朱云云对他的设防渐渐解除了，对他也有了好感。那天，张恒冲又带她去了五星级酒店，朱云云被张恒冲灌了几杯酒，醉了，张恒冲趁机开了一个房间。朱云云醒来看到自己赤身裸体，见张恒冲光着身子躺在身边，瞟了一眼张恒冲，啥话没说，心里明白了，男人见了女人馋涎欲滴，什么卑鄙龌龊的事情都能干得出来。张恒冲说："朱云云，我真的喜欢你！你嫁给我！"

朱云云经过第一次的感情波折以后，不想轻易嫁人，非常谨慎地说："等你把婚离了，我就跟你结婚。不然光做露水夫妻，偷偷摸摸，我是不愿意的。"

张恒冲知道已经跟她上了床，就不怕她不愿意，有段时间不谈结婚的事，这倒反而使朱云云想急于跟他结婚。他说等哪天朱云云休息了，带她去厂里、工地转转，考察考察，然后再作决定。朱云云是个心地善良、比较单纯、没有心机的女人，张恒冲说啥她都相信。

一个星期天，轮到朱云云调休，就跟张恒冲去了厂里，还去了工地。张恒冲向朱云云介绍这介绍那。张恒冲老婆看着朱云云那么富有姿色，一下子惊呆了，感觉有点不对，立即盘问张恒冲。张恒冲谎编朱云云是某某地方某某服装公司的总经理。

朱云云考察一圈以后，想到了自己的未来，燃起了对新生活的渴望，决定嫁给张恒冲，与他一起奋战，一切重新开始。张恒冲也决定等时机成熟以后娶她为妻。不等朱云云开口，张恒冲在城里先给她买了一栋别墅，又给她银行卡里打了五百万元人民币。这就是张恒冲与朱云云准备结婚的见面礼。

从此，张恒冲瞒着自己的老婆，与朱云云正式过起了两口子的生活。张恒冲让朱云云辞退了工作，跟他一起享受人生的快乐！

迟到的爱

前几年，每到年关前几个月，各大商场的订单陆续来了，张恒冲办的服装厂，开始忙碌了。女职工们起早摸黑，都在加班加点，有时做到夜里十二点才下班。

在厂里，有一个胖胖的女人，在大家认真地阒然做活时，她总是绷着脸，踱着步，好像一个地主婆，嘴里不停地唠叨："大家抓紧做，赶紧做，提前完成任务有奖，超额完成有奖，做得慢做得少扣奖金。"

本来大家肃静无声，听到她这么一唠叨，忍不住抬起头望了她一下，看到她满脸横肉，一脸蛮相，好像人家欠她债似的，心里想："到底是老板娘，怪不得说话口气大。"

这说话的胖女人，名叫顾卫珍，张恒冲的老婆，比他大三岁，蛮横出名的，稍有不称心，就要跟人干架。做姑娘时，社员们称她为蛮小娘。嫁给张恒冲后，大家称她为蛮娘子。接管厂子后，大家称她蛮老太婆。不要说工人怕她，就是张恒冲见了，也惧怕三分。十年前，张恒冲开了建筑工地，将服装厂交给了顾卫珍，头几年，关键时候过来把把关，后来钱挣得多了，事情忙了，来的次数逐渐少了，可是年关加班时间，张恒冲基本上天天守在厂里，职工们看到张恒冲不敢马虎。这两三年，张恒冲建筑工地上事多，挣的钱也多，根本不在乎服装厂收益好不好，就干脆放手不管了，偶尔来一趟，也是走马观花，问问经营情况而已，根本不把厂子放在心上。

自从张恒冲不管服装厂以后，厂子经营不是太好，原因是多方面的，其中之一是顾卫珍大权在握，没有向张恒冲请示，擅自将五十岁以上的几个老职工都回掉了，新招录了一批年轻人，一来年轻人工作不熟悉，二来不吃她那一套，你说你的，我做我的。有的看她傻乎乎的，不懂业务，光晓得骂人，故意出点纰漏，来点次品，让人家退货。她表面上看不出破绽，到处查找原因，也找不出个所以然来，干瞪眼，瞎着急。她给张恒冲打了电话，向他求助。

张恒冲一来，不用问就晓得问题出在哪里，对顾卫珍说："你没有文化，光晓得骂人，不晓得笼络人心，不晓得起用熟练工。"

顾卫珍说："不听话的，都回了。另外招人！"

"回了，都回了，谁来做？你自己找找原因吧。"他把顾卫珍说了一顿。

张恒冲到车间转了一圈，什么话都没说，回到办公室，叫顾卫珍通知所有人停工开会。在全体职工大会上，他板着脸说："今天召集大家开会讲两件事：一件事是个别人做事故意马虎出次品。在这里我就不点名了，看她改不改。如下次还出次品，就停发工资，走人。二是加大奖勤罚懒。做得好的，加工资，出次品多的，扣工资。从现在起，只要工作不出差错的，就长期在厂里做。我还要把原先退回去的熟练工重新请回来，在原有工资基础上给他们增发奖金。我把你们当作自己人，你们也要把厂子当作自己的家。大家同心协力，把活做好。我赚的钱多，自然不会少你们的。"

很快厂子又恢复了生机。

张恒冲五十多岁，打扮得精精神神，看上去四十多岁；顾卫珍比他大三岁，满脸皱纹，本来长得难看，又不会打扮，显得更加老相。张恒冲看她横看竖看都不顺眼，不愿意把她带出去，两人走在一起，不晓得的人还以为是他的老妈呢？所以，这十多年来，除了回乡下，几乎没有和她一块出去过，也不愿意和她同床，只要提到她，就像遇到了《水浒传》中的"母夜叉"，心中怎么都受不了。因此，他多年来一心想寻一个漂亮的女人，女人不光要漂亮，还要温柔体贴男人。这一点，朱云云全都符合他的要求，他认为朱云云是世界上最完美的女人。

张恒冲自从暗地里跟朱云云好上以后，朱云云在生意上常常帮他出谋划策，许多事情只要朱云云出面没有办不了的，生意越做越红火。张恒冲特别开心，做生意的劲头更足了，出门总要带着朱云云，有朱云云在，心里踏实。朱云云呢，既漂亮，又善于交际应酬，还会经营管理，假如张恒冲有事外出，她能够独当一面。假如张恒冲当众说了不适当的话，她立即笑语盈盈，不动声色地打了圆场。如果张恒冲喝了酒，她还可以帮他开车，拎包。就她与张恒冲两个人时，她当然也会撒娇。时间一长，朱云云要是不在，张恒冲好像缺少点什么，有时好像丢了魂似的。

大闹工地

世上没有不透风的墙。张恒冲跟朱云云好上半年之后，此事不知怎么传到了顾卫珍的耳边，别看她没有多少文化，管起男人来挺有心机，她不吵不闹，雇了一个小伙子跟踪张恒冲。只要张恒冲离开工地，开车去哪里，就跟到哪。一天傍晚，张恒冲正好没事，把朱云云接出来吃夜饭，被小伙子盯上了。

顾卫珍发现张恒冲在外面有了女人以后，恼羞成怒，来到建筑工地，双手叉腰，冲着张恒冲大喊大叫："张恒冲，你给我出来，你在外面乱搞女人，当我不知道。今天你非把话给我说清楚不可，跟那个骚货一刀两断。不然叫你永世不得翻身。"

其实，张恒冲是一个要面子的人，看到自己的老婆在工地上这样撒野，在众人面前丢尽了面子。大家不知道面前这个女人是谁，因为张恒冲从来没有将她带到工地上来过，都投来好奇的目光。张恒冲马上走到顾卫珍跟前，悄悄地说："有事体在家里说，不要在工地上吵闹，让大家听到不好。走，跟我回办公室。"

顾卫珍走进办公室，一屁股坐在沙发上，余怒未消，情绪不由得又激动起来："我帮你生了一个儿子一个女儿，对得起你们张家了。你倒好，嫌我老，嫌我长得丑。在外面偷偷摸摸乱搞女人。外面的女人都是骚货，跟你睡觉，就是想你的钱。你口袋里的钱叫了？"说着站起来，冲到张恒冲面前，左手抓住衣领，瞪着血红的眼睛说，"你睁开眼睛看看老娘是谁？是你欺侮的吗？呸！"

张恒冲吓得目瞪口呆，结结巴巴地说："顾卫珍，你这是干什么？有话好好说。不要乱来。"

顾卫珍右手一巴掌重重地扇了过去，嚷着："不教训教训你这个王八蛋，不知道我老娘姓啥叫啥了。叫我不要乱来，你倒可以胡来。你倒可以胡搞女人了！我看你背着我胆子越来越大了，姓啥叫啥都不晓得。老娘今天就是要让你长个记性！"

张恒冲被打得眼冒金星，脸也肿了，左手捂着脸，右手"啪"的一声还了过去，气愤地说："简直是无法无天了。给你脸，你不要脸。你倒好，来劲了。"

顾卫珍自从进了张家的门以后，从来是说一不二。结婚那年，张恒冲20岁，顾卫珍23岁。因为顾卫珍年纪比张恒冲大，所以她把张恒冲当小弟弟来看待。那时张恒冲家虽说不算宽裕，但跟其他人家比起来还是好的，他家有两间大瓦房，有多少姑娘做梦都想嫁给他，可是命运偏偏让一个十分难看的顾卫珍嫁给了他。本来张恒冲年轻不懂事，这事由父母包办作主。他就糊里糊涂地跟她结了婚。等张恒冲懂事的时候，他就后悔了，他常常想：我怎么会娶这样的娘子，真是笑话。

张恒冲见这样闹下去不是个事，转念一想还是先来个缓兵之计，说："你也别吵了，有话好好说。男人嘛，在外面拈花惹草不是很正常嘛，有什么大惊小怪的。好了，别闹了。"

顾卫珍心想："跟你王八蛋讲也没有用，你已经被那个狐狸精迷住了，迷得神魂颠倒。我去找她算账！干脆去她那儿闹，让她退出来，这样你张恒冲不还是我的吗？"

其实，顾卫珍完全想错了，张恒冲原本有那样贼心，即使不玩朱云云，还会玩别的女人。

张恒冲确实看上了朱云云，视她为宝贝，真心爱她，所以想跟她结婚。

张恒冲有他自己的想法：作为大老板，哪个没有一个体面的妻子，年轻貌美，走出去手挽着手，多风光。你顾卫珍不管是年轻时候，还是现在，看上去都是乡下的一盆土青菜，来人请客上不了台面，只能靠边站。

顾卫珍到底没有喝过多少墨水，跟张恒冲闹，闹不出名堂，就跑到朱云云那里去修理她去了。

路遇尴尬

那天正好是个星期天，朱云云睡到上午九点才醒，自己一人在床上躺着，身着短衫短裤，伸伸懒腰，看着自己又白又嫩又细的身体，忍不住惊叹道："我怎么会这样美的啊，怪不得让男人入迷哦。"

她自从与蔡平飞离婚以后，一直生活在阴影中，有时想想生不如死。想想如果自己死了，儿子怎么办，父母怎么办，想到可爱的儿子，想到逐渐年老的父母，舍不得走不归路，硬撑着走了过来。

多少年了，她这是第一次感到心情这么舒畅；多少年了，她还从来没有这么认真地看着自己，从胸部直看到大腿，感觉自己确实很美。她拿出镜子，照了又照，看了又看，眼角已经出现了鱼尾纹，于是将面膜拿出来，这是她每天必做的功课。她自从有了第一次跟张恒冲肉体接触之后，感到与张恒冲相见恨晚，要说男子汉，张恒冲才是真正的男子汉，走出去不仅有安全感，而且让人看了心里舒服，女人找到这样的男人，不仅表面上光鲜，而且衣食无忧。像张恒冲这样又有钱又潇洒的男人，只有配自己这样的美人，才符合常情。想着，想着，她心中的忧愁烟消云散。面膜做完了，她起来了，照照镜子，做了个鬼脸，觉得蛮漂亮的，蛮可爱的，怪不得张恒冲喜欢自己。

吃完早饭，她出门去菜市场买菜，拣了西红柿、黄瓜等几样平时喜欢吃的菜就回来了。返回时，走在人行道上，一个老太婆向她迎面走来，她习惯地让着，可是这个老太婆却挡住了她的道。她心想，碰到一个神经病的，就没理她，赶紧下了人行道，急匆匆地走开，免得与她发生摩擦。走到小区门口，那个老太婆一直跟在后头。

老太婆突然大喊一声："嗳，跟你说话！你等一下。"

朱云云没有反应过来，感觉怪怪的，轻声地说："你没有搞错吧？我不认识你。"说着甩了一下头发，扭头走了。

老太婆急步冲上来，拉住朱云云的衣袖，怒气冲天，满脸蛮相，叫嚷道："谁叫你勾引我家男人的？"

朱云云还没有反应过来，没有听清说什么，估摸面前的老太太，可能是张恒冲的老妈。于是，她回过头来，停住了，微笑着说："阿姨，你是——张恒冲的妈？"

"呸，谁是你阿姨，我是顾卫珍，张恒冲的老婆。你这个不要脸的骚货。"顾卫珍以为是面前的这个女人主动勾引她男人的，蛮横无理。

朱云云看着顾卫珍凶恨的样子，既胆怯又委屈。说胆怯，她从来没有跟别人吵过架，更没有见到过像面前这样凶恶的女人；说委屈，她没有勾引过任何一个男人，多少年来都是一个人过。她非常懂得一个人的修养，在大庭广众之下，不愿意跟一个不三不四、不认识的泼妇吵架，快步逃离了现场。

顾卫珍披头散发，紧追不舍，边追边喊，简直就像一个疯婆子，幸好被小区门口的保安拦住了。

到了家里，由于刚才走得急，朱云云还喘着粗气。她瘫坐在沙发上，惊魂未定，刚才那一幕又出现在眼前，她想要不是自己当机立断走得快，肯定被那个疯婆子揍一顿，要是被打了，还真是冤呢。遇到这样的农村泼妇，即使报了警，又有什么用呢？

三十六计走为上。她平静下来后，回想着，刚才顾卫珍的面容，凶恶，刁蛮，不由得笑了起来，张恒冲怎么找了一个这样的老婆，两人在一起不知怎么过的？娶这样的老婆，好像娶到一只雌老虎，所有的欲火都会吓得自然扑灭。

真是难为他了。她自言自语地说："我要是男人，娶到这么一个不懂事务的老婆的话，日里没工夫，夜里也要跟她离了。"然而，转念一想，这样的女人虽然蠢了点，没有女人味，但是跟张恒冲毕竟几十年的夫妻，而且又有两个孩子，没有偷野汉子，安安分分地守家过日子，可以说是个守妇道的女人。

再说顾卫珍眼睁睁地看着朱云云从她身边溜过，双手叉腰，又骂了几句，怔怔地站了好一会儿，自觉没趣，心里说："找不着你，我还找这个王八蛋去算账。"

张恒冲晓得顾卫珍找过朱云云后，生怕朱云云脸皮薄，想不开，心里急了，马上去了朱云云的住处，见客厅没人，就着急地喊了起来："云云！云云！"

"张恒冲，我在厨房做饭！"朱云云听见喊她，以为有啥急事，随即答道。

"你没事吧？顾卫珍来找过你了？吓死我了！"张恒冲一见就扑了过去，从上到下端详着说，"云云，你没事吧？"

"张恒冲，你们能不离婚吗？我觉得你离婚对你老婆太不公平了！我们就这样偷偷摸摸地过下去吧！你把她离了，她太可怜了。"朱云云想到自己被男人抛弃的滋味，不赞成张恒冲离婚。

"你认为不离婚我还能跟你好？你看她那个样子，能容得下你我来往？不行，只有离了，我们才能长久过下去。否则的话，我们一天都不能来往。我晓得你心肠好，可是我铁了心了。你别劝了！"

"我只是不想看到一个女人与我同样的命运。"朱云云想起往事，泪水涌出了眼眶。

顾卫珍找过朱云云之后，回家私下跟张恒冲闹不算，还天天到工地上大吵大闹，吵得大家看好看，气得张恒冲非跟她离婚不可。

朱云云是宰相肚里能撑船，竟然还替顾卫珍着想，这反而使张恒冲觉得她是个好女人，是个会来事成大事的女人。

为了早日达到与朱云云结婚的目的，张恒冲决定来个快刀斩乱麻，立即起诉到法院要求与顾卫珍离婚。开始顾卫珍说啥都不同意，又哭又闹，大骂法官，法院经过调解无效，首次判决不准离婚。

过了半年，张恒冲又向法院提起民事诉讼，法院调解无效，最后判决离婚。顾卫珍眼睛看着张恒冲，眼泪两滴一落，说："我们的缘分尽了。"

顾卫珍主动要了服装厂，还分到了应得的财产。钢丝绳厂和建筑工地还归张恒冲。

从此，朱云云成了张恒冲名正言顺的妻子。

张恒冲将钢丝绳厂交给了朱云云管理。

朱云云走马上任后，制订了一系列规章制度：人员进出都有登记，汽车出入，不管是大车还是小车，必须凭办公室批准的出门条子，门卫必须严格检查，任何人一视同仁。在外交上，她凭着历年经商积累的经验，凭着漂亮的外表，凭着出众的口才，凭着出色的才干，很快打开了局面，接头了很多活，也归她运气好，自然她的生意也越做越大。真是财来运来，壁脚眼里钻进来。

熟悉的人都说："张恒冲与朱云云才是天生的一对，他们两人的结合真是珠联璧合。"

张恒冲自从与朱云云结婚以后，一门心思扑在工地上。他赚钱的目的，就是为了两个孩子，为了朱云云，为了两个人生活得更好。只要有空，就回来与朱云云一起上街买菜做饭，成双成对。朱云云也认为自己找到了好的归宿，笑在脸上，甜在心里。

病魔缠身

要想人前显赫，就得人后吃苦。

朱云云当了钢丝绳厂的老板之后，好像变了一个人似的，常常起早搭夜，不怕劳累，不知疲惫，一心扑在厂里。有时她感觉后悔这十几年没有任何作为，应该早就当个女强人。当然，当女强人，在事业上有所作为，必须奋斗，只有奋斗才有出路。每当一天工作停下来的时候，她总感觉好累好累，累归累，心里却是充实的，自己照照镜子，看着一脸疲惫不堪的样子，有时忍不住笑了起来；每当夜深人静的时候，独自躺在床上发呆时，内心空落落的，有时想起过去的婚姻，痛苦不时地袭扰着，使她整夜未眠。她常常想，一定要将自己的不幸转化为能动的力量，只有这样才能活出个人样，让人瞧得起，一辈子也算没有白活。

一个人往往在感觉身体过分透支的时候，疾病就会悄然而至。春天，万物复苏，百花盛开。不少人都去郊外农庄、公园踏青，欣赏大自然的美景。在没有跟张恒冲结婚之前，朱云云每年一到春天，都要邀上几个要好的同事一起外出旅游，散散心。自从嫁给张恒冲接管厂子以后，她没有时间出去游玩了，即使有时间的话，也不想出去了。她觉得那是在白白浪费时间，浪费人生最美好的时光。这段辰光她或者在列车上，或者在飞机上，奔往全国各地，跑销路，求订货。有时到了一家公司，老总不在家，为了等老总回来，宁愿不吃饭，也要在办公室静静地等着。开始人家看她一人前来，不相信她是老总，一般老总出门，总要带个随从，而她偏偏自己单枪匹马，所以认为她是厂里的供销员。做生意有时靠的是智慧，在谈判过程中，说到关键处，她总是一锤定音。许多公司老总为她的才干所折服，暗暗地佩服得五体投地，当即答应与她合作做生意。她精明着呢，一人跑，生意就不会被人抢走，别人更没有闲话。

三月的一天，下着雨。朱云云刚从飞机上下来，感到浑身乏力，气喘吁吁，连提个皮箱都感到吃力。回到家咳嗽了，感冒了，一摸额头有点烫。她冲了一包感冒药，吃完和衣躺在床上睡着了。睡到半夜，腿痛，痛得钻心似的。她硬撑了起来，拧开台灯，在灯光下，伸出双腿，仔细看了看，雪白的大腿上出现了几个小红点，痛痒难受，用手捏捏，痛得她直喊叫起来。随即拿了一张伤湿止痛膏贴上去，过了一会儿，感觉有点凉爽，药效到了，人舒服了，不知不觉睡着了。等她醒来时，已经是第二天上午九点多钟了。她爬起来觉得腿不那么痛了，似乎感冒也好多了。她洗刷完毕，吃了一块面包，喝了一杯牛奶，冲了一包感冒药，然后习惯地精心打扮一番，在外套外面披了一条粉红色围巾，显得既得体又大方，匆匆忙忙往厂里赶。

"今天朱总怎么还不来厂里？她昨天就出差回来了。该不会有什么事吧？"

到了上班时间，朱云云没来，厂里工人都在牵挂她呢。

厂里规定，早晨八点上班。平时，工人们七点五十分前都到了厂里，朱云云要比大家早到一个小时，无论春夏秋冬，无论刮风下雨，没有特殊情况七点之前就到了，办公室一尘不染。八点至九点处理事务，九点至十点去车间检查，十点以后外出跟有关部门打交道，十二点左右回厂里，午餐一般在厂里吃，很少在外面吃，除非有特殊情况。

钢丝绳厂坐落在运河旁，厂区前面设有一个码头，刚建厂那会儿，供销主要靠水路，后来随着陆上交通的便捷，购货和销货全靠汽车，因此码头废弃不用了。紧依厂东边路北有个观音山寺，从厂门口去观音山寺大约五百来米，当地人初一和月半都要上寺庙里敬香。朱云云相信观音，只要去厂里上班，那是必经之路，就先进观音山寺敬三炷香祈祷，祈福工厂兴旺发达，祈福家人健康平安，然后进厂处理日杂事务。自从她接管厂子以后，效益一路攀升，工人干活的劲头像开足了马力的发动机，转个不停。朱云云赚了钱，也不忘给工人加薪，一年之内涨了两次薪水，逢到节假日还给大家发点日用品。朱云云把这些看作是观音菩萨显灵，看作是平时祈祷的福报。

朱云云抓上班纪律、质量管理严归严，但对工人们的关心还是很到位的，每个工人的生日她都记在本子上，到了生日这天，她亲自送去一个大蛋糕，吩咐食堂中午和晚上每个桌子上加两个菜。工人们看在眼里，记在心里，人心都是肉长的，她敬人一尺，工人敬她一丈。只要朱云云让他们加班，大家二话不说，保证做得好好的，就等她来验收。朱云云知道，就是她不去验收，这些货物照样合格。制度是靠平时养成的，靠长期坚持的，即使大家做得再好，该检查的不放过，该表扬的不放弃，该奖励的不吝啬。大家把厂子当作自己的家，把朱云云当作一家之主。

到了厂里，朱云云早已忘记了自己的感冒，忘记了身上的疼痛，直奔生产车间，检查这检查那，一直忙到中午，工人们都已吃过饭了，她还没有吃。她走出车间，往食堂路上走的时候，只觉得一阵头晕，赶紧靠墙壁蹲了下来，慢慢地又坐在地上，差点晕倒在地上。

几个工人刚从饭堂出来，立即奔过去，把她扶了起来，拼命叫喊："朱总！朱总！"大家马上将她背到办公室。

过了好一会儿，朱云云才觉得舒缓一点，看到好多工人围在身边，脸上露出了笑容："我先在这里歇一会，等缓过神来了，去医院检查一下。"

一个年轻的工人说："我的活干完了。朱总，我开车送你去！"

"好吧。烦劳你了！"她还让另外一个姑娘陪着一起去。

下午四点多钟，到了通仁医院急诊室。朱云云描述了自己的病情，医生边听边看她的脸色，开出了抽血化验单。二十几分钟，血常规报告出来了。朱云云拿着报告单，看了看，也看不懂。

医生抬了抬眼睛，盯着朱云云，严肃地说："家属呢？"

朱云云感到情况不妙，反问道："要家属干吗？"

医生认真地说："你需要住院。必须家属签字。"

"病情要紧吗？如果不要紧的话，我想开点药回去吃。"

"当然要紧。必须马上住院。家属签字。"

医生在病历上写着：病情危重，随时猝死。

朱云云听了医生的话，知道自己的病尴尬，心里乱了套，没心思看医生写的什么，拿起手机给张恒冲打了电话："恒冲，我在通仁医院急诊室，医生叫我住院。你在哪？"

"云云，别急。我在建筑工地。我马上过来。大约一个小时就到。"张恒冲接完电话，立即开着车就出发了。

张恒冲来到医院，医生让他在病历上签字。签完字，张恒冲在护士的引导下，搀扶朱云云进入抢救室。

此时，朱云云不相信自己会有什么大病，她想在急诊室打几瓶吊针，第二天就会回去上班的，一切安顿好以后，让下属回去了。下属听到医生说的话，看到朱云云的脸色不好，心情沉重地说："朱总，保重。明天上完班，我们抽时间再来看你。"

朱云云苦笑着，淡淡地说："不用。过一两天，我就回来了。"

时针已经指向了八点，外面的天早已黑得什么也看不见了。抢救室里新来的病人和病人家属乱成了一锅粥。朱云云平静地躺在床上，对张恒冲说："我全身乏力。"

张恒冲说:"可能太累了。挂几天水就好了。"

朱云云拨通了手机:"妈,我在通仁医院抢救室。张恒冲在我身边。你不急,我告诉你一下。"

"云云,我马上过来。"母亲接了电话,知道她住院,心急火燎地赶到医院,见到她在抢救室,话都没有说,泪水哗哗地流了下来。

"妈,我没事的。"朱云云安慰母亲说。

她的母亲六十七岁,平时注重保养,善于打扮,看上去不过五十出头,走过去双手抓住她的手,说:"云云,你不会有事的。有妈在,你不会有事的!"

张恒冲对朱云云母亲说:"妈,晚上我陪云云。你过一会就回去吧。这儿有我,你就放心好了。"

朱云云母亲说:"我也不回去了。"说着拿来一张方凳,靠在床边坐了下来。

真是吓人

进入抢救室后,又不知抽了多少血,过了半个小时,护士先是打针,然后拿着两袋血小板来了,看了看朱云云,又抬起头,眼睛朝床头墙壁上瞄了一眼,动作麻利地将输液杆插向床边中间固定的地方,说:"叫什么名字?"

"朱云云。"

"输血小板。不能乱动,不能摔倒。"说着,护士将床边的不锈钢栏杆拉了出来。朱云云整个人仿佛就被捆在病床上,她吓得呆呆地盯着护士,任凭护士在她手背上拍打插针。护士边插边说,"怎么静脉这么细,插都不好插。"显然这位年轻护士来医院工作的时间不长,没有经验。一会儿,她出去了,一分钟不到又回来了,后面跟着一个中年护士。

中年护士对朱云云说:"把手给我。"说着,朱云云还没有看清,针就插好了。血小板通过输液管一滴一滴地往下滴,缓慢地流入了朱云云的体内。

朱云云眼睛不停地盯着输液袋,她做梦也想不到她会突然出现在抢救室,怎么也不相信自己会生什么重病,要进行抢救,从生下来到现在四十多年了,她没有住过医院,平时感冒也是很少的,谁不说她身体好?可是,现在住进了医院，而且医生说是重病。她想：可能医生搞错了，或者化验结果有误，或者医生想让病人多住几天，医院进行创收，医生可以多发点奖金。想着，想着，她又转过头来对张恒冲说："我前一段时间太累了，这次出院以后抽空出去游游世景，放牧心情。"

"我陪你一起出去逛逛！你说去哪就去哪！"张恒冲坐在床边上，抬头望了望输液袋，然后低下头，握着朱云云的手说。

"唉，不知咋搞的，怎么突然之间就生病了。该不会有什么事吧？"朱云云总感到心里不踏实。

"不要瞎想。闭闭眼睛，歇歇就好了！"张恒冲安慰道。

后半夜两三点了，她还没有睡着。平时特爱干净的她，躺在急救室里，晚上不能回家，不能洗刷，感觉身上脏兮兮的，能睡得着吗？她一会儿东想西想，一会儿看看母亲，一会儿望望张恒冲，幸亏有母亲陪着，有张恒冲照应。这一夜对她来说是漫长的，是苦捱的。

第二天，一轮红日出现在地平线上，她还在输血；当日头爬上屋顶的时候，她还在抢救中；当太阳照到当头的时候，她被通知安排进了血液科病房，病床在过道里。

血液科对她来说是陌生的，不知道是治疗什么病的，由于病人多，床位紧张，所有进血液科的病人都要在过道里过渡，少则两三天，多则四五天。

她刚在过道里住下来，主任医生、主治医生、实习医生和护士一大群人跟着来到床前，询问这询问那，仿佛初进病人不是病人，倒像是一个新闻人物。这一拨人走后不久，主治医生带着实习医生又来了，给她做了骨穿。

结果出来了，白血病。

"病人得的是一种白血病。要不要把病情告诉病人？"刘虹主任在办公室，面对张恒冲和朱云云的母亲征询地问。

"能治好吗？治疗时间多长？"张恒冲一听说白血病，心里好像压了一块石头，心情沉重地问。

"这种病治愈是困难的。一个疗程半个月左右。当然视病人的体质而定，有的病人通过化疗等药物治疗，存活的时间比较长，有几年的，还有更长时间的。"刘虹主任说。

"刘主任，朱云云是有文化的人，通情达理，性情开朗，还是把病情告诉她为好。妈，你说行吗？"张恒冲说。

"告诉她也好。就是现在不告诉她，早晚她也会晓得的。还不如现在就告诉她，免得她蒙在鼓里瞎猜想。"朱云云母亲说。

"朱云云，你得的是白血病。不过要正确面对，积极配合治疗。"刘虹主任见她脸色忧郁，惶恐不安，安慰说。

这到底是一种什么病？自己怎么会得这个病？能不能彻底治愈？多长时间出院？哪个地方哪个医院看得最好？朱云云此刻在病床上心如乱麻，头痛得好像炸开了锅。

那几天，亲朋好友、厂里的工人不间断地前来探视，人来得越多，她的心里就越慌，承受的压力就越大，想得就越多。她想还是去大地方大医院再查查，看看到底是什么病。于是，自己上网查，找人问，经多方打听，北京有家医院看这种病比其他地方医院见识多一些，治疗效果可能要好一些。出于求生的本能，朱云云决定等病情稳定之后，北上求医。

轮到刘虹主任查房，朱云云都要向她讨教病程的进展、治疗的效果与存活的年限。刘虹主任面对她的提问，这个博导像给小学生上课一样，总是和谐可亲，深入浅出，详细解答，让她消除了对白血病的恐惧。

在医院住了半个多月，朱云云出院了。

出院那天，在医生查房之前，她就例行了她每天的必修课，做了面膜。她实在太爱美了，她不想让青春老去，她时刻想把青春留住。

她没有像别的女病人那么悲观失望，她感到好日子刚刚开始，自己必须坚强地活着，痛快地活着，活出一个女人味来。

下午两点多钟，张恒冲办完了出院手续。她从病床上爬了起来，从包里摸出镜子，舌头舔了舔嘴唇，头转过来，转过去，眼睛明显凹陷下去，她自言自语地说："难道这就是一个病人的模样？"她照了又照，反复了多次，然后穿上风衣，又照了照，昂首挺胸，走出了病房，走出了她做梦也没有想住的病房！

外地求医

朱云云出了院，在家休息了一个礼拜，决定去北京看病，临出发的前一天，张恒冲从工地回来了一趟，看着她整理行囊，心情沉重，恋恋不舍，好久沉默不语，默默地帮她整理衣服，将一张银行卡放到她的钱包里，说："云云，卡里有一百五十万。"

朱云云听了，眼睛湿润了，缓慢地抬起头，微微一笑，轻声慢语地说："张恒冲，你守好这个家。等我回来，我们的美好生活才开始呢。"

本来张恒冲要陪着朱云云去北京的，朱云云的母亲看他工地忙、厂里忙，走不开，就主动承担照顾女儿的重任，陪她去了北京。

有母亲在身边，朱云云治病的信心足了。张恒冲想着朱云云有她妈妈陪着，也就放心了。

到了北京，来到一家著名的医院。朱云云早在通仁医院住院时，就让张恒冲准备了好几个红包，打算把红包送给主任和所有主治医生，结果一个都没有送出去。她猜想外地专家可能和本地专家不一样，准备红包总比不准备的好，万一需要送的时候免得手忙脚乱。帮朱云云看病的是一个男的，主任医师，朱云云先在门诊挂了他的号，看病的病人挤满了诊室，轮到她看病的时候，病人还有好几个。朱云云说："医生，我是从外地来的，这是我们当地医院治疗的资料。"

男医生抬眼望了一眼朱云云，随即看了她在通仁医院的病历，说："像这种情况要住院治疗。"

"好的，我来就是打算住院的。谢谢医生！"朱云云激动地说。

"平常想住没床位，你来得巧，正好有个病人刚出院，现在就住进来。"男医生立即安排朱云云住进了医院。

在门诊时，好几个病人和病人家属都在场，朱云云让她妈妈准备的一个3万元的红包一直没有机会送出去。到了病房，朱云云用方言对她母亲说："妈，你去医生办公室看看那个医生在不在？好送的话，把红包悄悄送给医生。"

医生办公室，里面有好几个医生在办公。朱云云母亲一会儿假装有事往医生办公室走，在门口瞄了瞄，见专家医生和其他医生都在，只好折了回转。过了半个多小时，又去门口探头向室内窥视。一天下来，如此反复折腾了十几次。钱送不出去，这成了朱云云和她母亲的一桩心事。

母亲说："医生只有收了红包，才能好好帮你看病。收不到红包，哪有心思认真帮你看呢？"

朱云云对母亲说："妈，在医生下班前半小时，你站在过道里远远地望着，只要见到那个专家医生出来，立即找个理由，把他叫到没人的地方将红包送给他。"

傍晚下班时，那个专家医生见到朱云云母亲站在过道里，主动上来询问："你还有什么事吗？"

母亲见周围没人，将红包掏了出来，说："我女儿的病，还靠主任关照。这是一点小意思。"

专家说："你女儿的病，我知道了，我会尽力的。你这是干啥？"

母亲一个劲儿地将红包往专家医生手中塞，说："你不收，就是看不起我们。"

"我从来不收病人的红包。这是我的医德。如果你非要送，我收了也要上缴单位的。"专家诚恳地说。边说边走进病房，看了看朱云云，严肃地说，"你们在北京安心治病，其他什么都不要考虑。你们大老远来北京治病，要花很多钱，另外还有其他开销也不少。你们在北京要处处用钱。我能收你们的红包吗？这像什么话！"说完，他将红包往朱云云床头一放，转身走了出去。

专家医生一走，母女俩你看着我，我望着你，愣住了，感动得泪水盈满了眼眶。朱云云激动地说："妈，都说生病看专家要送红包。我们通仁医院的专家和医生不收红包，北京的专家医生也不收红包。我准备的红包都送不出去呀！"

暌别一日，如隔三秋。人就是怪，在健康的时候，一人在外几天，不觉着什么，一旦生病住院，特别是在外地看病，一天见不到亲人，好像与其生离死别似的，尤其想得多，想得难受。

在北京，朱云云天天盼，盼望能够早点出院回家，与家人团聚；朱云云夜夜想，想着张恒冲一个人操劳建筑工地、钢丝绳厂，往返两地，精力上不知是否吃得消？身体垮了，什么都没了。夜深人静时，朱云云尽管很困顿，但就是不能入睡。现在明白了，钱重要，身体更重要。没有健康的身体，钱再多不过是一摞废纸。她知道白天张恒冲忙，只有到了晚上才闲下来。因此，每天晚上到了九点以后，张恒冲都要给她打电话，两人就像是初恋的情人，总有说不完的话。

时间对一个病人来说，过得既快又慢：朱云云在北京住院，仿佛度日如年，一个月的时间，每时每刻都在扳着手指算何时出院。这一个月，全是她母亲陪着，母亲生在城里，长在城里，有文化，见过世面，普通话说得好，八面玲珑，善于交际，懂得人情世故，年轻时也是人见人爱的美人。不过，朱云云的父亲对她母亲百依百顺，虽然日子过得清贫，但是老两口恩爱如初。父亲喜欢朱云云如同掌上明珠，见她生病急得多少个夜里困不着觉。朱云云呢，也喜爱爸爸妈妈，自己一生病，倒了下来，就希望爸爸妈妈陪在身边。母亲陪着，朱云云需要什么，有求必应，把朱云云服侍得好好的。

　　一个月的治疗，效果总算是令人满意的，不过人民币花销了数十万元。这对一个普通家庭来说，哪怕有医保，也看不起的，即使有的家庭拿出所有的积蓄来看病，从此却使全家过上贫困的日子。正所谓一人生大病，全家过苦日子。这个问题对朱云云来说，不成问题，她尽管身体上吃了不少苦，忍受了常人难以想象的治疗的痛苦，但是总算是熬了过来，总算是拖着虚弱的身体，在母亲的搀扶下走出了医院。

　　临出院前，专家医生反复叮嘱："以后工作不能劳累，人不能受刺激，天天开开心心，不要愁眉苦脸。说实话，你长得很美，要让自己活出光彩来！美丽的花朵不能过早地凋谢啊！"

　　是啊，她是一朵花。花是被人捧着的，花是供人欣赏的，花是让人摆放的。人跟花儿一样，面对人生舞台，面对狂风暴雨，只有抗争，或许能够有一线生存的空间，有一丝存在的希望。

　　朱云云怀着惆怅的心绪，走出了医院，离开了北京。

两重天地

　　朱云云回到了家。

　　出门一个多月，家，对她来说，变得陌生了。

　　屋内没有一点生气，由于长时间的关闭，自然产生出一股说不清的味道。她打开门窗，通风换气。

　　母亲又是烧水，又是做饭。

　　她走了一个月，没有人进过家门。坐在沙发上，看着室内的一盆昙花，因为没人养护，叶子已经干枯了。她心中发出了无限感叹：人啊，一生白血病，就像一朵昙花，说凋谢就凋谢。不久前还生龙活虎地出现在人们面前，仅仅隔了几天，或者几个月，或者稍长时间，也许已经坐上两匹马的战车，奔驰在天堂的路上了。

她看着昙花，想到了自己，从包中摸出小圆镜照了照，见脸色煞白，精神萎靡，不由得发出一声叹息：哎，自己不就像一朵昙花吗？生病前，健健康康，人见人爱，人见人夸，病了一段时间，没有先前那样光鲜了。要是走出去，自然就没有多少人在乎了。她黯然神伤，眼泪不由自主地掉了下来。

日头西沉，张恒冲回来了，看到朱云云脸色不好，安慰了几句后说："前一段时间，工地上一个农民工从脚手架上摔下来死了，那家人来闹事，后来协商赔了一百多万，今天总算把此事处理完了。所以，你去北京看病之后，我没空回家开开窗户，透透气。怎么样？你也累了，早点休息吧！"然后，转过头来，对朱云云母亲说："妈，你辛苦了！"

"恒冲，托你的福，病势有所好转。"朱云云忧伤地说。

"只要能把病看好就行，咱们不缺钱，不谈钱。你啥都不要想，在家好好养养身体！"张恒冲说。

朱云云在家休养了半个多月，觉得无聊。这天，阳光明媚，中午，她精心打扮了一下，开着车去厂里转了转。她想她的厂子，她想她手下的兄弟姐妹，她想她所挚爱的工作岗位。其实厂子还是老样子，人还是老面孔。所不同的是，大家见了面，变得生疏了。当她戴着口罩来到车间的时候，除了少数人跟她打招呼外，多数人都在忙着干活，好像她根本不存在似的。过去，她没有生病前，大家见了她，喊声响亮，生怕她没有听到。现在，有的有意躲着她，有的远远地站着，看到她在车间里来回走动，走到谁跟前，谁就低着头不说话，好像跟她说话，她的病会立即传染到自己身上。她走到哪里，好像哪里的空气里都弥漫着致命的病菌，好像她就是一颗毒气弹，或者是专门播放毒气的人，跟她沾边，会命丧黄泉。

当她从车间出来的时候，听到有人背后窃窃私语。

"听说她得了白血病，这种病难治嘞。"

"哎约，我听说白血病会传的。她刚从我身边走过去，看着她戴着口罩，怪吓人的。我全身都起了鸡皮疙瘩，害怕自己也被传染上白血病。我们穷人可不能病啊，真要是病了，没钱看病！"

"听说她这趟去北京看病花了很多钱。前面在本地医院看病不算。哎，人不能生病，生了病，看不起呀。她做老总有钱，要是这病搁在普通人身上，早不治了。哪里有钱看啊。"

"是的嘞。你看她怪可怜的。人长得那么漂亮，心也那么善良，第一个老公没良心，跑了。这一次吧，总算嫁了个有钱的老公，哪晓得时间不长生了白血病。这种病听说是看不好的哟。哎，自古红颜都薄命。她咋这么苦命呢！"

朱云云听了人们私下里的对话，脸红一阵白一阵，心里全明白了：什么叫落井下石？什么叫落水的凤凰不如鸡？什么叫穷困潦倒无亲戚？自己仅仅生了一场病，就由过去的人上人，变成了人矮人。自己平时又没碍了人家。大家干嘛对我这个样子呢？她气愤极了，泪水直从眼眶里滴落下来。

朱云云回到家里，母亲见她脸色铁青，晓得要么有人惹她生气了，要么自己生了病又想不开了，问："云云，咋有什么不舒服了？"

"妈，我去了厂里一趟，感觉人家对我怪怪的，好像我是瘟神似的，有的人吓得躲着。我有那么可怕吗？"朱云云生气地说。

母亲安慰说："哦，我当有啥事嘞。人哪能不生病呢？不生病倒成神仙了。普通人嘛，生了病，人家背后议论说点什么很正常。对你的病情不了解，也很正常。关键是自己心胸要开阔，随便人家说什么，不要在乎。只有不在乎自己的病，不在乎人家说什么，才能活得长久。俗话说一笑除百病。"

朱云云想想母亲说的也是，一个人哪里知道什么时候会生病呢，就像她自己一直好好的，突然来了个重病。是啊，自己生病关别人什么屁事，当下，首先自己要振作精神，精神好了，心情好了，病也会随之好转。病好了，母亲也勿要这么担惊受怕，勿要整天这么辛苦了。她对母亲说："妈，你放心，我会调整心态、振作精神的。争取早点把病看看好！"

傍晚时分，张恒冲回来了，坐在朱云云身旁，仔细端详着她，见她气喘不止，又心痛又担心，眼泪早滚了下来，说："云云，啥事都不要放心里去，安心养病。"

朱云云说："最近腿上又出现了小红点，今天还流了鼻血。"

张恒冲听了，慌了神，心里好一阵紧张，过了好久，心情才平静下来，说："听说天津一家医院治疗这种病不错的。你再去天津看看。咱们这儿有直飞天津的飞机。过几天，我陪你去。"

朱云云这次去天津是张恒冲陪着去的，在一家著名的医院看了半个月，同样要做骨髓穿刺，然后整天吊水打针吃药，骨节骨眼的酸痛，时时折磨着她。在病床上，望着一瓶瓶药水，她无精打采，恹恹欲睡。时间长了，她对自己的病也逐渐看淡了，想开了。

病情加重

朱云云患白血病已经三年多了。

三年，对一个身体健康的人来说，好像白驹过隙，倏忽即逝。可是，对一个身患绝症的人来说，每天都在煎熬中度过。

这三年中，朱云云隔一段时间就得往医院跑。

每一次的病痛折磨，把她折腾得死去活来，仿佛一会儿将她抛入空中，无依无靠，一会儿将她打入地狱，无法逃脱。

她是独生女，她想到了自己的父母，万一她哪天突然死了，父母怎么办？谁来帮他们养老送终呀？

她想到了自己唯一的宝贝儿子，万一她哪天突然死了，儿子怎么办？还未成家立业，还未娶妻生子，谁来操持？她怎么能放得下心呀？

她不想死，她想活，她想好好生活。而病魔像一根捆仙绳，时时绑住她，有时把她缠得紧紧的，几乎透不过气来。她使出浑身解数，也无济于事。

这一次住院，她又在母亲的陪伴下，走进了通仁医院血液科。先是在过道里过渡了两晚上，第三天搬进了两人间的病房。病房紧靠窗户，只要是晴朗的天气，早晨七点多钟，阳光就能从窗户中透射过来，正好照在她的床上。她喜欢早晨的阳光，她觉得早晨的阳光最温暖最柔和，能给自己带来一天的愉悦，正好那时起床洗刷，吃早点。医生一般八点多钟开始查房，查到她那儿，有时九点多钟，有时十点多钟。她每天利用七点半到八点半这段时间做好面膜，用最美丽的面容迎接医生们的查房。她时常想：虽然自己生病了，但一定要活出美丽来，哪怕到死的那一天，也要让自己做一次面膜，笑着离开这个世界。

季节已进入深秋，那几天不冷不热，健康人一般穿件毛衣就能出门，对白血病病人来说，出门要穿羽绒服，到了医院病房，有中央空调，不脱嫌热，要冒汗。住院病人在房间里，只穿一件病号服就够了。三年多来，朱云云每次住院，都不愿穿病号服，一是怕脏，二是怕穿了不吉利。这一次不同，她一来就对母亲说："妈，要一套病号服。"

母亲看着朱云云好一会儿，回答说："你要是嫌脏的话，贴肉布衫还穿自己的，病号服可以穿在外面。"

以前住院，虽然不见得有什么特别的好转，但都能控制病情，基本上半个月左右出院了。这一次来住院，二十天了，不但不见好转，反而病情一天比一天重。

这天上午，钱莹医生查房，刚走进病房，朱云云就苦笑着说："医生，我口腔有血泡，牙龈出血。全身不舒服。"

钱莹医生让朱云云把腿伸出来，只见雪白的大腿上出现了不少小红点，说："把嘴巴张开。"仔细看了看，然后问，"还有哪里不舒服吗？"

朱云云细声慢语地说："说不来，全身难受。"

钱莹医生心情沉重地说："你侧个身，把背部给我看看。"

朱云云背上倒还是光滑滑的，但听了朱云云的描述，钱莹医生又让她解开上衣，用听诊器听听。钱莹医生嘴上不说，心里明白：作为医生不能让病人从她脸上看出有一丝一毫的差别，病人往往从医生说的一句话，从医生的脸部表情，就能捕捉到自己目前病的情况，尤其是危重病人，心理敏感，猜测自己的病情以后，心情会更加糟糕。

查房一结束，护士很快将监护仪拿来了，不间断地实施监测，朱云云心跳一直处于不稳定状态。技师将胸透仪推进病房，对朱云云进行胸部拍片。

抽血结果出来了。

骨髓穿刺报告出来了……

钱莹医生在办公室电脑上看了所有检测项目的结果，朱云云的白血病已变得越来越重了，可以说无药可救了。钱医生一声不响地盯着电脑好久。

凄别人世

连日来，朱云云身厢骨头疼痛不止，整天恹恹欲睡。

　　上午，她看到医生和护士不停地进进出出，预感到自己的病麻烦大了，心里急也没用，只好忍受着，估计很快就要向亲人告别，向世人告别。为了不让母亲伤心，装做若无其事的样子，声音低低地对母亲说："妈，给咱爸打个电话，让他过来，我想爸了。"

　　母亲坐在床沿上，握着女儿的手，说："好，好。不用打，他一会儿送饭来了。"

　　十一点不到，父亲提着饭盒来了。

　　朱云云见了父母都在跟前，眼泪滚了下来，一只手抓着父亲的手，说："爸，女儿不孝，恐怕这一次躲不过去了，我先走一步了。你们养我这么大，吃了不少苦。我生病这几年，整天让你们操心，让你们为我担惊受怕。我走之后，你们不要难过，要好好活着。我不能为爸爸妈妈养老送终了。你们要是有个头痛脑热的，你和妈相互照顾吧。我不能服侍你们了。你们就当没有生我这个女儿，忘记我吧。这样，也许会好受些。这就是命！我到天堂看到你们活得开心，也会笑的。"

　　母亲听了女儿的话，早已哭得泣不成声，控制不住感情的闸门，紧紧抓住朱云云的手，哽咽着说："云云，我的宝贝，甭说傻话了。你不会走的。老天有眼，阎王不要你的。"

　　一向老实巴交的父亲，默默地流眼泪，一句话也说不出来。

　　是啊，都说父爱如山，朱云云的父亲把她从小就宠得不得了。朱云云想要什么，就给她什么。朱云云既可爱又懂事，放学回来，第一个就找爸爸，跟爸爸撒娇，有这样的女儿，做爸爸的能不开心吗？后来长到十七八岁，出落得既漂亮又大方，真像一朵刚刚盛开的牡丹，雍容华贵，鲜艳无比。老两口常常暗暗夸赞，喜上眉梢。每每想到女儿聪明伶俐，上班都精神倍增。现在女儿报了病危，真是心如刀绞。如果可以替代的话，那么宁愿自己死，也要让女儿活，让女儿不再忧伤，不再有病痛折磨，让女儿开开心心、健健康康地活着。父亲心里这样想，母亲心里也这样想。父亲眼里含着泪水，终于说话了："云云，爸舍不得你走啊。你是爸的命根子。你走了，让爸怎么活啊？爸将来靠谁啊？"

　　朱云云见父母亲承受不了这一巨大痛苦的打击，叹着气，声音低低地安慰说："爸爸，妈妈。你们别难过了。这就是命，认命吧。爸，妈，我也舍不得离开你们。对不起！对不起！可是，可是，没有办法。爸，妈，我爱你们，永远爱你们。到了天堂，我会看着你们笑的。"说着，伸出纤柔手指，淌着眼泪，不时地喘气，过了一会儿，说，"爸，妈，我要走了，可是，我的孩子蔡永宝咋办？我放不下心呀！"

母亲一手抓住朱云云的手，久久不愿松开，一手用手帕揩了揩眼泪，说："云云，不会的。你不要瞎想，不会的。即使你的病看不好，我和你爸也会将永宝照料好的。再说，永宝也大了，男孩不能像女孩那样娇贵，要让他出去闯荡，在风雨中摔打，才能成材。"

朱云云望了望母亲，低声地说："嗯。"然后又说，"妈，把面膜拿给我，我生来漂亮，死也要漂亮。"

这一次做面膜，朱云云要母亲帮忙，做完了，她冲着母亲微微一笑，说："给张恒冲打个电话，让他马上过来。"

母亲揩了揩眼泪，说："张恒冲忙，你又不是不知道。有我和爸在这行了，让他来做啥。他又不是医生。"

"我想见见张恒冲，不然，见不到了。"朱云云说完随即拨通了电话，"恒冲，你在哪？你马上来医院。"

张恒冲接到电话，当即回话："好的。云云，我在工地，马上出发。一小时到。哦。"

工地在江南，自从有了苏通大桥后，往返方便多了，最多一个小时就能赶回来。工地上忙，厂里也忙。这二十天，张恒冲只来过医院几次，也是匆匆与朱云云打了一个照面，拎了一点朱云云平时喜欢吃的东西，两个人说了几句话，就走了。接到朱云云电话，要他到医院来，张恒冲立即意识到她可能病情加重，身体吃不消，有话要说。张恒冲挂了电话，立即开车往医院奔。平时中午，大桥不堵车，但是这天就是怪，去江南不堵车，往江北堵车。足足堵了半个小时。这趟车，张恒冲开了一个半小时才到。

张恒冲快步冲进病房的时候，朱云云睡着了。

"云云，云云，我是张恒冲。我来了。"张恒冲弯腰俯首，附耳低语。

朱云云缓慢地睁开眼睛，微微一笑，伸出白嫩纤弱的手，紧紧抓住张恒冲不放，看了张恒冲好一会儿，嘴唇动了动："张恒冲，你来了。我知道你忙，本来不该叫你来的。可是，我想不叫你来的话，你就见不上我了。我知道自己病情很重，支撑不住了。我要走了，不能陪你到老了。这三年多来，花了两百多万元。你挣钱不容易，却被我白白丢进了医院里。最后，病也没治好，钱没了。谢谢了。对你来说，也许我是个讨债鬼。你不恨我吧？说实话，跟你在一起，虽然时间短，但是很高兴。我走后，你再找女人的话，看准了。一定要找个对你好的，跟你好好过日子的，而不是看上你的钱。听话，听话，听话……"

张恒冲默默地点着头，泪水奔涌而出，泣不成声地说："云云，云云，不会的。你的病会好的！"

朱云云摇摇头，眼神黯淡，说："这次怕是躲不过去了。昨夜做了一个梦，阎王招手让我进去。我死命挣扎，转身想跑，周围全是鬼，就是走不了。最后被阎王用绳子捆住了，拖了进去。我喊啊，喊，喊你来救我，我看到你在门外站着，使劲砸门，让我坚持住。可是，你进不来啊。阎王面目狰狞，紧紧抓住我。我哭啊，叫啊，没用啊。恒冲，也不要再为挣钱拼命了。钱，永远挣不完。够吃够花就行，你多保重。你也不用悲伤，我们半路夫妻，原想陪你到老的，哪想我匆匆而来，急急而去。我不能为你把家了！"

张恒冲坐在床边，一手托住朱云云后背，一手抱住朱云云。朱云云躺在张恒冲怀里，此刻感到多么幸福，多么坦然，多么安全，有张恒冲在，再也没有妖魔鬼怪来纠缠她了，她双手抚摸着张恒冲，眼睛里满是泪水。

张恒冲眼泪吧嗒吧嗒滴下来，哭出了声，说："云云，你跟了我，为我操了不少心。而我只顾赚钱，很少照顾你。特别是你生病三年多来，也没有好好陪陪你，侍候你。让你妈辛苦了，让你受委屈了。"他将着朱云云额头上的头发，眼睛对着朱云云的眼睛，一眼不眨地看着朱云云，继续说，"你一生承受了很多坎坷，勇敢地闯了过来。这几年来，你又面对凶恶的病魔，不屈不挠。这一次难关一过，又是一个艳阳天啊。你一定要挺住。我为你加油！"

朱云云睁着眼睛，看着张恒冲，微微笑了笑，说："别这么说，我很知足。我放心地走了。"突然，她摸着张恒冲的手，急促地喘着粗气，吃力地说，"张恒冲你在哪儿，我怎么看不见？什么也看不见。"

张恒冲只见朱云云咳嗽了一声，嘴里咳出血，接着嘴里吐出一大口血。

此时，下午两点多钟，朱云云呼吸困难，直呼难受。

"医生，我女儿吐血了。快来救救她吧！"病房里传来朱云云母亲撕心裂肺的哭喊声。

附近其他病房的病人家属不约而同地跑了出来，躲在过道的北墙边，让出一条供医生护士行走的通道，站在病房门口两三米处想看个究竟。

听到呼救声，整个血液科的医护人员都像打仗一样，飞速投入战斗。

医生值班室在护士站西北边，朱云云住的病房在南边过道东边，距离大约一百五十步。钱莹医生听到朱云云母亲的呼叫，快步冲出来，住在过道里的病人家属看到医生飞快地跑着，都自觉地让到一边。钱莹医生边跑边吩咐："急救车！快！"进入病房，低着头，弯着腰，拿起听诊器，给朱云云诊断，发现眼睛瞳孔放大，呼吸困难。

钱莹医生快步回到办公室，联系相关科室，急匆匆地往病房疾走。

护士长丁霞凤听到要急救病人，跑步走着，正碰上院里有关部门的负责同志来检查，她一边跑，一边说："现在抢救病人。等会儿再说。"

护士周晓芳身材瘦小，尽管推着笨重的急救车有点吃力，但她使出浑身力气，跑得飞快。

……

朱云云的心电图曲线在显示屏上骤然变成了直线。

母亲无声地哭着，肝胆俱裂。

张恒冲哭得眼睛红红的，默默地跟着医生去了办公室，办理一切出院手续，回到病房，放声大哭："云云，云云，你平时最怕进医院。可是，这三年多来，你老是往医院跑。从此，你再也不用进医院了。总算解脱了。你一路走好！"

朱云云，心脏虽然停止了跳动，但是眼睛一直睁着。她哪里舍得离开这个世界啊。在这个世界上，有她的至亲骨肉可爱的儿子蔡永宝，有她最亲最爱的爸爸妈妈，有她短暂相伴相爱的丈夫。

张恒冲含泪用手轻轻地捋上了朱云云的眼皮。

此时，朱云云安神地乘坐了两匹马的战车，终于上路了，向天堂的路上奔驰。她留下了美丽的身体，灵魂却已经飘了出来，在上面盘旋，准备冲出病房，走向自由的极乐世界。从此，她再也享受不到阳光的照耀，再也享受不到雨露的滋润，再也回不到人世间来了。人们再也听不到她那柔和美妙的声音了。

朱云云的母亲擗踊哀号，哭得那病房里的人无不落泪。

此时，我早已挂完了药水，走到美女病房门口，心里酸酸的，不觉滴下眼泪来。

在血液科治病，看到身患白血病的病人瞬间走了，这是再正常不过的事，然而这样的事在我心头却一时无法抹掉，甚至于吓得胆战心惊。本来安排那天下午由钱莹医生帮我做骨髓穿刺的，见到美女走了，我心里惧怕，李桐说不要做了，我也不敢做了。钱莹医生走到我跟前时，我面孔转色，浑身打颤，哆嗦着说："钱医生，不好意思，推后做吧。"

钱莹医生怔怔地看着我，忽然似乎明白了，说："好！"

人们好久还在美女病房门口愁楚地站着。此刻，都静了下来，默不作声，踌伫不走，送美女一程，愿她到了天堂保佑大家。

第三章　篾匠一家人

"这是三十三床吗？"从病房门口进来一个六七十岁的高个子老头，后面跟着一个矮个子老太婆，随后还有一个四十岁左右的妇女，那个年轻妇女一进门，眼睛骨碌碌地扫视了病房一周，声音干脆响亮地问道。

老头空着身，头斜着，走路慢慢腾腾，双脚拖着地，人歪歪倒，明显看得出是个病人，而且是个重病人，老太和那个年轻妇女各自手里拎着行李，朝一张铁椅子上放着，喘着粗气。

我旁边床上的病人今天下午出院，现在病人正躺在床上挂药水，要挂到下午一两点钟，药水挂完才好办出院手续。这个新来的病人怎么一点规矩都不懂。他要进来，医生安排好了的，没有人抢他的床铺，但是也得等老病人走了之后才搬啊。他在过道有地方住，急什么呢？这家人怎么那个样子？平时肯定拣先惯了的。这里是医院，来到医院治病，就是再有能耐，也逞不了能了。对于这样的人，不论他从事何种职业，我向来都是鄙视的，心里开始对他有点反感。

下午两点多钟，老病人出院之后，这个老头无疑成了我的病友。他躺在旁边床上，好长时间闷声不响。

我这次大化疗，一化疗，血小板低，白细胞低，容易感染，住层流床，跟外界接触少，可以减少或者避免相互交叉感染。我身体虚弱，一化疗就吃不下饭，各种反应都会袭来，所以有时还有点想不开。特别是夜深人静时，由于浑身难受，夜里睡不着，但是我从来不跟李桐说，怕她担心。

夜深了，老头轻轻地翻了个身，一会儿又翻了个身，过了不久还翻了个身，边翻身边轻声地叹了口气。他见我没睡着，跟我聊起了他的身世。

老头名叫高能才，69岁，身高一米八多，大块头，肩膀宽，背部平，年轻时，在农村是少有的美男子。说起来他在农村还是个传奇式的人物，干过很多活，能说会道，非常精明，是个少有的能人。他还特别爱干净，两人间的病房里有厕所，他除了小便在病房厕所里解，每次大便都要到有蹲的公共卫生间，男人这么爱干净，特别是一直生活在农村的男人，真是少之又少，就是城里的男人，像他这种情况也难找。

他这次来住院，不是第一次，他是去年夏天得的病，患了急性白血病，那时候在西组治疗的。老太婆，67岁，方脸，黑黑的，一对浓眉弯弯的，长得矮归矮，结结实实，每晚睡前，给老头子擦身，洗脸，洗脚，一切安顿好，然后睡在铁椅子上，一听到老头子翻身，或者咳嗽，马上醒来，坐起来，问这问那。老头嫌她烦，语气对她不友好，她也不生气。只要老头一说话，或者声音大一点，她就吓得低着头，气都不敢出一声。

他有一双儿女，大的是个女儿，小的是个儿子。上面一进病房说话的年轻妇女就是高能才的女儿，叫高莲花，中学英语教师，泼辣能干。高能才生病住院来回接送，都是女儿开的车。儿子怕儿媳，难得去医院看一趟。

同康"霸主"

海东县有个同康公社，同康公社有个康庄大队，高能才出生在这个大队里，他父母贫农，以务农为业，家里兄弟姐妹六个，他是老大，一家八口人住着两间小瓦屋。农村里男小官娶媳妇，要是没有两间砖瓦屋，勿要想寻着娘子。因此，父母把挣工分学手艺看作比念书重要。高能才小学毕业那年十四虚岁，个头一米七，还有半年就够种地挣工分的年龄，母亲让他停学在家做做家务，到了时间好下地劳动挣工分了。

母亲见高能才在家闷得慌，说："这段时间你先去学一门手艺。有了手艺，将来好有碗饭吃。正好西队里有一个篾匠，人本分老实，手艺精湛，会做各种篾器。"高能才在母亲的陪同下，去了篾匠家。

篾匠说："孩子个头有了，就是年纪小了点，先在我这打打帮手。我每天管两顿饭。学手艺要勤快，懒人是学不好的。"

母亲千恩万谢要回家去了，高能才送出来，母亲摸摸他的额头，叮嘱说：

"你兄弟姐妹多，家里这么多张嘴吃饭，你爹又是老实人。将来家里能有出头之日，全指望你了！凡事看眼好点，好好学。"高能才满口答应，母亲说完含着眼泪走了。

高能才正式拜篾匠为师傅，学手艺，看眼好，嘴巴甜，手勤快。每天一早到了篾匠家，先是扫场刮地，挑水做饭，样样做在前。见了师傅、师母，嘴巴甜得贴在嘴唇皮上，叫个不停。师傅、师母欢喜得话勿来。一天生活做下来，累得腰酸背痛，师傅问他累不累，他从不说累。那时农村拜师学手艺没有工钱拿，能把绝活教给你就算很好了，师傅管学徒两顿饭，除了夏天吃麦饭，其他时间吃玉米饭，那年头能吃到饱饭就很好了。吃过夜饭，高能才侍候师傅面汤脚汤完毕才回转。这种事，小孩在自己家都不会给父母做的，除了家里父母生了病，没有办法才会去做的。篾匠看高能才如此懂事，从心底喜欢，常常夸赞说："能才是个好苗子，将来肯定有出息。"

那时不论从事何种职业，大多数师傅把自己有本领，看成很神秘，不会轻易把绝活讲出来的，只教些皮毛，想要更深地学习，必须等出师以后，自己去钻研。可是，篾匠却不同，见高能才那么懂事，勤奋好学，教得特别认真，毫无保留地将技术传授给他。高能才呢，上手很快，人又灵活。比如打凉席，起头是关键，头起好了，编下去就顺手了。师傅边做边讲解，他认真听，仔细看，用心想，反复练，用一张纸记下来。这种活，人家要学很长时间，学得还不到把，他用着心思，好像钻进师傅肚子里，领悟透彻。笨手笨脚的人，学几个月都学不会的活，他不到一个月就学会了。做一个好篾匠要有劈篾的基本功，劈篾劈得好不好，直接影响到篾器的质量。他除了在师傅家学之外，回家把自家竹园里的小竹子砍下来，用竹刀反复练。所以，没有多长时间，他劈头道篾、二道篾、三道篾非常精到。一年以后，他做的凉席，拿到镇上去卖，要比人家先卖完。人家买他的凉席回去，睡着光光滑滑，舒服极了。

高能才学了半年就出师了。出师回家后，正好够队里劳动挣工分的年龄，出工一天不少，农闲下来，没日没夜地做篾器活，赚点钱贴补家用，还供弟妹们读书缴书费和学费。显然，有了高能才挣工分做篾器，家里的生活比以前好多了。他母亲脸上也有了笑眼。高能才虽说有了手艺，但是要靠做卖篾器挣的钱盖房子，还是飞机上吊蟹——悬空八只脚。他论长相不比别人差，论力气不比别人小，他比他们生产队里三个同岁的男小官都要优秀，但人家家底厚实，有房子不愁寻勿着娘子。高能才到了二十岁了，还没人上门说亲事，心里想着那事，只是不好意思表露出来。可是，他母亲急得发愁，儿子打光棍，做娘的脸面往哪儿搁呢？母亲四处托人张罗，许多姑娘一见人蛮对心中，一访人家傻眼了，没房子，结婚住哪儿？自然勿话了。两年过去了，高能才已经22岁，说亲的人多，相亲看上的人也有，一访人家把姑娘都吓跑了。

篾匠家有个独生女，年纪比高能才小两岁，高能才去他家学手艺时，只有12虚岁，长得很矮小，加上还在上学，他也没在意。时间过得真快，几年不知不觉过去了。姑娘18岁高中毕业，人很机灵，上门提亲的人一个接一个。可是姑娘总说还早，不谈恋爱。高中毕业一晃两年，到了二十岁，上门提亲的人更多，姑娘还是没答应。

那天，高能才母亲上镇回转，路过篾匠家门口，见了篾匠老婆，两个女人平常难得见面，这回见了面自然话多了起来。高能才母亲聊着，聊着，自然聊到了儿子的婚姻，一讲到儿子的婚姻，急得直叹息："家里穷到这份上，哪有姑娘愿意呢？"

"妈，吃饭了。"篾匠家的姑娘韩翠兰出来喊了一声。

"能才妈在这，我们难得碰到说会话，一会就来。你们先吃。"

高能才母亲见了眼前一亮，说："哎哟，姑娘这么大了。你看，多好看。"转而问道，"有婆家没？"

"还没呢。话的倒不少。可是，我家翠兰一个也看不上。"

"要找啥样的？有什么条件？"

"啥条件不条件。丫头说，只要小伙子勤快，人品好，有手艺，家里穷是暂时的。我们就一个女儿，舍不得嫁出去，最好能招个上门女婿就好了。"

高能才母亲回家后激动万分，当天吃过夜饭，坐在煤油灯下，跟高能才爸说："篾匠家的丫头还没有婆家，不知肯不肯嫁给我家能才。丫头人矮小点，人非常聪明能干，文化又比我家能才高。要是娶到她的话，我家能才可算前世修来的福分。结婚盖房子，我们家又一时盖不起，就让能才倒插门好了。正好姑娘父母想找个上门女婿。反正我们还有两个儿子。到了篾匠家，也让我家能才享享福。我看能才和韩翠兰结了婚，将来肯定能发财。得寻个媒人前去提亲。我看小队会计人会说，求她去说能成。"

再说篾匠老婆自从见了高能才母亲后，回家跟篾匠说："高能才还没有找娘子，我觉得小伙子蛮不错的，就是家里穷点，不知翠兰愿不愿嫁给他。"

篾匠心里一亮，笑着说："是啊，要是能才做咱们家的女婿就好了。你去问翠兰愿不愿意？"

这时韩翠兰正在里屋缝补衣裳，听到母亲和父亲的对话，心里想要是能嫁给能才，虽然暂时结婚没房子住，可以让他住在自己家，做个倒插门女婿，不是更好吗？只是不好意思说出口。

隔了三天，小队会计就到篾匠家来上门说亲了，刚进宅，还没跨过门槛，见了篾匠老婆，就笑着喊了起来："老阿嫂。哎哟，老篾匠也在家呀！正好给你们说件好事。"小队会计见篾匠低头劈篾，满脸笑容地说，"喜事啊，喜事。给你们家翠兰话个亲眷。小伙子啊，就是高能才。这不用我介绍了。你们比我还了解呢！"然后将高能才家提亲的事一五一十地说了一遍。

篾匠一家对高能才是了解的，平时也打心里喜欢。可是他家太穷了，说成了就要结婚，结婚住哪呢？篾匠老婆想了想，还是直截了当地说："我的大会计，不瞒你说，能才小伙子是不错。可是结婚得有房子住。我家翠兰嫁过去住哪儿？我看，反正能才家有弟兄仨，结了婚，让能才住我家。做个上门女婿。你看行吗？"

"行，行啊。他家恁穷，巴不得做个上门女婿嘞。"小队会计打着手势，满脸堆笑地说。

那时候，男方兄弟姐妹多，家里穷得叮当响，男孩做上门女婿多的是。高能才一家哪有不愿意的？当年底，高能才23岁，和篾匠家的韩翠兰结了婚，成了上门女婿。

高能才婚后第四年，韩翠兰生了一个丫头，五年以后生了一个儿子。高能才和韩翠兰夫妻俩勤俭持家，小两口恩恩爱爱。高能才和丈人一起做凉席、筛子、畚箕、筲箕等篾器，还养了三头猪。那时候还不敢多养，怕多养了要割资本主义尾巴。

每天天蒙蒙亮，韩翠兰就上早市，将筛子、篮子、筲箕等篾器拿到镇上去卖，一卖精光。回家以后，看到父亲和男人又做了篾器，利用中午这段时间不出工，就骑自行车下乡沿埭路叫卖："卖筛子、筲箕、篮子嘞！"

"拿过来看看。哟，做工蛮好的嘛。多少钱一只？"许多人听见了，出了自家门口喊进来买。

"你看看，做工恁好，又便宜。一只筛子就比别人便宜几角钱嘞。人工不算，收点竹头铜钿。"韩翠兰眉花眼笑，能说会道，说得别人原本不想买的也买了。她一只埭路走完，已卖得差不多了。走出去一趟，不消一两个钟头，就全部卖光了。

韩翠兰风里雨里、酷暑严寒来回跑，父亲和男人做多少，卖多少。几年下来，小夫妻俩积攒了一笔钱。

高能才不仅篾技精湛，而且买竹精明。他看到一片竹林就能一下子估出这片竹林有多少斤。他出去挑竹子买竹子，不用秤称的，直接用肉眼估的。而且专拣老实巴交的，或者年纪大的人家去买。他把竹子砍下来捆得严严实实，一百斤竹子看上去只有六七十斤的样子。结算时到底多少斤，都是他说了算。在分量上就占了不少便宜。只要他站在竹园里一看，立刻就能辨别出竹子的好差。一百斤竹子能出多少篾，他估计得八九不离十。他买回来的竹子又好又多又便宜。在他手里，一根竹子能劈出三道篾。做的凉席，如果卖给不熟悉的人，就把二道篾说成头道篾，反正外行也看不懂。他做生意从来不吃亏。

20世纪80年代初期，改革开放刚刚开始，国家政策允许一部分人先富起来。高能才和韩翠兰如鱼得水，除了做篾器活，还养了三十头猪，很快就成了万元户。

有了钱，高能才跟韩翠兰商议，盖了一栋三层三底的楼房，一雪小时候贫穷的耻辱。那时候，整个同康公社还没有一家这么漂亮的私人住宅。南北三圩的人见了个个眼馋，人人心动，都称他为整个同康公社的发财霸主。真是额头上搁扁担——头挑。

肺部肿瘤

同康，开头叫公社，后来名乡，现在叫镇。同康本来就叫同康镇，有近百年的历史，镇设在河东，南北一条街，从南头到北头有两百来米，街道两旁，店铺林立，各种日用品应有尽有。

　　那里交通四通八达。20 世纪 80 年代初期，国家从计划经济刚刚转入到市场经济，同康人脑筋活络，一些原先在农村不安分种地的年轻人，出来在同康镇河西公路旁租了地，开辟了一个东西两公里长的木材市场，一夜之间，摇身一变，成了木材老板，每人占据一块地盘，每隔一百来米有一家木材经销户。有的销售椽子，有的销售木头，有的销售板材，其他地方买不到的，那里都能买到，所以成了方圆百里有名的木材市场。买木材要会砍价，如果不会砍价，就只能吃高价。

　　一方水土养一方人，一个地盘养一群人。木材生意的兴起，吸引了四方客户，客户买了木材需要找车拉回家。当地一些人与木材老板联手，相互介绍生意。本地有些经济头脑的人，充当木材运输户。高能才第一个看好这个行当。他跟韩翠兰商议："做竹篾器生活时间长，赚钱慢，而且现在市场上有塑料制品了，随着塑料制品的增多，人们渐渐地不用竹篾器具，改用塑料制品了。塑料制品既轻巧，又便宜，又耐用，又好清洗。我想趁早转行，买一辆拖拉机，跑木材运输，人省力，来钱也快。"

　　俗话说，矮子肚里疙瘩多。韩翠兰矮归矮，小归小，脑子跟高能才一样灵光，笑着说："我也打算让你改行，认为这个买卖能做，托人买一辆拖拉机跑运输，肯定比做篾器生活赚钱多。"

　　很快拖拉机买了回来。于是，高能才主外，在外面帮客户拉木材，起早贪黑，一天跑十趟八趟，看到钱不停地往口袋里钻，浑身有使不完的劲，一年下来，积攒了五万多元钱。当时年收入几万元，那可是整个同康镇少有的呀。韩翠兰主内，操持家务，抚养小孩，照常养猪。她每天早晨天不亮起床帮男人做早饭，还准备好中午带的饭菜。等天蒙蒙亮，她就将父亲做的篾器带到镇上去卖，她母亲帮着照看小孩。一家人吃不愁，穿不愁，省心省力，开开心心。每天晚上，高能才一回家，就将白天挣的钱悉数交给韩翠兰。两人数着钱，笑得合不拢嘴。

　　高能才身材高大，脸上有股蛮相恶相，虽然他不轻易欺侮人，但一些同行见了他，都惧怕三分。他拉木头跑运输，一趟跑下来，客户被他说得这里木材多么多么好，价格多么多么便宜，简直是天花乱坠，来了一次，还想来第二次。木材老板晓得跟他合作，生意做得活，做得好。别人做不着生意，他来不及跑。他把来不及跑的生意，匀给其他同行来做，自然大家敬他三分，有人拍他马屁，见了哈腰点头，递烟敬烟，他自己觉得也是个人物，来者不拒，有时故意装腔作势，说话也是"哼""哈"的。附近有一帮地痞，欺软怕硬，喜欢吃白食。开始几天开拖拉机跑运输的专业户常被欺侮，敢怒不敢言，高能才把大家组织起来，拧成一股绳，谁要是再敢过来撒野，他第一个冲上去，将这些地痞制服。以后，见了木材运输队，这帮地痞躲得远远的。因此，运输队的同行们都自觉地称高能才为"老大"。

几年下来，高能才富上加富，他把这些归功于妻子，他常常对韩翠兰说："你聪明，你旺夫，娶了你这样的娘子是我的福气。你帮我生了一儿一女两个孩子，女儿特别聪明。我常常做梦都在笑。以前，做小伙子时家里穷，总好像比别人矮三分。结婚后，我才像个人，好像腰把子粗了，有靠山了，人前抬得起头来，说话响亮了。现在整个同康镇哪个不晓得我高能才有能耐。我车子往哪里停，人家就会主动跟我打招呼，主动让着腾地方。好多人尽管年龄比我大，但都把我当爷爷供着。我好像一夜之间变成人上人了。"

时间像走马灯似的过去，高能才自己不知不觉到了41岁了。这个年龄，是一个人的黄金时期，特别是对一个男人来说，如日中天，精力旺盛，社会阅历最为丰富，身体最为强壮。可是，往往这时候，却是人最不注意身体的时候，人的精力最为透支的时候。正当高能才一家人欢天喜地的时候，那段时间，他突然感到全身乏力，饭吃不下，回家就想睡觉。他想可能是自己太劳累了。韩翠兰见他脸色铁青，猜想他身体内部肯定有什么毛病，劝他去县医院查查。他要一个人去，韩翠兰哪能放心，硬是要陪着同去。

检查结果出来了。医生说："肺上有毛病，建议去上海治疗。"

老篾匠夫妻俩年纪刚过60岁，患了风湿性关节病，走路一倒一歪的，生活刚能自理，下一辈的事没法去帮。

那会儿高莲花15虚岁，下半年11月生的，实足年龄13岁，才上初二，学习非常好，总在班里头几名，听说父亲病了，吓得一声不吭。

母亲韩翠兰把她叫到跟前说："莲花，你爸病了，我陪着去上海。弟弟和家里的事，就由你来管了。"

高莲花看了母亲一眼，点点头说："嗯。平时我看着你做的，我都记在心里了。有些生活我也会做一点的。妈，你放心。"

韩翠兰晓得高能才肺上有病，急得六神无主，日里夜里困不着，想起了一个远房亲戚在上海一家大医院做医生，就把家里的一摊子事都搁下了，专程陪着去了上海，找到了那个医生亲戚，自报家门。没想到这个亲戚刚好是肺科专家，将高能才身体检查完毕后，对韩翠兰说："高能才肺上有个肿瘤，不过目前估计还是良性的。要做切除手术，生命可以保住。住院需要二十多天，费用一万多块。"

高能才和韩翠兰二话不说，就在上海医院住了下来。

高莲花是个懂事的孩子，平素放学回家一有空就帮忙做家务，母亲陪着父亲在上海治病，小小年纪家里的大小事情全扛了下来，不会做饭，学会了做饭，不会洗衣服，学会了洗衣服，不会养猪，学会了养猪。她本来长得瘦小，力气又小，天不亮起床，喂猪食，做早饭，叫弟弟起床吃饭，用自行车送弟弟去学校，然后自己再去学校上课，她上课从来不迟到，也从未向老师提起家里的事。

高莲花很爱干净，天天换衣服，可是喂猪食，难免身上弄脏，就是不弄脏，喂一次猪食，身上总能沾上猪臭味，她自己习惯了闻不出来，到学校上课，同学们每天都闻到她身上有一股难闻的味道，开始见了还能跟她说说话，后来时间长了，都知道她身上有猪粪的臭味，一些同学背后偷偷地嘲笑她，离她远远的。她发觉以后，一声不响，默默地流眼泪。老师布置的课外作业，她下课不跟同学玩，在学校就做完了。下午放了学，她先接弟弟回家，将弟弟安顿好，然后喂猪食，扫猪圈。

养猪最重最脏的活就是扫猪圈，三十头猪分成八个猪圈，高莲花每天要清扫一遍，将猪圈里的粪便清扫干净，扫完还要用水冲洗猪圈，水一桶一桶从外面宅沟里提过去，她一桶水提不动，只能提半桶。扫猪圈这种活，在农村多是男人干的。猪圈里臭气熏天，她穿着高统雨鞋，走进猪圈，一股臭味扑鼻而来，她感到恶心，想呕吐，每次做这种活，猪粪溅了一身，喷到鼻子上嘴巴上眼睛上，汗珠随着猪粪一起往下淌，淌到嘴角时，一股恶臭味熏得她反胃想吐。她清扫时，猪看到她倒水，就冲过来拱着，吓得她躲在一边淌眼泪。她有好几次晕倒在猪圈里，或被猪拱倒在猪圈里，幸亏弟弟发现，请乡邻来帮忙，才回到自家屋里。干完了，她精疲力竭，身体颤抖，当晚常常吃不下饭菜。

多少年过去了，每当回想起这段经历，高莲花仍然感到恶心难受，她说：

"我不知道那时候是怎么挺过来的。"

幸好肺部肿瘤是良性的。

高能才在上海医院住了 25 天出院了。临走时，医生反复叮嘱："回家后一定要好好休养一段时间，不能劳累。"

重操旧业

人最怕中年辰光得大病。中年人得大病，对整个家庭来说好像天崩地裂，无处躲藏。

那时候所说的中年人是指四十岁上下的年纪。中年人生大病，对一个家庭来说好像从巅峰跌入山谷。中年人上有老，下有小，老的不算太老，一般六十来岁；小的真的还小，都在上学，有的上小学，有的上初中，结婚早孩子生得早的才上高中，多数是上小学和初中，大多数孩子还不懂事，对家里变故，一点不敏感，不晓得是咋回事。即使他们的父亲或者母亲死了，走到了另一个世界，他们照样不懂得悲伤，不知道哭泣，好像父母的死亡与他们没有任何关系，在他们心中，父母的死亡，只是出了趟远门，暂时看不到，过几天会回来的，见到亲戚朋友悲痛欲绝，呼天抢地，有时感到好奇，他们会想："你们干嘛这样呀？"他们不晓得父母病重或者离去，从此他们的一切会发生翻天覆地的变化，在学校，有可能受到个别同学和老师的歧视，这些看不见的隐形杀手时刻围绕在他们身边。在生活中，因病致贫，全家背负沉重的债务，他们将面临着辍学在家或者外出打工的境况。也许，他们的父亲或者母亲生了大病，会改变他们的一生，可是他们岂能晓得。

这个年龄段的中年人，不论是男的，还是女的，都太重要了。在农村，缺少男的不行，这个家意味着没人干力气活，没有收入来源，靠女人一人种地抚养孩子，那叫过的什么日子？暗无天日，毫无生气，受人白眼。缺了女人也不行，孩子没人管教，家务没人操持，那叫过的什么日子？没人唠叨，冷暖不知，冷冷清清。在城市，缺少男的也不行，一般男的挣钱比女的多，经济收入主要靠男的。可以说，男的是一个家庭生活的主要来源；缺少女的也不行，总体来说，女的可能比男的挣钱少，但女的心细，有韧劲，能给男人出谋划策，让男人挺直腰杆做人，将家务做好，将孩子带好，把家收拾得利利索索的，让男人回到家感到温馨。

高能才从上海治病回来，身体特别虚弱，在家养病，看到韩翠兰要下地干活，要饲养三十头猪，要照顾他，要抚养孩子，心中更是愧疚，感到自己对不起妻子和孩子。他起头心情不好，老是自责，经常暗想："我年纪怎轻咋得这种病？要靠娘子来养活，活着有啥意思？"

韩翠兰是个细心人，嘴上不说，心里明白："能才生的病又不是癌症，怕什么？休养一年半载，身体慢慢会强壮的。留得青山在，不怕没柴烧，他想干活以后有得做嘞。现在里里外外全靠自己一个人，累是累点，苦是苦点，但这是暂时的，有盼头。苦难会很快过去的。再说女儿高莲花也比一般小孩懂事，家里什么事都抢着做。"

高莲花看到父亲生病不能做活，变得更加懂事了，虽然年纪小，个子又矮，但不娇气，下午放学回家，知道母亲还在地里干活，就放下书包，跟父亲说："爸，我去扫猪圈了。"

高能才看着女儿，说："莲花，提水当心滑倒，慢一点。"

高莲花说："爸，我晓得的。"

可是，高能才总是不放心，有时跟着女儿出去，看着她做生活。高能才看着懂事的女儿，将猪圈用水冲得干干净净，心里更加难受，常常自叹道："哎，我生什么病啊？女儿本来应该好好读书，回家认真做作业，就是帮大人做家务，也干些力所能及的活。扫猪圈那么脏臭的活，连大人都不愿意做的，怎么能让她这么小的孩子来做呢？"

每天高莲花放学回家都要扫猪圈，这是最脏最累的活。

有一天放学回家扫猪圈，她从宅沟里提水，哼哼唧唧走着，走到猪圈边停了下来，双手用劲将水桶从猪圈栅栏外提起来吃力地放进猪圈，然后人再跨进猪圈，扫到最后一个猪圈的时候，早已没有力气了，站在猪圈里，一滑摔倒在猪身上，猪吼叫起来，吓得她哇哇直哭，边哭边喊："爸，爸，爸爸。"

高能才听到女儿的叫喊声，走出屋，来到猪圈旁，看到女儿站在那里，正在用衣袖擦着流淌的汗水和滴落的泪水，心疼地说："莲花，扫猪圈让你妈做，你以后不要做了。唉，恁重恁脏的活，哪里是女小官做的呀？"

高莲花见父亲说话有气无力，走路慢慢腾腾，不愿意让他担心，立即破涕为笑，带着哭腔说："爸爸，没事的。以后，我小心点好了。"

　　从猪圈到自家屋门口有五十多米，高能才和高莲花并排往回走着。高能才边走边抚摸着女儿的头，一声不吭，眼泪吧嗒吧嗒往下滴。高莲花突然抬头一望，看到父亲哭了，懂事地说："爸爸，你回家睡觉，我来做夜饭。妈从地里回来，就可以吃到现成饭了。"

　　高能才整整休养了一年。这一年，他啥活都没做，连油瓶跌倒也没扶一把；这一年，他三天两头喝老母鸡汤，夏吃鸭肉，冬吃羊肉，满面红光，自觉身体恢复了。过了年，他对韩翠兰说："我想我身体好了，可以做活了。不做活心里也闷。其实适当做点活，对身体也有好处，一直不做，人越来越懒，就不想动了。我先做些轻微的活试试，跑运输木材，那是重活，暂时不做。做了万一身体搞垮，对不起你，对不起孩子，对不起家。先做做竹篾生意，这种活，不要急着赶，也不会累的。"

　　高能才又开始做竹篾生意了。左邻右舍晓得了，都来提前订货。他做的头道篾凉席，一个人睡一辈子也不会坏。那年月，农村里普遍没有电风扇，一到夏天，大家争着要买他做的凉席，即使再热的天，睡他做的凉席，也觉得凉爽舒服。他做生意不欺侮熟人，东西卖给熟人，货真价实，有时虽然比人家贵一点，但做工绝对不马虎。对陌生人来买东西，货色也绝对不差，但是价钱要比熟人贵好多，这叫卖给过路客。

　　高能才重新开始做篾器一年多来，都是韩翠兰出去买竹子，韩翠兰买竹子不精，有时还上当受骗。高能才想："反正买一次竹子要做一个多月呢，现在自己可以开着车子出去买竹子了。他开着拖拉机去埭路上一转，看到哪家竹园茂盛，停下来瞄一瞄，眼睛贼精贼精，一瞄准能估算出哪片竹园有多少斤，值多少钱。看完竹园，不急着买，向周围邻居打听那家人是干什么的？是老人，还是年轻人？是老实人，还是精明人？搞清楚了，再决定是买，还是不买。他心里明白：一般老年人，你开出价钱，他们嫌低，你总归加一点。一般年轻人，你把价钱压低了，再往上加点，使他们心里平衡。总之，让他们觉得自己没有吃亏，还占了便宜。

　　那天，天阴沉沉，灰蒙蒙，密密细雨，下个不停。高能才身穿雨衣，来到一家七十多岁的老人家中，见到一个女老人家在家，开口问道："老妈妈，你这竹子卖不卖？"

　　"你想要买竹子？好的，你给多少价钱一斤？"老太太反问道。

高能才提前从老太邻居家打听好了，这家只有一个女老人家，儿子在外地工作，女儿女婿在县城工作，平时很少回家。他一听老太的话，觉得这桩买卖肯定能成。他出门见到年纪比他大的，称女的为老妈妈，喊男的为老伯伯，农村老年纪听了这话觉得那人有礼貌，心里感到舒服。高能才未话先笑，顷刻与老太的距离拉近了。他趁热打铁，笑着问："老妈妈，你说多少钱一斤才卖？"

这一问，反而把老太太问傻了，老太太确实不知竹子多少钱一斤，看着来人，不像是个坏人，说："老阿侄，你实实在在给个价。你也买惯了的。不要欺我老太婆。"

"老妈妈，说实话，我买别人家的话，出的价钱是一斤竹子三角钱，一百斤竹子三十块钱。你这竹子确实不错，我就每斤加一角，买一百斤四十元，买两百斤八十元。我买两百五十斤，给你一百元。"高能才知道老太太不懂行情，本来五角钱一斤，故意说成三角钱一斤，然后给老太太每斤加一角，让老太太心理上感到赚钱了，其实还是亏了。

老太太心想，反正自家竹园里长的，勿论多少卖了一点也好，笑着说："好，好。我就欢喜你这老阿侄老实和爽快。"

"好，老妈妈。你爽快，我也爽快。你挑一根竹子称一下，看有多少斤，然后就数一下行了。这样你我都不吃亏。"高能才晓得老太已经被他说得心动了，暗中偷着乐。

"行啊。"老太满脸堆笑，还以为自己占了便宜。

返回的路上，他开着拖拉机，一路哼着小曲，心中得意扬扬。到家一称，果然不出他所料，竹子足足有三百十斤。他买的竹子又好又便宜，分量又多出几十斤。一家人听说后，都笑得合不拢嘴。

生意人就是生意人，不精不叫生意人。不精能赚得到钱吗？不管怎么说，精明的生意人，总是不会吃亏的。不然，怎么做生意呢？

高能才开始做活还是有点吃力，吃力了，起来活动活动，中午睡上半小时，下午感到有精神了。这一年，他半休息半做活，感到没什么不舒服。他有力气了，走路不再歪歪斜斜。后来他提水扫猪圈不喘气，与人掰手劲，脸不变色。五年以后，高能才明显感到自己浑身有使不完的劲儿，就连平时感冒也很少，跟正常人没什么两样，身体已经彻底恢复了。他时常心里念叨："上海的医生本事真大。医术就是高。"

他有时想，如果自己路过上海的话，顺便带几只自家养的老母鸡，去送给那个给他看病的亲戚医生，表表心意。

那是他的想法，可真要叫他去送，他还不一定去呢！

又添新病

一个人就像一个演员，人的一生就像一场戏。戏演得好坏，是有多方面的因素决定的。有时候受时代的影响，有时候受环境的限制，有时候受舞台的局限，有时候还要看自身的条件。不管怎么说，自身的条件最重要。高能才从生下来开始一直在演戏。第一部戏，本色出演。小时候吃不饱，穿不暖，20世纪60年代初期，三年自然灾害，正在长身体阶段，他经常有一顿没一顿，吃了上顿没下顿，虽然个头长得高，骨架大，人却骨瘦如柴。第二部戏，角色错位。到了念书的年龄，却因为自己是长子，下面弟妹多，上学上到小学毕业就被父母拉了下来，不让他读初中了，与父母亲一样做家务，一样下地干农活。第三部戏，进入角色。到了谈婚论嫁的年龄，父母盖不起房，差点寻勿着娘子，打一辈子光棍，幸亏韩翠兰父母不嫌弃，又是教他手艺，又是将女儿嫁给他，让他过上了好日子，他这才算像个人。第四部戏，褪色人生。到了中年，身体出现了裂缝，好在很快愈合了。但不如从前强壮了。

病后这二十多年，除了最初几年心里有点担心以外，高能才其他时间可以说天天困大觉，一家人都仿佛忘了他曾经生过病，曾经去过上海开过刀。只要干起活来，他就早已不把自己当作病人看待，拼着老命做。这二十多年，他没病没灾，他的家庭事事顺利，广种福田，女儿大学毕业，在一所中学当英语老师，女婿做老板，外孙聪明活泼可爱；儿子娶了媳妇，有了孙子。节假日，一家人聚在一起，欢声笑语，其乐融融。

俗话说：三好搭一好，三坏搭一坏。这几年，高能才儿子在外做生意时，交上了坏运，几个坏人串通一气，劝他赌博，专门赢他钱。儿子越赌越输，越输越想翻本，越想翻本越输，输红了眼，干脆生意停了下来，儿媳见丈夫突然不做生意，钱不拿回来，以为他在外面乱搞女人，有几次暗中跟踪，知晓事情，一气之下回了娘家。等高能才发现时，儿子除了输光了所有积蓄，还在外面欠了三十多万元债了。到了年底，上门要债的人踏破门槛。

一天晚上，高能才暗把儿子叫来问："你想不想改好？"

"想改好。"儿子还是有点怕老子。

"要是想改好的话，现在开始不要再赌钱了，以前输了钱，就当是个教训。余下的债务，我想法来帮你还。你们小两口不要再闹了。你去丈母娘家把媳妇接回家，认真做生意，好好过日脚。以后结交朋友要慎重。"高能才接着说，"江湖险恶，人心难测，遇事三思，不要上当受骗。"

高能才毕竟是老江湖了，看到儿子赌输了钱，整天人不人鬼不鬼的，心里头气得咬牙切齿，真想狠狠地揍儿子一顿，可他比谁都清楚，如果那样做的话，等于把儿子推了出去，让儿子在泥坑里越滑越远，越陷越深，就会使儿子无助——横竖横拆牛棚，最终毁了儿子，毁了家，毁了子孙。跟儿子谈话以后的一段时间，他或悄悄跟随，或让别人暗探，看看儿子究竟有没有改。想不到儿子真的从此跟那些狐朋狗友完全脱离，一门心思做生意。

这几十年，高能才老两口除了开销以外，积存了六十多万元，原以为，只要老两口不生大病，将来养老的钱足够了，万万没有想到，儿子不争气，出了这种事。这种事在外面又不能说，要是被生产队里人知道了，当作笑料来嚼舌头根，只能自家人关起门来说说。为了帮儿子还赌债，高能才与韩翠兰商量，决定还去跑运输木材生意。这毕竟是重活，韩翠兰担心老头子吃不消，心疼老头子，不想让他做。可话又说回来，他们只有一个宝贝儿子，儿子的赌债老子不还，谁帮他还，思来想去，还是由着老头子去了。韩翠兰含着泪说："咱们还有这么多钱，你不要太拼命了，身体要紧。要是做活感到累了，歇歇。你是家中的一棵大树，你不能倒。晓得勿晓得？"

男人在外是天，在家是地。高能才是个顶天立地的男子汉，他只要往人前一站，就没人敢欺侮。面对儿子三十多万元的债务，老两口寝食难安。一个农民靠种地劳动，在维持温饱以外，每年只有少量的积蓄，加上人情往来，所剩无几，想存三十多万元的话，这是一辈子连做梦都不敢想的事。高能才从此不得不又开始起早贪黑跑运输木材，夏天的中午，在毒辣辣火烫似的太阳底下，将一根根木头、一块块板子、一捆捆椽子装上车，满头汗珠，衣服像从水里捞出来似的，车子跑在路，太阳当头照，热得胸闷气喘，喉咙冒烟，有时车子一停下来，疲惫不堪，经常感到头晕眼花，到了目的地卸货，身体软得像一堆棉花，双腿发软，脸色发白；冬天的夜晚，北风呼呼，寒风刺骨，坐在拖拉机上面，迎着凛冽的西北风，一路狂奔，脸上像刀割一般的疼痛，尽管穿着棉大衣，但是就像没穿的一样，胸背透凉，四肢冰冷发麻。天寒地冻，人早已被冻麻木了，冷都不觉得冷，心里只想着儿子，为了儿子，再苦再累也得扛，打碎牙齿也得往肚里咽。高能才有时坐在车上，没有生意的时候，一个人默默地说："儿子啊，儿子，你闯下的大祸，爸在替你受苦受难，你知道吗？"说着，说着，眼泪哗哗哗地掉下来。一年下来，高能才累死累活，最多存五六万，前后跑了六七年，总算把儿子欠的赌债还清了。

这六七年，对高能才来说，他无不承受着苦难，无不经受着悲伤，无不在劳累中挨过每个时辰，无不在咬紧牙关中挺了过来。

这六七年，对韩翠兰来说，她每天早晨看着老头出门，心里提心吊胆，忐忑不安，总怕老头有个三长两短，总怕老头劳累过度，总怕老头哪天身体不适突然病了，等到夜晚，见到老头平安回来，一整天悬着的心才能放下来。有时老头天黑还没有到家，她做好夜饭，站在横路上翘首以盼，一会儿往西踱着步，目视埭路的远方，一会儿朝东走几步，呆呆地站着，要是八点多钟还不到家，脑海中的各种闪念全都蹦了出来。

这六七年，痛苦时时折磨着她，她本来瘦小的身躯，被折磨成光剩皮包骨头，脸上的皱纹明显增多，眼睛脱神，像个怪物。

现在好了，这一切的苦难终于结束了，幸福重新回到了这一家人的身边。老头子不需要每天起早出门了，七点多钟吃过早饭，出去跑一两趟生意，中午回家吃饭，午睡一个小时，下午两三点钟出门拉一票生意，四五点钟回家。既轻松，又不累。遇到刮风下雨的天气，遇到太阳毒辣的天气，干脆连门都不出，乐得在家逍遥自在。

韩翠兰多年来愁眉苦脸不见了，见人说话，脸上终于有了笑眼。

天天干活不觉多累，一旦闲下浑身没劲。给儿子还清了赌债，又过了几年，高能才在一次外出拉木头返回时，吃过夜饭，感到左脚有点痛，过了一段时间骨节骨眼痛。农村人干重体力活，这痛那痛再正常不过了。可他却把这放在心里，真当一回事，毕竟是动过刀的人。马上去县医院骨科找医生看了一下，开了几副伤湿治痛膏贴敷。又过了个把月，说不来哪里痛，反正不舒服。韩翠兰摸摸他的额头，吓了一跳，说："你这不是感冒发烧了吗？我陪你去医院看看。不能马虎！"

　　有了上次生病的教训，老两口不敢耽搁，在韩翠兰的陪同下，高能才去了县医院。医生让高能才量量体温，烧到四十度，建议立即住院挂水。连挂三天不见退烧，医生又开出了做血常规的化验单，又做胸透检查，又做生化检查，又做 B 超检查，能做的检查都做了一遍，查不出所以然来。在医院住了一个星期，找不出发烧病因，挂水连挂七天，没有明显效果。老两口决定先出院后转院，转到江海市通仁医院去查查。如果通仁医院查不出结果的话，就到上海去看。

　　到了通仁医院，挂了急诊。急诊医生听了老两口对病情的描述，当即做了血常规，然后又抽了 5 管血。医生说："先在急诊住着。等病房有了床位，到血液科作进一步检查。"

　　"到底是什么病？能看好吗？"韩翠兰着急了，等高能才进入抢救室，专门找到医生问个究竟。

　　"根据初步检查判断，有可能得的是白血病。"医生望了一眼韩翠兰，语气平和地说。

　　白血病？白血病是什么病，韩翠兰一时没有反应过来，噢，以前听人说过，好像就是血癌，治疗血癌要一百多万元，还不一定能治好。该不会吧，老头子怎么会得那种病呢？一定是自己听错了。她呆呆地看着医生，想从医生的脸上求证准确的答案，便问："我老头子什么时候能治好？啥时能出院？"

　　医生见她听不懂，用通俗的话说："你老头子的病有点麻烦。到底什么病，现在还不能确定。"男医生看了看韩翠兰，像是在自言自语，又像是在安慰，说，"哎，生老病死是自然规律，谁都会生病的，想想开吧。该吃就吃。"

　　老头子不就是感冒发烧吗？咋就突然变成重病了？韩翠兰一下子傻了，站在那里一声不响，半晌才缓过神来，向老头子住的抢救室走去。

　　从诊疗室到抢救室，只有短短的二十多米。二十多米，对一个健康人来说，快步走的话，几秒钟就能走到。二十多米，韩翠兰平时走路的话，好像一步就能跨到。可是，今天！可是，这时候！真是活见鬼，两条腿好像绑着两块大石头，每挪动一步，都要付出吃奶的力气。前脚朝前迈，后面好像有人紧紧拉住她，使她喘不过气来。

　　"老太婆，怎么半天不来？去哪儿了？看你神经兮兮的？"高能才躺在床上在等韩翠兰过来，聊聊天，说说《山海经》，打发时光，"你等会儿去买点饭。过几天，病好了，我们就回去。以后我哪儿都不去做活了。陪你在家地里干些轻微活，也算活动活动筋骨。或者干脆把地包给人家算啦。咱们以前挣的钱，下半辈子够吃够花了。不用再瞎操心了！"

韩翠兰呆立在那儿，怔怔地看着高能才，强忍住泪水，说："年纪大了，做不动了。该歇脚了。"

"屁话，年纪大什么大？现在才多大岁数，七十都不到，就大了？活到九十不算稀奇。"高能才一发话，韩翠兰呆呆地望着他，不吭声了。

高能才在抢救室呆了一整晚两个半天，血液科西组病房来通知有床位了。

住进了病房，几个医生都来了，问明了情况，床位主治医生立即对他做了骨穿，进一步确诊病种。

此时，已经第三天了。医生瞒着高能才，把韩翠兰叫了去说："你家老头确诊为急性白血病。"

韩翠兰问："白血病？能看得好吗？"

医生说："对。是白血病。看不好。"

韩翠兰看着医生，低声地问："能活多长时间？"

医生说："大概能活两年吧！"

韩翠兰不知怎么回的病房。

韩翠兰蹑手蹑脚，悄声走出病房，悄然给女儿、儿子分别打了电话，声音哽咽着。

傍晚，一家人聚在医院血液科病房。

高能才开头笑嘻嘻，不晓得自己得的什么病，吃饭大口大口地吃。韩翠兰瞒着高能才，暗叫女儿和儿子到病房外面，悄悄地轻声地说着话，娘仨在病房外面偷偷地落眼泪。走进病房，假装没事儿一般。其实，这时候高能才神志非常清楚，从每个来人的脸上都能捕捉到迹象：自己究竟得的什么病。有时看到大家闷声不响，猜想到自己的病十有八九有麻烦，只是不愿意说出来而已，跟着假装糊涂。开始住院几天，韩翠兰瞒瞒还可以。可是，医生每天查房问到病情，高能才神经非常敏感，或多或少感觉得到自己的病肯定比较疙瘩。原先想自己得了感冒发烧，住个把礼拜会好的，哪知道住了一周不见好转。医生每次查房以后，医生开药都要叫韩翠兰过去，回来问开什么药，韩翠兰每次回答总是吞吞吐吐，有时前言不搭后语。

高能才是个走过三关四码头的人，怎能瞒过他，等韩翠兰出去买饭的空当，走到医生办公室询问："医生，我得的什么病？"

医生望了一眼说："白血病。你要配合治疗，延缓生命还是有希望的。"

他从医生那里知道自己的病情，开始一愣，后来想通了，人总归要死的，有的人死得早，有的人死得晚，不论什么情况，反正都要走这条路。怕啥呢，怕也没有用。见韩翠兰瞒着，也就装聋作哑。没想到一住院住了二十一天，中间还连续用了五次进口化疗药。他是农村医保，报销比例在百分之五六十，进口化疗药不管是农村医保，还是城镇医保，一概不好报，一分都不能报，全部费用都由自己承担。

出院时，医生反复叮嘱韩翠兰："回家以后让他好好休息，啥活都不能做了。想吃啥就吃啥。"

探　视

在农村，一个生产队里的人经常串门，互致问候。高能才生病回家以后的头几天，生产队里的人几乎都来探视，问长问短。一些年轻人围着他叫伯伯长伯伯短的，听起来蛮亲热的；一些年纪跟他差不多大的，围着他说个不停；一些年纪比他大的无非是安慰他不要有什么想不开，快快活活过日脚，等等。高能才内心非常感动。可是，当那些人得知他患的是白血病时，气氛好像瞬间凝固了，大家立即话语少了，你看看我，我看看你，一会儿相互递了个眼色说："我家里还有事，先走了，改日再来看你。"说完，转身走得比兔子还快。

高能才坐在楼房客厅里，迎接了一批又一批来人。人们来的时候，有单独来的，有两三个一起来的，男男女女，老老少少，不论辈分高低，从埭路拐进来，叽叽喳喳。高能才在屋里老远就能听到说话声音，响响亮亮，那是多么熟悉的声音啊。来人基本上没有一个空手的，有的拿着一箱牛奶，有的提着两瓶蜂蜜，有的拎着鸡蛋，有的还包个两百元的红包。当地农村人送鸡蛋蛮讲究的，一般送八个、十二个或者十六个，数字吉祥，图个吉利。高能才看到来人，习惯站起来迎接，双手抱拳，笑哈哈地说："多谢大家。多谢了！你们来看看就好了，我很开心。还这么客气做啥？实在不好意思啦！"

"哎哟，脸色蛮好的嘛。一次感冒住院那么长时间，想不到一个感冒就那么难治啊。"

"嗳，原来以为是感冒发烧，住几天院就好的，哪知道不是感冒了，感冒只是表面的，其实已经转为重病了。你们谁都想不到的病。连我开头也不相信会得这种病。现在想想也不会得这种病啊，有时思量是不是医生弄错了。你们猜啥病？嗳，白血病！"高能才看着大家，无奈地说。

"白血病？怎么会得这种病。听说这种病要花很多钱。"

"花了钱，如果能治得好的话还好，算烧高香啦。怕，就怕治不好，人财两空啊！"高能才跟乡邻对话，自己在不知不觉中表露出一种淡淡的忧伤。

"从你气色来看跟正常人一模一样，哪像白血病？根本不像！"

不经事，不知难。人们哪里知道，治疗白血病是一件让人头痛的事，时间拉得很长，病人被折磨得痛苦不堪，死去活来。家属陪在医院，精疲力竭，身心交瘁，到了晚上，睡没处睡，仅靠一张铁椅子，睡也不是，坐也不是。一次住院，少则半个来月，多则一个来月，不少家属本来身体很健康，因为整日提心吊胆，担心哪天看不到亲人了，担心住院费不够了，没病也要被急出病来。

一批人来了，一批人走了。

高能才从走的那些人脸上似乎发现了什么，感觉到了什么：当大家不知道他得啥病的时候，大家都主动靠近自己，说话嗓音大，笑得也自然，有的主动跟自己坐在一张凳子上聊家常。当大家晓得自己得的是白血病的时候，脸色一下子变得难看了，有的害怕得皮肤起鸡皮疙瘩，好像自己刚才是个天使，突然之间却又变成了恶魔，能把大家吃了似的。大家刚刚谈笑风生，立刻说话有了颤音，喉咙被东西堵住了，嘴巴被胶带封住了，很快起身离座，不一会儿找了个理由告退。

白血病，当大家还不了解它是一种什么病的时候，心里是非常惧怕的。多数人认为它比肝癌、肺癌等癌症都要可怕，不要说跟病人坐在一起，就是走进病人一个屋子，好像整个屋子里都弥漫着病毒，全身就会被病毒侵袭，以后的几天几夜，寝食难安、不寒而栗。因此，许多健康的人见了白血病患者，好像遇到瘟神，想躲都躲不及，哪敢亲近病人，哪敢主动跟病人打招呼。

面对白血病，在血液科住过院的病人，或者病人家属，或者有点医学常识的人，或者听医生护士讲过的人，才能晓得白血病不是传染病。可是，人家不是医生，不是护士，没有生过白血病，也没有受过医学知识的普及，怎么能了解这些知识呢？不能怪乡邻们，他们中的极大多数人，只知道癌症，得了癌症，晓得治不好，只有等死。所以，当大家知道哪个人患了癌症的话，背后都会说，这个人最多活几年。当那些村民从高能才家走出去的时候，说话的声音都变了，走路的姿势都变了，原先走路脚步直直的，现在腿都不知道怎么迈了，一声不吭地走了，走到横路的尽头，拐在埭路上的时候，几个人才放慢脚步。

那天上午七点多钟，生产队里三个年龄跟高能才相仿的来看望他，返回时刚走上埭路的拐角，就不由自主地议论开了。

走在后面的一个人说："高能才怎么会得白血病？不会是医生搞错了吧？虽然他二十几年前在上海住过院，但是后来身体一直很好，有时看上去比我们健康人身体还好。"

走在前面的一个人转过头来说："听说他儿子不争气，在外面赌钱输了好多钱，高能才为了帮儿子还债，多年来，风里来，雨里去，累出了病，气出了病。"

还有一个平素跟高能才非常要好的村民连连叹息："人啊，一辈子哪能想到自己什么时候生病呢？今天好好的，说不定明天去医院查出个什么不治之症。看看老高，几十年跑东跑西，钱比我们多，那时候确实风光，我还一直眼馋呢。现在倒好，年纪也不算大，好日子还没有过呢，好不容易存了几个钱，自己没有享得到福，倒要把钱丢进医院里。听说治白血病，花钱特别多，少则几十万，多则一百多万呢。他就是再富有，也没有这么多钱啊！听说就是花一百多万元，他的病也难治的。作孽啊，作孽！"

韩翠兰上镇回转，走在后面，听到了这几句戳心的话。而说话的人，只顾说话，没有发现后面有人。回家后，韩翠兰等家里就他们老两口时，把偷听到的话告诉了高能才，原来以为高能才听了会受不了，会暴跳如雷的。没想到，高能才非常淡定，他说："要怪的话，只怪自己生的病疙瘩，不能让人理解，不能叫人接受。"

说实在话，高能才表面上反过来劝慰韩翠兰，叫她不要生气，说谎说得天衣无缝，让她看不出自己的忧愁，猜不透自己的心思，内心里却是愁肠百结，心如刀绞。

　　白天，韩翠兰下地干活去了，高能才独自一人在家的时候，那是一种心灵的折磨，他想不明白，跟自己一个生产队里的人，年纪一样的人，人家身体特别棒，肩挑一两百斤，就像挑一担豆腐一样轻松，整天笑哈哈乐悠悠。自己却倒好，坐在家里像根木头似的，整天傻傻的，站着就像一棵稻草，风吹随时就会倒；坐着时间稍长些，这儿觉着不舒服，那儿感觉不舒坦；整天躺着吧，也难受。他担心自己的病情，担心癌细胞的转移，担心活不了多久，担心下次住院的费用。他想，几十年的积蓄，几十万的存折，还能够住几趟医院？下次要不要去住院，就是自己不愿意住院，韩翠兰是不会答应的，儿子和女儿是不会同意的。怎么办？生了白血病，反正没救了，何必把自己和韩翠兰两人一辈子辛苦积攒的钱丢进医院里呢？住医院把这些钱用完都不够，怎么能忍心让年迈的老太婆背负沉重的债务呢？他心里更加明白，当然，自己生了白血病，想让老太婆去到处借钱看病，那是想都不要想的事。要么得由子女出面去借，那还好说，有可能会借到钱。借了钱，老太婆还不起，摊到子女头上，那才叫作孽。

　　夜里，为了不影响韩翠兰困觉，熄灯以后，高能才有时假装睡着了，老太婆累得疲惫不堪，倒在床上一会儿呼呼睡着了。老太婆睡了，他的脑细胞却活跃了，在漆黑的夜晚，睁开双眼望着四周，什么也看不见，只听到楼下有老鼠的声音，和猫儿抓老鼠时发出的叫声。他深深地自责：现在自己连阿猫阿狗都不如，是整个家庭的累赘。不，不能再住院了，不能把所有的钱都丢进医院里，起码给老太婆留一点。他心中深深地呼唤，发出了痛苦的悲泣。

　　自从生病以来，高能才苦恼到了极点。他生病回家后的一幕幕情景像电影一样回放出来：亲戚们象征性地来探视一下，安慰几句就走了，各家忙各家的事。一个生产队里的人来了一趟，大多数人就再也不来登门了。他好像有点神经质，听到人家在背后议论他的病会传染，其实，人家到底说什么，他也没听到。有时他傻乎乎地自言自语："人家怎么可能整天议论自己的病呢？"有时他坐在家里，看到外面两个人远远地在说话，马上联想到肯定在说自己的病情如何如何，听到人们从他横路上经过时的说话声，赶紧走出屋门听个究竟，有没有背后说到自己的病，路人离他家有一百多米的距离，说的话怎么可能听得到呢？而且就是听到的话，一个素不相识的人怎么可能知道哪家有病人？哪家病人得的什么病呢？高能才当然什么也没有听到，也不可能听到什么。

一天上午，韩翠兰早已下地去做活了。高能才到家前屋后转了一圈，自觉累了，然后慢慢地跨进自家屋里，坐在靠背椅子上，闭上眼睛少憩，不觉瞌睡而至，蒙眬睡去，梦也来了。此时，屋里的农具，好像变成了一个个魔鬼，张牙舞爪，有的朝他冲过来，有的围着他转圈，不停地打他、拉他、扛他、掐他的脖子，他拼命叫喊，声音就是发不出来，没人应声，惊叫道："鬼，鬼。来人啊！救救我！"他浑身发抖，睁开眼睛一看，原来哪里有鬼啊，那是他面前出现了幻觉。他抬头看了看墙上的挂钟，时针指向了十一点三十分，韩翠兰下地还没有回来，儿子女儿都在上班，家里没有其他人。他醒过来吓出了一身冷汗，叹息道："我这叫得的什么病？造的什么孽？"

火上浇油

5月底6月初，田地种植的庄稼到了收获的季节，俗称小熟。小熟，也是农村一年中最忙的时候。这个季节，麦子熟了，蚕豆黑了，油菜荚黄了，棉花补苗，玉米培土，各种农活堆在一起。这时候，年轻人几乎都在外地打工，或者自己做生意，留下来种地的多是一些五六十岁以上年纪的人。他们苦守农村，不怕疲劳，昼夜奋战，为的是抢时间，争速度，把粮食抢收进来。他们越忙越没有时间做饭菜，一天只做一顿饭，前后半个月左右时间，就像战士上战场，拼死累活，脸被太阳炙烤得油亮晶晶，皮肤晒得像锅底一样黑。他们早已习惯了脸朝黄土背朝天这样的生活，没有一个人叫苦喊累，相反看到粮满仓、油满缸，心里有一种满足感与幸福感，许多人尽管累得精疲力竭，但是没有谁愿意歇下来，一直到把活全部忙完，这时人就差累趴下了。

自从高能才病了以后，家里的活，地里的活，全由韩翠兰一人包揽。春节前，她冒着凛冽的北风，将油菜苗种下去，那几天，老天不帮忙，老是不下雨，天干冷干冷的，种到地里的油菜苗如果不及时浇水，一两天就会枯死，下午三四点钟，她拎着水桶下地，一直浇水到天黑，一次下来两三个小时，连续浇水四五天，苗活了。过了一冬，又过了一春，将近半年时间，看到自己种下去的油菜苗像宝塔似的蓬勃向上长，长势喜人，秆上结满了饱满的菜荚，心里有种说不出来的自豪。

油菜秆上的菜荚由饱满变黄到成熟没几天，一过了时节，熟过了头，用镰刀割秆子，手还没有拢住，稍稍轻轻一碰，菜籽就像下雨似的哗啦啦脱离出来，掉到地里，想捡都没法捡。所以，必须等到它要熟不熟时，就像烧饭掌握火候一样，这时候割，一点都不会掉，割完后，用绳子一捆一捆扎好，捆好放在小推车上，一车一车地往家推。

小熟大忙季节，韩翠兰起早搭夜已经忙了半个月了，总算把地里的活做得差不多了，歇下来感觉累得骨头像散了架。那天，她做完家务活，到地里转悠转悠，看到油菜荚青了，饱满了，隔了两天，油菜荚变黄了，该是收割的时候了。

收割前的头天晚上，韩翠兰看了天气预报，对高能才说："大后天开始落雨，要连续落两三天雨呢。油菜熟了，赶在下雨前收完。明天，我到地里收油菜，中午带饭，不回家吃了。估计起早搭夜一天收下来也就差不多了，最多后天连头搭尾，再做三四个钟头就做完了，保证赶在下雨前收完。收到家定心。烂到地里舍不得的。我把饭菜烧好，你肚子饿了，自己弄来吃。"

"我又不是三岁小官，自己能动，弄点吃的，还是可以的。我本来想跟你一起下地去收割，可是身体吃不消，再说生病化疗之后，老感到浑身没劲，走路歪歪倒，脚力软绵绵，做农活肯定不行了。烧个饭，炒个菜，还是可以的。你也不要太赶时间，不要太劳累，一天做不完做两天，不就轻松了吗？落雨烂在地里，大不了买来吃。家里那么多事，还得靠你来支撑，你不能累趴下。我什么也不想啦，活一天，算一天，不知能活几天，哪能晓得呀。看样子，时间不会很长的。"高能才接着说，"这一次地里庄稼收完，把土地承包给江北人，自家收点租金，不要再种地了。你种了一辈子地，吃了一辈子苦，现在年纪大了，该享享福了。可是哪晓得家里摊上我这么个病人，害得你忙里忙外，吃辛吃苦。"

高能才不提生病还好，一提生病，韩翠兰心里比他还急，就怕他哪天突然离她而去，剩她一个孤老太婆，想着眼睛里裹满泪水，一边揩眼泪，一边说："啥人不生病啊，啥人不走这条路，不过是迟早的事。你心里放宽，不要去想，天天快快活活。"

　　第二天，天阴沉沉的，没有太阳，也没有下雨，这对于在地里干活的人来说，凉快多了。这天，韩翠兰起了个大早，天蒙蒙亮就把饭菜做好了，放在锅内。自己简单扒了口饭，戴着草帽，系着围腰兜，带着午饭和凉开水，拿着三把提前请人磨快的镰刀，就匆匆下地去了。她一人做活，为何要带三把镰刀，往年干这活，干了一半，镰刀钝了，由高能才回家磨一磨，她正好歇一歇，今年老头子不能干活，她提前请人磨了几把备用。她心里早有盘算，割到三分之一时，镰刀钝了，换一把，既轻松，又省力。这叫磨刀不误砍柴工，白落获得轻松松。从小到大，从大到老，几十年小熟大忙季节，她都这么过来的。所以这对她来说，一切似乎都很平常。唯一让她放心不下的是高能才，他是个闲不住的人，几十年来，里里外外，什么活都干得精精湛湛，要是平时，别人做的活，他都看不顺眼，横挑鼻子竖挑眼，这也不好，那也不行，好像别人都不如他，他做得最好。别看他从小生在农村，长在农村，活在农村，平时特别爱干净，除了家里人，别人到他家，如果上了卫生间，等人一走，就要冲洗好几遍再使用。

　　高能才结婚后，几十年来，除了肺部动手术那几年以外，每年的大忙季节，他外面接头的生活都要往后推，与韩翠兰同去地里做农活，他力气大，做手快，处处体谅老婆子，把一些重活脏活都揽在自己身上，让她做一些轻活。现在，韩翠兰看到地里一大片成熟的油菜，既高兴，又怅惘。高兴的是，这么多的油菜割下来，收成菜籽，打成菜油，一家人吃两年都吃不完；怅惘的是，别人家都是两个人或者几个人一起收割，而她只有一个人，不知猴年马月做得完。她默默地想，不管再多的活，只要不停地做，就会很快做完的。她一人坚强地挺立在地里，跟数不清的油菜秆搏斗，跟自己羸弱的身体挑战。她站在地里，拿着镰刀，弯腰割油菜秆，那矮小的个头，还没油菜秆高，那纤弱的身躯，每割一把，都要使出吃奶的力气，不多一会儿，腰酸了，背痛了，额头上的汗珠像雨滴一样滚落下来，边割边用手揩一下，不停地往前割，有时汗珠滴落在眼睛里，睁也睁不开，她闭闭眼睛，喝口水，再割，不歇脚，坚持割了一埭又一埭。她给自己定下规矩：割完三分之一，歇一会，喝口水，继续割；割到一半时，歇了歇，喝点水，吃几块脆饼，歇几分钟。接下来，不割完，不抬头，不休息。如果累了一抬头，一直腰，一休息，那活儿就会慢下来，油菜秆就割不完。她不停地割啊，割。她那不屈不挠的劲头，能使泰山低头，能把天山折腰，能让河水倒灌。

下午四点多钟，韩翠兰以惊人的速度，把本来由两三个人做完的活，独自一人把所有的油菜秆全都割完了。

这时候，韩翠兰一屁股瘫坐在地上，看着眼前一大片割倒在地里的油菜秆，连她自己也感到惊奇，她自言自语地说："我哪来那么大本领的呀。"说着，脸上露出了欣喜的笑容。她打开了一个蓝印花布包的包裹，拿出了里面的饭盒，看着饭菜，肚子一下子变得饥饿了，狼吞虎咽，三下五除二，不到十分钟就吃完了。是啊，从凌晨四点多钟天蒙蒙亮吃了饭，到现在十几个小时过去了，中间她只吃了几块脆饼，喝了几次水，前面是干活干疯了，眼里心里只有活。她忘记了疲惫，忘记了一切。

这时候，看着一大片没有捆的油菜秆，而油菜秆就像一大群敌人出现在面前，自己成了孤胆英雄，面对着无数的敌人，没有人来援助，只能靠自己。如果她没了信心，那么她很快就会倒下，成了油菜秆的俘虏。吃完饭，她站了起来，抬头望了望天空，天色依然灰蒙蒙的，好像要下雨的样子，却停住了。她又低头看了看地，尽管自己的身高像个小矮人，伸了伸赖腰，立刻又来了精神。她低着头，弯着腰，不停地捆，直打捆到天黑才捆完。这一大片油菜秆都乖乖地成了她的俘虏，一个个都向她举手投降了。她把捆好的油菜秆一捆一捆搁到独轮车上，一车装不了几捆，装了一车推回家，返回地里，又装了一车推回家，她这样来来回回，反反复复，推了一车又一车。在黑灯瞎火中干活，她没有惊动高能才，一人不停地装车，不停地推车，尽管越走越慢，车子好像越推越重，但地里的油菜秆越来越少了，她就这样一车车地往回推，一直做到夜里十点多钟才完毕。宅上楼房的屋檐底下，油菜秆堆成了小山似的。这么多的活，她一天就做完了。她站在屋檐底下，定神地看了一会儿，长长地叹了一口气，然后又松了一口气。

再说高能才自从韩翠兰天不亮去地里干活以后，心里像一堆乱麻，不时地自责，自责自己是个废物，不能和她一起下地劳动。傍晚，见老太婆还没有收工回家，走到灶台，见冷饭冷菜，自叹地说："唉，不能做重活，热热饭菜还是可以的吧。"于是，走到灶门口，点燃了柴火，拿起一根竹子，用竹刀劈下去。他这活干了几十年，除了做学徒时多次碰破过手皮外，以后难得碰破了。可是，这一次却怪了，他用刀向下劈的时候，突然感到手有点麻，原来一根竹刺扎进了大拇指，血流了出来，他当即把竹刺拔掉，用纱布包好，就等韩翠兰回家来吃夜饭。

韩翠兰从凌晨天蒙蒙亮下地做活，一直做到深夜才完工。她一脸灰土，一身臭汗，衣服不晓得被汗水浸透过多少次了。她跨进家门，不见高能才，估计他早已睡了，没有惊动他，自己洗了一把脸，准备吃饭时，发现锅内饭菜还冒着热气，心酸酸的，心痛地喊了一声："老头子，叫你不要做，你就是不听话。要是有个三长两短，儿子和女儿要朝我发脾气的。"

"就热个饭，烧个火，这些活做了一辈子，又不是不会做，能有啥事？你累了，吃好了，早点睡觉去吧。我就是怕儿女们有话，所以不敢下地来帮忙。"高能才说着从房间里走出来，定睛看着韩翠兰，转身又走到门口，向外一看，心里全明白了，原来老太婆把所有的活都干完了，心里很不是滋味，叹息道，"老太婆，你不要命了？这么多活，就是我身体好的时候，我一天也干不完！"

韩翠兰吃完饭已经午夜十二点了。她洗完澡，躺到床上，身子骨像瘫倒一样，眼睛睁都睁不开，就呼呼睡着了。睡得很沉，很沉。

后半夜，高能才大拇指出现了疼痛，为了不惊醒韩翠兰，他蹑手蹑脚起来，找了一片伤膏布，敷了上去，过了一两个小时，仍然不见好转，反而越来越痛了。他咬牙忍痛熬了一夜。

第二天一早，韩翠兰爬起来做饭，发现高能才左手大拇指上贴着伤膏布，顺手捋了捋，感觉有点发烫，仔细一看，红得肿肿的，心里急了，嗔怪道："你咋弄的？怎么受的伤？受了伤，容易感染的，感染重了，命就没了。你怎么就不懂呢？吃过饭，赶紧去医院消消毒，让医生包扎一下。"

高能才和韩翠兰老两口来到镇医院，让医生清洗伤口，包扎好了，心里才踏实，放心地回了家。

一天过去了，两天过去了，高能才的伤口，不仅没有好转，而且钻心似的疼痛，茶饭不思，饭量越来越小，话也懒得说。

韩翠兰急了，立即给女儿打电话："莲花，你爸病了，你下了班来一趟。"

下午下了班，高莲花心急火燎地来了，看到父亲躺在床上，先用手摸摸父亲的额头，有点发烫，然后拿体温计消了毒，帮父亲量体温，三十九度多。高莲花紧张地说："爸，你赶紧起来，我送你去医院看看。"

来到医院，医生按照一般感冒来治，开的头孢消炎药，挂水，连挂四天高烧没有退。

高莲花急着找医生询问："这都几天了，我爸的病怎么还不得好？"

医生说："我也觉得怪呀？再观察一天吧。"

高莲花说："还观察什么？不行就转院。"

医生疑惑地问："病人有没有得过其他毛病？"

高莲花说："前不久得过白血病。"

医生惊讶地说："有白血病？怎么不早说？那就赶紧办理转院吧。"

大闹医院

医院急诊科的医生，大多是中青年，看外科有外科的医生，看内科有内科的医生，没有像病房分得那么细。来医院看病的人，患有各种各样的病。所以，对急诊科医生的要求比较高，既要做专家，又要做杂家，十八般武艺件件皆会。

红轮西坠，高能才坐着女儿开的车，在老太婆韩翠兰和儿子的陪伴下，来到了江海市通仁医院急诊科。医生在听完病人的描述后，立即帮助清洗创口，检验血常规，然后让他到抢救室，进行抢救。

病人进了医院门，家属四处去寻人。这是病人常有的心态，好像只有找人打了招呼，医生才会负责任地看病。早在高能才离家去医院之前，高莲花就给医院的一个熟人打了招呼，请在住院上给予关照。那个在医院工作的熟人，确实给急诊科和血液科病房的有关医生打了招呼。可是，病人家属不了解医院的实际情况，总认为自己到了医院，自己的病最重，希望能够得到更好的关照，希望能够得到最快最好的治疗，希望能够达到自己理想的目的，否则，认为自己寻的人帮忙没帮上，招呼没打上，到底跟自己关系不铁，或者怀疑所托之人没有打招呼，或者怀疑所托之人权力不大，说不上话，或者怀疑所托之人说话分量轻，医生不理睬。各种猜测和想法都有。

高能才进入急诊抢救室，已经是深夜十一点多了，高莲花立即找到急诊医生，说："请你帮我父亲安排到血液科病房去。你们这里怎么住啊？家属没处坐，病人又被吵得睡不着。农保一分都不能报。烦你赶紧想想办法！"

"刚才有人给你们打了招呼，请求关照。下午来了一个重病人，还没有进病房呢。我给病房联系了，回话没有床位。"女医生无奈地说着。

"好啊，既然有人给你们打了招呼，你们不给面子，这叫什么话？反正我父亲要住病房，你给我立即安排。"高莲花着急地盯着医生，说话不饶人。

医生抬头看了看高莲花，摇摇头，叹了一口气说："看明后天吧，如果病房有床位，就可以安排的。现在实在没有，叫我到哪里去找呢？急也没用。"女医生轻声慢语地说，"耐心等等吧。"

"我父亲得的是白血病，要在你们急诊耽搁，你负得起责任吗？"高莲花想着父亲高烧一直不退，急得直掉眼泪。

女医生抬头看了看高莲花，一句话也不说，站起身来，向外面走去。高莲花气呼呼地跟了出来。

女医生忍不住地问："你要干什么？"边问边向厕所走去。

原来女医生是要上厕所，高莲花在外面候着，心想："看你到哪？你到哪，我跟到哪，不怕你不安排床位。"

女医生从厕所出来，见此情景，甩了一下头，默不作声地走着，回到了值班室。

高莲花没办法，只好回到了父亲住的急诊抢救室。

在急诊抢救室，高莲花一直站着，站累了，出去走一会儿，坐在大厅椅子上，心想："如何能让父亲住进病房呢？看来只好等天亮以后自己去找了。"

难熬的一整夜，终于熬过去了。

第二天早晨六点多钟，高莲花就去了血液科病房。她像医生查房一样挨个病房走了一遍，没有空床位，折回来往过道里转了一圈，发现只有一张床位空着。这张床位的病人昨天下午才出院，不过病床属东组管的，不属于西组管。高能才首次住院是在西组的，一般情况下，首次住院在哪组，以后住院就住哪组。

高莲花回到急诊抢救室以后，跟弟弟一合计，将高能才连床推进了血液科病房，看到那张空床，让高能才睡在上面。

"你是哪个组的病人？怎么我从来没见过？"病房里值班女医生施文钰接到护士周晓芳报告后，走出来问道。

"病人是西组的。"周晓芳说。

东组和西组，虽然两个组的护士是统一的，但是医生办公室是分开的，每个组医生管的病人和床位也是分开的。

"你是西组的，等上了班，由西组医生安排。这个床位是东组的，我是东组的医生，老病人刚出院，新病人已经安排了，马上过来。"施文钰医生和和气气地说。

"我管你是东组还是西组，有床位就住。只要是血液科的就住。"高莲花嗓门大，声音更大，像要吵架。高莲花还没有说完，她弟弟也来劲了，尽说些难听的话，韩翠兰也来帮腔，叽里呱啦说些骂人的话，让医生一时无法接受。

施文钰长得娇美，心地善良，说话慢声细语，平时言语不多，很少见到有这样不讲理的病人家属，她摇摇头，叹了口气，回到值班室，给刘虹主任汇报了情况，最后说："虽然病人家属蛮不讲理，但我的意思既然病人住下了，就让他住吧。上班时跟西组医生通个气。"

"行！就这么定了！"刘虹主任同意了。

施文钰挂了电话，从值班室出来，走到高能才床边，询问有关病情。

开始，高莲花以为施文钰医生是来赶他们的，已经作好跟医生吵架的准备，只要女医生一开口赶他们，她就破口大骂，而且懒着不走，看她怎么办？

高莲花万万没想到，施文钰医生不但不赶，知道他们是本地人，就用本地话跟他们对起了话。因为高能才首次治疗在西组的，所以，他的病情就西组医生知道。现在来东组治疗，只好重新询问一遍。问完了，先是让护士对高能才化脓的伤口进行了清创包扎处理，然后让护士给他测血压、量体温。高能才的高烧还没有退，体温一直在三十九度左右。对此，施文钰医生马上给他开了医嘱，并且安慰说："高能才，不要紧的，不要想不开，过几天会好的。"

施文钰医生的亲切话语，使高能才一家人深受感动。高莲花觉得刚才的举动和说话确实有点过分，望了望医生，呆立着，脸红了，反而感到难为情了。

每一次的化疗，对我来说都是一次生与死的考验。这一次化疗，是我一次大的化疗了。一化疗，免疫力下降，白细胞低，血小板低，各种反应集于一身，浑身不舒服。上午施文钰医生查房见我皱着眉头，知道我化疗了难受，下午又到病房来询问我的情况。针对我说的情况，她提出了个别处理的方式。因为我住院时间长了，跟医生们都熟悉，她尽管刚从国外回来，但对我的病情了如指掌，对我的人品也有所了解，她知道我是机关干部，涵养好，遵守院规，尊重医护人员，平时从来不跟医护人员吵架，就连问话也是很有礼貌。整个血液科的医生和护士都对我很好，说话客客气气。我们相处时间长了，就像一家人一样。临走，施文钰医生笑着跟我说："张圣，有个病人是西组的，非要住我们东组，还跟我吵架，我实在没本事跟他吵，他们一家都会吵架。要是下次碰到那样的病人，让你来帮我处理。"

望着面前漂亮的女医生，我心中思忖：这个满肚子学问的女医生，平时说话轻声细语的女医生，怎么可能跟蛮不讲理的病人及家属吵架呢？就是让她去吵，她也不会吵呀。她的学养，决定了她的涵养，她的涵养，决定了她的品德。在她心里，只有病人，治病救人才是她的神圣职责。如果要她去跟病人及家属争吵，岂不玷污她的人格吗？我说："施主任，这你放心，这种事，包在我身上。病人做病人的工作，好做。再说，做别人的思想工作是我的专长。"说着，我心想，在血液科还有这样的事，确实少见，等自己化疗结束以后，主动去会会那个病人，看看他到底是个什么样的人，跟他聊聊家常，疏导疏导。

这事过了三天，我同室的病人病情不见有多大好转，一个疗程结束，安排出院，隔一段时间再来。

血液科的病床始终是紧张的。一个病人刚刚办理出院手续，还没有腾出床位，另一个病人拎着东西站在门口，等着进来；还有在急诊的病人焦急地等候，家人不时地前来打探，好像春运期间旅客在车站窗口排队买票似的，一个刚买好出来，后面的接着填上去，一个挨一个，一个等一个。

老病人走了，新病人来了，医院病床走马灯似的换人。当病人一进入病房，如果相互从未见过，总要先打个招呼，病人或者家属先是相互问对方住院几次了，得的什么病，什么类型，如果是第一次住院，还不能确诊什么病，老病人一般不再问了。新病人感到好奇，有时追根刨底，想从别人处探听病情，好来猜测自己可能得的什么病。殊不知，即使同样类型的病，由于每个病人的个体差异，治疗效果、进展速度、各种生理反应等等，都迥然不同。

这次新换进来的病人，就是上面提到的高能才。他面色腊黄，表情木讷，走路拖地，从他的这一形作动态，就能看出来，此人病得不轻。

我躺在床上，由于化疗刚刚结束，各种反应像龙卷风似的袭来，浑身不舒服，无心关注他人。我与他只有一米之隔，因为大小便、洗屁股等在床边进行，所以只好用隔帘布拉住。这样别人看不到我，我好像自己有个独立的隐秘的小天地。不管我干嘛，只要高能才一走出房间，韩翠兰就瞅准时机，走到我床边，悄声对我低语。

一天下午三点多钟，我坐在痰盂上大便。高能才正好挂完水了，护士来帮他拔了针，他下了床，说要到过道西头的公共厕所去大便。

韩翠兰见他一走，立即向我走过来，温和细语地说："唉，医生说了，我家老头最多只能活两年，病看不好的。唉！"

"不要灰心，病会慢慢好的。"我望着她，低声地安慰说。

"不像你现在看起来很重，听说可以治好的。我那老头可是没救的。"韩翠兰尽管靠我很近，说话声音很低，但还是被从外面进屋的高能才听到了。

"唻落，唻落，说啥啊。当我勿晓得。说我的病看勿好了。活勿着多久了。是不是？"高能才刚才准备出去上厕所，看到老太婆往我这边走，就躲在门外偷听韩翠兰跟我说的话。

韩翠兰听了吓得悄没声儿。

回到病房之后，高能才躺在床上，似乎情绪更加低落，侧卧在床上，好长时间不说话，一个劲儿地唉声叹气。高莲花临回家时托我多做做她爸的思想工作，高能才自从得病之后，思想上顾虑重重，常常想不开，生怕自己突然哪天走了，走上不归路。

"老高，你的病比我轻多了。你看我，人，不像人；鬼，不像鬼。生了病，首先自己要想得开，看得开。要是想不开，没病也会有病的。"我然后举了一个例子，前不久，在我的家乡，有个四十多岁的中年汉子，身体不舒服，住进县医院一个星期没好转，医生让他转院去上海做个复查，那人思想彻底崩溃了，到了上海做了检查，医生告诉他一周以后才能知道结果，让他先回去，结果回到家，他担心自己的病，整天不吃不喝。一周以后，上海医生来电话告诉那人的家人，说没有任何毛病，让他该干啥还干啥。可是，那人回到家第六天就被吓死了。

"医生查房说了，你几个疗程化疗结束，以后就不需要再化疗了，只要挂挂水就可以了。你是靠在石树上，住院有保障，病又能治得好。我跟你不同，医生没有说能治得好。我是靠在芦头秆子上，不要说风吹了，就是风不吹，也会随时都有可能倒下来。"高能才唉声叹气地说。

正在我们说话的时候，施文钰医生走进病房，径直走到我床前，微笑着问："张圣，怎么样？"

"大便拉不出，饭吃不下。"我望着施文钰说。

"多吃点蜂蜜，多吃点香蕉。最近几天尽量不要出层流床，防止感染。你刚化疗，白细胞很快就会跌下来，等白细胞升上来，就可以出院了。这样你就解放啦。"说到这里，施文钰看了我一眼，脸上露出了笑容。

施文钰医生说着，转过头看着高能才说："高能才，你不要有顾虑，这次还不能化疗，等手上化脓好了，高烧彻底退了，再观察几天，就可以出院了。大概还有一周时间。"施文钰转而又向着我说，"张圣，你比一般病人要想得开，多跟高能才聊聊天，多开导开导他，我看他心态没有你好。有病就治，不能老放心里去。"

施文钰医生刚走，高能才似有愧疚地说："我这次刚住院时，为了床位的事，我女儿和儿子跟她吵架。我以为她会报复的，吓得气都不敢出，没想到她态度对我那么好。真是天底下难找的好医生。"

"你啊，老高，人家哪能跟你一般见识。不过，作为病人，我们要尊重医生。要遵守医院的规定。医生够辛苦的了，不能再给医生添不应的烦恼。更不应该惹医生生气。你看看，医生对每个病人都是一视同仁的，不分彼此。我这次住院约床位约了十来天，有时半个月。没有你说的对谁关照，对谁不行。"

高能才赞许地点点头，说："是啊，到了病房，我一切都清楚了。我们是来看病的，不是来吵架的。"

"你看来了新病人，医生像战士进入前沿阵地一样，仔细观察敌情，没有丝毫马虎，有时全体医生一齐上阵，上起了刺刀，迅速出击，同病魔进行血战。如果病魔偷袭病人，医生就像一个钢铁卫士一样，紧握手中枪，随时听从召唤。哎，老高，不管看得好看不好，我们一样要想得开。大不了，眼一闭，脚一蹬，解脱了。可是，要真能做到面对死亡，都能视死如归，有时我也做不到。但只要我们照医生说的去做，也许还能把生命延长一点时间。如果想不开，自己打败自己，病魔就会乘虚而入。要打败病魔，不光靠医生，还要靠我们自己。"

医生是帮病人治病的。病人思想上的病，有时医生是没法掌握的，得靠病人家属来做，有时病人家属刚开口说话，就被病人堵了回去，因为每个病人面对突如其来的病魔，心里没有一点准备，不知所措，脾气会突然之间暴怒。跟新病人聊天，跟重病人沟通，让病人与病人之间进行交流，比其他任何人的说教管用。这种既治病，又治心的方式，是血液科刘虹主任在实践中摸索出来的一种行之有效的方法。

夜里，我睡不着，高能才也睡不着，他悄声反复地向我述说着他这一生的经历，讲到他小时候如何穷，后来如何去学做篾匠，如何娶妻生子，老太婆如何贤惠、能干，女儿如何懂事，儿子如何上当受骗赌钱，他如何帮儿子还赌债，他这一生如何做生意，等等，说完心里宽舒多了，他晓得我认真听他讲，还不时地插话，非常开心。最后他侧过身，坐起来向着我说："听说吃猫肉能治好白血病，昨天我让人帮我抓了七只猫。一只猫九条命。吃了猫肉，也许病就能好了。我回家就吃。你出院以后，别忘了也叫人帮你抓几只猫吃吃。"

"我害怕猫。不敢吃！"一提到吃猫，我浑身颤抖，感觉恶心。

"为了活命，要吃的。"在高能才心里，猫就是治疗白血病的救命药，他好意劝说，让我也要吃猫肉。

一天下午四点多钟，我正与高能才说话，高莲花来了。高能才见到女儿进来，非常开心，脸上有了笑容。高莲花向着我说："我妈说了，爸旁边病床上的病人，是个干部，跟爸很谈得来，爸最近几天心情好多了，发火的次数少多了，脾气也不怎么暴躁了。"高莲花几乎每天下午下了班，开车过来看她的父亲，转而说到了这次住院上，"上次出院回家以后，我给我妈说，让她在家好好侍候老爸，地里的活就不要去做了。她倒好，非要去做。结果呢，老爸有事了吧。这一趟住院下来，花费了一万多元。如果用一万元买菜籽，不知要买多少呢！唉，就是不听！好了，不说这些啦。叔，你多跟我爸聊聊天，多开导开导他。"

高能才这次住院共住了十一天，尽管我先他入院，但他还是先我出院了。

他出院时，走到我病床前，再三对我说："别忘了抓几只猫吃吃，吃了会好的。"

"我吓，不敢吃。"

"唉——，为了活命呀！"说着，他的眼泪滚了下来。

我也满含眼泪，说："等我好了，去乡下看你！"

我们相互留了手机号码。

第四章　还我血

　　要是没有特殊情况的话，刘虹主任总是比单位规定的上班时间早到医院。早晨，她一来就进入病房，对所有危重病人先是简要问问情况，然后回到办公室，打开电脑，查看每个病人的病情记录。查房时，对每个病人的姓名叫得准确无误，对每个病人的病情说得明明白白，对每个病人的用药提出独到的见解。跟刘虹随诊查房的实习医生，每个人手里都有一个小本子，哪个病人什么病，需要用什么药，刘虹讲的要点，大家都不停地快速地记录下来。事前打听到刘虹主任来查房，病人家属早就在病房里等着，想聆听她对自己亲人救治的方案，希望能通过她高明的医术，治愈自己亲人的疾病。整个血液科东组病房里有五六十个病人，刘虹主任查完房，通常已经十点半了。

　　那天一早，急诊科医生打来电话："刘主任吗？有一个重病人，有没有床位？"

　　刘虹主任回话："等查完房，临时在过道里加张床，把病人送过来。"

　　接近十一点钟，病人来到血液科，暂时住在过道里。

　　此时，我也在住院。隔了两天，这个病人与我住进了同一间病房。

老太婆怒吼

　　病人名叫于胜飞，73 岁，是昨天上午从康佳医院转到通仁医院急诊科的，到了急诊，抽了血，化了验。现在转入病房，按照规矩，一整套的程序不能少。刘虹主任看看病人病情危重，让医生开出了医嘱。护士很快来抽血。于胜飞的妻子名叫黄艳萍，66 岁，护士来给于胜飞抽血的时候，黄艳萍不在跟前。护士抽完血要走的时候，黄艳萍回来见了，一个箭步冲过去，要夺护士手中的血管子，怒气冲冲地说："我们在其他医院抽过血了，在通仁医院急诊又抽过血了，怎么还要抽血。还我血！"

护士曹喜源一听愣住了，半晌没反应过来，做了十多年护士，还没有碰到过这种事，看着面前的病人家属，又气又好笑，微笑着解释说："病人到医院看病，就得听医生的。医生怎么说，我们护士就怎么做。再说抽血对人体没有伤害的。"

黄艳萍睁着滚圆的眼睛，怒吼道："瞎说，你当我不知道。你们这样抽，病人的血都来不及长。你还我血！你不还我血，我去找你们刘虹主任。"

刘虹主任在自己办公室，正在分析于胜飞的病情，考虑下一步治疗的方案。

黄艳萍跟护士理论后，见护士没有理睬，火气又上来了，急匆匆地跑去找刘虹，见办公室门关着，一边咚咚咚地敲门，一边推门进去了。这哪里是敲门，简直是在砸门。

刘虹主任刚站起来，准备去开门，面前早已站着一个不到一米五五的矮个子老太婆，见来人满脸怒气，晓得肯定有什么不顺心的事，哪里计较这些小事，笑着问道："请问你找谁？"

黄艳萍气呼呼地说："找刘虹。"

"我就是，你有什么事吗？"

"你怎么不管管护士？我老头子在我家附近的医院抽过血，有化验结果；在康佳医院也抽过血，昨天住进急诊室，也抽血。现在刚进血液科病房，怎么还要抽血？要是被你们这么抽，血不就被抽光了？血哪里来得及长啊？你们还我血。把血输到我老头子身上去。"

"哦，原来是这样。你不要生气，听我慢慢解释，于胜飞的病情比较危重，你们在别的医院住了半个月没有确诊，也没有治愈，反而觉得病情加重了，在康佳医院也没有确诊，所以提出转院，说明病情复杂，需要做进一步的确诊。血液里的有些成分随时间的推移会有波动，前面的化验结果只能说明当时的情况，不能说明现在的状况。病人住院，抽血化验是正常的事，不会影响人的身体健康的。为了进一步确诊，还要为病人做骨穿，看看病人到底有没有病？究竟是什么病？如果你觉得有疑问，欢迎你提出来，我们随时为你解答。"刘虹主任晓得病人的家属一是不懂抽血的基本常识；二是心里着急，不知怎么办；三是对医生不信任，生怕医生乱看病，瞎收费。

黄艳萍听着，呆立着，怔怔地苦笑着，转而满脸愁容，内心怔营，一时无语，过了好一会儿，突然惊骇地说："不行，你们要用什么药，花多少钱，提前跟我说。不能瞎来！"

刘虹主任望了望黄艳萍，耐心地说道："这你放心，检验结果明天就出来了。确诊以后，才能对症下药。到时候，我们会把病人的病情告诉你的。"

第二天上午查房结束后，刘虹主任将黄艳萍叫到办公室说："于胜飞得的是白血病，这种病很难治愈的。病人需要化疗，化疗的费用比较贵。如果好好治疗的话，活个两三年还是有希望的，甚至可以活更长时间。每个病人都有他的个体差异。"

黄艳萍听说自己老头得了白血病，脑子一下懵了，眼泪夺眶而出，泣不成声地说："刘主任，你说我家老头得了白血病？不可能。你们肯定搞错了！这怎么会呢？听说治白血病要一百多万元，我家没有那么多钱啊。"

"虽然治疗费用昂贵，但是你们有医保。如果用进口的化疗药是自费的，用国产的可以报一部分，其他药费多数可以报销的呀！我们医生开药时，尽量开医保用药。家里人生了重病，你们做家属的要挺住，要挺起腰杆，要做好病人的工作，不能让病人背包袱，让病人积极配合治疗。"

于胜飞高个头，缩着头，弯着背，躺在病床上，不言不语，满脸病容，满脸愁绪，心里有解不开的疙瘩。一年前，也就是 2015 年底，他先是住进了就近的一家医院，前后不到半个月，目睹了在他同一间病房里先后有两个白血病患者死去，这对他来说，那是多么可怕的一幕啊！他住了将近一个月医院，没有看好就回家了，隔了几个月转到康佳医院治疗了一段时间，然后在家呆了一段时间，看看病情不得好转，黄艳萍又陪他到另一家医院来治病，先是看了外科，后又看了内科，两个科室转了一圈，回家又呆了一段时间，感觉吃不消了，又来通仁医院看了急诊，急诊医生根据血常规数据，怀疑他得了白血病，让他到血液科治疗。看来是凶多吉少。他心里默默地想着，谁都不晓得他肚里想什么。

黄艳萍看到于胜飞闷声不响，生怕他想不开，看不开，心里更加着急。只要能救活于胜飞的命，她想尽办法。黄艳萍每天晚上都要回家，回家又担心老头子想不开。当她打听到和我同病房的一个病人很快就要出院，找到刘虹主任，希望到时候把于胜飞安排到我一个病房。刘虹主任答应了。

就这样，两天后，我病房里的那个病人一出院，于胜飞就搬了进来，不管是挂水，还是没有挂水，他一天到晚眼睛盯着电视，很少说话。倒是黄艳萍与我熟悉了，什么事情都喜欢告诉我。

苦　恋

1968年，那一年，黄艳萍18岁，在江海市一所有名的中学高中毕了业，她虽然个头长得矮了点，小模小样，但是有着一张可爱的娃娃脸，有一双会说话的眼睛，她生性活泼好动，是学校里的文艺骨干，会唱歌，爱跳舞，青春年少，人见人爱。那时的高中毕业生，算是有学问的人了。她在城里长大，父母都是工人，在家里又是老大，下面有一个弟弟、一个妹妹。按照当时的政策，城里多子女家庭，只能留一个孩子在父母身边，其余到了年龄，都要上山下乡，接受贫下中农再教育。她是老大，又是高中毕业，自然不可能留在城里的，要留，也是将来弟弟或者妹妹留下来。

那时，全国上下都在停课闹革命，很多孩子初中没毕业就没学上了，远离自己的父母，上山下乡。城市长大的孩子，到了农村，样样不习惯。吃的不习惯，在城里自小吃的是白米白面，到了农村，买不到白米白面，吃的是粗粮；干活也不习惯，在城里自小没有见过庄稼，从来没有干过农活，到了农村，干活又脏又累，每天几身臭汗，特别是让他们做挑粪浇粪这样的脏臭活，真是难为他们了，几乎人人都要心泛、恶心，有的当场呕吐。在农村几天时间，男孩肩膀磨出了血泡；女孩白白嫩嫩的脸皮晒得黑黢黢的。到了晚上，不管男孩，还是女孩，偷偷哭鼻子抹眼泪的多的是。

上海等一些大城市的知识青年一般要分配到黑龙江、新疆等地，临走时，哭爹喊娘，一家人就像生离死别似的。那时交通不发达，去了那里，要想回趟家，车票很难买到。如果附近农村有亲戚的话，只要当地的大队和生产队出个证明，也可以投亲靠友，插队落户。一些中小城市的知识青年，除了个别自己要求到最艰苦的地方去以外，一般分配到本辖区的县乡农村，虽说离家比较近，但是在那个年代想要回到城里是不可能的，下乡定终身，无望再回城。男知青下了乡，在当地农村娶妻生子，女知青下了乡，嫁给当地的小伙子，嫁得好与坏，就看各人的运气了。当然，那时在职的干部子弟很少有上山下乡的，有的提前安排了工作，有的去部队当了兵，有的推荐上了大学。

黄艳萍没有靠山，自然得下乡插队劳动，接受贫下中农再教育，被分配到江海市皋港县白夏公社十五大队一小队劳动。皋港县距离江海市三十多公里，是离市区最近的一个县。那时候，破四旧，立四新，横扫一切牛鬼蛇神。在劳动休息的时候，她在田间地头给广大社员来一段三句半，活跃一下气氛，大家都把她看作是一个能人。"文革"期间，各个公社普及高中，几乎每个大队都有学校。在插队落户的第二年，大队书记看她有文化，推荐让她去一所中学教初中语文。学校就在白夏公社羊毛衫厂附近，羊毛衫厂是个大集体企业，能进入厂子工作的人都是不简单的，要么是定量户，要么是居民户，要么是土地工，要么是中专毕业分配到厂里做技术员，要么是领导干部的子女或是亲戚。那年月在乡村能穿上一件毛衣可是很时髦的，绝大多数人家买不起，也买不到。

黄艳萍教完课以后，那天有空了，去逛了羊毛衫厂门市部，一个帅气的小伙子出现在她面前，那人就是于胜飞，26岁，一米八的个头。于胜飞的父母见儿子年纪不小了，急得到处托人为他张罗对象，他先后见了几个姑娘，姑娘嫌他家里穷，不爱说话，都没同意。

农村里男女青年谈对象，一般都是先由媒人把男女双方叫在一起见个面，女方愿意的话，择日再去男方访人家，访完人家，如果觉得满意的话，就跟媒人说，媒人再跟男方父母通气，让男方父母准备定婚礼物。确定恋爱关系之后，逢到大的节日，男方要买东西去送给女方家的。

于胜飞的一个亲戚做公社书记，他初中毕业就被分配进了羊毛衫厂。他喜欢学习，善于钻研，工作踏实。黄艳萍第一眼见到于胜飞，凭直觉感到小伙子不错，心里就喜欢上了，她主动地问："你是不是在这个厂里上班的？"

"是的。"于胜飞望了一眼面前的姑娘回答。

"叫什么名字？"

"于胜飞。"

"嗯，于胜飞，再见。"黄艳萍说了几句话就走了。

说来也巧，她当教师不久，被调入羊毛衫厂抓生产管理，这下正好有机会跟于胜飞接触了。于胜飞在厂里设计科搞花型设计，整天埋在工作里，很少跟人打招呼，虽然年纪比黄艳萍大 7 岁，但每次两人见了面，都是黄艳萍主动开口，黄艳萍问一句，于胜飞答一句。时间长了，于胜飞对黄艳萍产生了好感，心想：这么好的姑娘，要是做自己老婆该多好，又有文化，又能说会道，又长得漂亮，走路胸膛一挺，多神气，到底是城里来的姑娘，跟农村姑娘就是不一样。姑娘虽然年轻，但抓生产说一不二，没有人不听她的，厉害。自己比她大 7 岁，男的要找对象比自己小 7 岁，在城里也好，在农村也罢，那时却是罕见的。特别是在农村，那时候几乎是不可能的事。像于胜飞家那么穷，年龄这么大，一过三十岁再找不到对象的话，就要打光棍了。转而一想，人家黄艳萍是城里姑娘，一有机会总会要返城的，即使不回去，也不会找自己这种三句话打不出一个屁的男人吧。想娶她真是癞蛤蟆想吃天鹅肉，还是死了这颗心吧。

人就是怪，正当于胜飞想入非非的时候，一天傍晚，吃过夜饭，黄艳萍邀请于胜飞出去散步。在农村，两个男女青年一块散步，那时几乎是不可能的。两个人就是谈恋爱了，也不会一起散步的，特别是女孩见了男孩脸红红的，低着头，不说话。要是约好去某个地方，也是远隔两百多米，远远地一前一后地走，生怕被人瞅见说笑话。除非结了婚，才走在一起，不然被熟人见了背后要嚼舌头根的。黄艳萍是城里姑娘，大方惯式的，也不懂农村的风俗，她想，一个人喜欢另一个人，干嘛非得遮遮掩掩，不直接说出来呢，她才不管那么多呢。

当日光接火光的时候，两个人在乡间的镇路上散步，已经少有行人了，村民们在家中点起了煤油灯，怕被风吹灭，早已关上了门窗。别看于胜飞年纪比黄艳萍大 7 岁，从小长到大，他还是第一次跟一个大姑娘一起走路散步，心里非常紧张，不知道该说些什么，或者不该说什么，脑子里一片空白，一直低着头不吭声。

黄艳萍见他一句话都没有，偷偷地看了一眼，觉得他想说又不好意思，便打破了沉寂，还是先开了口："于胜飞，听说你还没找对象，是吗？"

"嗯。没呢。"

"怎么不找？像你这年纪在农村是大龄了，再不找要打光棍了。"

"我家穷，没人愿意。"

"想找什么样的？"

"还能找什么样的？只要哪个姑娘愿意就行，没有条件。"

"你看我怎么样？"

"你？你长得漂亮，又有文化。"于胜飞转过头偷偷地看了一眼。

"这么说你喜欢我的。"

"嗯，欢喜。"

"这不就得啦。什么嗯啊，哈啊。"黄艳萍朝于胜飞身上拍了一下，笑着说。

"可是，可是我配不上你！你那么漂亮、聪明！我笨死了！"

"你在说什么呀？看你一脸愁容。愁什么？"黄艳萍用手碰了一下于胜飞，"不要七想八想。"

自此，黄艳萍在工作之余，在黄昏来临的时候，在休息天，经常邀请于胜飞一起散步。

于胜飞只要跟黄艳萍在一起，浑身热血沸腾。工作之余，经过黄艳萍办公室，都要窥视一眼，觉得特别惬意，心儿怦怦直跳，生怕被人瞧见，又怕被黄艳萍发现，其实，黄艳萍早已觉察，假装没看到。在宁静的夜晚，独自睡在床上，回想黄艳萍的一举一动，更是激情难抑，夜不能寐。有时刚刚睡着，梦中笑出了声："城里姑娘，这么漂亮聪明的姑娘，要不是下乡插队到农村来，我哪里有福气找得到啊。"梦醒之后，他突然感到心中有股莫名的怅惘：按照农村的风俗，小伙子娶媳妇，没有两间房，休想娶回家。娶这么漂亮懂事能干的姑娘做老婆，结了婚住哪儿呢，总不能老住厂里的集体宿舍吧。那样怎么能对得起自己年轻貌美的老婆呢？

黄艳萍虽然年纪小，人却鬼着呢，心里早已盘算：上山下乡，接受贫下中农再教育，怕是永远回不到城里去了。即使将来能回到城里，那时候，人已经老了，没人要了。还不如趁自己现在年轻，找个老实本分疼爱自己的男人算了。于胜飞人老实，肯学习，爱钻研，这样的小伙子在农村不多见，把终身托付给他，有靠山。假如找个滑头滑脑的，表面上看起来好像不错，日子一长，这样的人难保不在外面拈花惹草。这就是命。一个城里姑娘将自己嫁给一个农村小伙子了，可是，你不嫁农村，又能嫁到哪里去呢？你一个姑娘能改变政治风云吗？能预测国家的前途命运吗？真要嫁给于胜飞的时候，黄艳萍内心深处好像打翻了五味瓶，酸甜苦辣咸一起袭来。她不得不相信命运，命，把自己跟于胜飞拴在了一起。要不是上山下乡，星期天、节日里，在跟自己心爱的人逛马路、看电影。现在倒好，自己一个城市姑娘却不得不嫁给一个农村小伙子。真是可悲可叹！

有一段时间，黄艳萍约于胜飞出来散步，于胜飞说话吞吞吐吐。黄艳萍敏感地觉察出于胜飞可能为结婚没有房子犯愁。她故意问道："于胜飞，我们结婚，你家房子准备好了吗？"

一提房子，就好像要于胜飞的命。于胜飞弟妹九个，自己是老大，哪有房子啊。他双手捧住脑袋，好像突然遇到了十八级台风，眼泪汪汪地说："你看我们家情况，能盖得起房子吗？要是你不嫁给我，我只能打一辈子光棍了。"

"傻瓜，逗你玩呢。你当什么真？看看你对我真心不真心！"她接着说，"什么房子不房子，要盖房子，咱们结了婚靠自己双手盖。靠父母，没出息。好了，放心吧。你们家的情况，我都了解过了。还用得着你来跟我介绍？要是真那样的话，谁愿意嫁给你？我是看上你人，觉得你人品好，有技术，即使将来有一天厂子倒闭了，凭着你的技术，凭着我的能力，也不愁吃不到饭。"

于胜飞默默地望着黄艳萍，半晌挤出一句话："艳萍，你真好！我会好好待你的。一辈子都会的！"

一年后，黄艳萍与于胜飞结了婚。

夫妻办厂

有技术不怕没饭吃。

20世纪70年代和80年代，羊毛衫厂的效益一路攀升，工人的工资按月发放。于胜飞对羊毛衫的花型设计，越来越精湛，黄艳萍抓管理也积累了丰富的经验。于胜飞不喝酒，不抽烟，样样听黄艳萍的，就连工资都主动交给黄艳萍保管。黄艳萍勤俭持家，于胜飞父母全家的日用品都是她包买的。除了日常开销以外，还经常孝敬公婆，逢年过节，总要给两位长辈扯身衣料，做身新衣，穿得新新堂堂。于胜飞的弟弟妹妹上学的书费和学费总是缴不起，每次到了缴书费和学费的时候，都被老师叫到黑板前面站着，问啥时候缴，弟弟妹妹们说："等我嫂嫂发了工资。"

小学书费一元五角，学费一元；初中书费三元，学费二元；高中书费五元，学费三元。黄艳萍心里算好的，这时候前后不差几天，只要一发工资，她下午下班吃过夜饭，就骑自行车回公婆家里，弟弟妹妹们见了，眼睛一个个都盯着她的口袋，知道她又要给他们掏书费和学费了。弟弟妹妹们从自己的嫂嫂手中接过钱的那一刻，都开心地笑了，他们不用担心第二天上学再被老师叫到黑板前面去了。黄艳萍自己不乱花一分钱，很少买新衣服，有时比农村人还节省，农村人到了春节想方设法添置新衣服，如果买不起，妇女们就自己纺纱织布。她倒好，今年如果买了新衣服，平时舍不得穿，第二年春节还穿。黄艳萍把家里家外做得严丝合缝。

一晃二十多年过去了，黄艳萍和于胜飞不再年轻，两人已到了中年。

人到了中年，最怕的是夫妻两口子双双失业。这时候失业，好像突然遇到天灾人祸似的，原先的单位没了，如今一家人的吃饭成了问题。到了20世纪90年代初期，随着市场经济改革的浪潮席卷而来，于胜飞和黄艳萍所在的厂子，在这股汹涌的大潮中被淹没了。许多人失业了。

二十年前，黄艳萍跟于胜飞说过的话应验了。二十年前，这个城里来的姑娘有远见卓识，能未卜先知，预见未来。今天，别人为失业惊慌失措，她却稳坐泰山，认为这是必然到来的。面对惊涛骇浪，你只能搏击风浪，才能不被吞没，否则会越来越糟。所以，当厂子破产时，她像没事一样，依然笑得灿烂，依然活得潇洒。倒是于胜飞急得六神无主，不知道怎么办才好。

一连好几天，于胜飞吃不好，睡不香，愁得心绪不宁。黄艳萍故意跟他卖了个关子，说要回城里娘家一趟，看看城里的情况。听说老婆要回城里去，于胜飞非要跟她一起回。其实，黄艳萍也想让于胜飞到城里去散散心。于是，故意跟他开了个玩笑，说："你还是留在家里。我一个人回吧。"

自从结婚以后，大事小事都是黄艳萍作主，于胜飞想老婆说的肯定有她的道理，再说她也半年多没有回去了，该回去看看了，勉强同意了，说："好吧，我留下来看家。就听你的。"

黄艳萍笑出了声，说："跟你开个玩笑，你就当真了。你不怕别人把你漂亮老婆拐走？我要是碰到人贩子怎么办？"

听到黄艳萍这么提醒，于胜飞心中着实一惊："怪我没想得周全。看我这死脑筋。幸亏你及时提醒。"

黄艳萍是父母的掌上明珠，夫妻俩一回到城里，父母欢喜得话勿来，立即把黄艳萍的弟弟妹妹都请回了家。

"姐，现在城里到处是下岗失业的工人。有的没事做，摆个地摊什么的，做做小生意，赚不了几个钱。哥现在当了厂长，厂里效益蛮好。姐，我倒觉得你也把厂子承包下来，至于销路问题，我和哥都可以想办法。我呢，现在是百货大楼服装部经理，每年我那里可以销一部分不成问题。"

"我就是想回来看看转转，准备和你姐夫把厂子承包下来。你姐夫人老实，但搞花型设计有一套。"

黄艳萍走访了许多老同学，有的当年分配到国有企业的，因为改制，一夜之间，成了下岗失业人员，一个个都垂头丧气，说话提不起精神。黄艳萍没有抱怨，没有悲观，她静静地思索，内心依然乐观开朗。几天下来，她原来认为，乡下的集体企业撑不住了，可能是个别现象，哪晓得城乡都一样。她坐不住了，对于胜飞说："走，回去，回到乡下去，干一番属于我们自己的事业。"

"能行吗？"于胜飞怔怔地望了望她，疑惑地问。

"傻瓜，这还用问？我觉得我们完全有能耐把厂子吃下来，自己做。就这么定了。"黄艳萍果断地说。

她觉得，市场经济不相信眼泪。要想过得幸福，必须奋斗。只有奋斗，才有出路，才会幸福！

黄艳萍脑子好使，立即收购了厂子，她顺理成章地自封为羊毛衫厂的厂长，后来改为总经理，于胜飞自封为副厂长，后来改为副总经理，仍搞毛衣花型设计。就这样，两人承包了羊毛衫厂。黄艳萍兴奋得几天几夜都没有睡着。

羊毛衫厂正常运转以后，两个人不知疲惫，挑灯夜战，经常做到通宵。一年下来，扭亏为盈。生意渐渐做大了，原先起用的人手不够，黄艳萍把原先下岗的人员，又请了回来，活还是原来的活，工资多发了一倍。大家尝到了甜头，都愿意尽心尽力。吃辛吃苦为的啥？还不是为了钱。厂里生产的羊毛衫，国内热销，还远销国外以及香港等地区，不到十年，黄艳萍夫妻俩成了百万富翁。黄艳萍在城里买了两套房，一套是她和于胜飞将来养老住的，另一套是为儿子预备的，后来又为儿子娶了媳妇，买了宝马车子。两人开销以外，还积攒了一大笔钱。如果没病没灾，按照正常过日脚的话，两人老来不缺钱，过得要多惬意就有多惬意。

不见星月

时光飞逝，眨眼又过了二十多年。于胜飞与黄艳萍都已成了老年人。于胜飞年纪已过了七十，黄艳萍年纪也已经六十多岁了。于胜飞一过七十，小毛小病不断，做活明显不如从前，黄艳萍觉得两人拼搏了大半辈子，也该歇歇脚了，就把厂子盘给了人家，到江海市坐享清福去了。

一天，于胜飞突然感到身体不适，黄艳萍急着带于胜飞去了靠近家门口的医院血液科看病，住院十来天，护士每天早晨来抽血，一抽就是几管。黄艳萍看到护士来抽血，头就大，心难受。于是，天天跟护士吵架，不允许护士老抽血。个别护士看到黄艳萍心里就发怵，不耐烦，阴沉着脸，不回答，不说话。黄艳萍带着于胜飞离开了医院，又去了康佳医院，护士还是要抽血。黄艳萍又跟护士吵架。最后，转来通仁医院血液科，于胜飞还得继续抽血化验，这下黄艳萍真的受不了喽，比抽她身上的血还心疼。

现在不管到哪个医院看病住院，初诊，抽血检查几乎已经成了惯例。其他医院的抽血化验单不作其证，每个医院都要重新抽血，这也是对每个病人负责。为了确诊病人的病情，通仁医院血液科当然也不例外，病人刚进来，不是抽一管血，要抽五管血，或者六管血。看到护士抽那么多的血，不要说病人家属看了心疼，就是病人本人，嘴上不说，心里也感到诧异，每天一早见护士来抽血就害怕，只是无奈而已。

于胜飞刚来住院，护士自然每天一早都要为他抽血。开始住院那几天，黄艳萍不放心，全天陪着。听到护士一叫于胜飞躺下抽血，黄艳萍见了好像割她身上的肉似的痛苦不堪，再也控制不住自己的情绪，大声吼叫："不准抽。还我血！"

护士曹喜源听了一怔，她在医院多个科室做过，当然在血液科干的时间最长，少说也有十多年，可谓经多见多，却从来没有见过像黄艳萍这样的病人家属。她抬眼一望，直直地看着黄艳萍，好久才缓过神来，随即慢慢地笑着回答："哦，原来是这样。我现在忙着呢。等一会儿有空了，我再跟你细说，或者你到医生办公室去听听医生的解释吧。我们来抽血，都是遵医嘱的，不是随随便便就抽血的。"

黄艳萍见找刘虹主任没用，找医生没用，护士照常来抽血。只好把火气压在肚子里，气得脸红脖子粗。她跟护士吵，跟医生吵，吵过之后，反复思忖：觉得刘虹主任、医生和护士说的话，不是没有道理，觉得自己吵得可能过了头。她不管这些，照样跟护士和医生嘻嘻哈哈，说个没完，好像没有这回事似的，这自然也缓和了医患之间的紧张气氛。她想让于胜飞活下去，让他多活几年，就得带他去医院看病，看病得要有钱，没钱住不进医院。她和于胜飞一辈子积蓄了四十多万元，本来觉得这么多钱还能撑到老。哪晓得一住院，钞票就不经用了。她每天悄悄地扳着手指算着账，一次住院半个月，花费多少钱，她心里明白，不能跟老头子说，说了怕老头子想不开。她怕于胜飞吃不惯外面的饭菜，也为了省点钱，一天三顿饭菜，都是回家做好了送来。她送饭来的时候，一走进病房过道，大家就能远远地听到她粗嗓门的说话声，就能听到她走路时咚咚咚的脚步声。

于胜飞平常话语就少，自从生了病以后，说话更少了，不要说别人跟他讲话了，就连黄艳萍问他话，他有时也懒得说，就是回答，声音低得好像就他自个儿能听见。他躺在病床上，除了睡觉，只要醒着，不论是否在挂水，眼睛都盯着电视。他喜欢看电视剧，仿佛生活在电视剧里。他下床上厕所，磨磨蹭蹭，走路弓着背，脸皮僵硬着，目光呆滞着，脚拖着地，一步一步拖着往前，有时低个头，好像有什么心事似的。是啊，自从生了病，于胜飞仿佛感到亲戚朋友熟人都不理他了，仿佛感到整个社会都将他抛弃了，他从人们的脸上觉察到这种细微的变化。有时他走在路上遇见了熟人，人家晓得他得了白血病，就像遇到一个怪物，连招呼都不打，吓得躲得远远的。

那是第一次出院的时候，一个星期天的早晨，于胜飞在黄艳萍的搀扶下步行到菜市场，走到菜市场门口，一个熟人从他面前经过，定神看了他一眼，没有打招呼，然后头也不回地快步走了过去。于胜飞一看此人就是过去经常到他厂里来白吃白要的人。此人名叫郭跃胜，现在是江海市江白区教育体育局局长。

十几年前，他还是教育局办公室的副主任，来时总是带着一帮领导，不是中午，就是傍晚，正好赶上逢顿吃饭辰光。

于胜飞和黄艳萍都是好客要朋友的人，见了来人，黄艳萍私下叮嘱于胜飞说："多个朋友多条路，说不定哪天也有用得着人家的地方呢。好好接待，陪着吃顿饭，喝个酒。临走不能让人家空着手，带件羊毛衫走。"

于胜飞将老婆的话谨记在心，所以他从不小器，见了郭跃胜，便笑着说："大家能来，是看得起我于某。欢迎！欢迎！"

郭跃胜厚着脸皮说："今天于总做东。大家不要客气！吃完饭，再去公司转转，参观参观！"说着，把于胜飞叫到一旁，悄悄地说，"等一会儿，你给大家每人准备两件羊毛衫。算在我账上。我出钱买。"

"小郭，你说这话就见外了。我这都是现成的，你让他们挑就是了，看中的就拿。不说钱的事。"于胜飞说。

大家酒足饭饱。郭跃胜喝得有些醉意，与一行人随于胜飞去了公司。

来人各自相中了羊毛衫，按照各自的规格，每人挑选了两件，一件男衫，一件女衫，拎着笑眯眯地走了。

郭跃胜嬉皮笑脸地说："于总，那就多谢了。你看，还真是的，今天走得急，没带钱。下次把钱带来。哦，对了，你家人或亲戚家如有孩子要上学，来找我，想上哪所学校都行。包在我身上。"说完拎着东西，摇摇摆摆出了门，上车走了。

不久，郭跃胜升了主任，来得更勤了，来时不忘带着教育局的一些领导，有时还带着区里的一些领导，当主任不到一年，又升任副局长，不久当了局长。于胜飞和黄艳萍知道郭跃胜如今手中有了权，更加不敢怠慢，也想巴结巴结他，以便日后有事求他行个方便。虽然从年龄上看，于胜飞和郭跃胜之间是上下辈关系，但是郭跃胜没大没小，称于胜飞为老哥，称黄艳萍为大姐。黄艳萍每次见了笑着说："郭局长，你叫我黄姐，我高攀了。"

郭跃胜说："嗯，黄姐，还叫我小郭好！我们是老熟人了嘛！"

有些人不当官还好，当了官，见了自己的老熟人，也要摆个架子，说话哼啊哈的，姓啥叫啥都不晓得了。

黄艳萍见郭跃胜从她和于胜飞两人正面走过，不招呼一声，实在气不过，等他走了二十多米时，故意大声喊了一声："郭局长。"

郭跃胜立即回头四下里张望着："哪个叫我？"

黄艳萍心直口快地说："是我啊，你黄姐！郭局，你没看见我和你于哥在这吗？我们现在年纪大了，不做羊毛衫了，没有什么东西孝敬你了！"

"嗯，哈，哦，哎哟，不好意思，真没看见。你们忙，我有事，先走了。

听说老于得了什么病？"说着，左手捂着嘴和鼻子，头也不回地走了，边走边小声地咕噜着，"怪吓人的病，白血病。生了这种病，还叫我呢？"

看到郭跃胜那模样和德性，见他走远了，黄艳萍气愤地说："不要脸的东西。看到我家老于生病了，没用了，睬都不睬。呸！这样的人最终不会有好下场的。"还真被黄艳萍说中了，此事过了三年，郭跃胜因为局里搞基建，收受包工头一百多万元，判了五年刑。

于胜飞听了没有说一句话，站着直愣愣地望着郭跃胜，直望到他走远了，看不见了，好一会儿才低着头说："老太婆啊，老太婆，你何必动怒呢。现在我年纪大了，不是老板了，是个病人，是个重病人，用不着跟我打招呼了。"

黄艳萍还在气头上，说："那些势利小人，一时得势，不知天高地厚。呸！我就不信这个邪！他好意思做得出来，我就不能说他呀？"

于胜飞是个白血病患者，想法当然跟健康的人不同。他自从生了白血病后，常常把自己封闭起来，即使在病房里，也不与同室病友交流，别人问一句，答一句，好像还得了抑郁症。其实每个白血病病人，开始都会不同程度地存在抑郁症。于胜飞也不例外，常常一人在病床上发呆，不言不语，胡思乱想，表情呆板。从他的样子来看，他的抑郁症好像比其他白血病病人要重一些。

每当黄昏来临，于胜飞吃过晚饭，被困在床上时，身上的病痛无法排遣，心中的苦闷无处倾诉，常常背着黄艳萍独自一人悄悄地流泪，看到黄艳萍来了，怕她悲伤，揩干眼泪，强装平静。于胜飞的一举一动，瞒不过黄艳萍的火眼金睛，黄艳萍为了逗他说话，经常无话找话，在同室病人没睡之前，坐在于胜飞床沿上说："给你唱支歌，想听啥？"

于胜飞望了黄艳萍一眼，终于笑着说："唱《不忘阶级苦》吧！"

这首歌黄艳萍唱了几十年，于胜飞也听了几十年。

黄艳萍轻声地哼了起来：

天上布满星
月牙儿亮晶晶
生产队里开大会

　　诉苦把冤申

　　万恶的旧社会

　　穷人的血泪仇

　　千头万绪

　　千头万绪涌上了我的心

　　止不住的辛酸泪

　　挂在胸

　　……

　　黄艳萍唱完歌，问："你晓得这首歌是谁作词作曲的吗？"

　　于胜飞摇摇头，说："不知道。"

　　"我告诉你吧。据说歌词是王玉文写的，曲是曹世才谱的。"

　　"哦，你记性真好。我是记不得谁了。"

　　这首歌曾广泛流传，那时大人和小孩几乎都能哼上几句。黄艳萍因为是学校的文艺骨干，受过专门培训，所以音调唱得特准。于胜飞特别喜欢，听着，听着，他触景生情，头转向窗户，不见星月，心想："自己身患白血病，躺在病床上，就好像没有星星和月亮的夜晚，看不到光明。病看得好看不好难说！真要是看不好，在医院一天天住下去，就会花光两个人辛辛苦苦挣来的积蓄。老太婆虽然不说，但我估计钱也所剩无几了。"

　　"怎么样，好听吧？"

　　"嗯。"此时病魔搅得于胜飞痛苦不堪，听黄艳萍唱完歌，他再也无法控制自己，早已泪流满面，泣不成声。

　　黄艳萍人累，心也累，有时累到自己快爬不起来了，她仍然坚持着，在于胜飞面前装成若无其事的样子。她看到于胜飞泪花闪闪，含泪笑着说："是不是我唱得特别感人呀？来，我给你擦擦。多大岁数了，在我面前还撒娇呢！人家看了不要笑话吗？"她用纸巾给于胜飞揩了揩，说，"我知道你在想什么，不要瞎想。你看你的长寿眉多长啊，死不了的。我每天回家都向菩萨敬香祈祷，驱除你身上的病魔，保佑你早日康复。"

　　于胜飞偏着头，看看黄艳萍，瞬间微笑了一下，然后马上收起了笑容；黄艳萍朝于胜飞眨眨眼，含着眼泪，拍着他的手，苦笑着，偶尔在于胜飞不吭声的时候，也会发出一两声无可奈何的叹息。两人在病房里，好像回到了初恋，你离不开我，我离不开你。夫妻一辈子，老来伴病房，恩爱不说苦，就知心里甜。

一个疗程过去了，一个月熬过了，半年度过了，一年捱过了。于胜飞依然在黄艳萍的陪同下，隔一段时间就要往医院血液科跑，他每次都顺从地跟着，黄艳萍让他去医院，他就去医院，黄艳萍让他吃药，他就吃药，在他心里，黄艳萍就是救世主，就是活菩萨。不过他越来越不愿与人交往，与人说话，有时就连见了自己的儿子也懒得多说一句话。吃药打针、化疗，从来没见过他喊过难受，即使难过到了极点，他怕黄艳萍担心，怕给黄艳萍增加精神负担，也咬紧牙关挺住，不说一个字。因此，黄艳萍不知道他的病痛，不知道他心里想些什么。他好像成了一个木偶人，完全由黄艳萍来操纵。黄艳萍看到于胜飞一天天挺了过来，心里宽心多了。她想到自己没日没夜地操劳，吃辛吃苦地呵护，只要自己爬得动，就不放弃对于胜飞的治疗，终于使于胜飞坚强地一步一步走了过来。她心里是多么高兴啊！

在病房里，黄艳萍有时像孩子似的逗于胜飞笑，于胜飞就是不笑，常常木讷地望着黄艳萍。两人几十年的积蓄，于胜飞看了一年多时间的病，钱大多数丢进了医院，于胜飞想到两人由原先的小康之家，因为自己生病，重新回到了贫困，只有痛苦，哪来欢笑？

顽强生存

我又去住院了。于胜飞在黄艳萍的陪同下，恰好也在住院，我们以前住院同过一个病房，所以相互熟悉。本来，我们不在一个病房，他的病房在七床，我因为刚入院两天，还住在过道里。

那天，于胜飞病房里有个病人出院，黄艳萍一早过来对我说："我们病房有个病人今天出院，你跟刘主任说一下，搬进我们这边来吧。"

我说："这么小的事情没必要麻烦刘主任，进哪个病房，还是由医生说了算，不能打破医生的规矩。"

那天是刘虹主任查房，九点多钟查到我时，刘虹主任望了望我，说："张圣，今天进病房，搬到八号病床。"

这也就是说我跟于胜飞住同一个房间。

后来，黄艳萍告诉我是她给刘虹主任说让我搬进来的。

我家离医院近，治疗期间，每天挂六袋药水，从上午开始挂，到下午四五点挂完，一挂完，我就回家了。我好像一个走读生，早出晚归。按照医院的规定，病人在没有出院之前，不允许回家住的。我这样做似乎破了医院的规定，所以我回家的事，没给刘虹主任请假，也没给医生请假。我知道如果因为这个请假，那不是在给他们出难题吗？我就是请了假，医生们也不可能同意的，干脆悄悄走，悄悄来。早晨，我赶在医生查房之前到医院，下午走时避开医生办公室，不能让医生看到。

我刚搬进病房，于胜飞正躺在床上挂水，边挂水，边看电视连续剧，听到我跟他打招呼，他转过头来看看我，表情木讷，皮肤僵硬，两眼下陷，一脸悲苦相，然后继续看他的电视。显然，他对自己疾病的治愈不抱任何希望，住院对他来说，不过是做一天和尚撞一天钟，看电视对他来说，不过是用来打发时光，排遣寂寞和郁闷。

医生的每次查房，黄艳萍都在场，查完房，她总是要到医生办公室去跟医生理论一番，昨天用的药反应大，今天该调整了；昨天用的药太贵了，今天用便宜的药吧。她的这种歪理很难让医生信服，医生总是用道理来说服她，有时她非常固执，医生的话听不进去。当医生没有采纳她的意见时，她回到病房里，一个人说个没完，仿佛她说的有理，别人一概错的。有时，她问我挂的什么水，她晓得我每天挂三氧化二砷，要求医生也帮于胜飞挂三氧化二砷。医生告诉她，我的病与于胜飞的病不一样，怎么可能挂同样的药水呢？她就是不听，不时地咕哝着。

我心里明白，一个家庭有人身患绝症，治也不行，不治也不行。不治吧，良心上过不去，除非病人坚决放弃治疗；治疗吧，一般农村家庭没钱医治，就是城里一般工人家庭，也治不起病；个别病人平时做小老板的，存了几十万元钱，刚进医院，家属自以为有钱，可是住了一段时间，才晓得花钱像流水似的，几个疗程下来就花光了，有的如果发生感染，一个疗程还没结束，钱就花得差不多了。生了白血病，想要借钱看病那是在白日做梦，没有人肯借的。自己不生病不知道，自己一生病吓一跳。有多少病人本来可以能够治好的，就是因为家里没钱，治了一半，中途不得不回家。临出院时，病人含着眼泪，多么舍不得离开病房，多么舍不得离开医院，病人想活，哪怕多活几天也好。病人的亲属更是欲哭无泪，苍天啊，求求你，天上掉点钞票下来吧！救救我们吧！他们知道，只要一离开病房，一离开医院，回到家只能等死了。医生也很无奈，明明晓得这个病人治得好的，因为没有钱，只能眼睁睁地看着病人离去。有时医生心里清楚，像患急性早幼粒细胞白血病这样的病人，本来完全有把握治愈，因为病人没钱放弃治疗，回到家要不了多少天，人就没了。多么可惜，多么悲哀！

当于胜飞睡着的时候，黄艳萍坐在铁椅子上，也开始犯困了，但思绪伴着愁绪向她袭来，这年头不能没有钱，钱没了，住不进医院，看不上病，像于胜飞这种病要不了多久，就会见阎王爷了。有了钱，就可以随时进医院治病，就会延缓生命，就会在这个世界上多活一天。要让于胜飞既能住得起医院，又不至于将家里的积蓄全部花光，就要用好每一分钱。她跟医生磨嘴皮子，就是为了钱，要省钱。

黄艳萍每天拿着住院费用清单，逐项逐项看过去，每页的总数再加一遍，算来算去，发现总数没算错。有时拿着结账清单跑到护士站，问："昨天我们家是不是挂了三包，我记得只挂了两包？你们不要搞错了！"

护士打开电脑仔细看了看，然后逐项指给她看，说："你看，每挂一包都要在电脑里记载的。不会错的。"

黄艳萍怅然说道："难道是我记错了？"边说边不情愿地走了。

她来到医生办公室问："今天的费用为什么比昨天多了？"

医生说："今天用药增加了剂量，所以多了。"

黄艳萍返回病房，坐着闷不作声，心里翻江倒海，这天她还算好的，没有跟医生和护士吵。前几天，她在医生和护士办公室吵得沸反盈天。

黄艳萍只要见到刘虹主任来上班，就盯在后面，说："刘主任，帮我们家省着点。不然，我可撑不下去了。"

刘虹主任微笑着说："你不说，我也会帮你家省的。我们医生都会帮你家省的。"

刘虹主任开始不理解黄艳萍吵架的心思，医生们开始也不理解黄艳萍吵架的用意，总认为她胡搅蛮缠。住院时间长了，刘虹主任觉得虽然黄艳萍说话有时不近情理，但是站在她的角度想想还是值得思考的。头天一个医生开出医嘱，让于胜飞抽血化验，另外让他做个胸透检查，黄艳萍死活不肯，还吵了一架。第二天刘虹主任上班来到医生办公室，医生们汇报了这事，刘虹主任晓得了，说："于胜飞年纪大了，对他的病有时可以采取保守治疗，化疗次数少一些，治疗天数也可以缩短一些，只要能够稳住病情就行。我看黄艳萍吵的目的，不是故意跟我们医生过不去，关键还在于钱的问题。这老两口能维持到今天就已经很不容易了。按照她的要求，在可能的情况下，假如少用点药，不影响治疗，那就尽量少开点。帮他们节省点钱，他们就可以多住几趟医院。"

医生说："本来已经减到不能再少的了。"

黄艳萍不管医生愿不愿意听，她每天一早来到医生办公室，都要叫医生少开点药，少挂点水。这天早晨见医生都来上班了，她走到医生办公室门口，听到刘虹主任正在和医生们说话，这回很识相，没有撞进去，站在外面一直默默地在听，听着，听着，她眼圈儿红了，转身走了，回到了病房。她坐在于胜飞床沿上，握着于胜飞的手，回想刚才刘虹主任说的话，内心非常感动。她感谢刘虹主任与医生的关照。是啊，她有时为了省钱，实在出于无奈！她望了望于胜飞，然后背转身，偷偷地抹眼泪。这使她想起了于胜飞在患白血病之前，曾在一家医院动手术的情景，她给主刀医生送了八百元，动完手术之后，麻醉师不时地来病房转悠，黄艳萍没有反应过来，过了两天，麻醉师终于开口问她要钱了，她只好送给麻醉师五百元这才罢休！而现在她没给血液科刘虹主任、医生和护士送一分钱，也没有见到他们来问她要钱的意思，相反自己跟他们吵架，他们不怪自己，反而理解自己，天底下哪有那么好的医生呢？有，就是通仁医院血液科的医生。想到这里，她自言自语地说："刘虹主任真好！血液科的医生真好！血液科的风气真好！"

于胜飞刚生病时，一家医院的医生曾经预言，最多活个年把时间。现在一年半过去了，于胜飞经过通仁医院血液科刘虹主任和医生们的精心治疗，各项指标趋于正常，精神也比起病那辰光好多了，黄艳萍看着于胜飞一直能走能吃，心里自然格外高兴。她每天一日三顿饭菜不重样，三天两头给老头子煨这汤那煲的。于胜飞只管吃，边吃边看着黄艳萍，就是不说话。黄艳萍晓得老头子看着自己，心里明白那是用眼睛在说话，露出了孩童般的微笑。

一天下午，于胜飞的儿子来探望，凝视着于胜飞，说："爸，你的命真大。

要是没有妈，你早活不成了。"

黄艳萍笑着说："不能瞎说。"

儿子站在床尾，望着坐在床上边打吊针边看电视的于胜飞，继续说："爸，有我妈这样的能人，才有你的今天。你的福气好！要是没有我妈，你现在不知在哪儿了！"

于胜飞的眼睛从看电视的画面上突然移了下来，转向了儿子，一眼不眨地望着儿子，听着儿子说话，一直默默地点着头，就是闷声不响。

医生说："像于胜飞这样的病人，一般来说，病情会越来越重，身体会越来越差。但是于胜飞经过这么长时间的治疗，一些重要指标正常，确实是个奇迹。"

临出院的前一天，那天吃过午饭，于胜飞照例看他的电视，其他什么事都不管，反正都是黄艳萍操的心。

这天下午两点多钟，实习医生通知说，医生马上来给我做腰穿。

这时，于胜飞每天下午看的电视剧刚刚开始，他眼睛盯着电视，一眼不眨地看着。

李桐怕电视声音吵，影响医生帮我做腰穿，又知道我做好腰穿要躺六个小时不能翻身，需要安静。但又不忍心说让于胜飞不要看电视。她看了看我，仿佛在征询我的意见，然后又看了看于胜飞。

黄艳萍立即意识到李桐的眼神，她轻轻地拍了拍于胜飞的床，说："你把电视声音关了。"

于胜飞没有在意，继续看他的电视。

李桐微笑着说："老于，跟你商量个事，我家张圣等一会儿做腰穿，麻烦你将电视声音调低点。不好意思。"

于胜飞转过头，看了看李桐，又看了看我，说："好的。"

医生一来，他就把电视关掉了。医生给我做完腰穿，他也没开电视。一个小时过去了，他没开电视，可是眼睛在盯着电视；两个小时过去了，他没开电视，眼睛还在盯着电视。

李桐知道他想看电视，便说："老于，你看电视吧。"

于胜飞慢悠悠地说："现在不看。"

他一直熬到我腰穿六个小时结束，才对李桐说："现在我可以开电视机了吧？"

李桐连忙说："老于，实在抱歉，耽误你看电视了。"

于胜飞朝我笑了笑，这是他住院以来难得有的笑容。

黄艳萍听到于胜飞说话，看到他说话时的神态，笑嘻嘻地对我说："别看我家老头子平时闷声不响，关键时刻也蛮懂事的。"

于胜飞看了看黄艳萍，没有说话。

黄艳萍随即悲叹道，"唉，老张，你们单位好，看病不愁钱。哪像我呀，我有时做梦都在担心，就怕哪天钱不够了，撑不住了，所以一进医院就怕，就抠啊，跟医生磨啊，吵啊！如果没了钱，就住不进医院，那命就没了！只要有钱，就能来医院看病；只要有钱看病，我看于胜飞一时半会还真死不了。你看他那长寿眉毛就晓得了！"

听了黄艳萍的话，我一时无言以对！自从于胜飞生了白血病以来，黄艳萍内心不知经历了多少惊恐，承受了多少痛苦和压力，如今看到老头子病情一天天好转，面孔终于露出了笑容。我默默地为他们祈祷：但愿于胜飞能够奇迹般地多活几十年，不枉黄艳萍的苦心侍候！但愿这老两口相互搀扶着，笑着走向人生的终点！

第五章　最后的醒悟

此人虽已离世多年，但每当我与李桐谈起他，谈起他的老婆，他们在病房里的那一幕幕，就会活龙活现地出现在我面前。

方元兴住进血液科病房的第四天，各项检查结果出来了。他患的是白血病，另外还有多种疾病同时侵袭着他。

刘虹主任凭着丰富的临床经验，觉得病人大概还有三个月的存活时间，见病人虽有医保，但病人家属来自农村，猜想没有固定收入，晓得这样的病人家庭不会很宽裕的，打算上午查完房，让医生找病人家属谈一谈。刚过十点钟，病人家属就被叫去了医生办公室。

方元兴，50岁，身高一米七，瘦瘦的，他的妻子名叫赵士珍，也是50岁，一米六的个头，同样瘦瘦的，狭长的面孔瘦得没有光彩，自从丈夫生病住院以后，脸上没有露过笑眼，整天一副愁眉不展的样子，见了谁都不主动说话，不愿意搭理，即使偶尔说一句半句，也是有气无力，吞吞吐吐。特别是见了医生，更是不知说什么好。

医生问："你是方元兴的什么人？"

赵士珍低着头回答："是他老婆。"

赵士珍几十年来一直生活在农村，在家老老实实种地，很少跟陌生人打交道，面对医生的问话，她害怕得脸都红了，说话声音低得连她自己都听不到。

"方元兴得的是白血病，还有其他多种疾病。病情很重，可能最多活三个多月，到哪里看都治不好。所以，劝你不要治了，还是尽快办理出院手续，免得白花钱。回家以后，他想吃什么，就让他吃。"医生望着面前这个羸弱的女人，本来不想把真实情况告诉她，免得她受刺激，但是又不能不告诉她。

"嗯。哦。晓得。"赵士珍如五雷轰顶，脑袋仿佛爆炸似的，不知如何回答是好，眼泪簌簌而下，蓦地瘫坐在椅子上，过了好一会儿，才缓过气来。

她扶着椅背，慢慢地站了起来，泣不成声地走出医生办公室，脑子里一片空白，心如乱麻，边走边思忖：病情要不要给方元兴说呢，要说的话，怎么说，显然此刻她已经六神无主，不知怎么办才好。她一个老实巴交的女人，一个以前在家里从来不作主的女人，现在遇到如此天大的事，叫她怎么能够作得了主呢？她想想还是跟方元兴老娘先通个气，看看老人是啥意思。他们那个家所有的事，都是老太太说了算，老太太说咋办就咋办吧。她有种不祥的预感：从此，他们家的天不说塌下来吧，起码也要闹个沸反盈天。

不愿出院

接近中午时分，方元兴老娘送饭来了。老人名叫五姐，自小没有名字，在家排行第四，当地农村风俗不称四姐，唤五姐。五姐娘家姓张，嫁到方家之前才起了一个名字，叫张小兰。张小兰中等个，背板宽，长得结结实实，走路噔噔噔的，不像一个76岁的老妪，走进病房来，就将饭菜放在儿子病床旁边的床头柜上，静静地看了一会儿子，见儿子躺着挂水，没有立即说话，许是走路累了，定了定神，喘了口气，然后走到儿子跟前，坐到床边大声地叫了一声："侯。"

方元兴前几年病了一场，自己瞎买药，吃错了药，从此耳朵就开始有点聋了，别人一般说话，他听不见的，要想让他听见，就要在他耳根旁大声地说。不戴助听器听不见。他看见老娘坐着，嘴巴张了张，猜想一定在叫他。他抬起头，面孔腊黄，脸皮枯萎，两只眼睛深陷进去，瘦得就剩一把骨头了。他看看还没有打开的饭盒，看着老娘的脸，仍然不说话，随即转过脸望着坐在椅子上低着头的赵士珍，看到妻子脸上挂满泪水，突然脾气爆发出来："你发什么神经？到中午了，还不出去买饭。我要吃红薯，吃醉虾。"

"医生不是说不能吃生的吗？"赵士珍晓得自己说了他也听不见，便擦了擦眼泪，一面说，一面站起来出门去了。

大约过了半个小时，赵士珍买来了两个馒头、一包咸菜、一碗菜汤。

张小兰脸往方元兴耳边凑了凑，大声地说："我知道你喜欢吃的菜，早晨早早地就去了菜市场。我把饭菜做好了，怕赶不上汽车班头，吃了几口，就来了。有河虾，好吃的。侯，你吃。"

"不吃。你自己吃。"方元兴显然听到了老娘的说话声，他平时说话声音低低的，跟老娘说话，却好像是在发脾气，声音大得吓人。

张小兰无声无息地站起来，泪汪汪地说："我咋这么苦命呢？侯不吃，赵士珍你吃。"

赵士珍抬起头看了看婆婆，说："到外面去跟你说话。"说着就往外走，两个人来到病房外面的过道里。

张小兰问："你要跟我说啥？"

赵士珍低声地说："医生让他出院。医院治不好，回头了。你看怎么办？"

"你怎么不跟医生说我们不出院。你咋这么没良心呢？他是你男人啊！我找医生去。"张小兰一时无法接受，情绪突然激动起来，眼泪扑簌簌地掉下来，转过身，直奔医生值班室。

"哪个是医生，我是方元兴的娘。"张小兰从过道到值班室，好像不是自己走的，而是遇到魔力飞的，转眼就到了。

此时，早已过了下班时间，医生们正在脱白大褂就要下班，一看张小兰双手叉腰，晓得来人不是好惹的，都站着，面面相觑。

刘虹主任刚换好便衣，看到张小兰这架势，招呼大家该回去的回去，这里由她来处理。她对张小兰说："我是刘虹，是这里的医生。你坐下来，有话好好说。不要着急。"

"你们要叫我侯出院。我们不出院，就在医院住着。他有医保。回家就只有等死。"张小兰说着，眼泪像断了线的珠子，不停地滚落下来。

每个病人背后，都有一个家庭。儿子是母亲身上掉下的肉，哪个母亲不疼爱自己的儿子呢？刘虹主任深深地理解病人亲属的心情，可是作为一名医生，她不是神仙，面对癌症，有时束手无策，只能不断探索。她心情沉重地说："你儿子得的是白血病，还有其他毛病，也是蛮重的，活着的时间不会太长，大概三个多月。你心里要有个准备。不是我们不管你儿子，目前，像你儿子这种病，还没有办法治愈。在医院一天，病人受折磨一天，开销也大。

在医院也好，在家里也罢，都是活这么长时间。还不如让他回家，他想吃什么，就让他吃吧。"

"不行！我们不回家。我侯有医保。死也要死在医院。"张小兰怎么也接受不了这样的事实，她想平时儿子身体还是可以的，咋就一到医院成了重病人了，做梦都不敢相信，她突然之间发出怒吼，狂躁地说，"不，不会的，肯定你们搞错了。我侯不会得这么重的病的。我们不走。医生，我求求你，你发发善心，救救我侯吧。我们不走！我们不走！我们死都不走！我侯有医保！"张小兰天真地想，只要有医保，就可以住得起医院，她哪里晓得看白血病之类的危重疾病，用药在医保中只能报销一部分，像用的进口化疗药水医保一分都不好报销的。

"你儿子的病已经确诊，不会有错的。如果你们执意要住院，我们会尽力的。不过话说回来，如果你儿子在医院有个三长两短，就不能怪我们医生了。我已经把话说在前头了，你儿子的病，我们没办法治，治不好！你再考虑考虑吧！"

"你们是医生，治得好的。你们骗人，不想帮我儿子治。我求求你们了！"此时张小兰情绪再度失控，哭着哀求。

刘虹主任安慰说："救死扶伤是医生的职责，哪怕患者只有百分之一的治愈希望，我们也会尽百分之百的努力的。但是我们没有包治百病的能力。既然你们不肯出院，就住下来吧。"

张小兰面对儿子被医生宣判死刑，一时难以接受，心如刀割，瘫坐在地上，呼天抢地，双手不停地拍着大腿，拼命地哭喊着："我咋就这么苦命呀？老头子你去年走了，为啥不到阎王爷那里去求求情，不要把大侯捉过去。大侯还年轻。你快去拦住阎王爷！你怕什么！你活着的时候怕这怕那！你死了，早已成仙，现在你要当个英雄，保佑全家人啊。"她喊叫着，"我们不走，我侯有医保！"

刘虹主任说："每个人都要经历生老病死这个关口，这是无法回避的。有的人早走，有的人晚走。作为病人的亲属，面对亲人患有绝症，你要坚强，要勇敢地面对。一个人倒下了，还有人能倒吗？要是都倒了，整个家就垮了。你做娘的，你儿子的思想工作还得靠你去做呢。你要是看不开，想不开，哪其他人咋办？"

赵士珍听到婆婆在医生办公室里吵闹不休，马上赶来劝话，声音低低地而又怯怯地说："哭有啥用！哭有啥用！"

"你这贼无良心的！你来到我们方家二十多年了，都是你没有照顾好我家侯才得病的。你给我滚！"张小兰边说话边哭闹不止，声音震天响，弄得许多病人家属前来围观。

刘虹主任见赵士珍来了，说："既然你们要求留下来，就答应你们。你们回家准备钱，过几天开始化疗。病人体质弱，化疗时间长吃不消，考虑先用三天，每天一支，看情况再调整。病情可以暂时不跟病人说，但是化疗要跟他说，让他配合治疗。在治疗期间，身体会有各种反应，有可能出现危险的情况，你们要有心理准备。"

方元兴躺在病床上，虽然听不见外面吵闹的声音，但他见老娘出去半天不回，见老婆又出去了，神经非常敏感，想到自己肯定得了不治之症，心里焦躁不安起来。见到护士过来打针，他就问打什么针，自己得的什么病，护士一笑了之，假装没听懂，搪塞过去了。

一会儿，张小兰回到了病房，脸上挂着泪珠；赵士珍也回到了病房，一脸忧郁。方元兴从老娘脸上看出了破绽，立即大声地问："我得了什么病？到底是什么病？是不是癌症？我要活，得癌症我也要治。治不好也要治。钱不够，把房子卖了！"说得脸红脖子粗。

张小兰揩干眼泪，望了望赵士珍，然后又呆呆地看着儿子，缄默无言。她在病房呆了将近两个小时，就回去了。

方元兴躺在病床上，常常默默地看着自己的老婆，有事了，叫一下，没事了，不说一句话。赵士珍也常常望望自己的丈夫，同样半晌不说一句话。这对夫妻与其他夫妻有点不同，两人之间很少说话，更没有亲昵举动，一个静静地躺着，一个默默地坐着，仿佛是两个世界的人，隔着千山万水，要不是病床和椅子紧挨着，不知情的哪会相信他们是一家人呀。

方元兴住院，对他自己来说是一种煎熬，对赵士珍来说也是一种痛苦。赵士珍整天盘算家中的积蓄花光了，往后的医药费住院费哪里来？她夜里睡不着，看着躺在病床上被病魔折磨的丈夫，有时可怜他，有时朝他翻翻白眼，心里说道："平素你对我怎样，你心里有数。唉，你都到这时候了，跟你有什么好说的呢？"

方元兴在医院一住就是十八天，第一个疗程结束了。

五万存折

回到家里，方元兴和以前相比仿佛换了一个人似的，脾气暴躁不说，吃的方面也变了，整天闹着要吃生的，什么醉泥螺、醉虾、醉螃蟹，要吃活的，任凭谁来劝说都不愿意听。五天以后，感觉身体不适，又进了医院。

他第一次住院花费了十来万，赵士珍拿出了所有积蓄。儿子23岁了，大专毕业在一家外资企业打工。本来赵士珍等儿子找到对象结婚时，用这笔钱作为彩礼送给女方的，现在泡汤了不说，方元兴以后的住院费还没有着落。

此次住院其实不全是方元兴乱吃所为，而是癌细胞扩散的缘故。刚来五天，缴的两万押金就不够了，医生没法开药，护士一个劲儿地来催缴，方元兴听不见，看到护士嘴唇动了动，知道有事了，让护士写给他看。护士笑着，耐心地讲着，写着。

护士一走，方元兴见赵士珍打开水回来，冲着她大声嚷道："我们押金不够了，你怎么磨蹭不去缴钱？在这里打什么水？快去，不然停药了。一停药，我的命就没了。"

赵士珍嘴唇嘟哝了一下，说："叫我拿什么去缴？钱在哪里？你存的五万元钱放在哪里？取出来用呀。给你看病，又不是给我看病。"

赵士珍老实本分，在家种地，抚育孩子，操持家务，平时话语不多。方元兴和赵士珍结婚时也是农村户口，后来因为顶替他父亲的工作，成了小镇上大集体合同制工人，同时也有了医保。他从一个农民变成了小镇上的集体户口后，每月有固定工资，觉得自己高人一等，特别是在老婆儿子面前，更是感到高高在上，回到家什么活都不干，还指手画脚，看老婆这也不顺眼，那也不好看。婆婆看到儿子对媳妇不好，也来劲了，趁机开始挑拨离间，跟着指桑骂槐。不管丈夫怎么说，不管婆婆怎么看，赵士珍从不还口，习惯于忍气吞声。

久而久之，方元兴回家次数少了，当赵士珍问起他的时候，总是托词工作忙。开始赵士珍没在意，后来有几个月不回家，即使偶然回来，也不拿工资出来，也不跟她一起同床，她明显感觉不对劲。她想：等哪天农闲了，悄悄地去他厂里探个究竟，看他到底忙什么。

那天是星期天，下着雨，下午赵士珍在家无事，撑着雨伞出门了，蒙蒙细雨密密麻麻地下个不停，她刚走到厂门对面，远远地看到方元兴从厂门口出来，往西边走着，她一直远远地跟着。方元兴没撑雨伞，低着头，只顾往前一路小跑，不到三百米的地方有一条小路，他往南拐到一家人家。一个三十多岁的女人出来迎着，打情骂俏地将他搂着进门，然后门啪的一声关上了。赵士珍在那家窗户边听了半个多小时，一切都清楚了。

原来方元兴在外面有了姘头，怪不得不回转的。一个女人当她知道自己的丈夫在外面有了姘头，而且自己真真切切地看到了，那种感受就像突然遭遇天打雷劈，几乎被击倒在地。她想砸破那妇人家的玻璃，痛痛快快地把那骚货骂一顿，打一顿，然后把方元兴拉回来，可是那有什么用呢？她受着屈辱，默默地折了回来，雨伞也不撑了，任凭细雨打湿自己的头发，打湿全身，泪水和着雨水不知不觉滴落下来。

本来到家的路只有两里多一点，要是平时，不要说骑自行车了，就是走路，也很快走到家的，可是，那天她每走一步，好像腿上绑了铅，又有人拉着，脚步变得异常的慢。她走走停停，停停走走，神情恍惚，家在哪儿几乎都找不见了，她不想回家，她感到回家没有意思，还不如一人死了算了，她看着一条小河，呆呆地站了好一会儿，真想眼睛一闭，纵身一跃，一了百了，突然转过一个念头，自己死了算什么，连狗都不如，谁能晓得你是为啥死的，还不如回家。只要他不提离婚，这事就烂在自己肚里，永远不提起，谁也不晓得。以后一个人带着儿子过，这又不是自己的错。她坐在河边，想得出神。雨还在下，而且渐渐沥沥地下着，似乎越下越大。

此时天渐渐暗了下来，在雨幕中，她没有碰到一个熟人。她泪流满面地回了家，回到了既熟悉而又陌生的家。仅仅只有半天时间，过去再也熟悉不过的家，转眼之间对她来说，好像一切都变得那样陌生，那样无趣。她像一个发痴鬼，全身湿漉漉的，脑袋几乎爆炸了，关上门，坐在椅子上，号啕大哭。她想离婚，儿子还小，为了儿子，她只好打碎牙齿往肚里咽，跟谁也没有提起这件事，在方元兴面前更是只字不提，装做不知道。从此，她在这个家里话语更少了。儿子是她唯一的精神寄托，除了和儿子说说话，几乎不跟其他人讲话。

　　赵士珍想起往事，恨得咬牙切齿，真想扇方元兴几个耳光，可是，看到他如今躺在病床上不时地呻吟的那个样子，心随即又软了，呆呆地坐着不作声。

　　提到五万元钱，方元兴立即偏着头，斜看着赵士珍，睁着血红的眼睛，暴躁地吼叫："你就想动我那五万元存款。除了这笔钱，就没有别的办法了？"

　　"你前面住院，花了十来万，儿子找对象送彩礼的钱，都被你砸进医院里了。你说家里哪里有钱？你每年每月发的工资也不往家里拿，都用到哪里去了？结婚以来除了头几年把钱拿回来，我存了起来。后来你一分都不拿回家。我靠种地卖脱口粮换点钱，还要养小官，日子过得紧紧巴巴。你说我钱从哪里来？现在要用钱了，你叫我到哪里去借？"赵士珍站着倒水，把杯子递给方元兴，凑近他耳根大声地说。

　　一个人在身体健康的时候，想不到自己会有生病的一天。方元兴那时候在外面只管自己寻欢作乐，玩得昏天黑地，不管小孩，不管老婆。所以，儿子大了，见了面，两人几乎不说话，不愿叫他爸爸。方元兴将五万元存折寄放在亲戚家里。在老婆一再追问下，为了活命，只得让亲戚把存折拿到了医院。赵士珍打电话让儿子晚上下班直接到医院来一趟，拿五万元存折。

　　第二天一早，儿子在银行柜面取钱时，发现父亲说的密码不对，打电话来问。这时候，方元兴从口袋里摸出一个小本子，照着上面记载的告诉了儿子。过了一会儿，儿子回话，钱已经取到，马上送来。赵士珍看见方元兴翻本子，嘴上不说，心里就来气，眼睛朝他白了又白。过了好一会儿，她终于忍不住了，悄声地说："平时你有姘头，用不着我。现在你有本事叫姘头来侍候呀？"

　　方元兴看见赵士珍在开口说话，听不见，不知道说什么。他默默地想，以前的钱都给了姘头，现在自己住院花钱，万一自己不死，五万元钱就没了，本来与姘头说好的，将来五万元送给姘头的。现在倒好，自己命快没了，管不了那么多了，先用着，保命要紧。他左思右想，自己现在还有房子，如果看病再没钱，就把房子卖掉，反正把家里钱看个精光，这样就是死了也值啊。他不晓得自己的病看不好，他不愿意过早地离开美好的人间。

产权风波

当我和方元兴同住一间病房的时候，我已经是生病第二年的下半年了。

我在医院住院时间久了，对各种病人的心态揣摩得也比较准确。我发现这两口子有点特别：方元兴病在床上，在医生查房在护士插针换药时，抬头看着，偶然问，医生和护士告诉他，他听不到，嘴里常常发出"啊，啥"，靠赵士珍写字给他看，多数时间说话声音低沉，语速缓慢，当他听不见别人的回话时，急得脸红脖子粗；赵士珍除了男人请她做事外，其余时间几乎都坐在椅子上，低着头，默默无语。我们开始不熟悉，我不晓得她的名字，只是觉得她与别的病人家属有点不同，不主动跟人说话。她见我起身下地倒开水，赶忙站了起来，说："我来帮你倒。"说着，走了过来。

我嘴里说"不用"，可是，心里蛮感动的。

打开水应该是护工的事，有时护工不在，或者忙别的事去了。你不能等啊，一等不知要等到猴年马月才有水喝。她见我热水瓶里的水少了，不管我睡着，还是醒着，不说一句话，悄悄地走到我床边将热水瓶拿走，帮助打好，提回放到原处，这一切几乎是在我不知道的情况下完成的。当我发现以后，向她表示感谢时，她低着头，好像没有听到一样，偶尔抬一下头，就算是回答。

赵士珍从护工那儿知道我是政法系统的一名干部，懂法律，因为年龄比她大好几岁，称我为哥。我看得出她好像有什么心事，有几次想说又没说，她趁方元兴上厕所的间隙，终于鼓起勇气对我说："哥，我有个问题向你请教。是有关房子的事。"

方元兴上厕所总要很长时间。

我眼睛朝病房厕所门那边斜视，示意她是否被方元兴听到不好。

赵士珍顿时明白了，说："他耳聋，不戴耳机听不到的。"

下面，是赵士珍简要叙述事情的经过。

方元兴所在的生产队位于城郊接合部，最近几年城市建设一日千里，不断向农村扩展，方元兴和赵士珍结婚后盖的三间农房遇到了拆迁。住了几十年的房屋拆掉了，人到哪里住呢？方元兴住自己亲戚家，赵士珍和儿子住在自己弟弟家。去年，方元兴拿到了两套住房。赵士珍和儿子满心欢喜，心想这下可以搬进新房住了，谁知方元兴一人住了进去，不让赵士珍和儿子回来住，还有一套空关在那里。房子拆迁那辰光，方元兴一人签的字，拿房时，房子登记的名字也是方元兴的。开始，赵士珍没在意，只是跟方元兴赌气，不理他。自从方元兴外头有了姘头以后，根本不在乎妻子和儿子，根本不需要妻子和儿子在跟前，他认为妻子和儿子在身边反而碍手碍脚，破坏他的好事。因此，妻子想回来，他千方百计加以阻挠，有时甚至对妻子拳打脚踢，样样做得出来。儿子知道后，心里更加怨恨，见了面，不愿叫他爸爸。赵士珍想，自己年纪大了，儿子也快成家立业了，这么多年都过来了，就这样糊下去算了。可是，哪晓得方元兴二十多天前突然病了，医生多次说他最多活三个多月。这下可把赵士珍急坏了！

说到这里，赵士珍低声哽咽："方元兴的弟弟发话了，他要是死了，两套房子归他弟弟的，我和儿子一间房子都分不到。我和儿子怎么办？"

"产权有没有过户？如果没有过户的话，你们拿上结婚证，双方一起去房屋产权交易中心办理过户登记手续，过户到你的名下。你和儿子两人才有保障。"我对赵士珍说。

"我们一家人僵持了很长时间了，他就是不同意添我的名字。"赵士珍叹息道。

"方元兴现在还能动，他每天傍晚要下楼去散步。今天晚上，你陪他一起出去，把以前的态度改一改，说好听的话。另外，你可以给他说，孩子毕竟是孩子，是和你共同生的孩子，又不是捡来的。你呢偷偷做做孩子工作，让孩子转一个弯，让他今晚给老方打个电话，问问病情好点没？叫孩子和他爸热络点，必要时，让孩子请一天假，侍候他一天，嘴巴甜点，趁他高兴时，你们抓紧去办理产权过户手续。他要是同意了，医生那里你提前请个假。"

第二天一早，赵士珍脸露喜色，告诉我："哥，照你的方法做了，方元兴果然同意了，他说将两套房子过户给我了。"

"既然这样，趁热打铁，赶紧去办，免得夜长梦多。过几天，一化疗，人可能吃不消，就不能动了。根据医生的临床经验，和我长期住院的观察，老方的情况只会越来越差，一旦不能走动，到那时想办都没法办了。像现在这样能自己上下楼梯走的情况，维持不了多久的。不知有多少人，刚进医院时，生龙活虎，像正常人一样，没几天，不能走了；再过几天，不能动了；又过了几天，人就没了！"我提醒她。

第三天一早，方元兴和赵士珍打的去了市房屋产权交易中心，顺利办理了房屋产权过户登记手续。方元兴同意将房屋过户给赵士珍。双方都签了字，一周后拿房产证时，只要赵士珍一人去就可以了。从此，赵士珍终于有了房子，那是她和儿子梦寐以求的房子。她的一块心病终于解除了！

回到医院，方元兴就后悔了，他对我说："我要是死了，就不谈了，房子归老婆和儿子。我要是不死，房产证上没有我的名字，是不是我就没房子了？那我住哪儿？"

我见他一脸忧伤无奈的样子，安慰了他几句，没想到我跟他说的话，他是听不见的。

他马上从身边摸出纸和笔，向我说："我听不见，你写给我看。"

我在纸上写道："你没有放弃你的权利，只是房产证上写了妻子一个人的名字而已。这两套房子，还是你们夫妻共同财产。产权证上虽然没有你的名字，但是你照样居住，应当居住，谁都没有权利剥夺你的居住权的。"

"哦，我晓得嘞！我不死，还有房子，还有地方住！对吧？"

我朝他点点头。

他也满意地朝我点点头。

我自从住院以来，从未见他笑过，这回他朝我笑了笑。

第四天上午，刘虹主任来查房，见了说："方元兴，今天准备用药！"

医生说的用药，就是化疗，他们对病人一般不明说。

下午两点多钟，方元兴又开始了化疗。

第五天早晨，方元兴就起不来床了，大小便都在床上完成。

赵士珍不声不响地承担起一切护理方元兴的责任，把痛苦埋在心底。

胞弟闹病房

那天，是个星期天，外面下着雨。病人躺在病床上，怎么知道外面天气的变化？一是看窗外，是天晴，还是天阴，一眼便知。天晴，阳光会从窗玻璃透射进来；天阴，整个病房也会显得阴暗。二是从来人是否带着雨具来判断。遇到好天气，心情自然好一点，好像自己的病跟着好转了；碰到坏天气，心情不经意间变差点，好像自己的病随之更坏了。

天刚亮，方元兴睡醒了。其实，他整晚上糊里糊涂说梦话，时不时地喊痛，让赵士珍去叫医生。夜里，赵士珍出去了好几次，都没把医生喊过来。不是医生不愿意来，是赵士珍不忍心叫喊正在忙碌的医生。她晓得即使把医生喊了来，也不能解除病痛，只好假装去叫，在病房过道里转了几圈又回到病房。方元兴每次看到妻子回来，就问医生来了没？啥时能来？赵士珍总是说，快了，快了！方元兴一醒来，嚷着要坐起来，在赵士珍的帮助下，披着外套，坐着。他头偏向窗外，看到雨滴敲打玻璃，晓得在下雨。他脸色一下阴沉下来，说："看来，我的病也好不了。唉，前世做了坏事，作孽啊！"

上午十点多钟，医生刚刚查房过去。我在病房里，老远就能听到过道里的脚步声，老远就能听到一帮人的嚷嚷声，其中一个男的声音特别大，好像在跟谁发脾气。不一会儿，声音越来越大，一会儿走到了我们的病房门口，脚步放慢了，嚷嚷声停了。然后，奔进来三个人，原来一个是方元兴的母亲张小兰，一个是方元兴的胞弟方小二，一个是方元兴的儿子。张小兰婆孙俩手里拎着东西，方小二手里空空的。

张小兰径直走到方元兴病床前，着急地问："侯，你好点没？"她希望儿子一天天好起来。

方小二立在病房当中，瞟了方元兴一眼，说："哥，今天下雨不做活，跟老娘过来看看你。"他嘴上虽然惦说，心里却恨不得他哥哥立刻就病死，好把嫂侄赶出家门，侵吞他们的财产。

方元兴的儿子一走进病房就亲昵地叫了一声："爸！"儿子自从方元兴将房屋产权过户到母亲名下之后，对老爸态度来了个三百六十度急转弯，说话和气，叫得也甜，希望爸爸病好起来，一家人团团圆圆，开开心心，其乐融融。

这三个人一面说话，一面眼睛都盯着方元兴看。

张小兰看到儿子坐着，背靠床头用枕头垫着，喘着粗气，急得泪光闪闪，说："侯，你咋啦？前两天还好动的，咋一下子变成这个样子？"

儿子见方元兴坐卧不便，走到床跟头，握着他的手，心如刀割，带着哭腔说："爸，你要挺住。过了这一关，就好了。"说着用笔写给他看。

方小二听他母亲这么一说，猜想方元兴的病十有八九好不了，而且越来越重，眼睛朝方元兴瞟了瞟，大声地叫嚣："好什么好。你看那样子能好吗？还不赶快回去准备准备。整天躺在医院里，钱花光了问谁去借？最后恐怕连房子也要卖掉。有用吗？没救了，还看什么病！讨债鬼！"

方元兴抬头看着他们，晓得他们都在说话，但不知说什么。只有儿子说的话，他才晓得内容，因为儿子一边说，一边写给他看。他到这时候才明白，原来儿子懂事了，以前自己的所作所为，给儿子幼小的心灵造成了伤害，他眼圈突然红了，伸出左手抓着儿子的手不放开，说："儿啊，我不想死，我想活，一家人在一起快快活活多开心啊！"

儿子看着父亲左手肿得不能挂水，正在挂水的右手也开始肿了起来，心酸得眼泪直往下掉，不时地点头说："爸爸，现在医疗技术比过去好。你的病看得好的，你不要多想。"边说边写给他看。

赵士珍一直望着窗外，听着雨滴敲打窗玻璃的声音。她此刻仿佛融进了外面雨的世界里，任凭雨水浇灌心扉。她无需说话，听听话音就能够洞察方小二来的真实意图。方小二说的每一句话就能暴露出他的丑恶嘴脸。赵士珍只是不想跟方小二辩白罢了！

方元兴毕竟不是傻子，虽然听不见方小二说的话，但方小二的脸上写着字，脸色紫涨，青筋暴起，看得出一定是在说什么不动听的话，他大声地问张小兰："娘，小二说啥话？我一点都听不见。"

"小二说请你好好看病，多保重身体，他经常来看你！"张小兰对着方元兴的耳朵大声说，她想反正大儿子听不见，没有把小儿子刚才的话转述给他，如果把真话原话告诉他，就会把他当场活活气死，于是，说了谎话。

方小二站在那儿，看着方元兴缠绵病榻，生怕病菌传染给他，捂着鼻子，往后退了一步，冲着方元兴的儿子发火："你以为你老爸能活？看他那样子，活不了几天了。到医院才几天就这样，我看要不了一个月就要见阎王了。你爸的病，医生早已回头了，要不是你奶奶找医生，老早就回家等死了。他手中的两套拆迁房，那是你爷爷奶奶传给我们儿子的。你爸一死，你娘俩趁早离开我们方家。方家的财产你们休想得到一分。你还不去上班，在这里磨蹭什么？我们大人要商量事情。"

"小伯，你说啥话呢？我爸在，轮不到你说话。你那么凶干啥？"方元兴的儿子见他横蛮无理，不吃那一套。

“你一个小孩子，怎么跟长辈说话的。这里轮不着你插嘴。你再说，我揍你！”方小二声嘶力竭地喊着，喊得嗓子破声响。他边喊边举着拳头走过来，想打方元兴的儿子，给他们一家一个下马威。

张小兰一看小儿子要动手打人，赶忙上前拦住了，气呼呼地说：“小二，你这是做啥？我都盼着你哥多活几年呢。在医院吵什么，人家听了不好。有事回家去说。”转而对孙子说，“你让着点，让你小伯说就是了。不顶嘴，不就没事了！”

方元兴的儿子噘着嘴，看着张小兰，一句话也不说。

赵士珍心想：儿子不能说你，你是长辈，难道我也不能说吗？看我男人病重，想来欺侮我，欺侮我们娘俩，简直太嚣张了。她实在咽不下这口气，再也忍不住了，冲着方小二说：“你哥还没死，你就这么凶。要是死了，你把我们娘俩吃了！以前在家里吵得不够，今天跑到病房来吵，太不像话。你哥死也好，活也罢，跟你没关系。你听着，他看病，我们不会向你借一分钱。他要是死了，该我们的财产，你也抢不走。不是我们的，我们还不要呢！都给我回去，不要在病房里吵。这是病房，不是我们家。你们在这里吵，不想想要影响其他病人的。”

方小二听到赵士珍发话，火冒三丈，高声喊了起来，说：“我们方家的事，还轮不着你来说。”

赵士珍更加生气了，站了起来，慢慢地说：“谁来干涉你们方家的事啦？我和方元兴是夫妻，我们一家三口的事，轮不着你来凑热闹。”声音虽然喊不响，但说得句句在理。

方小二又一次挥起拳头，冲过来叫喊：“你等着，我会把你们赶出我们方家的。你算什么东西！敢跟我犟嘴！”

张小兰眼明手快，扑了过去，拦住说：“要打，就打我！都是我生了你不好！孽坯！”

方小二此次来医院的目的已经达到了，他内心兴奋不已，连屁股上都有了笑眼，只是面孔上没有露出来。他定睛看了看方元兴一家人，嘴里“嘿嘿”冷笑了几声，然后转身就走，将门“砰”的一声关上了。

方元兴看到方小二嘴巴张得老大，脸色发青，突然转身出去，晓得不是来看他的，是来闹事的，一会儿头转向张小兰，一会儿转向赵士珍，一会儿又转向儿子，从他们脸上寻找自己想要的答案，他看着，琢磨着，心里都明白了，只是不愿说破而已，不停地说："唉，唉，唉！我怎么能生这种疙瘩病呢？"

赵士珍坐着，低着头，默默地流着眼泪，不说话。

张小兰走到我跟前，一个劲儿地向我打招呼，说："对不起。刚才真是对不起！"

其实，我根本没在意。我生了白血病住院以来，见病人家人吵架的事多嘞，各种各样的事都有。见怪不怪！

其实，张小兰蛮精的。别看她年纪大，没文化，脑子挺好使。听到赵士珍回对方小二的话，说得句句在理，感觉肯定背后有高人帮着指点，不然，赵士珍哪会说这种话，哪有底气说这种话。她看我穿着不一般，谈吐不俗，估计我不是种地的，故意坐在我这边椅子上，假装唉声叹气，干嚎自己命苦。然后问我他儿子方元兴的病况，问早晨医生查房的情况。我通过几天的观察，晓得张小兰与赵士珍婆媳之间不说话，两人好像有深仇大恨似的。张小兰明明知道医生说她儿子病情很厉害，但还是装做不懂。我对她说："听医生说，你儿子的病好像有好转。查房时，我只关心自己的病。你儿子的病，医生到底说了什么，倒没在意。你去问医生吧。"

张小兰低声问："你做什么的？"

我看了她一眼，回答："打工的。"

"我看你不会是打工的，一定是在哪里做事的。"

我打个了岔，缓慢地说："生病了，都是病人。做什么都没用。"

张小兰一再抱歉地说："刚才我小侯吵得你睡不好。实在不好意思。"

我说："在一个病房里，家里来人说说话应该的，有的声音轻点，有的声音重点，很正常。没什么的。大家在病房里相见，也是缘分。"

方小二走了大约一刻钟，赵士珍对儿子说："你赶紧去上班吧。"停顿了一会儿，又叮嘱说，"见了方小二，躲远一点，千万不要跟他吵。他要是动手，你赶紧躲开！"

儿子噙着眼泪看着赵士珍，啜泣地说："嗯！"然后转向方元兴说，"爸，你好好治病，我上班去了。"

方元兴看了儿子写的字，抬头望了望儿子，目送着儿子转身走出病房的背影，眼泪止不住地涌了出来！

病榻私语

下午，赵士珍买来了助听器，方元兴戴上后就像跟耳朵正常的人似的，别人说话就能听到了。

夜里十点多钟，方元兴刚刚挂完药水，护士拔针时发现他的手又红又肿，由红到紫，帮他包扎好，显然他的两只手上不能再挂水了。从早到晚一天的水总算挂完了，不挂水，人轻松了，不到几分钟，方元兴呼呼入睡，很快进入梦境。

赵士珍刚准备和衣往椅子上躺下，只见方元兴醒了，两人你看看我，我看看你，谁都懒得说话。白天，赵士珍太累了，夜深人静，真想好好睡一觉，她双腿弯曲着，翻转身，一合眼就睡着了。

方元兴侧身看看没有动静，只听到老婆睡着时发出均匀的呼吸声，晓得赵士珍睡着了。他自己挪动身体伸手拿保温杯。喝完水，重新躺了下来，从早到晚挂了十来个小时的药水，疲惫不堪，哈欠连连，两只眼睛睁也睁不开。他想睡，可是翻来覆去难以入睡，只要睁开眼，头痛得像炸了锅，嘴里不时哼哼唧唧。

赵士珍虽然很累，但是刚闭上眼睛又惊醒了，生怕自己睡过了头，方元兴啥时有意外都不知道，所以方元兴没有声音，赵士珍怕，有了声音，赵士珍也怕。赵士珍听到方元兴嘴里发出的声响，立刻醒了过来，睁开惺忪的眼睛，看了看在床上翻身的方元兴，什么话都没说，继续眯着眼睛，侧身睡着了，不一会儿，发出了轻微的呼噜声。

"士珍，你看看我手肿到啥程度，痛得抬都不好抬。"方元兴见老婆没有反应，以为自己说话声音低，然后大声地说，"起来，士珍，你起来。叫你呢！怎么不听见？"

赵士珍从熟睡中惊醒了，翻出身来，坐了起来，盯着方元兴，低声地问："你是谁呀？叫我干什么？"

"我是方元兴，你在做梦，是吧？你糊里糊涂，连我都不认识了？"方元兴感到不可思议。

赵士珍慢慢地站了起来，走到方元兴身旁，轻声地问："你还认识我呀？什么时候又开始认得了呀？噢，今晚。人难过了，是吧？难过了，就想我了。怎么不找别人去呢？"她让方元兴把手伸出来，红肿得手指头弯曲着，伸都伸不直，又心疼又气，说，"唉，你不是蛮有本事的嘛。这时候打电话让别人来帮你揉揉啊。"

"这辰光半夜三更让谁来呀？"

"你像鬼一样，喜欢下雨天出门，喜欢深更半夜出门，不着自己屋里。好好想想自己生病之前做了些什么？"

"哦，我，唉。"方元兴心情沉重地说。

"嗳，你不是嫌我不好看吗？那你现在找我干啥？你找个好看的来侍候呀？"赵士珍一边帮他揉，一边继续说，"好了，我要睡觉了。"

赵士珍刚躺下不久，没睡着，心里还在生闷气。

方元兴又在叫喊："士珍，我要小便。"

赵士珍一声不响地坐了起来，然后低头弯腰，悄悄地把小便器从床底下拿了出来，掀开被子，帮助方元兴小便完，倒掉，重新放回原处。随后，坐在方元兴床沿上，轻声地问道："现在你知道我是谁了吧？现在你知道我存在的价值了吧！"

方元兴满脸紫涨，在床头灯的照耀下，面色显得格外难看，他不想分辩，也无法辩解。此时，他晓得，除了赵士珍在他身边，还能有谁来照料他呢？一个弟弟，没良心，一肚子坏水，不给他好处，你就是用轿子抬他来，他也不会来，休想让他来照顾。

方元兴想：自己这是第二次进医院，方小二这还是第一次来看他，恐怕以后再也不会到医院来看他了。方小二来医院叽里呱啦说了一大堆不好听的话，方元兴虽然听不见，但他又不是傻子，他哪能不懂呢？方小二说啥话，母亲不告诉他，妻子没有明说，但他从妻子、儿子脸色的变化中可以知道几分，从弟弟变幻的脸色中可以找到答案。他猜得出，方小二此次来不怀好意，心里就盼望自己早点归天，只要自己一死，父母的财产，可以全归弟弟了。方元兴更没有想到，只要自己一死，不但父母的财产归方小二，就是自己的两套房子，方小二也早已生好贼心思了，准备把赵士珍娘俩赶出宅。好恶毒啊！

　　方元兴想：自己从来没管过儿子，儿子平常见了，像仇人一样不说话，自己平时很少回家，对儿子也没多少感情，可是自从自己住院以来，特别是将房屋产权过户给赵士珍以后，儿子仿佛变了一个人，真正懂事了。以前确实是自己做得不对，从小不管他，在厂里上完班，下班不知道回家，只晓得跑到外面瞎搞女人，把钱都给了娇头，自从有了娇头以后，就从来没给过家里一分钱，想想自己以前真是作孽，简直不是人。

　　方元兴想：现在最亲最好的人，当然是赵士珍啰，要是没有赵士珍在医院照顾，自己会死得更快，现在他深深地感到离不开赵士珍了，后悔年轻的时候没有对赵士珍好。灯光下，他出神地凝视着赵士珍，觉得她从来没有像现在这样漂亮。他情不自禁地说："士珍，你比以前漂亮多了。"

　　"你啥时候觉得我漂亮的？是现在吗？当然，现在我就是不漂亮也变得漂亮了，因为现在你需要我照顾，是吧？你觉得我和你那个娇头比哪个更漂亮？你以前怎么不觉得我漂亮？那时候，我带着孩子来寻你，苦苦地寻你。你不是说讨厌我吗？求你看在儿子的分上回转，你睬过我吗？现在你有本事让娇头来照顾呀！这么多年你管过我们娘俩吗？钱都掉到娇头那里去了。自己看病都没有钱，你想过没有？"

　　方元兴欲言又止。要是平时，赵士珍哪里敢说话，在方元兴面前，轮不着她说话，她在他们方家更没有地位，老太太和方小二碰见了，三句话不对，对她像小孩似的训斥一番，没人给她撑腰，她吓得连气都不敢出。现在方元兴躺在病床上，不能动弹，只好由她说。方元兴低声说："你说累了，喝口水。顺便帮我倒杯水。"

　　赵士珍倒好水，说："现在知道我重要了吧。前几天，叫你把房产过户给我，你还不同意。你想困死我们娘俩。我告诉你，如果你房子不过户给我，等你一死，弄不好就给方小二抢去了。我一个女的，哪里斗得过。你那娇头现在知道你生了重病，来吗？躲都来不及呢！你到了最后，总算还是有良心，把房屋过户给了我。你最后总算对得起我们娘俩。我不管你以前对我做过什么，现在你病重了，会尽力照顾你。要不然，我也不想管你。从本心说我也真不想管你，可是，我狠不下这个心啊！"

　　"好了。你说得都对。我死了，当然不谈房子了，万一死不了呢，我住哪儿？"

"你傻呀！我不是你姘头。你这么多年把钱送给姘头，得到什么好处？到头来还不是竹篮打水一场空。我们是夫妻，是合法夫妻，你把房屋产权过户给了我，当然我们住在一起咯！你，我，儿子，我们三个人住一起！我和儿子巴不得你早点好起来，一家人热热闹闹不好吗？"

方元兴叹了一口气，嘴里发出了凄弱的话语："嗯。哦！"

老娘送饭

自从方元兴生病住院以后，张小兰每天天不亮起床，到菜市场买来儿子喜欢吃的菜，天天不重样，顿顿新鲜，做好了，准时赶十点钟的公交车，十一点钟左右到医院。不论晴天，还是雨天，天天如此，从不间断。可是，每次送来的饭菜，不论多么香，多么可口，儿子不吃，儿媳不动，宁愿到外面买一碗白饭、一包咸菜，也不吃老人家送来的饭菜。每当这个时候，张小兰坐在我旁边的椅子上，开始几天还劝着说吃呀吃呀，后来见儿子不睬、儿媳不理，干脆不说了，只是默默地看着儿子儿媳吃外面买来的食物，不声不响地流着眼泪。

去年，张小兰死了丈夫，丈夫死之前，老两口瞒着方元兴，将自己的一套拆迁房过户给了方小二。本来，方小二拆迁分配到了一套房子，为什么还要把自己的一套房过户给他呢？老两口的想法是，大儿子方元兴拆迁分到了两套房，小儿子拆迁分到了一套房，比大儿子少了一套，自己那套给了小儿子，小儿子有了两套房子，两个儿子才能平均。方元兴拆迁分到两套房子，是因为他和赵士珍结婚时有两间屋，后来另外盖了一间屋，才有两套房的。方小二结婚时，张小兰老两口同样分给他两间屋，婚后他没有盖房，所以拆迁时分到了一套房。张小兰老两口的那一套房，本来等他们百年之后，作为遗产是由两个儿子共同继承的。当然，老两口在世时，完全有权处置属于自己的房屋，想给谁就给谁。

当方元兴知道父母将唯一的一套住房给了方小二后，心里很不舒服，认为父母偏心弟弟，从此结下了冤仇，见了父母说话高声大气。赵士珍呢，自从嫁到方家后，只知道干农活，操持家务，见了公公婆婆，嘴巴不甜，不声不响，受到大家的歧视、欺侮。好在她肚皮争气，为方家生了男孩，总算为方家续了香火，不然早被赶出方家了。方元兴在外面有姘头，好像是赵士珍的过错，方家人更是对她横挑鼻子竖挑眼，这也看不惯，那也不顺眼，张小兰有时当着她的面说些难听的话，说她没有管好男人。她最多抬头看一看大家，斜视说话的人，从不计较，你说你的，就当没听见。谁好谁坏，她心里什么都明白。她就是这么一个老实巴交的农村妇女。

可叹！可悲！

后半夜，天下起了雨，外面黑乎乎的，在病房里看不到窗外，听雨声噼噼啪啪响，晓得雨下得蛮大的。天亮了，雨滴打在窗台上，跳起来足有三十多厘米高。雨越下越大，到中午了，还没有停止。大约十一点半，张小兰来了，她一手拎着饭盒，一手拿着雨伞，衣服和裤子湿透了，连头发上都是水。她进来把饭盒放在床头柜上，用手捋捋额头上的头发，雨水和泪水一起滴了下来。

方元兴自从戴了赵士珍帮他买的助听器以后，别人的说话声，外面过道里的喧哗声，走路的脚步声，都能听得清清楚楚。因此，张小兰来时在过道里的脚步声，方元兴老远就能听出来，看到张小兰走进病房，侧过身凝视着满身雨水的张小兰，鼻子酸酸的，没有说话。

张小兰坐了下来，歇了一会，说："侯，你吃饭吧。"

"叫你不要送，你来干嘛？"

赵士珍一直抬头望着窗外，她希望雨小下来，好出去买饭。

方元兴一直躺着，不能动弹，不知道外面雨有多大，听听赵士珍没有动静，喊了起来："士珍，你去买饭，我肚子饿了。"

"外面下大雨，我不好出去。早晨吃剩下两个馒头，每人一个。再说，买饭的钱不多了，省着点吧。你有人送饭，我要是躺在床上，就指望自己儿子了。要是儿子不来送，就吃医院的饭菜了。"

张小兰一直默默地看着方元兴，不停地说："侯，妈给做了好吃的。你吃，你吃呀！"

方元兴见了亲妈，就像见了陌生人一样，始终不愿多说话；他见老娘送来的饭菜，就像送来毒药，碰都不碰一下。

"我究竟在哪里做错了，每次做好的饭菜送了来，你们就是不吃。你们把我当坏人一样看待，我心里好难受啊。"张小兰边说边望着方元兴。

此刻，张小兰翻江倒海地想啊，想啊。是啊，赵士珍进方家二十多年了，她从来没把儿媳当自家人看待，遇到一些小事，总是百般挑剔挖苦，在她心中儿媳终究是外人，不去管她，随便她吃也好不吃也好，反正不是自己人，跟她没关系，退一步讲，如果换了儿媳生病住院，她才不来送饭呢。可是儿子不同了，儿子是自己的亲骨肉啊，虽然医生说儿子活的时间不多了，但总归活一天是一天，不能眼睁睁地看着他等死吧。她想尽点力，帮他做好吃的。她一时想不明白，咋儿子就是不吃她做的饭菜呢？她问道："侯，为啥不吃娘做的饭菜呢？"

方元兴终于忍不住了，大声地说："你们心中只有小二。你们把房子给了小二，也没有跟我通个气，哪里有我这个儿子？"

张小兰瞟了一眼赵士珍，说："侯不吃，你吃。"

赵士珍清楚，心里想道："连我名字都不叫一声。现在看到我在医院侍候你儿子了，叫我吃你的饭，门都没有。你是做给儿子吃的，假惺惺叫我一起陪着吃。我就是饿死，也不会吃你送来的饭的。真要吃了你的饭，等会儿背地里说儿子不吃，都被我吃掉了。想得倒好！"她偷偷望了张小兰一眼，然后又低下头，吃早晨剩下的一个冷馒头，一口一口地往嘴里送，表面上吃得有滋有味，心里的痛苦却向谁去诉说？

张小兰终于明白了，原来是老两口把一套房子给了小儿子的缘故，她说："你们有两套房子，小二只有一套，我们一套给了他，你们弟兄俩就均匀了。"

"你说均匀就均匀啦！"方元兴大声地嚷道。

张小兰是个明白人，她想清楚了，心里也不再痛苦了，低声地说："做错了的事情不能收回了。再说爷娘就算做错了，也都是对的。"

方元兴望着娘，一边听着说话，一边吃着早晨剩下的一个馒头，咬了一口，吃到嘴里，一点味道都没有，就像吃了一口土，难以下咽。经过化疗的病人，都有这样的体会。不管再好的饭菜，病人一经化疗，饭菜吃不下不说，其他各种反应接踵而来。他呷了一口水，皱着眉头，脸上显出痛苦的表情，望望赵士珍，又望望张小兰，啥话都没说，眼泪在眼眶里打转。

张小兰丝毫不觉得她有什么偏心眼，也没有想让方元兴原谅自己。她认为，自己的想法和做法都是对的，任何人都不能改她的。此刻，她一动不动地默默地坐着，眼睛看着自己送来的饭菜，还是原封不动地躺在那里。

脖子挂水

　　方元兴的身体越来越虚弱了。每天不停地增加药水，挂水常常挂到深夜十一二点钟。自从化疗之后，他手上的静脉已经明显伤害了。打的留置针，本来可以留三到四天，现在两天都留不了，如果第一天没有拔掉，第二天手就红肿了。这样的日子，又过去了几天，挂水越来越难挂了，只好打一次性的针，刚刚插好，挂水不到几个小时，手就感到痛起来了，打针的地方又红又肿。方元兴像一个无助的小孩似的，向赵士珍不停地嚷嚷："痛，痛，你叫护士过来。"

　　要化疗的病人，医生提前要求病人打 PICC 管，打了管子，可以保护血管、静脉，减少病人痛苦。像方元兴这样的重病人，一开始住院，医生就回头了，是病人和家属要求留下来治疗的，并且要求不插管子的。插管子要额外开销三千多元，都是自费的。而且插了管子以后，每周都需要保养，病人住院期间，由护士来换药冲管的，出院以后，每周要去医院门诊换药冲管。如果病人住在市区，又能走动，去医院换药还好；如果病人住得离医院远，不能走动，那就麻烦了。所以，医生对重症直接回了的白血病病人，一般不建议插管子。

　　早晨，刘虹主任来查房，看到方元兴脸色青紫，再看看所做的各项检查指标，有的明显下降，有的显著升高，晓得病人撑不了多久，心情沉重地向赵士珍说："他想吃什么，就给他吃。"

　　赵士珍眼泪汪汪，低着头，不吭声。

　　方元兴见刘虹主任来查房，眼睛睁得滚圆，一眼不眨地看着刘虹。当他听到刘虹主任的话时，脸一下转了色，语无伦次地问："医——生，医——生，我，我到底是——什么——病，还能——有救吗？"

　　"在我们血液科患重病的人多的是，有的病目前还无法治愈。所以，你不要想不开，我们尽力帮你看，你不要过多地去考虑病情。"刘虹没有从正面回答方元兴的提问。

　　但是，方元兴听出了话中之意，他默默地点点头，叹了一口气，算是明白了。

　　刘虹主任查房过后，一名年轻护士来帮方元兴挂水，在他手上又是拍又是轻轻地敲，要是平时，静脉就会自然显现，可是，现在怎么找也找不到静脉。这个刚做两年的护士还没有见识过这种情况，年轻护士出去了一会儿，叫来了一位元老级的护士。

原来，年轻护士请来了护士曹喜源，曹喜源笑嘻嘻地走了进来，径直走到方元兴身旁，拿起他的手看了看，对年轻护士说："你先去帮别的病人插针。我一会儿忙完就来。"说着，转身就走了。

曹喜源在医院工作了将近二十年，未话先笑，病人家属叫她，不管是她管的病人，还是其他护士管的病人，她从不推托，不发脾气，一脸的笑容，一连串的笑声，轻声慢语，她忙完了自己的病人，立即过来帮忙，这似乎已经成了她的习惯。

病人见到她那和蔼可亲的笑容，即使病魔缠身，满身疼痛，即使满脸愁容，伤心至极，也会如沐春风，暂时忘却病痛。她呢，一进病房，走路故意扭呀扭的，说话故意放慢语速，脸上露出可爱调皮的神色，给人带来欢笑。

果然，曹喜源没过十分钟就又来了。她从病房门口一进来，笑嘻嘻的，边笑边问："方元兴，手怎么啦？"

"我——痛，痛——。"方元兴皱着眉头，呻吟着。

"方元兴，哪儿痛呀，我看看。"曹喜源说着，把方元兴的手轻轻扶了起来，用棉花棒蘸了点药水，在手皮上滚了几个来回，说，"噢，真的很痛呀！不过不要紧，叫医生开点药敷敷，咬咬牙就过来了。方元兴，你说是吧？"

"护士，我怕痛，你扎针轻一点，我怕痛。"方元兴看着护士，重复着，话语几乎在哀求。

"说到打针，我也怕呀。所以，我会帮你轻轻地打，打的时候呢，就像被蚊子咬了一口，不知不觉就扎完了。没关系，你看着我打好嘞。"

"护士，我手上不好扎针怎么办？不挂水，我就没命了。"

"你手都肿啦。手上的静脉细得不能扎针了。扎深一点的话，只能挂一会儿，过不了一个小时，还会肿起来的。所以，帮你换一个地方。你的脖子伸出来，让我看看。"

方元兴平躺在床上，顺从地一仰脖子。曹喜源用枕头把他脖子垫高，还没等方元兴反应过来，就在他的脖子上扎好了针，便笑着说："也只能扎这儿了。方元兴，你头和脖子不能乱动。"

看到这一幕，我的心都揪了起来，吓得直哆嗦。之前，我只见过小孩头上挂水和脚上挂水，那是时间很短的，却从来没有见过在脖子上挂水的。方元兴可是要没日没夜地挂水，挂水时脖子不能转动，只能直挺挺地仰卧着，而且每天针都要重插，直挂到出院为止。

这一天，方元兴挂水一点都没有感觉痛苦。其实他躺着脖子不能动，身体不好翻身，本身就像是经受一场酷刑。

以后每天方元兴挂水前都由曹喜源来帮他插针，方元兴只能在脖子上扎针挂水了。

病人在医院度日如年，方元兴在医院撑了十来天，每天挂水十几个小时，头颈部不能动，只能仰卧着，只要药水一挂完，要不了多长时间，在夜里就喊叫："痛——痛——。快去叫医生！"说话声音更低了，身体更加虚弱，有时跟赵士珍说话带着哭腔。

赵士珍坐在他床沿上，拉着他的手重复着说："元兴，你忍一忍吧！元兴，你忍一忍吧！你得的病，谁都没办法！认命吧！"

"我真的没救了？我真的没救了！士珍，我求求你，你救救我！"

"要是能救，我能不救吗？我每天守着你都行啊！"

方元兴望着赵士珍，痛苦地说："士珍，你嫁给我，我这辈子对不起你！让你受了不少委屈，吃了不少苦，今世不能和你好好过日子了，来世我好好做人，再来报答你吧！"

赵士珍紧紧攥住方元兴的手，泣不成声地说："一切都过去了！一切都过去了！"

这个疗程就要结束了，方元兴感到身体一天不如一天，疼痛一天比一天加剧。因此，不想出院，想等身体好些后才走。医生让他回家休整休整，临走时，他晓得自己这一走，还不知能不能等到下一个疗程，可能再也不能回到医院病床上了。

母亲张小兰心里更清楚，晓得儿子此次出院意味着向医院彻底告别了，于是哇的一声哭了起来。

方元兴骨瘦如柴，面无血色，眼皮包着眼球，眼睛脱神，脚力全无，犹如一只软拖蟹，在他妻子赵士珍和他儿子的搀扶下，下了病床，他一手搭着病床，定神看了好一会儿，身子抖动了一下，好像要被风吹倒似的，他被妻儿俩扶住了，架着缓慢地搬着步子出院了。他边走边流着眼泪，拖一步，停一步，拖两步，回头看一下，看看他熟悉的病房。蓦地，他朝我苦笑了一下，挥挥手，走出了病房。

他走向护士站，朝护士挥挥手。

他走到医生办公室门口，朝医生挥挥手。

他走出住院部大楼，几次驻足回头，吃力地伸出手，朝医院挥挥手，好像整个身子都瘫倒了，终于默默地哭泣着说："医——院——，再——见——！医——生——，再——见——！"

第六章　翻脸比翻书还快

身患白血病的病人初进医院血液科的时候，家人怕病人想不开，总是想方设法瞒着，不让其晓得自己的病情，其实住院时间长了，病人从医生查房和所用药物等蛛丝马迹上可以来判断自己到底患的什么病，特别是年轻人，用的什么药，网上一查，便可知一二了，只是家人不明说，病人心里即使明白，表面上也会装糊涂。

我生病已经挨过了一年，第二年春天，又住进了医院。刘虹主任特意安排了一个家住江海市郊区农村的病人，跟我住一个病房。

查房时，刘虹主任说："新病人要多向老病人请教。"

"嗯。"新病人望了望刘虹主任，随即转过头来看了我一眼，朝我点了点头，算是打个招呼。

新病人刚进医院，两眼一抹黑，啥事都不懂，让新病人向老病人请教，老病人也非常乐意和新病人交流，同病相怜，同是天涯沦落人。

我一看新来的病人和病人家属面善，再细想刘虹主任刚才的话，晓得来的又是一个白血病患者，只是没有明说罢了。他们一家初进医院，大小事情欢喜问我，有事总欢喜跟我讲。

病人名叫郁栋梁，虚龄 62 岁，尖下颌，小眼睛，说话声音粗粗的，低低的，好像发不出声似的，是个承包建筑工地的老板，走路腰板挺挺的，平时特别爱面子。老婆名叫胡佳丽，虚龄 61 岁，长得瘦小，未话先笑，说话声音甜甜的，从来不冲气人，纺纱织布各种花色样样都会，针线活样样精通，里里外外一把手，年轻时，在农村算是长得清秀的。女儿郁素娟，30 岁，自己做生意，经销家纺；女婿是个外地人；外孙女 6 岁了，活泼可爱。这一家人从来不吵架，就连红脸也很少。可是，自从老郁突然生了白血病住院以后，全家乱了套，上下都乱了套，就连一向敬重他的亲妹妹与亲弟弟转眼之间也另眼相待，在许多事情上做得比较出格，有时真的还不如一个非亲非故的人。

在上海医院里

2016 年，刚过完年初六，郁栋梁照例领着一帮人到上海去了。上海离他家乡一江之隔，最近几年长江上架起了苏通大桥、崇启大桥，自从有了桥，每天发班去上海的班车一小时一班，有的地方半小时一班，进出上海比去趟县城还要方便。

二三十年前，出门要去上海真是不容易。那时的主要交通工具是坐轮船，或者坐班车乘摆渡船，遇到大风大雨，船停开，汽渡停运。一到冬天，船行至江心或者在江上突遇大雾，就在江中抛锚停驶，出行实在不方便。

以前，老郁家也不是太富裕，要说富裕还是近十来年的事，这十来年，他每年都在外地做工程，平均一年下来，可以积攒百把万元。他有两个弟弟，两个妹妹，都在他的工地上做，有的看看门，有的把把关，工作轻轻松松，他开给每人每年工资五六万元。弟妹们每年拿到这么多钱，笑得合不拢嘴，平时，阿哥好，阿嫂好，叫得像糖炒，让人听了心里甜甜的。

到了上海，工地开工不久，有一天，郁栋梁在工地上转悠，突然感到眼前一黑，倒了下来，等他醒来的时候，已经被弟妹们送进了上海的一家大医院里。进了医院，他的小妹让她家里一下拿来十万元，当时，医院没有床位，只有特需病房，住一晚需要三千元，他小妹二话不说，立即决定住了进去。

第二天，胡佳丽就赶到了上海医院。看到丈夫从家里出去时都好好的，突然之间住进了医院，心里焦急万分，抚摸着丈夫的额头，泣不成声地说："阿弥陀佛，愿老天保佑，你不会有事的。住几天就好了，就出院了。"

郁栋梁看到老婆也来了，发了脾气："你来干什么？家里一摊子事，你来了谁做？丫头那么忙，体质弱，她一人照看小孩哪里吃得消。我平时又没什么毛病，刚开工累了，休息几天，挂挂水就好了。用不着大惊小怪。"

胡佳丽来到上海以后，医院晚上不让陪护人睡的，只好住旅馆。夜里，看不到丈夫，诊断结果没出来，她东想西想，哪里能睡得着，越想越难受，急得发怔，苦熬到天亮。

在上海医院一共住了一周，确诊为白血病。听了医生说是白血病，胡佳丽呆立着，半晌没言语。她对这种病曾耳有所闻，不过在农村比较少见，晓得这个病跟癌症差不多。她追到医生办公室问了个究竟，一问傻眼了，所谓白血病，就是血癌。她吓得脸色煞白，几乎瘫倒在医生办公室。她怔怔地站着，不停地自言自语说："这可怎么办？这么多人吃饭，全靠他啊。他倒了，就像遇到十二级以上台风，大树被连根拔起似的，让我们怎么活啊。不，不会的。一定是搞错了。"

医生认真地说："我可以负责任地说，不会错的。"

胡佳丽从医生办公室出来，站在过道里，背靠着墙，好像整个人都瘫倒似的，不知所措。

郁栋梁的两个弟弟听说他得了白血病，悄悄地走到过道里，你看看我，我望望你，心里酸酸的，开始谁也不开口。最后，大弟实在憋不住了，泪汪汪地说："大哥怎么会得这个病呢？哎，年纪恁轻，怎么会？"

小弟听老二一说，眼圈红了，跟着说："大哥这么好的人，咋就说病就病呢？这咋办？"

大妹妹生来老实，平时不愿多说话，一听说大哥得的是绝症，不知说什么，心里干着急，看着小妹和胡佳丽，伤心得直落眼泪。

小妹怎么都承受不了这一事实，一时伤心不已，眼泪裹在眼眶里，止不住哭出声来，过了好一会儿，说："天晓得大哥恁轻年纪会得这种病？再问问医生，到底怎么治疗？"

小妹生性活泼，善于随机应变，有事要求人时，喜笑自然，好话连篇，用不着时，立马反眼无情，就像从来不认识似的。老郁刚起病时，她当即托人找了关系，进了上海一家有名的医院，指望病好后还要一起挣钱，那晓得一病会病得恁重，真是做梦都没有想到。她见胡佳丽一时呆立着，急得嘤嘤哭泣，立马宽慰说："大嫂，大哥这一病，不知儿时才得好。你不要急，有我们呢！去找医生去！听听医生怎么说？"

说完，她和胡佳丽一起来到医生办公室，详细询问了病情。

胡佳丽一见医生就落眼泪，恳求地说："医生，求求你救救我家男人吧。"

医生说："郁栋梁得的是白血病，一时半会儿治不好，得慢慢治，不能根治。在上海医院看病开销大，陪护不方便。你们回当地医院治疗各方面都便利，开销也少。办个出院手续吧。"

"出院回家以后到哪个医院去治疗呀？"胡佳丽茫然无措地说。

"医生说了，大哥的病得慢慢治，说明还是有救的。大嫂，所以你不要急。大哥在上海看病开销大，你侍候也不方便。不如回家看。听说江海市通仁医院血液科能治白血病，血液科有个主任叫刘虹，医术高。"小妹劝慰道。

胡佳丽和他的弟妹们害怕他知道病情后一时想不开，商量后决定把病情瞒着，等过一段时间再说。老郁毕竟是个生意人，脑子活络，见妻子和弟弟妹妹们行动鬼鬼祟祟，说话吞吞吐吐，觉得有点疑问，问胡佳丽："我得的什么病？"

小妹怕胡佳丽说漏嘴，抢先说："大哥，你得的是重感冒。在上海不方便，需要回家治疗。大嫂也好在医院照顾你。钱不够的话，我家里有。随时开口，没问题。工地上的事，我来替你管着，你放心！"

再次住院

人在生重病的时候，往往听到一句暖心话，就会感动不已。

郁栋梁从上海出院回家，是他妹妹开车送回来的。一百多公里的路程，一早出发，路上车辆又少，不到两个小时就到了家。

小妹的行动，小妹的话，令郁栋梁一家三口激动万分，都说到底是亲妹妹，就是和别人不一样。回家第二天，胡佳丽帮郁栋梁收拾好衣服和日杂用品，由女儿郁素娟开车将郁栋梁送到了通仁医院，那天血液科正好有空床位，于是，当即办理了入院手续，住进了血液科。

上午，刘虹主任带领医生们来查房，她对刚入住的新病人询问得特别详细，自然对郁栋梁也不例外，当查到我们病房时，她朝郁栋梁看了看，问："郁栋梁，你有哪些地方不舒服？"

郁栋梁坐在床上，看上去精神蛮好，他望了一眼刘虹主任，微微一笑，拖着粗低嗓音，脸上露出自豪的口气说："刘主任，我在上海医院看过的。上海医生说我是重感冒。我到你们这里住几天院就可以回了。没什么事的。"

"检查的资料带来了吗？"刘虹主任进一步问。

"带来了。"郁素娟看着刘虹主任，立即回答。她随即从包里把所有在上海看病的资料拿了出来，递给了刘虹。

刘虹主任一看结果，愣了一下，马上明白了，家人没把真实病情告诉病人，抬眼望了一眼胡佳丽，又看了各项检测结果，然后对郁栋梁说："你的病回头再说，先在这儿住着，不要有思想负担，要好好配合医生治疗。"

"没事，我得的小毛病，听刘主任的。"郁栋梁刚进病房时，根本看不出他是个病人，他坐到病床上安顿好，就问我是啥病，我如实告诉他我的病情，他显然吃了一惊。这时，他听到刘虹主任说话，望了望同室身患重病的我，同时庆幸他自己没有得那么重的病，他认为在医院住不了几天就会治愈出院的，所以若无其事地说着。他哪里晓得，其实他的病一点都不比我轻，在某种意义上来说，可能比我还要重呢！

刘虹主任晓得郁栋梁望着我的意思，委婉地说："郁栋梁，你的病跟他的病不一样。你是医保，还是农保？好多药不好走医保，也不好走农保，要自费的。一个疗程下来，得不少钱。你们心理上要有个准备。"

"你们帮我开什么药，我就用什么药。在上海住院时，我小妹一下子拿给我十万元，不够的话，还会给我的。不过，我自己也有钱。我在上海住特需病房，一夜几千呢。"郁栋梁显然对住院开销没有想得那么多，好像对钱不在乎。他哪里晓得看白血病用钱是个无底洞，一般人家承受不起的。

像他那样从农村来的，经济条件这么好的，还真的不多，多数人一进来，就为没钱治病发愁。有时一家人你看看我，我瞧瞧你，大眼瞪小眼，急得一筹莫展。

住院第一天，郁栋梁以有如此慷慨的小妹而自豪。

郁素娟更是自豪地向我说："我小姑人好，我爸住院，一下给了十万。"说得喜形于色，满面堆笑。

听到爷俩都在夸小妹好，胡佳丽抬头看了一眼郁栋梁，脸似乎沉了一下，默不作声。

其实，自郁栋梁从上海回到家，他的小妹就已经开始悄悄地做面孔了，只是郁栋梁没有看见罢了，先是郁栋梁要去通仁医院，胡佳丽让她开车送一下，小妹推托没时间。说话没有像在上海时那么客气和气了，有点阴阳怪气。临上车去医院之前，郁栋梁先上了车。此时，小妹站在车跟前，看着自己的哥哥又要去医院住院，眼圈红了，长长地叹了一口气，心里说道："唉，这人啊，哪知道呢，哥身体一直好好的，怎么说病就病了。往后住院不知要吃多少苦头。也不知要住多长时间。听说治疗白血病要很多钱，哥现在有钱，如果病一直看下去，够不够也难说。不如趁他现在有钱，自己给哥的那十万元钱，问大嫂要出来算啦，省得以后一分钱都要不回来。"

"小妹，我们去医院了。哥工地上的事，你就多操点心。"胡佳丽手里拎着东西，跟小妹说。

小妹一见胡佳丽急急忙忙要上车，突然把她叫住了，说："哎，大嫂，你等一下，我有话跟你说。哥住院，你钱带足了吗？"

胡佳丽不假思索地说："带了五万！"

小妹说："五万哪够呀！起码要带十万。噢，反正医院离得近，随时都可以回来取的。还有个事真不好意思说，我最近手头有点紧，借给哥的十万元，能否早点还给我？"

胡佳丽一愣，马上转过头来，苦笑着说："小妹，你怎么不早说呢？好的，今天来不及了。过几天，等把你哥在医院安顿好了，我让素娟接我回来取钱还你。虽然你哥现在不能挣钱了，但你放心，我胡佳丽不会赖皮的。"

"大嫂，哪儿的话，不急。我晓得哥现在住院需要用钱，要不然我问别人挪一下。大嫂，没事的。你不用放在心上。赶紧上车吧，哥在车上呢。"小妹说话轻飘飘的，好像没事儿似的，等胡佳丽一上车，她的脸立即拉了下来。

车启动开走了，胡佳丽坐在汽车上，回头朝车窗后面张望着，看见小妹还在原地，绷着脸，气呼呼地站着。

这不，来了医院四天了，郁栋梁平常做惯事的，现在躺在医院里，闲了下来，感到非常寂寞，想外孙女了，他看看手机上的日历，正好是星期六，给郁素娟打电话让她开车过来。

郁素娟知道父亲的心思，甜甜地笑着说："爸，你是不是想我了？想外孙女了？好，正好她放假，我把她一起带来。你不打电话，我也准备开车来的。想吃点啥，我一起捎来吧。"

跟孩子说话，郁栋梁心里特别开心，情绪有点激动，好像他自己也变成了小孩。

胡佳丽等他把电话打完，朝他望了一眼，虽然没跟女儿通上话，但心里跟老郁一样高兴。过了一会儿，她说："女儿回去时，我跟着一起回一趟，去银行取点钱。顺便也带些换洗衣服来。"

"好啊，我能吃能睡能动，你回去一趟吧。"郁栋梁说。

郁素娟开车利索，刚打完电话时间不长，便与女儿一起来了。她手里拎着饭菜和水果等物品，跨进病房，见了父亲，笑吟吟地说："爸，都是你平时喜欢吃的。"

小家伙看到郁栋梁躺在床上，奔到跟前，一个劲儿地叫着："爷爷！爷爷！"

按称呼，女儿家的孩子应该叫他外公的。不知从什么时候起，有不少人家的外公外婆让自己的女儿生的孩子都管叫爷爷奶奶了，看来重男轻女的思想根深蒂固。

吃过午饭，胡佳丽乘郁素娟开的车一起回家。郁素娟知道老妈要取十五万元钱，不放心她一个人去银行，就陪着她一起去了银行。她们先后去了三家银行，把钱取了出来。郁素娟说："妈，你手上拿这么多现金不安全，把钱存到银行卡上吧。你不会，我帮你存。身边钱放少点，够零用就行。"

"你给小姑打个电话，说我们钱取出来了，把十万元打到她卡上。"

郁素娟立即给小姑打了电话："小姑，你的银行卡号多少，我把十万元打到你卡上。"

"素娟，我银行卡不太会用，你把钱拿回来吧。"小姑说。

胡佳丽母女俩还没到家，郁栋梁小妹就已经等候在她们家门口了，见胡佳丽从车上下来，迫不及待地说："我正急需用钱，你把钱取回来了吧？"

胡佳丽气还没来得及喘呢，抬头白了小妹一眼，没有搭理，进了屋里，说："我今天回来，就是还你钱的。这是你借给你哥的十万元钱，还你！"说着从包里掏了出来，继续说，"你点点。"

小妹将钱装进了包里，脸上马上露出笑容，说："你们需要用钱的时候说一声，我这当口有点急用。我走了，改日去医院看我哥。"说着扭头就钻进车里，一溜烟走了。

郁素娟看到这一幕立时傻眼了，说："我和爸都以为小姑好，哎，原来小姑是这样的人。如果没有亲眼所见，还不相信呢。我爸生了病，她怕我们赖她钱不还，咋这个样子。人心隔肚皮，真是看勿透！难怪在医院，我和爸都夸小姑时，妈一声不吭。还是妈看人准呀！"

胡佳丽向女儿说："这件事不要告诉你爸，他听了肯定会生气的。病人不能受刺激，不能生气的。生气对身体不好，越生气，病就越重。先瞒着吧。"

郁栋梁在通仁医院前后治疗了十八天，第一个疗程结束了。其中五天用的是化疗药，一用化疗药，他就支撑不住了，身体内部反应剧烈，骨节骨眼酸痛，饭也吃不下，无精打采。他是个明白人，觉得自己不像患重感冒。既然大家都把病情瞒着他，他也就装着糊涂，不想多问，多问了怕她娘儿俩反而受不了，让她们开开心心多好。再说自己知道了病情，又能怎么样呢，对自己有什么好。住院期间，他的两个弟弟和两个妹妹都没有到医院来看望过。

手足无情

郁栋梁有个老娘，83岁，守寡了三十多年，八十岁之前，吃饭穿衣还行，就是不能种地种菜，不能买菜做饭。按照当地的风俗习惯，有儿子的，父母养老归儿子管，兄弟有几个的，一般都是从大到小轮流侍候。郁栋梁是老大，平时，大家都听从他来安排。以前，他在上海工地上承包工程时，弟妹们都在他的工地上做活，自然开开心心，没有半句惹听的话，照顾老母的事，不用他操心，两个弟媳都主动揽了过去，一个月一轮，照顾得舒舒服服，胡佳丽想轮都轮不到，想抢都抢不到。两个弟媳把胡佳丽当亲姐姐一样看待，见了面，说话亲亲热热，就像一家人似的。胡佳丽觉得自己丈夫有本事，就连自己在家中也有威望，在三个妯娌中也被人高看一眼。老太太感到老有靠山，蛮惬意的，见了一个生产队的人，脸上的笑眼立刻眯成了缝，总是叠三倒四地说："我家儿子在外面做事，三个媳妇比自己生养的还好。"邻居们听了，都夸老太太福气好。

郁栋梁病了以后，上海承包的工地，由他小妹负责接管，一切工作照常进行。两个弟弟和大妹妹依然在做他们该做的活，一切似乎没有什么两样。所不同的是，老郁病了，老郁一家人好像天塌了下来，一切都打乱了。老郁进医院，胡佳丽要陪着，女儿下了班，以前直接回家，现在要去幼儿园接孩子，接回家，要做饭；以前，接送孩子上学，做饭洗衣，胡佳丽全包了，老郁病了，原先胡佳丽干的活，都由女儿自己承担了。老郁进了医院，女儿三天两头还要到医院送饭送换洗衣裳。胡佳丽和女儿两个人心理压力也大，一时怎么也接受不了郁栋梁患白血病的事实。一个好端端的人，突然之间变成了废人。更让胡佳丽想不到的是，郁栋梁住院后，弟妹们对他们一家的态度转眼之间就变了，来了个一百八十度的急转弯，好像戏台上的演员，过去说成一朵花，如今说成一堆粪。

郁栋梁在通仁医院血液科住了那么长时间，不见弟妹们来过，他在嘴上常常念叨："我那几个弟弟妹妹，讲义气，有事相互帮衬。所以都很好。唉，他们要是不忙，也会经常来看我的。"

是啊，人在病重的时候，常常会想念自己的亲人。

他出院回到家的第二天，他的两个弟弟、两个妹妹从上海回来了。两个弟媳也来了，两个妹夫在外地打工回不来。他以为看到他出院，是特意来探望他的，自然见了心里非常开心。

弟妹们看到老郁面色苍白，走路没有精神，说话有气无力，晓得病情只会一天比一天重的。

吃过夜饭，郁栋梁坐着直喘粗气，整个人就像坐在蒸笼里，汗水不时地从胸背冒出来，四肢无力，全身乏力，就进房里睡去了。

"现在大哥回来了，老娘八十多了，兄弟三个正好轮流侍候。每家一个月。明天就是一号，从大哥开始先轮。"小妹开始发话了。

"好，小妹说得有理，以前我们照顾的就不说了。"二弟附和着说。

"我早就想说这件事了。弟兄仨轮着来没话说。正好大哥在家陪陪老娘，说说闲话，解解闷。"小弟不客气地说。

"谁家没有爹娘，养老娘是应该的。只是目前你大哥要去医院看病。他一上医院，我就得陪着。家里没个人来照应。我女儿要上班，她孩子又小，没人看管接送。你们看这样行不？郁栋梁不住院时，老娘由我们侍候。住院时，两个弟媳帮忙替代一下。替代几天，回来还你们几天。"胡佳丽说话生怕老郁在里头床上听到，尽量压低声音。

"各家有各家的事，轮到谁就谁！"小弟望着胡佳丽，提高嗓门说话，他才不管大哥听到听不到呢，也不管哥嫂的感受。

本来老郁突然之间生重病，胡佳丽心里急得不知所措，这段时间愁苦日夜纠缠着她，心情特别难受，好不容易调整了心态，一门心思服侍老郁，希望他尽快好起来，哪里想到刚从医院回来，遇到这桩事，她觉得大家越说越不像话，板着面孔说："郁栋梁身体好的时候，你们怎么不说大家轮？那时我想做还轮不到呢？现在倒好，跟你们商量都商量不通，这么多年来，你们的良心被狗偷吃了！"她实在听不下去了，心里窝着一头的火，脸气得发青，眉眼都变形了，气呼呼地说，"既然大家不念兄弟情分，该轮到谁就谁吧。不过，我倒要提醒大家，谁家生病都望勿着背脊骨的！"

"前几年，侍候老娘都是我们两家兄弟做了，现在大家轮轮就这么不高兴了？"小弟怒气冲冲地说。

小妹，二弟，听了小弟的话，你看看我，我望望你，默不作声。两个妯娌此时不再叫胡佳丽为姐姐了，相互瞟瞟眼睛，坐着闷声不响，似有幸灾乐祸的样子。

"你们在吵什么？我都听到了。是不是大侯得了什么重病，你们瞒我？我不要你们照顾，我这把老骨头不要你们管，死了算了！"老太太在门外听壁脚听了好一会儿了，感到大家说话不对劲儿，没有兄弟情分，忍不住走了进来，发了火。

胡佳丽一看老太太进来了，为了不让老太太生气，也不让老太太着急，依然将郁栋梁的病情瞒着老太太，连忙说："兄弟姊妹讨论生意上的事，你别多心。明天，由我们来侍候你。你放心，不会让你饿肚皮的。正好郁栋梁刚从医院回来，休息一个月。这个月，我来照顾郁栋梁，我来给你做饭。妈，郁栋梁也没有什么大毛病，你不要挂心。他要是去医院，我陪着，没空给你做饭，一日三餐由你孙女做了送来。我们总会有办法的。"

老太太年纪虽大，但脑子好使，此刻，她全明白了，大侯病了，不能再给弟弟妹妹发工资了，难怪要叫他轮了。本来想说两句，但想到自己要靠别人养活，还是不说为好。她只能用眼睛在说话，直愣愣地将两个儿子、两个女儿扫视一遍，然后长长地叹了一口气，将拐杖向地上戳了两戳，板着凶脸，拄着拐杖，不声不响地走了。

胡佳丽怕老太太黑灯瞎火走路出现意外，跟着追了出去，说："妈，我送你！"

老太太说："胡佳丽，我都晓得了。大侯病了，他们个个贼无良心，我心里明白，不好明说。我能动，我这里你不用来，我自己能做饭吃。你在家照顾郁栋梁吧！郁栋梁看病的事就交给你了！好好帮他看！"

胡佳丽说："妈，你放心，我们在家做好饭，喊你吃都来得及。就怕去医院不在家。要是不在家，就让你孙女做好送过来。有我们在，饿不着你！"

郁栋梁在里屋，刚才弟弟妹妹们跟胡佳丽的对话，听得清清楚楚。他只恨自己不争气，刚过六十生了病；他恨自己没有早点看透弟弟妹妹们的狼心狗肺，没想到转眼就反眼无情；他默默地流着眼泪，装做啥也不晓得。

弟妹们见胡佳丽出去，跟郁栋梁打了个招呼，随后也就各自散场了。

郁栋梁见胡佳丽回来了，蹙眉长叹道："我刚生病，怎么就变成这样了。要是死了，你们娘俩不知被他们欺侮到什么地步呢。人啊，你有用时，当你是神仙；你无用时，当你是狗屎。"

胡佳丽强打精神，若无其事地说："你不用想那么多，一切都很正常。现在要紧的是治病。我和女儿指望你一天天好起来！你病好了，比什么都强！家里的事情，你就甭操心了。一切都要看淡看开，用不着生气。只有命是自己的！"

说是不生气，能不生气吗？此刻，郁栋梁默默无语，低着头，沉思着：自己到底患了什么病，为什么还要去医院，一住就是半个多月。女儿说，要四个疗程。治一个重感冒要那么长时间吗？看来大家都在瞒着自己。他唉声叹气地说："不用问了，肯定是一个字：癌。癌就癌吧。每个人反正都要死的，只不过迟早的事。"

女儿婚姻危机

郁栋梁又一次去了医院。这次住院算是第二个疗程。

从表面上看，从我一个病人的角度来看，他走路似乎挺有精神的。其实，他这次来医院喘气比较急促，脚力不如第一次，第一次住院期间，在化疗之前，他每天晚饭以后，在胡佳丽的陪同下，都要出去散步，血液科病房在五楼，不用乘电梯直接下楼，沿着医院附近的护城河旁走上一个小时，再从医院的一楼走上五楼，胡佳丽累得直喘气，他却没有感觉多累，他觉得身体棒棒的，怎么会有病呢。但是，化疗之后，人就不同了，有时躺着，有时坐着，饭量也小了，转眼之间好像一朵蔫了的花朵，怎么看都不像样了。这一次来，又有明显不同，一天挂水下来，人疲乏得不想动，四肢软绵绵的，开头几天只能在五楼过道里走走，再走远似乎不可能了。一周以后，经过连续几天的化疗，人就像霜后的小葱——软不拉耷，整天躺着，偶尔起来去门诊做胸透，坐在轮椅里，由胡佳丽推着。这时他歪着头，站起来都吃力，不要说走路了。

刘虹主任来查房，见郁栋梁神情恍惚，说话的语气变了，变得不像刚住院那辰光自信了，那时说话的语气与神态显得那么自信，简直有点骄傲，骄傲到忘乎所以。刘虹主任觉得这种情况完全是正常的：一是经过化疗，免疫力下降了，萎靡不振，属于正常现象；二是估计他对自己的病情有所怀疑，这也是意料之中的，他人不傻，怀疑也是自然而然的事。一个正常人，对自己的病肯定都会在乎的。于是便问道："郁栋梁，最近身体感觉怎么样？怎么话也少了？"

"刘主任，我到底得了啥病？怎么越看越重呢？是不是我得了癌症？"郁栋梁问话的声音低低的，说话底气明显不足，心里闷闷不乐，怀疑自己得了不治之症。

"在血液科治病的病人，病情重的不少，你的病住院那么长时间了，肯定也不轻。一个一个疗程慢慢治，不急，你要有长期作战的思想准备！"刘虹主任没有直接回答，但也算是说明白了。

"刘主任，不管得啥病，我能想开。"

"郁栋梁，你能想得开就对啦。看病就怕的是病人想不开！你看你旁边床上的张圣，他刚进来住院时，病情比你重多啦，经过这么长时间的治疗，现在快要治愈了。你跟他多交流交流。他治病很乐观的，很配合的。你学学他，不一定要知道得的是啥病，知道了心里反而老想着，对治疗没有好处。你要慢慢调整心态，听医生的话，安安心心治病，不要东想西想。不过你要有长期治疗的心理准备。"刘虹主任一边说，一边检查他的胸背和四肢，看看皮肤上是否出现异常现象。

"嗯，我懂！"郁栋梁望了一眼刘虹主任，低声地回答。

刘虹主任查完房一走，郁栋梁便问胡佳丽："我到底得的啥病，不能老让我蒙在鼓里。你对我说了，我心里反而踏实。"

胡佳丽说："医生说你得的是白血病，开始听说你得了白血病，可把我和女儿都吓傻了！"

"怕你想不通，想不开，所以大家商量着暂时瞒着你。"胡佳丽补充道。

"当时看你们神秘兮兮的，我想肯定瞒我病情，果然如此。其实生病也没办法，一切都听医生的。只是你和女儿吃苦了。"郁栋梁虽然不懂什么叫白血病，但是他知道一说白血病，肯定是非常重的病，十有八九是要命的病，心想怪不得弟妹们离自己远远的，他算彻底明白了。

胡佳丽说四个疗程结束他的病就好了，不用进医院了。女儿说他的病就像得了一场重感冒，四个疗程就能化险为夷。

郁栋梁当然坚信，自己的病一定能够治愈。

当他晓得自己的确切病情以后，表面上说生啥病不在乎，其实心里却非常担心，害怕死亡。他想活，越想活，心里想得越多，越想得多，就越痛苦，就越神经兮兮。从此，他就把生的希望寄托在医生身上，见了不同的医生，几乎反复说着一样的话。

刘虹主任来查房。

郁栋梁愁眉苦脸地说："刘主任，我家有钱，不差钱。请你救救我！求求你救救我！"

刘虹主任知道郁栋梁的心思，认真听完，耐心引导。

施文钰医生来检查。

郁栋梁睁着眼睛，呆呆地说："施主任，我家有钱，不差钱。不要为我省钱。只要能把我的病看好就行。求求你们了！"

施文钰晓得病人求生的欲望那样强烈，总是好言劝慰。

杨立医生来帮他做骨穿。

郁栋梁反复唠叨说："杨主任，我家有钱，不差钱。你们一定要想办法救我。我不会忘记你们的。求求你们了！"

杨立医生总是微笑着听完，微笑着解释。

不管见到哪位医生来，郁栋梁总是喋喋不休地说着家中有钱，看病不缺钱。他认为钱是万能的，有了钱，就能把一切事情摆平。他哪里晓得在医院治病，跟办事情不一样，如果病人生了看不好的病，病人家里即使有再多的钱，也是白搭。

郁栋梁跟医生说的一句句话，就像一把把尖刀似的，戳在胡佳丽的心上，她有时盯着医生看，有时盯着自己的男人看，她苦笑着，沉默着，任凭郁栋梁说。可是，这不是钱的问题。郁栋梁将自己的想法与痛苦说了出来，似乎心里会好受一些。胡佳丽见他神色迷茫，等医生走了，哽咽着说："该吃药了！"

郁栋梁眼眶溢满泪水，接过杯子，吃完药，望了胡佳丽一眼，沉默了许久，然后长叹了一声，悲叹道："唉，想不到啊，我年纪恁轻就得白血病。"

老两口你看看我，我瞧瞧你，时断时续地聊着。

这天是星期五，时近中午，郁栋梁叹了一口气，心情沉重地问胡佳丽："女儿今天要来的吧？"

正说着，郁素娟笑嘻嘻地走了进来，喊了一声："爸，你看我给你做了啥好吃的？你猜？都是你喜欢的。"说着从包里拿了出来，原来有几样菜：有回锅肉，有红烧鲫鱼，有葱爆河虾，还有鸽子汤，香气扑鼻，实在诱人。

每次见到女儿来医院，郁栋梁就问："夏新邦怎么没来？"

听父亲提起自己的男人，郁素娟脸上立刻露出一丝苦笑，总是遮瞒说："本来他要来的，我见他忙，见他累，让他在家歇歇的。爸，你有我呢，问他干啥？"

郁栋梁望着女儿忧郁的眼神，不再问了，猜想可能小两口拌嘴了。

夏新邦是个外地人，在江海市家纺市场做生意，郁素娟大学毕业，也在那儿做生意，经销家纺，两个人很投缘。夏新邦看到郁素娟长得漂亮，家里蛮富有，拼命追她。开始郁素娟觉得找他心里有点不踏实，就没有同意。郁栋梁见小伙子嘴甜，会来事，蛮喜欢，就同意了这门婚姻，还花了三十多万元，给女儿在附近城里买了一套商品房。小两口婚后不久就有女儿了。夏新邦平时乖巧，见了丈人丈母，把他们当作自己的父母一样看待。当然，郁栋梁和胡佳丽也将女婿当作亲生儿子似的，家里大小事情都告托女婿来办。老郁知道亲家在农村务农，年收入刚够吃穿，凭着自己在本地人头熟，帮他们租了一个门面，让夏新邦的父母亲从一千多公里外的老家一起过来做生意。开始那阵儿，亲家不懂经营，郁栋梁尽管在上海工地上承包工程忙，但他还是抽空回来指点。亲家没地方住，胡佳丽请他们到家里来吃住。两亲家平时好得像一家人。几年下来，亲家做生意摸到了门道，越做越红火，女婿做生意门槛也越来越精，常常跑外销。郁栋梁在城郊农村不但盖了独门独院的别墅，还给女婿买了一辆宝马车。夏新邦见了郁栋梁和胡佳丽嘴巴叫得更甜了。

郁栋梁在上海医院确诊为白血病，犹如晴天劈雳。郁素娟晓得了，急得直落眼泪，赶忙就给远在深圳出差的夏新邦打电话，连打几次都没人接。夏新邦正在足浴中心桑拿，正在享受小姐给他做的泰式服务，当然不好接手机，所以他假装没听到，让手机铃声响去吧。两个小时后，回到酒店，他回拨了电话，假称刚才逛商场人多声音大没听到。

郁素娟始终没有怀疑自己丈夫说的是谎话，她确信丈夫在外面是安分守己的，说的是实话，她没有多想，着急地说："新邦，我爸病了。你办完事尽快回来！"

"你爸病了？啥病这么急？让我急着回来？"夏新邦问。

"白血病。"郁素娟哽咽着说。

"白血病？不会吧？一定是医生弄错了。你爸身体一直好好的，咋会得这种病？你不用急，我明天就去买机票，后天回来。"夏新邦安慰地说。

夏新邦挂了手机，头脑中出现了一连串的问号：啥病？白血病？这得需要多少钱啊？早就听说治这种病，人在医院里，就像吃人民币一样，几天花几万、十几万，一年下来要上百万。我的天哪，家里的积蓄花光都不够。咋会摊上这样的事？

第三天，郁素娟见夏新邦回到家，心里踏实了许多，脸上的愁云消散了，凡事有商有量了。夜幕降临，她和夏新邦去了父母家。夏新邦看到丈人躺在床上，走上前，低低地叫了一声："爸！"

郁栋梁抬眼望了望，看到女婿来了，脸上掠过一丝笑意，回了一声："唉。"然后说，"新邦，你回来啦。"

"嗯，爸，我回来了。"夏新邦一边说，一边看着自己的丈人。

胡佳丽正忙着做饭，见女儿女婿和外孙女来了，连忙招呼说："新邦来了，快坐。"

夏新邦说："我们回去了。抽空再来吧！"他跟丈母娘照了一面，也没叫一声妈，好像遇见陌生人似的，说着就走了。

胡佳丽一心扑在病人身上，面对女婿的这番举动，根本没在意，也没有察觉。

可是，郁素娟察觉到了，一回到家，就责问："你平时叫爸妈叫得蛮甜的，你刚才回去，见了我妈，为啥连妈都没叫一声？"

"没叫咋啦？"夏新邦瞪着眼睛，凶恶地说。

"老人能图个啥？还不是图儿女叫一声，关键时候有人侍候呗！爸爸妈妈平时一提到你，心里老开心的。他们可喜欢你啦！"郁素娟根本没在意丈夫说话的语气。

"多叫几声又没钱拿。"

"废话，爸妈给我们的钱还少吗？我们结婚也没叫你们家买房子。现在我爸病了，也不要你做啥事，有空多去看看。见了我爸妈，多叫几声，多安慰几句。我爸生了病，我妈急死了，一家人都快疯啦。指望你回来撑住呢！"

"我又不是医生，看看有啥用？好吧，听你的，你说咋弄就咋弄。噢，最近几天门市上有点忙，等忙过这阵子，再过去看他们。"夏新邦狡黠地一笑。

"你是男人，男人是家里的顶梁柱。"

"我能有什么办法？你爸治疗需要很多钱。我原先打算将他们存下的钱拿过来，再买个门面，拓展生意。现在倒好，不但捞不到一分钱，弄不好还要我们倒贴钱。"

"爸身体好个辰光，你要啥给啥。我们生女儿的时候，爸妈一下给了三十万存折。这些你都忘了？真是没良心。"

"啥叫良心？钱就是良心。说实话，当初我们结婚，我就看上你爸是老板，看上你家有钱。我们农村有个习惯，做女婿的不侍候丈人丈母的。"

"早知道你这个德性，我才不嫁给你呢！"郁素娟生气地说。

"好，后悔了是吗？不行，咱们离婚算了。离了婚，你爸妈买的房子，我还可以分到一半。他们给女儿的存折也在我这里。你有本事拿走呀。"

"好啦，我爸在生重病。过几天又要去住院。咱们不谈这些。让他开开心心。能多活一天是一天。"

"你爸生了病，以前存的钱会被他看光都不够，我还能指望以后拿到钱吗？干脆我们离婚算了。离了婚，女儿归你！"

"什么？离婚？你是不是头脑发昏了？"郁素娟感到不可思议。

"谁头脑发昏啦。我说的是真的！"夏新邦根本不顾郁素娟的感受，又重复说道。

夏新邦开始说离婚，郁素娟以为他是随便说说的，现在又说了一遍，知道他心里早有预谋了，她终于明白了，怔怔地望着自己的丈夫，气得脸色发青，悻然说道："爸有钱时，有女婿；爸病重了，女婿也没了。一切变化都在一瞬间。好啊！好啊！世道沧桑巨变，我等岂能不孝。只要我爸妈活着，我就要尽我做女儿的责任。你对我爸妈这个态度。将来你爸妈老了，或者哪天你爸妈像我爸一样突然病了，你肯定是个不孝之子。既然你把话说绝了，那么请便！我不会阻拦！"

郁栋梁住院期间，夏新邦从未来过医院探视。郁素娟在父亲面前再也没有提过自己的丈夫。细心的胡佳丽知道女儿的心事，一直闷在肚里，从来不问一句话，她认为不挑明好，挑明了，会让女儿伤心，会让老郁更加难受。每当郁栋梁问起夏新邦的时候，郁素娟总是打岔说："爸，人不能生病，不能住院。一生病，一住院，就啥都甭想啦！但是，这怎么可能呢？所以，一切都听医生的，医生让我们做什么，就做什么。四个疗程结束，爸的病也好了。"

郁素娟不停地安慰父亲，生怕父亲想不开。其实，患白血病住院的病人心里最清楚，说四个疗程，那不过是为了让病人有个盼头，故意说四个疗程的。患了白血病，除了急性早幼粒细胞白血病治愈率达 95%，大多数白血病一直需要治疗，化疗只是延缓生命而已，直至死去。

郁素娟表面上笑呵呵，夏新邦跟她离婚却成了她的一块心病。她不是舍不得夏新邦，而是结婚前后所有置办的家产，全是自己父母给的，她不想就这样不明不白地让一个没有良心的人分走财产。所以，她每次来医院看望自己的父亲，都要走到我跟前向我讨教有关法律方面的问题。她总是说她有个表妹怎么怎么的，她怕难为情，不愿意说自己，我也猜到了，假装不懂，不便多问，就她提出的法律问题一一作了解答。她非常满意。最后在我快出院时，她才告诉我，以前所有咨询的问题，是她自己的事。我点点头，算是回答。

自从父亲生病后，面对突如其来的变故，一向娇生惯养的郁素娟一夜之间变了。她变得坚强了，变得懂事了，变得能干了，再苦再难，硬撑着，为了女儿，为了明天更加美好。这也是郁栋梁夫妻俩值得欣慰的。

我的白血病治疗结束了。结束以后很少去医院。

一天，我在家静养，接到一个电话："喂，老张，跟我一个病房的病人有个法律问题要向你咨询，请你帮忙。"

我一听是郁栋梁的声音，感到分外亲切，忙问："老郁，你在哪？还在住院吗？"在得到他的肯定回答以后，我说，"我这两天抽空去医院看你！顺便回答你同室病友的问题。"

第二天上午，等过了医生查房时间，我去了医院。郁栋梁躺在床上，翻身不怎么灵便，见了我非常开心，随即指了指旁边那张空病床，低声伤感地说："唉，昨天夜里病人走了，所以不用你帮忙了。"

我问："老郁，你怎么样？"

郁栋梁摇摇头，一个劲儿地蹙眉叹息："唉，开始大家都瞒着我，我以为是重感冒，后来老不得好，老住院，我问胡佳丽，胡佳丽对我说了，我就明白了。本来想出院后去上海工地上做做，为女儿多留点钱。唉，哪知我的身体哪，就像这八月的天气一样，一会儿晴，一会儿雨，实在是捉摸不透啊！我自己晓得是泥菩萨过河自身难保，估计活不了几年的。你晓得的，我得的是白血病，不是你那种白血病。治不好的。唉！听天由命。我也想通了，活一天，算一天吧！"他停了停，声音低低地说，"老张，不怕你笑话，我一生病，整个家庭好像来了个八级地震，知道我没用了，兄弟姊妹的情也断了，老娘还需要我们轮着侍候；亲家晓得我的病情以后，从未来看过；女婿更不要说了，我起病时，来看过一趟，就再也没有出现过。我一生病，家里有些人的脸变得真快啊，翻脸比翻书还快！咋就成了这个样子了。我真是作孽！"

我宽慰他说："你也不要想不开，你们家还算好的呢。我们白血病病人，谁家没有一本难念的经呀？"

郁栋梁听了点点头，没有说话。我见他眼眶涌满泪水。

第七章　归去来兮

2017年12月初，这是我患白血病的第三年，离三个整年仅差一个月。谢天谢地，在医生的精心治疗下，在护士的悉心关照下，在妻子李桐的陪护下，我从死神那里挣脱了出来，重新回到了人世间。

这天天气晴好，病房外面阳光灿烂。阳光透过玻璃窗射进病房，给病人带来丝丝暖意。阳光照在我身上，暖烘烘的。我想着三年来被囚禁在医院里的痛苦情景，想着马上就要脱离苦海的欢乐时光，心里有说不尽的话，可是不知从何说起，只是觉得我们的医生就像那初冬的暖阳，时时照耀着我们这些无助的病人。

上午八点多钟，医生们来查房了。刘虹主任笑吟吟地说："张圣，今天挂完水，你明天就要毕业了。以后可以不用来住院了。每三个月定期去门诊复查就行了。"

听了刘虹主任的话，我万分感动。

三年，我大部分时间被囚禁在医院里，现在就要解放了，内心怎能不欢喜？心情怎能不激动？想说的话太多了，可话到嘴边又咽了回去，眼泪挡也挡不住，奔涌而出。我凝视着刘虹主任和站在我面前的每一位医生，他们分别是刘虹、蔡尚峰、林耀华、杨立、施文钰、张雅平、杨希、钱莹、曹欣、刘凯雁。

他们面露微笑，朝我点了点头。

那是一个个由陌生而变成熟悉和亲近的医生啊：起先我住院时，生命垂危，谁都不熟悉，可是，不管轮到哪个医生上班，也不管轮到哪个医生值班，哪怕夜半更深，只要知道我病情危急，他们就像军人接到战斗命令似的，毫不犹豫地冲进病房来抢救。此刻，我默默地望着每位熟悉的医生，激情无法用语言来表达，感谢难以用语言来形容。谁是我们白血病病人的救命恩人？我要说站在我面前的这些医生，他们才是我们白血病病人的救命恩人！

在这三年里，我看到有的病友因为无钱治病而离开医院，有的病友因为看不好病而离开医院，有的病友因为延误了治疗而离开人世，有的病友因为想不开而郁郁寡欢；在这三年里，我看到多少病友家属表情痛苦，话语不多，心里默默地承受着突如其来的打击。丈夫病了，妻子跑上跑下，主内主外，成了一名女汉子，要哭想哭也只能在背地里哭；妻子病了，丈夫疾步如飞，在家要照顾老人和小孩，在医院要待候妻子，往往顾了这头，脱了那头。病人受的罪比海深，家属吃的苦比天大。

在血液科病房里，绝大多数病人和病人家属是悲苦的。许多人，特别是一些青壮年，得了白血病以后，在集体单位工作的，超过半年，要扣发工资；在私营企业工作的，一生病就停发工资，个别单位还要让病人自己写辞职报告，稍微补偿一点钱，找出各种借口，断了经济收入来源。个别白血病患者，刚生病不久，就被单位开除了。所以有的病人等病情稍微有点好转，就要急着去上班；有的病人工作没了，就到处寻找饭碗，哀求苦恼，渴望能够得到好心人的同情和关心，期待有一份稳定的收入。也有的病人干的是个体，那就更不用说了。因此，不管是病人和病人家属，他们心中的悲哀无处可诉。

三年了，在我面前出现了太多的人和事，让我难以忘怀。

那是一个初冬，接近中午时分，来了一个女病人，这人叫陈文娣，通县人，70岁，和我同样住在过道里，她住在东边，我住在西边，间隔三四米。从她的外表穿着来看，就知道是个农民。刚刚到过道安顿好，她发现脚上少了一只鞋，不知啥时丢掉的。她一脸愁容，着急地说："没鞋了，还得买。到哪儿去买？还得花十几块钱。"她突然转过身来，望着身边的男人，责怪地说，"你怎么不帮我看好的？"

男人不说话，低着头，独自坐在椅子上，一个劲儿地摇头说："可能掉路上了，我去找。"说着按原路找了一圈返回来，神情沮丧地说，"没找到。叫我去哪儿买？我也不知道。"

李桐听了他们的对话，问了鞋子的尺码，悄无声息地下楼去了，过了十几分钟，手里拎着一双新鞋，朝陈文娣走了过去，微笑着说："楼下外面就有超市，刚买的，送给你们！"

下午两点多钟，钱莹医生走到陈文娣跟前跟他们说话，发现老两口没反应，估计听不懂，知道他们是通县来的，马上用当地方言进行了交谈："你们还要缴五千元押金。今天做骨穿。只有做了骨穿，才能确诊是什么病。"

陈文娣说："刚才住院时我已经缴了三千了。"

钱莹医生说："三千勿够。"

陈文娣似乎没有听懂，重复地说："我已经缴了三千了。"

"你家孩子呢？"钱莹医生怕她听不懂，想跟她孩子交流方便一些。

陈文娣望了望医生，愣了一下，怯声怯气地说："在家。"

"男孩还是女孩？在家怎么不来呢？"

"男孩，在苏州干活。"

"多大了？"

"四十一。"

"赶紧去个电话，就说住院要缴押金。"

"我已经缴了三千了。"

"三千勿够。知道吗？"

"叫你儿子回来缴住院押金。"

"不知道他电话。"男人终于抬起头说话了。

"那你们看病怎么办？"

"我们自己缴钱。"男人声音低低地回答。

"刚才你们缴的三千住院押金勿够。知道吗？"钱莹医生耐心地说着。

男人听了钱莹医生的话，这时似乎听懂了，点了点头，不再说话。

陈文娣望着钱医生，苦着脸，声音低低的，又一次重复着上面说的话："我已经缴了三千了。"

"好吧，我再去缴。"男人睁大眼睛，摸了摸口袋，无奈地说。

是啊，三千块钱，对一个年老的农民来说，是钱，要存下这三千元还真的不容易。三千元钱，对一个农村老年妇女来说，是钱，而且是一笔不小的数目。在农田干活，不知猴年马月才能攒够三千元钱，可是生病进了医院，这三千元连缴一次住院押金都不够。

第二天上午，检查结果出来了，陈文娣得的是白血病。男人一听老婆得的是血癌，治疗需要几十万元，吓得脸立刻转色了，傻傻地半晌不说话。陈文娣是个明白人，看到男人一副呆相，猜测自己得了重病。男人说话吞吞吐吐："在医院治，要很多钱。"

陈文娣说："你当我傻呀？住院钱从哪来？回家。"因为放弃治疗，时间不长就没命了。

钱，对于白血病病人来说是多么重要。有了钱，有的白血病能治得好；有了钱，有的通过治疗能够延缓生命。如果没有钱，病人就只能回家，回了家，就只能等死。钱，对于大多数白血病病人来说太重要了。

我在治疗时，来了一个病人，这人叫彭加海，来自海东县农村，50岁，得了白血病。不到10个月，就把家里几十年的积蓄花了个精光。彭加海和他娘子商量，能否问人家借点钱，两个人开始思量哪家有钱，哪家肯借。

彭加海说："你弟弟家有钱，你出面借个三万。"

娘子说："人家刚买了房子。哪有钱借呢？"

彭加海说："你妹妹是老板，肯定有钱，哪怕借五万也行。"

娘子叹了口气说："她刚买了一辆宝马车。哪有钱借给你治病？"

这下轮到娘子开口了："你平常都说你弟弟好，能干！他不是很有钱吗？你怎么不问他借呢？"

彭加海想了想说："还真是的。我怎么就没有想到，现在就打电话。"他拿起手机，才拨了几个号突然停下了，叹了口气，摇了摇头，说，"唉，不行，我那弟媳妇肯定不同意借的。算了，不打了。"

两个人盘算来，盘算去，一共想到了十几家，都是亲戚。但是，都否定了。

娘子望着彭加海，心如刀割，暗暗地说："有了钱看病，男人的命还可以活得长一些，没钱看病，只有等死。总不能让他等死吧？"于是，她犹豫了一下，顾不得面子了，终于挨家挨户地打了电话。正如他们想到的一样，谁家的钱都没有多余的，都说在派用场。

打完电话，娘子的眼圈红了，静静地望着彭加海。彭加海张着嘴，像失去了知觉似的，木墩墩地看着窗外，一动不动，眼眶里裹满泪水，嘴里重复着说：“唉，唉，唉！”

平常没什么事时，感觉大家都是富翁似的，炫房子，炫车子！如果一听说借钱看病用，知道这笔钱有可能肉包子打狗——有去无回，家家都成了困难户！真是人情薄如纸，开口借钱难。

我在血液科治疗的时候，遇到过这样一个女病人，这人叫齐海培。

一天，护士跟我说：“刚才进来了一个40岁的女病人，长着一张娃娃脸，看上去三十出头。据说原来是做老师的，辞职办了个英语培训班，丈夫是个老板，有一个男孩，14岁，在上初中。”

第二天，检查结果出来了，护士惋惜地说：“想不到年纪这么轻，得了白血病。真是好可怜。孩子又这么小。唉。病人还不知道自己得的是什么病，只想着过几天好了就出院。”

在血液科治病久了的病人，对什么样的病能治好，什么样的病不可能治好，心里大概有个数。像齐海培这样的病人，只能活几个月。

医生查房瞒着她，护士打针瞒着她，丈夫进出瞒着她。

对待新病人，尤其是对身患绝症的病人，有时善意的谎言，可以让病人活得开心一点，走得慢一点。

齐海培的病一确诊，她丈夫就帮她雇了一个佣人，开始一周，她每天笑哈哈，就像没病一样。她对佣人说：“等我病好出院了，我带你出去旅游。”

不久，化疗之后，齐海培就垮了，没有刚住院时那样活跃了，整天歪躺在病床上，药水一瓶接一瓶地挂，化疗反应一个接一个地来，浑身难受，几乎打破了她存活的梦想，她眼泪汪汪地说：“过了这一关，一切都会好的。”

她坚信自己的病不重，没有到要命的程度；她坚信自己能够挺过来，稍有好转，就在床上练瑜珈。是啊，她年纪那么轻，好日子没有享受过一天，应该活着。她爱丈夫，爱得死去活来；她爱儿子，儿子那么小，还没有成年。丈夫每天中午十一点钟左右，准时把饭菜送到医院病房。听说求佛灵验，丈夫专程赴几百公里外的佛教名山烧香磕头，一炷香花了十万元。齐海培听说以后，心情非常好，似乎菩萨在她面前显灵了，脸上也有了笑容。她微笑着对丈夫说：“烧香可灵啦。你看我能动啦！”边说边伸着两条腿，一会儿曲腿，一会儿举腿，来来回回十几下，然后对丈夫撒娇了，“等我好了，培训班不办了，我宅家给你给儿子做好吃的。"

丈夫端详着她，脸一下子转了色，啥话都没说，只是不时地点头。

"傻帽，我死不了。不要难过。哦！听话！"齐海培说着，一眼不眨地望着丈夫，她自己的眼睛倒是红红的。

丈夫握紧她的手，久久不愿松开，低声咽泣着："海培，我和儿子都盼你好起来！"

"有你，有儿子。我们一家三口是多么幸福。以前，我们三个人各忙各的，上班，上学，培训班，好像人生只有工作、学习和金钱，我们一家三口还没有出去好好玩过。现在想想有多傻呀？等我病好了，我们出去玩个痛快！"齐海培一化疗，感觉身体就彻底垮了，浑身不自在，有气无力地说着，朝丈夫苦笑了一下，眼泪忍不住掉了下来。

可是，三个月后，齐海培没能逃脱病魔的魔爪。

齐海培死后不到半年，她的丈夫组成了新的家庭，成了别人的新郎。孩子没有了亲娘，在后娘的白眼和辱骂中过活。原先活泼开朗的孩子，如今变得沉默寡言了。

在一间设有四个床位的病房里，靠西南角病床上，躺着一个六十岁左右的老头，这人名叫洪石坚，光秃秃的头顶，白白的脸蛋，深深的皱纹显现在额头，看到其他病人，非常喜欢说话，然而语无伦次。床边坐着他的老婆，名叫印旺，一米六多的个头，腰把子细得像芦苇秆子，满脸皱纹，眼眶充满血丝，不时地为他补充。

洪石坚是门东县人事局副局长。局里的干部和职工都夸赞他能说会干，处事谨慎，是一个好领导。他45岁那年，在一次出差途中出了交通事故，成了植物人。

开始，单位的领导和同事，自己的亲朋好友，参前落后前来探望，问长问短，时间长了，晓得他那个样子，一时半会儿好不起来，来探望的人越来越少，他的兄弟姐妹也渐渐疏远了。随着时间的推移，人们不知不觉把他淡忘了，最后连鬼都不上门来了，好像人世间没有他这个人似的。可是，印旺却不能丢下丈夫不管，为了丈夫和儿子，为了这个家，她选择了坚强，她要苦苦地撑着这个家！

从此，这个美好幸福的家庭一切都变了。

这个三口之家，本来是多么美满幸福啊。洪石坚在人事局是个当家副局长，蛮有权的。印旺在一家事业单位上班，儿子活泼可爱聪明，正在读初中。

洪石坚住进了医院，在重症病房住了一个多月，虽然命保住了，但成了植物人。脱离危险之后，转入普通病房。印旺就像做了一场噩梦，独自一人昼夜守护着他。虽说有医保，但不是什么药都能报销的，印旺把家里的存折取了出来给丈夫看病。她只能顾一头，顾了丈夫，却顾不了儿子，在儿子最需要管教的时候，没人管。儿子吃饭有一顿没一顿，上学老师布置的家庭作业没有家长签字，经常遭到老师的体罚和辱骂，幼小的心灵怎能经受得住老师如此的虐待？情绪变坏了，学习不用功了，后来就不肯去上学了，整天躲在家里，时间久了，人渐渐变傻了。偶然到医院来一趟，坐在椅子上玩着手机，啥事都不懂，问问他，他抬起头，一脸的傻笑。

印旺为了全身心地照顾洪石坚，辞了工作，自学中医，一天三到五次，甚至多次为他全身推拿，每次一个多小时，累得大汗淋漓，天天如此，从未间断，感动了天地。到了第十一年的春天，终于有一天，洪石坚苏醒了！

那天，印旺正在帮洪石坚推拿，洪石坚突然睁开眼睛，醒来看着印旺在身边，伸手抓着她的手，说："我，怎，么，躺，着。我，好，像，一直，在，做，梦。"

十多年了，印旺没有好好哭过，此刻她嘴唇颤抖起来，早已控制不住自己，"哇"的一声哭了起来，边哭边说："不是做梦，是真的。你睡了十年，睡了十年了。现在终于醒了过来。苍天啊，你真的醒了？这是真的吗？"

"是，啊。是，我。我，真，醒，了。"洪石坚看着印旺说，"别，哭。别，哭。我，还，活，着。"

印旺见洪石坚醒来了，说话的口齿不清，像教婴儿学说话一样耐心地教他，从说单词开始，她说一个，让他跟着说一个，训练了三年，洪石坚基本上能把简单的语句连上了。洪石坚可以说话了，印旺除了每天帮他推拿以外，还连续不断地拉他坐起来，扶他站立。第十五个年头，洪石坚像婴儿学走路似的，可以独自慢慢地搬步了，生活也能自理了。

这对印旺来说，真是天大的喜事，从此，她可以少操些心了。一天，印旺上街买东西回来，看到洪石坚走路摇摇晃晃，三步并作一步上前，赶忙将他扶住。到附近医院一查，三少：白细胞少，血红蛋白少，血小板少。立即送往通仁医院血液科，确诊为白血病。

天啊，真是祸不单行！

苦命的洪石坚身体刚刚有点起色，怎么会摊上了白血病呢？印旺这下心理彻底崩溃了。

刘虹主任来查房，看到印旺一副愁眉苦脸的样子，安慰说："你们家的病看得好的，要有信心。就是治疗时间长一点。"

洪石坚笑起来就像小孩似的，只要妻子一离开他的视线，他就像孩子离开了妈妈，四下寻找！他在印旺的照料下，像一个孩子整天笑哈哈，笑得灿烂。印旺晓得治得好，心里宽舒了，脸上也有了笑容。

本来一个好好的家庭，由于男人的不幸遭遇，瞬间变成了一个令人怜悯的家庭。一个风雨飘摇的家庭，由于女人的坚强撑着，变成了一个意想不到的完整的家庭。

印旺承受了常人难以面对的苦难，承受了常人难以想象的苦难。她在苦难中由自卑变得坚强，由刚毅变得自信，用她一颗纯洁善良的心，把洪石坚救了回来。

白血病病人的故事是悲凉凄惨的，是多数人无法想象的，更是难以理解的。小说写到这里也该收尾了。在收尾之前，有必要交待前面故事里出现的一些人和事。

范军华死后，范文革和钱锦兰常常叹息道："那时我们有得生孩子，本来要生两个的，哪晓得第二个孩子怀上不久，大队妇女主任兼计划生育干部找上门来，不让生下来，所以这才生了一个孩子。如今儿子没了，儿媳走了，孙女也跟着儿媳走了，就剩下我们两个半老不老的人了。唉，我们说不定哪一天突然做不动了，倒了下来，叫我们靠谁呢？我们老了动不了怎么办？请谁来侍候我们呢？"

黄蕾毕竟年轻，丈夫死了，跟公婆过不到一起，带着女儿范晓回了老家娘家。不到一年，她与同村的一个小伙子又结了婚，成了别人的新娘。真是君前日日说恩情，君死又随人去了。

周情患有乳腺癌，甘宁死后，一直悲伤不已，缓不过神来，变得更加孤独，本来她定期要去医院治疗的，甘宁生前把他们两个人几十年省吃俭用的钱都花在医院里了，留给她的只有不走的灵魂。家中没有积蓄了，她每月不到两千元的退休金，禁不起去趟医院。没钱，拿什么去看病呢？她整天站在门口，盼着丈夫有一天突然回来，嘴里喊着："甘宁，归来。甘宁，归来。下辈子我们还做夫妻！虽然苦一点，但是千万不要生病。"

孟昌平死后，起初半年多时间，厉秋也把自己封闭了起来，仿佛孟昌平没有死，时时陪伴着她，深夜老梦见他出现在面前，醒来却飘然不见。她晚上再也不出诊了，街上的门店盘给了别人，老老实实在家种地，偶然也跟村里人聊聊天，面无表情，满脸皱纹，走路无精打采，不像一个近六十岁的女人，好像一下子苍老了许多。她逢人便说："钱，永远挣不够的。钱少只要身体好就行。你看我和老孟，年轻时吃辛吃苦，常常起五更睡半夜，积存了几十万元，以为一辈子花不完，哪想到老孟进了医院就不够了。老孟住院后期，我低三下四地求人捐助，人家知道老孟得的是白血病，谁肯捐呀？我现在还是身无分文，到老还是过着苦日子。唉，我一个孤老太婆。苦，好苦啊！命，这就是命！"

李祥生病以后，单位免了他的职位，他的权力没有了，开头好长一段时间想不开，他确实把权力看得过于重了，但是当生命与权力发生矛盾的时候，他还是觉得生命比权力更重要，人一旦没有了生命，权力自然也就没了。因此，时间一长他对生病和权力都想开了。偶尔去单位，见了同事，也不在乎人家怎么看待自己，生了一场大病，他大彻大悟，遇到过去熟悉要好的朋友，无不感慨地说："我生白血病就像一场梦，我做官也像一场梦，两场梦来得突然，去得也突然！无官一身轻，健康才是宝。"

俗话说人生七十古来稀。五六十岁以下的人患了白血病，大家都感到惋惜，人一旦死了，大家都感到悲痛。如果病人过了七八十岁，大家都认为生老病死是自然规律，人老了，都要走这条路的，就不那么悲伤了。季文强从起病到辞世两年多时间，合家都看得很淡，似乎这是很平常的事。

倪建葵从医院回到家不到三个月就死了。村里的老人说："像他这样的人活着做了那么多坏事，死了，上不了天堂，只能下地狱。"

黄金贵的病情跟同类型病人的病情有异同，他的病复发了，复发的原因与基因有关。每次来到医院，刘虹主任和医生们都反复讨论治疗方案，他隔一段时间就要去一趟医院，生活不需要别人照顾，平时如果不治疗的话，还能干些轻微的家务活，走在路上，不知情的根本看不出他是一个白血病病人。他每次住院，在微信朋友圈中发的最多的信息是痛苦、是悲观、是缺钱、是抗争。

张恒冲是个有钱的老板，多少美女早就盯着他缠着他，离婚结婚对他来说，好像到菜市场买青菜萝卜似的便利，想吃就吃，想扔就扔。朱云云死后，张恒冲就像从前没跟她好过一样，早已将她忘得一干二净。三个月后，他娶了一个比他小二十多岁的美女大学毕业生。朱云云不过是张恒冲生活中的一个匆匆过客。

高能才活了三年，后来病情到了最后，家人劝他再去住院，他怎么也不肯，苦笑着说："我算是活明白了，想明白了。人这一辈子，凡事不要与人计较，到头来还不是一场空。我岁数虽然不算大，但跟血液科走的几个年轻人比，也算多活了。我这辈子有娘子，有儿有女，到了天堂，有人每年给我烧纸钱，我也就心安了。"

韩翠兰说："老头子，话虽然这么说，但谁愿意早死呀！"

他在病榻上对韩翠兰说，"你这辈子嫁给我，没有过上一天好日子，却让你受了不少苦。我对不住你，人活到七十不容易。死是福，不死也是福。要死就要死得快快活活。"

三月的一天，韩翠兰给我打来电话："高能才一过春节就走了，多活了一岁。"

于胜飞能活，两年以后他仍然活着，不过身体不如从前，黄艳萍开心地说："老头子能够活到现在，我满足了。本来像他这样的病，加上他这把年纪，不可能活过一年的。现在两年多了，身体还蛮好，真是烧了高香。"

方元兴从起病到死亡三个多月，没有活到春节。他一死，他的弟弟方小二就跳了出来，上门挥起拳头要赶赵士珍娘俩，大声叫喊："我们方家的拆迁房凭什么给你娘俩。给我滚出去！"

赵士珍一声不响地将房产证亮了出来。张小兰傻眼了，方小二傻眼了，呆立着，知道有了房产证，水放了下沟，再也没有屁话了。

赵士珍打电话给我，不紧不慢地说："哥，当初要不是你帮助出点子，我和我的儿子现在不知住哪里呢？哥，谢谢你！"

我衷心地祝愿赵士珍母子俩生活越来越好！但愿方元兴在天堂保佑他们

母子健康平安！

郁栋梁一直以为自己的病是最轻的，很快能治愈。其实，他起病就特别重。当初，他刚住院的时候，有个年轻的病人看了护士用英文字母写的代号，就对我说："老郁的病治不好的。你的病能治好。"

病人生了可怕的白血病，家属请求医生和护士隐瞒实情。

善意的谎言，让郁栋梁蒙在鼓里蛮长一段时间。后来他还是晓得了，也想通了。使他揪心的却是女儿的婚姻危机。

郁素娟懂事地说："爸，你放心，我听你的。我都问过了，是我们的财产，叫他一分也拿不走。"

后来，郁素娟与夏新邦协议离了婚，郁家所有的家产依然物归原主。

郁栋梁从起病到死活了两年零八个月。临终前，他一手拉着老婆胡佳丽的手，一手牵着女儿郁素娟的手，恋恋不舍地说："今生我们一家人活得开心，来世我们还做一家人！"说着，永远地闭上了眼睛。

多年后，我的身体完全康复了。

我除了感念不忘为我治疗疾病的医生们，还在脑海中经常出现那些为我插针挂水的护士们。她们是：赵媛媛、周晓芳、夏阳、曹喜源、朱小娟、赵燕芳、柯晓。我每次见到她们，好像遇到久别重逢的亲人似的，心情无比激动，她们总是微笑着，依然忙碌着，快乐着！

春节前夕，医院血液科主办了血液病病友迎新春联谊会，病友回到娘家，与医护人员相聚，亲热得就像一家人，互致问候，畅叙各自情况。

我畅谈自己跟病魔作斗争的经过，我把苦难埋藏在心底，将欢乐分享给大家。

还有几位病友也分别讲述了抗击病魔的经历和体会。

接着，刘虹主任简要介绍了血液科的实力和成果，并就白血病的发病原因和治疗方法等作了科普。

刘虹主任说，得了白血病并不可怕，只要积极配合治疗，可以延长生命，甚至可以治愈。像慢性髓细胞白血病、急性早幼粒细胞白血病 90% 以上仅通过靶向治疗即可治愈。其他类型的急性白血病，可以通过化疗、靶向治疗等方法延长生命，小于 60 岁的患者可以通过造血干细胞移植达到治愈目的。

有些白血病、淋巴瘤、多发性骨髓瘤的药费报销比例已经大大提高，不少进口靶向药、化疗药也已纳入医保。

"我们一定要相信科学，相信医学，我们一定要有信心战胜病魔！"刘虹主任的讲话，给白血病病人打了气，鼓了劲。

此刻，大家无不欢欣鼓舞！无不感恩医生！无不珍惜生命！无不展望未来！

通仁医院党委宣传部部长雨林和副部长飞雪，两位知性优雅的女士，也参加了联谊会，并作了宣传报道。

中午，护士长丁霞凤为大家分发了盒饭，刘虹主任等医护人员与病友们围坐在一起吃盒饭，边吃边聊，暖意融融。

我回想这几年一路走来，经历和目睹的许多人和事，感慨万千。我经历了这些磨难，瞬间就像变戏法似的：我的思想变了，我的言行变了，我的一切都变了！

人生的得与失，有时靠的是：命也，运也，时也。

我生了白血病能够治愈，现在健康地活着，还不是命好、运好和时好吗？

刘虹主任曾经多次对我说："你的病能够治好，你要感谢上海瑞金医院的王振义院士，是他发明了维甲酸，治好了这种类型的白血病。"

是啊，要是在三十年前得了这种病，少则几天，多则半年，就去见阎王了！

三十年前，王振义院士发明了维甲酸，三十多年来，他不知救活了多少患有早幼粒细胞白血病病人。短短几年时间，光我们一个微信群就有五十多个患有这种类型的白血病病人。

我们这些身患白血病的病人，瞬间就会产生剧变。这些变化来自内因和外因，内因是白血病带给我们肉体的痛苦和精神的压力，有时精神上的压力尤胜于肉体上的痛苦，好像我们生了白血病是我们的过错，见不得人似的。外因是白血病不仅给我们带来物质上的匮乏、缺失，使我们沦为金钱的奴隶，而且外界也会有意或无意中给我们带来歧视，这种歧视又给我们带来意识上的创伤，使我们变得有别于正常人。为此，我们的家人也会遭遇磨难。这就是白血病带给我们的瞬变。

　　人生无非就是"钱命家情"四个字，可是有谁能够看得破呢？面对突如其来的凶如猛兽的白血病，面对瞬间发生的一切变化，我们别无选择，只能笑对人生，淡看人生。人来到这个世界，终将会离开这个世界。

　　天有不测风云，人有旦夕祸福。

　　人生转世轮回，真乃瞬息万变！

　　我们这些白血病病人，不论死去的，还是活着的，就像一个远行的旅人，终究攀越了横在我们面前的一座巉峻荒凉的大山，进入了一片鸟语花香的草原。

2021 年 10 月 30 日定稿

以说，这本书是我们用血泪和苦难写成的。

这里，要特别说明的是，《解放军报》高级编辑仇学平是我（陆圣斌）在新闻和文学道路上的引路人，我在写作第一本报告文学《阿山剿匪》时曾得到他的悉心帮助与指导。我的老战友老同学、著名专栏作家陈焱在本书完成后，倾情为本书撰写书评。承蒙他们的厚爱，谨此表示谢忱。

本书故事纯属虚构，请勿对号入座。由于我们受诸多因素限制，书中如有谬误，跂望读者海涵和教正。

谨向为本书出版付出辛劳的有关领导、朋友、责任编辑陈丹青致以诚挚的谢意。

陆圣斌　杨荣平

2022 年 4 月 28 日

后　记

　　说到白血病，许多人对此不甚了解，往往觉得它很可怕。其实，可怕的不在于白血病本身，而是白血病给病人及其家庭造成的伤害。这种伤害是用任何方式都无法弥补的，是用任何语言都无法表述的。在这本书里，我们写了部分白血病病人，写了他们在患病前后瞬间的变化。可以说，这些病人是众多白血病病人的真实写照。写他们，我们是带着对他们的同情、理解与感情去写的。

　　在还未开始写作的时候，我们跟白血病病人进行了心与心的交流，进行了相互真诚的对话。我们住在血液科，生活在病人中间。白血病病人同病魔搏击抗争的场景，生死较量的画面，无时不在触动我们的灵魂。那种较量是揪心的，是惨不忍睹的。他们中大多数人突然病危住院，有的奄奄待毙，家人魂不守舍，提心吊胆，不知所措。许多病人与家人都在为身患疾病忧心，为无钱治病苦恼，为生命垂危凄切。病人受着煎熬，拼命挣扎。家人忍受忧伤，苦挨撑着。即使如此受尽磨难，他们仍然向往美好的生活，企盼柳暗花明，鸟语花香。他们把医生当作自己的救世主，只有医生才能使他们战胜病魔，脱离苦海，走向新生。如果不把这些现实生活记录下来，那将是我们终生的遗憾！

　　苦难往往是一笔财富。只有饱受苦难的人，才有可能写出与常人不一样的作品。在动手写这部作品的时候，我们身处厄境，经常跟白血病病人及其家人在一起，经受着一场与他们同样的苦难，这种苦难，对于一个健康人来说，是无法理解的，是难以体味的。所以每写一个人物，我们同样忍受痛苦与煎熬。我们在痛苦与煎熬中写作。因此，不得不写写停停，停停写写。可